考試分數大躍進
累積實力
百萬考生見證
應考秘訣

１２３４５

根據日本國際交流基金考試相關概要

內附 **MP3**

新制日檢
絕對合格
N1・N2
N3・N4・N5
必背 **比較文法大全**

吉松由美・田中陽子・西村惠子・千田晴夫
大山和佳子・山田社日檢題庫小組 ◎合著
吳季倫 ●翻譯

山田社

為想從初階直接一口氣進高階的人，
隆重出版了：
「新制日檢！絕對合格 N1,N2 必背比較文法大全」+「新制日檢！
絕對合格 N3,N4,N5 必背比較文法大全」＝
「新制日檢！絕對合格 N1,N2,N3,N4,N5 必背比較文法大全」
兩書合一本，
自學再加碼！

分類記憶學習法，破解考試最容易混淆的文法盲點！
讓您擺脫課本文法，練就文法直覺力！
N1,N2,N3,N4,N5 共685項文法，每項都有「文法比較」，
關鍵字再加持，
提供記憶線索，讓「字」帶「句」，「句」帶「文」，
瞬間回憶整段話！

關鍵字＋文法比較記憶→專注力強，可以濃縮龐雜資料成「直覺」記憶，
關鍵字＋文法比較記憶→爆發力強，可以臨場發揮驚人的記憶力，
關鍵字＋文法比較記憶→穩定力強，可以持續且堅實地讓記憶長期印入腦海中！

　　日語文法中有像「にかこつけて」（以⋯為藉口）、「にひきかえ」（與⋯相反）相近的文法項目：

にかこつけて(以⋯為藉口)		にひきかえ(與⋯相反)
關鍵字 **原因**	強調「以前項為藉口，去做後項」的概念	關鍵字 **對比**	強調「前後兩項，正好相反」的概念。

（中間標示 v.s.）

　　日語文法中也有像「さいちゅうに」（正在⋯）、「さい」（在⋯時）意思相近的文法項目：

さいちゅうに(正在⋯)		さい(在⋯時)
關鍵字 **進行中**	著重「正在做某件事情的時候，突然發生了其他事情」	關鍵字 **時候**	著重「面臨某一特殊情況或時刻」。

（中間標示 v.s.）

　　「にかこつけて」跟「にひきかえ」；「さいちゅうに」跟「さい」之間的用法差異，本書配合文字點破跟關鍵字加持，可以幫助快速理解、確實釐清和比較，同時在腦中建立它們之間的關係，讓您學一個，馬上會兩個！

除此之外，類似文法之間的錯綜複雜關係，「接續方式」及「用法」，經常跟哪些詞前後呼應，是褒意、還是貶意，以及使用時該注意的地方等等，都是學習文法必過的關卡。為此，本書將一一為您破解。

精彩內容：

■ 關鍵字膠囊式速效魔法，濃縮學習時間！

本書精選685項N1到N5文法，每項文法都有關鍵字加持，關鍵字是以最少的字來濃縮龐大的資料，它像一把打開記憶資料庫的鑰匙，可以瞬間回憶文法整個意思。也就是，以更少的時間，得到更大的效果，不用大腦受苦，還可以讓信心爆棚，輕鬆掌握。

■ 文法比較記憶連線，讓文法規則也能變成直覺！

為了擺脫課本文法，練就您的文法直覺力，每項文法都精選一個日檢考官最愛出，最難分難解、刁鑽易混淆的類義文法，讓您迅速理解之間的差異，大呼「文法不用背啦」！除此之外，透過書中幫您整理出的比較點，讓相似文法在腦中分類、重組，文法學一次就會兩個，學習效果加倍神速！

■ 重點文字點破意思，不囉唆越看越上癮！

為了紮實對文法的記憶根底，務求對每一文法項目意義明確、清晰掌握。書中還按照時間、目的、可能、程度、評價、限定、列舉、感情、主張…等不同機能，並以簡要重點文字點破每一文法項目的意義·用法·語感…等的微妙差異，讓您學習不必再「左右為難」，內容扎實卻不艱深，一看就能掌握重點！讓您考試不再「一知半解」，一看題目就能迅速找到答案，一舉拿下高分！

■ 最適合大腦記憶的分類學習法，快速記憶又持久！

我們幫您把每一項文法都按照不同機能分類，學習每學一項文法都能同時學習到與相似文法的用法差異，這是最適合大腦記憶的分類學習法！如此觸類旁通，舉一反三，讓文法規則徹底融入您的腦細胞，不只在考試中看到題目就能迅速反應，即便是必須臨場反應説日文的情況，只要一啟動記憶連鎖，好幾種文法就自動在腦中浮現！好像日語就是您的母語一樣！

本書廣泛地適用於一般的日語初學者，大學生，碩博士生、參加日本語能力考試的考生，以及赴日旅遊、生活、研究、進修人員，也可以作為日語翻譯、日語教師的參考書。

書中還附有日籍老師精心錄製的MP3光碟，提供您學習時能更加熟悉日語的標準發音，累積堅強的聽力基礎。扎實內容，您需要的，通通都幫您設想到了！本書提供您最完善、最全方位的日語學習，絕對讓您的日語實力突飛猛進！

目次 もくじ

JLPT N5

格助詞の使用（一）

格助詞的使用（一）

001

が

（接續） ｛名詞｝＋が

意思1 【主語】 用於表示動作的主語，「が」前接眼睛看得到的、耳朵聽得到的事情等。

（例文） 庭に 花が 咲いて います。
庭院裡開著花。

意思2 【對象】「が」前接對象，表示好惡、需要及想要得到的對象，還有能夠做的事情、明白瞭解的事物，以及擁有的物品。

（例文） 私は 日本語が わかります。
我懂日語。

比較 **目的語＋を**

（接續） ｛名詞｝＋を

說明 這裡的「が」表示對象，也就是愛憎、優劣、巧拙、願望及能力等的對象，後面常接「好き（喜歡）、いい（好）、ほしい（想要）」、「上手（擅長）」及「分かります（理解）」等詞；「目的語＋を＋他動詞」中的「を」也表示對象，也就是他動詞的動作作用的對象。

（例文） 顔を 洗います。
洗臉。

場所＋に

在…、有…；在…嗎、有…嗎；有…

（接續）　{名詞}＋に

（意思）　【場所】「に」表示存在的場所。表示存在的動詞有「います（在）、あ
ります（有）」，「います」用在自己可以動的有生命物體的人或動物的
名詞。中文意思是：「在…、有…」。

（例文）　教室に　学生が　います。
　　　　　教室裡有學生。

（注意1）　〔いますか〕「います＋か」表示疑問，是「有嗎？」、「在嗎？」的意
思。中文意思是：「在…嗎、有…嗎」。

（例文）　学校に　日本人の　先生は　いますか。
　　　　　學校裡有日籍教師嗎？

（注意2）　〔無生命－あります〕自己無法動的無生命物體名詞用「あります」，
但例外的是植物雖然是有生命，但無法動，所以也用「あります」。中
文意思是：「有…」。

（例文）　机の　上に　カメラが　あります。
　　　　　桌上擺著相機。

（比較）　**場所＋で**

在…

（接續）　{名詞}＋で

（說明）　「に」表場所，表示存在的場所。後面會接表示存在的動詞「います／
あります」；「で」也表場所，表示動作發生的場所。後面能接的動詞多，
只要是執行某個行為的動詞都可以。

（例文）　家で　テレビを　見ます。
　　　　　在家看電視。

到達點＋に
到…、在…

（接 續）　{名詞}＋に

（意 思）　【到達點】表示動作移動的到達點。中文意思是：「到…、在…」。

（例 文）　飛行機に　乗ります。
早上搭乘飛機。
搭乗飛機。

（比 較）　**離開點＋を**
…從

（接 續）　{名詞}＋を

（說 明）　「に」表到達點，表示動作移動的到達點；「を」用法相反，表離開點，
是表示動作的離開點，後面常接「出ます（出去；出來）、降ります（下
〔交通工具〕）」等動詞。

（例 文）　7時に　家を　出ます。
七點出門。

時間＋に
在…

（接 續）　{時間詞}＋に

（意 思）　【時間】寒暑假、幾點、星期幾、幾月幾號做什麼事等。表示動作、作
用的時間就用「に」。中文意思是：「在…」。

（例 文）　朝　7時に　起きます。
早上七點起床。

（比 較）　**までに**
在…之前、到…時候為止

（接 續）　{名詞；動詞辭書形}＋までに

說 明　「に」表示時間。表示某個時間點；而「までに」則表示期限，指的是「到某個時間點為止或在那之前」。

例 文　この車、金曜日までに　直りますか。
請問這輛車在星期五之前可以修好嗎？

005　　　　　　　　　　　　　　　　　　　　　　　　Track N5-005

時間＋に＋次數
…之中、…內

接 續　{時間詞}＋に＋{數量詞}

意 思　【範圍內次數】 表示某一範圍內的數量或次數，「に」前接某時間範圍，後面則為數量或次數。中文意思是：「…之中、…內」。

例 文　一日に　5杯、コーヒーを　飲みます。
一天喝五杯咖啡。

比 較　**數量＋で＋數量**
共…

接 續　{數量詞}＋で＋{數量詞}

說 明　兩個文法的格助詞「に」跟「で」前後都會接數字，但「時間＋に＋次數」前面是某段時間，後面通常用「回／次」，表示範圍內的次數；「數量＋で＋數量」是表示數量總和。

例 文　卵は　6個で　300円です。
雞蛋六個 300 日圓。

006　　　　　　　　　　　　　　　　　　　　　　　　Track N5-006

目的＋に
去…、到…

接 續　{動詞ます形；する動詞詞幹}＋に

意 思　【目的】 表示動作、作用的目的、目標。中文意思是：「去…、到…」。

例 文　台湾へ　旅行に　行きました。
去了台灣旅行。

目的語＋を

接　續　{名詞}＋を

說　明　「に」前面接動詞ます形或サ行變格動詞詞幹，後接「來、去、回」等
移動性動詞，表示動作、作用的目的或對象，語含「為了」之意；「を」
前面接名詞，後面接他動詞，表示他動詞的目的語，也就是他動詞動作
直接涉及的對象。

例　文　パンを　食^たべます。
吃麵包。

對象（人）＋に

給…、跟…

接　續　{名詞}＋に

意　思　【對象－人】表示動作、作用的對象。中文意思是：「給…、跟…」。

例　文　家族^{かぞく}に　会^あいたいです。
想念家人。

比　較　**起點（人）＋から**

從…、由…

接　續　{名詞}＋から

說　明　「對象（人）＋に」時，「に」前面是動作的接受者，也就是得到東西的
人；「起點（人）＋から」時，「から」前面是動作的施予者，也就是給
東西的人。但是，用句型「をもらいます（得到…）」時，表示給東西
的人，用「から」或「に」都可以，這時候「に」表示動作的來源，要
特別記下來喔！

例　文　山田^{やまだ}さんから　時計^{とけい}を　借^かりました。
我向山田先生借了手錶。

對象（物・場所）＋に

…到、對…、在…、給…

（接　續）　{名詞}＋に

（意　思）　【對象－物・場所】「に」的前面接物品或場所，表示施加動作的對象，或是施加動作的場所、地點。中文意思是：「…到、對…、在…、給…」。

（例　文）　花に　水を　やります。
はな　みず
澆花。

（比　較）　**場所＋まで**

…到

（接　續）　{名詞}＋まで

（說　明）　「に」前接物品或場所，表示動作接受的物品或場所；「まで」前接場所，表示動作到達的場所，也表示結束的場所。

（例　文）　学校まで、うちから　歩いて　３０分です
がっこう　　　　　　ある　　　さんじゅっぷん
從我家走到學校是三十分鐘。

目的語＋を

（接　續）　{名詞}＋を

（意　思）　【目的】「を」用在他動詞（人為而施加變化的動詞）的前面，表示動作的目的或對象。「を」前面的名詞，是動作所涉及的對象。

（例　文）　シャワーを　浴びます。
あ
沖澡。

（比　較）　**對象（人）＋に**

給…、跟…

（接　續）　{名詞}＋に

說明　「を」表目的，前接目的語，表示他動詞的目的語，也就是他動詞直接涉及的對象；「に」表對象，前接對象（人），則表示動作的接受方，也就是Ａ方單方面，對授予動作對象的Ｂ方（人物、團體、動植物等），做了什麼事。

例文　弟に　メールを　出しました。
　　　　寄電子郵件給弟弟了。

［通過・移動］＋を＋自動詞

接續　{名詞}＋を＋{自動詞}

意思1　【移動】表示移動的場所。接表示移動的自動詞，像是「歩く（走）、飛ぶ（飛）、走る（跑）」等。

例文　毎朝　公園を　散歩します。
　　　　每天早上都去公園散步。

意思2　【通過】用助詞「を」表示通過的場所，而且「を」後面常接表示通過場所的自動詞，像是「渡る（越過）、曲がる（轉彎）、通る（經過）」等。

例文　交差点を　右に　曲がります。
　　　　在路口向右轉。

比較　**到達點＋に**
　　　　到…、在…

接續　{名詞}＋に

說明　「を」表通過，表示通過的場所，不會停留在那個場所；「に」表到達點。表示動作移動的到達點，所以會停留在那裡一段時間，後面常接「着きます（到達）、入ります（進入）、乗ります（搭乘）」等動詞。

例文　お風呂に　入ります。
　　　　去洗澡。

離開點＋を

（接　續）　{名詞}＋を

（意　思）　**【起點】** 動作離開的場所用「を」。例如，從家裡出來，學校畢業或從車、船及飛機等交通工具下來。

（例　文）　毎朝　8時に　家を　出ます。

每天早上八點出門。

（比　較）　**場所＋から**

從…

（接　續）　{名詞}＋から

（說　明）　「を」表起點，表示離開某個具體的場所、交通工具，後面常接「出ます（出去；出來）、降ります（下〔交通工具〕）」等動詞；「から」也表起點，但強調從某個場所或時間點開始做某個動作。

（例　文）　東京から　仙台まで、新幹線は　1万円くらい　かかります。

從東京到仙台，搭新幹線列車約需花費一萬日圓。

格助詞の使用（二）

格助詞的使用（二）

001 場所＋で	006 ［状態・情況］＋で
002 ［方法・手段］＋で	007 ［場所・方向］＋へ／に
003 材料＋で	008 場所＋へ／に＋目的＋に
004 理由＋で	009 や
005 数量＋で＋数量	010 や～など

001　　　　　　　　　　　　　　　　　　　　　　　　Track **N5-012**

場所＋で

在…

（接　續）　{名詞}＋で

（意　思）　【場所】動作進行或發生的場所，是有意識地在某處做某事。「で」的前項為後項動作進行的場所。不同於「を」表示動作所經過的場所，「で」表示所有的動作都在那一場所進行。中文意思是：「在…」。

（例　文）　海で　泳ぎます。
在海裡游泳。

（比　較）　**通過＋を＋自動詞**

（接　續）　{名詞}＋を＋{自動詞}

（說　明）　「で」表場所，表示所有的動作都在那個場所進行；「を」表通過，只表示動作所經過的場所，後面常接「渡ります（越過）、曲がります（轉彎）、歩きます（走路）、走ります（跑步）、飛びます（飛）」等自動詞。

（例　文）　この　バスは　映画館の　前を　通りますか。
請問這輛巴士會經過電影院門口嗎？

［方法・手段］＋で
(1) 乘坐…；(2) 用…

（接 續）｛名詞｝＋で

（意思1）【交通工具】是使用的交通運輸工具。中文意思是：「乘坐…」。

（例 文）自転車で 図書館へ 行きます。
じ てんしゃ と しょかん い
騎腳踏車去圖書館。

（意思2）【手段】表示動作的方法、手段，也就是利用某種工具去做某事。中文
意思是：「用…」。

（例 文）スマートフォンで 動画を 見ます。
どう が み
用智慧型手機看影片。

（比 較）**對象（物・場所）＋に**
…到、對…、在…、給…

（接 續）｛名詞｝＋に

（說 明）「で」表手段。表示動作的方法、手段；「に」表對象（物、場所）。表
示施加動作的對象或地點。

（例 文）家に 電話を かけます。
いえ でん わ
打電話回家。

材料＋で
用…；用什麼

（接 續）｛名詞｝＋で

（意 思）【材料】製作什麼東西時，使用的材料。中文意思是：「用…」。

（例 文）日本の お酒は 米で できて います。
に ほん さけ こめ
日本的酒是用米釀製而成的。

〖詢問－何で〗 詢問製作的材料時，前接疑問詞「何＋で」。中文意思是：「用什麼」。

例　文 「これは　何で　作った　お菓子ですか。」「りんごで　作った　お菓子です。」
「這是用什麼食材製作的甜點呢？」「這是用蘋果做成的甜點。」

比　較 **目的＋に**
去…、到…

接　續 {動詞ます形；する動詞詞幹}＋に

說　明 「で」表材料，表示製作東西所使用的材料；「に」表目的，表示動作的目的。請注意，「に」前面接的動詞連用形，只要將「動詞ます」的「ます」拿掉就是了。

例　文 海へ　泳ぎに　行きます。
去海邊游泳。

理由＋で
因為…

接　續 {名詞}＋で

意　思 【原因】「で」的前項為後項結果的原因、理由，是造成某結果的客觀、直接原因。中文意思是：「因為…」。

例　文 風邪で　学校を　休みました。
由於感冒而向學校請假了。

比　較 **動詞＋て**
因為

接　續 {動詞て形}＋て

說　明 「理由＋で」、「動詞＋て」都可以表示原因。「で」用在簡單明白地敘述原因，因果關係比較單純的情況，前面要接名詞，例如「風邪（感冒）、地震（地震）」等；「動詞＋て」可以用在因果關係比較複雜的情況，但意思比較曖昧，前後關聯性也不夠直接。

（例 文）宿題を　家に　忘れて、困りました。
忘記帶作業來了，不知道該怎麼辦才好。

005　　　　　　　　　　　　　　　　　　　　

數量＋で＋數量

共…

（接 續）{數量詞}＋で＋{數量詞}

（意 思）【數量總和】「で」的前後可接數量、金額、時間單位等表示數量的合
計、總計或總和。中文意思是：「共…」。

（例 文）一人で　全部　食べて　しまいました。
獨自一人全部吃光了。

比 較　**數量＋も**

竟…、也

（接 續）{數量詞}＋も

（說 明）「で」表示數量總和。前後接數量、金額、時間單位等，表示數量總額
的統計；「も」表示強調數量。前面接數量詞，後接動詞肯定時，表示
數量之多超出預料。前面接數量詞，後接動詞否定時，表示數量之少超
出預料。有強調的作用。

（例 文）ご飯を　3杯も　食べました。
飯吃了3碗之多。

006　　　　　　　　　　　　　　　　　　　　

［狀態・情況］＋で

在…、以…

（接 續）{名詞}＋で

（意 思）【狀態】表示動作主體在某種狀態、情況下做後項的事情。中文意思
是：「在…、以…」。

（例 文）この　部屋に　靴で　入らないで　ください。
請不要穿著鞋子進入這個房間。

　〔**數量**〕也表示動作、行為主體在多少數量的狀態下。

例　文　40歳で　社長に　なりました。
四十歳時當上了社長。

比　較　**が**

接　續　{名詞}＋が

說　明　「で」表示狀態，表示以某種狀態做某事，前面可以接人物相關的單字，例如接「家族（家人）、みんな（大家）、自分（自己）、一人（一個人）」時，意思是「…一起（做某事）」、「靠…（做某事）」；「が」表示主語，前面接人時，是用來強調這個人是實行動作的主語。

例　文　風が　吹いて　います。
風正在吹。

［場所・方向］＋へ／に
往…、去…

接　續　{名詞}＋へ／に

意　思　【**方向**】前接跟地方、方位等有關的名詞，表示動作、行為的方向，也指行為的目的地。中文意思是：「往…、去…」。

例　文　先週、大阪へ　行きました。
上星期去了大阪。

注　意　〔**可跟に互換**〕跟「に」的用法相同。

例　文　先月、日本に　来ました。
在上個月來到了日本。

比　較　**場所＋で**
　　　　　在…

接　續　{名詞}＋で

（說明） 「へ／に」表示方向。表示動作的方向或目的地，後面常接「行きます（去）、来ます（來）」等動詞；「で」表場所。表示動作發生、進行的場所。

（例文） 玄関で　靴を　脱ぎました。
在玄關脫了鞋子。

場所＋へ／に＋目的＋に
到…（做某事）

（接續） ｛名詞｝＋へ／に＋｛動詞ます形；する動詞詞幹｝＋に

（意思） 【目的】表示移動的場所用助詞「へ／に」，表示移動的目的用助詞「に」。「に」的前面要用動詞ます形。中文意思是：「到…（做某事）」。

（例文） 京都へ　桜を　見に　行きませんか。
要不要去京都賞櫻呢？

（注意）〖サ変→語幹〗遇到サ行變格動詞（如：散歩します），除了用動詞ます形，也常把「します」拿掉，只用語幹。

（例文） アメリカへ　絵の　勉強に　行きます。
要去美國學習繪畫。

比較 **ため（に）**
以…為目的，做…、為了…

（接續） ｛名詞の；動詞辭書形｝＋ため（に）

（說明） 「に」跟「ため（に）」都表目的，前面也都接目的語，但「に」要接動詞ます形，「ため（に）」接動詞辭書形或「名詞＋の」。另外，句型「場所＋へ／に＋目的＋に」表示移動的目的，所以後面常接「行きます（去）、来ます（來）」等移動動詞；「ため（に）」後面主要接做某事。

（例文） 世界を　知る　ために、たくさん　旅行を　した。
為了了解世界，到各地去旅行。

や
…和…

（接　續）　{名詞}＋や＋{名詞}

（意．思）　**【列舉】** 表示在幾個事物中，列舉出二、三個來做為代表，其他的事物就被省略下來，沒有全部說完。中文意思是：「…和…」。

（例　文）　財布には　お金や　カードが　入って　います。
　　　　　　錢包裡裝著錢和信用卡。

（比　較）　**名詞＋と＋名詞**
…和…、…與…

（接　續）　{名詞}＋と＋{名詞}

（說　明）　「や」和「名詞＋と＋名詞」意思都是「…和…」，「や」暗示除了舉出的二、三個，還有其他的；「と」則會舉出所有事物來。

（例　文）　公園に　猫と　犬が　います。
　　　　　　公園裡有貓有狗。

や～など
和…等

（接　續）　{名詞}＋や＋{名詞}＋など

（意．思）　**【列舉】** 這也是表示舉出幾項，但是沒有全部說完。這些沒有全部說完的部分用副助詞「など（等等）」來加以強調。「など」常跟「や」前後呼應使用。這裡雖然多加了「など」，但意思跟「や」基本上是一樣的。中文意思是：「和…等」。

（例　文）　りんごや　みかんなどの　果物が　好きです。
　　　　　　我喜歡蘋果和橘子之類的水果。

比 較	**も**

也…也…、都是…

接 續 {名詞}＋も＋{名詞}＋も

說 明 「や～など」表示列舉，是列舉出部分的項目來，接在名詞後面；「も」表示並列之外，還有累加、重複之意。除了接在名詞後面，也有接在「名詞＋助詞」之後的用法。

例 文 猫も 犬も 黒いです。
貓跟狗都是黑色的。

MEMO

3 格助詞の使用（三）

格助詞的使用（三）

001　　　　　　　　　　　　　　　　　　　　　　　　　　Track N5-022

名詞＋と＋名詞

…和…、…與…

（接　續）　{名詞}＋と＋{名詞}

（意　思）　【並列】 表示幾個事物的並列。想要敘述的主要東西，全部都明確地列
　　　　　舉出來。「と」大多與名詞相接。中文意思是：「…和…、…與…」。

（例　文）　卵と　牛乳を　買います。
　　　　　たまご　ぎゅうにゅう　か
　　　　　要去買雞蛋和牛奶。

（比　較）　## 名詞／動詞辭書形＋か

…或…

（接　續）　{名詞・動詞辭書形}＋か

（說　明）　「名詞＋と＋名詞」表示並列。並列人物或事物等；「名詞／動詞辭書形＋
　　　　　か」表示選擇。用在並列兩個（或兩個以上）的例子，從中選擇一個。

（例　文）　ビールか　お酒を　飲みます。
　　　　　　　　さけ　の
　　　　　喝啤酒或是清酒。

名詞＋と＋おなじ

和…一樣的、和…相同的；…和…相同

(接續)　{名詞}＋と＋おなじ

(意思)　【同樣】表示後項和前項是同樣的人事物。中文意思是：「和…一樣的、和…相同的」。

(例文)　あの　人と　同じものが　食べたいです。
我想和那個人吃相同的東西。

(注意)　〖ＮとＮは同じ〗也可以用「名詞＋と＋名詞＋は＋同じ」的形式。中文意思是：「…和…相同」。

(例文)　私と　美和さんは　同じ　中学です。
我跟美和同學就讀同一所中學。

比較　**と一緒に**

跟…一起

(接續)　{句子}＋と一緒に

(說明)　「とおなじ」表同樣，用在比較兩個人事物；「と一緒に」表共同，用在跟某些人一起做同樣事情的意思。

(例文)　山田さんは　「家内と　一緒に　行きました。」と　言いました。
山田先生說：「我跟太太一起去過了。」

003　　　　　　　　　　　　　　　　　　　　　　　　　　　　　Track N5-024

對象＋と

跟…一起；跟…（一起）；跟…

(接續)　{名詞}＋と

(意思)　【對象】「と」前接一起去做某事的對象時，常跟「一緒に」一同使用。中文意思是：「跟…一起」。

(例文)　妹と　いっしょに　学校へ　行きます。
和妹妹一起上學。

注意1 〔可省略一緒に〕這個用法的「一緒に」也可省略。中文意思是:「跟…（一起）」。

例文 友達と　図書館で　勉強します。
要和朋友到圖書館用功。

注意2 〔對象＋と＋一人不能完成的動作〕「と」前接表示互相進行某動作的對象，後面要接一個人不能完成的動作，如結婚、吵架、或偶然在哪裡碰面等等。中文意思是:「跟…」。

例文 大学で　李さんと　会いました。
在大學遇到了李小姐。

比較 **對象（人）＋に**
給…、跟…

接續 {名詞}＋に

說明 前面接人的時候，「と」表對象，表示雙方一起做某事;「に」也表對象，但表示單方面對另一方實行某動作。譬如，「会います（見面）」前面接「と」的話，表示是在約定好，雙方都有準備要見面的情況下，但如果接「に」的話，表示單方面有事想見某人，或是和某人碰巧遇到。

例文 友達に　電話を　かけます。
打電話給朋友。

引用內容＋と
說…、寫著…

接續 {句子}＋と

意思 【引用內容】用於直接引用。「と」接在某人說的話，或寫的事物後面，表示說了什麼、寫了什麼。中文意思是:「說…、寫著…」。

例文 先生が「明日　テストを　します」と　言いました。
老師宣布了「明天要考試」。

| 比 較 | **という＋名詞**

叫做…

| 接 續 | {名詞}＋という＋{名詞}

| 説 明 | 「と」用在引用一段話或句子；「という」用在提示出某個名稱。

| 例 文 | その 店は 何と いう 名前ですか。

那家店叫什麼名字？

から～まで、まで～から

(1) 從…到…；到…從…；(2) 從…到…；到…從…

| 接 續 | {名詞}＋から＋{名詞}＋まで；{名詞}＋まで＋{名詞}＋から

| 意思1 | 【時間範圍】 表示時間的範圍，也就是某動作發生在某期間，「から」前面的名詞是開始的時間，「まで」前面的名詞是結束的時間。中文意思是：「從…到…」。

| 例 文 | 仕事は 9時から 3時までです。

工作時間是從九點到三點。

| 注 意 | 〖まで～から〗 表示時間的範圍，也可用「まで～から」。中文意思是：「到…從…」。

| 例 文 | 試験の 日まで、今日から 頑張ります。

從今天開始努力用功到考試那天為止。

| 意思2 | 【距離範圍】 表示移動的範圍，「から」前面的名詞是起點，「まで」前面的名詞是終點。中文意思是：「從…到…」。

| 例 文 | うちから 駅まで 歩きます。

從家裡走到車站。

| 注 意 | 〖まで～から〗 表示距離的範圍，也可用「まで～から」。中文意思是：「到…從…」。

| 例 文 | 台湾まで、東京から 飛行機で 4時間くらいです。

從東京搭乘飛機到台灣大約需要四個小時。

比 較	や〜など

和…等

接 續	{名詞}＋や＋{名詞}＋など

說 明	「から〜まで」表示距離範圍，是「從…到…」的意思；「や〜など」則是列舉出部分的項目，是「…和…等」的意思。

例 文	机に　ペンや　ノートなどが　あります。

書桌上有筆和筆記本等等。

起點（人）＋から

從…、由…

接 續	{名詞}＋から

意 思	【起點】表示從某對象借東西、從某對象聽來的消息，或從某對象得到東西等。「から」前面就是這某對象。中文意思是：「從…、由…」。

例 文	父から　時計を　もらいました。

爸爸送了手錶給我。

比 較	離開點＋を

從…

接 續	{名詞}＋を

說 明	「から」表示起點，前面接人，表示物品、信息等的起點（提供方或來源方），也就是動作的施予者；「を」表示離開點，後面接帶有離開或出發意思的動詞，表示離開某個具體的場所、交通工具、出發地點。

例 文	学校を　卒業します。

從學校畢業。

名詞＋の＋名詞
…的…

(接續) ｛名詞｝＋の＋｛名詞｝

(意思) 【所屬】用於修飾名詞，表示該名詞的所有者、內容說明、作成者、數量、材料、時間及位置等等。中文意思是：「…的…」。

(例文) 母の 料理は おいしいです。
媽媽做的菜很好吃。

(比較) 名詞＋の
…的…

(接續) ｛名詞｝＋の

(說明) 「名詞＋の＋名詞」表示所屬，在兩個名詞中間，做連體修飾語，表示所屬、內容說明、作成者、數量、同位語及位置基準等等；「名詞＋の」表名詞修飾主語，表示句中的小主語。和「が」同義。也就是「の」所連接的詞語具有小主語的功能。例如：「あの髪の（＝が）長い女の子は誰ですか／那個長頭髮的女孩是誰？」

(例文) 姉の 作った 料理です。
這是姊姊做的料理。

名詞＋の
…的

(接續) ｛名詞｝＋の

(意思) 【省略名詞】準體助詞「の」後面可省略前面出現過，或無須說明大家都能理解的名詞，不需要再重複，或替代該名詞。中文意思是：「…的」。

(例文) この パソコンは 会社のです。
這台電腦是公司的。

形容詞＋の

…的

接 續 ｛形容詞基本形｝＋の

說 明 為了避免重複，用形式名詞「の」代替前面提到過的，無須說明大家都能理解的名詞，或後面將要說明的事物、場所等；「形容詞＋の」表示修飾「の」。形容詞後面接的「の」是一個代替名詞，代替句中前面已出現過，或是無須解釋就明白的名詞。

例 文 トマトは　赤いのが　おいしいです。

蕃茄要紅的才好吃。

名詞＋の

…的…

接 續 ｛名詞｝＋の

意 思 **【修飾句中小主語】** 表示修飾句中的小主語，意義跟「が」一樣，例如：「あの背の（＝が）低い人は田中さんです／那位小個子的是田中先生」。大主題用「は」表示，小主語用「の」表示。中文意思是：「…的…」。

例 文 母の　作った　料理を　食べます。

我要吃媽媽做的菜。

比 較 **は～が**

接 續 ｛名詞｝＋は＋｛名詞｝＋が

說 明 「の」可以表示修飾句中的小主語；「は～が」表主題，接在名詞的後面，可以表示這個名詞就是大主題。如「私は映画が好きです／我喜歡看電影」。

例 文 京都は、寺が　多いです。

京都有很多寺院。

4 副助詞の使用
副助詞的使用

001 は〜です	008 にも、からも、でも
002 は〜ません	009 か
003 は〜が	010 か〜か〜
004 は〜が、〜は〜	011 ぐらい、くらい
005 も	012 だけ
006 も（強調）	013 しか＋否定
007 には、へは、とは	014 ずつ

001　　　　　　　　　　　　　　　　　　　　　　　　　　Track N5-031

は〜です
…是…

（接 續）　{名詞}＋は＋{敘述的內容或判斷的對象之表達方式}＋です

（意 思）　**【提示】**助詞「は」表示主題。所謂主題就是後面要敘述的對象，或判斷的對象，而這個敘述的內容或判斷的對象，只限於「は」所提示的範圍。用在句尾的「です」表示對主題的斷定或是說明。中文意思是：「…是…」。

（例 文）　今日は　暑いです。
今天很熱。

（注 意）　**〖省略「私は」〗**為了避免過度強調自我，用這個句型自我介紹時，常將「私は」省略。

（例 文）　(私は)李芳です。よろしく　お願いします。
（我叫）李芳，請多指教。

（比 較）　**は〜ことだ**
也就是…的意思

（接 續）　{名詞}＋は＋{名詞}＋のことだ

（說 明）　「は〜です」表示提示，提示已知事物作為談論的話題。助詞「は」用在提示主題，「です」表示對主題的斷定或是說明；「は〜ことだ」表示說明。表示對名稱的解釋。

例 文 TV は　テレビの　ことです。
所謂 TV 也就是電視的意思。

は～ません

(1) 不…；(2) 不…

接 續　{名詞}＋は＋{否定的表達形式}

意思1　【名詞的否定句】表話題，表示名詞的否定句，用「は～ではありません」表提示的形式，表示「は」前面的主題，不屬於「ではありません」前面的名詞。中文意思是：「不…」。

例 文　私は　アメリカ人では　ありません。
我不是美國人。

意思2　【動詞的否定句】表示動詞的否定句，後面接否定「ません」，表示「は」前面的名詞或代名詞是動作、行為否定的主體。中文意思是：「不…」。

例 文　趙さんは　お酒を　飲みません。
趙先生不喝酒。

比 較　**動詞（現在否定）**

沒…、不…

接 續　{動詞ます形}＋ません

說 明　「は～ません」是動詞否定句，後接否定助詞「ません」，表示「は」前面的名詞或代名詞是動作、行為否定的主體；「動詞（現在否定）」也是動詞後接否定助詞「ません」就形成了現在否定式的敬體了。

例 文　今日は　お風呂に　入りません。
今天不洗澡。

は～が

(接 續)　{名詞}＋は＋{名詞}＋が

(意 思)　**【話題】**表示以「は」前接的名詞為話題對象，對於這個名詞的一個部分或屬於它的物體（「が」前接的名詞）的性質、狀態加以描述。

(例 文)　私は　新しい　靴が　欲しいです。
　　　　我想要一雙新鞋。

(比 較)　## は～です
　　　　…是…

(接 續)　{名詞}＋は＋{敘述的內容或判斷的對象}＋です

(說 明)　「は～が」表話題，表示對主語（話題對象）的從屬物的狀態、性質進行描述；「は～です」表提示，表示提示句子的主題部分，接下來一個個說明，也就是對主題進行解說或斷定。

(例 文)　花子は　きれいです。
　　　　花子很漂亮。

は～が、～は～

但是…

(接 續)　{名詞}＋は＋{名詞です（だ）；形容詞・動詞丁寧形（普通形）}＋が、{名詞}＋は

(意 思)　**【對比】**「は」除了提示主題以外，也可以用來區別、比較兩個對立的事物，也就是對照地提示兩種事物。中文意思是：「但是…」。

(例 文)　掃除は　しますが、料理は　しません。
　　　　我會打掃，但不做飯。

(注 意)　〖口語－けど〗在一般口語中，可以把「が」改為「けど」。中文意思是：「但是…」。

(例 文)　ワインは　好きだけど、ビールは　好きじゃない。
　　　　雖然喜歡喝紅酒，但並不喜歡喝啤酒。

は～で、～です

是…，是…

接　續　{名詞}＋は＋{名詞で；形容動詞詞幹で；形容詞くて}＋{名詞；形容動詞詞幹；形容詞普通形}＋です

說　明　「は～が、～は～」表對比，用在比較兩件事物；但「は～で、～です」表並列，是針對一個主題，將兩個敘述合在一起說。

例　文　これは　果物で　有名です。
這是水果，享有盛名。

も

(1) 也…也…、都是…；(2) 也、又；(3) 也和…也和…

意思1　**【並列】**{名詞}＋も＋{名詞}＋も。表示同性質的東西並列或列舉。中文意思是：「也…也…、都是…」。

例　文　父も　母も　元気です。
家父和家母都老當益壯。

意思2　**【累加】**{名詞}＋も。可用於再累加上同一類型的事物。中文意思是：「也、又」。

例　文　マリさんは　学生です。ケイトさんも　学生です。
瑪麗小姐是大學生，肯特小姐也是大學生。

意思3　**【重覆】**{名詞}＋とも＋{名詞}＋とも。重覆、附加或累加同類時，可用「とも～とも」。中文意思是：「也和…也和…」。

例　文　私は　マリさんとも　ケイトさんとも　友達です。
瑪麗小姐以及肯特小姐都是我的朋友。

注　意　〔**格助詞＋も**〕{名詞}＋{格助詞}＋も。表示累加、重複時，「も」除了接在名詞後面，也有接在「名詞＋格助詞」之後的用法。

例　文　京都にも　大阪にも　行ったことが　あります。
我去過京都也去過大阪。

| 比 較 | **か** |

或者…

| 接 續 | {名詞}＋か＋{名詞} |

| 說 明 | 「も」表示並列或累加、重複時，這些被舉出的事物，都符合後面的敘述；但「か」表示選擇，要在列舉的事物中，選出一個。 |

| 例 文 | ペンか　鉛筆で　書きます。 |

用原子筆或鉛筆寫。

も

竟、也

| 接 續 | {數量詞}＋も |

| 意 思 | 【強調】「も」前面接數量詞，表示數量比一般想像的還多，有強調多的作用。含有意外的語意。中文意思是：「竟、也」。 |

| 例 文 | 家から　大学まで　2時間も　かかります。 |

從家裡到大學要花上兩個鐘頭。

| 比 較 | **ずつ** |

每、各

| 接 續 | {數量詞}＋ずつ |

| 說 明 | 兩個文法都接在數量詞後面，但「も」是強調數量比一般想像的還多；「ずつ」表示數量是平均分配的。 |

| 例 文 | みんなで　100円ずつ　出します。 |

大家各出 100 日圓。

には、へは、とは

(接 續) ｛名詞｝＋には、へは、とは

(意 思) 【強調】格助詞「に、へ、と」後接「は」，有特別提出格助詞前面的名詞的作用。

(例 文) この　部屋<ruby>へや<rt></rt></ruby>には　大<ruby>おお<rt></rt></ruby>きな　窓<ruby>まど<rt></rt></ruby>が　あります。
這個房間有一扇大窗戶。

| 比 較 | **にも、からも、でも**

(接 續) ｛名詞｝＋にも、からも、でも

(說 明) 「は」表強調，前接格助詞時，是用在特別提出格助詞前面的名詞的時候；「も」也表強調，前接格助詞時，表示除了格助詞前面的名詞以外，還有其他的人事物。

(例 文) テストは　私<ruby>わたし<rt></rt></ruby>にも　難<ruby>むずか<rt></rt></ruby>しいです。
考試對我而言也很難。

にも、からも、でも

(接 續) ｛名詞｝＋にも、からも、でも

(意 思) 【強調】格助詞「に、から、で」後接「も」，表示不只是格助詞前面的名詞以外的人事物。

(例 文) これは　インターネットでも　買<ruby>か<rt></rt></ruby>えます。
這東西在網路上也買得到。

| 比 較 | **なにも、だれも、どこへも**
也（不）…、都（不）…

(接 續) なにも、だれも、どこへも＋｛否定表達方式｝

| 說 明 | 格助詞「に、から、で」後接「も」，表示除了格助詞前面的名詞以外，還有其他的人事物，有強調語氣；「も」上接疑問代名詞「なに、だれ、どこへ」，下接否定語，表示全面的否定。 |

| 例 文 | 今日は　何も　食べませんでした。
今天什麼也沒吃。 |

---

009 Track N5-039

か

或者…

| 接 續 | {名詞}＋か＋{名詞} |

| 意 思 | 【選擇】表示在幾個當中，任選其中一個。中文意思是：「或者…」。 |

| 例 文 | バスか　自転車で　行きます。
搭巴士或騎自行車前往。 |

| 比 較 | **か～か～** |

…或是…

| 接 續 | {名詞}＋か＋{名詞}＋か；{形容詞普通形}＋か＋{形容詞普通形}＋か；{形容動詞詞幹}＋か＋{形容動詞詞幹}＋か；{動詞普通形}＋か＋{動詞普通形}＋か |

| 說 明 | 兩個都表選擇。「か」表示在幾個名詞當中，任選其中一個，或接意思對立的兩個選項，表示從中選出一個；「か～か～」會接兩個（或以上）並列的句子，表示提供聽話人兩個（或以上）方案，要他從中選一個出來。 |

| 例 文 | 暑いか　寒いか　分かりません。
不知道是熱還是冷。 |

か～か～

(1)…呢？還是…呢；(2)…或是…

(接　續) {名詞}＋か＋{名詞}＋か；{形容詞普通形}＋か＋{形容詞普通形}＋か；{形容動詞詞幹}＋か＋{形容動詞詞幹}＋か；{動詞普通形}＋か＋{動詞普通形}＋か

(意思1) 【疑問】「～か＋疑問詞＋か」中的「～」是舉出疑問詞所要問的其中一個例子。中文意思是：「…呢？還是…呢」。

(例　文) 海か　どこか、遠いところへ　行きたいな。
真想去海邊或是某個地方，總之離這裡越遠越好。

(意思2) 【選擇】「か」也可以接在幾個選擇項目的後面，表示在幾個當中，任選其中一個。中文意思是：「…或是…」。

(例　文) 好きか　嫌いか　知りません。
不知道喜歡還是討厭。

(比　較) **か～ないか～**

是不是…呢

(接　續) {名詞}＋か＋{名詞}＋ないか；{形容詞普通形}＋か＋{形容詞普通形}＋ないか；{形容動詞詞幹}＋か＋{形容動詞詞幹}＋ないか；{動詞普通形}＋か＋{動詞普通形}＋ないか

(說　明) 「か～か～」表選擇，表示疑問並選擇；「か～ないか～」也表示選擇，表示不確定的內容的選擇。

(例　文) おもしろいか　おもしろくないか　分かりません。
我不知道是否有趣。

ぐらい、くらい

(1) 大約、左右；(2) 大約、左右、上下；和…一樣…

(接　續) {數量詞}＋ぐらい、くらい

（意思1）【數量】一般用在無法預估正確的約略數量，或是數量不明確的時候。中文意思是：「大約、左右」。

（例文）この　お皿は　100万円くらい　しますよ。
這枚盤子價值大約一百萬圓喔！

（意思2）【時間】用於對某段時間長度的推測、估計。中文意思是：「大約、左右、上下」。

（例文）もう　20年ぐらい　日本に　住んで　います。
已經住在日本大約 20 年。

（注意）〔程度相同〕可表示兩者的程度相同，常搭配「と同じ」。中文意思是：「和…一樣…」。

（例文）私の　国は　日本の　夏と　同じぐらい　暑いです。
我的國家差不多和日本的夏天一樣熱。

（比較）**ごろ**
左右

（接續）{名詞}＋ごろ

（說明）兩個都表時間。表示時間的估計時，「ぐらい」前面可以接一段時間，或是某個時間點。而「ごろ」前面只能接某個特定的時間點。在前接時間點時，「ごろ」後面的「に」可以省略，但「ぐらい」後面的「に」一定要留著。

（例文）2005年ごろから　北京に　いました。
我從 2005 年左右就待在北京。

だけ
只、僅僅

（接續）{名詞（＋助詞＋）}＋だけ；{名詞；形容動詞詞幹な}＋だけ；{形容詞・動詞普通形}＋だけ

（意思）【限定】表示只限於某範圍，除此以外沒有別的了。用在限定數量、程度，也用在人物、物品、事情等。中文意思是：「只、僅僅」。

例 文 午前中だけ　働きます。
只在上午工作。

比 較 **まで**
到…

接 續 {名詞}＋まで

說 明 「だけ」表限定，用在限定的某範圍。後面接肯定、否定都可以，而且
不一定有像「しか＋否定」含有不滿、遺憾的心情；「まで」表範圍終點，
表示距離或時間的範圍終點。可以表示結束的時間、場所。也可以表示
動作會持續進行到某時間點。

例 文 夕ご飯の　時間まで、今から　少し　寝ます。
現在先睡一下，等吃晚飯的時候再起來。

しか＋否定
(1) 僅僅；(2) 只

接 續 {名詞 (＋助詞)}＋しか～ない

意思1 **【程度】** 強調數量少、程度輕。常帶有因不足而感到可惜、後悔或困擾
的心情。中文意思是：「僅僅」。

例 文 テストは　半分しか　できませんでした。
考卷上的題目只答得出一半而已。

意思2 **【限定】**「しか」下接否定，表示對「人、物、事」的限定。含有除此
之外再也沒有別的了的意思。中文意思是：「只」。

例 文 ラフマンさんは　野菜しか　食べません。
拉夫曼先生只吃蔬菜。

比 較 **だけ**
只、僅僅

接 續 {名詞 (＋助詞)}＋だけ；{名詞；形容動詞詞幹な}＋だけ；{[形容詞・動詞]
普通形}＋だけ

兩個文法意思都是「只有」，表限定。但「しか」後面一定要接否定形。「だけ」後面接肯定、否定都可以，而且不一定有像「しか＋否定」含有不滿、遺憾的心情。

例 文 あの　人は、顔が　きれいなだけです。
那個人的優點就只有長得漂亮。

014

ずつ
每、各

接 續 {數量詞} ＋ずつ

意 思 【等量均攤】接在數量詞後面，表示平均分配的數量。中文意思是：「每、各」。

例 文 空が　少しずつ　暗く　なって　きました。
天色逐漸暗了下來。

比 較 **數量＋で＋數量**
共…

接 續 {數量詞} ＋で＋ {數量詞}

說 明 「ずつ」表等量均攤，前接數量詞，表示數量是等量均攤，平均分配的；「で」表數量總和，前後可接數量、金額、時間單位等，表示總額的統計。

例 文 ３本で　100円です。
三條總共一百日圓。

5 その他の助詞と接尾語の使用

其他助詞及接尾語的使用

001

が

（接　続）　{句子}＋が

（意　思）　**【前置詞】** 在向對方詢問、請求、命令之前，作為一種開場白使用。

（例　文）　もしもし、高木ですが、陳さんは　いますか。

喂，敝姓高木，請問陳小姐在嗎？

比較　けれど (も)、けど

雖然、可是、但…

（接　続）　{[形容詞・形容動詞・動詞] 普通形 (丁寧形)}＋けれど (も)、けど

（説　明）　「が」表前置詞，表示為後句做鋪墊的開場白。「けれど (も)」表逆接，表示前後句的內容是對立的。

（例　文）　病院に　行きましたけれども、悪い　ところは　見つかりません
でした。

我去了醫院一趟，不過沒有發現異狀。

が
但是…

(接續) {名詞です（だ）；形容動詞詞幹だ；形容詞・動詞丁寧形（普通形）}＋が

(意思) 【逆接】表示連接兩個對立的事物，前句跟後句內容是相對立的。中文意思是：「但是…」。

(例文) 外は　寒いですが、家の　中は　暖かいです。
雖然外面很冷，但是家裡很溫暖。

(比較) **から**
因為…

(接續) {[形容詞・動詞]普通形}＋から；{名詞；形容動詞詞幹}＋だから

(說明) 「が」表逆接，「が」的前、後項是對立關係，屬於逆接的用法；但「から」表原因，表示因為前項而造成後項，前後是因果關係，屬於順接的用法。

(例文) 忙しいから、新聞を　読みません。
因為很忙，所以不看報紙。

疑問詞＋が

(接續) {疑問詞}＋が

(意思) 【疑問詞主語】當問句使用「だれ、どの、どこ、なに、どれ、いつ」等疑問詞作為主語時，主語後面會接「が」。

(例文) 右の　絵と　左の　絵は、どこが　違いますか。
右邊的圖和左邊的圖有不一樣的地方嗎？

(比較) **疑問詞＋も＋否定（完全否定）**
也（不）…

(接續) {疑問詞}＋も＋～ません

| 說 明 | 「疑問詞＋が」當問句使用疑問詞作為主語時，主語後面會接「が」，以構成疑問句中的主語。回答時主語也必須用「が」；「も」上接疑問詞，下接否定語，表示全面的否定。 |

| 例 文 | 机の 上には 何も ありません。 |

桌上什麼東西都沒有。

疑問詞＋か

| 接 續 | {疑問詞}＋か |

| 意 思 | 【不明確】「か」前接「なに、いくつ、どこ、いつ、だれ、いくら、どれ」等疑問詞後面，表示不明確、不肯定，或沒必要說明的事物。 |

| 例 文 | 何か 食べませんか。 |

要不要吃點什麼？

| 比 較 | **句子＋か** |

嗎、呢

| 接 續 | {句子}＋か |

| 說 明 | 「疑問詞＋か」的前面接疑問詞，表示不明確、不肯定，沒有辦法具體說清楚，或沒必要說明的事物；「句子＋か」的前面接句子，表疑問句，表示懷疑或不確定。用在問別人自己想知道的事時。 |

| 例 文 | あなたは 学生ですか。 |

你是學生嗎？

句子＋か

嗎、呢

| 接 續 | {句子}＋か |

| 意 思 | 【疑問句】接於句末，表示問別人自己想知道的事。中文意思是：「嗎、呢」。 |

（例文）あなたは　アメリカ人ですか。
請問您是美國人嗎？

（比較）**句子＋よ**
…喔、…啦、…啊

（接續）{句子}＋よ

（說明）終助詞「か」表疑問句，表示懷疑或不確定，用在問別人自己想知道的事；終助詞「よ」表注意等，用在促使對方注意，或使對方接受自己的意見時。

（例文）あ、危ない！車が　来ますよ！
啊！危險！車子來了喔！

006

句子＋か、句子＋か
是…，還是…

（接續）{句子}＋か、{句子}＋か

（意思）**【選擇性的疑問句】** 表示讓聽話人從不確定的兩個事物中，選出一樣來。中文意思是：「是…，還是…」。

（例文）明日は　暑いですか、寒いですか。
明天氣溫是熱還是冷呢？

（比較）**とか～とか**
…啦…啦、…或…、及…

（接續）{名詞；[形容詞・形容動詞・動詞]辭書形}＋とか＋{名詞；[形容詞・形容動詞・動詞]辭書形}＋とか

（說明）「か～か」表選擇性的疑問句，會接句子，表示提供聽話人兩個方案，要他選出來；但「とか～とか」表列舉，接名詞、動詞基本形、形容詞或形容動詞，表示從眾多同類人事物中，舉出兩個來加以說明。

（例文）きれいだとか、かわいいとか、よく　言われます。
常有人誇獎我真漂亮、真可愛之類的。

句子＋ね

(1)…啊；(2)…吧；(3)…啊；(4)…都、…喔、…呀、…呢

接　續　{句子}＋ね

意思1　【感嘆】 表示輕微的感嘆。中文意思是：「…啊」。

例　文　健ちゃんは　いつも　元気ですね。
小健總是活力充沛啊。

意思2　【確認】 表示跟對方做確認的語氣。中文意思是：「…吧」。

例　文　土曜日、銀行は　休みですよね。
星期六，銀行不營業吧？

意思3　【思索】 表示思考、盤算什麼的意思。中文意思是：「…啊」。

例　文　「そうですね…。」
「這樣啊……。」

意思4　【認同】 徵求對方的認同。中文意思是：「…都、…喔、…呀、…呢」。

例　文　疲れましたね。休みましょう。
累了吧，我們休息吧。

注　意　〖對方也知道〗 基本上使用在說話人認為對方也知道的事物。

例　文　だんだん　寒く　なって　きましたね。
天氣越來越冷了。

比　較　**句子＋よ**
…喔、…啦、…啊

接　續　{句子}＋よ

說　明　終助詞「ね」表認同，主要是表示徵求對方的同意，也可以表示感動，而且使用在認為對方也知道的事物；終助詞「よ」則表注意等，表示將自己的意見或心情傳達給對方，使用在認為對方不知道的事物。

例　文　今日は　土曜日ですよ。
今天是星期六喔。

句子＋よ

(1)…喲；(2)…喔、…喲、…啊

接 續　{句子}＋よ

意思1　**【注意】** 請對方注意。中文意思是：「…喲」。

例 文　もう　8時_{はちじ}ですよ。起きて_お　ください。

已經八點了喲，快起床！

意思2　**【肯定】** 向對方表肯定、提醒、說明、解釋、勸誘及懇求等，用來加強語氣。中文意思是：「…喔、…喲、…啊」。

例 文　「お元気_{げんき}ですか。」「ええ、私_{わたし}は　元気_{げんき}ですよ。」

「最近好嗎？」「嗯，我很好喔！」

注 意　〖**對方不知道**〗基本上使用在說話人認為對方不知道的事物，想引起對方注意。

例 文　この　店_{みせ}の　パン、おいしいですよ。

這家店的麵包很好吃喔！

比 較　# 句子＋の

…嗎

接 續　{句子}＋の

說 明　「よ」表示注意及肯定。表示提醒、囑咐對方注意他不知道，或不瞭解的訊息，也表示肯定；「の」表示疑問，例如：「誰_{だれ}が好_すきなの／你喜歡誰呢？」。

例 文　行_いって　らっしゃい。何時_{なんじ}に　帰_{かえ}るの。

路上小心。什麼時候回來？

じゅう

(1)…內、整整；(2) 全…、…期間

接 續　{名詞}＋じゅう

意思1　【空間】可用「空間＋中」的形式，接場所、範圍等名詞後，表示整個範圍內出現了某事，或存在某現象。中文意思是：「…內、整整」。

例 文　この　歌は　世界中の　人が　知って　います。
　　　　這首歌舉世聞名。

意思2　【時間】日語中有自己不能單獨使用，只能跟別的詞接在一起的詞，接在詞前的叫接頭語，接在詞尾的叫接尾語。「中」是接尾詞。接時間名詞後，用「時間＋中」的形式表示在此時間的「全部、從頭到尾」，一般寫假名。中文意思是：「全…、…期間」。

例 文　あの　子は　一日中、ゲームを　して　います。
　　　　這孩子從早到晚都在打電玩。

比 較　**ちゅう**
　　　　…中、正在…、…期間

接 續　{動作性名詞}＋ちゅう

說 明　「じゅう」前接空間相關詞，表示整個區域內，到處都是。「じゅう」前接時間相關詞，表示整個期間內，一直都是；「ちゅう」前接動作或狀態相關詞，表示這某一動作、狀態正在持續中。「ちゅう」前接期間相關詞，表示某整個時間段的範圍內。

例 文　沼田さんは　ギターの　練習中です。
　　　　沼田先生現在正在練習彈吉他。

ちゅう

…中、正在…、…期間

接 續　{動作性名詞}＋ちゅう

| 意思 | 【正在繼續】「中」接在動作性名詞後面，表示此時此刻正在做某件事情，或某狀態正在持續中。前接的名詞通常是與某活動有關的詞。中文意思是：「…中、正在…、…期間」。 |

| 例文 | 食事中に 携帯電話を 見ないで ください。
吃飯時請不要滑手機。 |

| 比較 | **動詞＋ています**
正在… |

| 接續 | {動詞て形}＋います |

| 說明 | 兩個文法都表示正在進行某個動作，但「ちゅう」表正在繼續，前面多半接名詞，接動詞的話要接連用形；而「ています」表動作的持續，前面要接動詞て形。 |

| 例文 | 伊藤さんは 電話を して います。
伊藤先生在打電話。 |

011　　　　　　　　　　　　　　　　　　Track N5-055

ごろ
左右

| 接續 | {名詞}＋ごろ |

| 意思 | 【時間】表示大概的時間點，一般只接在年、月、日，和鐘點的詞後面。中文意思是：「左右」。 |

| 例文 | この 山は、毎年 今ごろが 一番 きれいです。
這座山每年這個時候是最美的季節。 |

| 比較 | **ぐらい、くらい**
大約、左右、上下 |

| 接續 | {數量詞}＋ぐらい、くらい |

| 說明 | 表示時間的估計時，「ごろ」表時間，前面只能接某個特定的時間點；而「ぐらい」也表時間，前面可以接一段時間，或是某個時間點。前接時間點時，「ごろ」後面的「に」可以省略，但「ぐらい」後面的「に」一定要留著。 |

例 文 昨日は　6時間ぐらい　寝ました。

昨天睡了６小時左右。

すぎ、まえ

(1)…多；(2)差…、…前；(3)…前、未滿…；(4)過…

接　續 {時間名詞}＋すぎ、まえ

意思1 【年齡】接尾詞「すぎ」，也可用在年齡，表示比那年齡稍長。中文意思是：「…多」。

例 文 30 過ぎの　黒い　服の　男を　見ましたか。

你有沒有看到一個三十多歲、身穿黑衣服的男人？

意思2 【時間】接尾詞「まえ」，接在表示時間名詞後面，表示那段時間之前，如：「10時3分前（差3分鐘10點）」。中文意思是：「差…、…前」。

例 文 2年前に　結婚しました。

我兩年前結婚了。

意思3 【年齡】接尾詞「まえ」，也可用在年齡，表示還未到那年齡。中文意思是：「…前、未滿…」。

例 文 まだ　二十歳まえの　子供が　二人います。

我有兩個還沒滿二十歲的小孩。

意思4 【時間】接尾詞「すぎ」，接在表示時間名詞後面，表示比那時間稍後。中文意思是：「過…」。

例 文 毎朝　8時過ぎに　家を　出ます。

每天早上八點過後出門。

比　較 **時間＋に**

在…

接　續 {時間詞}＋に

說　明 兩個都表時間。「すぎ、まえ」是名詞的接尾詞，表示在某個時間基準點的後或前；「時間＋に」的「に」是助詞，表時間，表示進行動作的某個時間點。

（例 文）夏休みに　旅行します。

暑假會去旅行。

013　

たち、がた、かた

…們

（接 續）{名詞}＋たち、がた、かた

（意 思）**【人的複數】** 接尾詞「たち」接在「私」、「あなた」等人稱代名詞的後面，表示人的複數。但注意有「私たち」、「あなたたち」、「彼女たち」但無「彼たち」。中文意思是:「…們」。

（例 文）私たちは　日本語学校の　生徒です。

我們是這所日語學校的學生。

（注意1）〖**更有禮貌－がた**〗接尾詞「方」也是表示人的複數的敬稱，說法更有禮貌。

（例 文）あなた方は　台湾人ですか。

請問您們是台灣人嗎？

（注意2）〖**人→方**〗「方」是對「人」表示敬意的說法。

（例 文）あの　方は　大学の　先生です。

那一位是大學教授。

（注意3）〖**人們→方々**〗「方々」是對「人たち（人們）」表示敬意的說法。

（例 文）留学中は、たくさんの　方々に　お世話に　なりました。

留學期間承蒙諸多人士的關照。

（比 較）**ら**

…們；…些

（接 續）{名詞}＋ら

（說 明）「たち」前接人物或人稱代名詞，表示人物的複數；但要表示「彼」的複數，就要用「彼＋ら」的形式。「ら」前接人物或人稱代名詞，也表示人或物的複數，但說法比較隨便。「ら」也可以前接物品或事物名詞，表示複數。

例文 これらは　私（わたし）のです。
這些是我的。

014　　Track N5-058

かた

…法、…樣子

接續 {動詞ます形}＋かた

意思 **【方法】**表示方法、手段、程度跟情況。中文意思是：「…法、…樣子」。

例文 それは、あなたの　言（い）い方（かた）が　悪（わる）いですよ。
那該怪你措辭失當喔！

比較 [方法・手段]＋で

用…

接續 {名詞}＋で

說明 「かた」前接動詞ます形，表示動作的方法、手段、程度跟情況；「[方法・手段]＋で」前接名詞，表示採用或通過什麼方法、手段來做後項，或達到目的。

例文 鉛筆（えんぴつ）で　絵（え）を　描（か）きます。
用鉛筆畫畫。

Chapter 6 疑問詞の使用
疑問詞的使用

001 Track N5-059

なに、なん
什麼

接續 なに、なん＋{助詞}

意思 【問事物】「何（なに、なん）」代替名稱或情況不瞭解的事物，或用在詢問數字時。一般而言，表示「どんな（もの）」（什麼東西）時，讀作「なに」。中文意思是：「什麼」。

例文 休みの 日は 何を しますか。
假日時通常做什麼？

注意1 〖唸作なん〗表示「いくつ（多少）」時讀作「なん」。但是，「何だ」、「何の」一般要讀作「なん」。詢問理由時「何で」也讀作「なん」。

例文 今、何時ですか。
現在幾點呢？

注意2 〖唸作なに〗詢問道具時的「何で」跟「何に」、「何と」、「何か」兩種讀法都可以，但是「なに」語感較為鄭重，而「なん」語感較為粗魯。

例文 「何で 行きますか。」「タクシーで 行きましょう。」
「要用什麼方式前往？」「搭計程車去吧！」

| 比 較 | **なに＋か**
某些、什麼 |

（接 續）　なに＋か＋｛句子｝

（說 明）　「なに」表示問事物。用來代替名稱或未知的事物，也用在詢問數字；「なに＋か（は、が、を）」表示不確定。不確定做什麼動作、有什麼東西、是誰或是什麼。「か」後續的助詞「は、が、を」可以省略。

（例 文）　暑いから、何か　飲みましょう。
好熱喔，去喝點什麼吧！

だれ、どなた
誰；哪位…

（接 續）　だれ、どなた＋｛助詞｝

（意 思）　【問人】「だれ」不定稱是詢問人的詞。它相對於第一人稱，第二人稱和第三人稱。中文意思是：「誰」。

（例 文）　あの　人は　誰ですか。
那個人是誰？

（注 意）　〖客氣－どなた〗「どなた」和「だれ」一樣是不定稱，但是比「だれ」說法還要客氣。中文意思是：「哪位…」。

（例 文）　あの　方は　どなたですか。
那一位該怎麼稱呼呢？

| 比 較 | **だれ＋か**
某人 |

（接 續）　だれ＋か＋｛句子｝

（說 明）　兩個都表問人。「だれ」通常只出現在疑問句，用來詢問人物；「だれ＋か」則是代替某個不確定，或沒有特別指定的某人，而且不只能用在疑問句，也可能出現在肯定句等。

（例 文）　誰か　いませんか。
有人在嗎？

いつ
何時、幾時

(接續) いつ＋{疑問的表達方式}

(意思) 【問時間】 表示不肯定的時間或疑問。中文意思是：「何時、幾時」。

(例文) あなたの　誕生日は　いつですか。
你生日是哪一天呢？

(比較) **いつ＋か**
不知什麼時候

(接續) いつ＋か＋{句子}

(說明) 兩個都表問時間。「いつ」通常只出現在疑問句，用來詢問時間；「いつ＋か」則是代替過去或未來某個不確定的時間，而且不只能用在疑問句，也可能出現在肯定句等。

(例文) いつか　旅行に　行きましょう。
找一天去旅行吧！

いくつ
(1) 幾歲；(2) 幾個、多少

(接續) {名詞（＋助詞）}＋いくつ

(意思1) 【問年齡】 也可以詢問年齡。中文意思是：「幾歲」。

(例文) 「美穂ちゃん、いくつ。」「三つ。」
「美穂小妹妹，妳幾歲？」「三歲！」

(注意) 〖お＋いくつ〗「おいくつ」的「お」是敬語的接頭詞。

(例文) 「お母様は　おいくつですか。」「母は　もう　９０です。」
「請問令堂貴庚呢？」「家母已經高齡九十了。」

意思2 【問個數】表示不確定的個數，只用在問小東西的時候。中文意思是：「幾個、多少」。

例文 卵は　いくつ　ありますか。

蛋有幾顆呢？

比較 いくら

多少

接續 {名詞（＋助詞）}＋いくら

說明 兩個文法都用來問數字問題，「いくつ」用在問東西的個數，大概就是英文的「how many」，也能用在問人的年齡；「いくら」可以問價格、時間、距離等數量，大概就是英文的「how much」，但不能拿來問年齡。

例文 この　本は　いくらですか。

這本書多少錢？

いくら

(1) 多少；(2) 多少

接續 {名詞（＋助詞）}＋いくら

意思1 【問數量】表示不明確的數量、程度、工資、時間、距離等。中文意思是：「多少」。

例文 東京から　大阪まで　時間は　いくら　かかりますか。

從東京到大阪要花多久時間呢？

意思2 【問價格】表示不明確的數量，一般較常用在價格上。中文意思是：「多少」。

例文 空港まで　タクシーで　いくら　かかりますか。

請問搭計程車到機場的車資是多少呢？

比較	どのぐらい、どれぐらい

多（久）…

接續	どのぐらい、どれぐらい＋{詢問的內容}

說明	「いくら」表問價格，可以表示詢問各種不明確的數量，但絕大部份用在問價錢，也表示程度；「どのぐらい」表問多久，用在詢問數量及程度。另外，「いくら」表示程度時，不會用在疑問句。譬如，想問對方「你有多喜歡我」，可以說「私のこと、どのぐらい好き」，但沒有「私のこと、いくら好き」的說法。

例文	春休みは　どのぐらい　ありますか。 春假有多長呢？

006

どう、いかが

(1) 怎樣；(2) 如何

接續	{名詞}＋はどうですか、はいかがですか

意思1	【問狀況等】「どう」詢問對方的想法及對方的健康狀況，還有不知道情況是如何或該怎麼做等，「いかが」跟「どう」一樣，只是說法更有禮貌。中文意思是：「怎樣」。

例文	「旅行は　どうでしたか。」「楽しかったです。」 「旅行玩得愉快嗎？」「非常愉快！」

意思2	【勸誘】也表示勸誘。中文意思是：「如何」。

例文	「コーヒーは　いかがですか。」「いただきます。」 「要不要喝咖啡？」「麻煩您了。」

比較	どんな

什麼樣的

接續	どんな＋{名詞}

說明	「どう、いかが」表勸誘，主要用在問對方的想法、狀況、事情「怎麼樣」，或是勸勉誘導對方做某事；「どんな」則表問事物內容，用以詢問人事物是屬於「什麼樣的」的特質或種類。

（例　文）どんな　車が　ほしいですか。

你想要什麼樣的車子？

どんな
什麼樣的

（接　續）どんな＋{名詞}

（意　思）**【問事物內容】**「どんな」後接名詞，用在詢問事物的種類、內容。中文意思是：「什麼樣的」。

（例　文）どんな　仕事が　したいですか。

您希望從事什麼樣的工作呢？

（比　較）**どう**
怎樣

（接　續）{名詞}＋はどうですか、はいかがですか

（說　明）「どんな」表問事物內容，後接名詞，用在詢問人物或事物的種類、內容、性質；「どう」表問狀況，用在詢問對方對某性質或狀態的想法、意願、意見及對方的健康狀況，還有不知道情況是如何或該怎麼做等。

（例　文）テストは　どうでしたか。

考試考得怎樣？

どのぐらい、どれぐらい
多（久）…

（接　續）どのぐらい、どれぐらい＋{詢問的內容}

（意　思）**【問多久】**表示「多久」之意。但是也可以視句子的內容，翻譯成「多少、多少錢、多長、多遠」等。「ぐらい」也可換成「くらい」。中文意思是：「多（久）…」。

（例　文）仕事は　あと　どれぐらい　かかりますか。

工作還要多久才能完成呢？

比較 **どんな**
什麼樣的

接續 どんな＋{名詞}

說明 「どのぐらい」表問多久，後接疑問句，用在詢問數量，表示「多久、多少、多少錢、多長、多遠」之意；「どんな」表問事物內容，後接名詞，用在詢問人事物的種類、內容、性質或狀態。也用在指示物品是什麼種類。

例文 どんな　本を　読みますか。
你看什麼樣的書？

なぜ、どうして

(1) 原因是…；(2) 為什麼

接續 なぜ、どうして＋{詢問的內容}

意思1 【問理由】「なぜ」跟「どうして」一樣，都是詢問理由的疑問詞。中文意思是：「原因是…」。

例文 昨日は　なぜ　来なかったんですか。
昨天為什麼沒來？

注意 〔口語－なんで〕口語常用「なんで」。

例文 なんで　泣いて　いるの。
為什麼在哭呢？

意思2 【問理由】「どうして」表示詢問理由的疑問詞。中文意思是：「為什麼」。

例文 どうして　何も　食べないんですか。
為什麼不吃不喝呢？

注意 〔後接のです〕由於是詢問理由的副詞，因此常跟請求說明的「のだ、のです」一起使用。

例文 どうして　この　窓が　開いて　いるのですか。
這扇窗為什麼是開著的呢？

| 比 較 | **どうやって～ますか**

怎樣（地）

| 接 續 | どうやって＋{詢問的內容}

| 說 明 | 「なぜ」跟「どうして」一樣，後接疑問句，都是詢問理由的疑問詞；「どうやって」問方法。後接動詞疑問句，是用在詢問做某事的方法、方式的連語。

| 例 文 | どうやって　家へ　帰りますか。

你怎麼回家的？

なにも、だれも、どこへも

也（不）…、都（不）…

| 接 續 | なにも、だれも、どこへも＋{否定表達方式}

| 意 思 | **【全面否定】**「も」上接「なに、だれ、どこへ」等疑問詞，下接否定語，表示全面的否定。中文意思是：「也（不）…、都（不）…」。

| 例 文 | 時間に　なりましたが、まだ　誰も　来ません。

約定的時間已經到了，然而誰也沒來。

| 比 較 | **疑問詞＋が**

| 接 續 | {疑問詞}＋が

| 說 明 | 「も」上接「なに、だれ、どこへ」等疑問詞，表示全面否定；「が」表示疑問詞的主語，疑問詞作為主語時，主語後面會接「が」。回答時主語也必須用「が」。

| 例 文 | どこが　痛いですか。

哪裡痛呢？

なにか、だれか、どこか
(1) 某人；(2) 去某地方；(3) 某些、什麼

接　續　なにか、だれか、どこか＋{不確定事物}

意思1　【不確定是誰】「か」接在「だれ」的後面表示不確定是誰。中文意思是：「某人」。

例　文　<ruby>誰<rt>だれ</rt></ruby>か <ruby>助<rt>たす</rt></ruby>けて ください。
快救救我啊！

意思2　【不確定是何處】「か」接在「どこ」的後面表示不肯定的某處。中文意思是：「去某地方」。

例　文　<ruby>携帯電話<rt>けいたいでんわ</rt></ruby>を どこかに <ruby>置<rt>お</rt></ruby>いて きて しまいました。
忘記把手機放到哪裡去了。

意思3　【不確定】具有不確定，沒辦法具體說清楚之意的「か」，接在疑問詞「なに」的後面，表示不確定。中文意思是：「某些、什麼」。

例　文　「<ruby>何<rt>なに</rt></ruby>か <ruby>食<rt>た</rt></ruby>べますか。」「いいえ、<ruby>今<rt>いま</rt></ruby>は けっこうです。」
「要不要吃點什麼？」「不了，現在不餓。」

比　較　**なにも、だれも、どこへも**
也（不）…、都（不）…

接　續　なにも、だれも、どこへも＋{否定表達方式}

說　明　「か」上接「なに、だれ、どこ」等疑問詞，表示不確定。也就是不確定是誰、是什麼、有沒有東西、做不做動作等；「も」上接「なに、だれ、どこへ」等疑問詞，表示全面否定。

例　文　<ruby>何<rt>なに</rt></ruby>も したく ありません。
什麼也不想做。

疑問詞＋も＋肯定／否定

(1) 也（不）…；(2) 無論…都…

（接　續）　{疑問詞}＋も＋{肯定／否定}

（意思1.）　**【全面否定】**「も」上接疑問詞，下接否定語，表示全面的否定。中文
　　　　　意思是：「也（不）…」。

（例　文）　この　部屋には　誰も　いません。
　　　　　這個房間裡沒有人。

（意思2）　**【全面肯定】**若想表示全面肯定，則以「疑問詞＋も＋肯定」形式。中
　　　　　文意思是：「無論…都…」。

（例　文）　この　店の　料理は　どれも　おいしいです。
　　　　　這家餐廳的菜每一道都很好吃。

（比　較）　**疑問詞＋か**
　　　　　…嗎

（接　續）　{疑問詞}＋か

（說　明）　「疑問詞＋も＋肯定／否定」上接疑問詞，表示全面的肯定或否定；「疑
　　　　　問詞＋か」上接疑問詞，表示不明確、不肯定，沒有辦法具體說清楚，
　　　　　或沒必要說明的事物。

（例　文）　いつか　一緒に　行きましょう。
　　　　　找一天一起去吧。

Chapter

7 指示詞の使用
指示詞的使用

001   Track N5-071

これ、それ、あれ、どれ
(1) 這個;(2) 那個;(3) 那個;(4) 哪個

意思1 【事物－近稱】這一組是事物指示代名詞。「これ（這個）」指離說話者近的事物。中文意思是:「這個」。

例文 これは　あなたの　本ですか。
這是你的書嗎？

意思2 【事物－中稱】「それ（那個）」指離聽話者近的事物。中文意思是:「那個」。

例文 それは　平野さんの　本です。
那是平野先生的書。

意思3 【事物－遠稱】「あれ（那個）」指說話者、聽話者範圍以外的事物。中文意思是:「那個」。

例文 「あれは　何ですか。」「あれは　大使館です。」
「那是什麼地方呢？」「那是大使館。」

意思4 【事物－不定稱】「どれ（哪個）」表示事物的不確定和疑問。中文意思是:「哪個」。

例文 「あなたの　鞄は　どれですか。」「その　黒いのです。」
「您的公事包是哪一個？」「黑色的那個。」

比　較	**この、その、あの、どの**

(1) 這…；(2) 那…；(3) 那…；(4) 哪…

接　續	この、その、あの、どの＋{名詞}

說　明	「これ、それ、あれ、どれ」表事物，用來代替某個事物；「この、その、あの、どの」表連體詞，是指示連體詞，後面一定要接名詞，才能代替提到的人事物。

例　文	この　家は　とても　きれいです。

這個家非常漂亮。

この、その、あの、どの

(1) 這…；(2) 那…；(3) 那…；(4) 哪…

接　續	この、その、あの、どの＋{名詞}

意思1	【連體詞－近稱】這一組是指示連體詞。連體詞跟事物指示代名詞的不同在，後面必須接名詞。「この（這…）」指離說話者近的事物。中文意思是：「這…」。

例　文	この　お菓子は　おいしいです。

這種糕餅很好吃。

意思2	【連體詞－中稱】「その（那…）」指離聽話者近的事物。中文意思是：「那…」。

例　文	その　本を　見せて　ください。

請讓我看那本書。

意思3	【連體詞－遠稱】「あの（那…）」指說話者及聽話者範圍以外的事物。中文意思是：「那…」。

例　文	あの　建物は　何ですか。

那棟建築物是什麼？

意思4	【連體詞－不定稱】「どの（哪…）」表示事物的疑問和不確定。中文意思是：「哪…」。

例　文	どの　席が　いいですか。

該坐在哪裡才好呢？

比較 **こんな**

這樣的、這麼的、如此的

接續 こんな＋{名詞}

說明 「この、その、あの、どの」是指示連體詞，後面必須接名詞，指示特定的人事物；「こんな」是程度連體詞，後面也必須接名詞，表示人事物的狀態、程度或指示人事物的種類。

例文 こんな 大_{おお}きな 木_きは 見_みたことが ない。
沒看過如此大的樹木。

---

003 Track N5-073

ここ、そこ、あそこ、どこ

(1) 這裡；(2) 那裡；(3) 那裡；(4) 哪裡

意思1 【場所－近稱】這一組是場所指示代名詞。「ここ」指離說話者近的場所。中文意思是：「這裡」。

例文 どうぞ、ここに 座_{すわ}って ください。
請坐在這裡。

意思2 【場所－中稱】「そこ」指離聽話者近的場所。中文意思是：「那裡」。

例文 お皿_{さら}は そこに 置_おいて ください。
盤子請擺在那邊。

意思3 【場所－遠稱】「あそこ」指離說話者和聽話者都遠的場所。中文意思是：「那裡」。

例文 出口_{でぐち}は あそこです。
出口在那邊。

意思4 【場所－不定稱】「どこ」表示場所的疑問和不確定。中文意思是：「哪裡」。

例文 エレベーターは どこですか。
請問電梯在哪裡？

比 較 こちら、そちら、あちら、どちら
(1) 這邊、這位；(2) 那邊、那位；(3) 那邊、那位；(4) 哪邊、哪位

説 明 「どこ」跟「どちら」都可以用來指場所、方向及位置，但「どちら」的語氣比較委婉、謹慎。後者還可以指示物品、人物、國家、公司、商店等。

例 文 あなたは どちらの お国の 方ですか。

您是哪個國家的人？

こちら、そちら、あちら、どちら

(1) 這邊、這位；(2) 那邊、那位；(3) 那邊、那位；(4) 哪邊、哪位

意思1 **【方向－近稱】**這一組是方向指示代名詞。「こちら」指離說話者近的方向。也可以用來指人，指「這位」。也可以說成「こっち」，只是前面說法比較有禮貌。中文意思是：「這邊、這位」。

例 文 こちらは 田中先生です。

這一位是田中老師。

意思2 **【方向－中稱】**「そちら」指離聽話者近的方向。也可以用來指人，指「那位」。也可以說成「そっち」，只是前面說法比較有禮貌。中文意思是：「那邊、那位」。

例 文 そちらの 椅子に お座りください。

請坐在這張椅子上。

意思3 **【方向－遠稱】**「あちら」指離說話者和聽話者都遠的方向。也可以用來指人，指「那位」。也可以說成「あっち」，只是前面說法比較有禮貌。中文意思是：「那邊、那位」。

例 文 あちらを ご覧ください。

請看一下那邊。

意思4 **【方向－不定稱】**「どちら」表示方向的不確定和疑問。也可以用來指人，指「哪位」。也可以說成「どっち」，只是前面說法比較有禮貌。中文意思是：「哪邊、哪位」。

例 文 お国は　どちらですか。
請問您來自哪個國家呢？

比 較 **このかた、そのかた、あのかた、どのかた**
這位；那位；那位；哪位

説 明 「こちら、そちら、あちら、どちら」是方向指示代名詞。也可以用來
指人，指第三人稱的「這位」等；「この方、その方、あの方、どの方」
是尊敬語，指示特定的人物。也是指第三人稱的人。但「こちら」可以
指「我，我們」，「この方」就沒有這個意思。「こちら」等可以接「さ
ま」，「この方」等就不可以。

例 文 この　方は　校長先生です。
這位是校長。

MEMO

_____

_____

_____

_____

_____

_____

_____

_____

_____

8 形容詞と形容動詞の表現

形容詞及形容動詞的表現

001 Track N5-075

形容詞 (現在肯定／現在否定)

意思1【現在否定】{形容詞詞幹}＋く＋ない (ありません)。形容詞的否定形，是將詞尾「い」轉變成「く」，然後再加上「ない (です)」或「ありません」。

例文 川の 水は 冷たく ないです。
河水並不冰涼。

意思2【未來】現在形也含有未來的意思。

例文 明日は 暑く なるでしょう。
明天有可能會變熱。

意思3【現在肯定】{形容詞詞幹}＋い。形容詞是說明客觀事物的性質、狀態或主觀感情、感覺的詞。形容詞的詞尾是「い」,「い」的前面是語幹,因此又稱作「い形容詞」。形容詞現在肯定形,表示事物目前性質、狀態等。

例文 今年の 夏は 暑いです。
今年夏天很熱。

【比較】**形容動詞（現在肯定／現在否定）**

（接 續）【現在肯定】{形容動詞詞幹}＋だ；{形容動詞詞幹}＋な＋{名詞}／【疑問】
{形容動詞詞幹}＋です＋か／【現在否定】{形容動詞詞幹}＋で＋は＋ない
（ありません）

（説 明）形容詞現在肯定式是「形容詞い」，用在對目前事物的性質、狀態進行
說明。形容詞現在否定是「形容詞い→形容詞くないです（くありませ
ん）」；形容動詞現在肯定式是「形容動詞だ」，用在對目前事物的性質、
狀態進行說明。形容動詞現在否定是「形容動詞だ→形容動詞ではない
（ではありません）」。

（例 文）花子の　部屋は　きれいです。
花子的房間整潔乾淨。

002　　　　　　　　　　　　　　　　　　　　　　　Track N5-076

形容詞（過去肯定／過去否定）

（意思1）【過去肯定】{形容詞詞幹}＋かっ＋た。形容詞的過去形，表示說明
過去的客觀事物的性質、狀態，以及過去的感覺、感情。形容詞的過去
肯定，是將詞尾「い」改成「かっ」再加上「た」，用敬體時「かった」
後面要再接「です」。

（例 文）ごちそうさまでした。おいしかったです。
謝謝招待，非常好吃！

（意思2）【過去否定】{形容詞詞幹}＋く＋ありませんでした。形容詞的過去
否定，是將詞尾「い」改成「く」，再加上「ありませんでした」。

（例 文）パーティーは　あまり　楽しく　ありませんでした。
那場派對不怎麼有意思。

（注 意）〖くなかった〗{形容詞詞幹}＋く＋なかっ＋た。也可以將現在否定
式的「ない」改成「なかっ」，然後加上「た」。

（例 文）コーヒーは　甘く　なかったです。
那杯咖啡並不甜。

接 續　【過去肯定】{形容動詞詞幹}＋だっ＋だ；{形容動詞詞幹}＋な＋{名詞}／
【過去否定】{形容動詞詞幹}＋ではありません＋でした／『詞幹ではなかっ
た』{形容動詞詞幹}＋では＋なかっ＋た

說 明　形容詞過去肯定式是「形容詞い→形容詞かった（です）」，用在對過去
事物的性質、狀態進行說明。形容詞過去否定是「形容詞い→形容詞く
なかった／くありませんでした」；形容動詞過去肯定式是「形容動詞
だ→形容動詞だった／でした」，用在對過去事物的性質、狀態進行說
明。形容動詞過去否定是「形容動詞だ→形容動詞ではなかった／では
ありませんでした」。

例 文　彼女は　昔から　きれいでした。
她以前就很漂亮。

形容詞く＋て

(1)…然後；(2)又…又…；(3)因為…

接 續　{形容詞詞幹}＋く＋て

意思1　【停頓】形容詞詞尾「い」改成「く」，再接上「て」，表示句子還沒說
完到此暫時停頓。中文意思是：「…然後」。

例 文　彼女は　美しくて　髪が　長いです。
她很美，然後頭髮是長的。

意思2　【並列】表示兩種屬性的並列（連接形容詞或形容動詞時）。中文意思
是：「又…又…」。

例 文　この　部屋は　広くて　明るいです。
這個房間既寬敞又明亮。

意思3　【原因】表示理由、原因之意，但其因果關係比「から」、「ので」還弱。
中文意思是：「因為…」。

例 文　暑くて、気分が　悪いです。
太熱了，身體不舒服。

| 比較 | 形容動詞で |

…然後；又…又…

| 接續 | {形容動詞詞幹}＋で

| 說明 | 這兩個文法重點是在形容詞與形容動詞的活用變化。簡單整理一下，句子的中間停頓形式是「形容詞詞幹＋くて」、「形容動詞詞幹＋で」（表示句子到此停頓、並列；理由、原因）。請注意，「きれい（漂亮）、嫌い（討厭）」是形容動詞，所以中間停頓形式是「きれいで」、「嫌いで」喔！

| 例文 | ここは　静かで、勉強し　やすいです。

這裡很安靜，很適合看書學習！

---

004 Track N5-078

形容詞く＋動詞

…地

| 接續 | {形容詞詞幹}＋く＋{動詞}

| 意思 | 【狀態】形容詞詞尾「い」改成「く」，可以修飾句子裡的動詞，表示狀態。中文意思是：「…地」。

| 例文 | 野菜を　小さく　切ります。

把蔬菜切成細丁。

| 比較 | 形容詞く＋て |

…然後；又…又…

| 接續 | {形容詞詞幹}＋く＋て

| 說明 | 形容詞修飾動詞用「形容詞く＋動詞」的形式，表示狀態；「形容詞く＋て」表示停頓，也表示並列。

| 例文 | 教室は　明るくて　きれいです。

教室又明亮又乾淨。

形容詞＋名詞

(1)「這…」等；(2) …的…

(接　續) {形容詞基本形}＋{名詞}

(意思1) **【連體詞修飾名詞】** 還有一個修飾名詞的連體詞，可以一起記住，連體詞沒有活用，數量不多。N5 程度只要記住「この、その、あの、どの、大きな、小さな」這幾個字就可以了。中文意思是：「這…」等。

(例　文) 公園に　大きな　犬が　います。
公園裡有頭大狗。

(意思2) **【修飾名詞】** 形容詞要修飾名詞，就是把名詞直接放在形容詞後面。注意喔！因為日語形容詞本身就有「…的」之意，所以不要再加「の」了喔。中文意思是：「…的…」。

(例　文) 赤い　鞄を　買いました。
買了紅色包包。

(比　較) **名詞＋の**

…的…

(接　續) {名詞}＋の

(說　明) 「形容詞＋名詞」表示修飾、限定名詞。請注意，形容詞跟名詞中間不需要加「の」喔；「名詞＋の」表示限定、修飾或所屬。

(例　文) 友達の　撮った　写真です。
這是朋友照的相片。

形容詞＋の

…的

(接　續) {形容詞基本形}＋の

(意　思) **【修飾の】** 形容詞後面接的「の」是一個代替名詞，代替句中前面已出現過，或是無須解釋就明白的名詞。中文意思是：「…的」。

（例　文）私は　冷たいのが　いいです。
我想要冰的。

（比　較）**名詞＋な**

（接　續）｛名詞｝＋な

（說　明）「形容詞＋の」這裡的形容詞修飾的「の」表示名詞的代用；「名詞＋な」
表示後續部分助詞。

（例　文）明日は　休みなの。
你明天休假嗎？

形容動詞（現在肯定／現在否定）

（意思1）**【現在肯定】**｛形容動詞詞幹｝＋だ；｛形容動詞詞幹｝＋な＋｛名詞｝。形
容動詞是說明事物性質與狀態等的詞。形容動詞的詞尾是「だ」，「だ」
前面是語幹。後接名詞時，詞尾會變成「な」，所以形容動詞又稱作「な
形容詞」。形容動詞當述語（表示主語狀態等語詞）時，詞尾「だ」改「で
す」是敬體說法。

（例　文）吉田さんは　とても　親切です。
吉田先生非常親切。

（意思2）**【現在否定】**｛形容動詞詞幹｝＋で＋は＋ない（ありません）。形容動
詞的否定形，是把詞尾「だ」變成「で」，然後中間插入「は」，最後加
上「ない」或「ありません」。

（例　文）この　仕事は　簡単では　ありません。
這項工作並不容易。

（意思3）**【疑問】**｛形容動詞詞幹｝＋です＋か。詞尾「です」加上「か」就是疑
問詞。

（例　文）皆さん、お元気ですか。
大家好嗎？

意思4 【未來】現在形也含有未來的意思。

例 文 今度の　日曜日は　暇です。
下週日有空。

比 較 **動詞（現在肯定／現在否定）**

(1) 做…；(2) 沒…、不…

接 續 【現在肯定】{動詞ます形}＋ます／【現在否定】{動詞ます形}＋ません

說 明 形容動詞現在肯定「形容動詞～です」表示對狀態的說明。形容動詞現在否定是「形容動詞～ではないです／ではありません」；動詞現在肯定「動詞～ます」，表示人或事物現在的存在、動作、行為和作用。動詞現在否定是「動詞～ません」。

例 文 英語は　できません。
不懂英文。

形容動詞（過去肯定／過去否定）

意思1 【過去肯定】{形容動詞詞幹}＋だっ＋た。形容動詞的過去形，表示說明過去的客觀事物的性質、狀態，以及過去的感覺、感情。形容動詞的過去形是將現在肯定詞尾「だ」變成「だっ」再加上「た」，敬體是將詞尾「だ」改成「でし」再加上「た」。

例 文 子供の　ころ、電車が　大好きでした。
我小時候非常喜歡電車。

意思2 【過去否定】{形容動詞詞幹}＋ではありません＋でした。形容動詞過去否定形，是將現在否定的「ではありません」後接「でした」。

例 文 妹は　小さい　ころ、体が　丈夫では　ありませんでした。
妹妹小時候身體並不好。

注 意 〖詞幹ではなかった〗{形容動詞詞幹}＋では＋なかっ＋た。也可以將現在否定的「ない」改成「なかっ」，再加上「た」。

例 文 村の　生活は、便利では　なかったです。
當時村子裡的生活並不方便。

比 較 | **動詞（過去肯定／過去否定）**

(1) …了；(2)（過去）不…

接 續 | 【過去肯定】{動詞ます形}＋ました／【過去否定】{動詞ます形}＋ませんでした

說 明 | 形容動詞過去肯定式是「形容動詞だ→形容動詞だった」，用在對過去事物的性質、狀態進行說明。形容動詞過去否定是「形容動詞だ→形容動詞ではなかった／ではありませんでした」；動詞過去肯定「動詞〜ました」，表示人或事物過去進行的動作或發生的動作。動詞過去否定是「動詞〜ませんでした」。

例 文 | 今日の　仕事は　終わりませんでした。
今天的工作並沒有做完。

---

009   Track N5-083

形容動詞で

(1) …然後；(2) 又…又…；(3) 因為…

接 續 | {形容動詞詞幹}＋で

意思1 | 【停頓】形容動詞詞尾「だ」改成「で」，表示句子還沒說完到此暫時停頓。中文意思是：「…然後」。

例 文 | ここは　静かで　駅に　遠いです。
這裡很安靜，然後離車站很遠。

意思2 | 【並列】表示兩種屬性的並列（連接形容詞或形容動詞時）之意。中文意思是：「又…又…」。

例 文 | この　カメラは　簡単で　便利です。
這款相機操作起來簡單又方便。

意思3 | 【原因】表示理由、原因之意，但其因果關係比「から」、「ので」還弱。中文意思是：「因為…」。

例 文 | あなたの　家は　いつも　にぎやかで、いいですね。
你家總是熱熱鬧鬧的，好羨慕喔！

| 比 較 | **理由＋で**

因為…

| 接 續 | {名詞}＋で

| 說 明 | 形容動詞詞尾「だ」改成「で」可以表示理由、原因，但因果關係比較弱；「で」前接表示事情的名詞，用那個名詞來表示後項結果的理由、原因。是簡單明白地敘述客觀的原因，因果關係比較單純。

| 例 文 | 風で　窓が　開きました。
窗戶被風吹開了。

形容動詞に＋動詞

…得

| 接 續 | {形容動詞詞幹}＋に＋{動詞}

| 意 思 | **【修飾動詞】** 形容動詞詞尾「だ」改成「に」，可以修飾句子裡的動詞。中文意思是：「…得」。

| 例 文 | 桜が　きれいに　咲きました。
那時櫻花開得美不勝收。

| 比 較 | **形容詞く＋動詞**

| 接 續 | {形容詞詞幹}＋く＋{動詞}

| 說 明 | 形容動詞詞尾「だ」改成「に」，以「形容動詞に＋動詞」的形式，形容動詞後接動詞，可以修飾動詞，表示狀態；形容詞詞尾「い」改成「く」，以「形容詞く＋動詞」的形式，形容詞後接動詞，可以修飾動詞，也表示狀態。

| 例 文 | 今日は　風が　強く　吹いて　います。
今日一直颳著強風。

011

形容動詞な＋名詞

…的…

（接　續）　{形容動詞詞幹}＋な＋{名詞}

（意　思）　【修飾名詞】形容動詞要後接名詞，得把詞尾「だ」改成「な」，才可以修飾後面的名詞。中文意思是:「…的…」。

（例　文）　いろいろな　国へ　行きたいです。
我的願望是周遊列國。

（比　較）　## 形容詞い＋名詞

…的…

（接　續）　{形容詞基本形}＋い＋{名詞}

（說　明）　形容動詞詞尾「だ」改成「な」以「形容動詞な＋名詞」的形式，形容動詞後接名詞，可以修飾後面的名詞，表示限定;「形容詞い＋名詞」形容詞要修飾名詞，就把名詞直接放在形容詞後面，表示限定。

（例　文）　小さい　家を　買いました。
買了棟小房子。

形容動詞な＋の

…的

（接　續）　{形容動詞詞幹}＋な＋の

（意　思）　【修飾の】形容動詞後面接代替句子的某個名詞「の」時，要將詞尾「だ」變成「な」。中文意思是:「…的」。

（例　文）　いちばん　丈夫なのを　ください。
請給我最耐用的那種。

| 比 較 | 形容詞い＋の
…的

| 接 續 | {形容詞基本形}＋い＋の

| 說 明 | 以「形容動詞な＋の」的形式，形容動詞後接代替名詞「の」，可以修飾後面的「の」，表示限定。「の」代替句中前面已出現過的名詞；以「形容詞い＋の」的形式，形容詞後接代替名詞「の」，可以修飾後面的「の」，表示限定。「の」代替句中前面已出現過的名詞。

| 例 文 | 小さいのが　いいです。
我要小的。

MEMO

動詞の表現
動詞的表現

001　　　　　　　　　　　　　　　　　　　　　　　　　　**Track N5-087**

動詞（現在肯定／現在否定）
(2) 沒…、不…

意思1 【現在肯定】｛動詞ます形｝＋ます。表示人或事物的存在、動作、行為和作用的詞叫動詞。動詞現在肯定形敬體用「ます」。

例文 電車に　乗ります。
搭電車。

意思2 【現在否定】｛動詞ます形｝＋ません。動詞現在否定形敬體用「ません」。中文意思是：「沒…、不…」。

例文 今日は　雨なので　散歩しません。
因為今天有下雨，就不出門散步。

意思3 【未來】現在形也含有未來的意思。

例文 来週　日本に　行く。
下週去日本。

比較 ## 名詞（現在肯定／現在否定）
是…；不是…

接續 【現在肯定】｛名詞｝＋です／【現在否定】｛名詞｝＋ではありません

動詞現在肯定「動詞～ます」，表示人或事物現在的存在、動作、行為和作用。動詞現在否定是「動詞～ません」；名詞現在肯定禮貌體「名詞～です」表示事物的名稱。名詞現在否定禮貌體是「名詞～ではないです／ではありません」。

例　文　山田さんは　社長です。
山田先生是社長。

動詞（過去肯定／過去否定）

(1)…了；(2)（過去）不…

意思1　【過去肯定】{動詞ます形}＋ました。動詞過去形表示人或事物過去的存在、動作、行為和作用。動詞過去肯定形敬體用「ました」。中文意思是：「…了」。

例　文　子供の　写真を　撮りました。
拍了孩子的照片。

意思2　【過去否定】{動詞ます形}＋ませんでした。動詞過去否定形敬體用「ませんでした」。中文意思是：「（過去）不…」。

例　文　今朝は　シャワーを　浴びませんでした。
今天早上沒沖澡。

比　較　**動詞（現在肯定／現在否定）**

(1) 做…；(2) 沒…、不…

接　續　【現在肯定】{動詞ます形}＋ます／【現在否定】{動詞ます形}＋ません

説　明　動詞過去肯定「動詞～ました」，表示人或事物過去的存在、動作、行為和作用。動詞過去否定是「動詞～ませんでした」；動詞現在肯定「動詞～ます」，表示人或事物現在的存在、動作、行為和作用。動詞現在否定是「動詞～ません」。

例　文　机を　並べます。
排桌子。

動詞（基本形）

接續　{動詞詞幹}＋動詞詞尾（如：る、く、む、す）

意思　【辭書形】相對於「動詞ます形」，動詞基本形說法比較隨便，一般用在關係跟自己比較親近的人之間。因為辭典上的單字用的都是基本形，所以又叫「辭書形」（又稱為「字典形」）。

例文　喫茶店に　入る。
進入咖啡廳。

比較　## 動詞～ます

接續　{動詞}～ます

說明　「動詞基本形」叫辭書形。說法比較隨便，一般用在關係跟自己比較親近的人之間。又叫「字典形」；相對地，動詞敬體「動詞～ます」叫ます形，說法尊敬，一般用在對長輩及陌生人之間，又叫「禮貌體」。

例文　ドアを　開けます。
打開門。

動詞＋名詞
…的…

接續　{動詞普通形}＋{名詞}

意思　【修飾名詞】動詞的普通形，可以直接修飾名詞。中文意思是：「…的…」。

例文　使った　お皿を　洗います。
清洗用過的盤子。

比較　## 形容詞＋名詞
…的…

接續　{形容詞基本形}＋{名詞}

（説 明）「動詞＋名詞」表示修飾名詞，動詞的普通形，可以以放在名詞前，用來修飾、限定名詞；「形容詞＋名詞」也表示修飾名詞，形容詞的基本形可以放在名詞前，用來修飾、限定名詞。

（例 文）暖かい　コートが　ほしいです。
想要一件暖和的外套。

動詞＋て
(1) 因為；(2) 又…又…；(3) 用…；(4) …而…；(5) …然後

（接 續）{動詞て形}＋て

（意思1）**【原因】**「動詞＋て」可表示原因，但其因果關係比「から」、「ので」還弱。中文意思是：「因為」。

（例 文）たくさん　歩いて、疲れました。
走了很多路，累了。

（意思2）**【並列】**單純連接前後短句成一個句子，表示並舉了幾個動作或狀態。中文意思是：「又…又…」。

（例 文）休日は　音楽を　聞いて、本を　読みます。
假日會聽聽音樂、看看書。

（意思3）**【方法】**表示行為的方法或手段。中文意思是：「用…」。

（例 文）新しい　言葉は、書いて　覚えます。
透過抄寫的方式來背誦生詞。

（意思4）**【對比】**表示對比。中文意思是：「…而…」。

（例 文）歩ける　人は　歩いて、歩けない　人は　バスに　乗って　行きます。
走得動的人就步行，而走不動的人就搭巴士過去。

（意思5）**【動作順序】**用於連接行為動作的短句時，表示這些行為動作一個接著一個，按照時間順序進行。中文意思是：「…然後」。

（例 文）薬を　飲んで　寝ます。
吃了藥後睡覺。

比 較 **動詞＋てから**
先做…，然後再做…

接 續 ｛動詞て形｝＋から

說 明 「動詞＋て」表動作順序，用於連接行為動作的短句時，表示這些行為動作一個接著一個，按照時間順序進行，可以連結兩個動詞以上；表示對比。用「動詞＋てから」也表動作順序，結合兩個句子，表示動作前後順序，強調先做前項的動作或成立後，再進行後句的動作。

例 文 ご飯を　食べてから　テレビを　見ます。
吃完飯之後看電視。

006　　　　　　　　　　　　　　　　　　　　　Track N5-092

動詞＋ています
正在…

接 續 ｛動詞て形｝＋います

意 思 **【動作的持續】** 表示動作或事情的持續，也就是動作或事情正在進行中。中文意思是：「正在…」。

例 文 マリさんは　テレビを　見て　います。
瑪麗小姐正在看電視節目。

比 較 **動詞たり～動詞たりします**
又是…，又是…

接 續 ｛動詞た形｝＋り＋｛動詞た形｝＋り＋します

說 明 「ています」表示動作的持續，表示眼前或眼下某人、某事的動作正在進行中；「たり～たりします」表列舉，表示例示幾個動作，同時暗示還有其他動作。也表示動作、狀態的反覆（多為相反或相對的事項），原形是「たり～たりする」，意思是「又是…、又是…」。

例 文 休みの　日は、掃除を　したり　洗濯を　したり　する。
假日又是打掃、又是洗衣服等等。

動詞＋ています
都…

（接　續）{動詞て形}＋います

（意　思）【動作的反覆】 跟表示頻率的「毎日、いつも、よく、時々」等單詞使用，就有習慣做同一動作的意思。中文意思是：「都…」。

（例　文）村上くんは　授業中、いつも　寝て　います。
村上同學總是在課堂上睡覺。

比　較　**動詞＋ています**
做…、是…

（接　續）{動詞て形}＋います

（說　明）「ています」跟表示頻率的副詞等使用，有習慣做同一動作的意思；「ています」接在職業名詞後面，表示現在在做什麼職業。

（例　文）兄は　アメリカで　仕事を　して　います。
哥哥在美國工作。

動詞＋ています
做…、是…

（接　續）{動詞て形}＋います

（意　思）【工作】 接在職業名詞後面，表示現在在做什麼職業。中文意思是：「做…、是…」。

（例　文）父は　銀行で　働いています。
爸爸目前在銀行工作。

比　較　**動詞＋ています**
著…

（接　續）{動詞て形}＋います

說明 「ています」可接在職業名詞後面，表示現在在做什麼職業；「ています」也表示動作正在進行中。或表示穿戴、打扮或手拿、肩背等狀態保留的樣子。如「ネクタイをしめています／繫著領帶」。

例文 藤本さんは 本を 読んで います。
藤本小姐正在看書。

---

009   Track N5-095

動詞＋ています

已…了

接續 ｛動詞て形｝＋います

意思 【狀態的結果】表示某一動作後狀態的結果還持續到現在，也就是說話的當時。中文意思是：「已…了」。

例文 教室の 壁に カレンダーが 掛かって います。
教室的牆上掛著月曆。

比較 **動詞＋ておきます**

先…、暫且…

接續 ｛動詞て形｝＋おきます

說明 「ています」接在瞬間動詞之後，表示人物動作結束後的狀態結果；「ておきます」接在意志動詞之後，表示為了某特定的目的，事先做好準備工作，原形是「ておく」。

例文 結婚する 前に 料理を 習って おきます。
結婚前先學會做菜。

---

010   Track N5-096

動詞＋ないで

(1) 沒…就…；(2) 沒…反而…、不做…，而做…

接續 ｛動詞否定形｝＋ないで

意思1 【附帶】表示附帶的狀況，也就是同一個動作主體的行為「在不做…的狀態下，做…」的意思。中文意思是：「沒…就…」。

上着を 着ないで 出掛けます。
我不穿外套，就這樣出門。

意思2 【對比】用於對比述說兩個事情，表示不是做前項的事，卻是做後項
的事，或是發生了後項的事。中文意思是：「沒…反而…、不做…，而
做…」。

例 文 この 文を 覚えましたか。では 本を 見ないで 言って み
ましょう。
這段句子背下來了嗎？那麼試著不看書默誦看看。

比 較 **動詞たり〜動詞たりします**
有時…，有時…

接 續 {動詞た形}＋り＋{動詞た形}＋り＋します

說 明 「ないで」表對比，表示對比兩個事情，表示不是做前項，卻是做後項；
「たり〜たりします」也表對比，用於說明兩種對比的情況，原形是「た
り〜たりする」。

例 文 病気で 体温が 上がったり 下がったりして います。
因為生病而體溫忽高忽低的。

動詞＋なくて
因為沒有…、不…所以…

接 續 {動詞否定形}＋なくて

意 思 【原因】表示因果關係。由於無法達成、實現前項的動作，導致後項的
發生。中文意思是：「因為沒有…、不…所以…」。

例 文 山田さんは 仕事を しなくて 困ります。
山田先生不願意做事，真傷腦筋。

比 較 **動詞ないで**
沒…就…

接 續 {動詞否定形}＋ないで

説　明　「なくて」表原因，表示因果關係。由於無法達成、實現前項的動作，導致後項的發生；「ないで」表附帶，表示附帶的狀況，同一個動作主體沒有做前項，就直接做了後項。

例　文　りんごを　洗わないで　食べました。
蘋果沒洗就吃了。

動詞＋たり～動詞＋たりします

(1) 又是…，又是…；(2) 有時…，有時…；(3) 一會兒…，一會兒…

接　續　{動詞た形}＋り＋{動詞た形}＋り＋します

意思1　【列舉】可表示動作並列，意指從幾個動作之中，例舉出二、三個有代表性的，並暗示還有其他的。中文意思是：「又是…，又是…」。

例　文　休みの　日は、本を　読んだり　映画を　見たり　します。
假日時會翻一翻書、看一看電影。

注　意　〔動詞たり〕表並列用法時，「動詞たり」有時只會出現一次。

例　文　京都では　お寺を　見たり　したいです。
到京都時想去參觀參觀寺院。

意思2　【對比】用於說明兩種對比的情況。中文意思是：「有時…，有時…」。

例　文　佐藤さんは　体が　弱くて、学校に　来たり　来なかったりです。
佐藤先生身體不好，有時來上個幾天課又請假沒來了。

意思3　【反覆】表示動作的反覆實行。中文意思是：「一會兒…，一會兒…」。

例　文　あの　人は　さっきから　学校の　前を　行ったり　来たり　して　いる。
那個人從剛才就一直在校門口前走來走去的。

比　較　**動詞ながら**

一邊…一邊…

接　續　{動詞ます形}＋ながら

（説明）「たり～たりします」表反覆，用在反覆做某行為，譬如「歌^{うた}ったり踊^{おど}ったり（又唱歌又跳舞）」表示「唱歌→跳舞→唱歌→跳舞→…」，但如果用「ながら」，表同時，表示兩個動作是同時進行的。

（例文）音楽^{おんがく}を　聞^ききながら　ご飯^{はん}を　作^{つく}りました。
一面聽音樂一面做了飯。

が＋自動詞

（接續）{名詞}＋が＋{自動詞}

（意思）【無意圖的動作】「自動詞」是因為自然等等的力量，沒有人為的意圖而發生的動作。「自動詞」不需要有目的語，就可以表達一個完整的意思。相較於「他動詞」，「自動詞」無動作的涉及對象。相當於英語的「不及物動詞」。

（例文）家^{いえ}の　前^{まえ}に　車^{くるま}が　止^とまりました。
家門前停了一輛車。

比較　を＋他動詞

（接續）{名詞}＋を＋{他動詞}

（説明）「が＋自動詞」通常是指自然力量所產生的動作，譬如「ドアが閉^しまりました（門關了起來）」表示門可能因為風吹，而關了起來；「を＋他動詞」是指某人刻意做的動作，譬如「ドアを閉^しめました（把門關起來）」表示某人基於某個理由，而把門關起來。

（例文）私^{わたし}は　火^ひを　消^けしました。
我把火弄熄了。

を＋他動詞

（接續）{名詞}＋を＋{他動詞}

| 意 思 | 【有意圖的動作】 名詞後面接「を」來表示動作的目的語，這樣的動詞叫「他動詞」，相當於英語的「及物動詞」。「他動詞」主要是人為的，表示影響、作用直接涉及其他事物的動作。 |

| 例 文 | 鍵を　なくしました。
鑰匙遺失了。 |

| 注 意 | 〖**他動詞たい等**〗「たい」、「てください」、「てあります」等句型一起使用。 |

| 例 文 | 今日は　学校を　休みたいです。
今天想請假不去學校。 |

| 比 較 | **通過＋を＋自動詞** |

| 接 續 | ｛名詞｝＋を＋｛自動詞｝ |

| 說 明 | 「を＋他動詞」當「を」表示動作對象，後面會接作用力影響到前面對象的他動詞；「通過＋を＋自動詞」中的「を」，後接移動意義的自動詞，表示移動、通過的場所。 |

| 例 文 | 飛行機が　空を　飛んで　います。
飛機在空中飛。 |

---

015 Track N5-101

自動詞＋ています

…著、已…了

| 接 續 | ｛自動詞て形｝＋います |

| 意 思 | 【動作的結果－無意圖】 表示跟目的、意圖無關的某個動作結果或狀態，還持續到現在。相較於「他動詞＋てあります」強調人為有意圖做某動作，其結果或狀態持續著，「自動詞＋ています」強調自然、非人為的動作，所產生的結果或狀態持續著。中文意思是：「…著、已…了」。 |

| 例 文 | 冷蔵庫に　ビールが　入って　います。
冰箱裡有啤酒。 |

| 比較 | **他動詞＋てあります**
…著、已…了

| 接續 | {他動詞て形}＋あります

| 說明 | 兩個文法都表示動作所產生結果或狀態持續著，但是含意不同。「自動詞＋ています」主要是用在跟人為意圖無關的動作；「他動詞＋てあります」則是用在某人帶著某個意圖去做的動作。

| 例文 | お弁当は　もう　作って　あります。
便當已經作好了。

他動詞＋てあります

…著、已…了

| 接續 | {他動詞て形}＋あります

| 意思 | **【動作的結果－有意圖】** 表示抱著某個目的、有意圖地去執行，當動作結束之後，那一動作的結果還存在的狀態。相較於「ておきます（事先…）」強調為了某目的，先做某動作，「てあります」強調已完成動作的狀態持續到現在。中文意思是：「…著、已…了」。

| 例文 | パーティーの　飲み物は　買って　あります。
要在派對上喝的飲料已經買了。

| 比較 | **自動詞＋ています**
…著、已…了

| 接續 | {自動詞て形}＋います

| 說明 | 「他動詞＋てあります」表示抱著某個目的、有意圖地去執行，當動作結束之後，那一動作的結果還存在的狀態；「自動詞＋ています」表示自然所產生的狀態保留，也表示人物動作結束後的狀態保留。例如：「もう結婚しています／已經結婚了」。

| 例文 | 空に　月が　出て　います。
夜空高掛著月亮。

Chapter 10 要求、授受、助言と勧誘の表現
要求、授受、提議及勧誘的表現

001 名詞＋をください	006 ほうがいい
002 動詞＋てください	007 動詞＋ましょうか
003 動詞＋ないでください	008 動詞＋ましょう
004 動詞＋てくださいませんか	009 動詞＋ませんか
005 をもらいます	

001　　　　　　　　　　　　　　　　　　　Track N5-103

名詞＋をください
我要…、給我…；給我（數量）…

接續　{名詞}＋をください

意思　【請求－物品】表示想要什麼的時候，跟某人要求某事物。中文意思是：「我要…、給我…」。

例文　すみません、塩を　ください。
不好意思，請給我鹽。

注意　〖を數量ください〗要加上數量用「名詞＋を＋數量＋ください」的形式，外國人在語順上經常會說成「數量＋の＋名詞＋をください」，雖然不能說是錯的，但日本人一般不這麼說。中文意思是：「給我（數量）…」。

例文　コーヒーを　二つ　ください。
請給我兩杯咖啡。

比較　**動詞＋てください**
請…

接續　{動詞て形}＋ください

說明　「をください」表示跟對方要求某物品。也表示請求對方為我（們）做某事；「てください」表示請求對方做某事。

例文　口を　大きく　開けて　ください。
請把嘴巴張大。

動詞＋てください
請…

（接　續）　{動詞て形}＋ください

（意　思）　**【請求－動作】** 表示請求、指示或命令某人做某事。一般常用在老師
對學生、上司對部屬、醫生對病人等指示、命令的時候。中文意思是：
「請…」。

（例　文）　起_おきて　ください。
請起來！

（比　較）　## 動詞＋てくださいませんか
能不能請您…

（接　續）　{動詞て形}＋くださいませんか

（說　明）　「てくださいませんか」表示婉轉地詢問對方是否願意做某事，是比「て
ください」更禮貌的請求說法。

（例　文）　お名前_{なまえ}を　教_{おし}えて　くださいませんか。
能不能告訴我您的尊姓大名？

動詞＋ないでください
(1) 可否請您不要…；(2) 請不要…

（意思1）　**【婉轉請求】** {動詞否定形}＋ないでくださいませんか。為更委婉的
說法，表示婉轉請求對方不要做某事。中文意思是：「可否請您不要…」。

（例　文）　ここに　荷物_{にもつ}を　置_おかないで　くださいませんか。
可否請勿將個人物品放置此處？

（意思2）　**【請求不要】** {動詞否定形}＋ないでください。表示否定的請求命令，
請求對方不要做某事。中文意思是：「請不要…」。

（例　文）　写真_{しゃしん}を　撮_とらないで　ください。
請不要拍照。

| 比 較 | **動詞＋てください**

請…

| 接 續 | {動詞て形}＋ください

| 說 明 | 「ないでください」前面接動詞ない形，是請求對方不要做某事的意思；「てください」前面接動詞て形，是請求對方做某事的意思。

| 例 文 | この　問題が　分かりません。教えて　ください。

這道題目我不知道該怎麼解，麻煩教我。

動詞＋てくださいませんか

能不能請您…

| 接 續 | {動詞て形}＋くださいませんか

| 意 思 | 【客氣請求】 跟「てください」一樣表示請求，但說法更有禮貌。由於請求的內容給對方負擔較大，因此有婉轉地詢問對方是否願意的語氣。也使用於向長輩等上位者請託的時候。中文意思是：「能不能請您…」。

| 例 文 | 電話番号を　教えて　くださいませんか。

可否請您告訴我您的電話號碼？

| 比 較 | **動詞＋ないでくださいませんか**

請您不要…

| 接 續 | {動詞否定形}＋ないでくださいませんか

| 說 明 | 「てくださいませんか」表客氣請求，表示禮貌地請求對方做某事；「ないでくださいませんか」表婉轉請求，表示禮貌地請求對方不要做某事。

| 例 文 | 大きな　声を　出さないで　くださいませんか。

可以麻煩不要發出很大的聲音嗎？

をもらいます
取得、要、得到

（接　續）　{名詞}＋をもらいます

（意　思）　【授受】表示從某人那裡得到某物。「を」前面是得到的東西。給的人一般用「から」或「に」表示。中文意思是：「取得、要、得到」。

（例　文）　悟くんに　手紙を　もらいました。
收到了小悟寄來的信。

（比　較）　**をくれる**
給…

（接　續）　{名詞}＋をくれる

（說　明）　「をもらいます」表示授受，表示人物Ａ從人物Ｂ處，得到某物品；「をくれる」表示物品受益，表示人物Ａ（同輩）送給我（或我方的人）某物品。

（例　文）　友達が　私に　お祝いの　電報を　くれた。
朋友給了我一份祝賀的電報。

ほうがいい
(1)…比較好；(2)我建議最好…、我建議還是…為好；最好不要…

（接　續）　{名詞の；形容詞辭書形；形容動詞詞幹な；動詞た形}＋ほうがいい

（意思1）　【提出】用在陳述自己的意見、喜好的時候。中文意思是：「…比較好」。

（例　文）　休みの　日は、家に　いる　ほうが　いいです。
我放假天比較喜歡待在家裡。

（意思2）　【提議】用在向對方提出建議、忠告。有時候前接的動詞雖然是「た形」，但指的卻是以後要做的事。中文意思是：「我建議最好…、我建議還是…為好」。

（例　文）熱が　高いですね。薬を　飲んだ　ほうが　いいです。
發高燒了耶！還是吃藥比較好喔。

（注　意）〖否定形－ないほうがいい〗否定形為「ないほうがいい」。中文意思是：「最好不要…」。

（例　文）あまり　お酒を　飲まない　ほうが　いいですよ。
還是盡量不要喝酒比較好喔！

（比　較）**てもいい**
…也行、可以…

（接　續）{動詞て形}＋もいい

（說　明）因為都有「いい」，乍看兩個文法或許有點像，不過針對對方的行為發表言論時，「ほうがいい」表提議，表示建議對方怎麼做，「てもいい」則表許可，表示允許對方做某行為。

（例　文）今日は　もう　帰って　もいいよ。
今天你可以回去囉！

007　　　　　　　　　　　　　　　　　　　　　　Track N5-109

動詞＋ましょうか

(1) 我來（為你）…吧；(2) 我們（一起）…吧

（接　續）{動詞ます形}＋ましょうか

（意思1）【提議】這個句型有兩個意思，一個是表示提議，想為對方做某件事情並徵求對方同意。中文意思是：「我來（為你）…吧」。

（例　文）タクシーを　呼びましょうか。
我們攔計程車吧！

（意思2）【邀約】另一個是表示邀請對方一起做某事，相當於「ましょう」，但是站在對方的立場著想才進行邀約。中文意思是：「我們（一起）…吧」。

（例　文）一緒に　帰りましょうか。
我們一起回家吧！

比 較	動詞＋ませんか

要不要…吧

接 續	｛動詞ます形｝＋ませんか

說 明	「ましょうか」表邀約，前接動詞ます形，句型有兩個意思，一個是提議，表示想為對方做某件事情並徵求對方同意。一個是表示邀約，有很高成分是替對方考慮的邀約；「ませんか」也表邀約，是前接動詞ます形，是婉轉地詢問對方的意圖，帶有提議的語氣。

例 文	タクシーで　帰りませんか。

要不要搭計程車回去呢？

動詞＋ましょう

(1) 就那麼辦吧；(2) …吧；(3) 做…吧

接 續	｛動詞ます形｝＋ましょう

意思1 【主張】也用在回答時，表示贊同對方的提議。中文意思是：「就那麼辦吧」。

例 文	ええ、そう　しましょう。

好呀，再見面吧！

意思2 【倡導】請注意下面例文，實質上是在下命令，但以勸誘的方式，讓語感較為婉轉。不用在說話人身上。中文意思是：「…吧」。

例 文	お年寄りには　親切に　しましょう。

對待長者要親切喔！

意思3 【勸誘】表示勸誘對方跟自己一起做某事。一般用在做那一行為、動作，事先已經規定好，或已經成為習慣的情況。中文意思是：「做…吧」。

例 文	ちょっと　座りましょう。

稍微坐一下吧！

| 比較 | **動詞＋なさい**
要…、請…

| 接續 | {動詞ます形}＋なさい

| 說明 | 「ましょう」前接動詞ます形，表示禮貌地勸誘對方跟自己一起做某事，或勸誘、倡導對方做某事；「なさい」前面也接動詞ます形，表示命令或指示。語氣溫和。用在上位者對下位者下達命令時。

| 例文 | 早く　寝なさい。
快點睡覺！

動詞＋ませんか

要不要…吧

| 接續 | {動詞ます形}＋ませんか

| 意思 | 【勸誘】表示行為、動作是否要做，在尊敬對方抉擇的情況下，有禮貌地勸誘對方，跟自己一起做某事。中文意思是：「要不要…吧」。

| 例文 | 公園で　テニスを　しませんか。
要不要到公園打網球呢？

| 比較 | **動詞＋ましょうか**
我們（一起）…吧

| 接續 | {動詞ます形}＋ましょうか

| 說明 | 「ませんか」讀降調，表示在尊敬對方選擇的情況下，婉轉地詢問對方的意願，帶有提議的語氣；「ましょうか」讀降調，表示婉轉地勸誘、邀請對方跟自己一起做某事。用在認為對方會同意自己的提議時。

| 例文 | 公園で　お弁当を　食べましょうか。
我們在公園吃便當吧？

11 希望、意志、原因、比較と程度の表現
希望、意志、原因、比較及程度的表現

001 名詞＋がほしい	005 ので
002 動詞＋たい	006 は〜より
003 つもり	007 より〜ほう
004 から	008 あまり〜ない

001　　　　　　　　　　　　　　　　　　　　　　　　　Track N5-112

名詞＋がほしい
…想要…；不想要…

（接　續）　｛名詞｝＋が＋ほしい

（意　思）　**【希望－物品等】** 表示說話人（第一人稱）想要把什麼有形或無形的東西弄到手，想要把什麼有形或無形的東西變成自己的，希望得到某物的句型。「ほしい」是表示感情的形容詞。希望得到的東西，用「が」來表示。疑問句時表示聽話者的希望。中文意思是：「…想要…」。

（例　文）　もっと　休みが　ほしいです。
　　　　　想要休息久一點。

（注　意）　〔否定－は〕 否定的時候較常使用「は」。中文意思是：「不想要…」。

（例　文）　今、お酒は　ほしく　ないです。
　　　　　現在不想喝酒。

（比　較）　**名詞＋をください**
我要…、給我…

（接　續）　｛名詞｝＋をください

（說　明）　兩個文法前面都接名詞，「がほしい」表示說話人想要得到某事物；「をください」是有禮貌地跟某人要求某樣東西。

（例　文）　ジュースを　ください。
　　　　　我要果汁。

動詞＋たい
想要…；想要…呢？；不想…

(接　續)　{動詞ます形}＋たい

(意　思)　【希望－行為】表示說話人（第一人稱）內心希望某一行為能實現，
或是強烈的願望。中文意思是：「想要…」。

(例　文)　私は　日本語の　先生に　なりたいです。
わたし　　にほんご　　せんせい

我想成為日文教師。

(注意1)　〖が他動詞たい〗使用他動詞時，常將原本搭配的助詞「を」，改成
助詞「が」。

(例　文)　私は　この　映画が　見たいです。
わたし　　　　　えいが　　み

我想看這部電影。

(注意2)　〖疑問句〗用於疑問句時，表示聽話者的願望。中文意思是：「想要…
呢？」。

(例　文)　「何が　食べたいですか。」「カレーが　食べたいです。」
なに　た　　　　　　　　　　　　　　　た

「想吃什麼嗎？」「想吃咖哩。」

(注意3)　〖否定－たくない〗否定時用「たくない」、「たくありません」。中
文意思是：「不想…」。

(例　文)　まだ　帰りたく　ないです。
かえ

還不想回家。

(比　較)　**動詞＋てほしい**
希望…、想…

(接　續)　{動詞て形}＋ほしい

(說　明)　「たい」表希望（行為），用在說話人內心希望自己能實現某個行為；「て
ほしい」也表希望，用在希望別人達成某事，而不是自己。

(例　文)　旅行に　行くなら、お土産を　買って　来て　ほしい。
りょこう　　い　　　　　みやげ　　か　　　き

如果你要去旅行，希望你能買名產回來。

つもり

打算、準備；不打算；有什麼打算呢

意思　【意志】｛動詞辭書形｝＋つもり。表示打算作某行為的意志。這是事前決定的，不是臨時決定的，而且想做的意志相當堅定。中文意思是：「打算、準備」。

例文　春休みは　国に　帰る　つもりです。
我打算春假時回國。

注意1　〖否定〗｛動詞否定形｝＋つもり。相反地，表示不打算作某行為的意志。中文意思是：「不打算」。

例文　もう　彼には　会わない　つもりです。
我不想再和男友見面了。

注意2　〖どうするつもり〗どうする＋つもり。詢問對方有何打算的時候。中文意思是：「有什麼打算呢」。

例文　あなたは、この　後　どうする　つもりですか。
你等一下打算做什麼呢？

比較　（よ）うとおもう

我打算…

接續　｛動詞意向形｝＋（よ）うとおもう

說明　兩個文法都表意志，表示打算做某事，大部份的情況可以通用。但「つもり」前面要接動詞連體形，而且是有具體計畫、帶有已經準備好的堅定決心，實現的可能性較高；「（よ）うとおもう」前面要接動詞意向形，表示說話人當時的意志，但還沒做實際的準備。

例文　お正月は　北海道へ　スキーに　行こうと　思います。
年節期間打算去北海道滑雪。

004

から
因為…

（接　續）　{形容詞・動詞普通形}＋から；{名詞；形容動詞詞幹}＋だから

（意　思）　**【原因】** 表示原因、理由。一般用於說話人出於個人主觀理由，進行請求、命令、希望、主張及推測，是種較強烈的意志性表達。中文意思是：「因為…」。

（例　文）　よく　寝たから、元気に　なりました。
　　　　　因為睡得很飽，所以恢復了活力。

比　較　## ので
因為…

（接　續）　{[形容詞・動詞]普通形}＋ので；{名詞；形容動詞詞幹}な＋ので

（說　明）　兩個文法都表示原因、理由。「から」傾向於用在說話人出於個人主觀理由；「ので」傾向於用在客觀的自然的因果關係。單就文法來說，「から」、「ので」經常能交替使用。

（例　文）　寒いので、コートを　着ます。
　　　　　因為很冷，所以穿大衣。

005

ので
因為…

（接　續）　{形容詞・動詞普通形}＋ので；{名詞；形容動詞詞幹}＋なので

（意　思）　**【原因】** 表示原因、理由。前句是原因，後句是因此而發生的事。「ので」一般用在客觀的自然的因果關係，所以也容易推測出結果。中文意思是：「因為…」。

（例　文）　明日は　仕事なので、行けません。
　　　　　因為明天還要工作，所以沒辦法去。

| 比 較 | **動詞＋て**

因為

| 接 續 | {動詞て形}＋て

| 說 明 | 「ので」表示原因。一般用在客觀敘述前後項的因果關係，後項大多是
發生了的事情。所以句尾不使用命令或意志等句子；「動詞＋て」也表
示原因，但因果關係沒有「から、ので」那麼強。後面常出現不可能，
或「困る（困擾）、大変だ（麻煩）、疲れた（疲勞）」心理、身體等狀態
詞句，句尾不使用讓對方做某事或意志等句子。

| 例 文 | たくさん 食べて お腹が いっぱいです。
因為吃太多，所以肚子很飽。

は～より

…比…

| 接 續 | {名詞}＋は＋{名詞}＋より

| 意 思 | 【比較】表示對兩件性質相同的事物進行比較後，選擇前者。「より」
後接的是性質或狀態。如果兩件事物的差距很大，可以在「より」後面
接「ずっと」來表示程度很大。中文意思是：「…比…」。

| 例 文 | 北海道は 九州より 大きいです。
北海道的面積比九州大。

| 比 較 | **より～ほう**

…比…、比起…，更…

| 接 續 | {名詞；[形容詞・動詞]普通形}＋より（も、は）＋{名詞の；[形容詞・動
詞]普通形；形容動詞詞幹な}＋ほう

| 說 明 | 「は～より」表比較，表示前者比後者還符合某種性質或狀態；「より～
ほう」也表比較，表示比較兩件事物後，選擇了「ほう」前面的事物。

| 例 文 | テニスより 水泳の ほうが 好きです。
喜歡游泳勝過網球。

より～ほう

…比…、比起…，更…

(接　續) {名詞；形容詞・動詞普通形}＋より（も、は）＋{名詞の；形容詞・動詞普通形；形容動詞詞幹な}＋ほう

(意　思) **【比較】** 表示對兩件事物進行比較後，選擇後者。「ほう」是方面之意，在對兩件事物進行比較後，選擇了「こっちのほう（這一方）」的意思。被選上的用「が」表示。中文意思是：「…比…、比起…，更…」。

(例　文) お店で　食べるより　自分で　作る　ほうが　おいしいです。
比起在店裡吃的，還是自己煮的比較好吃。

(比　較) **ほど～ない**

不像…那麼…、沒那麼…

(接　續) {名詞；動詞普通形}＋ほど～ない

(說　明) 「より～ほう」表示比較。比較並凸顯後者，選擇後者。「は～ほど～ない」也表示比較。是後接否定，表示比較的基準。一般是比較兩個程度上相差不大的東西，不能用在程度相差懸殊的比較上。

(例　文) 大きい　船は、小さい　船ほど　揺れない。
大船不像小船那麼會搖。

あまり～ない

不太…；完全不…

(接　續) あまり／あんまり＋{形容詞・形容動・動詞否定形}＋～ない

(意　思) **【程度】**「あまり」下接否定的形式，表示程度不特別高，數量不特別多。中文意思是：「不太…」。

(例　文) 王さんは　学校に　あまり　来ません。
王同學很少來上課。

(注意1) 〔口語－あんまり〕在口語中常說成「あんまり」。

例文 この 映画は あんまり 面白く ありませんでした。

這部電影不怎麼好看。

注意2 〖全面否定－ぜんぜん～ない〗若想表示全面否定可用「全然～ない」。中文意思是：「完全不…」。

例文 勉強しましたが、全然 分からない。

雖然讀了書，還是一點也不懂。

比較 疑問詞＋も＋否定

也（不）…

接續 {疑問詞}＋も＋～ません

說明 兩個文法都搭配否定形式，但「あまり～ない」是表示狀態、數量的程度不太大，或動作不常出現；而「疑問詞＋も＋否定」則表示全面否定，疑問詞代表範圍內的事物。

例文 お酒は いつも 飲みません。

我向來不喝酒。

MEMO

_____

_____

_____

_____

_____

_____

_____

12 時間の表現
時間的表現

---

001 動詞＋てから	005 名詞＋の＋まえに
002 動詞＋たあとで、動詞＋たあと	006 動詞＋ながら
003 名詞＋の＋あとで、名詞＋の＋あと	007 とき
004 動詞＋まえに	

001　　　　　　　　　　　　　　　　　　　　　　　　　　　　**Track N5-120**

動詞＋てから

(1) 先做…，然後再做…；(2) 從…

接續　{動詞て形}＋から

意思1　【動作順序】結合兩個句子，表示動作順序，強調先做前項的動作或前項事態成立，再進行後句的動作。中文意思是：「先做…，然後再做…」。

例文　手を　洗って　から　食べます。
先洗手再吃東西。

意思2　【起點】表示某動作、持續狀態的起點。中文意思是：「從…」。

例文　この　仕事を　始めて　から、今年で　10年です。
從事這項工作到今年已經十年了。

比較　**動詞＋ながら**
一邊…一邊…

接續　{動詞ます形}＋ながら

說明　兩個文法都表示動作的時間，「てから」表起點，前面接的是動詞て形，表示先做前項的動作，再做後句的動作。也表示動作、持續狀態的起點；但「ながら」表同時，前面接動詞ます形，前後的動作或事態是同時發生的。

例文　歌を　歌いながら　歩きました。
一面唱歌一面走路了。

動詞＋たあとで、動詞＋たあと

…以後…；…以後

（接　續） ｛動詞た形｝＋あとで；｛動詞た形｝＋あと

（意　思） **【前後關係】** 表示前項的動作做完後，做後項的動作。是一種按照時間順序，客觀敘述事情發生經過的表現，而前後兩項動作相隔一定的時間發生。中文意思是：「…以後…」。

（例　文） 宿題を　した　あとで、ゲームを　します。
做完功課之後再打電玩。

（注　意） 〔**繼續狀態**〕 後項如果是前項發生後，而繼續的行為或狀態時，就用「あと」。中文意思是：「…以後」。

（例　文） 弟は　学校から　帰った　あと、ずっと　部屋で　寝て　います。
弟弟從學校回家以後，就一直在房裡睡覺。

（比　較） **動詞＋てから**

先做…，然後再做…

（接　續） ｛動詞て形｝＋から

（說　明） 兩個文法都可以表示動作的先後，但「たあとで」表前後關係，前面是動詞た形，單純強調時間的先後關係；「てから」表動作順序，前面則是動詞て形，而且前後兩個動作的關連性比較強。另外，要表示某動作的起點時，只能用「てから」。

（例　文） 夜、歯を　磨いて　から　寝ます。
晚上刷完牙以後才睡覺。

名詞＋の＋あとで、名詞＋の＋あと

(1)…後、…以後；(2)…後

（接　續） ｛名詞｝＋の＋あとで；｛名詞｝＋の＋あと

意思1　【順序】 只單純表示順序的時候，後面接不接「で」都可以。後接「で」有強調「不是其他時間，而是現在這個時刻」的語感。中文意思是：「…後、…以後」。

例文　仕事の　あと、プールへ　行きます。
下班後要去泳池。

意思2　【前後關係】 表示完成前項事情之後，進行後項行為。中文意思是：「…後」。

例文　パーティーの　あとで、写真を　撮りました。
派對結束後拍了照片。

比較　**名詞＋の＋まえに**
…前、…的前面

接續　{名詞}＋の＋まえに

說明　兩個文法都表示事情的時間，「のあとで」表示先做前項，再做後項；但「のまえに」表示做前項之前，先做後項。

例文　食事の　前に　手を　洗います。
吃飯前先洗手。

004　Track N5-123

動詞＋まえに
…之前，先…

接續　{動詞辭書形}＋まえに

意思　【前後關係】 表示動作的順序，也就是做前項動作之前，先做後項的動作。中文意思是：「…之前，先…」。

例文　寝る　前に　歯を　磨きます。
睡覺前刷牙。

注意　〔辭書形前に～過去形〕 即使句尾動詞是過去形，「まえに」前面還是要接動詞辭書形。

（例 文）5時に　なる　前に　帰りました。
還不到五點前回去了。

（比 較）**動詞＋てから**
先做…，然後再做…

（接 續）{動詞て形}＋から

（說 明）「まえに」表前後關係，表示動作、行為的先後順序，也就是做前項動作之前，先做後項的動作；「てから」表動作順序，結合兩個句子，也表示表示動作、行為的先後順序，強調先做前項的動作或前項事態成立，再進行後句的動作。

（例 文）家は、よく　調べて　から　買います。
買房子要多調查後再購買。

名詞＋の＋まえに
…前、…的前面

（接 續）{名詞}＋の＋まえに

（意 思）**【前後關係】**表示空間上的前面，或做某事之前先進行後項行為。中文意思是：「…前、…的前面」。

（例 文）この　薬は　食事の　前に　飲みます。
這種藥請於餐前服用。

（比 較）**までに**
在…之前、到…時候為止

（接 續）{名詞；動詞辭書形}＋までに

（說 明）「のまえに」表示前後關係。用在表達兩個行為，哪個先實施；「までに」則表示期限。表示動作必須在提示的時間之前完成。

（例 文）これ、何時までに　やれば　いいですか。
這件事，在幾點之前完成就可以了呢？

動詞＋ながら
一邊…一邊…；一面…一面…

(接　續)　{動詞ます形}＋ながら

(意　思)　【同時】表示同一主體同時進行兩個動作，此時後面的動作是主要的動作，前面的動作為伴隨的次要動作。中文意思是：「一邊…一邊…」。

(例　文)　テレビを　見ながら、ご飯を　食べます。
　　　　　邊看電視邊吃飯。

(注　意)　〖長期的狀態〗也可使用於長時間狀態下，所同時進行的動作。中文意思是：「一面…一面…」。

(例　文)　大学を　出て　から　昼は　銀行で　働きながら、夜は　お店で　ピアノを　弾いて　います。
　　　　　從大學畢業以後，白天在銀行上班，晚上則在店裡兼差彈奏鋼琴。

(比　較)　**動詞＋て**
…然後

(接　續)　{動詞て形}＋て

(說　明)　「ながら」表同時，表示同時進行兩個動作；「動詞＋て」表動作順序，表示行為動作一個接著一個，按照時間順序進行。

(例　文)　「いただきます」と　言って　ご飯を　食べます。
　　　　　說完「我開動了」然後吃飯。

007   Track N5-126

とき
(1) 時候；(2) 時、時候；(3) …的時候

(意思 1)　【時間點－之後】{動詞過去形}＋とき＋{動詞現在形句子}。「とき」前後的動詞時態也可能不同，表示實現前者後，後者才成立。中文意思是：「時候」。

（例　文）国に　帰ったとき、いつも　先生の　お宅に　行きます。
回國的時候，總是到老師家拜訪。

（意思2）【時間點－之前】{動詞現在形}＋とき＋{動詞過去形句子}。強調後者比前者早發生。中文意思是：「時、時候」。

（例　文）会社を　出るとき、家に　電話しました。
離開公司時，打了電話回家。

（意思3）【同時】{名詞＋の；形容動詞＋な；形容詞・動詞普通形}＋とき。表示與此同時並行發生其他的事情。中文意思是：「…的時候」。

（例　文）寂しいとき、友達に　電話します。
寂寞的時候，會打電話給朋友。

（比　較）**動詞＋てから**

先做…，然後再做…

（接　續）{動詞て形}＋から

（說　明）兩個文法都表示動作的時間，「とき」表同時，前接動詞時，要用動詞普通形，表示前、後項是同時發生的事，也可能前項比後項早發生或晚發生；但「てから」表動作順序，一定是先做前項的動作，再做後句的動作。

（例　文）洗って　から　切ります。
洗好之後再切。

13 変化と時間の変化の表現

變化及時間變化的表現

001 形容詞く＋なります	006 名詞に＋します
002 形容動詞に＋なります	007 もう＋肯定
003 名詞に＋なります	008 まだ＋否定
004 形容詞く＋します	009 もう＋否定
005 形容動詞に＋します	010 まだ＋肯定

001　　　　　　　　　　　　　　　　　　　　　　　　　　　　　　Track N5-127

形容詞く＋なります

變…；變得…

(接　續)　{形容詞詞幹}＋く＋なります

(意　思)　**【變化】**形容詞後面接「なります」，要把詞尾的「い」變成「く」。表示事物本身產生的自然變化，這種變化並非人為意圖性的施加作用。中文意思是：「變…」。

(例　文)　百合ちゃん、大きく　なりましたね。
小百合，妳長這麼大了呀！

(注　意)　**〖人為〗**即使變化是人為造成的，若重點不在「誰改變的」，也可用此文法。中文意思是：「變得…」。

(例　文)　塩を　入れて、おいしく　なりました。
加鹽之後變好吃了。

(比　較)　**形容詞く＋します**

使變成…

(接　續)　{形容詞詞幹}＋く＋します

(說　明)　兩個文法都表示變化，但「なります」的焦點是，事態本身產生的自然變化；而「します」的焦點在於，事態是有人為意圖性所造成的變化。

(例　文)　部屋を　暖かく　しました。
房間弄暖和。

形容動詞に＋なります
變成…

（接 續）　{形容動詞詞幹}＋に＋なります

（意 思）　【變化】表示事物的變化。如上一單元說的，「なります」的變化不是人為有意圖性的，是在無意識中物體本身產生的自然變化。而即使變化是人為造成的，如果重點不在「誰改變的」，也可用此文法。形容動詞後面接「なります」，要把語尾的「だ」變成「に」。中文意思是：「變成…」。

（例 文）　「風邪は　どうですか。」「もう　元気に　なりました。」
　　　　　「感冒好了嗎？」「已經康復了。」

（比 較）　**名詞に＋なります**
變成…

（接 續）　{名詞}＋に＋なります

（說 明）　「形容動詞に＋なります」表示變化。表示狀態的自然轉變；「名詞に＋なります」也表示變化。表示事物的自然轉變。

（例 文）　もう　夏に　なりました。
　　　　　已經是夏天了。

名詞に＋なります
變成…；成為…

（接 續）　{名詞}＋に＋なります

（意 思）　【變化】表示在無意識中，事物本身產生的自然變化，這種變化並非人為有意圖性的。中文意思是：「變成…」。

（例 文）　今日は　午後から　雨に　なります。
　　　　　今天將自午後開始下雨。

（注 意）　〖人為〗即使變化是人為造成的，如果重點不在「誰改變的」，而是狀態自然轉變的，也可用此文法。中文意思是：「成為…」。

例文 前は 小さな 村でしたが、今は 大きな 町に なりました。

以前只是一處小村莊，如今已經成為一座大城鎮了。

比較 **名詞に＋します**

讓…變成…、使其成為…

接續 {名詞}＋に＋します

說明 兩個文法都表示變化，但「なります」焦點是事態本身產生的自然變化；而「します」的變化是某人有意圖性去造成的。

例文 子供を 医者に します。

我要讓孩子當醫生。

形容詞く＋します

使變成…

接續 {形容詞詞幹}＋く＋します

意思 【變化】表示事物的變化。跟「なります」比較，「なります」的變化不是人為有意圖性的，是在無意識中物體本身產生的自然變化；而「します」是表示人為的有意圖性的施加作用，而產生變化。形容詞後面接「します」，要把詞尾的「い」變成「く」。中文意思是：「使變成…」。

例文 コーヒーは まだですか。はやく して ください。

咖啡還沒沖好嗎？請快一點！

比較 **形容動詞に＋します**

使變成…

接續 {形容動詞詞幹}＋に＋します

說明 「形容詞く＋します」表變化，表示人為的、有意圖性的使事物產生變化。形容詞後面接「します」，要把詞尾的「い」變成「く」;「形容動詞に＋します」也表變化，表示人為的、有意圖性的使事物產生變化。形容動詞後面接「します」，要把詞尾的「だ」變成「に」。

例文 運動して、体を 丈夫に します。

去運動讓身體變強壯。

形容動詞に＋します
(1) 讓它變成…；(2) 使變成…

（接　續）　{形容動詞詞幹}＋に＋します

（意思1）　【命令】如為命令語氣為「にしてください」。中文意思是：「讓它變成…」。

（例　文）　静かに　して　ください。
しず
請保持安靜！

（意思2）　【變化】表示事物的變化。如前一單元所說的，「します」是表示人為有意圖性的施加作用，而產生變化。形容動詞後面接「します」，要把詞尾的「だ」變成「に」。中文意思是：「使變成…」。

（例　文）　ゴミを　拾って　公園を　きれいに　します。
ひろ　　こうえん
撿拾垃圾讓公園恢復乾淨。

（比　較）　**形容動詞に＋なります**
變成…

（接　續）　{形容動詞詞幹}＋に＋なります

（說　明）　「形容動詞に＋します」表變化，表示人為地改變某狀態；「形容動詞に＋なります」也表變化，表示狀態的自然轉變。

（例　文）　彼女は　最近　きれいに　なりました。
かのじょ　さいきん
她最近變漂亮了。

名詞に＋します
(1) 請使其成為…；(2) 讓…變成…、使其成為…

（接　續）　{名詞}＋に＋します

（意思1）　【請求】請求時用「にしてください」。中文意思是：「請使其成為…」。

（例　文）　この　お札を　100円玉に　して　ください。
さつ　　ひゃくえんだま
請把這張鈔票兌換成百圓硬幣。

（意思2）【變化】表示人為有意圖性的施加作用，而產生變化。中文意思是：「讓…變成…、使其成為…」。

（例文）２階は、子供部屋に します。

二樓設計成兒童房。

（比較）**まだ＋肯定**

還…

（接續）まだ＋{肯定表達方式}

（說明）「名詞に＋します」表示變化，表示受人為影響而改變某狀態；「まだ＋肯定」表示繼續。表示狀態還存在或動作還是持續著，沒有改變。

（例文）お茶は まだ 熱いです。

茶還很熱。

007

もう＋肯定

已經…了

（接續）もう＋{動詞た形；形容動詞詞幹だ}

（意思）【完了】和動詞句一起使用，表示行為、事情或狀態到某個時間已經完了。用在疑問句的時候，表示詢問完或沒完。中文意思是：「已經…了」。

（例文）もう ５時ですよ。帰りましょう。

已經五點了呢，我們回去吧。

（比較）**もう＋數量詞**

再…

（接續）もう＋{數量詞}

（說明）「もう＋肯定」讀降調，表示完了，表示某狀態已經出現，某動作已經完成；「もう＋數量詞」表示累加，表示在原來的基礎上，再累加一些數量，或提高一些程度。

（例文）もう 一杯どう。

再來一杯如何？

まだ＋否定

還（沒有）…

（接　續）　まだ＋{否定表達方式}

（意　思）　**【未完】** 表示預定的行為事情或狀態，到現在都還沒進行，或沒有完成。中文意思是：「還（沒有）…」。

（例　文）　熱は　まだ　下がりません。
發燒還沒退。

比　較 ## しか＋否定

只、僅僅

（接　續）　{名詞（＋助詞）}＋しか〜ない

（說　明）　「まだ＋否定」表示未完，表示某動作或狀態，到現在為止，都還沒進行或發生，或沒有完成。暗示著接下來會做或不久就會完成；「しか＋否定」表示限定，表示對人事物的數量或程度的限定。含有強調數量少、程度輕的心情。

（例　文）　お金は　5,000円しか　ありません。
錢只有五千日圓。

もう＋否定

已經不…了

（接　續）　もう＋{否定表達方式}

（意　思）　**【否定的狀態】**「否定」後接否定的表達方式，表示不能繼續某種狀態了。一般多用於感情方面達到相當程度。中文意思是：「已經不…了」。

（例　文）　銀行に　もう　お金が　ありません。
銀行存款早就花光了。

| 比　較 | **もう＋肯定** |

已經…了

| 接　續 | もう＋{動詞た形；形容動詞詞幹だ} |

| 說　明 | 「もう＋否定」讀降調，表示否定的狀態，也就是不能繼續某種狀態或動作了；「もう＋肯定」讀降調，表完了，表示繼續的狀態，也就是某狀態已經出現、某動作已經完成了。 |

| 例　文 | 病気は　もう　治りました。 |

病已經治好了。

010　　　　　　　　　　　　　　　　　　　　　　Track N5-136

まだ＋肯定

(1) 還有…；(2) 還…

| 接　續 | まだ＋{肯定表達方式} |

| 意思1 | 【存在】表示還留有某些時間或還存在某東西。中文意思是：「還有…」。 |

| 例　文 | 時間は　まだ　たくさん　あります。 |

時間還非常充裕。

| 意思2 | 【繼續】表示同樣的狀態，從過去到現在一直持續著。中文意思是：「還…」。 |

| 例　文 | 姉は　まだ　お風呂に　入って　います。 |

姊姊還在洗澡。

| 比　較 | **もう＋否定** |

已經不…了

| 接　續 | もう＋{否定表達方式} |

| 說　明 | 「まだ＋肯定」表示繼續的狀態，表示同樣的狀態，或動作還持續著；「もう＋否定」表示否定的狀態。後接否定的表達方式，表示某種狀態已經不能繼續了，或某動作已經沒有了。 |

| 例　文 | もう　飲みたく　ありません。 |

我已經不想喝了。

14 断定、説明、名称、推測と存在の表現

斷定、說明、名稱、推測及存在的表現

---

001 じゃ	004 でしょう
002 のだ	005 に～があります／います
003 という＋名詞	006 は～にあります／います

001　　　　　　　　　　　　　　　　　　　　　　　　　

じゃ

(1) 是…；(2) 那麼、那

（接　續）　{名詞；形容動詞詞幹}＋じゃ

（意思1）　【では→じゃ】「じゃ」是「では」的縮略形式，也就是縮短音節的形式，一般是用在口語上。多用在跟自己比較親密的人，輕鬆交談的時候。中文意思是：「是…」。

（例　文）　私は　もう　子供じゃ　ありません。
わたし　　　　こども
我已經不是小孩子了！

（意思2）　【轉換話題】「じゃ」、「じゃあ」、「では」在文章的開頭時（或逗號的後面），表示「それでは（那麼，那就）」的意思。用在轉換新話題或場面，或表示告了一個段落。中文意思是：「那麼、那」。

（例　文）　時間ですね。じゃあ、始めましょう。
じかん　　　　　　　　はじ
時間到囉，那麼，我們開始吧！

（比　較）　**でも**
…之類的

（接　續）　{名詞}＋でも

（說　明）　「じゃ」是「では」的縮略形式，說法輕鬆，一般用在不拘禮節的對話中；在表達恭敬的語感，或講究格式的書面上，大多使用「では」；「でも」表舉例，用在隨意的舉出優先考慮的例子。

（例　文）　お帰りなさい。お茶でも　飲みますか。
かえ　　　　　　ちゃ　　　　の
你回來了。要不要喝杯茶？

のだ

(1) …是…的；(2)（因為）是…

意思1 【主張】用於表示說話者強調個人的主張或決心。中文意思是：「…是…的」。

例文 先生、もう 国へ 帰りたいんです。

老師，我已經想回國了。

意思2 【說明】{形容詞・動詞普通形}＋のだ；{名詞；形容動詞詞幹}＋なのだ。表示客觀地對話題的對象、狀況進行說明，或請求對方針對某些理由說明情況，一般用在發生了不尋常的情況，而說話人對此進行說明，或提出問題。中文意思是：「（因為）是…」。

例文 お腹が 痛い。今朝の 牛乳が 古かったのだ。

肚子好痛！是今天早上喝的牛奶過期了。

注意 〔口語-んだ〕{形容詞動詞普通形}＋んだ；{名詞；形容動詞詞幹}＋なんだ。尊敬的說法是「のです」，口語的說法常將「の」換成「ん」。

例文 「遅かったですね。」「バスが 来なかったんです。」

「怎麼還沒來呀？」「巴士遲遲不來啊。」

比較 **のです**

接續 {形容詞・動詞普通形}＋のです；{名詞；形容動詞詞幹}＋なのです

說明 「のだ」表示說明，用在說話人對所見所聞，做更詳盡的解釋說明，或請求對方說明事情的原因。「のだ」用在不拘禮節的對話中；「のです」也表說明，是「のだ」的禮貌說法，說法有禮，是屬於禮貌用語。

例文 ここは 駅に 近くて 便利なのです。

這裡離車站近，很方便。

という＋名詞

叫做…

（接　續） ｛名詞｝＋という＋｛名詞｝

（意　思） 【稱呼】 表示說明後面這個事物、人或場所的名字。一般是說話人或聽話人一方，或者雙方都不熟悉的事物。詢問「什麼」的時候可以用「何と」。中文意思是：「叫做…」。

（例　文） これは　小松菜と　いう　野菜です。
這是一種名叫小松菜的蔬菜。

（比　較） **名詞＋という**

叫做…

（接　續） ｛名詞；普通形｝＋という

（說　明） 「という＋名詞」表示稱呼，用在說話人或聽話人一方，不熟悉的人事物上；「名詞＋という」表示介紹名稱，表示人物姓名或物品、地方的名稱，例如：「私は王と言います／我姓王」。

（例　文） 天野さんの　生まれた　町は、岩手県の　久慈市という　ところでした。
天野先生的出身地是在岩手縣一個叫作久慈市的地方。

でしょう

(1)…對吧；(2) 也許…、可能…；大概…吧

（接　續） ｛名詞；形容動詞詞幹；形容詞・動詞普通形｝＋でしょう

（意思1） 【確認】 表示向對方確認某件事情，或是徵詢對方的同意。中文意思是：「…對吧」。

（例　文） この　お皿を　割ったのは　あなたでしょう。
打破這個盤子的人是你沒錯吧？

意思2 【推測】 伴隨降調，表示說話者的推測，說話者不是很確定，不像「で
す」那麼肯定。中文意思是：「也許…、可能…」。

例文 明日は　晴れでしょう。
明天應該是晴天吧。

注意 〖たぶん〜でしょう〗 常跟「たぶん」一起使用。中文意思是：「大
概…吧」。

例文 この　時間は、先生は　たぶん　いないでしょう。
這個時間，老師大概不在吧。

比較 **です**
是…

接續 {名詞；形容動詞詞幹；形容詞・動詞普通形}＋です

說明 「でしょう」讀降調，表示推測，也表示跟對方確認，並要求證實的意
思；「です」表示斷定，是以禮貌的語氣對事物等進行斷定、肯定，或
對狀態進行說明。

例文 今日は　暑いです。
今天很熱。

005　　　　　　　　　　　　　　　　　　　　　　　　　　　**Track N5-141**

に〜があります／います

…有…

接續 {名詞}＋に＋{名詞}＋が＋あります／います

意思 【存在】 表某處存在某物或人，也就是無生命事物，及有生命的人或動
物的存在場所，用「（場所）に（物）があります、（人）がいます」。表
示事物存在的動詞有「あります／います」，無生命的事物或自己無法
動的植物用「あります」。中文意思是：「…有…」。

例文 テーブルの　上に　花瓶が　あります。
桌上擺著花瓶。

注意 〖有生命－います〗「います」用在有生命的，自己可以動作的人或
動物。

（例 文） 公園に　子供が　います。
公園裡有小朋友。

（比 較） **は～にあります／います**
…在…

（接 續） {名詞}＋は＋{名詞}＋にあります／います

（說 明） 兩個都是表示存在的句型，「に～があります／います」重點是某處「有什麼」，通常用在傳達新資訊給聽話者時，「が」前面的人事物是聽話者原本不知道的新資訊；「は～にあります／います」則表示某個東西「在哪裡」，「は」前面的人事物是談話的主題，通常聽話者也知道的人事物，而「に」前面的場所則是聽話者原本不知道的新資訊。

（例 文） トイレは　あちらに　あります。
廁所在那邊。

は～にあります／います
…在…

（接 續） {名詞}＋は＋{名詞}＋にあります／います

（意 思） **【存在】** 表示某物或人，存在某場所用「（物）は（場所）にあります／（人）は（場所）にいます」。中文意思是：「…在…」。

（例 文） 私の　父は　台北に　います。
我爸爸在台北。

（比 較） **場所＋に**
在…、有…

（接 續） {名詞}＋に

（說 明） 「は～にあります／います」表示存在，表示人或動物的存在；「場所＋に」表示場所，表示人物、動物、物品存在的場所。

（例 文） 木の　下に　妹が　います。
妹妹在樹下。

JLPT N4

助詞
助詞

001　　　　　　　　　　　　　　　　　　　　　　　　　　　Track N4-001

疑問詞＋でも
無論、不論、不拘

（接　續）{疑問詞}＋でも

（意　思）**【全面肯定或否定】**「でも」前接疑問詞時，表示全面肯定或否定，也就是沒有例外，全部都是。句尾大都是可能或容許等表現。中文意思是：「無論、不論、不拘」。

（例　文）いつでも寝られます。
　　　　任何時候都能倒頭就睡。

（注　意）〖✕なにでも〗沒有「なにでも」的說法。

（比　較）**疑問詞＋も＋肯定**
無論…都…

（接　續）{疑問詞}＋も

（說　明）「疑問詞＋でも」與「疑問詞＋も」都表示全面肯定，但「疑問詞＋でも」指「從所有當中，不管選哪一個都…」；「疑問詞＋も」指「把所有當成一體來說，都…」的意思。

（例　文）この絵とあの絵、どちらも好きです。
　　　　這張圖和那幅畫，我兩件都喜歡。

疑問詞＋ても、でも

(1) 不管（誰、什麼、哪兒）…；(2) 無論…

接　續 ｛疑問詞｝＋｛形容詞く形｝＋ても；｛疑問詞｝＋｛動詞て形｝＋も；｛疑問詞｝＋
｛名詞；形容動詞詞幹｝＋でも

意思1 **【不論】** 前面接疑問詞，表示不論什麼場合、什麼條件，都要進行後
項，或是都會產生後項的結果。中文意思是：「不管（誰、什麼、哪
兒）」。

例　文 いくら高くても、必要な物は買います。
即使價格高昂，必需品還是得買。

意思2 **【全部都是】** 表示全面肯定或否定，也就是沒有例外，全部都是。中
文意思是：「無論…」。

例　文 2時間以内なら何を食べても飲んでもいいです。
只要在兩小時之內，可以盡情吃到飽、喝到飽。

比　較 **疑問詞＋も＋否定**

也（不）…

接　續 ｛疑問詞｝＋も＋ません

說　明 「疑問詞＋ても、でも」表示不管什麼場合，全面肯定或否定；「疑問詞＋
も＋否定」表示全面否定。

例　文 お酒はいつも飲みません。
我向來不喝酒。

疑問詞＋～か

…呢

接　續 ｛疑問詞｝＋｛名詞；形容動詞詞幹；［形容詞・動詞］普通形｝＋か

意　思 **【不確定】** 表示疑問，也就是對某事物的不確定。當一個完整的句子
中，包含另一個帶有疑問詞的疑問句時，則表示事態的不明確性。中文
意思是：「…呢」。

何時に行くか、忘れてしまいました。

何時に行くか、忘れてしまいました。

忘記該在幾點出發了。

注 意 〖省略助詞〗此時的疑問句在句中扮演著相當於名詞的角色，但後面的助詞「は、が、を」經常被省略。

比 較 **かどうか**

是否…、…與否

接 續 {名詞；形容動詞詞幹；[形容詞・動詞] 普通形}＋かどうか

說 明 用「疑問詞＋～か」，表示對「誰、什麼、哪裡」或「什麼時候」等感到不確定；而「かどうか」也表不確定，用在不確定情況究竟是「是」還是「否」時。

例 文 これでいいかどうか、教えてください。

請告訴我這樣是否可行。

かい

…嗎

接 續 {句子}＋かい

意 思 【疑問】放在句尾，表示親暱的疑問。用在句尾讀升調。一般為年長男性用語。中文意思是：「…嗎」。

例 文 昨日は楽しかったかい。

昨天玩得開心吧？

比 較 **句子＋か**

嗎、呢

接 續 {句子}＋か

說 明 「かい」與「か」都表示疑問，放在句尾，但「かい」用在親暱關係之間（對象是同輩或晚輩），「か」可以用在所有疑問句子。

例 文 あなたは横田さんではありませんか。

您不是橫田小姐嗎？

の
…嗎、…呢

（接　續）{句子}＋の

（意　思）【疑問】 用在句尾，以升調表示提出問題。一般是用在對兒童，或關係
比較親密的人，為口語用法。中文意思是：「…嗎、…呢」。

（例　文）薬を飲んだのに、まだ熱が下がらないの。
藥都吃了，高燒還沒退嗎？

比　較　の

（接　續）{[名・形容動詞詞幹] な；[形容詞・動詞] 普通形}＋の

（說　明）「の」用上昇語調唸，表示疑問；「の」用下降語調唸，表示斷定。

（例　文）私は彼が大嫌いなの。
我最討厭他了。

だい
…呢、…呀

（接　續）{句子}＋だい

（意　思）【疑問】 接在疑問詞或含有疑問詞的句子後面，表示向對方詢問的語
氣，有時也含有責備或責問的口氣。成年男性用言，用在口語，說法較
為老氣。中文意思是：「…呢、…呀」。

（例　文）なぜこれがわからないんだい。
為啥連這點小事也不懂？

比　較　かい
…嗎

（接　續）{句子}＋かい

「だい」表示疑問，前面常接疑問詞，含有責備或責問的口氣；「かい」表示疑問或確認，是一種親暱的疑問。

例 文 君、出身は東北かい。

你來自東北嗎？

までに

在…之前、到…時候為止；到…為止

接 續 ｛名詞；動詞辭書形｝＋までに

意 思 【期限】接在表示時間的名詞後面，後接一次性行為的瞬間性動詞，表示動作或事情的截止日期或期限。中文意思是：「在…之前、到…時候為止」。

例 文 水曜日までにこの宿題ができますか。

在星期三之前這份作業做得完嗎？

注 意 〔範圍－まで〕不同於「までに」，用「まで」後面接持續性的動詞和行為，表示某事件或動作，一直到某時間點前都持續著。中文意思是：「到…為止」。

例 文 電車が来るまで、電話で話しましょう。

電車來之前，在電話裡談吧。

比 較 **まで**

到…為止

接 續 ｛名詞；動詞辭書形｝＋まで

說 明 「までに」表示期限，表示動作在期限之前的某時間點執行；「まで」表示範圍，表示動作會持續進行到某時間點。

例 文 昨日は日曜日で、お昼まで寝ていました。

昨天是星期日，所以睡到了中午。

ばかり

(1) 剛…；(2) 總是…、老是…；(3) 淨…、光…

意思1　【時間前後】{動詞た形}＋ばかり。表示某動作剛結束不久，含有說話人感到時間很短的語感。中文意思是：「剛…」。

例文　「ライン読んだ。」「ごめん、今起きたばかりなんだ。」
「你看過 LINE 了嗎？」「抱歉，我剛起床。」

意思2　【重複】{動詞て形}＋ばかり。表示說話人對不斷重複一樣的事，或一直都是同樣的狀態，有不滿、譴責等負面的評價。中文意思是：「總是…、老是…」。

例文　テレビを見てばかりいないで掃除しなさい。
別總是守在電視機前面，快去打掃！

意思3　【強調】{名詞}＋ばかり。表示數量、次數非常多，而且淨是些不想看到、聽到的不理想的事情。中文意思是：「淨…、光…」。

例文　彼はお酒ばかり飲んでいます。
他光顧著拚命喝酒。

比較　**だけ**
　　　　只、僅僅

接續　{名詞（＋助詞）}＋だけ；{名詞；形容動詞詞幹な}＋だけ；{[形容詞・動詞]普通形}＋だけ

說明　「ばかり」表示強調，用在數量、次數多，或總是處於某狀態的時候；「だけ」表示限定，用在限定的某範圍。

例文　お金があるだけでは、結婚できません。
光是有錢並不能結婚。

でも

(1)…之類的；(2)就連…也

接 續 {名詞}＋でも

意思1 【舉例】 用於隨意舉例。表示雖然含有其他的選擇，但還是舉出一個具代表性的例子。中文意思是：「…之類的」。

例 文 暇ですね。テレビでも見ますか。
好無聊喔，來看個電視吧。

意思2 【極端的例子】 先舉出一個極端的例子，再表示其他一般性的情況當然是一樣的。中文意思是：「就連…也」。

例 文 先生でも意味がわからない言葉があります。
其中還包括連老師也不懂語意的詞彙。

比 較 **ても、でも**

即使…也

接 續 {形容詞く形}＋ても；{動詞て形}＋も；{名詞；形容動詞詞幹}＋でも

說 明 「でも」用在舉出一個極端的例子，要用「名詞＋でも」的接續形式；「ても／でも」表示假定逆接，也就是無論前項如何，也不會改變後項。要用「動詞て形＋も」、「形容詞く＋ても」或「名詞；形容動詞詞幹＋でも」的接續形式。

例 文 社会が厳しくても、私は頑張ります。
即使社會嚴苛我也會努力。

指示語、文の名詞化と縮約形
指示詞、句子的名詞化及縮約形

001 こんな	007 さ
002 こう	008 の［は、が、を］
003 そんな	009 こと
004 あんな	010 が
005 そう	011 ちゃ、ちゃう
006 ああ	

001　　　　　　　　　　　　　　　　　　　　　　　　　　　　　　　Track N4-010

こんな
這樣的、這麼的、如此的；這樣地

（接　續）こんな＋｛名詞｝

（意　思）**【程度】** 間接地在講人事物的狀態或程度，而這個事物是靠近說話人的，也可能是剛提及的話題或剛發生的事。中文意思是：「這樣的、這麼的、如此的」。

（例　文）こんな家が欲しいです。
想要一間像這樣的房子。

（注　意）〖**こんなに**〗「こんなに」為指示程度，是「這麼，這樣地；如此」的意思，為副詞的用法，用來修飾動詞或形容詞。中文意思是：「這樣地」。

（例　文）私はこんなにやさしい人に会ったことがない。
我不曾遇過如此體貼的人。

（比　較）**こう**
這樣、這麼

（接　續）こう＋｛動詞｝

（說　明）「こんな」表示程度，後面一定要接名詞；「こう」表示方法，後面要接動詞。

（例　文）アメリカでは、こう握手して挨拶します。
在美國都像這樣握手寒暄。

こう
(1) 這樣、這麼；(2) 這樣

(接續) こう＋{動詞}

(意思1) 【方法】 表示方式或方法。中文意思是：「這樣、這麼」。

(例文) こうすれば簡単です。
只要這樣做就很輕鬆了。

(意思2) 【限定】 表示眼前或近處的事物的樣子、現象。中文意思是：「這樣」。

(例文) こう毎日寒いと外に出たくない。
天天冷成這樣，連出門都不願意了。

(比較) そう
那樣

(接續) そう＋{動詞}

(說明) 「こう」用在眼前的物或近處的事時；「そう」用在較靠近對方或較為遠處的事物。

(例文) 息子は野球が好きだ。僕も子供のころそうだった。
兒子喜歡棒球，我小時候也一樣。

そんな
那樣的；那樣地

(接續) そんな＋{名詞}

(意思) 【程度】 間接的在說人或事物的狀態或程度。而這個事物是靠近聽話人的或聽話人之前說過的。有時也含有輕視和否定對方的意味。中文意思是：「那樣的」。

(例文) そんな服を着ないでください。
請不要穿那樣的服裝。

注意 〖**そんなに**〗「そんなに」為指示程度，是「程度特別高或程度低於預期」的意思，為副詞的用法，用來修飾動詞或形容詞。中文意思是：「那樣地」。

例文 そんなに気をつかわないでください。
請不必那麼客套。

比較 **あんな**
那樣的

接續 あんな＋{名詞}

說明 「そんな」用在離聽話人較近，或聽話人之前說過的事物；「あんな」用在離說話人、聽話人都很遠，或雙方都知道的事物。

例文 あんなやり方ではだめだ。
那種作法是行不通的。

004

あんな
那樣的；那樣地

接續 あんな＋{名詞}

意思 【程度】間接地說人或事物的狀態或程度。而這是指說話人和聽話人以外的事物，或是雙方都理解的事物。中文意思是：「那樣的」。

例文 あんな便利な冷蔵庫が欲しい。
真想擁有那樣方便好用的冰箱！

注意 〖**あんなに**〗「あんなに」為指示程度，是「那麼，那樣地」的意思，為副詞的用法，用來修飾動詞或形容詞。中文意思是：「那樣地」。

例文 あんなに怒ると、子供はみんな泣きますよ。
瞧你發那麼大的脾氣，會把小孩子們嚇哭的喔！

| 比 較 | **こんな**

這樣的、這麼的、如此的

| 接 續 | こんな＋{名詞}

| 說 明 | 事物的狀態或程度是那樣就用「あんな」；事物的狀態或程度是這樣就用「こんな」。

| 例 文 | こんな洋服は、いかがですか。

這樣的洋裝如何？

そう

(1) 那樣；(2) 那樣

| 接 續 | そう＋{動詞}

| 意思1 | 【方法】 表示方式或方法。中文意思是：「那樣」。

| 例 文 | 母にはそう話をします。

我要告訴媽媽那件事。

| 意思2 | 【限定】 表示眼前或近處的事物的樣子、現象。中文意思是：「那樣」。

| 例 文 | 私もそういう大人になりたい。

我長大以後也想成為那樣的人。

| 比 較 | **ああ**

那樣

| 接 續 | ああ＋{動詞}

| 說 明 | 「そう」用在離聽話人較近，或聽話人之前說過的事；「ああ」用在離說話人、聽話人都很遠，或雙方都知道的事。

| 例 文 | 彼は怒るといつもああだ。

他一生起氣來一向都是那樣子。

ああ

(1) 那樣；(2) 那樣

（接　續）　ああ＋{動詞}

（意思1）【方法】表示方式或方法。中文意思是：「那樣」。

（例　文）　ああしろこうしろとうるさい。
一下叫我那樣，一下叫我這樣煩死人了！

（意思2）【限定】表示眼前或近處的事物的樣子、現象。中文意思是：「那樣」。

（例　文）　社長はお酒を飲むといつもああだ。
社長只要一喝酒，就會變成那副模樣。

（比　較）　**あんな**
那樣的

（接　續）　あんな＋{名詞}

（說　明）　「ああ」與「あんな」都用在離說話人、聽話人都很遠，或雙方都知道的事。接續方法是：「ああ＋動詞」，「あんな＋名詞」。

（例　文）　私もあんな家に住みたいです。
我也想住那樣的房子。

さ

…度、…之大

（接　續）　{[形容詞・形容動詞] 詞幹}＋さ

（意　思）【程度】接在形容詞、形容動詞的詞幹後面等構成名詞，表示程度或狀態。也接跟尺度有關的如「長さ（長度）、深さ（深度）、高さ（高度）」等，這時候一般是跟長度、形狀等大小有關的形容詞。中文意思是：「…度、…之大」。

（例　文）　この山の高さは、どのくらいだろう。
不曉得這座山的高度是多少呢？

比 較	み

帶有…、…感

| 接 續 | {[形容詞・形容動詞] 詞幹} ＋み |

| 說 明 | 「さ」表示程度，用在客觀地表示性質或程度；「み」表示狀態，用在主觀地表示性質或程度。 |

| 例 文 | 月曜日の放送を楽しみにしています。 |

我很期待看到星期一的播映。

の[は、が、を]

的是…

| 接 續 | {名詞修飾短語} ＋の[は、が、を] |

| 意思1 | 【強調】 以「短句＋の」的形式表示強調，而想強調句子裡的某一部分，就放在「の」的後面。中文意思是：「的是…」。 |

| 例 文 | この写真の、帽子をかぶっているのは私の妻です。 |

這張照片中，戴著帽子的是我太太。

| 意思2 | 【名詞化】 用於前接短句，使其名詞化，成為句子的主語或目的語。 |

| 例 文 | 私はフランス映画を見るのが好きです。 |

我喜歡看法國電影。

| 注 意 | 〖の＝人時地因〗 這裡的「の」含有人物、時間、地方、原因的意思。 |

比 較	こと

| 接 續 | {名詞の；形容動詞詞幹な；[形容詞・動詞] 普通形} ＋こと |

| 說 明 | 「の」表示名詞化，基本上用來代替人事物。「見る（看）、聞く（聽）」等表示感受外界事物的動詞，或是「止める（停止）、手伝う（幫忙）、待つ（等待）」等動詞，前面只能接「の」；「こと」，也表示名詞化，代替前面剛提到的或後面提到的事情。「です、だ、である」或「を約束する（約定…）、が大切だ（…很重要）、が必要だ（…必須）」等詞，前面只能接「こと」。另外，固定表現如「ことになる、ことがある」等也只能用「こと」。 |

（例 文） 言いたいことがあるなら、言えよ。

如果有話想講，就講啊！

009

こと

（接 續） {名詞の；形容動詞詞幹な；[形容詞・動詞]普通形}＋こと

（意 思）【形式名詞】做各種形式名詞用法。前接名詞修飾短句，使其名詞化，成為後面的句子的主語或目的語。

（例 文） 私は歌を歌うことが好きです。

我喜歡唱歌。

（注 意）〖只用こと〗「こと」跟「の」有時可以互換。但只能用「こと」的有：表達「話す（說）、伝える（傳達）、命ずる（命令）、要求する（要求）」等動詞的內容，後接的是「です、だ、である」、固定的表達方式「ことができる」等。

（比 較） **もの**
東西

（接 續） {[名詞の；形容動詞詞幹な；[形容詞・動詞]普通形；助動詞た}＋もの

（說 明）「こと」表示形式名詞，代替前面剛提到的或後面提到的事。一般不寫漢字；「もの」也是形式名詞，代替某個實質性的東西。一般也不寫漢字。

（例 文） いろいろなものを食べたいです。

想吃各種各樣的東西。

010

が

（接 續） {名詞}＋が

（意 思）【動作或狀態主體】接在名詞的後面，表示後面的動作或狀態的主體。大多用在描寫句。

011

（例文） 雪が降っています。
雪正在下。

（比較） **目的語＋を**

（接續） ｛名詞｝＋を

（説明） 「が」接在名詞的後面，表示後面的動作或狀態的主體；「目的語＋を」的「を」用在他動詞的前面，表示動作的目的或對象；「を」前面的名詞，是動作所涉及的對象。

（例文） 日本語の手紙を書きます。
寫日文書信。

ちゃ、ちゃう

（接續） ｛動詞て形｝＋ちゃ、ちゃう

（意思） 【縮略形】「ちゃ」是「ては」的縮略形式，也就是縮短音節的形式，一般是用在口語上。多用在跟自己比較親密的人，輕鬆交談的時候。

（例文） あ、もう8時。仕事に行かなくちゃ。
啊，已經八點了！得趕快出門上班了。

（注意1） 〖てしまう→ちゃう〗「ちゃう」是「てしまう」，「じゃう」是「でしまう」的縮略形式。

（例文） 飛行機が、出発しちゃう。
飛機要飛走囉！

（注意2） 〖では→じゃ〗其他如「じゃ」是「では」的縮略形式，「なくちゃ」是「なくては」的縮略形式。

（比較） **じゃ**
是…

（接續） ｛名詞；形容動詞詞幹｝＋じゃ

（説明） 「ちゃ」是「ては」的縮略形式；「じゃ」是「では」的縮略形式。

例 文 そんなにたくさん飲んじゃだめだ。

喝這麼多可不行喔！

MEMO

3 許可、禁止、義務と命令

許可、禁止、義務及命令

001　　　　　　　　　　　　　　　　　　　　　　　　　　　Track N4-021

てもいい

(1) 可以…嗎；(2) …也行、可以…

（接續）{動詞て形}＋もいい

（意思1）**【要求】** 如果說話人用疑問句詢問某一行為，表示請求聽話人允許某行為。中文意思是：「可以…嗎」。

（例文）このパソコンを使ってもいいですか。

請問可以借用一下這部電腦嗎？

（意思2）**【許可】** 表示許可或允許某一行為。如果說的是聽話人的行為，表示允許聽話人某一行為。中文意思是：「…也行、可以…」。

（例文）ここに荷物を置いてもいいですよ。

包裹可以擺在這裡沒關係喔。

（比較）**といい**

要是…該多好

（接續）{名詞だ；[形容詞・形容動詞・動詞] 辭書形}＋といい

（説明）「てもいい」用在允許做某事；「といい」用在希望某個願望能成真。

（例文）夫の給料がもっと多いといいのに。

真希望我先生的薪水能多一些呀！

なくてもいい

不…也行、用不著…也可以

接續 {動詞否定形 (去い)}＋くてもいい

意思 【許可】表示允許不必做某一行為，也就是沒有必要，或沒有義務做前面的動作。中文意思是：「不…也行、用不著…也可以」。

例文 作文は、明日出さなくてもいいですか。
請問明天不交作文可以嗎？

注意1 〖×なくてもいかった〗要注意的是「なくてもいかった」或「なくてもいければ」是錯誤用法，正確是「なくてもよかった」或「なくてもよければ」。

例文 間に合うのなら、急がなくてもよかった。
如果時間還來得及，不必那麼趕也行。

注意2 〖文言－なくともよい〗較文言的表達方式為「なくともよい」。

例文 あなたは何も心配しなくともよい。
你可以儘管放一百二十個心！

比較 **てもいい**

…也行、可以…

接續 {動詞て形}＋もいい

說明 「なくてもいい」表示允許不必做某一行為；「てもいい」表示許可或允許某一行為。

例文 宿題が済んだら、遊んでもいいよ。
如果作業寫完了，要玩也可以喔。

てもかまわない
即使…也沒關係、…也行

（接　續）{[動詞・形容詞] て形}＋もかまわない；{形容動詞詞幹；名詞}＋でもかまわない

（意　思）**【讓步】** 表示讓步關係。雖然不是最好的，或不是最滿意的，但妥協一下，這樣也可以。比「てもいい」更客氣一些。中文意思是：「即使…也沒關係、…也行」。

（例　文）ホテルの場所は駅から遠くても、安ければかまわない。
即使旅館位置離車站很遠，只要便宜就無所謂。

（比　較）**てはいけない**
不准…、不許…、不要…

（接　續）{動詞て形}＋はいけない

（說　明）「てもかまわない」表示讓步，表示即使是前項，也沒有關係；「てはいけない」表示禁止，也就是告訴對方不能做危險或會帶來傷害的事情。

（例　文）ベルが鳴るまで、テストを始めてはいけません。
在鈴聲響起前不能動筆作答。

なくてもかまわない
不…也行、用不著…也沒關係

（接　續）{動詞否定形（去い）}＋くてもかまわない

（意　思）**【許可】** 表示沒有必要做前面的動作，不做也沒關係，是「なくてもいい」的客氣說法。中文意思是：「不…也行、用不著…也沒關係」。

（例　文）話したくなければ、話さなくてもかまいません。
如果不願意講出來，不告訴我也沒關係。

（注　意）〖＝大丈夫等〗「かまわない」也可以換成「大丈夫（沒關係）、問題ない（沒問題）」等表示「沒關係」的表現。

（例　文）出席するなら、返事はしなくても問題ない。
假如會參加，不回覆也沒問題。

（比　較）**ないこともない、ないことはない**
並不是不…、不是不…

（接　續）{動詞否定形}＋ないこともない、ないことはない

（説　明）「なくてもかまわない」表示許可，表示不那樣做也沒關係；「ないこともない」表示消極肯定，表示也有某種的可能性，是用雙重否定來表現消極肯定的說法。

（例　文）ちょっと急がないといけないが、あと1時間でできないことはない。
假如非得稍微趕一下，倒也不是不能在一個小時之內做出來。

005   Track N4-025

てはいけない
(1) 不可以…、請勿…；(2) 不准…、不許…、不要…

（接　續）{動詞て形}＋はいけない

（意思1）**【申明禁止】** 是申明禁止、規制等的表現。常用在交通標誌、禁止標誌或衣服上洗滌表示等。中文意思是：「不可以…、請勿…」。

（例　文）このアパートでは、ペットを飼ってはいけません。
這棟公寓不准居住者飼養寵物。

（意思2）**【禁止】** 表示禁止，基於某種理由、規則，直接跟聽話人表示不能做前項事情，由於說法直接，所以一般限於用在上司對部下、長輩對晚輩。中文意思是：「不准…、不許…、不要…」。

（例　文）テスト中は、ノートを見てはいけません。
作答的時候不可以偷看筆記本。

（比　較）**てはならない**
不能…、不要…、不許、不應該

（接　續）{動詞て形}＋はならない

說明 兩者都表示禁止。「てはならない」表示有義務或責任，不可以去做某件事情；「てはならない」比「てはいけない」的義務或責任的語感都強，有更高的強制力及拘束力。常用在法律文上。

例文 昔話では、「見てはならない」と言われたら必ず見ることになっている。

在老故事裡，只要被叮囑「絕對不准看」，就一定會忍不住偷看。

な

不准…、不要…

接續 {動詞辭書形} ＋な

意思 【禁止】 表示禁止。命令對方不要做某事、禁止對方做某事的說法。由於說法比較粗魯，所以大都是直接面對當事人說。一般用在對孩子、兄弟姊妹或親友時。也用在遇到緊急狀況或吵架的時候。中文意思是：「不准…、不要…」。

例文 ここで煙草を吸うな。

不准在這裡抽菸！

比較 な（あ）

接續 {[名・形容動詞詞幹] だ；[形容詞・動詞] 普通形；助動詞た} ＋な（あ）

說明 「な」前接動詞時，有表示禁止或感嘆（強調情感）這兩個用法，也用「なあ」的形式。因為接續一樣，所以要從句子的情境、文脈及語調來判斷。用在表示感嘆時，也可以接動詞以外的詞。

例文 いいな、僕もテレビに出たかったなあ。

真好啊，我也好想上電視啊！

なければならない
必須…、應該…

接 續 ｛動詞否定形｝＋なければならない

意 思 【義務】表示無論是自己或對方，從社會常識或事情的性質來看，不那樣做就不合理，有義務要那樣做。中文意思是：「必須…、應該…」。

例 文 学生は学校のルールを守らなければならない。
學生必須遵守校規。

注意1 〖疑問－なければなりませんか〗表示疑問時，可使用「なければなりませんか」。

例 文 日本はチップを払わなければなりませんか。
請問在日本是否一定要支付小費呢？

注意2 〖口語－なきゃ〗「なければ」的口語縮約形為「なきゃ」。有時只說「なきゃ」，並將後面省略掉。

例 文 危ない。信号は守らなきゃだめですよ。
危險！要看清楚紅綠燈再過馬路喔！

比 較 べき（だ）
必須…、應當…

接 續 ｛動詞辭書形｝＋べき（だ）

說 明 「なければならない」表示義務，是指基於規則或當時的情況，而必須那樣做；「べき（だ）」表示勸告，這時是指身為人應該遵守的原則，常用在勸告或命令對方有義務那樣做的時候。

例 文 約束は守るべきだ。
應該遵守承諾。

なくてはいけない
必須…、不…不可

（接　續）　{動詞否定形（去い）}＋くてはいけない

（意　思）　**【義務】** 表示義務和責任，多用在個別的事情，或對某個人，口氣比較強硬，所以一般用在上對下，或同輩之間，口語常說「なくては」或「なくちゃ」。中文意思是：「必須…、不…不可」。

（例　文）　宿題は必ずしなくてはいけません。
一定要寫功課才可以。

（注意1）　〖普遍想法〗 表示社會上一般人普遍的想法。

（例　文）　暗い道では、気をつけなくてはいけないよ。
走在暗路時，一定要小心才行喔！

（注意2）　〖決心〗 表達說話者自己的決心。

（例　文）　今日中にこの仕事を終わらせなくてはいけない。
今天以內一定要完成這份工作。

（比　較）　## ないわけにはいかない
不能不…、必須…

（接　續）　{動詞否定形}＋ないわけにはいかない

（說　明）　「なくてはいけない」表示義務，用在上對下或說話人的決心，表示必須那樣做，說話人不一定有不情願的心情；「ないわけにはいかない」也表義務，是根據社會情理或過去經驗，表示雖然不情願，但必須那樣做。

（例　文）　放っておくと命にかかわるから、手術をしないわけにはいかない。
置之不理會有生命危險，所以非得動手術不可。

なくてはならない

必須…、不得不…

（接 續）{動詞否定形（去い）}＋くてはならない

（意 思）【義務】表示根據社會常理來看、受某種規範影響，或是有某種義務，必須去做某件事情。中文意思是：「必須…、不得不…」。

（例 文）会議の資料をもう一度書き直さなくてはならない。

不得不重寫一遍會議資料。

（注 意）〔口語－なくちゃ〕「なくては」的口語縮約形為「なくちゃ」，有時只說「なくちゃ」，並將後面省略掉（此時難以明確指出省略的是「いけない」還是「ならない」，但意思大致相同）。

（例 文）仕事が終わらない。今日は残業しなくちゃ。

工作做不完，今天只好加班了。

（比 較）**なくてもいい**

不…也行、用不著…也可以

（接 續）{動詞否定形（去い）}＋くてもいい

（說 明）「なくてはならない」表示義務，是根據社會常理或規範，不得不那樣做；「なくてもいい」表示許可，表示不那樣做也可以，不是這樣的情況也行，跟「なくても大丈夫だ」意思一樣。

（例 文）暖かいから、暖房をつけなくてもいいです。

很溫暖，所以不開暖氣也無所謂。

命令形

給我…、不要…

（接 續）（句子）＋{動詞命令形}＋（句子）

（意 思）【命令】表示語氣強烈的命令。一般用在命令對方的時候，給人有粗魯的感覺，且大都是直接面對當事人說。通常用在對孩子、兄弟姊妹或親友時。中文意思是：「給我…、不要…」。

汚いな。早く掃除しろ。
<ruby>汚<rt>きたな</rt></ruby>いな。<ruby>早<rt>はや</rt></ruby>く<ruby>掃除<rt>そうじ</rt></ruby>しろ。

髒死了，快點打掃！

注 意 〔**教育宣導等**〕 也用在遇到緊急狀況、吵架、運動比賽或交通號誌等的時候。

例 文 <ruby>火事<rt>かじ</rt></ruby>だ、<ruby>早<rt>はや</rt></ruby>く<ruby>逃<rt>に</rt></ruby>げろ。

失火啦，快逃啊！

比 較 **なさい**
要⋯、請⋯

接 續 {動詞ます形}＋なさい

說 明 「命令形」是帶有粗魯的語氣命令對方；「なさい」是語氣較緩和的命令，前面要接動詞ます形。

例 文 <ruby>生徒<rt>せいと</rt></ruby>たちを、<ruby>教室<rt>きょうしつ</rt></ruby>に<ruby>集<rt>あつ</rt></ruby>めなさい。

叫學生到教室集合。

なさい
要⋯、請⋯

接 續 {動詞ます形}＋なさい

意 思 【**命令**】表示命令或指示。一般用在上級對下級，父母對小孩，老師對學生的情況。比起命令形，此句型稍微含有禮貌性，語氣也較緩和。由於這是用在擁有權力或支配能力的人，對下面的人說話的情況，使用的場合是有限的。中文意思是：「要⋯、請⋯」。

例 文 <ruby>漢字<rt>かんじ</rt></ruby>の<ruby>正<rt>ただ</rt></ruby>しい<ruby>読<rt>よ</rt></ruby>み<ruby>方<rt>かた</rt></ruby>を<ruby>書<rt>か</rt></ruby>きなさい。

請寫下漢字的正確發音。

比 較 **てください**
請⋯

接 續 {動詞て形}＋ください

說 明 「なさい」表示命令、指示或勸誘，用在老師對學生、父母對孩子等關係之中；「てください」表示命令、請求、指示他人為說話人做某事。

例 文 本屋で雑誌を買ってきてください。
請到書店買一本雜誌回來。

MEMO

4 意志と希望

意志及希望

001 Track N4-032

てみる

試著（做）…

（接續） ｛動詞て形｝＋みる

（意思） 【嘗試】「みる」是由「見る」延伸而來的抽象用法，常用平假名書寫。表示雖然不知道結果如何，但嘗試著做前接的事項，是一種試探性的行為或動作，一般是肯定的說法。中文意思是：「試著（做）…」。

（例文） 問題の答えを考えてみましょう。
讓我們一起來想一想這道題目的答案。

（注意） 〚かどうか〜てみる〛 常跟「か、かどうか」一起使用。

比較	**てみせる**

做給…看

（接續） ｛動詞て形｝＋みせる

（說明） 「てみる」表示嘗試去做某事；「てみせる」表示做某事給某人看。

（例文） 子供に挨拶の仕方を教えるには、まず親がやってみせたほうがいい。
關於教導孩子向人請安問候的方式，最好先由父母親自示範給他們看。

（よ）うとおもう

我打算…；我要…；我不打算…

接 續　{動詞意向形}＋（よ）うとおもう

意 思　【意志】表示說話人告訴聽話人，說話當時自己的想法、未來的打算或意圖，比起不管實現可能性是高或低都可使用的「たいとおもう」、「（よ）うとおもう」更具有採取某種行動的意志，且動作實現的可能性很高。中文意思是：「我打算…」。

例 文　夏休みは、アメリカへ行こうと思います。
我打算暑假去美國。

注意1　〔某一段時間〕用「（よ）うとおもっている」，表示說話人在某一段時間持有的打算。中文意思是：「我要…」。

例 文　いつか留学しようと思っています。
我一直在計畫出國讀書。

注意2　〔強烈否定〕「（よ）うとはおもわない」表示強烈否定。中文意思是：「我不打算…」。

例 文　今日は台風なので、買い物に行こうとは思いません。
今天颱風來襲，因此沒打算出門買東西。

比 較　**（よ）うとする**

想…、打算…

接 續　{動詞意向形}＋（よ）うとする

說 明　「（よ）うとおもう」表示意志，表示說話人打算那樣做；「（よ）うとする」也表意志，表示某人正打算要那樣做。

例 文　そのことを忘れようとしましたが、忘れられません。
我想把那件事給忘了，但卻無法忘記。

（よ）う

(1)（一起）…吧；(2)…吧

接續　{動詞意向形} ＋（よ）う

意思1　【提議】 用來提議、邀請別人一起做某件事情。「ましょう」是較有禮貌的說法。中文意思是：「（一起）…吧」。

例文　もう遅いから、帰ろうよ。
已經很晚了，該回去了啦。

意思2　【意志】 表示說話者的個人意志行為，準備做某件事情。中文意思是：「…吧」。

例文　金曜日だから、飲みにいこうか。
今天是星期五，我們去喝個痛快吧！

比較　**つもりだ**
打算…、準備…

接續　{動詞辭書形} ＋つもりだ

說明　「（よ）う」表示意志，表示說話人要做某事，也可用在邀請別人一起做某事；「つもりだ」也表意志，表示某人打算做某事的計畫。主語除了說話人以外，也可用在第三人稱。注意，如果是馬上要做的計畫，不能使用「つもりだ」。

例文　しばらく会社を休むつもりだ。
打算暫時向公司請假。

（よ）うとする

(1)オ…；(2)想…、打算…；不想…、不打算…

接續　{動詞意向形} ＋（よ）うとする

意思1　【將要】 表示某動作還在嘗試但還沒達成的狀態，或某動作實現之前，而動作或狀態馬上就要開始。中文意思是：「オ…」。

（例　文）シャワーを浴びようとしたら、電話が鳴った。
正準備沖澡的時候，電話響了。

（意思2）【意志】表示動作主體的意志、意圖。主語不受人稱的限制。表示努力地去實行某動作。中文意思是：「想…、打算…」。

（例　文）彼はダイエットをしようとしている。
他正想減重。

（注　意）〖否定形〗否定形「（よ）うとしない」是「不想…、不打算…」的意思，不能用在第一人稱上。

（例　文）子供が私の話を聞こうとしない。
小孩不聽我的話。

（比　較）**てみる**
試著（做）…

（接　續）｛動詞て形｝＋みる

（說　明）「ようとする」表示意志，前接意志動詞，表示現在就要做某動作的狀態，或想做某動作但還沒有實現的狀態；「てみる」表示嘗試，前接動詞て形，表示嘗試做某事。

（例　文）仕事で困ったことが起こり、高崎さんに相談してみた。
工作上發生了麻煩事，找了高崎女士商量。

　　　　　　　　　　　　　　　　　　　　　　　　　Track N4-036

にする
(1) 我要…、我點…；(2) 決定…

（接　續）｛名詞；副助詞｝＋にする

（意思1）【決定】常用於購物或點餐時，決定買某樣商品。中文意思是：「我要…、我點…」。

（例　文）この赤いシャツにします。
我要這件紅襯衫。

| 意思2 | 【選擇】表示抉擇，決定、選定某事物。中文意思是：「決定…」。 |

| 例 文 | 今日は料理をする時間がないので、外食にしよう。
今天沒時間做飯，我們在外面吃吧。 |

| 比 較 | **がする** |

感到…、覺得…、有…味道

| 接 續 | {名詞}＋がする |

| 說 明 | 「にする」表示選擇，表示決定選擇某事物，常用在點餐等時候；「がする」表示樣態，表示感覺器官所受到的感覺。 |

| 例 文 | 今朝から頭痛がします。
今天早上頭就開始痛。 |

ことにする

(1) 習慣…；(2) 決定…；已決定…

| 接 續 | {動詞辭書形；動詞否定形}＋ことにする |

| 意思1 | 【習慣】用「ことにしている」的形式，則表示因某決定，而養成了習慣或形成了規矩。中文意思是：「習慣…」。 |

| 例 文 | 毎日、日記を書くことにしています。
現在天天都寫日記。 |

| 意思2 | 【決定】表示說話人以自己的意志，主觀地對將來的行為做出某種決定、決心。中文意思是：「決定…」。 |

| 例 文 | 先生に言うと怒られるので、だまっていることにしよう。
要是報告老師准會挨罵，還是閉上嘴巴別講吧。 |

| 注 意 | 〔已經決定〕用過去式「ことにした」表示決定已經形成，大都用在跟對方報告自己決定的事。中文意思是：「已決定…」。 |

| 例 文 | 冬休みは北海道に行くことにした。
寒假去了北海道。 |

| 比　較 | **ことになる**
（被）決定…

| 接　續 | {動詞辭書形；動詞否定形}＋ことになる

| 說　明 | 「ことにする」表示決定，用在說話人以自己的意志，決定要那樣做；「ことになる」也表決定，用在說話人以外的人或團體，所做出的決定，或是婉轉表達自己的決定。

| 例　文 | 来月新竹に出張することになった。
下個月要去新竹出差。

007　　　　　　　　　　　　　　　　　　　　　　　　　　　　　　Track N4-038

つもりだ

打算…、準備…；不打算…；並非有意要…

| 接　續 | {動詞辭書形}＋つもりだ

| 意　思 | **【意志】** 表示說話人的意志、預定、計畫等，也可以表示第三人稱的意志。有說話人的打算是從之前就有，且意志堅定的語氣。中文意思是：「打算…、準備…」。

| 例　文 | 煙草が高くなったから、もう吸わないつもりです。
香菸價格變貴了，所以打算戒菸了。

| 注意 1 | 〖**否定形**〗「ないつもりだ」為否定形。中文意思是：「不打算…」。

| 例　文 | 結婚したら、両親とは住まないつもりだ。
結婚以後，我並不打算和父母住在一起。

| 注意 2 | 〖**強烈否定形**〗「つもりはない」表「不打算…」之意，否定意味比「ないつもりだ」還要強。

| 例　文 | 明日台風がきても、会社を休むつもりはない。
如果明天有颱風，不打算不上班。

| 注意 3 | 〖**並非有意**〗「つもりではない」表示「そんな気はなかったが…（並非有意要…）」之意。中文意思是：「並非有意要…」。

| 例　文 | はじめは、代表になるつもりではなかったのに…。
其實起初我壓根沒想過要擔任代表……。

（よ）うとおもう
我打算…

接 續 {動詞意向形}＋（よ）うとおもう

說 明 「つもり」表示堅決的意志，也就是已經有準備實現的意志；「ようとおもう」前接動詞意向形，表示暫時性的意志，也就是只有打算，也有可能撤銷、改變的意志。

例 文 今度は彼氏と来ようと思う。
下回想和男友一起來。

てほしい
希望…、想…；希望不要…

意 思 **【希望－動作】**{動詞て形}＋ほしい。表示說話者希望對方能做某件事情，或是提出要求。中文意思是：「希望…、想…」。

例 文 給料を上げてほしい。
真希望能調高薪資。

注 意 〔**否定－ないでほしい**〕{動詞否定形}＋でほしい。表示否定，為「希望（對方）不要…」。

例 文 私がいなくなっても、悲しまないでほしいです。
就算我離開了，也希望大家不要傷心。

比 較 **がほしい**
…想要…

接 續 {名詞}＋が＋ほしい

說 明 「てほしい」用在希望對方能夠那樣做；「がほしい」用在說話人希望得到某個東西。

例 文 私は自分の部屋がほしいです。
我想要有自己的房間。

がる、がらない

覺得…、不覺得…；想要…、不想要…

（接　續）｛[形容詞・形容動詞] 詞幹｝＋がる、がらない

（意　思）**【感覺】** 表示某人說了什麼話或做了什麼動作，而給說話人留下這種
想法，有這種感覺，想這樣做的印象，「がる」的主體一般是第三人稱。
中文意思是：「覺得…、不覺得…；想要…、不想要…」。

（例　文）恥ずかしがらなくていいですよ。大きな声で話してください。
沒關係，不需要害羞，請提高音量講話。

（注意1）〖を＋ほしい〗 當動詞為「ほしい」時，搭配的助詞為「を」，而非
「が」。

（例　文）彼女はあのお店のかばんを、いつもほしがっている。
她一直很想擁有那家店製作的包款。

（注意2）〖現在狀態〗 表示現在的狀態用「ている」形，也就是「がっている」。

（例　文）両親が忙しいので、子供は寂しがっている。
爸媽都相當忙碌，使得孩子總是孤伶伶的。

（比　較）**たがる**

想…

（接　續）｛動詞ます形｝＋たがる

（說　明）「がる」表示感覺，用於第三人稱的感覺、情緒等；「たがる」表示希望，
用於第三人稱想要達成某個願望。

（例　文）娘は、まだ小さいのに台所の仕事を手伝いたがります。
女兒還很小，卻很想幫忙廚房的工作。

たがる、たがらない

想…；不想…

(接 續) ｛動詞ます形｝＋たがる、たがらない

(意 思) 【希望】是「たい的詞幹」＋「がる」來的。用在表示第三人稱，顯露在外表的願望或希望，也就是從外觀就可看對方的意願。中文意思是：「想…」。

(例 文) 子供がいつも私のパソコンに触りたがる。
小孩總是喜歡摸我的電腦。

(注意1) 〖否定－たがらない〗 以「たがらない」形式，表示否定。中文意思是：「不想…」。

(例 文) 最近、若い人たちはあまり結婚したがらない。
近來，許多年輕人沒什麼意願結婚。

(注意2) 〖現在狀態〗 表示現在的狀態用「ている」形，也就是「たがっている」。

(例 文) 入院中の父はおいしいお酒を飲みたがっている。
正在住院的父親直嚷著想喝酒。

(比 較) **たい**

想要…

(接 續) ｛動詞ます形｝＋たい

(說 明) 「たがる」表示希望，用在第三人稱想要達成某個願望；「たい」也表希望，則是第一人稱內心希望某一行為能實現，或是強烈的願望。

(例 文) 私は医者になりたいです。
我想當醫生。

といい

要是…該多好；要是…就好了

（接續）{名詞だ；[形容詞・形容動詞・動詞] 辭書形}＋といい

（意思）【願望】表示說話人希望成為那樣之意。句尾出現「けど、のに、が」時，含有這願望或許難以實現等不安的心情。中文意思是：「要是…該多好」。

（例文）電車、もう少し空いているといいんだけど。
でんしゃ　　　すこ　す

要是搭電車的人沒那麼多該有多好。

（注意）〖近似たらいい等〗意思近似於「たらいい（要是…就好了）、ばいい（要是…就好了）」。中文意思是：「要是…就好了」。

（例文）週末は晴れるといいですね。
しゅうまつ　は

希望週末是個大晴天，那就好囉。

（比較）**がいい**

最好…

（接續）{動詞辭書形}＋がいい

（說明）「といい」表示希望成為那樣的願望；「がいい」表示希望壞事發生的心情。

（例文）悪人はみな、地獄に落ちるがいい。
あくにん　　　じごく　お

壞人最好都下地獄。

5 判断と推量

判斷及推測

001   Track N4-043

はずだ

(1) 怪不得…；(2)（按理說）應該…

（接　續）{名詞の；形容動詞詞幹な；[形容詞・動詞] 普通形}＋はずだ

（意思1）**【理解】** 表示說話人對原本不可理解的事物，在得知其充分的理由後，而感到信服。中文意思是：「怪不得…」。

（例　文）寒いはずだ。雪が降っている。
難怪這麼冷，原來外面正在下雪。

（意思2）**【推斷】** 表示說話人根據事實、理論或自己擁有的知識來推測出結果，是主觀色彩強，較有把握的推斷。中文意思是：「（按理說）應該…」。

（例　文）毎日5時間も勉強しているから、次は合格できるはずだ。
既然每天都足足用功五個鐘頭，下次應該能夠考上。

（比　較）**はずがない、はずはない**

不可能…、不會…、沒有…的道理

（接　續）{名詞の；形容動詞詞幹な；[形容詞・動詞] 普通形}＋はずがない、はずはない

（說　明）「はずだ」表示推斷，是說話人根據事實或理論，做出有把握的推斷；「はずがない」也表推斷，是說話人推斷某事不可能發生。

（例　文）そんなところに行って安全なはずがなかった。
去那種地方絕不可能安全的！

はずがない、はずはない

不可能…、不會…、沒有…的道理

(接續) {名詞の；形容動詞詞幹な；[形容詞・動詞] 普通形}＋はずがない、はずはない

(意思) 【推斷】 表示說話人根據事實、理論或自己擁有的知識，來推論某一事物不可能實現。是主觀色彩強，較有把握的推斷。中文意思是：「不可能…、不會…、沒有…的道理」。

(例文) 漢字を 1 日 100 個も、覚えられるはずがない

怎麼可能每天背下一百個漢字呢！

(注意) 〖口語－はずない〗用「はずない」，是較口語的用法。

(例文) ここから学校まで急いでも 10 分で着くはずない。

從這裡到學校就算拚命衝，也不可能在十分鐘之內趕到。

(比較) **にちがいない**

一定是…、准是…

(接續) {名詞；形容動詞詞幹；[形容詞・動詞] 普通形}＋にちがいない

(說明) 「はずがない」表示肯定推測，說話人推斷某事不可能發生；「にちがいない」表示推斷，表示說話人根據經驗或直覺，做出非常肯定的判斷某事會發生。

(例文) 彼女はかわいくてやさしいから、もてるに違いない。

她既可愛又溫柔，想必一定很受大家的喜愛。

そう

好像…、似乎…

(接續) {[形容詞・形容動詞] 詞幹；動詞ます形}＋そう

(意思) 【樣態】 表示說話人根據親身的見聞，如周遭的狀況或事物的外觀，而下的一種判斷。中文意思是：「好像…、似乎…」。

（例 文）このケーキ、おいしそう。
這塊蛋糕看起來好好吃。

（注意1）〖よいーよさそう〗形容詞「よい」、「ない」接「そう」，會變成「よさそう」、「なさそう」。

（例 文）「ここにあるかな。」「なさそうだね。」
「那東西會在這裡嗎？」「好像沒有喔。」

（注意2）〖**女性ーそうね**〗會話中，當說話人為女性時，有時會用「そうね」。

（例 文）眠(ねむ)そうね。昨日(きのうなんじ)何時に寝(ね)たの。
你看起來快睡著了耶。昨天幾點睡的？

（比 較） **そうだ**

聽說…、據說…

（接 續）｛[名詞・形容詞・形容動詞・動詞] 普通形｝＋そうだ

（說 明）「そう」表示樣態，前接動詞ます形或形容詞・形容動詞詞幹，用在根據親身的見聞，意思是「好像」；「そうだ」表示傳聞，前接用言終止形或「名詞＋だ」，用在說話人表示自己聽到的或讀到的信息時，意思是「聽說」。

（例 文）新聞(しんぶん)によると、今度(こんど)の台風(たいふう)はとても大(おお)きいそうだ。
報上說這次的颱風會很強大。

ようだ

(1) 像…一樣的、如…似的；(2) 好像…

（意思1）【比喻】｛名詞の；動詞辭書形；動詞た形｝＋ようだ。把事物的狀態、形狀、性質及動作狀態，比喻成一個不同的其他事物。中文意思是：「像…一樣的、如…似的」。

（例 文）彼(かれ)はまるで子供(こども)のように遊(あそ)んでいる。
瞧瞧他玩得像個孩子似的。

（意思2）【推斷】｛名詞の；形容動詞詞幹な；[形容詞・動詞] 普通形｝＋ようだ。用在說話人從各種情況，來推測人或事物是後項的情況，通常是說話人主觀、根據不足的推測。中文意思是：「好像…」。

例文 野田さんは、お酒が好きなようだった。
聽說野田先生以前很喜歡喝酒。

注意 〖活用同形容動詞〗「ようだ」的活用跟形容動詞一樣。後接動詞時，必須將「だ」改成「に」。

比較 **みたい (だ)、みたいな**
好像…

接續 {名詞；形容動詞詞幹；[動詞・形容詞] 普通形}＋みたい (だ)、みたいな

說明 「ようだ」跟「みたいだ」意思都是「好像」，都是不確定的推測，但「ようだ」前接名詞時，用「N＋の＋ようだ」；「みたいだ」大多用在口語，前接名詞時，用「N＋みたいだ」。

例文 何だかだるいな。風邪をひいたみたいだ。
怎麼覺得全身倦怠，好像感冒了。

---

005   Track N4-047

らしい
(1) 像…樣子、有…風度；(2) 好像…、似乎…；(3) 說是…、好像…

接續 {名詞；形容動詞詞幹；[形容詞・動詞] 普通形}＋らしい

意思1 【樣子】表示充分反應出該事物的特徵或性質。中文意思是：「像…樣子、有…風度」。

例文 日本らしいお土産を買って帰ります。
我會買些具有日本傳統風格的伴手禮帶回去。

意思2 【據所見推測】表示從眼前可觀察的事物等狀況，來進行想像性的客觀推測。中文意思是：「好像…、似乎…」。

例文 人身事故があった。電車が遅れるらしい。
電車行駛時發生了死傷事故，恐怕會延遲抵達。

意思3 【據傳聞推測】表示從外部來的，是說話人自己聽到的內容為根據，來進行客觀推測。含有推測、責任不在自己的語氣。中文意思是：「說是…、好像…」。

（例　文）天気予報によると、明日は大雨らしい。

気象預報指出，明日將會下大雨。

（比　較）**ようだ**

好像…

（接　續）｛名詞の；形容動詞詞幹な；[形容詞・動詞] 普通形｝＋ようだ

（說　明）「らしい」通常傾向根據傳聞或客觀的證據，做出推測；「ようだ」比較是以自己的想法或經驗，做出推測。

（例　文）後藤さんは、お肉がお好きなようだった。

聽說後藤先生早前喜歡吃肉。

がする

感到…、覺得…、有…味道

（接　續）｛名詞｝＋がする

（意　思）【樣態】前面接「かおり（香味）、におい（氣味）、味（味道）、音（聲音）、感じ（感覺）、気（感覺）、吐き気（噁心感）」等表示氣味、味道、聲音、感覺等名詞，表示說話人通過感官感受到的感覺或知覺。中文意思是：「感到…、覺得…、有…味道」。

（例　文）今は晴れているけど、明日は雨が降るような気がする。

今天雖然是晴天，但我覺得明天好像會下雨。

（比　較）**ようにする**

爭取做到…

（接　續）｛動詞辭書形；動詞否定形｝＋ようにする

（說　明）「がする」表示樣態，表示感覺，沒有自己的意志和意圖；「ようにする」表示意志，表示說話人自己將前項的行為、狀況當作目標而努力，或是說話人建議聽話人採取某動作、行為，是擁有自己的意志和意圖的。

（例　文）人の悪口を言わないようにしましょう。

努力做到不去說別人的壞話吧！

かどうか

是否…、…與否

(接 續) {名詞;形容動詞詞幹;[形容詞・動詞] 普通形}＋かどうか

(意 思) **【不確定】** 表示從相反的兩種情況或事物之中選擇其一。「かどうか」
前面的部分是不知是否屬實。中文意思是:「是否…、…與否」。

(例 文) あの店の料理はおいしいかどうか分かりません。

我不知道那家餐廳的菜到底好不好吃。

(比 較) **か～か～**

…或是…

(接 續) {名詞}＋か＋{名詞}＋か;{形容詞普通形}＋か＋{形容詞普通形}＋か;{形
容動詞詞幹}＋か＋{形容動詞詞幹}＋か;{動詞普通形}＋か＋{動詞普通
形}＋か

(說 明)「かどうか」前面的部分接不知是否屬實的事情或情報;「か～か～」表
示在幾個當中,任選其中一個。「か」的前後放的是確實的事情或情報。

(例 文) 古沢さんか清水さんか、どちらかがやります。

會由古澤小姐或清水小姐其中一位來做。

だろう

…吧

(接 續) {名詞;形容動詞詞幹;[形容詞・動詞] 普通形}＋だろう

(意 思) **【推斷】** 使用降調,表示說話人對未來或不確定事物的推測,且說話人
對自己的推測有相當大的把握。中文意思是:「…吧」。

(例 文) 彼は来ないだろう。

他大概不會來吧。

(注意1) 〔**常接副詞**〕 常跟副詞「たぶん（大概）、きっと（一定）」等一起使用。

(例 文) 明日の試験はたぶん難しいだろう。

明天的考試恐怕很難喔。

注意2 〖**女性用－でしょう**〗口語時女性多用「でしょう」。

例　文　今夜はもっと寒くなるでしょう。
今晚可能會變得更冷吧。

比　較　**（だろう）とおもう**
（我）想…、（我）認為…

接　續　{[名詞・形容詞・形容動詞・動詞] 普通形}＋（だろう）とおもう

說　明　「だろう」表示推斷，可以用在把自己的推測跟對方說，或自言自語時；
「（だろう）とおもう」也表推斷，只能用在跟對方說自己的推測，而且
也清楚表達這個推測是說話人個人的見解。

例　文　彼は独身だろうと思います。
我猜想他是單身。

（だろう）とおもう
（我）想…、（我）認為…

接　續　{[名詞・形容詞・形容動詞・動詞] 普通形}＋（だろう）とおもう

意　思　【推斷】意思幾乎跟「だろう（…吧）」相同，不同的是「とおもう」
比「だろう」更清楚地講出推測的內容，只不過是說話人主觀的判斷，
或個人的見解。而「だろうとおもう」由於說法比較婉轉，所以讓人感
到比較鄭重。中文意思是：「（我）想…、（我）認為…」。

例　文　今日中に仕事が終わらないだろうと思っている。
我認為今天之內恐怕無法完成工作。

比　較　**とおもう**
覺得…、認為…、我想…、我記得…

接　續　{[名詞・形容詞・形容動詞・動詞] 普通形}＋とおもう

說　明　「（だろう）とおもう」表示推斷，表示說話人對未來或不確定事物的推
測；「とおもう」也表推斷，表示說話者有這樣的想法、感受及意見。

（例 文）お金を好きなのは悪くないと思います。
我認為愛錢並沒有什麼不對。

010　

とおもう

覺得…、認為…、我想…、我記得…

（接 續）{[名詞・形容詞・形容動詞・動詞]普通形}＋とおもう

（意 思）【推斷】表示說話者有這樣的想法、感受及意見，是自己依照情況而做出的預測、推想。「とおもう」只能用在第一人稱。前面接名詞或形容動詞時要加上「だ」。中文意思是：「覺得…、認為…、我想…、我記得…」。

（例 文）日本語の勉強は面白いと思う。
我覺得學習日文很有趣。

（比 較）**とおもっている**

認為…

（接 續）{[名詞・形容詞・形容動詞・動詞]普通形}＋とおもっている

（說 明）「とおもう」表示推斷，表示說話人當時的想法、意見等；「とおもっている」也表推斷，表示想法從之前就有了，一直持續到現在。另外，「とおもっている」的主語沒有限制一定是說話人。

（例 文）私はあの男が犯人だと思っている。
我一直都認為那男的是犯人。

011　

かもしれない

也許…、可能…

（接 續）{名詞；形容動詞詞幹；[形容詞・動詞]普通形}＋かもしれない

（意 思）【推斷】表示說話人說話當時的一種不確切的推測。推測某事物的正確性雖低，但是有可能的。肯定跟否定都可以用。跟「かもしれない」相比，「とおもいます」、「だろう」的說話者，對自己推測都有較大的把握。其順序是：とおもいます＞だろう＞かもしれない。中文意思是：「也許…、可能…」。

（例　文）パソコンの調子が悪いです。故障かもしれません。

電腦操作起來不太順，或許故障了。

（比　較）**はずだ**

（按理說）應該…

（接　續）｛名詞の；形容動詞詞幹な；[形容詞・動詞] 普通形｝＋はずだ

（説　明）「かもしれない」表示推斷，用在正確性較低的推測；「はずだ」也表推斷，是說話人根據事實或理論，做出有把握的推斷。

（例　文）金曜日の３時ですか。大丈夫なはずです。

星期五的三點嗎？應該沒問題。

MEMO

6 可能、難易、程度、引用と対象

可能、難易、程度、引用及對象

001　　　　　　　　　　　　　　　　　　　　　　　　　　　Track N4-054

ことがある

(1) 有過…但沒有過…；(2) 有時…、偶爾…

（接　續）{動詞辭書形；動詞否定形}＋ことがある

（意思1）【經驗】也有用「ことはあるが、ことはない」的形式，通常內容為談話者本身經驗。中文意思是：「有過…但沒有過…」。

（例　文）私は遅刻することはあるが、休むことはない。
我雖然曾遲到，但從沒請過假。

（意思2）【不定】表示有時或偶爾發生某事。中文意思是：「有時…、偶爾…」。

（例　文）友達とカラオケに行くことがある。
我和朋友去過卡拉 OK。

（注　意）〖常搭配頻度副詞〗常搭配「ときどき（有時）、たまに（偶爾）」等表示頻度的副詞一起使用。

（例　文）私たちはときどき、仕事の後に飲みに行くことがあります。
我們經常會在下班後相借喝兩杯。

（比　較）ことができる

能…、會…

（接　續）{動詞辭書形}＋ことができる

說明 「ことがある」表示不定，表示有時或偶爾發生某事；「ことができる」
表示能力，也就是能做某動作、行為。

例文 3回目の受験で、やっと N4 に合格することができた。
第三次應考，終於通過了日檢 N4 測驗。

ことができる

(1) 可能、可以；(2) 能…、會…

接續 {動詞辭書形}＋ことができる

意思 1 【可能性】表示在外部的狀況、規定等客觀條件允許時可能做。中文
意思是：「可能、可以」。

例文 午後3時まで体育館を使うことができます。
在下午三點之前可以使用體育館。

意思 2 【能力】表示技術上、身體的能力上，是有能力做的。中文意思是：
「能…、會…」。

例文 中山さんは 100 m泳ぐことができます。
中山同學能夠游一百公尺。

注意 〔更書面語〕這種說法比「可能形」還要書面語一些。

比較 **(ら)れる**

會…、能…

接續 {[一段動詞・力變動詞] 可能形}＋られる；{五段動詞可能形；サ變動詞
可能形さ}＋れる

說明 「ことができる」跟「(ら) れる」都表示技術上，身體能力上，具有某
種能力，但接續不同，前者用「動詞辭書形＋ことができる」；後者用
「一段動詞・力變動詞可能形＋られる」或「五段動詞可能形；サ變動詞可
能形さ＋れる」。另外，「ことができる」是比較書面的用法。

例文 マリさんはお箸が使えますか。
瑪麗小姐會用筷子嗎？

（ら）れる

(1) 會…、能…；(2) 可能、可以

接　續　{[一段動詞・カ變動詞] 可能形}＋られる；{五段動詞可能形；サ變動詞可能形さ}＋れる

意思1　【能力】表示可能，跟「ことができる」意思幾乎一樣。只是「可能形」比較口語。表示技術上、身體的能力上，是具有某種能力的。中文意思是：「會…、能…」。

例　文　森さんは 100 m を 11 秒で走れる。
森同學跑百公尺只要十一秒。

注　意　〔助詞變化〕日語中他動詞的對象用「を」表示，但是在使用可能形的句子裡「を」常會改成「が」，但「に、へ、で」等保持不變。

例　文　私は英語とフランス語が話せます。
我會說英語和法語。

意思2　【可能性】從周圍的客觀環境條件來看，有可能做某事。中文意思是：「可能、可以」。

例　文　いつかあんな高い車が買えるといいですね。
如果有一天買得起那種昂貴的車，該有多好。

注　意　〔否定形－（ら）れない〕否定形是「（ら）れない」為「不會…；不能…」的意思。

例　文　土曜日なら大丈夫ですが、日曜日は出かけられません。
星期六的話沒問題，如果是星期天就不能出門了。

比　較　**できる**

會…、能…

接　續　{名詞}＋ができる

說　明　「（ら）れる」與「できる」都表示在某條件下，有可能會做某事。

例　文　今週は忙しくてテニスができませんでした。
這週很忙，所以沒能打網球。

やすい
容易…、好…

接 續 ｛動詞ます形｝＋やすい

意 思 【容易】 表示該行為、動作很容易做，該事情很容易發生，或容易發生某種變化，亦或是性質上很容易有那樣的傾向，與「にくい」相對。中文意思是：「容易…、好…」。

例 文 ここは便利で住みやすい。
這地方生活便利，住起來很舒適。

注 意 『變化跟い形容詞同』「やすい」的活用變化跟「い形容詞」一樣。

例 文 山口先生の話は分かりやすくて面白いです。
山口教授講起話來簡單易懂又風趣。

比 較 **にくい**
不容易…、難…

接 續 ｛動詞ます形｝＋にくい

說 明 「やすい」和「にくい」意思相反，「やすい」表示某事很容易做；「にくい」表示某事做起來有難度。

例 文 このコンピューターは、使いにくいです。
這台電腦很不好用。

にくい
不容易…、難…

接 續 ｛動詞ます形｝＋にくい

意 思 【困難】 表示該行為、動作不容易做，該事情不容易發生，或不容易發生某種變化，亦或是性質上很不容易有那樣的傾向。「にくい」的活用跟「い形容詞」一樣。與「やすい（容易…、好…）」相對。中文意思是：「不容易…、難…」。

例文 この薬は、苦くて飲みにくいです。

這種藥很苦，不容易嚥下去。

比較 づらい

…難、不便…、不好

接續 {動詞ます形}＋づらい

說明 「にくい」是敘述客觀的不容易、不易的狀態；「づらい」是說話人由於心理或肉體上的因素，感覺做某事有困難。

例文 石が多くて歩きづらい。

石子多，不好走。

すぎる

太…、過於…

接續 {[形容詞・形容動詞]詞幹；動詞ます形}＋すぎる

意思 【程度】表示程度超過限度，超過一般水平、過份的或因此不太好的狀態。中文意思是：「太…、過於…」。

例文 昨日は食べすぎてしまった。胃が痛い。

昨天吃太多了，胃好痛。

注意1 〖否定形〗前接「ない」，常用「なさすぎる」的形式。

例文 学生なのに勉強しなさすぎるよ。

現在還是學生，未免太不用功了吧！

注意2 〖よすぎる〗另外，前接「良い（いい／よい）」（優良），不會用「いすぎる」，必須用「よすぎる」。

例文 初めて会った人にお金を貸すとは、人が良すぎる。

第一次見面的人就借錢給對方，心腸未免太軟了。

すぎ

過…

接續 {時間・年齡}＋すぎ

說明 「すぎる」表示程度，用在程度超過一般狀態；「すぎ」也表程度，用在時間或年齡的超過。

例文 50すぎになると体力が落ちる。

一過 50 歲體力就大減了。

數量詞＋も

(1) 好…；(2) 多達…

接續 {數量詞}＋も

意思1 【數量多】用「何＋助數詞＋も」，像是「何回も（好幾回）、何度も（好幾次）」等，表示實際的數量或次數並不明確，但說話者感覺很多。中文意思是：「好…」。

例文 昨日はコーヒーを何杯も飲んだ。

昨天喝了好幾杯咖啡。

意思2 【強調】前面接數量詞，用在強調數量很多、程度很高的時候，由於因人物、場合等條件而異，所以前接的數量詞雖不一定很多，但還是表示很多。中文意思是：「多達…」。

例文 彼はウイスキーを3本も買った。

他足足買了三瓶威士忌。

ばかり

淨…、光…

接續 {名詞}＋ばかり

說明 「數量詞＋も」與「ばかり」都表示強調數量很多，但「ばかり」的前面接的是名詞或動詞て形。

例文 漫画ばかりで、本は全然読みません。

光看漫畫，完全不看書。

そうだ

聽說…、據說…

(接 續) {[名詞・形容詞・形容動詞・動詞] 普通形}＋そうだ

(意 思) 【傳聞】 表示傳聞。表示不是自己直接獲得的，而是從別人那裡、報章雜誌或信上等處得到該信息。中文意思是：「聽說…、據說…」。

(例 文) 平野さんの話によると、あの二人は来月結婚するそうです。
我聽平野先生說，那兩人下個月要結婚了。

(注意1) 〖消息來源〗 表示信息來源的時候，常用「によると（根據）」或「～の話では（說是…）」等形式。

(例 文) メールによると、花子さんは来月引っ越しをするそうです。
電子郵件裡提到，花子小姐下個月要搬家了。

(注意2) 〖女性－そうよ〗 說話人為女性時，有時會用「そうよ」。

(例 文) おばあさんの話では、おじいさんは若いころモテモテだったそうよ。
據奶奶的話說，爺爺年輕時很多女人倒追他呢！

(比 較) **ということだ**

聽說…、據說…

(接 續) {簡體句}＋ということだ

(說 明) 兩者都表示傳聞。「そうだ」不能改成「そうだった」，不過「ということだ」可以改成「ということだった」。另外，當知道傳聞與事實不符，或傳聞內容是推測的時候，不用「そうだ」，而是用「ということだ」。

(例 文) 来週から暑くなるということだから、扇風機を出しておこう。
聽說下星期會變熱，那就先把電風扇拿出來吧。

という

(1) 叫做…；(2) 說…（是）…

（接 續）　{名詞；普通形}＋という

（意思1）　**【介紹名稱】** 前面接名詞，表示後項的人名、地名等名稱。中文意思是：「叫做…」。

（例 文）　森田さんという男の人をご存知ですか。
　　　　　您認識一位姓森田的先生嗎？

（意思2）　**【說明】** 用於針對傳聞、評價、報導、事件等內容加以描述或說明。中文意思是：「說…（是）…」。

（例 文）　鈴木さんが来年、京都へ転きんするという噂を聞いた。
　　　　　我聽說了鈴木小姐明年將會調派京都上班的傳聞。

（比 較）　**と言う**
　　　　　某人說…（是）…

（接 續）　{句子}＋と言う

（說 明）　「という」表示說明，針對傳聞等內容提出來作說明；「と言う」表示引用，表示引用某人說過、寫過，或是聽到的內容。

（例 文）　田中さんは「明日アメリカに行く」と言っていましたよ。
　　　　　田中先生說：「我明天去美國」。

ということだ

聽說…、據說…

（接 續）　{簡體句}＋ということだ

（意 思）　**【傳聞】** 表示傳聞，直接引用的語感強。直接或間接的形式都可以使用，而且可以跟各種時態的動詞一起使用。一定要加上「という」。中文意思是：「聽說…、據說…」。

（例 文）　王さんはN2に合格したということだ。
　　　　　聽說王同學通過了N2級測驗。

比較　**という**

說是…

接續　{名詞；普通形}＋という

說明　「ということだ」表示傳聞；「という」表示說明，也表示不確定但已經流傳許久的傳說。

例文　うちの会社は経営がうまくいっていないという噂だ。
傳出我們公司目前經營不善的流言。

について（は）、につき、についても、についての

(1) 由於…；(2) 有關…、就…、關於…

接續　{名詞}＋について（は）、につき、についても、についての

意思1　【原因】要注意的是「につき」也有「由於…」的意思，可以根據前後文來判斷意思。

例文　閉店につき、店の商品はすべて 90 ％ 引きです。
由於即將結束營業，店內商品一律以一折出售。

意思2　【對象】表示前項先提出一個話題，後項就針對這個話題進行說明。中文意思是：「有關…、就…、關於…」。

例文　私はこの町の歴史について調べています。
我正在調查這座城鎮的歷史。

比較　**にたいして**

向…、對（於）…

接續　{名詞}＋にたいして

說明　「について」表示對象，用來提示話題，再作說明；「にたいして」也表對象，表示動作施予的對象。

例文　息子は、音楽に対して人一倍興味が強いです。
兒子對音樂的興趣非常濃厚。

7 変化、比較、経験と付帯

變化、比較、經驗及附帶狀況

001　　　　　　　　　　　　　　　　　　　　　Track N4-065

ようになる

（變得）…了

（接續）　{動詞辭書形；動詞可能形}＋ようになる

（意思）　**【變化】** 表示是能力、狀態、行為的變化。大都含有花費時間，使成為習慣或能力。動詞「なる」表示狀態的改變。中文意思是：「（變得）…了」。

（例文）　日本に来て、漢字が少し読めるようになりました。
　　　　來到日本以後，漸漸能看懂漢字了。

（比較）　**ように**

請…、希望…

（接續）　{動詞辭書形；動詞否定形}＋ように

（說明）　「ようになる」表示變化，表示花費時間，才能養成的習慣或能力；「ように」表示祈求，表示希望成為狀態、或希望發生某事態。

（例文）　世界が平和になりますように。
　　　　祈求世界和平。

ていく

(1)…下去；(2)…起來；(3)…去

接續 {動詞て形}＋いく

意思1 【變化】 表示動作或狀態的變化。中文意思是：「…下去」。

例文 子供は大きくなると、親から離れていく。
孩子長大之後，就會離開父母的身邊。

意思2 【繼續】 表示動作或狀態，越來越遠地移動，或動作的繼續、順序，多指從現在向將來。中文意思是：「…起來」。

例文 今後は子供がもっと少なくなっていくでしょう。
看來今後小孩子會變得更少吧。

意思3 【方向－由近到遠】 保留「行く」的本意，也就是某動作由近而遠，從說話人的位置、時間點離開。中文意思是：「…去」。

例文 主人はゴルフに行くので、朝早く出て行った。
外子要去打高爾夫球，所以一大早就出門了。

比較 てくる

…來

接續 {動詞て形}＋くる

說明 「ていく」跟「てくる」意思相反，「ていく」表示某動作由近到遠，或是狀態由現在朝向未來發展；「てくる」表示某動作由遠到近，或是去某處做某事再回來。

例文 大きな石ががけから落ちてきた。
巨石從懸崖掉了下來。

てくる

(1) …起來；(2) …來；(3) …（然後再）來…；(4) …起來、…過來

接　續　{動詞て形}＋くる

意思1　【變化】表示變化的開始。中文意思是：「…起來」。

例　文　風が吹いてきた。
　　　　颳起風了。

意思2　【方向－由遠到近】保留「来る」的本意，也就是由遠而近，向說話
　　　　人的位置、時間點靠近。中文意思是：「…來」。

例　文　あちらに富士山が見えてきましたよ。
　　　　遠遠的那邊可以看到富士山喔。

意思3　【去了又回】表示在其他場所做了某事之後，又回到原來的場所。中
　　　　文意思是：「…（然後再）來…」。

例　文　先週ディズニーランドへ行ってきました。
　　　　上星期去了迪士尼樂園。

意思4　【繼續】表示動作從過去到現在的變化、推移，或從過去一直繼續到現
　　　　在。中文意思是：「…起來、…過來」。

例　文　この歌は人々に愛されてきた。
　　　　這首歌曾經廣受大眾的喜愛。

比　較　**ておく**
　　　　先…、暫且…

接　續　{動詞て形}＋おく

說　明　「てくる」表示繼續，表示動作從過去一直繼續到現在，也表示出去再
　　　　回來；「ておく」表示準備，表示為了達到某種目的，先採取某行為做
　　　　好準備，並使其結果的狀態持續下去。

例　文　お客さんが来るから、掃除をしておこう。
　　　　有客人要來，所以先打掃吧。

ことになる

(1) 也就是說…；(2) 規定…；(3)（被）決定…

接續 ｛動詞辭書形；動詞否定形｝＋ことになる

意思1 【換句話說】指針對事情，換一種不同的角度或說法，來探討事情的真意或本質。中文意思是：「也就是說…」。

例文 最近雨の日が多いので、つゆに入ったことになりますか。

最近常常下雨，已經進入梅雨季了嗎？

意思2 【約束】以「ことになっている」的形式，表示人們的行為會受法律、約定、紀律及生活慣例等約束。中文意思是：「規定…」。

例文 夏は、授業中に水を飲んでもいいことになっている。

目前允許夏季期間上課時得以飲水。

意思3 【決定】表示決定。指說話人以外的人、團體或組織等，客觀地做出了某些安排或決定。中文意思是：「（被）決定…」。

例文 ここで煙草を吸ってはいけないことになった。

已經規定禁止在這裡吸菸了。

注意 〔婉轉宣布〕用於婉轉宣布自己決定的事。

例文 夏に帰国することになりました。

決定在夏天回國了。

比較 ようになる

（變得）…了

接續 ｛動詞辭書形；動詞可能形｝＋ようになる

說明 「ことになる」表示決定，表示決定的結果。而某件事的決定跟自己的意志是沒有關係的；「ようになる」表示變化，表示行為能力或某種狀態變化的結果。

例文 練習して、この曲はだいたい弾けるようになった。

練習後，這首曲子大致會彈了。

ほど～ない

不像…那麼…、沒那麼…

（接　續）　{名詞；動詞普通形}＋ほど～ない

（意　思）　**【比較】**表示兩者比較之下，前者沒有達到後者那種程度。這個句型是
以後者為基準，進行比較的。中文意思是：「不像…那麼…、沒那麼…」。

（例　文）　外は雨だけど、傘をさすほど降っていない。
外面雖然下著雨，但沒有大到得撐傘才行。

（比　較）　**くらい／ぐらい～はない**

沒什麼是…、沒有…像…一樣、沒有…比…的了

（接　續）　{名詞}＋くらい／ぐらい＋{名詞}＋はない

（說　明）　「ほど～ない」表示比較，表示前者比不上後者，其中的「ほど」不能
跟「くらい」替換；「くらい～はない」表示最上級，表示沒有任何人
事物能比得上前者。

（例　文）　お母さんくらいいびきのうるさい人はいない。
再沒有比媽媽的鼾聲更吵的人了。

と～と、どちら

在…與…中，哪個…

（接　續）　{名詞}＋と＋{名詞}＋と、どちら（のほう）が

（意　思）　**【比較】**表示從兩個裡面選一個。也就是詢問兩個人或兩件事，哪一
個適合後項。在疑問句中，比較兩個人或兩件事，用「どちら」。東
西、人物及場所等都可以用「どちら」。中文意思是：「在…與…中，哪
個…」。

（例　文）　ビールとワインと、どちらがよろしいですか。
啤酒和紅酒，哪一種比較好呢？

比 較	のなかで

…之中、…當中

接 續 {名詞}＋のなかで

說 明 「と～と、どちら」表示比較，用在從兩個項目之中，選出一項適合後面敘述的；「のなかで」表示範圍，用在從廣闊的範圍裡，選出最適合後面敘述的。

例 文 私は四季の中で、秋が一番好きです。
四季中我最喜歡秋天。

007　　　　　　　　　　　　　　　　　　　　　Track N4-071

たことがある

(1) 曾經…過；(2) 曾經…

接 續 {動詞過去式}＋たことがある

意思1 【特別經驗】 表示經歷過某個特別的事件，且事件的發生離現在已有一段時間，大多和「小さいころ（小時候）、むかし（以前）、過去に（過去）、今までに（到現在為止）」等詞前後呼應使用。中文意思是：「曾經…過」。

例 文 富士山に登ったことがある。
我爬過富士山。

意思2 【一般經驗】 指過去曾經體驗過的一般經驗。中文意思是：「曾經…」。

例 文 スキーをしたことがありますか。
請問您滑過雪嗎？

比 較	ことがある

有時…、偶爾…

接 續 {動詞辭書形；動詞否定形}＋ことがある

說 明 「たことがある」表示一般經驗，用在過去的經驗；「ことがある」表示不定，表示有時候會做某事。

例 文 友人とお酒を飲みに行くことがあります。
偶爾會跟朋友一起去喝酒。

ず（に）

不…地、沒…地

接續 {動詞否定形（去ない）}＋ず（に）

意思 【否定】「ず」雖是文言，但「ず（に）」現在使用得也很普遍。表示以否定的狀態或方式來做後項的動作，或產生後項的結果，語氣較生硬，具有副詞的作用，修飾後面的動詞，相當於「ない（で）」。中文意思是：「不…地、沒…地」。

例文 今週はお金を使わずに生活ができた。

這一週成功完成了零支出的生活。

注意 〔せずに〕當動詞為サ行變格動詞時，要用「せずに」。

例文 学校から帰ってきて、宿題をせずに出て行った。

一放學回來，連功課都沒做就又跑出門了。

比較 ## まま

…著

接續 {名詞の；形容詞辭書形；形容動詞詞幹な；動詞た形}＋まま

說明 「ず（に）」表示否定，表示沒做前項動作的狀態下，做某事；「まま」表示附帶狀況，表示維持前項的狀態下，做某事。

例文 日本酒は冷たいままで飲むのが好きだ。

我喜歡喝冰的日本清酒。

行為の開始と終了等

行為的開始與結束等

001　　　　　　　　　　　　　　　　　　　　　　　　　Track N4-073

ておく

(1)…著；(2)先…、暫且…

（接　續）　{動詞て形}＋おく

（意思1）　**【結果持續】** 表示考慮目前的情況，採取應變措施，將某種行為的結果保持下去或放置不管。中文意思是：「…著」。

（例　文）　友達が来るからケーキを買っておこう。
ともだち　　く　　　　　　　　　　　　　　か
朋友要來作客，先去買個蛋糕吧。

（意思2）　**【準備】** 表示為將來做準備，也就是為了以後的某一目的，事先採取某種行為。中文意思是：「先…、暫且…」。

（例　文）　漢字は、授業の前に予習しておきます。
かん　じ　　じゅぎょう　まえ　よしゅう
漢字的部分會在上課前先預習。

（注　意）　〖**口語縮約形**〗「ておく」口語縮約形式為「とく」，「でおく」的縮略形式是「どく」。例如：「言っておく（話先講在前頭）」縮略為「言っとく」。

（例　文）　田中君に明日 10 時に来て、って言っとくね。
た　なかくん　あした　　　じ　き　　　　　　　　　い
記得轉告田中，明天十點來喔！

（比　較）　**他動詞＋てある**

…著、已…了

（接　續）　{他動詞て形}＋ある

「ておく」表示準備，表示為了某目的，先做某動作；「てある」表示動
作的結果，表示抱著某個目的做了某事，而且已完成動作的狀態持續到
現在。

（例　文）果物は冷蔵庫に入れてある。
水果已經放在冰箱裡了。

はじめる
開始…

（接　續）{動詞ます形}＋はじめる

（意　思）【起點】 表示前接動詞的動作、作用的開始，也就是某動作、作用很清
楚地從某時刻就開始了。前面可以接他動詞，也可以接自動詞。中文意
思是：「開始…」。

（例　文）先月から猫を飼い始めました。
從上個月開始養貓了。

（注　意）〖はじめよう〗 可以和表示意志的「（よ）う／ましょう」一起使用。

（比　較）**だす**
…起來、開始…

（接　續）{動詞ます形}＋だす

（說　明）兩者都表示起點，「はじめる」跟「だす」用法差不多，但動作開始後
持續一段時間用「はじめる」；突發性的某動作用「だす」。另外，表說
話人意志的句子不用「だす」。

（例　文）空が急に暗くなって、雨が降り出した。
天空突然暗下來，開始下起雨來了。

だす
…起來、開始…

（接　續）〔動詞ます形〕＋だす

（意　思）**【起點】** 表示某動作、狀態的開始。有以人的意志很難抑制其發生，也有短時間內突然、匆忙開始的意思。中文意思是：「…起來、開始…」。

（例　文）会議中に社長が急に怒り出した。
開會時社長突然震怒了。

（注　意）〖×說話意志〗 不能使用在表示說話人意志時。

比　較 かけ（の）、かける
做一半、剛…、開始…

（接　續）〔動詞ます形〕＋かけ（の）、かける

（說　明）「だす」表示起點，繼續的動作中，說話者的著眼點在開始的部分；「かけ（の）」表示中途，表示動作已開始，做到一半。著眼點在進行過程中。

（例　文）読みかけの本が5、6冊たまっている。
剛看一點開頭的書積了五六本。

ところだ
剛要…、正要…

（接　續）〔動詞辭書形〕＋ところだ

（意　思）**【將要】** 表示將要進行某動作，也就是動作、變化處於開始之前的階段。中文意思是：「剛要…、正要…」。

（例　文）今から山に登るところだ。
現在正準備爬山。

（注　意）〖用在意圖行為〗 不用在預料階段，而是用在有意圖的行為，或很清楚某變化的情況。

ているところだ
正在…、…的時候

{動詞て形}＋いるところだ

「ところだ」表示將要，是指正開始要做某事；「ているところだ」表示時點，是指正在做某事，也就是動作進行中。

社長は今奥の部屋で銀行の人と会っているところです。
社長目前正在裡面的房間和銀行人員會談。

ているところだ
正在…、…的時候

{動詞て形}＋いるところだ

【時點】表示正在進行某動作，也就是動作、變化處於正在進行的階段。中文意思是：「正在…、…的時候」。

警察は昨日の事故の原因を調べているところです。
警察正在調查昨天那起事故的原因。

〔連接句子〕如為連接前後兩句子，則可用「ているところに」。

彼の話をしているところに、彼がやってきた。
正說他，他人就來了。

ていたところだ
正在…

{動詞て形}＋いたところだ

「ているところだ」表時點，表示動作、變化正在進行中的時間；「ていたところだ」也表時點，表示從過去到句子所說的時點為止，該狀態一直持續著。

今、ご飯を食べていたところだ。
現在剛吃完飯。

たところだ
剛…

(接 續) {動詞た形}＋ところだ

(意 思) **【時點】** 表示剛開始做動作沒多久，也就是在「…之後不久」的階段。中文意思是：「剛…」。

(例 文) さっき、仕事が終わったところです。

工作就在剛才結束了。

(注 意) 〔**發生後不久**〕跟「たばかりだ」比較，「たところだ」強調開始做某事的階段，但「たばかりだ」則是一種從心理上感覺到事情發生後不久的語感。

(例 文) この洋服は先週買ったばかりです。

這件衣服上週剛買的。

[比 較] **ているところ**
正在…

(接 續) {動詞て形}＋いるところ

(說 明) 兩者都表示時點，意思是「剛…」之意，但「たところだ」只表示事情剛發生完的階段，「ているところ」則是事情正在進行中的階段。

(例 文) 心を落ち着けるために、手紙を書いているところです。

為了讓心情平靜下來，現在正在寫信。

てしまう
(1)…完；(2)…了

(接 續) {動詞て形}＋しまう

(意思1) **【完成】** 表示動作或狀態的完成，常接「すっかり（全部）、全部（全部）」等副詞、數量詞。如果是動作繼續的動詞，就表示積極地實行並完成其動作。中文意思是：「…完」。

（例　文）　おいしかったので、全部食べてしまった。
因為太好吃了，結果統統吃光了。

（意思2）　【感慨】表示出現了說話人不願意看到的結果，含有遺憾、惋惜、後悔等語氣，這時候一般接的是無意志的動詞。中文意思是：「…了」。

（例　文）　電車に忘れ物をしてしまいました。
把東西忘在電車上了。

（注　意）　〖口語縮約形－ちゃう〗若是口語縮約形的話「てしまう」是「ちゃう」，「でしまう」是「じゃう」。

（例　文）　ごめん、昨日のワイン飲んじゃった。
對不起，昨天那瓶紅酒被我喝完了。

（比　較）　**おわる**
結束、完了、…完

（接　續）　{動詞ます形}＋おわる

（説　明）　「てしまう」跟「おわる」都表示動作結束、完了，但「てしまう」用「動詞て形＋しまう」，常有說話人積極地實行，或感到遺憾、惋惜、後悔的語感；「おわる」用「動詞ます形＋おわる」，是單純的敘述。

（例　文）　日記は、もう書き終わった。
日記已經寫好了。

おわる
結束、完了、…完

（接　續）　{動詞ます形}＋おわる

（意　思）　【終點】接在動詞ます形後面，表示事情全部做完了，或動作或作用結束了。動詞主要使用他動詞。中文意思是：「結束、完了、…完」。

（例　文）　学校が終わったら、すぐに家に帰ってください。
放學後，請立刻回家。

| 比 較 | **だす** |

…起來、開始…

接 續　{動詞ます形}＋だす

說 明　「おわる」表示終點，表示事情全部做完了，或動作或作用結束了；「だす」表示起點，表示某動作、狀態的開始。

例 文　話はまだ半分なのに、もう笑い出した。
事情才說到一半，大家就笑起來了。

009　

つづける
(1) 連續…、繼續…；(2) 持續…

接 續　{動詞ます形}＋つづける

意思1　**【繼續】** 表示連續做某動作，或還繼續、不斷地處於同樣的狀態。中文意思是：「連續…、繼續…」。

例 文　明日は一日中雨が降り続けるでしょう。
明日應是全天有雨。

意思2　**【意圖行為的開始及結束】** 表示持續做某動作、習慣，或某作用仍然持續的意思。中文意思是：「持續…」。

例 文　先生からもらった辞書を今も使いつづけている。
老師贈送的辭典，我依然愛用至今。

注 意　〖**注意時態**〗現在的事情用「つづけている」，過去的事情用「つづけました」。

| 比 較 | **つづけている** |

持續…

接 續　{動詞ます形}＋つづけている

說 明　「つづける」跟「つづけている」都是指某動作處在「繼續」的狀態，但「つづけている」表示動作、習慣到現在仍持續著。

例 文　傷から血が流れ続けている。
傷口血流不止。

まま
…著

（接續）　{名詞の；形容詞辭書形；形容動詞詞幹な；動詞た形}＋まま

（意思）　**【附帶狀況】** 表示附帶狀況，指一個動作或作用的結果，在這個狀態還持續時，進行了後項的動作，或發生後項的事態。「そのまま」表示就這樣，不要做任何改變。中文意思是：「…著」。

（例文）　クーラーをつけたままで寝てしまった。
　　　　冷氣開著沒關就這樣睡著了。

（比較）　**まだ**
　　　　還…

（說明）　「まま」表示附帶狀況，表示在前項沒有變化的情況下就做了後項；「まだ」表示繼續，表示某狀態從過去一直持續到現在，或表示某動作到目前為止還繼續著。

（例文）　別れた恋人のことがまだ好きです。
　　　　依然對已經分手的情人戀戀不忘。

9 理由、目的と並列

理由、目的及並列

001　　　　　　　　　　　　　　　　　　　　　　　　Track N4-083

し

(1) 既…又…、不僅…而且…；(2) 因為…

（接　続）{[形容詞・形容動詞・動詞] 普通形}＋し

（意思1）【並列】用在並列陳述性質相同的複數事物同時存在，或說話人認為兩事物是有相關連的時候。中文意思是：「既…又…、不僅…而且…」。

（例　文）田中先生は面白いし、みんなに親切だ。
田中老師不但幽默風趣，對大家也很和氣。

（意思2）【理由】表示理由，但暗示還有其他理由。是一種表示因果關係較委婉的說法，但前因後果的關係沒有「から」跟「ので」那麼緊密。中文意思是：「因為…」。

（例　文）日本は物価が高いし、忙しいし、生活が大変です。
居住日本不容易，不僅物價高昂，而且人人繁忙。

（比　較）**から**
因為…

（接　続）{[形容詞・動詞] 普通形}＋から；{名詞；形容動詞詞幹}＋だから

（説　明）「し」跟「から」都可表示理由，但「し」暗示還有其他理由，「から」則表示說話人的主觀理由，前後句的因果關係較明顯。

（例　文）雨が降っているから、今日は出かけません。
因為正在下雨，所以今天不出門。

ため（に）

(1) 以…為目的，做…、為了…；(2) 因為…所以…

意思1 【目的】{名詞の；動詞辭書形}＋ため（に）。表示為了某一目的，而有後面積極努力的動作、行為，前項是後項的目標，如果「ため（に）」前接人物或團體，就表示為其做有益的事。中文意思是：「以…為目的，做…、為了…」。

例 文 試合に勝つために、一生懸命練習をしています。

為了贏得比賽，正在拚命練習。

意思2 【理由】{名詞の；[動詞・形容詞]普通形；形容動詞詞幹な}＋ため（に）。表示由於前項的原因，引起後項不尋常的結果。中文意思是：「因為…所以…」。

例 文 事故のために、電車が遅れている。

由於發生事故，電車將延後抵達。

比 較 **ので**

因為…

接 續 {[形容詞・動詞]普通形}＋ので；{名詞；形容動詞詞幹}＋なので

說 明 「ため（に）」跟「ので」都可以表示原因，但「ため（に）」後面會接一般不太發生，比較不尋常的結果，前接名詞時用「Ｎ＋のため（に）」；「ので」後面多半接自然會發生的結果，前接名詞時用「Ｎ＋なので」。

例 文 うちの子は勉強が嫌いなので困ります。

我家的孩子討厭讀書，真讓人困擾。

ように

(1) 請…、希望…；(2) 以便…、為了…

接 續 {動詞辭書形；動詞否定形}＋ように

意思1 【祈求】表示祈求、願望、希望、勸告或輕微的命令等。有希望成為某狀態，或希望發生某事態，向神明祈求時，常用「動詞ます形＋ますように」。中文意思是：「請…、希望…」。

（例 文）明日晴れますように。

祈禱明天是個大晴天。

（注 意）〖提醒〗用在老師提醒學生時或上司提醒部屬時。

（例 文）山田さんに、あとで事務所に来るように言ってください。

請轉告山田先生稍後過來事務所一趟。

（意思2）【目的】表示為了實現「ように」前的某目的，而採取後面的行動或手段，以便達到目的。中文意思是：「以便…、為了…」。

（例 文）よく眠れるように、牛乳を飲んだ。

為了能夠睡個好覺而喝了牛奶。

（比 較）**ため（に）**

以…為目的，做…、為了…

（接 續）{名詞の；動詞辭書形}＋ため（に）

（說 明）「ように」跟「ため（に）」都表示目的，但「ように」用在為了某個期待的結果發生，所以前面常接不含人為意志的動詞（自動詞或動詞可能形等）；「ため（に）」用在為了達成某目標，所以前面常接有人為意志的動詞。

（例 文）ダイエットのために、ジムに通う。

為了瘦身，而上健身房運動。

---

004   Track N4-086

ようにする

(1) 使其…；(2) 爭取做到…、盡量做到…；(3) 設法使…

（接 續）{動詞辭書形；動詞否定形}＋ようにする

（意思1）【目的】表示對某人或事物，施予某動作，使其起作用。中文意思是：「使其…」。

（例 文）ソファーを移動して、寝ながらテレビを見られるようにした。

把沙發搬開，以便躺下來也能看到電視了。

意思2 【意志】 表示說話人自己將前項的行為、狀況當作目標而努力，或是說話人建議聽話人採取某動作、行為時。中文意思是：「爭取做到…、盡量做到…」。

例 文 子供は電車では立つようにしましょう。
小孩在電車上就盡量讓他站著吧。

意思3 【習慣】 如果要表示下決心要把某行為變成習慣，則用「ようにしている」的形式。中文意思是：「設法使…」。

例 文 毎日、自分で料理を作るようにしています。
目前每天都自己做飯。

比 較 **ようになる**
（變得）…了

接 續 {動詞辭書形；動詞可能形}＋ようになる

說 明 「ようにする」表示習慣，指設法做到某件事；「ようになる」表示變化，表示養成了某種習慣、狀態或能力。

例 文 心配しなくても、そのうちできるようになるよ。
不必擔心，再過一些時候就會了呀。

のに
用於…、為了…

接 續 {動詞辭書形}＋のに；{名詞}＋に

意 思 【目的】 是表示將前項詞組名詞化的「の」，加上助詞「に」而來的。表示目的、用途、評價及必要性。中文意思是：「用於…、為了…」。

例 文 N4 に合格するのに、どれぐらい時間がいりますか。
若要通過 N4 測驗，需要花多久時間準備呢？

注 意 〔省略の〕 後接助詞「は」時，常會省略掉「の」。

例 文 病気を治すには、時間が必要だ。
治好病，需要時間。

| 比 較 | **ため（に）**
以…為目的，做…、為了…

| 接 續 | {名詞の；動詞辭書形}＋ため（に）

| 說 明 | 「のに」跟「ため（に）」都表示目的，但「のに」用在「必要、用途、評價」上；「ため（に）」用在「目的、利益」上。另外，「のに」後面要接「使う（使用）、必要だ（必須）、便利だ（方便）、かかる（花［時間、金錢]）」等詞，用法沒有像「ため（に）」那麼自由。

| 例 文 | 日本に留学するため、一生懸命日本語を勉強しています。
為了去日本留學而正在拚命學日語。

とか～とか

(1) 又…又…；(2) …啦…啦、…或…、及…

| 接 續 | {名詞；[形容詞・形容動詞・動詞] 辭書形}＋とか＋{名詞；[形容詞・形容動詞・動詞] 辭書形}＋とか

| 意思1 | **【不明確】** 列舉出相反的詞語時，表示說話人不滿對方態度變來變去，或弄不清楚狀況。中文意思是：「又…又…」。

| 例 文 | 息子夫婦は、子供を産むとか産まないとか言って、もう7年ぐらいになる。
我兒子跟媳婦一會兒又說要生小孩啦，一會兒又說不生小孩啦，這樣都過七年了。

| 意思2 | **【列舉】**「とか」上接同類型人事物的名詞之後，表示從各種同類的人事物中選出幾個例子來說，或羅列一些事物，暗示還有其它，是口語的說法。中文意思是：「…啦…啦、…或…、及…」。

| 例 文 | 寝る前は、コーヒーとかお茶とかを、あまり飲まないほうがいいです。
建議睡覺前最好不要喝咖啡或是茶之類的飲料。

| 注 意 | 〖只用とか〗 有時「とか」僅出現一次。

| 例 文 | 日曜日は家事をします。掃除とか。
星期天通常做家事，譬如打掃之類的。

| 比 較 | **たり～たりする**
又是…，又是…

| 接 續 | {動詞た形}＋り＋{動詞た形}＋り＋する

| 說 明 | 「とか～とか」與「たり～たりする」都表示列舉。但「たり」的前面只能接動詞。

| 例 文 | ゆうべのパーティーでは、飲んだり食べたり歌ったりしました。
在昨晚那場派對上吃吃喝喝又唱了歌。

MEMO

条件、順接と逆接

條件、順接及逆接

001　　　　　　　　　　　　　　　　　　　　　　　　　　　　　　**Track N4-089**

と

(1) 一…竟… ; (2) 一…就

（接　續）　{[名詞・形容詞・形容動詞・動詞] 普通形（只能用在現在形及否定形）} ＋
と

（意思1）　【契機】表示指引道路。也就是以前項的事情為契機，發生了後項的事
情。中文意思是：「一…竟…」。

（例　文）　箱を開けると、人形が入っていた。
打開盒子一看，裡面裝的是玩具娃娃。

（意思2）　【條件】表示陳述人和事物的一般條件關係，常用在機械的使用方法、
說明路線、自然的現象及反覆的習慣等情況，此時不能使用表示說話人
的意志、請求、命令、許可等語句。中文意思是：「一…就」。

（例　文）　春になると、桜が咲きます。
春天一到，櫻花就會綻放。

（比　較）　**たら**
要是…、如果要是…了、…了的話

（接　續）　{[名詞・形容詞・形容動詞・動詞] た形} ＋ら

（說　明）　「と」表示條件，通常用在一般事態的條件關係，後面不接表示意志、
希望、命令及勸誘等詞；「たら」也表條件，多用在單一狀況的條件關
係，跟「と」相比，後項限制較少。

（例　文） 雨が降ったら、運動会は 1 週間延びます。

如果下雨的話，運動會將延後一週舉行。

ば

（1）假如…的話；（2）假如…、如果…就…；（3）如果…的話

（接　續）　{[形容詞・動詞] 假定形；[名詞・形容動詞] 假定形}＋ば

（意思1）　**【限制】** 後接意志或期望等詞，表示後項受到某種條件的限制。中文意思是：「假如…的話」。

（例　文） 時間があれば、明日映画に行きましょう。

有時間的話，我們明天去看電影吧。

（意思2）　**【條件】** 後接未實現的事物，表示條件。對特定的人或物，表示對未實現的事物，只要前項成立，後項也當然會成立。前項是焦點，敘述需要的是什麼，後項大多是被期待的事。中文意思是：「假如…、如果…就…」。

（例　文） 急げば次の電車に間に合います。

假如急著搭電車，還來得及搭下一班。

（意思3）　**【一般條件】** 敘述一般客觀事物的條件關係。如果前項成立，後項就一定會成立。中文意思是：「如果…的話」。

（例　文） 大雪が降れば、学校が休みになる。

若是下大雪，學校就會停課。

（注　意）　〖諺語〗 也用在諺語的表現上，表示一般成立的關係。「よし」為「よい」的古語用法。

（例　文） 終わりよければ全てよし、という言葉があります。

有句話叫做：一旦得到好成果，過程如何不重要。

（比　較）　**なら**

如果…就…

（接　續）　{名詞；形容動詞詞幹；[動詞・形容詞] 辭書形}＋なら

(説 明) 「ば」表示一般條件，前接[形容詞・動詞・形容動詞]假定形，表示前項成立，後項就會成立；「なら」表示條件，前接動詞・形容詞終止形、形容動詞詞幹或名詞，指說話人接收了對方說的話後，假設前項要發生，提出意見等。另外，「なら」前接名詞時，也可表示針對某人事物進行說明。

(例 文) そんなにおいしいなら、私も今度その店に連れていってください。
如果真有那麼好吃，下次也請帶我去那家店。

たら
(1)…之後、…的時候；(2) 要是…、如果要是…了、…了的話

(接 續) {[名詞・形容詞・形容動詞・動詞]た形}＋ら

(意思1) 【契機】 表示確定的未來，知道前項的（將來）一定會成立，以其為契機做後項。中文意思是：「…之後、…的時候」。

(例 文) 病気がなおったら、学校へ行ってもいいよ。
等到病好了以後，可以去上學無妨喔。

(意思2) 【假定條件】 表示假定條件，當實現前面的情況時，後面的情況就會實現，但前項會不會成立，實際上還不知道。中文意思是：「要是…、如果要是…了、…了的話」。

(例 文) 大学を卒業したら、すぐ働きます。
等到大學畢業以後，我就要立刻就業。

(比 較) たら～た
原來…、發現…、才知道…

(接 續) {[名詞・形容詞・形容動詞・動詞]た形}＋ら～た

(説 明) 「たら」表示假定條件；「たら～た」表示確定條件。

(例 文) 仕事が終わったら、もう9時だった。
工作做完，已經是九點了。

たら～た

原來…、發現…、才知道…

接 續 ｛[名詞・形容詞・形容動詞・動詞] た形｝＋ら～た

意 思 【確定條件】 表示說話者完成前項動作後，有了新發現，或是發生了後項的事情。中文意思是：「原來…、發現…、才知道…」。

例 文 食べすぎたら太った。
暴飲暴食的結果是變胖了。

比 較 と

一…就

接 續 ｛[名詞・形容詞・形容動詞・動詞] 普通形（只能用在現在形及否定形）｝＋と

說 明 「たら～た」表示前項成立後，發生了某事，或說話人新發現了某件事，這時前、後項的主詞不會是同一個；「と」表示前項一成立，就緊接著做某事，或發現了某件事，前、後項的主詞有可能一樣。此外，「と」也可以用在表示一般條件，這時後項就不一定接た形。

例 文 雪が溶けると、春になる。
積雪融化以後就是春天到臨。

なら

如果…就…；…的話；要是…的話

接 續 ｛名詞；形容動詞詞幹；[動詞・形容詞] 辭書形｝＋なら

意 思 【條件】 表示接受了對方所說的事情、狀態、情況後，說話人提出了意見、勸告、意志、請求等。中文意思是：「如果…就…」。

例 文 「この時計は3,000円ですよ。」「えっ、そんなに安いなら、買います。」
「這支手錶只要三千圓喔。」「嘎？既然那麼便宜，我要買一支！」

（注意1）〖**先舉例再說明**〗可用於舉出一個事物列為話題，再進行說明。中文意思是：「…的話」。

（例文）中国料理なら、あの店が一番おいしい。
如果要吃中國菜，那家餐廳最好吃。

（注意2）〖**假定條件－のなら**〗以對方發話內容為前提進行發言時，常會在「なら」的前面加「の」，「の」的口語說法為「ん」。中文意思是：「要是…的話」。

（例文）そんなに眠いんなら、早く寝なさい。
既然那麼睏，趕快去睡覺！

（比較）**たら**
要是…、如果要是…了、…了的話

（接續）{[名詞・形容詞・形容動詞・動詞] た形}＋ら

（說明）「なら」表示條件，指說話人接收了對方說的話後，假設前項要發生，提出意見等；「たら」也表條件，當實現前面的情況時，後面的情況就會實現，但前項會不會成立，實際上還不知道。

（例文）いい天気だったら、富士山が見えます。
要是天氣好，就可以看到富士山。

　　　　　　　　　　　　　　　　　　　　　　　　　Track N4-094

たところ
結果…、果然…

（接續）{動詞た形}＋ところ

（意思）【結果】順接用法。表示完成前項動作後，偶然得到後面的結果、消息，含有說話者覺得訝異的語感。或是後項出現了預期中的好結果。前項和後項之間沒有絕對的因果關係。中文意思是：「結果…、果然…」。

（例文）病院に行ったところ、病気が見つかった。
去到醫院後，被診斷出罹病了。

たら～た
原來…、發現…、才知道…

{[名詞・形容詞・形容動詞・動詞]た形}＋ら～た

「たところ」表示結果，後項是以前項為契機而成立，或是因為前項才發現的，後面不一定會接た形；「たら～た」表示確定條件，表示前項成立後，發生了某事，或說話人新發現了某件事，後面一定會接た形。

お風呂に入ったら、ぬるかった。
泡進浴缸後才知道水不熱。

ても、でも
即使…也

{形容詞く形}＋ても；{動詞て形}＋も；{名詞；形容動詞詞幹}＋でも

【假定逆接】 表示後項的成立，不受前項的約束，是一種假定逆接表現，後項常用各種意志表現的說法。中文意思是：「即使…也」。

そんな事は小学生でも知っている。
那種事情連小學生都知道！

〖常接副詞〗 表示假定的事情時，常跟「たとえ（比如）、どんなに（無論如何）、もし（假如）、万が一（萬一）」等副詞一起使用。

たとえ熱があっても、明日の会議には出ます。
就算發燒，我還是會出席明天的會議。

疑問詞＋ても、でも
不管（誰、什麼、哪兒）…

{疑問詞}＋{形容詞く形}＋ても；{疑問詞}＋{動詞て形}＋も；{疑問詞}＋{名詞；形容動詞詞幹}＋でも

「ても／でも」表示假定逆接，表示即使前項成立，也不會影響到後項；「疑問詞＋ても／でも」表示不論，表示不管前項是什麼情況，都會進行或產生後項。

（例文）いくら忙しくても、必ず運動します。

我不管再怎麼忙，一定要做運動。

---

008   Track N4-096

けれど（も）、けど

雖然、可是、但…

（接續）{［形容詞・形容動詞・動詞］普通形・丁寧形｝＋けれど（も）、けど

（意思）【逆接】逆接用法。表示前項和後項的意思或內容是相反的、對比的。是「が」的口語說法。「けど」語氣上會比「けれど（も）」還來的隨便。中文意思是：「雖然、可是、但…」。

（例文）たくさん寝たけれども、まだ眠い。

儘管已經睡了很久，還是覺得睏。

（比較）**が**

但是…

（接續）{名詞です（だ）；形容動詞詞幹だ；［形容詞・動詞］丁寧形（普通形）｝＋が

（說明）「けれど（も）」與「が」都表示逆接。「けれど（も）」是「が」的口語說法。

（例文）鶏肉は食べますが、牛肉は食べません。

我吃雞肉，但不吃牛肉。

---

009   Track N4-097

のに

(1) 明明…、卻…、但是…；(2) 雖然…、可是…

（接續）{［名詞・形容動詞］な；［動詞・形容詞］普通形｝＋のに

（意思1）【對比】表示前項和後項呈現對比的關係。中文意思是：「明明…、卻…、但是…」。

（例文）兄は静かなのに、弟はにぎやかだ。

哥哥沉默寡言，然而弟弟喋喋不休。

意思2 【逆接】表示逆接，用於後項結果違反前項的期待，含有說話者驚訝、懷疑、不滿、惋惜等語氣。中文意思是：「雖然…、可是…」。

例　文 働きたいのに、仕事がない。
很想做事，卻找不到工作。

比　較 **けれど（も）、けど**
雖然、可是、但…

接　續 {［形容詞・形動容詞・動詞］普通形（丁寧形）}＋けれど（も）、けど

説　明 「のに」跟「けれど（も）」都表示前、後項是相反的，但要表達結果不符合期待、說話人的不滿、惋惜等心情時，大都用「のに」。

例　文 嘘のようだけれども、本当の話です。
聽起來雖然像是編造的，但卻是真實的事件。

MEMO

_____

_____

_____

_____

_____

_____

_____

_____

授受表現

授受表現

001　　　　　　　　　　　　　　　　　　　　　　　　　**Track N4-098**

あげる

給予…、給…

（接　續）　{名詞} ＋ {助詞} ＋あげる

（意　思）　**【物品受益－給同輩】** 授受物品的表達方式。表示給予人（說話人或說話一方的親友等），給予接受人有利益的事物。句型是「給予人は（が）接受人に～をあげます」。給予人是主語，這時候接受人跟給予人大多是地位、年齡同等的同輩。中文意思是：「給予…、給…」。

（例　文）　「チョコレートあげる。」「え、本当に、嬉しい。」
「巧克力送你！」「啊，真的嗎？太開心了！」

（比　較）　**やる**

給予…、給…

（接　續）　{名詞} ＋ {助詞} ＋やる

（說　明）　「あげる」跟「やる」都是「給予」的意思，「あげる」基本上用在給同輩東西；「やる」用在給晚輩、小孩或動植物東西。

（例　文）　犬にチョコレートをやってはいけない。
不可以餵狗吃巧克力。

てあげる

（為他人）做…

接 續 ｛動詞て形｝＋あげる

意 思 【行為受益－為同輩】 表示自己或站在一方的人，為他人做前項利益的行為。基本句型是「給予人は（が）接受人に～を動詞てあげる」。這時候接受人跟給予人大多是地位、年齡同等的同輩。是「てやる」的客氣說法。中文意思是：「（為他人）做…」。

例 文 おじいさんに道を教えてあげました。
為老爺爺指路了。

比 較 てやる

給…（做…）

接 續 ｛動詞て形｝＋やる

說 明 「てあげる」跟「てやる」都是「（為他人）做」的意思，「てあげる」基本上用在為同輩做某事；「てやる」用在為晚輩、小孩或動植物做某事。

例 文 息子の８歳の誕生日に、自転車を買ってやるつもりです。
我打算在兒子八歲生日的時候，買一輛腳踏車送他。

さしあげる

給予…、給…

接 續 ｛名詞｝＋｛助詞｝＋さしあげる

意 思 【物品受益－下給上】 授受物品的表達方式。表示下面的人給上面的人物品。句型是「給予人は（が）接受人に～をさしあげる」。給予人是主語，這時候接受人的地位、年齡、身份比給予人高。是一種謙虛的說法。中文意思是：「給予…、給…」。

例 文 彼のご両親に何を差し上げたらいいですか。
該送什麼禮物給男友的父母才好呢？

比　較	**いただく**

承蒙…、拜領…

接　續 {名詞} ＋ {助詞} ＋いただく

說　明 「さしあげる」用在給地位、年齡、身份較高的對象東西；「いただく」用在說話人從地位、年齡、身份較高的對象那裡得到東西。

例　文 鈴木先生にいただいたお皿が、割れてしまいました。
鈴木先生（すずきせんせい）　皿（さら）　割（わ）

把鈴木老師送的盤子弄破了。

004　　　　　　　　　　　　　　　　　　　　　　　　Track N4-101

てさしあげる

（為他人）做…

接　續 {動詞て形} ＋さしあげる

意　思 【行為受益－下為上】表示自己或站在自己一方的人，為他人做前項有益的行為。基本句型是「給予人は（が）接受人に～を動詞てさしあげる」。給予人是主語。這時候接受人的地位、年齡、身份比給予人高。是「てあげる」更謙虛的說法。由於有將善意行為強加於人的感覺，所以直接對上面的人說話時，最好改用「お～します」，但不是直接當面說就沒關係。中文意思是：「（為他人）做…」。

例　文 お客様にお茶をいれて差し上げてください。
客様（きゃくさま）　茶（ちゃ）　差（さ）し上（あ）げて

請為貴賓奉上茶。

比　較	**ていただく**

承蒙…

接　續 {動詞て形} ＋いただく

說　明 「てさしあげる」用在為地位、年齡、身份較高的對象做某事；「ていただく」用在他人替說話人做某事，而這個人的地位、年齡、身份比說話人還高。

例　文 花子は先生に推薦状を書いていただきました。
花子（はなこ）　先生（せんせい）　推薦状（すいせんじょう）　書（か）

花子請老師寫了推薦函。

やる

給予…、給…

（接　續）{名詞}＋{助詞}＋やる

（意　思）**【物品受益－上給下】** 授受物品的表達方式。表示給予同輩以下的人，或小孩、動植物有利益的事物。句型是「給予人は（が）接受人に～をやる」。這時候接受人大多為關係親密，且年齡、地位比給予人低。或接受人是動植物。中文意思是：「給予…、給…」。

（例　文）<ruby>赤<rt>あか</rt></ruby>ちゃんにミルクをやる。
餵小寶寶喝奶。

（比　較）**さしあげる**

給予…、給…

（接　續）{名詞}＋{助詞}＋さしあげる

（說　明）「やる」用在接受者是動植物，也用在家庭內部的授受事件；「さしあげる」用在接受東西的人是尊長的情況下。

（例　文）<ruby>私<rt>わたし</rt></ruby>は<ruby>毎年<rt>まいとし</rt></ruby><ruby>先生<rt>せんせい</rt></ruby>に<ruby>年賀状<rt>ねんがじょう</rt></ruby>をさしあげます。
我每年都寫賀年卡給老師。

てやる

(1)一定…；(2)給…（做…）

（接　續）{動詞て形}＋やる

（意思1）**【意志】** 由於說話人的憤怒、憎恨或不服氣等心情，而做讓對方有些困擾的事，或說話人展現積極意志時使用。中文意思是：「一定…」。

（例　文）<ruby>今年<rt>ことし</rt></ruby>は<ruby>大学<rt>だいがく</rt></ruby>に<ruby>合格<rt>ごうかく</rt></ruby>してやる。
今年一定要考上大學！

（意思2）**【行為受益－上為下】** 表示以施恩或給予利益的心情，為下級或晚輩（或動、植物）做有益的事。中文意思是：「給…（做…）」。

（例文）娘に英語を教えてやりました。
給女兒教了英語。

比較 **てもらう**
（我）請（某人為我做）…

接續 {動詞て形}＋もらう

說明 「てやる」給對方施恩，為對方做某種有益的事；「てもらう」表示人物
Ｘ從人物Ｙ（親友等）那裡得到某物品。

（例文）友達にお金を貸してもらった。
向朋友借了錢。

007

もらう
接受…、取得…、從…那兒得到…

接續 {名詞}＋{助詞}＋もらう

意思 **【物品受益－同輩、晚輩】** 表示接受別人給的東西。這是以說話人
是接受人，且接受人是主語的形式，或說話人站是在接受人的角度來表
現。句型是「接受人は（が）給予人に～をもらう」。這時候接受人跟給
予人大多是地位、年齡相當的同輩。或給予人也可以是晚輩。中文意思
是：「接受…、取得…、從…那兒得到…」。

（例文）妹は友達にお菓子をもらった。
妹妹的朋友給了她糖果。

比較 **くれる**
給…

接續 {名詞}＋{助詞}＋くれる

說明 「もらう」用在從同輩、晚輩那裡得到東西；「くれる」用在同輩、晚輩
給我（或我方）東西。

（例文）娘が私に誕生日プレゼントをくれました。
女兒送給我生日禮物。

てもらう
（我）請（某人為我做）…

（接 續）{動詞て形}＋もらう

（意 思）**【行為受益－同輩、晚輩】** 表示請求別人做某行為，且對那一行為帶著感謝的心情。也就是接受人由於給予人的行為，而得到恩惠、利益。一般是接受人請求給予人採取某種行為的。這時候接受人跟給予人大多是地位、年齡同等的同輩。句型是「接受人は（が）給予人に（から）～を動詞てもらう」。或給予人也可以是晚輩。中文意思是：「（我）請（某人為我做）…」。

（例 文）留学生に英語を教えてもらいます。
請留學生教我英文。

（比 較）**てくれる**
（為我）做…

（接 續）{動詞て形}＋くれる

（說 明）「てもらう」用「接受人は（が）給予人に（から）～を～てもらう」句型，表示他人替接受人做某事，而這個人通常是接受人的同輩、晚輩或親密的人；「てくれる」用「給予人は（が）接受人に～を～てくれる」句型，表示同輩、晚輩或親密的人為我（或我方）做某事。

（例 文）同僚がアドバイスをしてくれた。
同事給了我意見。

いただく
承蒙…、拜領…

（接 續）{名詞}＋{助詞}＋いただく

（意思）【物品受益－上給下】表示從地位、年齡高的人那裡得到東西。這是以說話人是接受人，且接受人是主語的形式，或說話人站在接受人的角度來表現。句型是「接受人は（が）給予人に～をいただく」。用在給予人身份、地位、年齡比接受人高的時候。比「もらう」說法更謙虛，是「もらう」的謙讓語。中文意思是：「承蒙…、拜領…」。

（例文）先生の奥様にすてきなセーターをいただきました。
師母送了我一件上等的毛衣。

（比較）**もらう**
接受…、取得…、從…那兒得到…

（接續）{名詞}＋{助詞}＋もらう

（說明）「いただく」與「もらう」都表示接受、取得、從那兒得到。但「いただく」用在說話人從地位、年齡、身分較高的對象那裡得到的東西；「もらう」用在從同輩、晚輩那裡得到東西。

（例文）私は次郎さんに花をもらいました。
我收到了次郎給的花。

ていただく
承蒙…

（接續）{動詞て形}＋いただく

（意思）【行為受益－上為下】表示接受人請求給予人做某行為，且對那一行為帶著感謝的心情。這是以說話人站在接受人的角度來表現。用在給予人身份、地位、年齡都比接受人高的時候。句型是「接受人は（が）給予人に（から）～を動詞ていただく」。這是「てもらう」的自謙形式。中文意思是：「承蒙…」。

（例文）私は田中さんに京都へつれて行っていただきました。
田中先生帶我一起去了京都。

| 比　較 | **てさしあげる** |

（為他人）做…

| 接　續 | {動詞て形}＋さしあげる |

| 說　明 | 「ていただく」用在他人替說話人做某事，而這個人的地位、年齡、身分比說話人還高；「てさしあげる」用在為地位、年齡、身分較高的對象做某事。 |

| 例　文 | 私は先生の車を車庫に入れてさしあげました。 |

我幫老師把車停進了車庫。

くださる

給…、贈…

| 接　續 | {名詞}＋{助詞}＋くださる |

| 意　思 | **【物品受益－上給下】** 對上級或長輩給自己（或自己一方）東西的恭敬說法。這時候給予人的身份、地位、年齡要比接受人高。句型是「給予人は（が）接受人に～をくださる」。給予人是主語，而接受人是說話人，或說話人一方的人（家人）。中文意思是：「給…、贈…」。 |

| 例　文 | 先生がご自分の書かれた本をくださいました。 |

老師將親自撰寫的大作送給了我。

| 比　較 | **さしあげる** |

給予…、給…

| 接　續 | {名詞}＋{助詞}＋さしあげる |

| 說　明 | 「くださる」用「給予人は（が）接受人に～をくださる」句型，表示身份、地位、年齡較高的人給予我（或我方）東西；「さしあげる」用「給予人は（が）接受人に～をさしあげる」句型，表示給予身份、地位、年齡較高的對象東西。 |

| 例　文 | 退職する先輩に記念品を差し上げた。 |

贈送了紀念禮物給即將離職的前輩。

$\mathcal{N}_4$

てくださる
（為我）做…

（接 續）　{動詞て形}＋くださる

（意 思）　**【行為受益－上為下】** 是「てくれる」的尊敬說法。表示他人為我，或為我方的人做前項有益的事，用在帶著感謝的心情，接受別人的行為時，此時給予人的身份、地位、年齡要比接受人高。中文意思是：「（為我）做…」。

（例 文）　先生、私の作文を見てくださいませんか。
　　　　　老師，可以請您批改我的作文嗎？

（注 意）　〖**主語＝給予人；接受方＝說話人**〗常用「給予人は（が）接受人に（を・の…）～を動詞てくださる」之句型，此時給予人是主語，而接受人是說話人，或說話人一方的人。

（例 文）　結婚式で、社長が私たちに歌を歌ってくださいました。
　　　　　在結婚典禮上，社長為我們唱了一首歌。

（比 較）　**てくれる**
（為我）做…

（接 續）　{動詞て形}＋くれる

（說 明）　「てくださる」表示身份、地位、年齡較高的對象為我（或我方）做某事；「てくれる」表示同輩、晚輩為我（或我方）做某事。

（例 文）　田中さんが仕事を手伝ってくれました。
　　　　　田中先生幫了我工作上的忙。

くれる
給…

(接　續) {名詞}＋{助詞}＋くれる

(意　思) **【物品受益－同輩、晚輩】** 表示他人給說話人（或說話一方）物品。這時候接受人跟給予人大多是地位、年齡相當的同輩。句型是「給予人は（が）接受人に～をくれる」。給予人是主語，而接受人是說話人，或說話人一方的人（家人）。給予人也可以是晚輩。中文意思是：「給…」。

(例　文) マリーさんがくれた国のお土産は、コーヒーでした。
瑪麗小姐送我的故鄉伴手禮是咖啡。

(比　較) **やる**
給予…、給…

(接　續) {名詞}＋{助詞}＋やる

(說　明) 「くれる」用在同輩、晚輩給我（或我方）東西；「やる」用在給晚輩、小孩或動植物東西。

(例　文) 小鳥には、何をやったらいいですか。
該餵什麼給小鳥吃才好呢？

てくれる
（為我）做…

(接　續) {動詞て形}＋くれる

(意　思) **【行為受益－同輩】** 表示他人為我，或為我方的人做前項有益的事，用在帶著感謝的心情，接受別人的行為，此時接受人跟給予人大多是地位、年齡同等的同輩。中文意思是：「（為我）做…」。

(例　文) 小林さんが日本料理を作ってくれました。
小林先生為我們做了日本料理。

(注意1) 〔**行為受益－晚輩**〕給予人也可能是晚輩。

（例文）子供たちも、私の作った料理は「おいしい」と言ってくれました。
孩子們稱讚了我做的菜「很好吃」。

（注意2）『**主語＝給予人；接受方＝說話人**』常用「給予人は（が）接受人に～
を動詞てくれる」之句型，此時給予人是主語，而接受人是說話人，或
說話人一方的人。

（例文）林さんは私に自転車を貸してくれました。
林小姐把腳踏車借給了我。

（比較）**てくださる**
（為我）做…

（接續）{動詞て形}＋くださる

（說明）「てくれる」與「てくださる」都表示他人為我做某事。「てくれる」用
在同輩、晚輩為我（或我方）做某事；「てくださる」用在身分、地位、
年齡較高的人為我（或我方）做某事。

（例文）先生がいい仕事を紹介してくださった。
老師介紹了一份好工作給我。

MEMO

12 受身、使役、使役受身と敬語

被動、使役、使役被動及敬語

001 （ら）れる	007 お／ご〜になる
002 （さ）せる	008 お／ご〜する
003 （さ）せられる	009 お／ご〜いたす
004 名詞＋でございます	010 お／ご〜ください
005 （ら）れる	011 （さ）せてください
006 お／ご＋名詞	

001　　　　　　　　　　　　　　　　　　　　　　　　　　　Track N4-112

（ら）れる

(1) 在…；(2) 被…；(3) 被…

接　續　{[一段動詞・カ變動詞] 被動形}＋られる；{五段動詞被動形；サ變動詞被動形さ}＋れる

意思1　**【客觀說明】** 表示社會活動等普遍為大家知道的事，是種客觀的事實描述。中文意思是：「在…」。

例　文　卒業式は３月に行われます。
畢業典禮將於三月舉行。

意思2　**【間接被動】** 由於某人的行為或天氣等自然現象的作用，而間接受到麻煩（受害或被打擾）。中文意思是：「被…」。

例　文　電車で誰かに足をふまれました。
在電車上被某個人踩了腳。

意思3　**【直接被動】** 表示某人直接承受到別人的動作。中文意思是：「被…」。

例　文　警察に住所と名前を聞かれた。
被警察詢問了住址和姓名。

比　較　**（さ）せる**

讓…、叫…、令…

接　續　{[一段動詞・カ變動詞] 使役形；サ變動詞詞幹}＋させる；{五段動詞使役形}＋せる

| 説 明 | 「（ら）れる」（被…）表示「被動」，指某人承受他人施加的動作；「（さ）せる」（讓…）是「使役」用法，指某人強迫他人做某事。 |

| 例 文 | 子供にもっと勉強させるため、塾に行かせることにした。 |
為了讓孩子多讀一點書，我讓他去上補習班了。

---

002   Track N4-113

（さ）せる

(1) 把…給；(2) 讓…、隨…、請允許…；(3) 讓…、叫…、令…

| 接 續 | {[一段動詞・力變動詞] 使役形；サ變動詞詞幹}＋させる；{五段動詞使役形}＋せる |

| 意思1 | 【誘發】表示某人用言行促使他人自然地做某種行為，常搭配「泣く（哭）、笑う（笑）、怒る（生氣）」等當事人難以控制的情緒動詞。中文意思是：「把…給」。 |

| 例 文 | 父はいつも家族みんなを笑わせる。 |
爸爸總是逗得全家人哈哈大笑。

| 意思2 | 【許可】以「させておく」形式，表示允許或放任。也表示婉轉地請求承認。中文意思是：「讓…、隨…、請允許…」。 |

| 例 文 | バスに乗る前にトイレはすませておいてください。 |
搭乘巴士之前請先去洗手間。

| 意思3 | 【強制】表示某人強迫他人做某事，由於具有強迫性，只適用於長輩對晚輩或同輩之間。中文意思是：「讓…、叫…、令…」。 |

| 例 文 | 母は子供に野菜を食べさせました。 |
媽媽強迫小孩吃了蔬菜。

| 比 較 | （さ）せられる |
被迫…、不得已…

| 接 續 | {動詞使役形}＋（さ）せられる |

| 説 明 | 「（さ）せる」（讓…）是「使役」用法，指某人強迫他人做某事；「（さ）せられる」（被迫…）是「使役被動」用法，表示被某人強迫做某事。 |

例文 納豆は嫌いなのに、栄養があるからと食べさせられた。
雖然討厭納豆，但是因為覺得有營養，所以不得已還是吃了。

003　　　　　　　　　　　　　　　　　　　　　　　　　Track N4-114

（さ）せられる

被迫…、不得已…

接續 {動詞使役形}＋（さ）せられる

意思 【被迫】 表示被迫。被某人或某事物強迫做某動作，且不得不做。含有不情願、感到受害的心情。這是從使役句的「ＸがＹにＮをＶ－させる」變成為「ＹがＸにＮをＶ－させられる」來的，表示Ｙ被Ｘ強迫做某動作。中文意思是：「被迫…、不得已…」。

例文 会長に、ビールを飲ませられた。
被會長強迫喝了啤酒。

比較 ## させてもらう

請允許我…、請讓我…

接續 {動詞使役形}＋もらう

說明 「（さ）せられる」表示被迫，表示人物Ｙ被人物Ｘ強迫做不願意做的事；「させてもらう」表示許可，表示由於對方允許自己的請求，讓自己得到恩惠或從中受益的意思。

例文 詳しい説明をさせてもらえませんか。
可以容我做詳細的說明嗎？

004　　　　　　　　　　　　　　　　　　　　　　　　　Track N4-115

名詞＋でございます

是…

接續 {名詞}＋でございます

| 意思 | 【斷定】「です」是「だ」的鄭重語，而「でございます」是比「です」更鄭重的表達方式。日語除了尊敬語跟謙讓語之外，還有一種叫鄭重語。鄭重語用於和長輩或不熟的對象交談時，也可用在車站、百貨公司等公共場合。相較於尊敬語用於對動作的行為者表示尊敬，鄭重語則是對聽話人表示尊敬。中文意思是：「是…」。 |

| 例文 | はい、山田でございます。
您好，敝姓山田。 |

| 注意 | 〖あります的鄭重表現〗除了是「です」的鄭重表達方式之外，也是「あります」的鄭重表達方式。 |

| 例文 | 子供服売り場は、4階にございます。
兒童服飾專櫃位於四樓。 |

| 比較 | **です** |

| 接續 | {名詞；形容動詞詞幹；形容詞普通形}＋です |

| 說明 | 「でございます」是比「です」還鄭重的語詞，主要用在接待貴賓、公共廣播等狀況。如果只是跟長輩、公司同事有禮貌地對談，一般用「です」就行了。 |

| 例文 | これは箱です。
這是箱子。 |

005

（ら）れる

| 接續 | {[一段動詞・力變動詞]被動形}＋られる；{五段動詞被動形；サ變動詞被動形さ}＋れる |

| 意思 | 【尊敬】表示對對方或話題人物的尊敬，就是在表敬意之對象的動作上用尊敬助動詞。尊敬程度低於「お～になる」。 |

| 例文 | 今年はもう花見に行かれましたか。
您今年已經去賞過櫻花了嗎？ |

比 較	お～になる

接 續	お＋{動詞ます形}＋になる；ご＋{サ變動詞詞幹}＋になる

說 明	「（ら）れる」跟「お～になる」都是尊敬語，用在抬高對方行為，以表示對他人的尊敬，但「お～になる」的尊敬程度比「（ら）れる」高。

例 文	先生の奥さんがお倒れになったそうです。 聽說師母病倒了。

お／ご＋名詞

您…、貴…

接 續	お＋{名詞}；ご＋{名詞}

意 思	【尊敬】後接名詞（跟對方有關的行為、狀態或所有物），表示尊敬、鄭重、親愛，另外，還有習慣用法等意思。基本上，名詞如果是日本原有的和語就接「お」，如「お仕事（您的工作）、お名前（您的姓名）」。中文意思是：「您…、貴…」。

例 文	こちらにお名前をお書きください。 請在這裡留下您的大名。

注意1	〖ご＋中國漢語〗如果是中國漢語則接「ご」如「ご住所（您的住址）、ご兄弟（您的兄弟姊妹）」。

例 文	田中社長はご病気で、お休みです。 田中社長身體不適，目前正在靜養。

注意2	〖例外〗但是接中國漢語也有例外情況。

例 文	1日に2リットルのお水を飲みましょう。 建議每天喝個 2000cc 的水吧！

比 較	お／ご～いたす

我為您（們）做…

接 續	お＋{動詞ます形}＋いたす；ご＋{サ變動詞詞幹}＋いたす

説　明　「お／ご＋名詞」表示尊敬，「お／ご～いたす」表示謙讓。「お／ご＋名詞」的「お／ご」後面接名詞；「お／ご～いたす」的「お／ご」後面接動詞ます形或サ變動詞詞幹。

例　文　資料は私が来週の月曜日にお届けいたします。
我下週一會將資料送達。

お／ご～になる

接　續　お＋{動詞ます形}＋になる；ご＋{サ變動詞詞幹}＋になる

意　思　【尊敬】動詞尊敬語的形式，比「（ら）れる」的尊敬程度要高。表示對對方或話題中提到的人物的尊敬，這是為了表示敬意而抬高對方行為的表現方式，所以「お～になる」中間接的就是對方的動作。

例　文　社長は、もうお帰りになったそうです。
社長似乎已經回去了。

注　意　〖ご＋サ変動詞＋になる〗當動詞為サ行變格動詞時，用「ご～になる」的形式。

例　文　部長、これをご使用になりますか。
部長，這個您是否需要使用？

比　較　**お～する**
我為您（們）做…

接　續　お＋{動詞ます形}＋する

説　明　「お／ご～になる」是表示動詞的尊敬語形式；「お～する」是表示動詞的謙讓語形式。

例　文　2、3日中に電話でお知らせします。
這兩三天之內會以電話通知您。

お／ご～する

我為您（們）做…

（接　續）　お＋{動詞ます形}＋する；ご＋{サ變動詞詞幹}＋する

（意　思）　**【謙讓】** 表示動詞的謙讓形式。對要表示尊敬的人，透過降低自己或自己這一邊的人，以提高對方地位，來向對方表示尊敬。中文意思是：「我為您（們）做…」。

（例　文）　私が荷物をお持ちします。
行李請交給我代為搬運。

（注　意）　〖ご＋サ変動詞＋する〗當動詞為サ行變格動詞時，用「ご～する」的形式。

（例　文）　英語と中国語で、ご説明します。
請容我使用英文和中文為您說明。

（比　較）　**お／ご～いたす**

我為您（們）做…

（接　續）　お＋{動詞ます形}＋いたす；ご＋{サ變動詞詞幹}＋いたす

（説　明）　「お～する」跟「お～いたす」都是謙讓語，用在降低我方地位，以對對方表示尊敬，但語氣上「お～いたす」是比「お～する」更謙和的表達方式。

（例　文）　会議室へご案内いたします。
請隨我到會議室。

お／ご～いたす

我為您（們）做…

（接　續）　お＋{動詞ます形}＋いたす；ご＋{サ變動詞詞幹}＋いたす

（意　思）　**【謙讓】** 這是比「お～する」語氣上更謙和的謙讓形式。對要表示尊敬的人，透過降低自己或自己這一邊的人的說法，以提高對方地位，來向對方表示尊敬。中文意思是：「我為您（們）做…」。

（例　文）これからもよろしくお願いいたします。

往後也請多多指教。

（注　意）〖ご＋サ変動詞＋いたす〗當動詞為サ行變格動詞時，用「ご～い
たす」的形式。

（例　文）会議の資料は、こちらでご用意いたします。

會議資料將由我方妥善準備。

（比　較）**お／ご～いただく**

懇請您…

（接　續）お＋{動詞ます形}＋いただく；ご＋{サ變動詞詞幹}＋いただく

（説　明）「お～いたす」是自謙的表達方式。通過自謙的方式表示對對方的尊敬，
表示自己為對方做某事；「お～いただく」是一種更顯禮貌鄭重的自謙
表達方式。是禮貌地請求對方做某事。

（例　文）以上、ご理解いただけましたでしょうか。

以上，您是否理解了。

　　　　　　　　　　　　　　　　　　　　　　　Track N4-121

お／ご～ください

請…

（接　續）お＋{動詞ます形}＋ください；ご＋{サ變動詞詞幹}＋ください

（意　思）**【尊敬】**尊敬程度比「てください」要高。「ください」是「くださる」
的命令形「くだされ」演變而來的。用在對客人、屬下對上司的請求，
表示敬意而抬高對方行為的表現方式。中文意思是：「請…」。

（例　文）どうぞ、こちらにおかけください。

這邊請，您請坐。

（注意1）〖ご＋サ変動詞＋ください〗當動詞為サ行變格動詞時，用「ご～
ください」的形式。

（例　文）では、詳しくご説明ください。

那麼，請您詳細說明！

〖無法使用〗「する（上面無接漢字，單獨使用的時候）」跟「来る」無法使用這個文法。

比較　**てください**
請…

接續　{動詞て形}＋ください

說明　「お～ください」跟「てください」都表示請託或指示，但「お～ください」的說法比「てください」更尊敬，主要用在上司、客人身上；「てください」則是一般有禮貌的說法。

例文　食事の前に手を洗ってください。
用餐前請先洗手。

（さ）せてください
請允許…、請讓…做…

接續　{動詞使役形；サ變動詞詞幹}＋（さ）せてください

意思　**【謙讓－請求允許】**表示「我請對方允許我做前項」之意，是客氣地請求對方允許、承認的說法。用在當說話人想做某事，而那一動作一般跟對方有關的時候。中文意思是：「請允許…、請讓…做…」。

例文　ここに荷物を置かせてください。
請讓我把包裹放在這裡。

比較　**てください**
請…

接續　{動詞て形}＋ください

說明　「（さ）せてください」表示客氣地請對方允許自己做某事，所以「做」的人是說話人；「てください」表示請對方做某事，所以「做」的人是聽話人。

例文　大きな声で読んでください。
請大聲朗讀。

JLPT N3

1 時の表現

時間的表現

001　　　　　　　　　　　　　　　　　　　　　　　　　　　　　　　Track N3-001

ていらい

自從…以來，就一直…、…之後

意思　【起點】｛動詞て形｝＋て以来。表示自從過去發生某事以後，直到現在為止的整個階段，後項一直持續某動作或狀態。不用在後項行為只發生一次的情況，也不用在剛剛發生不久的事。跟「てから」相似，是書面語。中文意思是：「自從…以來，就一直…、…之後」。

例文　このアパートに引っ越して来て以来、なぜだか夜眠れない。

不曉得為什麼，自從搬進這棟公寓以後，晚上總是睡不著。

注意　〔サ變動詞的 N ＋以来〕｛サ變動詞語幹｝＋以来。前接サ變動詞時，可以用「サ變動詞語幹＋以来」的形式，也可以用「サ變動詞語幹＋して以来」的形式。

例文　岸君とは、卒業以来一度も会っていない。

我和岸君從畢業以後，連一次面都沒見過。

比較　**たところが**

可是…、然而…、誰知

接續　｛動詞た形｝＋たところが

說明　「ていらい」表起點，表示前項的行為或狀態發生至今，後項也一直持續著；「たところが」表期待，表示做了前項動作後結果，就發生了後項的事情，或變成這種狀況。

(例文) 彼のために言ったところが、かえって恨まれてしまった。

為了他好才這麼說的，誰知卻被他記恨。

002

さいちゅうに、さいちゅうだ

正在…

(接續) {名詞の；動詞て形＋ている}＋最中に、最中だ

(意思) 【進行中】「最中だ」表示某一狀態、動作正在進行中。「最中に」常用在某一時刻，突然發生了什麼事的場合，或正當在最高峰的時候被打擾了。相當於「～している途中に、～している途中だ」。中文意思是：「正在…」。

(例文) 大切な試合の最中に怪我をして、みんなに迷惑をかけた。

在最重要的比賽中途受傷，給各位添了麻煩。

(注意) 〔省略に〕有時會將「最中に」的「に」省略，只用「最中」。

(例文) みんなで部長の悪口を言っている最中、部長が席に戻って来た。

大家講部長的壞話正說得口沫橫飛，不巧部長就在這時候回到座位了。

比較 さい（は）、さいに（は）

…的時候、在…時、當…之際

(接續) {名詞の；動詞普通形}＋際（は）、際に（は）

(說明) 「さいちゅうに」表進行中，表示正在做某件事情的時候，突然發生了其他事情；「さい（は）」表時候，表示動作、行為進行的時候。也就是面臨某一特殊情況或時刻。

(例文) 仕事の際には、コミュニケーションを大切にしよう。

在工作時，要著重視溝通。

たとたん（に）

剛…就…、剎那就…

（接 續） ｛動詞た形｝＋たとたん（に）

（意 思） 【時間前後】 表示前項動作和變化完成的一瞬間，發生了後項的動作和變化。由於是說話人當場看到後項的動作和變化，因此伴有意外的語感，相當於「したら、その瞬間に」。中文意思是：「剛…就…、剎那就…」。

（例 文） その子供は、座ったとたんに寝てしまった。
那個孩子才剛坐下就睡著了。

（比 較） **とともに**

與…同時，也…

（接 續） ｛名詞；動詞辭書形｝＋とともに

（說 明） 「たとたん（に）」表時間前後，表示前項動作完成的瞬間，馬上又發生了後項的事情；「とともに」表同時，表示隨著前項的進行，後項也同時進行或發生。

（例 文） 時代の流れとともに、人々の食生活も変化してきている。
隨著時代的變遷，人們的飲食習慣也跟著產生變化。

さい（は）、さいに（は）

…的時候、在…時、當…之際

（接 續） ｛名詞の；動詞普通形｝＋際（は）、際に（は）

（意 思） 【時點】 表示動作、行為進行的時候。也就是面臨某一特殊情況或時刻。一般用在正式場合，日常生活中較少使用。相當於「ときに」。中文意思是：「…的時候、在…時、當…之際」。

（例 文） 明日、御社へ伺う際に、詳しい資料をお持ち致します。
明天拜訪貴公司時，將會帶去詳細的資料。

比較 **ところに**
…的時候、正在…時

接續 {名詞の；形容詞辭書形；動詞て形＋いる；動詞た形}＋ところに

說明 「さい（は）」表時點，表示在做某個行為的時候；「ところに」也表時點，表示在做某個動作的當下，同時發生了其他事情。

例文 出かけようとしたところに、電話が鳴った。
正要出門時，電話鈴就響了。

---

005 Track N3-005

ところに

…的時候、正在…時

接續 {名詞の；形容詞辭書形；動詞て形＋ている；動詞た形}＋ところに

意思 【時點】表示行為主體正在做某事的時候，發生了其他的事情。大多用在妨礙行為主體的進展的情況，有時也用在情況往好的方向變化的時候。相當於「ちょうど～しているときに」。中文意思是：「…的時候、正在…時」。

例文 君、いいところに来たね。これ、1枚コピーして。
你來得正好！這個拿去印一張。

比較 **さいちゅうに、さいちゅうだ**
正在…

接續 {名詞の；動詞て形＋いる}＋最中に、最中だ

說明 「ところに」表時點，表示在做某個動作的當下，同時發生了其他事情；「さいちゅうに」表進行中，表示正在做某件事情的時候突然發生了其他事情。

例文 大事な試験の最中に、急にお腹が痛くなってきた。
在重要的考試時，肚子突然痛起來。

ところへ

…的時候、正當…時，突然…、正要…時，（…出現了）

（接　續）　{名詞の；形容詞辭書形；動詞て形＋ている；動詞た形}＋ところへ

（意　思）　**【時點】** 表示行為主體正在做某事的時候，偶然發生了另一件事，並對行為主體產生某種影響。下文多是移動動詞。相當於「ちょうど～しているときに」。中文意思是：「…的時候、正當…時，突然…、正要…時，（…出現了）」。

（例　文）　先月家を買ったところへ、今日部長から転勤を命じられた。
上個月才剛買下新家，今天就被部長命令調派到外地上班了。

（比　較）　**たとたん（に）**
剛…就…、剎那就…

（接　續）　{動詞た形}＋たとたん（に）

（說　明）　「ところへ」表時點，表示前項「正好在…時候（情況下）」，偶然發生了後項的其他事情，而這一事情的發生，改變了當前的情況；「たとたんに」表時間前後，表示前項動作完成的瞬間，馬上又發生了後項的動作和變化。由於說話人是親身經歷後項的動作和變化，因此句尾要接過去式，並且伴有意外的語感。

（例　文）　窓を開けたとたんに、ハエが飛び込んできた。
一打開窗戶，蒼蠅立刻飛了進來。

ところを

正…時、…之時、正當…時…

（接　續）　{名詞の；形容動詞詞幹な；[形容詞・動詞]普通形}＋ところを

（意　思）　**【時點】** 表示正當A的時候，發生了B的狀況。後項的B所發生的事，是對前項A的狀況有直接的影響或作用的行為。含有說話人擔心給對方添麻煩或造成對方負擔的顧慮。相當於「ちょうど～しているときに」。中文意思是：「正…時、…之時、正當…時…」。

例文 お話し中のところを失礼します。高橋様がいらっしゃいました。

不好意思，打擾您打電話，高橋先生已經到了。

比較 **さい（は）、さいに（は）**

…的時候、在…時、當…之際

接續 {名詞の；動詞普通形}＋際（は）、際に（は）

說明 「ところを」表時點，表示行為主體正在做某事的時候，偶然發生了其他的事情。大多用在妨礙行為主體的進展的情況，有時也用在情況往好的方向變化的時候；「さい（は）」表時候，表示動作、行為進行的時候。

例文 お降りの際は、お忘れ物のないようご注意ください。

下車時請別忘了您隨身攜帶的物品。

---

008   Track N3-008

うちに

趁…做…、在…之內…做…；在…之內，自然就…

接續 {名詞の；形容動詞詞幹な；[形容詞・動詞]辭書形}＋うちに

意思 【期間】表示在前面的環境、狀態持續的期間，做後面的動作。強調的重點是狀態的變化，不是時間的變化。相當於「（している）間に」。中文意思是：「趁…做…、在…之內…做…」。

例文 子供が寝ているうちに、買い物に行ってきます。

趁著孩子睡著時出門買些東西。

注意 〚變化〛前項接持續性的動作，後項接預料外的結果或變化，而且是不知不覺、自然而然發生的結果或變化。中文意思是：「在…之內，自然就…」。

例文 その子は、お母さんを待っているうちに寝てしまった。

那孩子在等待母親回來時，不知不覺就睡著了。

比較 **まえに**

…之前，先…

接續 {動詞辭書形}＋まえに

說明 「Aうちに」表期間，表示在A狀態還沒有結束前，先做某個動作；「Aまえに」表前後關係，是用來客觀描述做A這個動作前，先做後項的動作。

例文 私はいつも、寝る前に歯を磨きます。
我都是睡前刷牙。

までに（は）
…之前、…為止

接續 ｛名詞；動詞辭書形｝＋までに（は）

意思 【期限】前面接和時間有關的名詞，或是動詞，表示某個截止日、某個動作完成的期限。中文意思是：「…之前、…為止」。

例文 12時までには寝るようにしている。
我現在都在十二點之前睡覺。

比較 のまえに
…前、…的前面

接續 ｛名詞｝＋の＋まえに

說明 「までに（は）」表期限，表示某個動作完成的期限、截止日；「のまえに」表前後關係，表示動作的順序，也就是做前項動作之前，先做後項的動作。也表示空間上的前面。

例文 仕事の前にコーヒーを飲みます。
工作前先喝杯咖啡。

2 原因、理由、結果

原因、理由、結果

001　　　　　　　　　　　　　　　　　　　　　　　　　　　Track N3-010

せいか

可能是（因為）…、或許是（由於）…的緣故吧

接　續 {名詞の；形容動詞詞幹な；[形容詞・動詞]普通形}＋せいか

意　思 **【原因】** 表示不確定的原因，說話人雖無法斷言，但認為也許是因為前項的關係，而產生後項負面結果，相當於「ためか」。中文意思是：「可能是（因為）…、或許是（由於）…的緣故吧」。

例　文 私の結婚が決まったせいか、最近父は元気がない。

也許是因為我決定結婚了，最近爸爸無精打采的。

注　意 〔**正面結果**〕後面也可接正面結果。

例　文 しっかり予習をしたせいか、今日は授業がよくわかった。

可能是徹底預習過的緣故，今天的課程我都聽得懂。

比　較 ## がゆえ(に)、がゆえの、(が)ゆえだ

因為是…的關係；…才有的…

接　續 {[名詞・形容動詞詞幹](である)；[形容詞・動詞]普通形}＋が故(に)、が故の、(が)故だ

說　明 「せいか」表原因，表示發生了不好的事態，但是說話者自己也不太清楚原因出在哪裡，只能做個大概的猜測；「がゆえ」也表原因，表示句子之間的因果關係，前項是理由，後項是結果。

電話で話しているときもついおじぎをしてしまうのは、日本人で
あるが故だ。

由於身為日本人，連講電話時也會不由自主地鞠躬行禮。

せいで、せいだ

由於…、因為…的緣故、都怪…

接 續 ｛名詞の；形容動詞詞幹な；[形容詞・動詞]普通形｝＋せいで、せいだ

意 思 【原因】表示發生壞事或會導致某種不利情況的原因，還有責任的所
在。「せいで」是「せいだ」的中頓形式。相當於「～が原因だ、ため」。
中文意思是：「由於…、因為…的緣故、都怪…」。

例 文 台風のせいで、新幹線が止まっている。

由於颱風之故，新幹線電車目前停駛。

注意1 〔否定句〕否定句為「せいではなく、せいではない」。

例 文 病気になったのは君のせいじゃなく、君のお母さんのせいでもな
い。誰のせいでもないよ。

生了病不是你的錯，也不是你母親的錯，那不是任何人的錯啊！

注意2 〔疑問句〕疑問句會用「せい＋表推量的だろう＋疑問終助詞か」。

例 文 おいしいのにお客が来ない。店の場所が不便なせいだろうか。

明明很好吃卻沒有顧客上門，會不會是因為餐廳的地點太偏僻了呢？

比 較 **せいか**

可能是（因為）…、或許是（由於）…的緣故吧

接 續 ｛名詞の；形容動詞詞幹な；[形容詞・動詞]普通形｝＋せいか

說 明 「せいで」表原因，表示發生壞事或會導致某種不利情況的原因，還有
責任的所在。含有責備對方的語意；「せいか」也表原因，表示發生了
不好的事態，但是說話者自己也不太清楚原因出在哪裡，只能做個大概
的猜測。

例 文 年のせいか、体の調子が悪い。

也許是年紀大了，身體的情況不太好。

おかげで、おかげだ

多虧…、托您的福、因為…

接續 {名詞の；形容動詞詞幹な；形容詞普通形・動詞た形}＋おかげで、おかげだ

意思 【原因】由於受到某種恩惠，導致後面好的結果，與「から、ので」作用相似，但感情色彩更濃，常帶有感謝的語氣。中文意思是：「多虧…、托您的福、因為…」。

例文 母が 90 になっても元気なのは、歯が丈夫なおかげだ。
家母高齡九十仍然老當益壯，必須歸功於牙齒健康。

注意 〖消極〗後句如果是消極的結果時，一般帶有諷刺的意味，相當於「のせいで」。

例文 隣にスーパーができたおかげで、うちの店は潰れそうだよ。
都怪隔壁開了間新超市，害我們這家店都快關門大吉啦！

比較 **せいで、せいだ**

由於…、因為…的緣故、都怪…

接續 {名詞の；形容動詞詞幹な；[形容詞・動詞]普通形}＋せいで、せいだ

說明 「おかげで」表原因，表示因為前項而產生後項好的結果，帶有感謝的語氣；「せいで」也表原因，表示由於某種原因導致不好的、消極的結果。

例文 おやつを食べ過ぎたせいで、太った。
因為吃了太多的點心，所以變胖了。

につき

因…、因為…

接續 {名詞}＋につき

| 意 思 | 【原因】接在名詞後面，表示其原因、理由。一般用在書信中比較鄭重的表現方法，或用在通知、公告、海報等文體中。相當於「のため、〜という理由で」。中文意思是：「因…、因為…」。 |

| 例 文 | 体調不良につき、欠席させていただきます。 |
| | 因為身體不舒服，請允許我請假。 |

| 比 較 | **による** |
| | 因…造成的…、由…引起的… |

| 接 續 | {名詞}＋による |

| 說 明 | 「につき」表原因，是書面用語，用來說明事物或狀態的理由；「による」也表原因，表示所依據的原因、方法、方式、手段。後項的結果是因為前項的行為、動作而造成的。 |

| 例 文 | 不注意による大事故が起こった。 |
| | 因為不小心，而引起重大事故。 |

によって(は)、により

(1) 因為…；(2) 由…；(3) 依照…的不同而不同；(4) 根據…

| 接 續 | {名詞}＋によって(は)、により |

| 意思1 | 【理由】表示事態的因果關係，「により」大多用於書面，後面常接動詞被動態，相當於「〜が原因で」。中文意思是：「因為…」。 |

| 例 文 | 彼は自動車事故により、体の自由を失った。 |
| | 他由於遭逢車禍而成了殘疾人士。 |

| 意思2 | 【被動句的動作主體】用於某個結果或創作物等，是因為某人的行為或動作而造成、成立的。中文意思是：「由…」。 |

| 例 文 | 電話は、1876年グラハム・ベルによって発明された。 |
| | 電話是由格拉漢姆・貝爾於1876年發明的。 |

| 意思3 | 【對應】表示後項結果會對應前項事態的不同，而有各種可能性。中文意思是：「依照…的不同而不同」。 |

（例　文）場合によっては、契約内容を変更する必要がある。

有時必須視當時的情況而變更合約內容。

（意思4）【手段】表示事態所依據的方法、方式、手段。中文意思是：「根據…」。

（例　文）実験によって、薬の効果が明らかになった。

藥效經由實驗而得到了證明。

（比　較）**にもとづいて、にもとづき、にもとづく、にもとづいた**

根據…、按照…、基於…

（接　續）{名詞}＋に基づいて、に基づき、に基づく、に基づいた

（説　明）「によって（は）」表手段，表示做後項事情的方法、手段；「にもとづいて」表依據，表示以前項為依據或基礎，進行後項的動作。

（例　文）この雑誌の記事は、事実に基づいていない。

這本雜誌上的報導沒有事實根據。

による

因…造成的…、由…引起的…

（接　續）{名詞}＋による

（意　思）【原因】表示造成某種事態的原因。「による」前接所引起的原因。中文意思是：「因…造成的…、由…引起的…」。

（例　文）運転手の信号無視による事故が続いている。

一連發生多起駕駛人闖紅燈所導致的車禍。

（比　較）**ので**

因為…

（接　續）{[形容詞・動詞]普通形}＋ので；{名詞；形容動詞詞幹}な＋ので

（説　明）「による」表原因，表示造成某種事態的原因。後項的結果是因為前項的行為、動作而造成的；「ので」也表原因、理由。是客觀地敘述前項和後項的自然的因果關係，後項大多是已經發生或確定的事情。

（例　文）寒いので、コートを着ます。

因為很冷，所以穿大衣。

ものだから
就是因為…，所以…

(接續) {[名詞・形容動詞詞幹] な；[形容詞・動詞] 普通形}＋ものだから

(意思) 【原因】 表示原因、理由，相當於「から、ので」常用在因為事態的程度很厲害，因此做了某事。中文意思是：「就是因為…，所以…」。

(例文) 久しぶりに会ったものだから、懐かしくて涙が出た。
畢竟是久違重逢，不禁掉下了思念的淚水。

(注意) 〖說明理由〗 含有對事情感到出意料之外、不是自己願意的理由，而進行辯白，主要為口語用法。口語用「もんだから」。

(例文) 道に迷ったものだから、途中でタクシーを拾った。
由於迷路了，因此半路攔了計程車。

(比較) **ことだから**
由於

(接續) {名詞の}＋ことだから

(說明) 「ものだから」表原因，用來解釋理由。表示會導致後項的狀態，是因為前項的緣故。「ことだから」也表原因。表示「(不是別的)正是因為是他，所以才…的吧」說話人自己的判斷依據。說話人通過對所提到的人的性格及行為的瞭解，而做出的判斷。

(例文) 今年はうちの商品ずいぶん売れたことだから、きっとボーナスもたくさん出るだろう。
今年我們公司的產品賣了不少，想必會發很多獎金吧。

もので
因為…、由於…

(接續) {形容動詞詞幹な；[形容詞・動詞] 普通形}＋もので

（意思）【理由】意思跟「ので」基本相同，但強調原因跟理由的語氣比較強。前項的原因大多為意料之外或不是自己的意願，後項為此進行解釋、辯白。結果是消極的。意思跟「ものだから」一樣。後項不能用命令、勸誘、禁止等表現方式。中文意思是：「因為⋯、由於⋯」。

（例文）携帯電話を忘れたもので、ご連絡できず、すみませんでした。
由於忘了帶手機而無法與您聯絡，非常抱歉。

（比較）**ことから**
因為⋯

（接續）{名詞である；形容動詞詞幹な；[形容詞・動詞] 普通形}＋ことから

（說明）「もので」表理由，用來解釋原因、理由，帶有辯駁的感覺，後項通常是由前項自然導出的客觀結果；「ことから」也表理由，表示原因或者依據。根據前項的情況，來判斷出後面的結果或結論。是說明事情的經過跟理由的句型。句末常用「がわかる」等形式。

（例文）つまらないことから大喧嘩になってしまいました。
因為雞毛蒜皮小事演變成了一場大爭吵。

---

009   Track N3-018

もの、もん

(1) 就是因為⋯嘛；(2) 因為⋯嘛

（接續）{[名詞・形容動詞詞幹] んだ；[形容詞・動詞] 普通形んだ}＋もの、もん

（意思1）【強烈斷定】 表示說話人很堅持自己的正當性，而對理由進行辯解。中文意思是：「就是因為⋯嘛」。

（例文）母親ですもの。子供を心配するのは当たり前でしょう。
我可是當媽媽的人呀，擔心小孩不是天經地義的嗎？

（注意）〔口語〕更隨便的口語說法用「もん」。

（例文）田中君は絶対に来るよ。昨日約束したもん。
田中一定會來嘛！他昨天答應人家了。

【說明理由】說明導致某事情的緣故。含有沒辦法，事情的演變自然就是這樣的語氣。助詞「もの、もん」接在句尾，多用在會話中，年輕女性或小孩子較常使用。跟「だって」一起使用時，就有撒嬌的語感。中文意思是：「因為…嘛」。

例 文　「なんで笑うの。」「だって可笑しいんだもん。」
「妳笑什麼？」「因為很好笑嘛！」

比 較　**ものだから**
就是因為…，所以…

接 續　{[名詞・形容動詞詞幹] な；[形容詞・動詞] 普通形}＋ものだから

說 明　「もの」表說明理由，帶有撒嬌、任性、不滿的語氣，多為女性或小孩使用，用在說話者針對理由進行辯解；「ものだから」表理由，用來解釋理由，通常用在情況嚴重時，表示出乎意料或身不由己。

例 文　隣のテレビがやかましかったものだから、抗議に行った。
因為隔壁的電視太吵了，所以跑去抗議。

010　

んだもん
因為…嘛、誰叫…

接 續　{[名詞・形容動詞詞幹] な}＋んだもん；{[動詞・形容詞] 普通形}＋んだもん

意 思　【理由】用來解釋理由，是口語說法。語氣偏向幼稚、任性、撒嬌，在說明時帶有一種辯解的意味。也可以用「んだもの」。中文意思是：「因為…嘛、誰叫…」。

例 文　「まだ起きてるの。」「明日テストなんだもん。」
「還沒睡？」「明天要考試嘛。」

比 較　**もの、もん**
因為…嘛

接 續　{[名詞・形容動詞詞幹] んだ；[形容詞・動詞] 普通形んだ}＋もの、もん

「んだもん」表理由，有種幼稚、任性、撒嬌的語氣；「もん」表說明理由，來自「もの」，接在句尾，表示說話人因堅持自己的正當性，而說明個人的理由，為自己進行辯解。「もん」，比「もの」更口語。

例 文 花火を見に行きたいわ。だってとってもきれいだもの。
我想去看煙火，因為很美嘛！

わけだ

(1) 也就是說…；(2) 當然…、難怪…

接 續 {形容動詞詞幹な；[形容詞・動詞]普通形}＋わけだ

意思1 【換個說法】 表示兩個事態是相同的，只是換個說法而論。中文意思是：「也就是說…」。

例 文 卒業したら帰国するの。じゃ、来年帰るわけね。
畢業以後就要回國了？那就是明年要回去囉。

意思2 【結論】 表示按事物的發展，事實、狀況合乎邏輯地必然導致這樣的結果。與側重於說話人想法的「はずだ」相比較，「わけだ」傾向於由道理、邏輯所導出結論。中文意思是：「當然…、難怪…」。

例 文 美術大学の出身なのか。絵が得意なわけだ。
原來你是美術大學畢業的啊！難怪這麼會畫圖。

比 較 **にちがいない**

一定是…、准是…

接 續 {名詞；形容動詞詞幹；[形容詞・動詞]普通形}＋に違いない

說 明 「わけだ」表結論，表示說話者本來覺得很不可思議，但知道事物背後的原因後便能理解認同。「にちがいない」表肯定推測，表示說話者的推測，語氣十分確信肯定。

例 文 この写真は、ハワイで撮影されたに違いない。
這張照片，肯定是在夏威夷拍的。

ところだった

(差一點兒)就要…了、險些…了；差一點就…可是…

（接續）{動詞辭書形}＋ところだった

（意思）**【結果】** 表示差一點就造成某種後果，或達到某種程度，含有慶幸沒有造成那一後果的語氣，是對已發生的事情的回憶或回想。中文意思是：「（差一點兒）就要…了、險些…了」。

（例文）電車があと 1 本遅かったら、飛行機に乗り遅れるところだった。
萬一搭晚了一班電車，就趕不上飛機了。

（注意）〔懊悔〕「ところだったのに」表示差一點就可以達到某程度，可是沒能達到，而感到懊悔。中文意思是：「差一點就…可是…」。

（例文）今帰るところだったのに、部長に捕まって飲みに行くことになった。
我正要回去，卻被部長抓去喝酒了。

（比較）## ところだ

剛要…、正要…

（接續）{動詞辭書形}＋ところだ

（說明）「ところだった」表結果，表示驚險的事態，只差一點就要發生不好的事情；「ところだ」表將要，表示主語即將採取某種行動，或是即將發生某個事情。

（例文）これから、校長先生が話をするところです。
接下來是校長致詞時間。

3 推量、判断、可能性

推測、判斷、可能性

001　　　　　　　　　　　　　　　　　　　　　　　　　**Track N3-022**

にきまっている

肯定是…、一定是…

接　續　{名詞；[形容詞・動詞] 普通形}＋に決まっている

意　思　【自信推測】 表示說話人根據事物的規律，覺得一定是這樣，不會例外，沒有模稜兩可，是種充滿自信的推測，語氣比「きっと～だ」還要有自信。中文意思是：「肯定是…、一定是…」。

例　文　こんなに頑張ったんだから、合格に決まってるよ。

都已經那麼努力了，肯定考得上的！

注　意　〔斷定〕 表示說話人根據社會常識，認為理所當然的事。

例　文　子供は外で元気に遊んだほうがいいに決まっている。

不用說，小孩子自然是在外面活潑玩耍才好。

比　較　## わけがない、わけはない

不會…、不可能…

接　續　{形容動詞詞幹な；[形容詞・動詞] 普通形}＋わけがない、わけはない

說　明　「にきまっている」表自信推測，表示說話者很有把握的推測，覺得事情一定是如此；「わけがない」表強烈主張，表示沒有某種可能性，是很強烈的否定。

例　文　人形が独りでに動くわけがない。

洋娃娃不可能自己會動。

にちがいない
一定是…、准是…

(接 續) {名詞；形容動詞詞幹；[形容詞・動詞] 普通形} ＋に違いない

(意 思) **【肯定推測】** 表示說話人根據經驗或直覺，做出非常肯定的判斷，相當於「きっと〜だ」。中文意思是：「一定是…、准是…」。

(例 文) その子は目が真っ赤だった。ずっと泣いていたに違いない。
その子は目が真っ赤だった。ずっと泣いていたに違いない。
那女孩的眼睛紅通通的，一定哭了很久。

(比 較) **より（ほか）ない、ほか（しかたが）ない**
只有…、除了…之外沒有…

(接 續) {名詞；動詞辭書形} ＋より（ほか）ない；{動詞辭書形} ＋ほか（しかたが）ない

(說 明) 「にちがいない」表肯定推測，表示說話人根據經驗或直覺，做出非常肯定的判斷；「よりしかたがない」表讓步，表示沒有其他的辦法了，只能採取前項行為。含有無奈的情緒。

(例 文) もう時間がない。こうなったら一生懸命やるよりほかない。
那女孩的時間已經來不及了，事到如今，只能拚命去做了

（の）ではないだろうか、（の）ではないかとおもう
(1) 是不是…啊、不就…嗎；(2) 我想…吧

(接 續) {名詞；[形容詞・動詞] 普通形} ＋（の）ではないだろうか、（の）ではないかと思う

(意思1) **【推測】** 表示推測或委婉地建議。是對某事是否會發生的一種推測，有一定的肯定意味。中文意思是：「是不是…啊、不就…嗎」。

(例 文) 信じられないな。彼の話は全部嘘ではないだろうか。
真不敢相信！他說的是不是統統都是謊言啊？

意思2 【判斷】「（の）ではないかと思う」是「ではないか＋思う」的形式。表示說話人對某事物的判斷，含有徵詢對方同意自己的判斷的語意。中文意思是：「我想…吧」。

例文 君のしていることは全て無駄ではないかと思う。
我懷疑你所做的一切都是白費的。

比較 っけ
是不是…來著、是不是…呢

接續 {名詞だ（った）；形容動詞詞幹だ（った）；[動詞・形容詞] た形}＋っけ

說明 「（の）ではないだろうか」表判斷，利用反詰語氣帶出說話者的想法、主張；「っけ」表確認，用在想確認自己記不清，或已經忘掉的事物時。接在句尾。

例文 ところで、あなたは誰だっけ。
話說回來，請問你哪位來著？

004   Track N3-025

みたい（だ）、みたいな
(1) 像…一樣的；(2) 想要嘗試…；(3) 好像…

意思1 【比喻】針對後項像什麼樣的東西，進行舉例並加以說明。後接名詞時，要用「みたいな＋名詞」。中文意思是：「像…一樣的」。

例文 生まれてきたのは、お人形みたいな女の子でした。
生下來的是個像洋娃娃一樣漂亮的女孩。

意思2 【嘗試】{動詞て形}＋てみたい。由表示試探行為或動作的「てみる」，再加上表示希望的「たい」而來。跟「みたい（だ）」的最大差別在於，此文法前面必須接「動詞て形」，且後面不能接「だ」，用於表示想嘗試某行為。中文意思是：「想要嘗試…」。

例文 南の島へ行ってみたい。
我好想去南方的島嶼。

| 意思3 | 【推測】{名詞；形容動詞詞幹；[動詞・形容詞]普通形}＋みたい（だ）、みたいな。表示說話人憑自己的觀察或感覺，做出不是很確定的推測或判斷。中文意思是：「好像…」。 |

| 例文 | 君、具合が悪いみたいだけど、大丈夫。
你好像身體不舒服，要不要緊？ |

| 比較 | **ようだ**
好像… |

| 接續 | {名詞の；形容動詞詞幹な；[形容詞・動詞]普通形}＋ようだ |

| 說明 | 「みたいだ」表推測，表示說話人憑自己的觀察或感覺，而做出不是很確切的推斷；「ようだ」也表推測。說話人從自己的觀察、感覺，而推測出的結論，大多是根據眼前親眼目睹的直接信息。 |

| 例文 | 公務員になるのは、難しいようです。
要成為公務員好像很難。 |

おそれがある
恐怕會…、有…危險

| 接續 | {名詞の；形容動詞詞幹な；[形容詞・動詞]辭書形}＋恐れがある |

| 意思 | 【推測】表示擔心有發生某種消極事件的可能性，常用在新聞報導或天氣預報中，後項大多是不希望出現的內容。中文意思是：「恐怕會…、有…危險」。 |

| 例文 | 東北地方は、今夜から大雪になる恐れがあります。
東北地區從今晚起恐將降下大雪。 |

| 注意 | 〔不利〕通常此文法只限於用在不利的事件，相當於「心配がある」。 |

| 例文 | このおもちゃは小さな子供が怪我をする恐れがある。
這款玩具有可能造成兒童受傷。 |

比　較	**かもしれない**

也許…、可能…

接　續	｛名詞；形容動詞詞幹；[形容詞・動詞] 普通形｝＋かもしれない
説　明	「おそれがある」表推測，表示說話人擔心有可能會發生不好的事情，常用在新聞或天氣預報等較為正式場合；「かもしれない」也表推測，表示說話人不確切的推測。推測內容的正確性雖然不高、極低，但是有可能發生。是可能性最低的一種推測。肯定跟否定都可以用。

例　文	風が強いですね、台風かもしれませんね。

風真大，也許是颱風吧！

006　　　　　　　　　　　　　　　　　　　　　　　Track N3-027

ないこともない、ないことはない

(1) 應該不會不…；(2) 並不是不…、不是不…

接　續	｛動詞否定形｝＋ないこともない、ないことはない
意思1	【推測】後接表示確認的語氣時，為「應該不會不…」之意。

例　文	試験までまだ３か月もありますよ。あなたならできないことはないでしょう。

距離考試還有整整三個月呢。憑你的實力，總不至於考不上吧。

意思2	【消極肯定】使用雙重否定，表示雖然不是全面肯定，但也有那樣的可能性，是種有所保留的消極肯定說法，相當於「することはする」。中文意思是：「並不是不…、不是不…」。

例　文	３万円くらい払えないことはないけど、払いたくないな。

我不是付不起區區三萬圓，而是不願意付啊。

比　較	**っこない**

不可能…、決不…

接　續	｛動詞ます形｝＋っこない
説　明	「ないこともない」表消極肯定，利用雙重否定來表達有採取某種行為的可能性（是程度極低的可能性）；「っこない」表可能性，是說話人的判斷。表示強烈否定某事發生的可能性。大多使用可能的表現方式。

こんな長い文章、すぐには暗記できっこないです。

這麼長的文章，根本沒辦法馬上背起來呀！

007

つけ
是不是…來著、是不是…呢

接 續 {名詞だ（った）；形容動詞詞幹だ（った）；[動詞・形容詞]た形}＋つけ

意 思 【確認】 用在想確認自己記不清，或已經忘掉的事物時。「つけ」是終助詞，接在句尾。也可以用在一個人自言自語，自我確認的時候。當對象為長輩或是身分地位比自己高時，不會使用這個句型。中文意思是：「是不是…來著、是不是…呢」。

例 文 この公園って、こんなに広かったっけ。

這座公園，以前就這麼大嗎？

比 較 **って**
聽說…、據說…

接 續 {名詞（んだ）；形容動詞詞幹な（んだ）；[形容詞・動詞]普通形（んだ）}＋って

說 明 「つけ」表確認，用在說話者印象模糊、記憶不清時進行確認，或是自言自語時；「って」表傳聞，表示消息的引用。

例 文 高田君、森村さんに告白したんだって。

聽說高田同學向森村同學告白了喔。

008

わけがない、わけはない
不會…、不可能…

接 續 {形容動詞詞幹な；[形容詞・動詞]普通形}＋わけがない、わけはない

意 思 【強烈主張】 表示從道理上而言，強烈地主張不可能或沒有理由成立，用於全面否定某種可能性。相當於「はずがない」。中文意思是：「不會…、不可能…」。

（例　文）私がクリスマスの夜に暇なわけがないでしょう。
耶誕夜我怎麼可能有空呢？

（注　意）〖口語〗口語常會說成「わけない」。

（例　文）これだけ練習したのだから、失敗するわけない。
畢竟已經練習這麼久了，絕不可能失敗。

（比　較）**もの、もん**
因為⋯嘛

（接　續）{[名詞・形容動詞詞幹]んだ；[形容詞・動詞]普通形んだ}＋もの、もん

（說　明）「わけがない」表強烈主張，是說話人主觀、強烈的否定。說話人根據充分、確定的理由，得出後項沒有某種可能性的結論；「もの」也表強烈主張，表示強烈的主張。用在說話人，說明個人理由，針對自己的行為進行辯解。

（例　文）おしゃれをすると、何だか心がウキウキする。やっぱり、女ですもの。
精心打扮時總覺得心情特別雀躍，畢竟是女人嘛。

009　　　　　　　　　　　　　　　　　　　　　　　　Track N3-030

わけではない、わけでもない
並不是⋯、並非⋯

（接　續）{形容動詞詞幹な；[形容詞・動詞]普通形}＋わけではない、わけでもない

（意　思）**【部分否定】**表示不能簡單地對現在的狀況下某種結論，也有其它情況。常表示部分否定或委婉的否定。中文意思是：「並不是⋯、並非⋯」。

（例　文）これは誰にでもできる仕事だが、誰でもいいわけでもない。
這雖是任何人都會做的工作，但不是每一個人都能做得好。

（比　較）**ないこともない、ないことはない**
並不是不⋯、不是不⋯

（接　續）{動詞否定形}＋ないこともない、ないことはない

| 說 明 | 「わけではない」表部分否定，表示依照狀況看來不能百分之百地導出前項的結果，有其他可能性或是例外，是一種委婉、部分的否定用法；「ないこともない」表消極肯定，利用雙重否定來表達有採取某種行為、發生某種事態的程度低的可能性。 |

例 文　彼女は病気がちだが、出かけられないこともない。
她雖然多病，但並不是不能出門的。

んじゃない、んじゃないかとおもう
不…嗎、莫非是…

接 續　{名詞な；形容動詞詞幹な；[形容詞・動詞] 普通形}＋んじゃない、んじゃないかと思う

意 思　【主張】是「のではないだろうか」的口語形。表示意見跟主張。中文意思是：「不…嗎、莫非是…」。

例 文　本当にダイヤなの。プラスチックなんじゃない。
是真鑽嗎？我看是壓克力鑽吧？

比 較　**にちがいない**
一定是…、准是…

接 續　{名詞；形容動詞詞幹；[形容詞・動詞] 普通形}＋に違いない

說 明　「んじゃない」表主張，表示說話者個人的想法、意見；「にちがいない」表肯定推測，表示說話者憑藉著某種依據，十分確信，做出肯定的判斷，語氣強烈。

例 文　あの店はいつも行列ができているから、おいしいに違いない。
那家店總是大排長龍，想必一定好吃。

4 様態、傾向

状態、傾向

001   Track N3-032

かけ（の）、かける

(1) 快…了；(2) 對…；(3) 做一半、剛…、開始…

接 續 ｛動詞ます形｝＋かけ（の）、かける

意思1 【狀態】前接「死ぬ（死亡）、入る（進入）、止まる（停止）、立つ（站起來）」等瞬間動詞時，表示面臨某事的當前狀態。中文意思是：「快…了」。

例 文 祖父は兵隊に行っていたとき死にかけたそうです。
聽說爺爺去當兵時差點死了。

意思2 【涉及對方】用「話しかける（攀談）、呼びかける（招呼）、笑いかける（面帶微笑）」等，表示向某人作某行為。中文意思是：「對…」。

例 文 一人でいる私に、彼女が優しく話しかけてくれたんです。
看見孤伶伶的我，她親切地過來攀談。

意思3 【中途】表示動作、行為已經開始，正在進行途中，但還沒有結束，相當於「～している途中」。中文意思是：「做一半、剛…、開始…」。

例 文 昨夜は論文を読みかけて、そのまま眠ってしまった。
昨晚讀著論文，就這樣睡著了。

比 較 **だす**

…起來、開始…

接 續 ｛動詞ます形｝＋だす

「かける」表中途，表示做某個動作做到一半；「だす」表起點，表示短時間內某動作、狀態，突然開始，或出現某事。

例 文 結婚しない人が増え出した。
不結婚的人多起來了。

002

だらけ
全是…、滿是…、到處是…

接 續 ｛名詞｝＋だらけ

意 思 【狀態】 表示數量過多，到處都是的樣子，不同於「まみれ」，「だらけ」前接的名詞種類較多，特別像是「泥だらけ（滿身泥巴）、傷だらけ（渾身傷）、血だらけ（渾身血）」等，相當於「がいっぱい」。中文意思是：「全是…、滿是…、到處是…」。

例 文 男の子は泥だらけの顔で、にっこりと笑った。
男孩頂著一張沾滿泥巴的臉蛋，咧嘴笑了。

注意1 〖貶意〗 常伴有「不好」、「骯髒」等貶意，是說話人給予負面的評價。

例 文 この文章は間違いだらけだ。
這篇文章錯誤百出！

注意2 〖不滿〗 前接的名詞也不一定有負面意涵，但通常仍表示對說話人而言有諸多不滿。

例 文 僕の部屋は女の子たちからのプレゼントだらけで、寝る場所もないよ。
我的房間塞滿了女孩送的禮物，連睡覺的地方都沒有哦！

比 較 **ばかり**
總是…、老是…

接 續 ｛動詞て形｝＋てばかり

説 明 「だらけ」表狀態，表示數量很多、雜亂無章到處都是，多半用在負面的事物上；「ばかり」表重複，表示說話人不滿某行為、狀態，不斷重複或頻繁地進行著。

例 文 お父さんはお酒を飲んでばかりいます。
爸爸老是在喝酒。

003 　　　　　　　　　　　　　　　　　　　　Track N3-034

み

帶有…、…感

接　續 ｛[形容詞・形容動詞] 詞幹｝＋み

意　思 【狀態】「み」是接尾詞，前接形容詞或形容動詞詞幹，表示該形容詞的這種狀態、性質，或在某種程度上感覺到這種狀態、性質。是形容詞跟形容動詞轉為名詞的用法。中文意思是：「帶有…、…感」。

例 文 本当にやる気があるのか。君は真剣みが足りないな。
真的有心要做嗎？總覺得你不夠認真啊。

比 較 さ

…度、…之大

接　續 ｛[形容詞・形容動詞] 詞幹｝＋さ

說　明 「み」和「さ」都可以接在形容詞、形容動詞語幹後面，將形容詞或形容動詞給名詞化。兩者的差別在於「み」表狀態，表示帶有這種狀態，和感覺、情感有關，偏向主觀。「さ」表程度，是偏向客觀的，表示帶有這種性質，或表示程度，和事物本身的屬性有關。「重み」比「重さ」還更有說話者對於「重い」這種感覺而感嘆的語氣。

例 文 北国の冬の厳しさに驚きました。
北方地帶冬季的嚴寒令我大為震撼。

004 　　　　　　　　　　　　　　　　　　　　Track N3-035

っぽい

看起來好像…、感覺像…

接　續 ｛名詞；動詞ます形｝＋っぽい

意　思 【傾向】接在名詞跟動詞連用形後面作形容詞，表示有這種感覺或有這種傾向。與語氣具肯定評價的「らしい」相比，「っぽい」較常帶有否定評價的意味。中文意思是：「看起來好像…、感覺像…」。

例　文 まだ中学生<ruby>中学生<rt>ちゅうがくせい</rt></ruby>なの。ずいぶん大人<ruby>大人<rt>おとな</rt></ruby>っぽいね。

還是中學生哦？看起來挺成熟的嘛。

比　較　**むけの、むけに、むけだ**

適合於…

接　續　{名詞}＋向けの、向けに、向けだ

說　明　「っぽい」表傾向，表示這種感覺或這種傾向很強烈；「むけの」表目標，表示某一事物的性質，適合特定的某對象或族群。

例　文　<ruby>初心者<rt>しょしんしゃ</rt></ruby><ruby>向<rt>む</rt></ruby>けのパソコンは、たちまち<ruby>売<rt>う</rt></ruby>り<ruby>切<rt>き</rt></ruby>れてしまった。

針對電腦初學者的電腦，馬上就賣光了。

いっぽうだ

一直…、不斷地…、越來越…

接　續　{動詞辭書形}＋一方だ

意　思　【傾向】　表示某狀況一直朝著一個方向不斷發展，沒有停止，後接表示變化的動詞。中文意思是：「一直…、不斷地…、越來越…」。

例　文　<ruby>夫<rt>おっと</rt></ruby>の<ruby>病状<rt>びょうじょう</rt></ruby>は<ruby>悪<rt>わる</rt></ruby>くなる<ruby>一方<rt>いっぽう</rt></ruby>だ。

我先生的病情日趨惡化。

比　較　**ば～ほど**

越…越…

接　續　{[形容詞・形容動詞・動詞]假定形}＋ば＋{同形容動詞詞幹な；[同形容詞・動詞]辭書形}＋ほど

說　明　「いっぽうだ」表傾向，前接表示變化的動詞，表示某狀態、傾向一直朝著一個方向不斷進展，沒有停止。可以用在不利的事態，也可以用在好的事態；「ば～ほど」表平行，表示隨著前項程度的增強，後項的程度也會跟著增強。有某種傾向同比增強之意。

例　文　<ruby>話<rt>はな</rt></ruby>せば<ruby>話<rt>はな</rt></ruby>すほど、お<ruby>互<rt>たが</rt></ruby>いを<ruby>理解<rt>りかい</rt></ruby>できる。

雙方越聊越能理解彼此。

がちだ、がちの

經常，總是；容易…、往往會…、比較多

(接　續) {名詞；動詞ます形}＋がちだ、がちの

(意　思) 【傾向】 表示即使是無意的，也不由自主地出現某種傾向，或是常會這樣做，一般多用在消極、負面評價的動作，相當於「～の傾向がある」。中文意思是：「（前接名詞）經常，總是；（前接動詞ます形）容易…、往往會…、比較多」。

(例　文) 外食が多いので、どうしても野菜が不足がちになる。
由於經常外食，容易導致蔬菜攝取量不足。

(注　意) 〖慣用表現〗 常用於「遠慮がち（客氣）」等慣用表現。

(例　文) お婆さんは、若者にお礼を言うと、遠慮がちに席に座った。
老婆婆向年輕人道謝後，不太好意思地坐了下來。

(比　較) **ぎみ**
有點…、稍微…、…趨勢

(接　續) {名詞；動詞ます形}＋気味

(說　明) 「がちだ」表傾向，表示經常出現某種負面傾向，強調發生多次；「ぎみ」也表傾向，則是用來表示說話人在身心上，感覺稍微有這樣的傾向，強調稍微有這樣的感覺。

(例　文) ちょっと風邪気味で、熱がある。
有點感冒，發了燒。

ぎみ
有點…、稍微…、…趨勢

（接　續）{名詞；動詞ます形}＋気味

（意　思）【傾向】 表示身心、情況等有這種樣子，有這種傾向，用在主觀的判斷。一般指程度雖輕，但有點…的傾向。只強調現在的狀況。多用在消極或不好的場合相當於「～の傾向がある」。中文意思是：「有點…、稍微…、…趨勢」。

（例　文）昨夜から風邪ぎみで、頭が痛い。
昨晚開始出現感冒徵兆，頭好痛。

（比　較）**っぽい**
看起來好像…、感覺像…

（接　續）{名詞；動詞ます形}＋っぽい

（說　明）「ぎみ」表傾向，強調稍微有這樣的感覺；「っぽい」也表傾向，表示這種感覺或這種傾向很強烈。

（例　文）あの黒っぽいスーツを着ているのが村山さんです。
穿著深色套裝的那個人是村山先生。

むきの、むきに、むきだ
(1) 朝…；(2) 合於…、適合…

（接　續）{名詞}＋向きの、向きに、向きだ

（意思1）【方向】 接在方向及前後、左右等方位名詞之後，表示正面朝著那一方向。中文意思是：「朝…」。

（例　文）この台の上に横向きに寝てください。
請在這座診療台上側躺。

（注　意）〔積極／消極〕「前向き／後ろ向き」原為表示方向的用法，但也常用於表示「積極／消極」、「朝符合理想的方向／朝理想反方向」之意。

（例 文）彼女は、負けても負けても、いつも前向きだ。
她不管失敗了多少次，仍然奮勇向前。

（意思2）【適合】表示前項所提及的事物，其性質對後項而言，剛好適合。兩者
一般是偶然合適，不是人為使其合適的。如果是有意圖使其合適一般用
「むけ」。相當於「〜に適している」。中文意思是：「合於…、適合…」。

（例 文）「初心者向きのパソコンはありますか。」「こちらでしたら操作が簡
単ですよ。」
「請問有適合初學者使用的電腦嗎？」「這款機型操作起來很簡單喔！」

（比 較）**むけの、むけに、むけだ**
適合於…

（接 續）{名詞}＋向けの、向けに、向けだ

（說 明）「むきの」表適合，表示後項對前項的人事物來說是適合的；「むけの」
表目標，表示限定對象或族群。

（例 文）この工場では、主に輸出向けの商品を作っている。
這座工廠主要製造外銷商品。

009　　　　　　　　　　　　　　　　　　　　　　　　Track N3-040

むけの、むけに、むけだ
適合於…

（接 續）{名詞}＋向けの、向けに、向けだ

（意 思）【適合】表示以前項為特定對象目標，而有意圖地做後項的事物，也就
是人為使之適合於某一個方面的意思。相當於「〜を対象にして」。中文
意思是：「適合於…」。

（例 文）こちらは輸出向けに生産された左ハンドルの車です。
這一款是專為外銷訂單製造的左駕車。

（比 較）**のに**
用於…、為了…

（接 續）{動詞辭書形}＋のに；{名詞}＋に

說 明　「むけの」表適合，表示限定對象或族群，表示為了適合前項，而特別製作後項；「のに」表目的，表示為了達到目的、用途、有效性，所必須的條件。後項常接「使う、役立つ、かかる、利用する、必要だ」等詞。

例 文　これはレモンを搾るのに便利です。
用這個來榨檸檬汁很方便。

MEMO

001　　　　　　　　　　　　　　　　　　　　　　　　　　Track N3-041

くらい／ぐらい～はない、ほど～はない

沒什麼是…、沒有…像…一樣、沒有…比…的了

(接　續)　{名詞}＋くらい／ぐらい＋{名詞}＋はない；{名詞}＋ほど＋{名詞}＋はない

(意　思)　**【程度－最上級】**　表示前項程度極高，別的東西都比不上，是「最…」的事物。中文意思是：「沒什麼是…、沒有…像…一樣、沒有…比…的了」。

(例　文)　冷たくなったラーメンくらいまずいものはない。
再沒有比放涼了的拉麵更難吃的東西了！

(注　意)　〖**特定個人→いない**〗　當前項主語是特定的個人時，後項不會使用「ない」，而是用「いない」。

(例　文)　陳さんほど真面目に勉強する学生はいません。
再也找不到比陳同學更認真學習的學生了。

(比　較)　**より～ほうが**

…比…、比起…，更…

(接　續)　{名詞；[形容詞・動詞] 普通形}＋より (も、は) ＋{名詞の；[形容詞・動詞] 普通形；形容動詞詞幹な}＋ほうが

(說　明)　「くらい～はない」表程度－最上級，表示程度比不上「くらい」前面的事物；「より～ほうが」表比較，表示兩者經過比較，選擇後項。

(例　文)　勉強より遊びのほうが楽しいです。
玩耍比讀書愉快。

ば～ほど

越…越…；如果…更…

(接　續)　{[形容詞・形容動詞・動詞] 假定形}＋ば＋{同形容動詞詞幹な；[同形容詞・動詞] 辭書形}＋ほど

(意　思)　**【程度】** 同一單詞重複使用，表示隨著前項事物的變化，後項也隨之相應地發生程度上的變化。中文意思是：「越…越…」。

(例　文)　考えれば考えるほど分からなくなる。
越想越不懂。

(注　意)　〖**省略ば**〗接形容動詞時，用「形容動詞＋なら（ば）～ほど」，其中「ば」可省略。中文意思是：「如果…更…」。

(例　文)　パスワードは複雑なら複雑なほどいいです。
密碼越複雜越安全。

(比　較)　**につれ（て）**

伴隨…、隨著…、越…越…

(接　續)　{名詞；動詞辭書形}＋につれ（て）

(說　明)　「ば～ほど」表程度，表示前項一改變，後項程度也會跟著改變；「につれて」表平行，表示後項隨著前項一起發生變化，這個變化是自然的、長期的、持續的。

(例　文)　一緒に活動するにつれて、みんな仲良くなりました。
隨著共同參與活動，大家感情變得很融洽。

ほど

(1)…得、…得令人；(2) 越…越…

(接　續)　{名詞；形容動詞詞幹な；[形容詞・動詞] 辭書形}＋ほど

(意思1)　**【程度】** 用在比喻或舉出具體的例子，來表示動作或狀態處於某種程度，一般用在具體表達程度的時候。中文意思是：「…得、…得令人」。

（例　文） 今日は死ぬほど疲れた。
今天累得快死翹翹了。

意思2 【平行】表示後項隨著前項的變化，而產生變化。中文意思是：「越…越…」。

（例　文） ワインは時間が経つほどおいしくなるそうだ。
聽說紅酒放得越久越香醇。

比　較 **につれ（て）**
伴隨…、隨著…、越…越…

（接　續） ｛名詞；動詞辭書形｝＋につれ（て）

（說　明） 「ほど」表平行，表示後項隨著前項程度的提高而提高；「につれて」也表平行。前後接表示變化的詞，說明隨著前項程度的變化，以這個為理由，後項的程度也隨之發生相應的變化。後項不用說話人的意志或指使他人做某事的句子。

（例　文） 時代の変化につれ、少人数の家族が増えてきた。
隨著時代的變化，小家庭愈來愈多了。

004　　　　　　　　　　　　　　　　　　　Track N3-044

くらい（だ）、ぐらい（だ）
(1) 這麼一點點；(2) 幾乎…、簡直…、甚至…

（接　續） ｛名詞；形容動詞詞幹な；[形容詞・動詞] 普通形｝＋くらい（だ）、ぐらい（だ）

意思1 【蔑視】說話者舉出微不足道的事例，表示要達成此事易如反掌。中文意思是：「這麼一點點」。

（例　文） 自分の部屋ぐらい、自分で掃除しなさい。
自己的房間好歹自己打掃！

意思2 【程度】用在為了進一步說明前句的動作或狀態的極端程度，舉出具體事例來，相當於「ほど」。中文意思是：「幾乎…、簡直…、甚至…」。

（例　文） もう時間に間に合わないと分かったときは、泣きたいくらいでした。
當發現已經趕不及時，差點哭出來了。

267

ほど

…得、…得令人

(接 續) {名詞;形容動詞詞幹な;[形容詞・動詞]辭書形}＋ほど

(說 明) 「くらい（だ）」表程度，表示最低的程度。用在為了進一步說明前句的
動作或狀態的程度，舉出具體事例來；「ほど」也表程度，表示最高程
度。表示動作或狀態處於某種程度。

(例 文) お腹が死ぬほど痛い。
肚子痛到好像要死掉了。

さえ、でさえ、とさえ
(1) 連…、甚至…；(2) 就連…也…

(接 續) {名詞＋（助詞）}＋さえ、でさえ、とさえ；{疑問詞…}＋かさえ；{動詞意
向形}＋とさえ

(意思 1) 【舉例】 表示舉出一個程度低的、極端的例子都不能了，其他更不必
提，含有吃驚的心情，後項多為否定的內容。相當於「すら、でも、も」。
中文意思是:「連…、甚至…」。

(例 文) そんなことは小学生でさえ知っている。
那種事連小學生都曉得。

(意思 2) 【程度】 表示比目前狀況更加嚴重的程度。中文意思是:「就連…也…」。

(例 文) 1年前は、彼女は漢字だけでなく、「あいうえお」さえ書けなかった。
她一年前不僅是漢字，就連「あいうえお」都不會寫。

まで

甚至連…都…

(接 續) {名詞}＋まで

(說 明) 「さえ」表程度，表示比目前狀況更加嚴重的程度；「まで」也表程度，
表示程度逐漸升高，而說話人對這種程度感到驚訝、錯愕。

(例 文) 親友のあなたまでそんなことを言うなんて、本当にショックだ。
就連最親近的你都那麼說，真是晴天霹靂。

6 状況の一致と変化
状況的一致及變化

---

001 Track N3-046

とおり（に）
按照…、按照…那樣

（接　續）　{名詞の；動詞辭書形；動詞た形}＋とおり（に）

（意　思）　**【依據】** 表示按照前項的方式或要求，進行後項的行為、動作。中文意思是：「按照…、按照…那樣」。

（例　文）　どんなことも、自分で考えているとおりにはいかないものだ。
無論什麼事，都沒辦法順心如意。

（比　較）　## によって（は）、により
根據…

（接　續）　{名詞}＋によって（は）、により

（說　明）　「とおり（に）」表依據，表示依照前項學到的、看到的、聽到的或讀到的事物，內容原封不動地用動作或語言、文字表現出來；「によって（は）」也表依據。是依據某個基準的根據。也表示依據的方法、方式、手段。

（例　文）　築年数、広さによって家賃が違う。
房租是根據屋齡新舊及坪數大小而有所差異。

どおり（に）

按照、正如…那樣、像…那樣

（接　續）　{名詞}＋どおり（に）

（意　思）　**【依據】**「どおり」是接尾詞。表示按照前項的方式或要求，進行後項的行為、動作。中文意思是：「按照、正如…那樣、像…那樣」。

（例　文）　お金は、約束どおりに払います。
按照之前談定的，來支付費用。

比　較　**まま**

就這樣…、依舊

（接　續）　{名詞の；この／その／あの；形容詞普通形；形容動詞詞幹な；動詞た形；動詞否定形}＋まま

（說　明）　「どおり（に）」表依據，表示遵循前項的指令或方法，來進行後項的動作；「まま」表樣子，表示保持前項的狀態的原始樣子。也表示前項原封不動的情況下，進行了後項的動作。

（例　文）　久しぶりにおばさんに会ったが、昔と同じできれいなままだった。
好久沒見到阿姨，她還是和以前一樣美麗。

きる、きれる、きれない

(1) 充分…、堅決…；(2) 中斷…；(3) …完、完全、到極限

（接　續）　{動詞ます形}＋切る、切れる、切れない

（意思1）　**【極其】**表示擁有充分實現某行為或動作的自信，相當於「十分に〜する」。中文意思是：「充分…、堅決…」。

（例　文）　引退を決めた吉田選手は「やり切りました。」と笑顔を見せた。
決定退休的吉田運動員露出笑容說了句「功成身退」。

（意思2）　**【切斷】**原本有切斷的意思，後來衍生為使結束，甚至使斷念的意思。中文意思是：「中斷…」。

（例　文）彼との関係を完全に断ち切る。
完全斷絕與他的關係。

（意思3）【完了】表示行為、動作做到完結、徹底執行、堅持到最後，或是程度達到極限，相當於「終わりまで～する」。中文意思是：「…完、完全、到極限」。

（例　文）レストランを借り切って、パーティーを開いた。
包下整間餐廳，舉行了派對。

（比　較）**かけ（の）、かける**
做一半、剛…、開始…

（接　續）{動詞ます形}＋かけ（の）、かける

（説　明）「きる」表完了，表示徹底完成一個動作；「かける」表中途，表示做某個動作做到一半。

（例　文）今ちょうどデータの処理をやりかけたところです。
現在正在處理資料。

Track N3-049

にしたがって、にしたがい
(1) 伴隨…、隨著…；(2) 按照…

（接　續）{動詞辭書形}＋にしたがって、にしたがい

（意思1）【附帶】表示隨著前項的動作或作用的變化，後項也跟著發生相應的變化。「にしたがって」前後都使用表示變化的說法。有強調因果關係的特徵。相當於「につれて、にともなって、に応じて、とともに」等。中文意思是：「伴隨…、隨著…」。

（例　文）頂上に近づくにしたがって、気温が下がっていった。
越接近山頂，氣溫亦逐漸下降了。

（意思2）【基準】也表示按照某規則、指示或命令去做的意思。中文意思是：「按照…」。

（例　文）例にしたがって、書いてください。
請按照範例書寫。

| 比 較 | **とともに**
與…同時，也…

| 接 續 | {名詞；動詞辭書形}＋とともに

| 說 明 | 「にしたがって」表基準，表示後項隨著前項，相應地發生變化。也表示動作的基準、規範；「とともに」表同時，表示前項跟後項同時發生。也表示隨著前項的變化，後項也隨著發生變化。

| 例 文 | 年を重ねるとともに、体力の衰えを感じるようになってきた。
隨著年紀增長，而感到體力的衰退。

につれ（て）
伴隨…、隨著…、越…越…

| 接 續 | {名詞；動詞辭書形}＋につれ（て）

| 意 思 | 【平行】表示隨著前項的進展，同時後項也隨之發生相應的進展，「につれ（て）」前後都使用表示變化的說法。相當於「にしたがって」。中文意思是：「伴隨…、隨著…、越…越…」。

| 例 文 | 娘は成長するにつれて、妻にそっくりになっていった。
隨著女兒一天天長大，越來越像妻子了。

| 比 較 | **にしたがって、にしたがい**
伴隨…、隨著…

| 接 續 | {動詞辭書形}＋にしたがって、にしたがい

| 說 明 | 「につれ（て）」表平行，表示後項隨著前項一起發生變化，這個變化是自然的、長期的、持續的；「にしたがって」表附帶，表示後項隨著前項，相應地發生變化。也表示按照指示、規則、人的命令等去做的意思。

| 例 文 | おみこしが近づくにしたがって、賑やかになってきた。
隨著神轎的接近，變得熱鬧起來了。

にともなって、にともない、にともなう

伴隨著…、隨著…

(接 續) {名詞；動詞普通形}＋に伴って、に伴い、に伴う

(意 思) 【平行】表示隨著前項事物的變化而進展，相當於「とともに、につれて」。中文意思是：「伴隨著…、隨著…」。

(例 文) インターネットの普及に伴って、誰でも簡単に情報を得られるようになった。

隨著網路的普及，任何人都能輕鬆獲得資訊了。

(比 較) ## につれ（て）

伴隨…、隨著…、越…越…

(接 續) {名詞；動詞辭書形}＋につれ（て）

(說 明) 「にともなって」表平行，表示隨著前項的進行，後項也有所進展或產生變化；「につれて」也表平行，也表示後項隨著前項一起發生變化。

(例 文) 年齢が上がるにつれて、体力も低下していく。

隨著年齡增加，體力也逐漸變差。

7 立場、状況、関連

立場、狀況、關連

001

からいうと、からいえば、からいって

從…來說、從…來看、就…而言

（接 續）{名詞}＋からいうと、からいえば、からいって

（意 思）**【判斷立場】**表示判斷的依據及角度，指站在某一立場上來進行判斷。後項含有推量、判斷、提意見的語感。跟「からみると」不同的是「からいうと」不能直接接人物或組織名詞。中文意思是：「從…來說、從…來看、就…而言」。

（例 文）私の経験からいって、この裁判で勝つのは難しいだろう。

從我的經驗來看，要想打贏這場官司恐怕很難了。

（注 意）〔**類義**〕相當於「から考えると」。

比 較 **からして**

從…來看…

（接 續）{名詞}＋からして

（說 明）「からいうと」表判斷立場。站在前項的立場、角度來判斷的話，情況會如何。前面不能直接接人物；「からして」表根據，表示從一個因素（具體如實的特徵）去判斷整體。前面可以直接接人物。

（例 文）あの態度からして、女房はもうその話を知っているようだな。

從那個態度來看，我老婆已經知道那件事了

として（は）

以…身份、作為…；如果是…的話、對…來說

(接 續) ｛名詞｝＋として（は）

(意 思) **【立場】**「として」接在名詞後面，表示身份、地位、資格、立場、種類、名目、作用等。有格助詞作用。中文意思是：「以…身份、作為…；如果是…的話、對…來說」。

(例 文) 私は、研究生としてこの大学で勉強しています。
我目前以研究生的身分在這所大學裡讀書。

| 比 較 | **とすれば、としたら、とする**

如果…、如果…的話、假如…的話

(接 續) ｛名詞だ；形容動詞詞幹だ；[形容詞・動詞]普通形｝＋とすれば、としたら、とする

(說 明)「として（は）」表立場，表示判斷的立場、角度。是以某種身分、資格、地位來看，得出某個結果；「とすれば」表假定條件，表示前項如果成立，說話人就依照前項這個條件來進行判斷。

(例 文) 無人島に一つだけ何か持っていけるとする。何を持っていくか。
假設你只能帶一件物品去無人島，你會帶什麼東西呢？

にとって（は、も、の）

對於…來說

(接 續) ｛名詞｝＋にとって（は、も、の）

(意 思) **【立場】** 表示站在前面接的那個詞的立場，來進行後面的判斷或評價，表示站在前接詞（人或組織）的立場或觀點上考慮的話，會有什麼樣的感受之意。相當於「～の立場から見て」。中文意思是：「對於…來說」。

(例 文) コンピューターは現代人にとっての宝の箱だ。
電腦相當於現代人的百寶箱。

において（は）、においても、における

在…、在…時候、在…方面

{名詞}＋において（は）、においても、における

「にとっては」表立場，前面通常會接人或是團體、單位，表示站在前項人物等的立場來看某事物；「において」表場面、場合，是書面用語，相當於「で」。表示事物（主要是抽象的事物或特別活動）發生的狀況、場面、地點、時間、領域等。

職場においても、家庭においても、完全に男女平等の国はありますか。

不論是在職場上或在家庭裡，有哪個國家已經達到男女完全平等的嗎？

っぱなしで、っぱなしだ、っぱなしの

(1)一直…、總是…；(2)…著

{動詞ます形}＋っ放しで、っ放しだ、っ放しの

【持續】表示相同的事情或狀態，一直持續著。中文意思是：「一直…、總是…」。

今の仕事は朝から晩まで立ちっ放しで辛い。

目前的工作得從早到晚站一整天，好難受。

〖っ放しのN〗使用「っ放しの」時，後面要接名詞。

今日は社長に呼ばれて、叱られっ放しの1時間だった。

今天被社長叫過去，整整痛罵了一個鐘頭。

【放任】「はなし」是「はなす」的名詞形。表示該做的事沒做，放任不管、置之不理。大多含有負面的評價。中文意思是：「…著」。

昨夜はテレビを点けっ放しで寝てしまった。

昨天晚上開著電視，就這樣睡著了。

| 比　較 | **まま（に）** |

任人擺佈、唯命是從

| 接　續 | {動詞辭書形；動詞被動形}＋まま（に） |

| 說　明 | 「っぱなしで」表放任。接意志動詞，表示做了某事之後，就沒有再做應該做的事，而就那樣放任不管。大多含有負面的評價；「まま」表擺佈，表示處在被動的立場，沒有自己的主觀意志，任憑別人擺佈的樣子。後項大多含有消極的意思。或表示某狀態沒有變化，一直持續的樣子。 |

| 例　文 | 友達に誘われるまま、スリをしてしまった。 |

在朋友的引誘之下順手牽羊。

005　　　　　　　　　　　　　　　　　　　　　　　　　　Track N3-056

において（は）、においても、における

在…、在…時候、在…方面

| 接　續 | {名詞}＋において（は）、においても、における |

| 意　思 | **【關連場合】** 表示動作或作用的時間、地點、範圍、狀況等。也用在表示跟某一方面、領域有關的場合（主要為特別的活動或抽象的事物）。是書面語。口語一般用「で」表示。中文意思是：「在…、在…時候、在…方面」。 |

| 例　文 | 会議における各人の発言は全て記録してあります。 |

所有與會人員的發言都加以記錄下來。

| 比　較 | **にかんして（は）、にかんしても、にかんする** |

關於…、關於…的…

| 接　續 | {名詞}＋に関して（は）、に関しても、に関する |

| 說　明 | 「において」表關連場合，表示動作或作用的時間、地點、範圍、狀況等。是書面語；「にかんして」表關連，表示針對和前項相關的事物，進行討論、思考、敘述、研究、發問、調查等動作。 |

| 例　文 | 経済に関する本をたくさん読んでいます。 |

看了很多關於經濟的書。

たび（に）
毎次…、毎當…就…

（接　續）　{名詞の；動詞辭書形}＋たび（に）

（意　思）　【關連】　表示前項的動作、行為都伴隨後項。也用在一做某事，總會喚起以前的記憶。相當於「するときはいつも〜」。中文意思是：「每次…、每當…就…」。

（例　文）　この写真を見るたびに、楽しかった子供のころを思い出す。
　　　　　每次看到這張照片，就會回想起歡樂的孩提時光。

（注　意）　〔變化〕　表示每當進行前項動作，後項事態也朝某個方向逐漸變化。

（例　文）　この女優は見るたびにきれいになるなあ。
　　　　　每回看到這位女演員總覺得她又變漂亮了呢。

（比　較）　**につき**
因…、因為…

（接　續）　{名詞}＋につき

（說　明）　「たび（に）」表關連，表示在做前項動作時都會發生後項的事情；「につき」表原因。說明事情的理由，是書面正式用語。

（例　文）　台風につき、学校は休みになります。
　　　　　因為颱風，學校停課。

にかんして（は）、にかんしても、にかんする
關於…、關於…的…

（接　續）　{名詞}＋に関して（は）、に関しても、に関する

（意　思）　【關連】　表示就前項有關的問題，做出「解決問題」性質的後項行為。也就是聽、說、寫、思考、調查等行為所涉及的對象。有關後項多用「言う（說）、考える（思考）、研究する（研究）、討論する（討論）」等動詞。多用於書面。中文意思是：「關於…、關於…的…」。

（例 文）10年前の事件に関して、警察から報告があった。

關於十年前的那起案件，警方已經做過報告了。

（比 較）**にたいして（は）、にたいし、にたいする**

向…、對（於）…

（接 續）{名詞}＋に対して（は）、に対し、に対する

（說 明）「にかんして」表關聯，表示跟前項相關的信息。表示討論、思考、敍述、研究、發問、聽聞、撰寫、調查等動作，所涉及的對象；「にたいして」表對象，表示行為、感情所針對的對象，前接人、話題等，表示對某對象的直接發生作用、影響。

（例 文）皆さんに対し、お詫びを申し上げなければなりません。

我得向大家致歉。

---

008   Track N3-059

から～にかけて

從…到…

（接 續）{名詞}＋から＋{名詞}＋にかけて

（意 思）【範圍】表示大略地指出兩個地點、時間之間，一直連續發生某事或某狀態的意思。中文意思是：「從…到…」。

（例 文）東京から横浜にかけて、25km（キロメートル）の渋滞です。

從東京到橫濱塞車綿延二十五公里。

（比 較）**から～まで**

從…到…

（接 續）{名詞}＋から＋{名詞}＋まで、{名詞}＋まで＋{名詞}＋から

（說 明）「から～にかけて」表範圍，涵蓋的區域較廣，只是籠統地表示跨越兩個領域的時間或空間。「から～まで」表距離範圍，則是明確地指出範圍、動作的起點和終點。

（例 文）駅から郵便局まで歩きました。

從車站走到了郵局。

にわたって、にわたる、にわたり、にわたった

經歷…、各個…、一直…、持續…

接 續 ｛名詞｝＋にわたって、にわたる、にわたり、にわたった

意 思 【範圍】 前接時間、次數及場所的範圍等詞。表示動作、行為所涉及到的時間或空間，沒有停留在小範圍，而是擴展得很大很大。中文意思是：「經歷…、各個…、一直…、持續…」。

例 文 私たちは8年にわたる交際を経て結婚した。

我們經過八年的交往之後結婚了。

比 較 をつうじて、をとおして

透過…、通過…

接 續 ｛名詞｝＋を通じて、を通して

說 明 「にわたって」表範圍，表示大規模的時間、空間範圍；「をつうじて」表經由，表示經由前項來達到情報的傳遞。如果前面接的是和時間有關的語詞，則表示在這段期間內一直持續後項的狀態，後面應該接的是動詞句或是形容詞句。

例 文 彼女を通じて、間接的に彼の話を聞いた。

透過她，間接地知道關於他的事情。

素材、判断材料、手段、媒介、代替
素材、判斷材料、手段、媒介、代替

001　　　　　　　　　　　　　　　　　　　　　　　　Track N3-061

をつうじて、をとおして
(1) 透過…、通過…；(2) 在整個期間…、在整個範圍…

（接　續）　{名詞}＋を通じて、を通して

（意思1）　【經由】表示利用某種媒介（如人物、交易、物品等），來達到某目的（如物品、利益、事項等）。相當於「によって」。中文意思是：「透過…、通過…」。

（例　文）　今はインターネットを通じて、世界中の情報を得ることができる。
現在只要透過網路，就能獲取全世界的資訊。

（意思2）　【範圍】後接表示期間、範圍的詞，表示在整個期間或整個範圍內，相當於「のうち（いつでも／どこでも）」。中文意思是：「在整個期間…、在整個範圍…」。

（例　文）　私の国は一年を通して暖かいです。
我的故鄉一年到頭都很暖和。

（比　較）　## にわたって、にわたる、にわたり、にわたった
經歷…、各個…、一直…、持續…

（接　續）　{名詞}＋にわたって、にわたる、にわたり、にわたった

（說　明）　「をつうじて」表範圍，前接名詞，表示整個範圍內。也表示媒介、手段等。前接時間詞，表示整個期間，或整個時間範圍內；「にわたって」也表範圍，前面也接名詞，也表示整個範圍。但強調時間長、範圍廣。前面也可以接時間、地點有關語詞。

例 文 この小説の作者は、60 年代から 70 年代にわたってパリに住んでいた。

這小說的作者，從六十年代到七十年代都住在巴黎。

かわりに

(1) 代替…；(2) 作為交換；(3) 雖說…但是…

意思1 【代替】{名詞の；動詞普通形}＋かわりに。表示原為前項，但因某種原因由後項另外的人、物或動作等代替。前後兩項通常是具有同等價值、功能或作用的事物。大多用在暫時性更換的情況。相當於「～の代理／～代替として」。中文意思是：「代替…」。

例 文 いたずらをした弟のかわりに、その兄が謝りに来た。

那個惡作劇的小孩的哥哥，代替弟弟來道歉了。

注 意 〖Nがわり〗 也可用「名詞＋がわり」的形式，是「かわり」的接尾詞化。

例 文 引っ越しの挨拶がわりに、ご近所にお菓子を配った。

分送了餅乾給左鄰右舍，做為搬家的見面禮。

意思2 【交換】 表示前項為後項的交換條件，也會用「かわりに～」的形式出現，相當於「とひきかえに」。中文意思是：「作為交換」。

例 文 お昼をごちそうするから、かわりにレポートを書いてくれない。

午餐我請客，你可以替我寫報告嗎？

意思3 【對比】{動詞普通形}＋かわりに。表示一件事同時具有兩個相互對立的側面，一般重點在後項，相當於「一方で」。中文意思是：「雖說…但是…」。

例 文 現代人は便利な生活を得たかわりに、豊かな自然を失った。

現代人獲得便利生活的代價是失去了豐富的大自然。

比 較	**はんめん**

另一面…、另一方面…

接 續	{[形容詞・動詞] 辭書形} ＋反面；{[名詞・形容動詞詞幹な] である} ＋反面

說 明	「かわりに」表對比，表示同一事物有好的一面，也有壞的一面，或者相反；「はんめん」也表對比，表示同一事物兩個相反的性質、傾向。

例 文	語学は得意な反面、数学は苦手だ。

語文很拿手，但是數學就不行了。

にかわって、にかわり

(1) 替…、代替…、代表…；(2) 取代…

接 續	{名詞} ＋にかわって、にかわり

意思 1	【代理】前接名詞為「人」的時候，表示應該由某人做的事，改由其他的人來做。是前後兩項的替代關係。相當於「～の代理で」。中文意思是：「替…、代替…、代表…」。

例 文	入院中の父にかわって、母が挨拶をした。

家母代替正在住院的家父前去問候了。

意思 2	【對比】前接名詞為「物」的時候，表示以前的東西，被新的東西所取代。相當於「かつての～ではなく」。中文意思是：「取代…」。

例 文	若者の間では、スキーにかわってスノーボードが人気だ。

單板滑雪已經取代雙板滑雪的地位，在年輕人之間蔚為流行。

比 較	**いっぽうだ**

一直…、不斷地…、越來越…

接 續	{動詞辭書形} ＋一方だ

說 明	「にかわって」表對比。前接名詞「物」時，表示以前的東西，被新的東西所取代；「いっぽう」表傾向，表示某事件有兩個對照的側面。也可以表示兩者對比的情況。而「いっぽうだ」則表示某狀況一直朝著一個方向發展。

　最近、オイル価格は上がる一方だ。

最近油價不斷地上揚。

004　　　　　　　　　　　　　　　　　　　　　　Track N3-064

にもとづいて、にもとづき、にもとづく、にもとづいた

根據…、按照…、基於…

接　續　{名詞}＋に基づいて、に基づき、に基づく、に基づいた

意　思　**【依據】** 表示以某事物為根據或基礎。相當於「をもとにして」。中文意思是：「根據…、按照…、基於…」。

例　文　お客様のご希望に基づくメニューを考えています。

目前正依據顧客的建議規劃新菜單。

比　較　**にしたがって、にしたがい**

伴隨…、隨著…

接　續　{動詞辭書形}＋にしたがって、にしたがい

說　明　「にもとづいて」表依據，表示以前項為依據或基礎，進行後項的動作；「にしたがって」表附帶，表示後項隨著前項的變化而變化。也表示按照前接的指示、規則、人的命令等去做的意思。

例　文　山を登るにしたがって、寒くなってきた。

隨著山愈爬愈高，變得愈來愈冷。

005　　　　　　　　　　　　　　　　　　　　　　Track N3-065

によると、によれば

據…、據…說、根據…報導…

接　續　{名詞}＋によると、によれば

意　思　**【信息來源】** 表示消息、信息的來源，或推測的依據。後面經常跟著表示傳聞的「そうだ、ということだ」之類詞。中文意思是：「據…、據…說、根據…報導…」。

（例文）ニュースによると、全国でインフルエンザが流行し始めたらしい。

根據新聞報導，全國各地似乎開始出現流感大流行。

比較 **にもとづいて、にもとづき、にもとづく、にもとづいた**
根據…、按照…、基於…

接續 {名詞}＋に基づいて、に基づき、に基づく、に基づいた

說明 「によると」表信息來源，表示消息的來源，句末大多使用表示傳聞的說法，常和「そうだ、ということだ」呼應使用；「にもとづいて」表依據，表示以前項為依據或基礎，進行後項的動作。

（例文）専門家の意見に基づいた計画です。
根據專家意見訂的計畫。

006　　　　　　　　　　　　　　　　　　　　　Track N3-066

をちゅうしんに（して）、をちゅうしんとして
以…為重點、以…為中心、圍繞著…

接續 {名詞}＋を中心に（して）、を中心として

意思 【基準】表示前項是後項行為、狀態的中心。中文意思是：「以…為重點、以…為中心、圍繞著…」。

（例文）地球は太陽を中心としてまわっている。
地球是繞著太陽旋轉的。

比較 **をもとに、をもとにして**
以…為根據、以…為參考、在…基礎上

接續 {名詞}＋をもとに、をもとにして

說明 「をちゅうしんに（して）」表基準，表示前項是某事物、狀態、現象、行為範圍的中心點；「をもとに（して）」表根據，表示以前項為參考、材料、基礎等，來進行後項的行為。

（例文）「江戸川乱歩」という筆名は、「エドガー・アラン・ポー」をもとにしている。
「江戶川亂步」這個筆名的發想來自於「埃德加・愛倫・坡」。

をもとに（して）

以…為根據、以…為參考、在…基礎上

接續　{名詞}＋をもとに（して）

意思　【根據】表示將某事物做為啟示、根據、材料、基礎等。後項的行為、動作是根據或參考前項來進行的。相當於「に基づいて、を根拠にして」。中文意思是：「以…為根據、以…為參考、在…基礎上」。

例文　この映画は実際にあった事件をもとにして作られた。
這部電影是根據真實事件拍攝而成的。

比較　**にもとづいて、にもとづき、にもとづく、にもとづいた**
根據…、按照…、基於…

接續　{名詞}＋に基づいて、に基づき、に基づく、に基づいた

說明　「をもとにして」表根據，前接名詞。表示以前項為參考、材料、基礎等，來進行後項的改編或變形；「にもとづいて」也表根據，前面接抽象名詞。表示以前項為依據或基礎，在不偏離前項的基準下，進行後項的動作。

例文　その健康食品は、科学的根拠に基づかずに「がんに効く」と宣伝していた。
那種健康食品毫無科學依據就不斷宣稱「能夠有效治療癌症」。

9 希望、願望、意志、決定、感情表現

希望、願望、意志、決定、感情表現

001

たらいい（のに）なあ、といい（のに）なあ

…就好了

（接續） {名詞;形容動詞詞幹}＋だといい（のに）なあ；{名詞;形容動詞詞幹}＋だったらいい（のに）なあ；{[動詞・形容詞]普通形現在形}＋といい（のに）なあ；{動詞た形}＋たらいい（のに）なあ；{形容詞た形}＋かったらいい（のに）なあ；{名詞;形容動詞詞幹}＋だったらいい（のに）なあ

（意思） 【願望】表示非常希望能夠成為那樣，前項是難以實現或是與事實相反的情況。含有說話者遺憾、不滿、感嘆的心情。中文意思是：「…就好了」。

（例文） この窓がもう少し大きかったらいいのになあ。

那扇窗如果能再大一點，該有多好呀。

（注意） 〔單純希望〕「たらいいなあ、といいなあ」單純表示說話者所希望的，並沒有在現實中是難以實現的，與現實相反的語意。

（例文） 今日の晩ご飯、カレーだといいなあ。

真希望今天的晚飯吃的是咖哩呀。

（比較） **ばよかった**

…就好了

（接續） {動詞假定形}＋ばよかった；{動詞否定形（去い）}＋なければよかった

說　明 「たらいい（のに）なあ」表願望，表示前項是難以實現或是與事實相反的情況，表現說話者遺憾、不滿、感嘆的心情。常伴隨在句尾的「なあ」表示詠歎；「ばよかった」表反事實條件，表示說話人對自己沒有做前項的事，而感到十分惋惜。說話人覺得要是做了就好了，帶有後悔的心情。

例　文 雨だ、傘を持ってくればよかった。
下雨了！早知道就帶傘來了。

て／でほしい、てもらいたい
(1) 想請你…；(2) 希望能…、希望能（幫我）…

意思1 【願望】{動詞て形}＋てほしい。表示對他人的某種要求或希望。中文意思是：「想請你…」。

例　文 母には元気で長生きしてほしい。
希望媽媽長命百歲。

注　意 〔否定說法〕否定的說法有「ないでほしい」跟「てほしくない」兩種。

例　文 そんなにスピードを出さないでほしい。
希望車子不要開得那麼快。

意思2 【請求】{動詞て形}＋てもらいたい。表示想請他人為自己做某事，或從他人那裡得到好處。中文意思是：「希望能…、希望能（幫我）…」。

例　文 たくさんの人にこの商品を知ってもらいたいです。
衷心盼望把這項產品介紹給廣大的顧客。

比　較 **てもらう**
（我）請（某人為我做）…

接　續 {動詞て形}＋もらう

說　明 「てもらいたい」表請求，表示說話者的希望或要求；「てもらう」表行為受益－同輩、晚輩，表示要別人替自己做某件事情。

例　文 田中さんに日本人の友達を紹介してもらった。
我請田中小姐為我介紹日本人朋友。

ように

(1) 為了…而…；(2) 請…；(3) 如同…；(4) 希望…

意思1　【目的】{動詞辭書形；動詞否定形}＋ように。表示為了實現前項而做後項，是行為主體的目的。中文意思是：「為了…而…」。

例文　後ろの席まで聞こえるように、大きな声で話した。

提高了音量，讓坐在後方座位的人也能聽得見。

意思2　【勸告】用在句末時，表示願望、希望、勸告或輕微的命令等。中文意思是：「請…」。

例文　まだ寒いから、風邪を引かないようにね。

現在天氣還很冷，請留意別感冒了喔！

意思3　【例示】{名詞の；動詞辭書形；動詞否定形}＋ように。表示以具體的人事物為例，來陳述某件事物的性質或內容等。中文意思是：「如同…」。

例文　私が発音するように、後について言ってみてください。

請模仿我的發音，跟著說一遍。

意思4　【期盼】{動詞ます形}＋ますように。表示祈求。中文意思是：「希望…」。

例文　おばあちゃんの病気が早くよくなりますように。

希望奶奶早日康復。

比較　**ため (に)**

以…為目的，做…、為了…

接續　{名詞の；動詞辭書形}＋ため (に)

說明　「ように」表期盼，表示目的。期待能夠實現前項這一目標，而做後項。前後句主詞不一定要一致；「ために」表目的。為了某種目標積極地去採取行動。前後句主詞必須一致。

例文　私は、彼女のためなら何でもできます。

只要是為了她，我什麼都辦得到。

てみせる

(1) 做給…看；(2) 一定要…

接續　{動詞て形}＋てみせる

意思1　【示範】 表示為了讓別人能瞭解，做出實際的動作示範給別人看。中文意思是：「做給…看」。

例文　一人暮らしを始める息子に、まずゴミの出し方からやってみせた。

為了即將獨立生活的兒子，首先示範了倒垃圾的方式。

意思2　【意志】 表示說話人強烈的意志跟決心，含有顯示自己的力量、能力的語氣。中文意思是：「一定要…」。

例文　今年はだめだったけど、来年は絶対に合格してみせる。

雖然今年沒被錄取，但明年一定會考上給大家看。

比較　てみる

試著（做）…

接續　{動詞て形}＋みる

說明　「てみせる」表意志，表示說話者做某件事的強烈意志；「てみる」表嘗試，表示不知道、沒試過，所以嘗試著去做某個行為。

例文　このおでんを食べてみてください。

請嚐看看這個關東煮。

ことか

多麼…啊

接續　{疑問詞}＋{形容動詞詞幹な；[形容詞・動詞] 普通形}＋ことか

意思　【感慨】 表示該事態的程度如此之大，大到沒辦法特定，含有非常感慨的心情，常用於書面。相當於「非常に～だ」，前面常接疑問詞「どんなに（多麼）、どれだけ（多麼）、どれほど（多少）」等。中文意思是：「多麼…啊」。

例文 新薬ができた。この日をどれだけ待っていたことか。
新藥研發成功了！這一天不知道已經盼了多久！

注意 〖口語〗另外，用「ことだろうか、ことでしょうか」也可表示感歎，常用於口語。

例文 君の元気な顔を見たら、彼女がどんなに喜ぶことだろうか。
若是讓她看到你神采奕奕的模樣，真不知道她會有多高興呢！

比較 **ものか**

哪能…、怎麼會…呢、決不…、才不…呢

接續 {形容動詞詞幹な；[形容詞・動詞]辭書形}＋ものか

說明 「ことか」表感慨，表示說話人強烈地表達自己的感情；「ものか」表強調否定，表示說話人絕對不做某事的強烈抗拒的意志。「ことか」跟「ものか」接續相同。

例文 あんな銀行に、お金を預けるものか。
我才不把錢存在那種銀行裡呢！

006

て／でたまらない

非常…、…得受不了

接續 {[形容詞・動詞]て形}＋てたまらない；{形容動詞詞幹}＋でたまらない

意思 【感情】指說話人處於難以抑制，不能忍受的狀態，前接表達感覺、感情的詞，表示說話人強烈的感情、感覺、慾望等，相當於「てしかたがない、非常に」。中文意思是：「非常…、…得受不了」。

例文 暑いなあ。今日は喉が渇いてたまらないよ。
好熱啊！今天都快渴死了啦！

注意 〖重複〗可重複前項以強調語氣。

例文 甘いものが食べたくて食べたくてたまらないんです。
真的、真的超想吃甜食！

比 較	て／でしかたがない、て／でしょうがない、て／でしようがない

…得不得了

接 續	{形容動詞詞幹;形容詞て形;動詞て形}＋て／でしかたがない、て／でしょうがない、て／でしようがない

說 明	「てたまらない」表感情，表示某種強烈的情緒、感覺、慾望，或身體感到無法抑制，含有已經到無法忍受的地步之意；「てしょうがない」表強調心情，表示某種強烈的感情、感覺，或身體感到無法抑制。含有毫無辦法的意思。兩者常跟心情、感覺相關的詞一起使用。

例 文	彼女のことが好きで好きでしょうがない。

我喜歡她，喜歡到不行。

て／でならない

…得受不了、非常…

接 續	{[形容詞・動詞]て形}＋てならない;{名詞;形容動詞詞幹}＋でならない

意 思	【感情】表示因某種感受十分強烈，達到沒辦法控制的程度，相當於「てしょうがない」等。中文意思是：「…得受不了、非常…」。

例 文	子供のころは、運動会が嫌でならなかった。

小時候最痛恨運動會了。

注 意	〔接自發性動詞〕不同於「てたまらない」，「てならない」前面可以接「思える（看來）、泣ける（忍不住哭出來）、になる（在意）」等非意志控制的自發性動詞。

例 文	老後のことを考えると心配でならない。

一想到年老以後的生活就擔心得不得了。

比 較	て／でたまらない

非常…、…得受不了

接 續	{[形容詞・動詞]て形}＋たまらない;{形容動詞詞幹}＋でたまらない

「てならない」表感情，表示某種情感非常強烈，或身體無法抑制，使自己情不自禁地去做某事，可以跟自發意義的詞，如「思える」一起使用；「てたまらない」也表感情，表示某種情緒、感覺、慾望，已經到了難以忍受的地步。常跟心情、感覺相關的詞一起使用。

例 文　最新のコンピューターが欲しくてたまらない。
　　　　想要新型的電腦，想要得不得了。

008　

ものだ

過去…經常、以前…常常

接 續　{形容動詞詞幹な；形容詞辭書形；動詞普通形}＋ものだ

意 思　**【感慨】** 表示說話者對於過去常做某件事情的感慨、回憶或吃驚。如果是敘述人物的行為或狀態時，有時會搭配表示欽佩的副詞「よく」；有時也會搭配表示受夠了的副詞「よく（も）」一起使用。中文意思是：「過去…經常、以前…常常」。

例 文　昔は弟と喧嘩ばかりして、母に叱られたものだ。
　　　　以前一天到晚和弟弟吵架，老是挨媽媽罵呢！

比 較　**ことか**

多麼…啊

接 續　{疑問詞}＋{形容動詞詞幹な；[形容詞・動詞]普通形}＋ことか

說 明　「ものだ」表感慨。跟過去時間的說法，前後呼應，表示說話人敘述過去常做某件事情，對此事強烈地感慨、感動或吃驚；「ことか」也表感慨，表示程度又大又深，達到無法想像的地步。含有非常強烈的感慨心情。

例 文　あなたが子供の頃は、どんなに可愛かったことか。
　　　　你小時候多可愛啊！

句子＋わ

…啊、…呢、…呀

（接　續）　{句子}＋わ

（意　思）　【主張】表示自己的主張、決心、判斷等語氣。女性用語。在句尾可使語氣柔和。中文意思是：「…啊、…呢、…呀」。

（例　文）　やっとできたわ。
終於做完囉！

比　較　**だい**

…呢、…呀

（接　續）　{句子}＋だい

（說　明）　「句子＋わ」表主張，語氣助詞。讀升調，表示自己的主張、決心、判斷。語氣委婉、柔和。主要為女性用語；「だい」表疑問，也是語氣助詞。讀升調，表示疑問。主要為成年男性用語。

（例　文）　田舎のお母さんの調子はどうだい。
鄉下母親的狀況怎麼樣？

をこめて

集中…、傾注…

（接　續）　{名詞}＋を込めて

（意　思）　【附帶感情】表示對某事傾注思念或愛等的感情。中文意思是：「集中…、傾注…」。

（例　文）　家族の為に心をこめておいしいごはんを作ります。
為了家人而全心全意烹調美味的飯菜。

（注　意）　〔慣用法〕常用「心を込めて（誠心誠意）、力を込めて（使盡全力）、愛を込めて（充滿愛）、感謝を込めて（充滿感謝）」等用法。

例文 先生、2年間の感謝をこめて、みんなでこのアルバムを作りました。
老師，全班同學感謝您這兩年來的付出，一起做了這本相簿。

比較 **をつうじて、をとおして**
透過…、通過…

接續 {名詞}＋を通じて、を通して

說明 「をこめて」表附帶感情，前面通常接「願い、愛、心、思い」等和心情相關的字詞，表示抱持著愛、願望等心情，灌注於後項的事物之中；「をつうじて」表經由，表示經由前項，來達到情報的傳遞。

例文 マネージャーを通して、取材を申し込んだ。
透過經紀人申請了採訪。

MEMO

_____

_____

_____

_____

_____

_____

_____

_____

_____

10 義務、不必要
義務、不必要

---

001   Track N3-078

ないと、なくちゃ
不…不行

（接續） {動詞否定形}＋ないと、なくちゃ

（意思） **【條件】** 表示受限於某個條件、規定，必須要做某件事情，如果不做，會有不好的結果發生。中文意思是：「不…不行」。

（例文） 明日朝早いから、もう寝ないと。
明天一早就得起床，不去睡不行了。

（注意） 〖口語－なくちゃ〗「なくちゃ」是口語說法，語氣較為隨便。

（例文） マヨネーズが切れたから買わなくちゃ。
美奶滋用光了，得去買一瓶回來嘍。

比較 **なければならない**
必須…、應該…

（接續） {動詞否定形}＋なければならない

（說明） 「ないと」表條件，表示不具備前項的某個條件、規定，後項就會有不好的結果發生或不可能實現；「なければならない」表義務，表示依據社會常識、法規、習慣、道德等規範，必須是那樣的，或有義務要那樣做。是客觀的敘述。在口語中「なければ」常縮略為「なきゃ」。

（例文） 医者になるためには、国家試験に合格しなければならない。
想當醫生，就必須通過國家考試。

ないわけにはいかない
不能不…、必須…

(接　續) {動詞否定形}＋ないわけにはいかない

(意　思) 【義務】 表示根據社會的理念、情理、一般常識或自己過去的經驗，不能不做某事，有做某事的義務。中文意思是：「不能不…、必須…」。

(例　文) 生きていくために、働かないわけにはいかないのだ。
為了活下去，就非得工作不可。

[比 較] **（さ）せる**

讓…、叫…、令…

(接　續) {[一段動詞・カ變動詞] 使役形；サ變動詞詞幹}＋させる；{五段動詞使役形}＋せる

(說　明) 「ないわけにはいかない」表義務，表示基於常識或受限於某種規範，不這樣做不行；「させる」表強制。是地位高的人強制或勸誘地位低的人做某行為。

(例　文) 娘がお腹を壊したので薬を飲ませた。
由於女兒鬧肚子了，所以讓她吃了藥。

から（に）は
(1) 既然…，就…；(2) 既然…

(接　續) {動詞普通形}＋から（に）は

[意思1] 【理由】 表示既然因為到了這種情況，所以後面就理所當然要「貫徹到底」的說法，因此後句常是說話人的判斷、決心及命令等，含有說話人個人強烈的情感及幹勁。一般用於書面上，相當於「のなら、以上は」。中文意思是：「既然…，就…」。

(例　文) 約束したからには、必ず最後までやります。
既然答應了，就一定會做完。

意思2 【義務】 表示以前項為前提，後項事態也就理所當然的變成責任或義務。中文意思是：「既然…」。如例：

例文 会社に入ったからには、会社の利益の為に働かなければならない。
既然進了公司，就非得為公司的收益而努力工作才行。

比較 **とすれば、としたら、とする**
如果…、如果…的話、假如…的話

接續 {名詞だ；形容動詞詞幹だ；[形容詞・動詞] 普通形}＋とすれば、としたら、とする

說明 「から（に）は」表義務，表示既然到了這種情況，就要順應這件事情，去進行後項的責任或義務。含有抱持某種決心或意志；「とする」表假定條件，是假定用法，表示前項如果成立，說話者就依照前項這個條件來進行判斷。

例文 5億円が当たったとします。あなたはどうしますか。
假如你中了五億日圓，你會怎麼花？

ほか（は）ない
只有…、只好…、只得…

接續 {動詞辭書形}＋ほか（は）ない

意思 【讓步】 表示雖然心裡不願意，但又沒有其他方法，只有這唯一的選擇，別無它法。含有無奈的情緒。相當於「以外にない、より仕方がない」等。中文意思是：「只有…、只好…、只得…」。

例文 仕事はきついが、この会社で頑張るほかはない。
雖然工作很辛苦，但也只能在這家公司繼續熬下去。

比較 **ようがない、ようもない**
沒辦法、無法…；不可能…

接續 {動詞ます形}＋ようがない、ようもない

說　明　「ほかない」表讓步，表示沒有其他的辦法，只能硬著頭皮去做某件事情；「ようがない」表不可能，表示束手無策，一點辦法也沒有，即想做但不知道怎麼做，所以不能做。

例　文　道に人があふれているので、通り抜けようがない。
路上到處都是人，沒辦法通行。

005　　　　　　　　　　　　　　　　　　　　　　　　　　　　Track N3-082

より（ほか）ない、ほか（しかたが）ない
只有…、除了…之外沒有…

意　思　【讓步】{名詞；動詞辭書形}＋より（ほか）ない；{動詞辭書形}＋ほか（しかたが）ない。後面伴隨著否定，表示這是唯一解決問題的辦法，相當於「ほかない、ほかはない」，另外還有「よりほかにない、よりほかはない」的說法。中文意思是：「只有…、除了…之外沒有…」。

例　文　電車が動いていないのだから、タクシーで行くよりほかない。
因為電車無法運行，只能搭計程車去了。

注　意　〖人物＋いない〗{名詞；動詞辭書形}＋よりほかに～ない。是「それ以外にない」的強調說法，前接的名詞為人物時，後面要接「いない」。

例　文　あなたよりほかに頼める人がいないんです。
除了你以外，沒有其他人可以拜託了。

比　較　**ないわけにはいかない**
不能不…、必須…

接　續　{動詞否定形}＋ないわけにはいかない

說　明　「より（ほか）ない」表讓步，表示沒有其他的辦法了，只能採取前項行為；「ないわけにはいかない」表義務，表示受限於某種社會上、常識上的規範、義務，必須採取前項行為。

例　文　明日試験があるので、今夜は勉強しないわけにはいかない。
由於明天要考試，今晚不得不用功念書。

わけにはいかない、わけにもいかない
不能…、不可…

（接　續）　{動詞辭書形；動詞ている}＋わけにはいかない、わけにもいかない

（意　思）　【不能】 表示由於一般常識、社會道德、過去經驗，或是出於對周圍的顧忌、出於自尊等約束，那樣做是行不通的，相當於「することはできない」。中文意思是：「不能…、不可…」。

（例　文）　いくら聞かれても、彼女の個人情報を教えるわけにはいきません。
無論詢問多少次，我絕不能告知她的個資。

比 較　**わけではない、わけでもない**
並不是…、並非…

（接　續）　{形容動詞詞幹な；[形容詞・動詞]普通形}＋わけではない、わけでもない

（說　明）　「わけにはいかない」表不能，表示受限於常識或規範，不可以做前項這個行為；「わけではない」表部分否定，表示依照狀況看來，不能百分之百地導出前項的結果，也有其他可能性或是例外。是一種委婉、部分的否定用法。

（例　文）　食事をたっぷり食べても、必ず太るというわけではない。
吃得多不一定會胖。

11 条件、仮定

條件、假定

001　　　　　　　　　　　　　　　　　　　　　　　　　　　　Track N3-084

さえ〜ば、さえ〜たら

只要…（就…）

（接續）　{名詞}＋さえ＋{[形容詞・形容動詞・動詞] 假定形}＋ば、たら

（意思）　【條件】表示只要某事能夠實現就足夠了，強調只需要某個最低限度或唯一的條件，後項即可成立，相當於「その条件だけあれば」。中文意思是：「只要…（就…）」。

（例文）　サッカーさえできれば、息子は満足なんです。

兒子只要能踢足球，就覺得很幸福了。

（注意）　〔惋惜〕表達說話人後悔、惋惜等心情的語氣。

（例文）　あの時の私に少しの勇気さえあれば、彼女に結婚を申し込んでいたのに。

那個時候假如我能提起一點點勇氣，就會向女友求婚了。

（比較）　**こそ**

正是…、才（是）…

（接續）　{名詞}＋こそ

（說明）　「さえ〜ば」表條件，表示滿足條件的最低限度，前項一成立，就能得到後項的結果；「こそ」表強調。用來特別強調前項，表示「不是別的，就是這個」。一般用在強調正面的、好的意義上。

（例文）　「ありがとう。」「私こそ、ありがとう。」

「謝謝。」「我才該向你道謝。」

たとえ～ても

即使…也…、無論…也…

接續 たとえ＋{動詞て形・形容詞く形}＋ても；たとえ＋{名詞；形容動詞詞幹}＋でも

意思 【逆接條件】 是逆接條件。表示讓步關係，即使是在前項極端的條件下，後項結果仍然成立。相當於「もし～だとしても」。中文意思是：「即使…也…、無論…也…」。

例文 たとえ便利でも、環境に悪いものは買わないようにしている。
就算使用方便，只要是會汙染環境的東西我一律拒絕購買。

比較 **としても**

即使…，也…、就算…，也…

接續 {名詞だ；形容動詞詞幹だ；[形容詞・動詞] 普通形}＋としても

說明 「たとえ～ても」表逆接條件，表示即使前項發生屬實，後項還是會成立。是一種讓步條件。表示說話者的肯定語氣或是決心；「としても」也表逆接條件，表示前項成立，說話人的立場、想法及情況也不會改變。後項多為消極否定的內容。

例文 みんなで力を合わせたとしても、彼に勝つことはできない。
就算大家聯手，也沒辦法贏他。

（た）ところ

…，結果…

接續 {動詞た形}＋ところ

意思 【順接】 這是一種順接的用法，表示因某種目的去作某一動作，但在偶然的契機下得到後項的結果。前後出現的事情，沒有直接的因果關係，後項經常是出乎意料之外的客觀事實。相當於「～した結果」。中文意思是：「…，結果…」。

例文 A社に注文したところ、すぐに商品が届いた。
向A公司下訂單後，商品立刻送達了。

比　較	**たら**

要是…、如果要是…了、…了的話

接　續	{[名詞・形容詞・形容動詞・動詞] た形}＋(た)ら

說　明	「(た)ところ」表順接，表示做了前項動作後，但在偶然的契機下發生了後項的事情；「たら」表條件，表示如果在前項成立的條件下，後項也就會成立。也表示說話人完成前項動作後，有了後項的新發現，或以此為契機，發生了後項的新事物。

例　文	いい天気だったら、富士山が見えます。

要是天氣好，就可以看到富士山。

004　　　　　　　　　　　　　　　　　　　　

てからでないと、てからでなければ

不…就不能…、不…之後，不能…、…之前，不…

接　續	{動詞て形}＋てからでないと、てからでなければ

意　思	**【條件】** 表示如果不先做前項，就不能做後項，表示實現某事必需具備的條件。後項大多為困難、不可能等意思的句子。相當於「～した後でなければ」。中文意思是：「不…就不能…、不…之後，不能…、…之前，不…」。

例　文	「一緒に帰りませんか。」「この仕事が終わってからでないと帰れないんです。」

「要不要一起回去？」「我得忙完這件工作才能回去。」

比　較	**から (に) は**

既然…、既然…，就…

接　續	{動詞普通形}＋から (に) は

說　明	「てからでないと」表條件，表示必須先做前項動作，才能接著做後項動作；「からには」表理由，表示事情演變至此，就要順應這件事情。含有抱持做某事，堅持到最後的決心或意志。

例　文	教師になったからには、生徒一人一人をしっかり育てたい。

既然當了老師，當然就想要把學生一個個都確實教好。

ようなら、ようだったら

如果…、要是…

接續 ｛名詞の；形容動詞な；[動詞・形容詞]辭書形｝＋ようなら、ようだったら

意思 【條件】 表示在某個假設的情況下，說話者要採取某個行動，或是請對方採取某個行動。中文意思是：「如果…、要是…」。

例文 明日、雨のようならお祭りは中止です。

明天如果下雨，祭典就取消舉行。

比較 **ようでは**

如果…的話…

接續 ｛動詞辭書形；動詞否定形｝＋ようでは

說明 「ようなら」表條件，表示在某個假設的情況下，說話者要採取某個行動，或是請對方採取某個行動；「ようでは」表假設。後項一般是伴隨著跟期望相反的事物，或負面評價的說法。一般用在譴責或批評他人，希望對方能改正。

例文 こんな質問をするようでは、まだまだ修行が足りない。

如果提出這種問題的話，表示你學習還不夠。

たら、だったら、かったら

要是…、如果…

接續 ｛動詞た形｝＋たら；｛名詞・形容詞詞幹｝＋だったら；｛形容詞た形｝＋かったら

意思 【假定條件】 前項是不可能實現，或是與事實、現況相反的事物，後面接上說話者的情感表現，有感嘆、惋惜的意思。中文意思是：「要是…、如果…」。

例文 もっと若かったら、田舎で農業をやってみたい。

如果我更年輕一點，真想嘗試在鄉下務農。

| 比較 | と |

要…就好了…

| 接續 | {動詞普通形}＋と

| 說明 | 「たら」表假定條件，表示假如前項有成立，就以它為一個契機去做後項的行為；「と」表反事實假設，表示前項提出一個跟事實相反假設，後項再敘述對無法實現那一假設感到遺憾。句尾大多是「のに、けれど」等表現方式。

| 例文 | 君は、もっと意見を言えるといいのに。

你如果能再多說一些想法就好了。

007

とすれば、としたら、とする

如果…、如果…的話、假如…的話

| 接續 | {名詞だ；形容動詞詞幹だ；[形容詞・動詞]普通形}＋とすれば、としたら、とする

| 意思 | 【假定條件】 在認清現況或得來的信息的前提條件下，據此條件進行判斷，後項大多為推測、判斷或疑問的內容。一般為主觀性的評價或判斷。相當於「～と仮定したら」。中文意思是：「如果…、如果…的話、假如…的話」。

| 例文 | 明日うちに来るとしたら、何時ごろになりますか。

如果您預定明天來寒舍，請問大約幾點光臨呢？

| 比較 | たら |

要是…、如果要是…了、…了的話

| 接續 | {[名詞・形容詞・形容動詞・動詞]た形}＋ら

| 說明 | 「としたら」表假定條件。是假定用法，表示前項如果成立，說話者就依照前項這個條件來進行判斷；「たら」表條件，表示如果前項成真，後項也會跟著實現。

| 例文 | 一億円あったら、マンションを買います。

要是有一億日圓的話，我就買一間公寓房子。

ばよかった
…就好了；沒（不）…就好了

（接　續）{動詞假定形}＋ばよかった；{動詞否定形（去い）}＋なければよかった

（意　思）**【反事實條件】** 表示說話者為自己沒有做前項的事而感到後悔，覺得要是做了就好了，含有對於過去事物的惋惜、感慨，並帶有後悔的心情。中文意思是：「…就好了」。

（例　文）もっと早くやればよかった。
要是早點做就好了。

（注　意）〔**否定－後悔**〕以「なければよかった」的形式，表示對已做的事感到後悔，覺得不應該。中文意思是：「沒（不）…就好了」。

（例　文）あんなこと言わなければよかった。
真後悔不該說那句話的。

（比　較）**なら**
如果…就…

（接　續）{名詞；形容動詞詞幹；[動詞・形容詞] 辭書形}＋なら

（說　明）「ばよかった」表反事實條件，表示說話人因沒有做前項的事而感到後悔。說話人覺得要是做了就好了，帶有後悔的心情；「なら」表條件。承接對方的話題或說過的話，在後項把有關的談話，以建議、意見、意志的方式進行下去。

（例　文）悪かったと思うなら、謝りなさい。
假如覺得自己做錯了，那就道歉！

規定、慣例、慣習、方法
規定、慣例、習慣、方法

001   Track N3-092

ことになっている、こととなっている
按規定…、預定…、將…

(接續) {動詞辭書形；動詞否定形}＋ことになっている、こととなっている

(意思) 【約定】表示結果或定論等的存續。表示客觀做出某種安排，像是約定或約束人們生活行為的各種規定、法律以及一些慣例。也就是「ことになる」所表示的結果、結論的持續存在。中文意思是：「按規定…、預定…、將…」。

(例文) 入社の際には、健康診断を受けていただくことになっています。
進入本公司上班時，必須接受健康檢查。

|比 較| **ことにしている**
都…、向來…

(接續) {動詞普通形}＋ことにしている

(說明) 「ことになっている」表約定，用來表示是某個團體或組織做出決定，跟自己主觀意志沒有關係；「ことにしている」表習慣，表示說話者根據自己的意志，刻意地去養成某種習慣、規矩。

(例文) 自分は毎日12時間、働くことにしている。
我每天都會工作十二個小時。

ことにしている
都…、向來…

（接　續）{動詞普通形}＋ことにしている

（意　思）**【習慣等變化】** 表示個人根據某種決心，而形成的某種習慣、方針或
規矩。也就是從「ことにする」的決心、決定，最後所形成的一種習慣。
翻譯上可以比較靈活。中文意思是：「都…、向來…」。

（例　文）一年に一度は田舎に帰ることにしている。
我每年都會回鄉下一趟。

（比　較）**ことになる**
（被）決定…

（接　續）{動詞辭書形；動詞否定形}＋ことになる

（說　明）「ことにしている」表習慣等變化，表示說話者刻意地去養成某種習慣、
規矩；「ことになる」表決定，表示一個安排或決定，而這件事一般來說
不是說話者負責、主導的。

（例　文）駅にエスカレーターをつけることになりました。
車站決定設置自動手扶梯。

ようになっている
(1) 就會…；(2) 會…

（意思1）**【功能】**{動詞辭書形}＋ようになっている。表示機器、電腦等，因為
程式或設定等而具備的功能。中文意思是：「就會…」。

（例　文）このトイレは手を出すと水が出るようになっています。
這間廁所的設備是只要伸出手，水龍頭就會自動給水。

（意思2）**【習慣等變化】**{動詞辭書形；動詞可能形}＋ようになっている。是表
示能力、狀態、行為等變化的「ようになる」，與表示動作持續的「て
いる」結合而成。中文意思是：「會…」。

（例 文）去年の夏に生まれた甥は、いつの間にか歩けるようになっている。
去年夏天出生的外甥，不知道什麼時候已經會走路了。

（注 意）〖變化的結果〗{名詞の；動詞辭書形}＋ようになっている。表示變化的結果。是表示比喻的「ようだ」，再加上表示動作持續的「ている」的應用。

（例 文）先生の家はいつも学生が泊っていて、食事付きのホテルのようになっている。
老師家總有學生住在裡面，儼然成為供餐的旅館。

（比 較）**ようにする**
爭取做到…

（接 續）{動詞辭書形；動詞否定形}＋ようにする

（說 明）「ようになっている」表習慣等變化，表示某習慣以前沒有但現在有了，或能力的變化，以前不能，但現在有能力了。也表示未來的某行為是可能的；「ようにする」表意志，表示努力地把某行為變成習慣，這時用「ようにしている」的形式。

（例 文）今日から毎日30分、ランニングをするようにします。
今天開始每天要跑步三十分鐘。

004　　　　　　　　　　　　　　　　　　　　Track N3-095

ようがない、ようもない
沒辦法、無法…；不可能…

（接 續）{動詞ます形}＋ようがない、ようもない

（意 思）【沒辦法】表示不管用什麼方法都不可能，已經沒有辦法了，相當於「ことができない」。「よう」是接尾詞，表示方法。中文意思是：「沒辦法、無法…」。

（例 文）この時間の渋滞は避けようがない。
這個時段塞車是無法避免的。

注意 〖漢字＋（の）＋しようがない〗表示說話人確信某事態理應不可能發生，相當於「はずがない」。通常前面接的サ行變格動詞為雙漢字時，中間加不加「の」都可以。中文意思是：「不可能…」。

例文 こんな簡単な操作、失敗（の）しようがない。
這麼簡單的操作，總不可能出錯吧。

比較 **より（ほか）ない、ほか（しかたが）ない**
只有…、除了…之外沒有…

接續 ｛名詞；動詞辭書形｝＋より（ほか）ない；｛動詞辭書形｝＋ほか（しかたが）ない

說明 「ようがない」表沒辦法，表示束手無策，一點辦法也沒有；「よりしかたがない」表讓步，表示沒有其他的辦法了，只能採取前項行為。

例文 停電か。テレビも見られないし、寝るよりほかしかたがないな。
停電了哦。既然連電視也沒得看，剩下能做的也只有睡覺了。

MEMO

13 並列、添加、列挙

並列、添加、列舉

001　　　　　　　　　　　　　　　　　　　　　　　　　Track N3-096

とともに

(1) 與…同時，也…；(2) 和…一起；(3) 隨著…

接　續　{名詞；動詞辭書形}＋とともに

意思1　**【同時】** 表示後項的動作或變化，跟著前項同時進行或發生，相當於「と一緒に、と同時に」。中文意思是：「與…同時，也…」。

例　文　食事に気をつけるとともに、軽い運動をすることも大切です。
不僅要注意飲食內容，做些輕度運動也同樣重要。

意思2　**【並列】** 表示與某人等一起進行某行為，相當於「と一緒に」。中文意思是：「和…一起」。

例　文　これからの人生をあなたと共に歩いて行きたい。
我想和你共度餘生。

意思3　**【相關關係】** 表示後項變化隨著前項一同變化。中文意思是：「隨著…」。

例　文　国の発展と共に、国民の生活も豊かになった。
隨著國家的發展，國民的生活也變得富足了。

比　較　## にともなって、にともない、にともなう

伴隨著…、隨著…

接　續　{名詞；動詞普通形}＋に伴って、に伴い、に伴う

「とともに」表相關關係，表示後項變化隨著前項一同變化；「にともなって」表平行，表示隨著前項的進行，後項也有所進展或產生變化。

牧畜業が盛んになるに伴って、村は豊かになった。
伴隨著畜牧業的興盛，村子也繁榮起來了。

ついでに

順便…、順手…、就便…

{名詞の；動詞普通形}＋ついでに

【附加】 表示做某一主要的事情的同時，再追加順便做其他件事情，後者通常是附加行為，輕而易舉的小事，相當於「～の機會を利用して～をする」。中文意思是：「順便…、順手…、就便…」。

大阪へ出張したついでに、京都の紅葉を見てきた。
到大阪出差時，順路去了京都賞楓。

にくわえて、にくわえ

而且…、加上…、添加…

{名詞}＋に加えて、に加え

「ついでに」表附加，表示在做某件事的同時，因為天時地利人和，剛好做了其他事情；「にくわえて」也表附加，表示不只是前面的事物，再加上後面的事物。

書道に加えて、華道も習っている。
學習書法以外，也學習插花。

にくわえ（て）

而且…、加上…、添加…

{名詞}＋に加え（て）

| 意 思 | 【附加】表示在現有前項的事物上，再加上後項類似的別的事物。有時是補充某種性質、有時是強調某種狀態和性質。後項常接「も」。相當於「だけでなく～も」。中文意思是：「而且…、加上…、添加…」。 |

| 例 文 | 毎日の仕事に加えて、来月の会議の準備もしなければならない。 |

除了每天的工作項目，還得準備下個月的會議才行。

| 比 較 | **にくらべて、にくらべ** |

與…相比、跟…比較起來、比較…

| 接 續 | {名詞}＋に比べて、に比べ |

| 說 明 | 「にくわえて」表附加，表示某事態到此並沒有結束，除了前項，要再添加上後項；「にくらべて」表基準，表示比較兩個事物，前項是比較的基準。 |

| 例 文 | 今年は去年に比べて雨の量が多い。 |

今年比去年雨量豐沛。

004　　　　　　　　　　　　　　　　　　　　　

ばかりか、ばかりでなく

(1) 不要…最好… ；(2) 豈止…，連…也…、不僅…而且…

| 接 續 | {名詞；形容動詞詞幹な；[形容詞・動詞] 普通形}＋ばかりか、ばかりでなく |

| 意思1 | 【建議】「ばかりでなく」也用在忠告、建議、委託的表現上。中文意思是：「不要…最好…」。 |

| 例 文 | 肉ばかりでなく、野菜もたくさん食べるようにしてください。 |

不要光吃肉，最好也多吃些蔬菜。

| 意思2 | 【附加】表示除了前項的情況之外，還有後項的情況，褒意貶意都可以用。「ばかりか」含有說話人吃驚或感嘆等心情。語意跟「だけでなく～も～」相同，後項也常會出現「も、さえ」等詞。中文意思是：「豈止…，連…也…、不僅…而且…」。 |

| 例 文 | この靴はおしゃれなばかりでなく、軽くて歩き易い。 |

這雙鞋不但好看，而且又輕，走起來健步如飛。

どころか

不但…反而…

接 續 ｛名詞；形容動詞詞幹な；[形容詞・動詞] 普通形｝＋どころか

說 明 「ばかりか」表附加，表示不光是前項，連後項也是，而後項的程度比
前項來得高；「どころか」表反預料，表示後項內容跟預期相反。先否
定了前項，並提出程度更深的後項。

例 文 「頑張れ」と言われて、嬉しいどころかストレスになった。

聽到這句「加油」，別說高興，根本成了壓力。

はもちろん、はもとより

不僅…而且…、…不用說，…也…

接 續 ｛名詞｝＋はもちろん、はもとより

意 思 **【附加】** 表示一般程度的前項自然不用說，就連程度較高的後項也不
例外，後項是強調不僅如此的新信息。相當於「～は言うまでもなく～
（も）」。中文意思是：「不僅…而且…、…不用說，…也…」。

例 文 子育てはもちろん、料理も掃除も、妻と協力してやっています。

不單是帶孩子，還包括煮飯和打掃，我都和太太一起做。

注 意 〔**禮貌體**〕「はもとより」是種較生硬的表現。另外，「もとより」也
有「本來、從一開始」的意思。

例 文 私が成功できたのは両親はもとより、これまでお世話になった
方々のおかげです。

我能夠成功不僅必須歸功於父母，也要感謝在各方面照顧過我的各位。

比 較 **にくわえて、にくわえ**

而且…、加上…、添加…

接 續 ｛名詞｝＋に加えて、に加え

說 明 「はもちろん」表附加，表示例舉前項是一般程度的，後項程度略高，不
管是前項還是後項通通包含在內；「にくわえて」也表附加，表示除了前
項，再加上後項，兩項的地位相等。

例 文 　電気代に加え、ガス代までもが値上がりした。
電費之外，就連瓦斯費也上漲了。

ような

(1) 像…之類的；(2) 宛如…一樣的…；(3) 感覺像…

意思1 　【列舉】{名詞の}＋ような。表示列舉，為了說明後項的名詞，而在前項具體的舉出例子。中文意思是：「像…之類的」。

例 文 　このマンションでは鳥や魚のような小さなペットなら飼うことができます。
如果是鳥或魚之類的小寵物，可以在這棟大廈裡飼養。

意思2 　【比喻】{名詞の；動詞辭書形；動詞ている}＋ような。表示比喻。中文意思是：「宛如…一樣的…」。

例 文 　高熱が何日も下がらず、死ぬような思いをした。
高燒好幾天都退不下來，還以為要死掉了。

意思3 　【判斷】{名詞の；形容動詞詞幹な；[形容詞・動詞]辭書形}＋ような気がする。表示說話人的感覺或主觀的判斷。中文意思是：「感覺像…」。

例 文 　何か悪いことが起こるような気がする。
總覺得要發生不祥之事了。

比 較 　**らしい**

像…樣子、有…風度

接 續 　{名詞；形容動詞詞幹；[形容詞・動詞]普通形}＋らしい

說 明 　「ような」表判斷，表示說話人的感覺或主觀的判斷；「らしい」表樣子，表示充分具有該事物應有的性質或樣貌，或是說話者根據眼前的事物進行客觀的推測。

例 文 　大石さんは、とても男らしい人です。
大石先生給人感覺很有男人味。

をはじめ（とする、として）

以…為首、…以及…、…等等

（接　續） {名詞}＋をはじめ（とする、として）

（意　思） 【例示】 表示由核心的人或物擴展到很廣的範圍。「を」前面是最具代表性的、核心的人或物。作用類似「などの、と」等。中文意思是：「以…為首、…以及…、…等等」。

（例　文） 札幌をはじめ、北海道には外国人観光客に人気の街がたくさんある。
包括札幌在內，北海道有許許多多廣受外國觀光客喜愛的城市。

（比　較） **をちゅうしんに（して）、をちゅうしんとして**
以…為重點、以…為中心、圍繞著…

（接　續） {名詞}＋を中心に（して）、を中心として

（説　明） 「をはじめ」表例示，先舉出一個最具代表性的事物，後項再列舉出範圍更廣的同類事物。後項常出現表示「多數」之意的詞；「をちゅうしんに」表基準，表示前項是某事物、狀態、現象、行為範圍的中心位置，而這中心位置，具有重要的作用。

（例　文） 点Aを中心に、円を描いてください。
請以A點為中心，畫一個圓圈。

14 比較、対比、逆接

比較、對比、逆接

001

くらいなら、ぐらいなら

與其…不如…、要是…還不如…

(接 續) ｛動詞普通形｝＋くらいなら、ぐらいなら

(意 思) 【比較】表示與其選前者，不如選後者，是一種對前者表示否定、厭惡的說法。常跟「ましだ」相呼應，「ましだ」表示兩方都不理想，但比較起來，還是某一方好一點。中文意思是：「與其…不如…、要是…還不如…」。

(例 文) あいつに謝_{あやま}るくらいなら、死_しんだほうがましだ。

要我向那傢伙道歉，倒不如叫我死了算了！

比 較 **から (に) は**

既然…、既然…，就…

(接 續) ｛動詞普通形｝＋から (に) は

(說 明) 「くらいなら」表比較，表示說話者寧可選擇後項也不要前項，表現出厭惡的感覺；「から (に) は」表理由，表示事情演變至此，就要順應這件事情，去進行後項的責任或義務。含有抱持某種決心或意志。

(例 文) オリンピックに出_でるからには、金_{きん}メダルを目指_{めざ}す。

既然參加奧運，目標就是奪得金牌。

というより

与其說…，還不如說…

(接續) {名詞；形容動詞詞幹；[名詞・形容詞・形容動詞・動詞]普通形}＋というより

(意思) 【比較】表示在相比較的情況下，後項的說法比前項更恰當，後項是對前項的修正、補充或否定，比直接、毫不留情加以否定的「ではなく」，說法還要婉轉。中文意思是：「与其說…，還不如說…」。

(例文) この音楽は、気持ちが落ち着くというより、眠くなる。
這種音樂與其說使人心情平靜，更接近讓人昏昏欲睡。

[比較] **くらい／ぐらい～はない、ほど～はない**

沒什麼是…、沒有…像…一樣、沒有…比…的了

(接續) {名詞}＋くらい／ぐらい＋{名詞}＋はない；{名詞}＋ほど＋{名詞}＋はない

(說明) 「というより」表比較，表示在相比較的情況下，与其說是前項，不如說後項更為合適；「ほど～はない」表最上級，表示程度比不上「ほど」前面的事物。強調說話人主觀地認為「ほど」前面的事物是最如何如何的。

(例文) 富士山ぐらい美しい山はない。
再沒有比富士山更美麗的山岳了！

にくらべ（て）

与…相比、跟…比較起來、比較…

(接續) {名詞}＋に比べ（て）

(意思) 【比較基準】表示比較、對照兩個事物，以後項為基準，指出前項的程度如何的不同。也可以用「にくらべると」的形式。相當於「に比較して」。中文意思是：「与…相比、跟…比較起來、比較…」。

(例文) 女性は男性に比べて我慢強いと言われている。
一般而言，女性的忍耐力比男性強。

比較 にたいして（は）、にたいし、にたいする

向…、對（於）…

接續 ｛名詞｝＋に対して（は）、に対し、に対する

說明 「にくらべ（て）」表比較基準。前項是比較的基準。「にたいして」表對象。後項多是針對這個對象而有的態度、行為或作用等，帶給這個對象一些影響。

例文 この問題に対して、意見を述べてください。

請針對這問題提出意見。

004

わりに（は）

（比較起來）雖然…但是…、但是相對之下還算…、可是…

接續 ｛名詞の；形容動詞詞幹な；[形容詞・動詞]普通形｝＋わりに（は）

意思 【比較】表示結果跟前項條件不成比例、有出入或不相稱，結果劣於或好於應有程度，相當於「のに、にしては」。中文意思是：「（比較起來）雖然…但是…、但是相對之下還算…、可是…」。

例文 ３年も留学していたわりには喋れないね。

都已經留學三年了，卻還是沒辦法開口交談哦？

比較 として、としては

以…身份、作為…；如果是…的話、對…來說

接續 ｛名詞｝＋として、としては

說明 「わりに（は）」表比較，表示某事物不如前項這個一般基準一般好或壞；「として」表立場，表示以某種身分、資格、地位來做後項的動作。

例文 専門家として、一言意見を述べたいと思います。

我想以專家的身份，說一下我的意見。

にしては

照…來說…、就…而言算是…、從…這一點來說，算是…的、作為…，相對來說…

（接續）{名詞；形容動詞詞幹；動詞普通形}＋にしては

（意思）【與預料不同】 表示現實的情況，跟前項提的標準相差很大，後項結果跟前項預想的相反或出入很大。含有疑問、諷刺、責難、讚賞的語氣。相當於「割には」。中文意思是：「照…來說…、就…而言算是…、從…這一點來說，算是…的、作為…，相對來說…」。

（例文）一生懸命やったにしては、結果がよくない。
相較於竭盡全力的過程，結果並不理想。

（比較）**わりに（は）**

（比較起來）雖然…但是…、但是相對之下還算…、可是…

（接續）{名詞の；形容動詞詞幹な；[形容詞・動詞]普通形}＋わりに（は）

（說明）「にしては」表與預料不同，表示評價的標準。表示後項的現實狀況，與前項敘述不符；「わりに（は）」表比較，表示比較的基準。按照常識來比較，後項跟前項不成比例、不協調、有出入。

（例文）この国は、熱帯のわりには過ごしやすい。
這個國家雖處熱帶，但住起來算是舒適的。

にたいして（は）、にたいし、にたいする

(1)和…相比；(2)向…、對（於）…

（接續）{名詞}＋に対して（は）、に対し、に対する

（意思1）【對比】 用於表示對立，指出相較於某個事態，有另一種不同的情況，也就是對比某一事物的兩種對立的情況。中文意思是：「和…相比」。

（例文）息子が本が好きなのに対し、娘は運動が得意だ。
不同於兒子喜歡閱讀，女兒擅長的是運動。

意思2 【**對象**】 表示動作、感情施予的對象，接在人、話題或主題等詞後面，表明對某對象產生直接作用。後接名詞時以「にたいするN」的形式表現。有時候可以置換成「に」。中文意思是：「向…、對（於）…」。

例文 この事件の陰には、若者の社会に対する不満がある。
這起事件的背後，透露出年輕人對社會的不滿。

比較 **について（は）、につき、についても、についての**
有關…、就…、關於…

接續 {名詞}＋について（は）、につき、についても、についての

說明 「にたいして（は）」表對象，表示動作針對的對象。也表示前項的內容跟後項的內容是相反的兩個方面；「について（は）」也表對象，表示以前接名詞為主題，進行書寫、討論、發表、提問、說明等動作。

例文 あの会社のサービスは、使用料金についても明確なので、安心して利用できます。
那家公司的服務使用費標示也很明確，因此可以放心使用。

---

007   Track N3-109

にはんし（て）、にはんする、にはんした
與…相反…

接續 {名詞}＋に反し（て）、に反する、に反した

意思 【**對比**】 接「期待（期待）、予想（預測）」等詞後面，表示後項的結果，跟前項所預料的相反，形成對比的關係。相當於「て〜とは反対に、に背いて」。中文意思是：「與…相反…」。

例文 新製品の売り上げは、予測に反する結果となった。
新產品的銷售狀況截然不同於預期。

比較 **にひきかえ〜は**
與…相反、和…比起來、相較起…、反而…

接續 {名詞（な）；形容動詞詞幹な；[形容詞・動詞]普通形}＋（の）にひきかえ

| 說 明 | 「にはんして」常接「予想、期待、予測、意思、命令、願い」等詞，表對比，表示和前項所預料是相反的；「にひきかえ～は」也表對比，比較前後兩個對照性的人或事，表示後項敘述的事物跟前項的狀態、情況，完全不同。 |

| 例 文 | 彼の動揺振りにひきかえ、彼女は冷静そのものだ。
和慌張的他比起來，她就相當冷靜。 |

はんめん
另一面…、另一方面…

| 接 續 | {[形容詞・動詞]辭書形}＋反面；{[名詞・形容動詞詞幹な]である}＋反面 |

| 意 思 | 【對比】 表示同一種事物，同時兼具兩種不同性格的兩個方面。除了前項的一個事項外，還有後項的相反的一個事項。前項一般為醒目或表面的事情，後項一般指出其難以注意或內在的事情。相當於「である一方」。中文意思是：「另一面…、另一方面…」。 |

| 例 文 | 父は厳しい親である反面、私の最大の理解者でもあった。
爸爸雖然很嚴格，但從另一個角度來說，也是最了解我的人。 |

| 比 較 | **いっぽう（で）**
一方面…而另一方面卻… |

| 接 續 | {動詞辭書形}＋一方（で） |

| 說 明 | 「はんめん」表對比，表示在同一個人事物中，有前項和後項這兩種相反的情況、性格、方面；「いっぽう（で）」也表對比。可以表示同一主語有兩個對比的情況，也表示同一主語有不同的方面。 |

| 例 文 | 今の若者は、親を軽視している一方で、親に頼っている。
現在的年輕人，瞧不起父母的同時，但卻又很依賴父母。 |

としても

即使…，也…、就算…，也…

（接　續）{名詞だ；形容動詞詞幹だ；[形容詞・動詞] 普通形}＋としても

（意　思）**【逆接假定條件】** 表示假設前項是事實或成立，後項也不會起有效的作用，或者後項的結果，與前項的預期相反。後項大多為否定、消極的內容。一般用在說話人的主張跟意見上。相當於「その場合でも」。中文意思是：「即使…，也…、就算…，也…」。

（例　文）君の言ったことは、冗談だとしても、許されないよ。
你說出來的話，就算是開玩笑也不可原諒！

（比　較）**とすれば、としたら、とする**
如果…、如果…的話、假如…的話

（接　續）{名詞だ；形容動詞詞幹だ；[形容詞・動詞] 普通形}＋とすれば、としたら、とする

（說　明）「としても」表逆接假定條件，表示就算前項成立，也不能替後項帶來什麼影響；「としたら」表順接假定條件。表示單純地進行跟事實相反的假定。

（例　文）川田大学でも難しいとしたら、山本大学なんて当然無理だ。
既然川田大學都不太有機會考上了，那麼山本大學當然更不可能了。

にしても

就算…，也…、即使…，也…

（接　續）{名詞；[形容詞・動詞] 普通形}＋にしても

（意　思）**【逆接讓步】** 表示讓步關係，退一步承認前項條件，並在後項中敘述跟前項矛盾的內容。前接人物名詞的時候，表示站在別人的立場推測別人的想法。相當於「も、としても」。中文意思是：「就算…，也…、即使…，也…」。

（例　文）おいしくないにしても、体のために食べたほうがいい。
即使難吃，為了健康著想，還是吃下去比較好。

| 比 較 | **としても**

即使…，也…、就算…，也…

| 接 續 | ｛名詞だ；形容動詞詞幹だ；[形容詞・動詞] 普通形｝＋としても

| 說 明 | 「にしても」表逆接讓步，表示假設退一步承認前項的事態，其內容也是不能理解、允許的；「としても」表逆接條件，表示雖說前項是事實，但也不能因此去做後項的動作。

| 例 文 | 体が丈夫だとしても、インフルエンザには注意しなければならない。

就算身體硬朗，也應該要提防流行性感冒。

くせに

雖然…，可是…、…，卻…

| 接 續 | ｛名詞の；形容動詞詞幹な；[形容詞・動詞] 普通形｝＋くせに

| 意 思 | 【逆接讓步】表示逆態接續。用來表示根據前項的條件，出現後項讓人覺得可笑的、不相稱的情況。全句帶有譴責、抱怨、反駁、不滿、輕蔑的語氣。批評的語氣比「のに」更重，較為口語。中文意思是：「雖然…，可是…、…，卻…」。

| 例 文 | 自分では何もしないくせに、文句ばかり言うな。

既然自己什麼都不做，就別滿嘴抱怨！

| 比 較 | **のに**

雖然…、可是…

| 接 續 | ｛[名詞・形容動詞] な；[動詞・形容詞] 普通形｝＋のに

| 說 明 | 「くせに」表逆接讓步，表示後項結果和前項的條件不符，帶有說話人不屑、不滿、責備等負面語氣；「のに」表逆接，表示後項的結果和預想的相背，帶有說話人不滿、責備、遺憾、意外、疑問的心情。

| 例 文 | 眠いのに、羊を 100 匹まで数えても眠れない。

明明很睏，但是數羊都數到一百隻了，還是睡不著。

といっても

雖說…，但…、雖說…，也並不是很…

接續 {名詞；形容動詞詞幹；[名詞・形容詞・形容動詞・動詞] 普通形}＋といっても

意思 【逆接】表示承認前項的說法，但同時在後項做部分的修正，或限制的內容，說明實際上程度沒有那麼嚴重。後項多是說話者的判斷。中文意思是：「雖說…，但…、雖說…，也並不是很…」。

例文 留学（りゅうがく）といっても３か月（げつ）だけです。
說好聽的是留學，其實也只去了三個月。

注意 〔**複雜**〕表示簡單地歸納了前項，在後項說明實際上程度更複雜。

例文 この機械（きかい）は安全（あんぜん）です。安全（あんぜん）といっても、使（つか）い方（かた）を守（まも）ることが必要（ひつよう）ですが。
這台機器很安全。不過雖說安全，仍然必須遵守正確的使用方式。

比較 ## にしても

就算…，也…、即使…，也…

接續 {名詞；[形容詞・動詞] 普通形}＋にしても

說明 「といっても」表逆接，說明實際上後項程度沒有那麼嚴重，或實際上後項比前項歸納的要複雜；「にしても」表讓步，表示即使假設承認前項的事態，並在後項中敘述的事情與預料的不同。

例文 テストの直前（ちょくぜん）にしても、全然休（ぜんぜんやす）まないのは体（からだ）に悪（わる）いと思（おも）います。
就算是考試當前，完全不休息對身體是不好的。

15 限定、強調
限定、強調

001　　　　　　　　　　　　　　　　　　　　　　　　　　Track N3-115

（っ）きり
(1) 只有…；全心全意地…；(2) 自從…就一直…

意思1　【限定】{名詞}＋（っ）きり。接在名詞後面，表示限定，也就是只有這些的範圍，除此之外沒有其它，相當於「だけ、しか～ない」。中文意思是：「只有…」。

例文　ちょっと二人きりで話したいことがあります。
有件事想找你單獨談一下。

注意　〖一直〗{動詞ます形}＋（っ）きり。表示不做別的事，全心全意做某一件事。中文意思是：「全心全意地…」。

例文　手術の後は、妻に付きっきりで世話をしました。
動完手術後，就全心全意地待在妻子身旁照顧她了。

意思2　【不變化】{動詞た形；これ、それ、あれ}＋（っ）きり。表示自此以後，便未發生某事態，後面常接否定。中文意思是：「自從…就一直…」。

例文　彼女とは3年前に別れて、それきり一度も会っていません。
自從和她在三年前分手後，連一次面都沒見過。

比較　っぱなしで、っぱなしだ、っぱなしの
一直…、總是…

接續　{動詞ます形}＋っ放しで、っ放しだ、っ放しの

（說明）「（っ）きり」表不變化，表示從此以後，就沒有發生某事態，後面常接
否定形；「っぱなしで」表持續，表示一直持續著相同的行為或狀態，
後面不接否定形。

（例文）私の仕事は、1日中ほとんどずっと立ちっ放しです。

我的工作幾乎一整天都是站著的。

しかない

只能…、只好…、只有…

（接續）{動詞辭書形}＋しかない

（意思）【限定】表示只有這唯一可行的，沒有別的選擇，或沒有其它的可能
性，用法比「ほかない」還要廣，相當於「だけだ」。中文意思是：「只
能…、只好…、只有…」。

（例文）飛行機が飛ばないなら、旅行は諦めるしかない。

既然飛機停飛，只好放棄旅行了。

比較 **ないわけにはいかない**

不能不…、必須…

（接續）{動詞否定形}＋ないわけにはいかない

（說明）「しかない」表限定，表示只剩下這個方法而已，只能採取這個行動；「な
いわけにはいかない」表義務，表示基於常識或受限於某種社會的理念，
不這樣做不行。

（例文）どんなに嫌でも、税金を納めないわけにはいかない。

任憑百般不願，也非得繳納稅金不可。

だけしか
只…、…而已、僅僅…

接　續　{名詞}＋だけしか

意　思　【限定】限定用法。下面接否定表現，表示除此之外就沒別的了。比起單獨用「だけ」或「しか」，兩者合用更多了強調的意味。中文意思是：「只…、…而已、僅僅…」。

例　文　テストは時間が足りなくて、半分だけしかできなかった。
考試時間不夠用，只答了一半而已。

比　較　**だけ**
只、僅僅

接　續　{名詞（＋助詞)}＋だけ；{名詞；形容動詞詞幹な}＋だけ；{[形容詞・動詞]普通形}＋だけ

說　明　「だけしか」表限定。下面接否定表現，表示除此之外就沒別的了，強調的意味濃厚；「だけ」也表限定，表示某個範圍內就只有這樣而已。用在對人、事、物等加以限制或限定。

例　文　お弁当は一つだけ買います。
只買一個便當。

だけ（で）
光…就…；只是…、只不過…；只要…就…

接　續　{名詞；形容動詞詞幹な；[形容詞・動詞]普通形}＋だけ（で）

意　思　【限定】接在「考える（思考）、聞く（聽聞）、想像する（想像）」等詞後面時，表示不管有沒有實際體驗，都可以感受到。中文意思是：「光…就…」。

例　文　雑誌で写真を見ただけで、この町が大好きになった。
單是在雜誌上看到照片，就愛上這座城鎮了。

（注意1）〔**限定範圍**〕表示除此之外，別無其它。中文意思是：「只是…、只不過…」。

（例文）この店の料理は、見た目がきれいなだけでおいしくない。

這家店的料理，只中看而不中吃。

（注意2）〔**程度低**〕表示不需要其他辦法，只要最低程度的方法、人物等，就可以達成後項。「で」表示狀態。中文意思是：「只要…就…」。

（例文）こんな高価なものは頂けません。お気持ちだけ頂戴します。

如此貴重的禮物我不能收，您的好意我心領了。

（比較）**しか〜ない**

只、僅僅

（接續）{名詞（＋助詞）}＋しか〜ない

（說明）「だけ（で）」表限定，表示只需要最低程度的方法、地點、人物等，不需要其他辦法，就可以把事情辦好；「しか〜ない」也表限定，是用來表示在某個範圍只有這樣而已，但通常帶有懊惱、可惜，還有強調數量少、程度輕等語氣，後面一定要接否定形。

（例文）お弁当は一つしか売っていませんでした。

便當賣到只剩一個了。

こそ

正是…、才（是）…；唯有…才…

（意思）【**強調**】{名詞}＋こそ。表示特別強調某事物。中文意思是：「正是…、才（是）…」。

（例文）「よろしくお願いします。」「こちらこそ、よろしく。」

「請多指教。」「我才該請您指教。」

（注意）〔**結果得來不易**〕{動詞て形}＋てこそ。表示只有當具備前項條件時，後面的事態才會成立。表示這樣做才能得到好的結果，才會有意義。後項一般是接續褒意，是得來不易的好結果。中文意思是：「唯有…才…」。

苦しいときに助け合ってこそ、本当の友達ではないか。

在艱難的時刻互助合作，這才稱得上是真正的朋友，不是嗎？

比 較 **だけ**

只、僅僅

接 續 ｛名詞（＋助詞)｝＋だけ；｛名詞；形容動詞詞幹な｝＋だけ；｛[形容詞・動詞] 普通形｝＋だけ

說 明 「こそ」表強調，用來特別強調前項；「だけ」表限定，用來限定前項。對前項的人物、物品、事情、數量、程度等加以限制，表示在某個範圍內僅僅如此而已。

例 文 野菜は嫌いなので肉だけ食べます。

不喜歡吃蔬菜，所以光只吃肉。

など

怎麼會…、才（不）…、並（不）；竟是…

接 續 ｛名詞（＋格助詞)；動詞て形；形容詞く形｝＋など

意 思 **【輕重的強調】** 表示加強否定的語氣。通過「など」對提示的事物，表示厭惡、輕視、不值得一提、無聊、不屑等輕視的心情。口語是的說法是「なんて」。中文意思是：「怎麼會…、才（不）…、並（不）」。

例 文 ずっと一人ですが、寂しくなどありません。

雖然獨居多年，但我並不覺得寂寞。

注 意 〔意外〕也表示意外、懷疑的心情，語含難以想像、荒唐之意。中文意思是：「竟是…」。

例 文 これが離婚のきっかけになるなんて考えてもみなかった。

這竟是造成離婚的原因，真的連想都沒想到。

比 較 **くらい（だ）、ぐらい（だ）**

幾乎…、簡直…、甚至…；這麼一點點

接 續 ｛名詞；形容動詞詞幹な；[形容詞・動詞] 普通形｝＋くらい（だ）、ぐらい（だ）

（說　明）「など」表輕重的強調，表示加強否定的語氣。通過「など」對提示的事物，表示不值得一提、無聊、不屑等輕視的心情；「くらい」表程度，表示最低程度。前接讓人看輕，或沒什麼大不了的事物。

（例　文）この作業は、誰にでもできるくらい簡単です。
這項作業簡單到不管是誰都會做。

---

007   Track N3-121

などと（いう）、なんて（いう）、などと（おもう）、なんて（おもう）

(1)（說、想）什麼的；(2) 多麼…呀、居然…

（接　續）{[名詞・形容詞・形容動詞・動詞] 普通形}＋などと（言う）、なんて（言う）、などと（思う）、なんて（思う）

（意思1）**【輕重的強調】** 後面接與「言う、思う、考える」等相關動詞，說話人用輕視或意外的語氣，提出發言或思考的內容。中文意思是：「（說、想）什麼的」。

（例　文）お母さんに向かってババアなんて言ったら許さないよ。
要是膽敢當面喊媽媽是老太婆，絕饒不了你喔！

（意思2）**【驚訝】** 表示前面的事，好得讓人感到驚訝，對預料之外的情況表示吃驚。含有讚嘆的語氣。中文意思是：「多麼…呀、居然…」。

（例　文）10か国語もできるなんて、語学が得意なんだと思う。
居然通曉十國語言，我想可能在語言方面頗具長才吧。

比　較　**なんか、なんて**
…什麼的

（接　續）{[名詞・形容詞・形容動詞・動詞] 普通形}＋なんか、なんて

（說　明）「などと」表驚訝，前接發言或思考的內容，後接否定的表現，表示輕視、意外的語氣；「なんか」表輕視，用於對所舉的例子，表示否定或輕蔑視。「などと」後面不可以接助詞，而「なんか」後面可以接助詞。「なんて」後面可以接名詞，而「なんか」後面不可以接名詞。

（例 文） アイドルに騒ぐなんて、全然理解できません。

看大家瘋迷偶像的舉動，我完全無法理解。

なんか、なんて

(1) 連…都不…；(2) …之類的；(3) …什麼的

（意思1）【強調否定】用「なんか～ない」的形式，表示對所舉的事物進行否定。有輕視、謙虛或意外的語氣。中文意思是：「連…都不…」。

（例 文）仕事が忙しくて、旅行なんか行けない。

工作太忙，根本沒空旅行。

（意思2）【舉例】{名詞}＋なんか。表示從各種事物中例舉其一，語氣緩和，是一種避免斷言、委婉的說法。是比「など」還隨便的說法。中文意思是：「…之類的」。

（例 文）ノートなんかは近所のスーパーでも買えますよ。

筆記本之類的在附近超市也買得到喔。

（意思3）【輕視】{[名詞・形容詞・形容動詞・動詞]普通形}＋なんて。表示對所提到的事物，認為是輕而易舉、無聊愚蠢的事，帶有輕視的態度。中文意思是：「…什麼的」。

（例 文）朝自分で起きられないなんて、君はいったい何歳だ。

什麼早上沒辦法自己起床？你到底幾歲了啊？

（比 較）ことか

多麼…啊

（接 續）{疑問詞}＋{形容動詞詞幹な；[形容詞・動詞]普通形}＋ことか

（說 明）「なんか」表輕視，可以含有說話人對評價的對象，進行強調，含有輕視的語氣。也表示舉例；「ことか」表感慨，表示強調。表示程度深到無法想像的地步，是說話人強烈的感情表現方式。

（例 文）あの人の妻になれたら、どれほど幸せなことか。

如果能夠成為那個人的妻子，不知道該是多麼幸福呢。

ものか

哪能…、怎麼會…呢、決不…、才不…呢

接 續 {形容動詞詞幹な；[形容詞・動詞] 辭書形}＋ものか

意 思 **【強調否定】** 句尾聲調下降。表示強烈的否定情緒，指說話人強烈否定對方或周圍的意見，或是絕不做某事的決心。中文意思是：「哪能…、怎麼會…呢、決不…、才不…呢」。

例 文 あの海が美しいものか。ごみだらけだ。
那片海一點都不美，上面漂著一大堆垃圾呀！

注意1 〔禮貌體〕一般而言「ものか」為男性使用，女性通常用禮貌體的「ものですか」。

例 文 あんな部長の下で働けるものですか。
我怎可能在那種部長的底下工作呢！

注意2 〔口語〕比較隨便的說法是「もんか」。

例 文 こんな店、二度と来るもんか。
這種爛店，誰要光顧第二次！

比 較 **もの、もん**

因為…嘛

接 續 {[名詞・形容動詞詞幹] んだ；[形容詞・動詞] 普通形んだ}＋もの、もん

說 明 「ものか」表強調否定，表示強烈的否定，帶有輕視或意志堅定的語感；「もの」表說明理由，帶有撒嬌、任性、不滿的語氣，多為女性或小孩使用，用在說話者針對理由進行辯解。

例 文 運動はできません。だって退院したばかりだもの。
人家不能運動，因為剛出院嘛！

16 許可、勧告、使役、敬語、伝聞

許可、勧告、使役、敬語、傳聞

---

001 Track N3-124

> # （さ）せてください、（さ）せてもらえますか、（さ）せてもらえませんか
>
> 請讓…、能否允許…、可以讓…嗎？

(接　續) ｛動詞否定形（去ない）；サ變動詞詞幹｝＋（さ）せてください、（さ）せてもらえますか、（さ）せてもらえませんか

(意　思) 【許可】「（さ）せてください」用在想做某件事情前，先請求對方的許可。「（さ）せてもらえますか、（さ）せてもらえませんか」表示徵詢對方的同意來做某件事情。以上三個句型的語氣都是客氣的。中文意思是：「請讓…、能否允許…、可以讓…嗎？」。

(例　文) 部長、その仕事は私にやらせてください。
部長，那件工作請交給我來做。

(比　較) **てくださいませんか**

能不能請您…

(接　續) ｛動詞て形｝＋くださいませんか

(說　明) 「（さ）せてください」表許可，用在請求對方許可自己做某事；「てくださいませんか」表客氣請求。「動詞＋てくださいませんか」比「てください」是更有禮貌的請求、指示的說法。

(例　文) お名前を教えてくださいませんか。
能不能告訴我您的尊姓大名？

ことだ

(1) 非常…、太…；(2) 就得…、應當…、最好…

意思1 【各種感情】｛形容詞辭書形；形容動詞詞幹な｝＋ことだ。表示說話人對於某事態有種感動、驚訝等的語氣，可以接的形容詞很有限。中文意思是：「非常…、太…」。

例文 隣の奥さんが、ときどき手作りの料理をくれる。有難いことです。
鄰居太太有時會親手做些料理送我們吃，真是太感謝了！

意思2 【忠告】｛動詞辭書形；動詞否定形｝＋ことだ。說話人忠告對方，某行為是正確的或應當的，或某情況下將更加理想，口語中多用在上司、長輩對部屬、晚輩，相當於「～したほうがよい」。中文意思是：「就得…、應當…、最好…」。

例文 失敗したくなければ、きちんと準備することです。
假如不想失敗，最好的辦法就是做足準備。

比較 **べき、べきだ**
必須…、應當…

接續 ｛動詞辭書形｝＋べき、べきだ

說明 「ことだ」表忠告，表示地位高的人向地位低的人提出忠告、提醒，說某行為是正確的或應當的，或這樣做更加理想；「べき」表勸告。是說話人提出看法、意見，表示那樣做是應該的、正確的。常用在勸告、禁止及命令的場合。

例文 学生は、勉強していろいろなことを吸収するべきだ。
學生應該好好學習，以吸收各種知識。

003   Track N3-126

ことはない

(1) 不是…、並非…；(2) 沒…過、不曾…；(3) 用不著…、不用…

意思1 【不必要】是對過度的行動或反應表示否定。從「沒必要」轉變而來，也表示責備的意思。用於否定的強調。中文意思是：「不是…、並非…」。

（例　文）どんなに部屋が汚くても、それで死ぬことはないさ。
就算房間又髒又亂，也不會因為這樣就死翹翹啦！

意思2 【經驗】{ [形容詞・形容動詞・動詞] た形 } ＋ことはない。表示以往沒有過的經驗，或從未有的狀態。中文意思是：「沒…過、不曾…」。

（例　文）台湾に行ったことはないが、台湾料理は大好きだ。
雖然沒去過台灣，但我最愛吃台灣菜了！

意思3 【勸告】{ 動詞辭書形 } ＋ことはない。表示鼓勵或勸告別人，沒有做某行為的必要，相當於「する必要はない」。口語中可將「ことはない」的「は」省略。中文意思是：「用不著…、不用…」。

（例　文）そんなに心配することないよ。手術をすればよくなるんだから。
不用那麼擔心啦，只要動個手術就會康復了。

比　較 **ほかない、ほかはない**
只有…、只好…、只得…

（接　續）{ 動詞辭書形 } ＋ほかない、ほかはない

説　明 「ことはない」表勸告，表示沒有必要做某件事情；「ほかはない」表讓步，表示沒有其他的辦法，只能硬著頭皮去做某件事情。

（例　文）書類は一部しかないので、コピーするほかない。
因為資料只有一份，只好去影印了。

Track N3-127

べき（だ）
必須…、應當…

（接　續）{ 動詞辭書形 } ＋べき（だ）

意　思 【勸告】　表示那樣做是應該的、正確的。常用在勸告、禁止及命令的場合。一般是從道德、常識或社會上一般的理念出發。是一種比較客觀或原則的判斷，書面跟口語雙方都可以用，相當於「～するのが当然だ」。中文意思是：「必須…、應當…」。

（例　文）あんな最低の男とは、さっさと別れるべきだ。
那種差勁的男人，應該早早和他分手！

（注 意）〖**するべき、すべき**〗「べき」前面接サ行變格動詞時，「する」以外
也常會使用「す」。「す」為文言的サ行變格動詞終止形。

（例 文）政府は国民にきちんと説明すべきだ。
政府應當對國民提供詳盡的報告。

（比 較）**はずだ**

（按理說）應該…

（接 續）{名詞の；形容動詞詞幹な；[形容詞・動詞] 普通形}＋はずだ

（說 明）「べき（だ）」表勸告，表示那樣做是應該的、正確的。常用在描述身為
人類的義務和理想時，勸告、禁止或命令對方怎麼做；「はずだ」表推
斷，表示說話人憑據事實或知識，進行主觀的推斷，有「理應如此」的
感覺。

（例 文）高橋さんは必ず来ると言っていたから、来るはずだ。
高橋先生說他會來，就應該會來。

たらどうですか、たらどうでしょう（か）

…如何、…吧

（接 續）{動詞た形}＋たらどうですか、たらどうでしょう（か）

（意 思）【**提議**】用來委婉地提出建議、邀請，或是對他人進行勸說。儘管兩者
皆為表示提案的句型，但「たらどうですか」說法較直接，「たらどう
でしょう（か）」較委婉。中文意思是：「…如何、…吧」。

（例 文）A社がだめなら、B社にしたらどうでしょうか。
如果A公司不行，那麼換成B公司如何？

（注意1）〖**接連用形**〗常用「動詞連用形＋てみたらどうですか、どうでしょう
（か）」的形式。

（例 文）そんなに心配なら、奥さんに直接聞いてみたらどうですか。
既然那麼擔心，不如直接問問他太太吧？

（注意2）〖**省略形**〗當對象是親密的人時，常省略成「たらどう、たら」的形式。

〔例 文〕 遅刻が多いけど、あと 10 分早く起きたらどう。

三天兩頭遲到，我看你還是早個十分鐘起床吧？

〔注意3〕 〖禮貌說法〗較恭敬的說法可將「どう」換成「いかが」。

〔例 文〕 お疲れでしょう。たまにはゆっくりお休みになったらいかがですか。

想必您十分辛苦。不妨考慮偶爾放鬆一下好好休息，您覺得如何呢？

〔比 較〕 **ほうがいい**

我建議最好…、我建議還是…為好

〔接 續〕 {名詞の；形容詞辭書形；形容動詞詞幹な；動詞た形}＋ほうがいい

〔說 明〕 「たらどうですか」表提議，用在委婉地提出建議、邀請對方去做某個行動，或是對他人進行勸說的時候；「ほうがいい」表勸告，用在向對方提出建議、忠告（有時會有強加於人的印象），或陳述自己的意見、喜好的時候。

〔例 文〕 もう寝た方がいいですよ。

這時間該睡了喔！

てごらん

…吧、試著…

〔接 續〕 {動詞て形}＋てごらん

〔意 思〕 **【提議嘗試】**用來請對方試著做某件事情。說法比「てみなさい」客氣，但還是不適合對長輩使用。中文意思是：「…吧、試著…」。

〔例 文〕 じゃ、今度は一人でやってごらん。

好，接下來試著自己做做看！

〔注 意〕 〖漢字〗「てごらん」為「てご覧なさい」的簡略形式，有時候也會用不是簡略的原形。這時通常會用漢字「覽」來表記，而簡略形式常用假名來表記。「てご覧なさい」用法，如例：

〔例 文〕 この本、読んでご覧なさい。すごく勉強になるから。

這本書你拿去讀一讀，可以學到很多東西。

比　較	**てみる**

試著（做）…

接　續	{動詞て形}＋みる

說　明	「てごらん」表提議嘗試，表示請對方試著做某件事情，通常會用漢字「覽」；「てみる」表嘗試，表示不知道、沒試過，為了弄清楚，所以嘗試著去做某個行為。「てみる」不用漢字。「てごらん」是「てみる」的命令形式。

例　文	仕事で困ったことが起こり、高崎さんに相談してみた。

工作上發生了麻煩事，找了高崎先生商量。

使役形＋もらう、くれる、いただく

請允許我…、請讓我…

接　續	{動詞使役形}＋もらう、くれる、いただく

意　思	【許可】使役形跟表示請求的「もらえませんか、いただけませんか、いただけますか、ください」等搭配起來，表示請求允許的意思。中文意思是：「請允許我…、請讓我…」。

例　文	きれいなお庭ですね。写真を撮らせてもらえませんか。

好美的庭院喔！請問我可以拍照嗎？

注　意	〔恩惠〕如果使役形跟「もらう、いただく、くれる」等搭配，就表示由於對方的允許，讓自己得到恩惠的意思。

例　文	母は一生懸命働いて、私を大学へ行かせてくれました。

媽媽拚命工作，供我上了大學。

比　較	**（さ）せる**

讓…、叫…、令…；把…給；讓…、隨…、請允許…

接　續	{[一段動詞・力變動詞] 使役形；サ變動詞詞幹}＋させる；{五段動詞使役形}＋せる

說 明 「使役形＋もらう」表許可，表示請求對方的允許；「（さ）せる」表強制，表示使役，使役形的用法有：1、某人強迫他人做某事，由於具有強迫性，只適用於長輩對晚輩或同輩之間。2、某人用言行促使他人自然地做某種動作。3、允許或放任不管。

例 文 親が子供に部屋を掃除させた。

父母叫小孩整理房間。

って

(1) 聽說…、據說…；(2) 他說…、人家說…

接 續 {名詞（んだ）；形容動詞詞幹な（んだ）；[形容詞・動詞] 普通形（んだ）}＋って

意思1 【傳聞】也可以跟表說明的「んだ」搭配成「んだって」，表示從別人那裡聽說了某信息。中文意思是：「聽說…、據說…」。

例 文 お隣の健ちゃん、この春もう大学卒業なんだって。

住隔壁的小健，聽說今年春天已經從大學畢業嘍。

意思2 【引用】表示引用自己聽到的話，相當於表示引用句的「と」，重點在引用。中文意思是：「他說…、人家說…」。

例 文 留学生の林さん、みんなの前で話すのは恥ずかしいって。

留學生的林小姐說她在大家面前講話會很害羞。

比 較 **そうだ**

聽說…、據說…

接 續 {[名詞・形容詞・形容動詞・動詞] 普通形}＋そうだ

說 明 「って」和「そうだ」的意思都是「聽說…」，表傳聞，表示從他人等得到的消息的引用。兩者不同的地方在於前者是口語說法，語氣較輕鬆隨便，而後者相較之下較為正式。「って」也表引用。前接自己聽到的話，表示引用自己聽到的話；「そうだ」前接自己聽到或讀到的信息。表示該信息不是自己直接獲得的，而是間接聽說或讀到的。不用否定或過去形式。

例文 友達の話によると、もう一つ飛行場ができるそうだ。
聽朋友說，要蓋另一座機場。

009

とか

好像…、聽說…

接續 {名詞；形容動詞詞幹；[名詞・形容詞・形容動詞・動詞]普通形}＋とか

意思 【傳聞】用在句尾，接在名詞或引用句後，表示不確切的傳聞，引用信息。比表示傳聞的「そうだ、ということだ」更加不確定，或是迴避明確說出，一般用在由於對消息沒有太大的把握，因此採用模稜兩可，含混的說法。相當於「～と聞いている」。中文意思是：「好像…、聽說…」。

例文 営業部の中田さん、沖縄の出身だとか。
業務部的中田先生好像是沖繩人。

比較 **っけ**

是不是…來著、是不是…呢

接續 {名詞だ（った）；形容動詞詞幹だ（った）；[動詞・形容詞]た形}＋っけ

說明 「とか」表傳聞，說話者的語氣不是很肯定；「っけ」表確認，用在說話者印象模糊、記憶不清時進行確認，或是自言自語時。

例文 さて、寝るか。あれ、もう歯磨きはしたんだっけ。
好了，睡覺吧。刷過牙了嗎？

010

ということだ

(1)…也就是說…、就表示…；(2)聽說…、據說…

接續 {簡體句}＋ということだ

意思1 【結論】明確地表示自己的意見、想法之意，也就是對前面的內容加以解釋，或根據前項得到的某種結論。中文意思是：「…也就是說…、就表示…」。

例文 　成功した人は、それだけ努力したということだ。

成功的人，也就代表他付出了相對的努力。

意思2 【傳聞】表示傳聞，從某特定的人或外界獲取的傳聞。比起「そうだ」來，有很強的直接引用某特定人物的話之語感。中文意思是：「聽說…、據說…」。

例文 　営業部の吉田さんは、今月いっぱいで仕事を辞めるということだ。

聽說業務部的吉田小姐將於本月底離職。

比較 **わけだ**

當然…、難怪…

接續 {形容動詞詞幹な；[形容詞・動詞]普通形}＋わけだ

說明 「ということだ」表傳聞，用在說話者根據前面事項導出結論；「わけだ」表結論，表示依照前面的事項，勢必會導出後項的結果。

例文 　3年間留学していたのか。道理で英語がペラペラなわけだ。

到國外留學了三年啊！難怪英文那麼流利。

んだって

聽說…呢

接續 {[名詞・形容動詞詞幹]な}＋んだって；{[動詞・形容詞]普通形}＋んだって

意思 【傳聞】表示說話者聽說了某件事，並轉述給聽話者。語氣比較輕鬆隨便，是表示傳聞的口語用法。是「んだ（のだ）」跟表示傳聞的「って」結合而成的。中文意思是：「聽說…呢」。

例文 　楽しみだな。頂上からの景色、最高なんだって。

好期待喔。據說站在山頂上放眼望去的風景，再壯觀不過了呢。

注意 〔**女性－んですって**〕女性會用「んですって」的說法。

例文 　お隣の奥さん、元女優さんなんですって。

聽說鄰居太太以前是女星呢。

比 較	**とか**

好像…、聽說…

接 續	{名詞；形容動詞詞幹；[名詞・形容詞・形容動詞・動詞]普通形}＋とか

說 明	「んだって」表傳聞，表示傳聞的口語用法。是說話者聽說了某信息，並轉述給聽話者的表達方式；「とか」也表傳聞。是說話者的語氣不是很肯定，或避免明確說明的表現方式。

例 文	当時はまだ新幹線がなかったとか。

聽說當時還沒有新幹線。

って（いう）、とは、という（のは）（主題・名字）

所謂的…、…指的是；叫…的、是…、這個…

意 思	【話題】{名詞}＋って、とは、というのは。表示主題，前項為接下來話題的主題內容，後面常接疑問、評價、解釋等表現，「って」為隨便的口語表現，「とは、というのは」則是較正式的說法。中文意思是：「所謂的…、…指的是」。

例 文	アフターサービスとは、どういうことですか。

所謂的售後服務，包含哪些項目呢？

注 意	〔短縮〕{名詞}＋って（いう）、という＋{名詞}。表示提示事物的名稱。中文意思是：「叫…的、是…、這個…」。

例 文	「ワンピース」っていう漫画、知ってる。

你聽過一部叫做《海賊王》的漫畫嗎？

比 較	**と**

說…、寫著…

接 續	{句子}＋と

說 明	「って」表話題，是口語的用法。用在介紹名稱，說明不太熟悉的人、物地點的名稱的時候。有時說成「っていう」，書面語是「という」；「と」表引用內容，表示間接引用。

例　文 子供が「遊びたい」と言っています。
小孩說：「好想出去玩」。

ように（いう）

告訴…

接　續　{動詞辭書形；動詞否定形}＋ように（言う）

意　思　【間接引用】表示間接轉述指令、請求、忠告等內容，由於原本是用在傳達命令，所以對長輩或上級最好不要原封不動地使用。中文意思是：「告訴…」。

例　文　監督は選手たちに、試合前日はしっかり休むように言った。
教練告訴了選手們比賽前一天要有充足的休息。

注　意　〖後接說話動詞〗後面也常接「お願いする（拜託）、頼む（拜託）、伝える（傳達）」等跟說話相關的動詞。

例　文　子供が寝ていますから、大きな声を出さないように、お願いします。
小孩在睡覺，所以麻煩不要發出太大的聲音。

比　較　**なさい**
要…、請…

接　續　{動詞ます形}＋なさい

說　明　「ように（いう）」表間接引用，表示間接轉述指示、請求、忠告等內容；「なさい」表命令，表示命令或指示。跟直接使用「命令形」相比，語氣更要婉轉、有禮貌。

例　文　しっかり勉強しなさいよ。
要好好用功讀書喔！

命令形＋と

（接續）　{動詞命令形}＋と

（意思1）　**【直接引用】** 前面接動詞命令形、「な」、「てくれ」等，表示引用命令的內容，下面通常會接「怒る（生氣）、叱る（罵）、言う（說）」等相關動詞。

（例文）　毎晩父は、「子供は早く寝ろ」と部屋の電気を消しに来る。
爸爸每晚都會來我的房間關燈，並說一句：「小孩子要早點睡！」

（意思2）　**【間接引用】** 除了直接引用說話的內容以外，也表示間接的引用。

（例文）　課長に、今日は残業してくれと頼まれた。
科長拜託我今天留下來加班。

（比較）　**命令形**
給我…、不要…

（接續）　（句子）＋{動詞命令形}＋（句子）

（說明）　「命令形＋と」表間接引用，表示引用命令的內容；「命令形」表命令，表示命令對方要怎麼做，也可能用在遇到緊急狀況、吵架或交通號誌等的時候。

（例文）　うるさいなあ。静かにしろ。
很吵耶，安靜一點！

015   Track N3-138

てくれ
做…、給我…

（接續）　{動詞て形}＋てくれ

（意思）　**【引用命令】** 後面常接「言う（說）、頼む（拜託）」等動詞，表示引用某人下的強烈命令，或是要別人替自己做事的內容。使用時，這個某人的地位必須要比聽話者還高，或是輩分相等，才能用語氣這麼不客氣的命令形。中文意思是：「做…、給我…」。

（例 文） A社の課長さんに、君に用はない、帰ってくれと言われてしまった。

A公司的科長向我大吼說：再也不想見到你，給我出去！

| 比 較 | **てもらえないか** |

能（為我）做…嗎

（接 續） {動詞て形}＋てもらえないか

（説 明） 「てくれ」表引用命令，表示地位高的人向地位低的人下達強烈的命令，命令某人為說話人（或說話人一方的人）做某事；「てもらえないか」表行為受益－同輩、晚輩，表示願望。用「もらう」的可能形，表示說話人（或說話人一方的人）請求別人做某行為。也可以用在提醒他人的場合。

（例 文） ちょっと、助けてもらいないか。

請幫我一個忙。

MEMO

JLPT **N2**

關係
關係

---

001   Track N2-001

にかかわって、にかか わり、にかかわる
關於…、涉及…

（接　續）{名詞}＋にかかわって、にかかわり、にかかわる

（意思1）【關連】表示後面的事物受到前項影響，或是和前項是有關聯的，而且不只有關連，還給予重大的影響。大多為重要或重大的內容。「にかかわって」可以放在句中，也可以放在句尾。中文意思是：「關於…、涉及…」。

（例　文）私は将来、貿易に関わる仕事をしたい。
我以後想從事貿易相關行業。

（注　意）〖**前接受影響詞**〗前面常接「評判、命、名誉、信用、存続」等表示受影響的名詞。

（例　文）飲酒運転は命に関わるので絶対にしてはいけない。
人命關天，萬萬不可酒駕！

（比　較）**にかかっている**
全憑…

（接　續）{名詞；疑問句か}＋にかかっている

（說　明）「にかかわって」表關連，表示後項的事物將嚴重影響到前項；「にかかっている」表關連，表示事情能不能實現，由前接部分所表示的內容來決定。

例　文　合格できるかどうかは、聴解にかかっている。

能否合格，要取決於聽力。

002　　　　　　　　　　　　　　　　　　　　　　　　　Track N2-002

につけ（て）、につけても

(1)不管…或是…；(2)一…就…、每當…就…

接　續　{[形容詞・動詞]辭書形}＋につけ（て）、につけても

意思1　【無關】也可用「につけ～につけ」來表達，這時兩個「につけ」的前面要接成對的或對立的詞，表示「不管什麼情況都…」的意思。中文意思是：「不管…或是…」。

例　文　嬉しいにつけ悲しいにつけ、音楽は心の友となる。

不管是高興的時候，或是悲傷的時候，音樂永遠是我們的心靈之友。

意思2　【關連】每當碰到前項事態，總會引導出後項結論，表示前項事態總會帶出後項結論，後項一般為自然產生的情感或狀態，不接表示意志的詞語。常跟動詞「聞く、見る、考える」等搭配使用。中文意思是：「一…就…、每當…就…」。

例　文　この料理を食べるにつけ、国の母を思い出す。

每當吃到這道菜，總會想起故鄉的母親。

比　較　**たび（に）**

每次…、每當…就…

接　續　{名詞の；動詞辭書形}＋たび（に）

說　明　「につけ」表關連，表示每當處於某種事態下，心理就自然會產生某種狀態。前面接動詞辭書形。還可以重疊用「につけ～につけ」的形式；「たび（に）」也是表關連，表示每當前項發生，那後項勢必跟著發生。前面接「名詞の／動詞辭書形」。不能重疊使用。

例　文　あいつは、会うたびに皮肉を言う。

每次跟那傢伙碰面，他就冷嘲熱諷的。

をきっかけに（して）、をきっかけとして

以…為契機、自從…之後、以…為開端

（接　續）　{名詞；[動詞辭書形・動詞た形]の} ＋をきっかけに（して）、をきっかけ
として

（意思1）　【關連】表示新的進展及新的情況產生的原因、機會、動機等。後項多
為跟以前不同的變化，或新的想法、行動等的內容。使用「をきっかけ
にして」則含有偶然的意味。中文意思是：「以…為契機、自從…之後、
以…為開端」。

（例　文）　母親の入院をきっかけにして、料理をするようになりました。
自從家母住院之後，我便開始下廚。

比　較	**をもとに（して／した）**

以…為根據、以…為參考、在…基礎上

（接　續）　{名詞} ＋をもとに（して）

（説　明）　「をきっかけに」表關連，表示前項觸發了後項行動的開端；「をもとに」
表依據，表示以前項為依據的基礎去做後項，也就是以前項為素材，進
行後項的動作。

（例　文）　いままでに習った文型をもとに、文を作ってください。
請參考至今所學的文型造句。

をけいきとして、をけいきに（して）

趁著…、自從…之後、以…為動機

（接　續）　{名詞；[動詞辭書形・動詞た形]の} ＋を契機として、を契機に（して）

（意思1）　【關連】表示某事產生或發生的原因、動機、機會、轉折點。前項大多
是成為人生、社會或時代轉折點的重大事情。是「をきっかけに」的書
面語。中文意思是：「趁著…、自從…之後、以…為動機」。

（例　文）　定年退職を契機に、残りの人生を考え始めた。
以退休為契機，開始思考該如何安排餘生了。

比　較	**にあたって、にあたり**

在…的時候、當…之時、當…之際

接　續	{名詞；動詞辭書形} ＋にあたって、にあたり

說　明	「をけいきとして」表關連，表示某事物正好是個機會，以此為開端，進行後項一個新動作；「にあたって」表時點，表示在做前項某件特別、重要的事情之前或同時，要進行後項。

例　文	このおめでたい時にあたって、一言お祝いを言いたい。

在這可喜可賀的時候，我想說幾句祝福的話。

005　　　　　　　　　　　　　　　　　　　　　　　　　　　

にかかわらず

無論…與否…、不管…都…、儘管…也…

接　續	{名詞；[形容詞・動詞]辭書形；[形容詞・動詞]否定形} ＋にかかわらず

意思1	【無關】表示前項不是後項事態成立的阻礙。接兩個表示對立的事物，表示跟這些無關，都不是問題，前接的詞多為意義相反的二字熟語，或同一用言的肯定與否定形式。中文意思是：「無論…與否…、不管…都…、儘管…也…」。

例　文	送料は大きさに関わらず、全国どこでも1000円です。

商品尺寸不分大小，寄至全國各地的運費均為一千圓。

注　意	〔類語－にかかわりなく〕「にかかわりなく」跟「にかかわらず」意思、用法幾乎相同，表示「不管…都…」之意。

例　文	参加者の人数に関わりなく、スポーツ大会は必ず行います。

無論參加人數多寡，運動大會都將照常舉行。

比　較	**にもかかわらず**

雖然…，但是…、儘管…，卻…、雖然…，卻…

接　續	{名詞；形容動詞詞幹；[形容詞・動詞]普通形} ＋にもかかわらず

說　明	「にかかわらず」表無關，表示與這些差異無關，不因這些差異，而有任何影響的意思；「にもかかわらず」表無關，表示前項跟後項是兩個與預料相反的事態。用於逆接。

努力にもかかわらず、全然効果が出ない。

儘管努力了，還是完全沒有看到效果。

にしろ

無論…都…、就算…，也…、即使…，也…

接　續 ｛名詞；形容動詞詞幹；[形容詞・動詞] 普通形｝＋にしろ

意思1 【無關】表示逆接條件。表示退一步承認前項，並在後項中提出跟前面相反或相矛盾的意見。常和副詞「いくら、仮に」前後呼應使用。是「にしても」的鄭重的書面語言。也可以說「にせよ」。後接說話人的判斷、評價、主張、無法認同、責備等表達方式。中文意思是：「無論…都…、就算…，也…、即使…，也…」。

例 文 洗濯機にしろ冷蔵庫にしろ、日本製が高いことに変わりない。

不論是洗衣機還是冰箱，凡是日本製造的產品都同樣昂貴。

比　較 **さえ、でさえ、とさえ**

就連…也…

接　續 ｛名詞＋（助詞）｝＋さえ、でさえ、とさえ；｛疑問詞…｝＋かさえ；｛動詞意向形｝＋とさえ

説　明 「にしろ」表無關，表示退一步承認前項，並在後項中提出不會改變的意見或不能允許的心情。是逆接條件的表現方式；「さえ」表強調輕重程度，前項列出程度低的極端例子，意思是「連這個都這樣」其他更別說了。後項多為否定性的內容。

例 文 電気もガスも、水道さえ止まった。

包括電氣、瓦斯，就連自來水也全都中斷供應了。

にせよ、にもせよ

無論…都…、就算…，也…、即使…，也…、…也好…也好

接　續 ｛名詞；形容動詞詞幹である；[形容詞・動詞] 普通形｝＋にせよ、にもせよ

意思1 【無關】表示退一步承認前項，並在後項中提出跟前面相反或相矛盾的意見。是「にしても」的鄭重的書面語言。也可以說「にしろ」。後接說話人的判斷、評價、主張、無法認同、責備等表達方式。中文意思是：「無論…都…、就算…，也…、即使…，也…、…也好…也好」。

例文 いくら眠かったにせよ、先生の前で寝るのはよくない。
即使睏意襲人，當著老師的面睡著還是很不禮貌。

比較 **にしては**

照…來說…、就…而言算是…、從…這一點來說，算是…的、作為…，相對來說…

接續 {名詞；形容動詞詞幹；動詞普通形} ＋にしては

說明 「にせよ」表無關，表示即使假設承認前項所說的事態，後面所說的事態都與前項相反，或矛盾的；「にしては」表與預料不同，表示從前項來判斷，後項應該如何，但事實卻與預料相反不是這樣。

例文 この字は、子供が書いたにしては上手です。
這字出自孩子之手，算是不錯的。

008

にもかかわらず

雖然…，但是…、儘管…，卻…、雖然…，卻…

接續 {名詞；形容動詞詞幹；[形容詞・動詞] 普通形} ＋にもかかわらず

意思1 【無關】表示逆接。後項事情常是跟前項相反或相矛盾的事態。也可以做接續詞使用。中文意思是：「雖然…，但是…、儘管…，卻…、雖然…，卻…」。

例文 お正月にも関わらず、アルバイトをしていた。
雖是新年假期，我還是得照常打工。

注意 〔吃驚等〕含有說話人吃驚、意外、不滿、責備的心情。

例文 悪天候にも関わらず、野外コンサートが行われた。
儘管當日天候惡劣，露天音樂會依然照常舉行了。

| 比 較 | **もかまわず** |

（連…都）不顧…、不理睬…、不介意…

| 接 續 | ｛名詞；動詞辭書形の｝＋もかまわず |

| 說 明 | 「にもかかわらず」表無關，表示由前項可推斷出後項，但後項事實卻與之相反；「もかまわず」也表無關，表示毫不在意前項的狀況，去做後項。 |

| 例 文 | 警官の注意もかまわず、赤信号で道を横断した。

不理會警察的警告，照樣闖紅燈。

もかまわず

（連…都）不顧…、不理睬…、不介意…

| 接 續 | ｛名詞；動詞辭書形の｝＋もかまわず |

| 意思 1 | 【無關】表示對某事不介意，不放在心上。常用在不理睬旁人的感受、眼光等。中文意思是：「（連…都）不顧…、不理睬…、不介意…」。 |

| 例 文 | 雨に濡れるのもかまわず、ペットの犬を探した。

當時不顧渾身淋得濕透，仍然在雨中不停尋找走失的寵物犬。

| 注 意 | 〔**不用顧慮**〕「にかまわず」表示不用顧慮前項事物的現況，請以後項為優先的意思。 |

| 例 文 | 今日は調子が悪いので、私にかまわず、食べて、飲んでください。

我今天身體狀況不太好，請不必在意，儘管多吃點、多喝點！

| 比 較 | **はともかく（として）** |

姑且不管…、…先不管它

| 接 續 | ｛名詞｝＋はともかく（として） |

| 說 明 | 「もかまわず」表無關，表示不顧前項情況的存在，去做後項；「はともかく」也表無關、除外，用在比較前後兩個事項，表示先考慮後項，而不考慮前項。 |

| 例 文 | 俺の話はともかくとして、お前の方はどうなんだ。

先別談我的事，你那邊還好嗎？

をとわず、はとわず

無論…都…、不分…、不管…，都…

(接　續) {名詞} ＋を問わず、は問わず

(意思1) 【無關】表示沒有把前接的詞當作問題、跟前接的詞沒有關係，多接在「男女」、「昼夜」等對義的單字後面。中文意思是：「無論…都…、不分…、不管…，都…」。

(例　文) あの工場では、昼夜を問わず誰かが働いている。
那家工廠不分日夜，二十四小時都有員工輪班工作。

(注意1) 〖肯定及否定並列〗前面可接用言肯定形及否定形並列的詞。

(例　文) 飲む飲まないを問わず、飲み物は飲み放題です。
不論喝或不喝，各類飲品皆可盡情享用。

(注意2) 〖Nはとわず〗使用於廣告文宣時，也有使用「Nはとわず」的形式。

(例　文) アルバイト募集。性別、国籍は問わず。
召募兼職員工。歡迎不同性別的各國人士加入我們的行列！

比　較　**のみならず**

不僅…，也…、不僅…，而且…、非但…，尚且…

(接　續) {名詞；形容動詞詞幹である；[形容詞・動詞] 普通形} ＋のみならず

(說　明) 「をとわず」表無關，表示前項不管怎樣、不管為何，後項都能因應成立；「のみならず」表附加，表示不只前項事物，連後項都是如此。

(例　文) この薬は、風邪のみならず、肩こりにも効果がある。
這個藥不僅對感冒有效，對肩膀酸痛也很有效。

011   Track N2-011

はともかく（として）

姑且不管…、…先不管它

(接　續) {名詞} ＋はともかく（として）

意思1 【無關】表示提出兩個事項，前項暫且不作為議論的對象，先談後項。暗示後項是更重要的。中文意思是：「姑且不管…、…先不管它」。

例文 留学中の２年でN1はともかく、N2には合格したい。
在留學的這兩年期間不求通過N1級測驗，至少希望N2能夠合格。

注意 〖先考慮後項〗含有前項的問題雖然也得考慮，但相較之下，現在只能優先考慮後項的想法。

例文 大学院はともかく、大学は行ったほうがいい。
且不論研究所，至少要取得大學文憑才好。

比較 にかわって、にかわり
替…、代替…、代表…

接續 ｛名詞｝＋にかわって、にかわり

說明 「はともかく」表無關，用於比較前項與後項，有「前項雖然也是不得不考慮的，但是後項更重要」的語感；「にかわって」表代理，表示代替前項做某件事，有「本來應該由某人做的事，卻改由其他人來做」的意思。

例文 社長にかわって、副社長が挨拶をした。
副社長代表社長致詞。

にさきだち、にさきだつ、にさきだって
在…之前，先…、預先…、事先…

接續 ｛名詞；動詞辭書形｝＋に先立ち、に先立つ、に先立って

意思1 【前後關係】用在述說做某一較重大的工作或動作前應做的事情，後項是做前項之前，所做的準備或預告。大多用於述說在進入正題或重大事情之前，應該做某一附加程序的時候。「にさきだち」強調順序，而類似句型「にあたって」強調狀態。中文意思是：「在…之前，先…、預先…、事先…」。

例文 増税に先立つ政府の会見が、今週末に開かれる予定です。
政府於施行增稅政策前的記者說明會，預定於本週末舉行。

比 較	**にさいし（て／ては／ての）**

在…之際、當…的時候

接 續	{名詞；動詞辭書形} ＋に際し（て／ては／ての）

說 明	「にさきだち」表前後關係，表示在做前項之前，先做後項的事前工作；「にさいして」表時點，表示眼前在前項這樣的場合、機會，進行後項的動作。

例 文	チームに入るに際して、自己紹介をしてください。

入隊時請先自我介紹。

MEMO

2 時間
時間

---

001 Track N2-013

おり (に／は／には／から)

…的時候；正值…之際

意思1 【時點】{名詞;動詞辭書形;動詞た形}＋おり (に／は／には／から)。「折」是流逝的時間中的某一個時間點，表示機會、時機的意思，說法較為鄭重、客氣，比「とき」更有禮貌。句尾不用強硬的命令、禁止、義務等表現。中文意思是：「…的時候」。

例 文 先日お会いした折はお元気だった先生が、ご入院されたと知って大変驚きました。

聽說上次見面時還很硬朗的老師住院了，這個消息太令人訝異了。

注 意 〖書信固定用語〗{名詞の;[形容詞・動詞]辭書形}＋折から。「折から」大多用在書信中，表示季節、時節的意思，先敘述此天候不佳之際，後面再接請對方多保重等關心話，說法較為鄭重、客氣。由於屬於較拘謹的書面語，有時會用古語形式。中文意思是：「正值…之際」。

例 文 寒さの厳しい折から、お身体にお気をつけください。

時值寒冬，務請保重玉體。

比 較 さい (は)、さいに (は)

…的時候、在…時、當…之際

接 續 {名詞の;動詞普通形}＋際、際は、際に (は)

（説明）「おりに」表時點，表示以一件好事為契機；「さい」也表時點、時候，表示處在某一個特殊狀態，或到了某一特殊時刻。含有機會、契機的意思。

（例文）仕事の際には、コミュニケーションを大切にしよう。

在工作時，要著重視溝通。

002　　　　　　　　　　　　　　　　　　　　　　　

にあたって、にあたり

在…的時候、當…之時、當…之際、在…之前

（接續）{名詞；動詞辭書形}＋にあたって、にあたり

（意思1）【時點】表示某一行動，已經到了事情重要的階段。它有複合格助詞的作用。一般用在致詞或感謝致意的書信中，或新事態將要開始的情況。含有說話人對這一行動下定決心、積極的態度。中文意思是：「在…的時候、當…之時、當…之際、在…之前」。

（例文）新規店のオープンにあたり、一言お祝いをのべさせていただきます。

此次適逢新店開幕，容小弟敬致恭賀之意。

（比較）**において、においては、においても、における**

在…、在…時候、在…方面

（接續）{名詞}＋において、においては、においても、における

（説明）「にあたって」表時點，表示在做前項某件特別、重要的事情之前，要進行後項；「において」表場面或場合，表示事態發生的時間、地點、狀況，一般用在新事態將要開始的情況。也表示跟某一領域有關的場合。

（例文）我が社においては、有能な社員はどんどん昇進します。

在本公司，有才能的職員都會順利升遷的。

003　　　　　　　　　　　　　　　　　　　　　　　

にさいし（て／ては／ての）

在…之際、當…的時候

（接續）{名詞；動詞辭書形}＋に際し（て／ては／ての）

意思1 【時點】表示以某事為契機，也就是動作的時間或場合。有複合詞的作用。是書面語。中文意思是：「在…之際、當…的時候」。

例 文 契約に際して、いくつか注意点がございます。

簽約時，有幾項需要留意之處。

比 較 **につけ（て）、につけても**

――…就…、每當…就…

接 續 {[形容詞・動詞]辭書形} ＋につけ（て）、につけても

說 明 「にさいして」表時點，用在開始做某件特別的事，或是表示該事情正在進行中；「につけ」表關連，表示每當看到或想到，就聯想起的意思，後常接「思い出、後悔」等跟感情或思考有關的內容。

例 文 この音楽を聞くにつけて、楽しかった月日を思い出します。

每當聽到這個音樂，就會回想起過去美好的時光。

にて、でもって

(1)在…、於…；(2)以…、用…；(3)用…

接 續 {名詞} ＋にて、でもって

意思1 【時點】「にて」相當於「で」，表示事情發生的場所，也表示結束的時間。中文意思是：「在…、於…」。

例 文 スピーチ大会は、市民センターの大ホールにて行います。

演講比賽將於市民活動中心的大禮堂舉行。

意思2 【手段】也可接手段、方法、原因、限度、資格或指示詞，宣佈、告知的語氣強。中文意思是：「以…、用…」。

例 文 結果はホームページにて発表となります。

最後結果將於官網公布。

意思3 【強調手段】「でもって」是由格助詞「で」跟「もって」所構成，用來加強「で」的詞意，表示方法、手段跟原因，主要用在文章上。中文意思是：「用…」。

例 文 お金でもって解決できることばかりではない。
金錢不能擺平一切。

比 較 **によって（は）、により**
根據…

接 續 ｛名詞｝＋によって（は）、により

說 明 「でもって」表強調手段，表示方法、手段跟原因等；「によって」也表手段，表示動作主體所依據的方法、方式、手段。

例 文 成績によって、クラス分けする。
根據成績分班。

---

005 **Track N2-017**

か〜ないかのうちに
剛剛…就…、一…（馬上）就…

接 續 ｛動詞辭書形｝＋か＋｛動詞否定形｝＋ないかのうちに

意思1 【時間前後】表示前一個動作才剛開始，在似完非完之間，第二個動作緊接著又開始了。描寫的是現實中實際已經發生的事情。中文意思是：「剛剛…就…、一…（馬上）就…」。

例 文 子供は、「おやすみ」と言うか言わないかのうちに、寝てしまった。
孩子一聲「晚安」的話音剛落，就馬上呼呼大睡了。

比 較 **たとたん（に）**
剛…就…、刹那就…

接 續 ｛動詞た形｝＋とたん（に）

說 明 「か〜ないかのうちに」表時間前後，表示前項動作才剛開始，後項動作就緊接著開始，或前後項動作幾乎同時發生；「とたんに」也表時間前後，表示前項動作完全結束後，馬上發生後項的動作。

例 文 二人は、出会ったとたんに恋に落ちた。
兩人一見鍾情。

しだい
馬上…、一…立即、…後立即…

(接 續) ｛動詞ます形｝＋次第

(意思1) 【時間前後】表示某動作剛一做完，就立即採取下一步的行動，也就是一旦實現了前項，就立刻進行後項，前項為期待實現的事情。後項不用過去式、而是用委託或願望等表達方式。中文意思是：「馬上…、一…立即、…後立即…」。

(例 文) 定員になり次第、締め切らせていただきます。
一達到人數限額，就停止招募。

比 較 たとたん（に）
剛…就…、刹那就…

(接 續) ｛動詞た形｝＋とたん（に）

(説 明) 「しだい」表時間前後，表示「一旦實現了某事，就立刻…」前項是說話跟聽話人都期待的事情。前面要接動詞連用形。由於後項是即將要做的事情，所以句末不用過去式；「とたんに」也表時間前後，表示前項動作完成瞬間，幾乎同時發生了後項的動作。兩件事之間幾乎沒有時間間隔。後項大多是說話人親身經歷過的，且意料之外的事情，句末只能用過去式。

(例 文) 発車したとたんに、タイヤがパンクした。
才剛發車，就立刻爆胎了。

いっぽう（で）
(1)在…的同時，還…、一方面…，一方面…、另一方面…；(2)一方面…而另一方面卻…

(接 續) ｛動詞辭書形｝＋一方（で）

(意思1) 【同時】前句說明在做某件事的同時，另一個事情也同時發生。後句多敘述可以互相補充做另一件事。中文意思是：「在…的同時，還…、一方面…，一方面…、另一方面…」。

（例 文） 彼は仕事ができる一方、人との付き合いも大切にしている。
他不但工作能力強，也很重視經營人際關係。

（意思2）【對比】表示同一主語有兩個對比的側面。中文意思是：「一方面…而另一方面卻…」。

（例 文）ここは自然が豊かで静かな一方、不便である。
這地方雖然十分寧靜又有豐富的自然環境，但在生活上並不便利。

（比 較）**はんめん**
另一面…、另一方面…

（接 續）{[形容詞・動詞]辭書形}＋反面；{[名詞・形容動詞詞幹な]である}＋反面

（說 明）「いっぽう」表對比，表示前項及後項兩個動作可以是對比的、相反的，也可以是並列關係的意思；「はんめん」表對比，表示同一種事物，兼具兩種相反的性質。

（例 文）産業が発達している反面、公害が深刻です。
產業雖然發達，但另一方面也造成嚴重的公害。

008　　　　　　　　　　　　　　　　　　　　　Track N2-020

かとおもうと、かとおもったら
剛一…就…、剛…馬上就…

（接 續）{動詞た形}＋かと思うと、かと思ったら

（意思1）【同時】表示前後兩個對比的事情，在短時間內幾乎同時相繼發生，表示瞬間發生了變化或新的事情。後面接的大多是說話人意外和驚訝的表達。由於描寫的是現實中發生的事情，因此後項不接意志句、命令句跟否定句等。中文意思是：「剛一…就…、剛…馬上就…」。

（例 文）弟は、帰ってきたかと思うとすぐ遊びに行った。
弟弟才剛回來就又跑去玩了。

（比 較）**たとたん（に）**
剛…就…、剎那就…

（接 續）{動詞た形}＋とたん（に）

（說　明）「かとおもうと」表同時，表示前後性質不同或是對比的事物，在短時間內相繼發生。因此，前後動詞常用對比的表達方式；「とたんに」表時間前後，單純的表示某事情結束了，幾乎同時發生了不同的事情，沒有對比的意味。

（例　文）４月になったとたん、春の大雪が降った。
才剛進入四月，突然就下了好大一場春雪。

ないうちに
在未…之前，…、趁沒…

（接　續）{動詞否定形}＋ないうちに

（意思1）【期間】這也是表示在前面的環境、狀態還沒有產生變化的情況下，做後面的動作。中文意思是：「在未…之前，…、趁沒…」。

（例　文）赤ちゃんが起きないうちに、買い物へ行ってきます。
趁著小寶寶還在睡的時候出去買個菜！

（比　較）**にさきだち、にさきだつ、にさきだって**
在…之前，先…、預先…、事先…

（接　續）{名詞；動詞辭書形}＋に先立ち、に先立つ、に先立って

（說　明）「ないうちに」表期間，表示趁著某種情況發生前做某件事；「にさきだち」表前後關係，表示在做某件大事之前應該要先把預備動作做好，如果前接動詞，就要改成動詞辭書形。

（例　文）旅行に先立ち、パスポートが有効かどうか確認する。
在出遊之前，要先確認護照期限是否還有效。

かぎり
(1)以…為限、到…為止；(2)盡…、竭盡…；耗盡、費盡

（接　續）{名詞の；動詞辭書形}＋限り

（意思1）【期限】表示時間或次數的限度。中文意思是：「以…為限、到…為止」。

（例　文）今年限りで、あの番組は終了してしまう。

那個電視節目將於今年收播。

（意思2）【極限】表示可能性的極限，盡其所能，把所有本事都用上。中文意思
是：「盡…、竭盡…」。

（例　文）諦めない限り、きっと成功するだろう。

只要不放棄，總有一天會成功的。

（注　意）〔慣用表現〕慣用表現「の限りを尽くす」為「耗盡、費盡」等意。中
文意思是：「耗盡、費盡」。

（例　文）力の限りを尽くして、最後の試合にのぞもう。

讓我們竭盡全力，一起拚到決賽吧！

（比　較）**にかぎる**

就是要…、…是最好的

（接　續）{名詞（の）；形容詞辭書形（の）；形容動詞詞幹（なの）；動詞辭書形；動詞
否定形}＋に限る

（說　明）「かぎり」表極限，表示在達到某個極限之前，把所有本事都用上，做
某事；「にかぎる」表最上級，表示說話人主觀地選擇或推薦最好的動
作或狀態。

（例　文）夏はやっぱり冷たいビールに限るね。

夏天就是要喝冰啤酒啊！

3 原因、結果
原因、結果

001　　　　　　　　　　　　　　　　　　　　　　　　Track N2-023

あまり（に）

由於太…才…；由於過度…、因過於…、過度…

（接　續）　{名詞の；動詞辭書形}＋あまり (に)

（意思1）　【原因】表示某種程度過甚的原因，導致後項不同尋常的結果，常與含有程度意義的名詞搭配使用。常用「あまりの＋形容詞詞幹＋さ＋に」的形式。中文意思是：「由於太…才…」。

（例　文）　山から見える湖のあまりの美しさに言葉を失った。
從山上俯瞰的湖景實在太美了，令人一時說不出話來。

（注　意）　〖極端的程度〗表示由於前句某種感情、感覺的程度過甚，而導致後句的結果。前句表示原因，後句一般是不平常的或不良的結果。常接在表達感情或狀態的詞彙後面。後項不能用表示願望、意志、推量的表達方式。中文意思是：「由於過度…、因過於…、過度…」。

（例　文）　子供を心配するあまり、母は病気になってしまった。
媽媽由於太擔心孩子而生病了。

（比　較）　**だけに**
到底是…、正因為…，所以更加…

（接　續）　{名詞；形容動詞詞幹な；[形容詞・動詞] 普通形}＋だけに

說明 「あまり」表原因，表示由於前項的某種十分極端程度，而導致後項的不尋常或壞的結果。前接名詞時要加上「の」；「だけに」也表原因，表示正因為前項，後項就顯得更厲害。「だけに」前面要直接接名詞，不需多加「の」。

例文 役者としての経験が長いだけに、演技がとてもうまい。
正因為有長期的演員經驗，所以演技真棒！

いじょう（は）
既然…、既然…，就…、正因為…

接續 {動詞普通形}＋以上（は）

意思1 【原因】由於前句某種決心或責任，後句便根據前項表達相對應的決心、義務或奉勸。有接續助詞作用。後項多接說話人對聽話人的勸導、建議、決心的「なければならない、べきだ、てはいけない、つもりだ」等句型，或說話人的判斷、意向的「はずだ、にちがいない」等句型。中文意思是：「既然…、既然…，就…、正因為…」。

例文 ペットを飼う以上は、最後まで責任をもつべきだ。
既然養了寵物，就有責任照顧牠到臨終的那一刻。

比較 ## うえは
既然…、既然…就…

接續 {動詞普通形}＋上は

說明 「いじょう（は）」表原因，表示強調原因，因為前項，所以理所當然就要有相對應的後項；「うえは」也表決心性的原因，表示因為前項，理所當然就要有責任或心理準備做後項。兩者意思非常接近，但「うえは」的「既然…」的語氣比「いじょう」更為強烈。「いじょう（は）」可以省略「は」，但「うえは」不可以省略。

例文 会社をクビになった上は、屋台でもやるしかない。
既然被公司炒魷魚，就只有開路邊攤了。

からこそ
正因為…、就是因為…

（接　續）{名詞だ；形容動辭書形；[形容詞・動詞] 普通形}＋からこそ

（意思1）【原因】表示說話者主觀地認為事物的原因出在何處，並強調該理由是唯一的、最正確的、除此之外沒有其他的了。中文意思是：「正因為…、就是因為…」。

（例　文）田舎だからこそできる遊びがある。
正因為在鄉間，才有一些別處玩不了的遊戲。

（注　意）〔後接のだ／んだ〕後面常和「のだ／んだ」一起使用。

（例　文）親は子供を愛しているからこそ、厳しいときもあるんだよ。
有時候父母是出自於愛之深責之切，才會對兒女嚴格要求。

（比　較）**ゆえ（に）**
因為…

（接　續）{名詞・形容動詞}＋ゆえ（に）

（説　明）「からこそ」表原因，表示不是因為別的，而就是因為這個原因，是一種強調順理成章的原因。是說話人主觀認定的原因，一般用在正面的原因；「ゆえ」也表原因，表示因果關係。後項是結果，前項是理由。

（例　文）苦しいゆえに、勝利を獲得した時の喜びが大きいのだ。
由於十分艱苦，所以取得勝利時才格外高興。

からといって
(1)（某某人）說是…（於是就）；(2)（不能）僅因…就…、即使…，也不能…

（接　續）{[名詞・形容動詞詞幹]だ；[形容詞・動詞] 普通形}＋からといって

（意思1）【引用理由】表示說話人引用別人陳述的理由。中文意思是：「（某某人）說是…（於是就）」。

例文 彼が好きだからといって、彼女は親の反対を押し切って結婚した。
她說喜歡他，於是就不顧父母反對結了婚。

意思2 【原因】表示不能僅僅因為前面這一點理由，就做後面的動作，後面常接否定的說法，大多用在表達說話人的建議、評價上，或對某實際情況的提醒、訂正上。中文意思是：「（不能）僅因…就…、即使…，也不能…」。

例文 ゲームが好きだからといって、一日中するのはよくない。
雖說喜歡打電玩，可是從早打到晚，身體會吃不消的。

注意 〔口語－からって〕口語中常用「からって」。

例文 大変だからって、諦めちゃだめだよ。
不能因為嫌麻煩就半途而廢喔！

比較 **といっても**
雖說…，但…、雖說…，也並不是很…

接續 {名詞；形容動詞詞幹；[名詞・形容詞・形容動詞・動詞] 普通形} ＋といっても

說明 「からといって」表原因，在這裡表示不能僅僅因為前項的理由，就有後面的否定說法；「といっても」表讓步，表示實際上並沒有聽話人所想的那麼多，雖說前項是事實，但程度很低。

例文 貯金があるといっても、10万円ほどですよ。
雖說有存款，但也只有十萬日圓而已。

しだいです
由於…、才…、所以…

接續 {動詞普通形；動詞た形；動詞ている} ＋次第です

意思1 【原因】解釋事情之所以會演變成如此的原由。是書面用語，語氣生硬。中文意思是：「由於…、才…、所以…」。

例文 今日は、先日お渡しできなかった資料を全部お持ちした次第です。
日前沒能交給您的資料，今天全部備齊帶過來了。

ということだ

也就是說…、這就是…

接 續 ｛簡體句｝＋ということだ

說 明 「しだいです」表原因，解釋事情之所以會演變成這樣的原因；「ということだ」表結論，表示根據前項的情報、狀態得到某種結論。

例 文 ご意見がないということは、皆さん、賛成ということですね。
沒有意見的話，就表示大家都贊成了吧！

だけに

(1)到底是…、正因為…，所以更加…、由於…，所以特別…；(2)正因為…反倒…

接 續 ｛名詞；形容動詞詞幹な；[形容詞・動詞] 普通形｝＋だけに

意思1 **【原因】**表示原因。表示正因為前項，理所當然地有相應的結果，或有比一般程度更深的後項的狀況。中文意思是：「到底是…、正因為…，所以更加…、由於…，所以特別…」。

例 文 母は花が好きなだけに、花の名前をよく知っている。
由於媽媽喜歡花，所以對花的名稱知之甚詳。

意思2 **【反預料】**表示結果與預料相反、事與願違。大多用在結果不好的情況。中文意思是：「正因為…反倒…」。

例 文 親子三代で通った店だけに、なくなってしまうのは、大変残念です。
正因為是我家祖孫三代都喜歡吃的館子，就這樣關門，真叫人感到遺憾！

だけあって

不愧是…；也難怪…

接 續 ｛名詞；形容動詞詞幹な；[形容詞・動詞] 普通形｝＋だけあって

說 明 「だけに」表反預料，用在跟預料、期待相反的結果。「だけに」也表原因，表示正因為前項，理所當然地才有比一般程度更深的後項的狀況。後項不管是正面或負面的評價都可以；「だけあって」表符合期待，表示後項是根據前項合理推斷出的結果，後項是正面的評價。用在結果是跟自己預料的一樣時。

例 文 この辺は、商業地域だけあって、とてもにぎやかだ。
この辺(へん)　商業地域(しょうぎょうちいき)
這附近不愧是商業區，相當熱鬧。

007　　　　　　　　　　　　　　　　　　　　　Track N2-029

ばかりに
(1)就是因為想…；(2)就因為…、都是因為…，結果…

接 續　{名詞である；形容動詞詞幹な；[形容詞・動詞]普通形}＋ばかりに

意思1　【願望】強調由於說話人的心願，導致極端的行為或事件發生，後項多為不辭辛勞或不願意做也得做的內容。常用「たいばかりに」的表現方式。中文意思是：「就是因為想…」。

例 文　海外の彼女に会いたいばかりに、一週間も会社を休んでしまった。
海外(かいがい)　彼女(かのじょ)　一週間(いっしゅうかん)　会社(かいしゃ)　休(やす)
只因為太思念國外的女友而向公司請了整整一星期的假。

意思2　【原因】表示就是因為某事的緣故，造成後項不良結果或發生不好的事情，說話人含有後悔或遺憾的心情。中文意思是：「就因為…、都是因為…，結果…」。

例 文　働きすぎたばかりに、体をこわしてしまった。
働(はたら)　体(からだ)
由於工作過勞而弄壞了身體。

比 較　**だけに**
到底是…、正因為…，所以更加…

接 續　{名詞；形容動詞詞幹な；[形容詞・動詞]普通形}＋だけに

說 明　「ばかりに」表原因，表示就是因為前項的緣故，導致後項壞的結果或狀態，後項是一般不可能做的行為；「だけに」也表原因，表示正因為前項，理所當然地導致後來的狀況，或因為前項，理所當然地才有比一般程度更深的後項。

例 文　彼は政治家としては優秀なだけに、今回の汚職は大変残念です。
彼(かれ)　政治家(せいじか)　優秀(ゆうしゅう)　今回(こんかい)　汚職(おしょく)　大変残念(たいへんざんねん)
正因為他是一名優秀的政治家，所以這次的貪污事件更加令人遺憾。

ことから

(1)從…來看、因為…；(2)…是由於…；(3)根據…來看

接　續　{名詞である；形容動詞詞幹な；[形容詞・動詞] 普通形} ＋ことから

意思1　【理由】表示後項事件因前項而起。中文意思是：「從…來看、因為…」。

例　文　妻とは同じ町の出身ということから、交際が始まった。

我和太太當初是基於同鄉之緣才開始交往的。

意思2　【由來】用於說明命名的由來。中文意思是：「…是由於…」。

例　文　富士山が見えるということから、この町は富士町という名前が付
いた。

由於可以遠眺富士山，因此這個地方被命名為富士町。

意思3　【根據】根據前項的情況，來判斷出後面的結果或結論。中文意思是：
「根據…來看」。

例　文　煙が出ていることから、近所の工場で火事が発生したのが分かった。

從冒出濃煙的方向判斷，可以知道附近的工廠失火了。

比　較　# ことだから

因為是…，所以…

接　續　{名詞の} ＋ことだから

說　明　「ことから」表根據，表示依據前項來判斷出後項的結果。也表示理由
跟名稱的由來；「ことだから」也表根據，表示說話人到目前為止的經
驗，來推測前項，大致確實會有後項的意思。「ことだから」前面接的
名詞一般為人或組織，而接中間要接「の」。

例　文　主人のことだから、また釣りに行っているのだと思います。

我想我那個老公一定又去釣魚了吧！

あげく（に／の）

…到最後、…，結果…

(接　續) ｛動詞性名詞の；動詞た形｝＋あげく（に／の）

(意思1) 【結果】表示事物最終的結果，指經過前面一番波折和努力所達到的最後結果或雪上加霜的結果，後句的結果多因前句，而造成精神上的負擔或麻煩，多用在消極的場合，不好的狀態。中文意思是：「…到最後、…，結果…」。

(例　文) その客は1時間以上迷ったあげく、何も買わず帰っていった。

那位顧客猶豫了不止一個鐘頭，結果什麼都沒買就離開了。

(注意1) 〖あげくの＋名詞〗後接名詞時，用「あげくの＋名詞」。

(例　文) 彼女の離婚は、年月をかけて話し合ったあげくの結論だった。

她的離婚是經過多年來雙方商討之後才做出的結論。

(注意2) 〖さんざん〜あげく〗常搭配「さんざん、いろいろ」等強調「不容易」的詞彙一起使用。

(例　文) 弟はさんざん悩んだあげく、大学をやめることにした。

弟弟經過一番掙扎，決定從大學輟學了。

(注意3) 〖慣用表現〗慣用表現「あげくの果て」為「あげく」的強調説法。

(例　文) 兄はさんざん家族に心配をかけ、あげくの果てに警察に捕まった。

哥哥的行徑向來讓家人十分憂心，終究還是遭到了警方的逮捕。

(比　較) **うちに**

趁…做…、在…之內…做…

(接　續) ｛名詞の；形容動詞詞幹な；[形容詞・動詞]辭書形｝＋うちに

(説　明) 「あげくに」表結果，表示經過了前項一番波折並付出了極大的代價，最後卻導致後項不好的結果；「うちに」表期間，表示在某一狀態持續的期間，進行某種行為或動作。有「等到發生變化就晚了，趁現在…」的含意。

昼間は暑いから、朝のうちに散歩に行った。

白天很熱，所以趁早去散步。

　　　　　　　　　　　　　　　　　　　　　　　　　　Track N2-032

すえ（に／の）

經過⋯最後、結果⋯、結局最後⋯

接　續　{名詞の}＋末（に／の）；{動詞た形}＋末（に／の）

意思1　【結果】表示「經過一段時間，做了各種艱難跟反覆的嘗試，最後成
為⋯結果」之意，是動作、行為等的結果，意味著「某一期間的結束」，
為書面語。中文意思是：「經過⋯最後、結果⋯、結局最後⋯」。

例　文　これは、数年間話し合った末の結論です。

這是幾年來多次商談之後得出的結論。

注意1　〖末の＋名詞〗後接名詞時，用「末の＋名詞」。

例　文　N1合格は、努力した末の結果です。

能夠通過 N1 級測驗，必須歸功於努力的成果。

注意2　〖すえ〜結局〗語含說話人的印象跟心情，因此後項大多使用「結局、
とうとう、ついに、色々、さんざん」等猶豫、思考、反覆等意思的副詞。

例　文　さんざん悩んだ末、結局帰国することにした。

經過一番天人交戰之後，結果還是決定回去故鄉了。

比　較　**あげく（に／の）**

⋯到最後、⋯，結果⋯

接　續　{動詞性名詞の；動詞た形}＋あげく（に／の）

說　明　「すえに」表結果，表示花了前項很長的時間，有了後項最後的結果，
後項可以是積極的，也可以是消極的。較不含感情的說法。「あげく」
也表結果，表示經過前面一番波折達到的最後結果，後項是消極的結
果。含有不滿的語氣。

例　文　年月をかけた準備のあげく、失敗してしまいました。

花費多年準備，結果卻失敗了。

4 条件、逆説、例示、並列

條件、逆說、例示、並列

---

001 ないことには	005 ながら (も)
002 を〜として、を〜とする、を〜とした	006 ものの
003 も〜なら〜も	007 やら〜やら
004 ものなら	008 も〜ば〜も、も〜なら〜も

001　　　　　　　　　　　　　　　　　　　　　　　Track N2-033

ないことには

要是不…、如果不…的話，就…

（接　續）{動詞否定形} ＋ないことには

（意思1）【條件】表示如果不實現前項，也就不能實現後項，後項的成立以前項的成立為第一要件。後項一般是消極的、否定的結果。中文意思是：「要是不…、如果不…的話，就…」。

（例　文）お金がないことには、何もできない。

沒有金錢，萬事不能。

（比　較）**からといって**

(不能) 僅因…就…、即使…，也不能…

（接　續）{[名詞・形容動詞詞幹] だ；[形容詞・動詞] 普通形} ＋からといって

（說　明）「ないことには」表條件，表示如果不實現前項，也就不能實現後項；「からといって」表原因，表示不能只因為前面這一點理由，就做後面的動作。

（例　文）読書が好きだからといって、一日中読んでいたら体に悪いよ。

即使愛看書，但整天抱著書看對身體也不好呀！

を～として、を～とする、を～とした

把…視為…（的）、把…當做…（的）

（接續）　{名詞}＋を＋{名詞}＋として、とする、とした

（意思1）　**【條件】**表示把一種事物當做或設定為另一種事物，或表示決定、認定的內容。「として」的前面接表示地位、資格、名分、種類或目的的詞。中文意思是：「把…視為…（的）、把…當做…（的）」。

（例文）　今回の国際会議では、環境問題を中心とした議論が続いた。
在本屆國際會議中，進行了一連串以環境議題為主旨的論壇。

比較　**について（は）、につき、についても、についての**

有關…、就…、關於…

（接續）　{名詞}＋について（は）、につき、についても、についての

（說明）　「を～として」表條件，表示視前項為某種事物進而採取後項行動；「について」表對象，表示就前項事物來進行說明、思考、調查、詢問、撰寫等動作。

（例文）　江戸時代の商人についての物語を書きました。
撰寫了一個有關江戸時期商人的故事。

も～なら～も

…不…，…也不…、…有…的不對，…有…的不是

（接續）　{名詞}＋も＋{同名詞}＋なら＋{名詞}＋も＋{同名詞}

（意思1）　**【條件】**表示雙方都有缺點，帶有譴責的語氣。中文意思是：「…不…，…也不…、…有…的不對，…有…的不是」。

（例文）　隣のご夫婦、毎日喧嘩ばかりしているね。ご主人もご主人なら、奥さんも奥さんだ。
隔壁那對夫婦天天吵架。先生有不對之處，太太也有該檢討的地方。

比 較 **も〜し〜も**

既…又…

接 續 {名詞}＋も＋{[形容詞・動詞]普通形；[形容動詞詞幹だ]}＋し＋{名詞}＋も

說 明 「も〜なら〜も」表條件，表示雙方都有問題存在，都應該遭到譴責；「も〜し〜も」表反覆，表示反覆說明同性質的事物。

例 文 ここは家賃も安いし、景色もいいです。

這裡房租便宜，景觀也好看。

004

ものなら

如果能…的話；要是能…就…

接 續 {動詞可能形}＋ものなら

意思1 【假定條件】提示一個實現可能性很小且很難的事物，且期待實現的心情，接續動詞常用可能形，口語有時會用「もんなら」。中文意思是：「如果能…的話」。

例 文 彼女のことを、忘れられるものなら忘れたいよ。

如果能夠，真希望徹底忘了她。

注 意 〔重複動詞〕重複使用同一動詞時，有強調實際上不可能做的意味。表示挑釁對方做某行為。帶著向對方挑戰，放任對方去做的意味。由於是種容易惹怒對方的講法，使用上必須格外留意。後項常接「てみろ」、「てみせろ」等。中文意思是：「要是能…就…」。

例 文 いつも課長の悪口ばかり言っているな。直接言えるものなら言ってみろよ。

你老是在背後抱怨課長。真有那個膽量，不如當面說給他聽吧！

比 較 **ものだから**

就是因為…，所以…

接 續 {[名詞・形容動詞詞幹]な；[形容詞・動詞]普通形}＋ものだから

「ものなら」表假定條件，常用於挑釁對方，前接包含可能意義的動詞，通常後接表示嘗試、願望或命令的語句；「ものだから」表理由，常用於為自己找藉口辯解，陳述理由，意為「就是因為…才…」。

例 文 お葬式で正座して、足がしびれたものだから立てませんでした。

在葬禮上跪坐得腳麻了，以致於站不起來。

ながら（も）

很…的是、雖然…，但是…、儘管…、明明…卻…

接 續 ｛名詞；形容動詞詞幹；形容詞辭書形；動詞ます形｝＋ながら（も）

意思1 【逆接】連接兩個矛盾的事物，表示後項與前項所預想的不同。中文意思是：「很…的是、雖然…，但是…、儘管…、明明…卻…」。

例 文 貯金しなければと思いながらも、ついつい使ってしまう。

心裡分明知道非存錢不可，還是不由自主花錢如水。

比 較 **どころか**

哪裡還…、非但…、簡直…

接 續 ｛名詞；形容動詞詞幹な；[形容詞・動詞]普通形｝＋どころか

說 明 「ながら」表逆接，表示一般如果是前項的話，不應該有後項，但是確有後項的矛盾關係；「どころか」表對比，表示程度的對比，比起前項後項更為如何。後項內容大多跟前項所說的相反。

例 文 お金が足りないどころか、財布は空っぽだよ。

哪裡是不夠錢，錢包裡就連一毛錢也沒有。

ものの

雖然…但是…

接 續 ｛名詞である；形容動詞詞幹な；[形容詞・動詞]普通形｝＋ものの

（意思1）【逆接】表示姑且承認前項，但後項不能順著前項發展下去。後項是否定性的內容，一般是對於自己所做、所說或某種狀態沒有信心，很難實現等的說法。中文意思是：「雖然…但是…」。

（例文）この会社は給料が高いものの、人間関係はあまりよくない。

かいしゃ　きゅうりょう　たか　　　　　　　　にんげんかんけい

這家公司雖然薪資很高，內部的人際關係卻不太融洽。

（比較）**とはいえ**

雖然…但是…

（接續）{名詞（だ）；形容動詞詞幹（だ）；[形容詞・動詞] 普通形} ＋とはいえ

（說明）「ものの」表逆接，表示後項跟之前所預料的不一樣；「とはいえ」也表逆接，表示後項的結果跟前項的情況不一致，用在否定前項的既有印象，通常後接說話者的意見或評斷的表現方式。

（例文）暦の上では春とはいえ、まだまだ寒い日が続く。

こよみ　うえ　　　　はる　　　　　　　　　さむ　ひ　つづ

雖然已過立春，但是寒冷的天氣依舊。

やら～やら

…啦…啦、又…又…

（接續）{名詞} ＋やら＋ {名詞} ＋やら；{形容動詞詞幹；[形容詞・動詞] 普通形} ＋やら＋ {形容動詞詞幹；[形容詞・動詞] 普通形} ＋やら

（意思1）【例示】表示從一些同類事項中，列舉出兩項。大多用在有這樣，又有那樣，真受不了的情況。多有感覺麻煩、複雜，心情不快的語感。中文意思是：「…啦…啦、又…又…」。

（例文）花粉症で、鼻水がでるやら目が痒いやら、もう我慢できない。

か ふんしょう　　はなみず　　　　　　め　かゆ　　　　　　が まん

由於花粉熱發作，又是流鼻水又是眼睛癢的，都快崩潰啦！

（比較）**とか～とか**

…啦…啦、或…、及…

（接續）{名詞；[形容詞・形容動詞・動詞] 辭書形} ＋とか＋ {名詞；[形容詞・形容動詞・動詞] 辭書形} ＋とか

例　文	赤とか青とか、いろいろな色を塗りました。

或紅或藍，塗上了各種的顏色。

も～ば～も、も～なら～も
既…又…、也…也…

接　續	{名詞}＋も＋{[形容詞・動詞]假定形}＋ば{名詞}＋も；{名詞}＋も＋{名詞・形容動詞詞幹}＋なら{名詞}＋も

意思1	【並列】把類似的事物並列起來，用意在強調。中文意思是：「既…又…、也…也…」。

例　文	お正月は、病院も休みなら銀行も休みですよ。気をつけて。

元旦假期不僅醫院休診，銀行也暫停營業，要留意喔！

注　意	〔對照事物〕或並列對照性的事物，表示還有很多情況。

例　文	試験の結果は、いい時もあれば悪い時もある。

考試的分數時高時低。

比　較	やら～やら

…啦…啦、又…又…

接　續	{名詞}＋やら＋{名詞}＋やら；{形容動詞詞幹；[形容詞・動詞]普通形}＋やら＋{形容動詞詞幹；[形容詞・動詞]普通形}＋やら

說　明	「も～なら～も」表並列關係，在前項加上同類的後項；「やら～やら」表例示，說話者大多抱持不滿的心情，從這些事項當中舉出幾個當例子，暗含還有其他。

例　文	近所に工場ができて、騒音やら煙やら、悩まされているんですよ。

附近開了家工廠，又是噪音啦，又是黑煙啦，真傷腦筋！

5

付帯、付加、変化

附帶、附加、變化

001 こと (も) なく	006 のみならず
002 をぬきにして (は／も)、はぬきにして	007 きり
003 ぬきで、ぬきに、ぬきの、ぬきには、ぬきでは	008 ないかぎり
004 うえ (に)	009 つつある
005 だけでなく	

001

こと (も) なく

不…、不… (就) …、不…地…

（接續）　{動詞辭書形}＋こと (も) なく

（意思1）　**【非附帶狀態】**表示「沒做前項，而做後項」。也表示從來沒有發生過某事，或出現某情況。中文意思是：「不…、不… (就) …、不…地…」。

（例文）　週末は体調が悪かったので、外出することもなくずっと家にいました。
由於身體狀況不佳，週末一直待在家裡沒出門。

（比較）　**ぬきで、ぬきに、ぬきの、ぬきには、ぬきでは**

省去…、沒有…

（接續）　{名詞}＋抜きで、抜きに、抜きの、抜きには、抜きでは

（說明）　「ことなく」表非附帶狀態，表示沒有進行前項被期待的動作，就開始了後項的動作的；「ぬきで」也表非附帶狀態，表示除去或撤開說話人認為是多餘的前項，而直接做後項的事物。

（例文）　今日は仕事の話は抜きで飲みましょう。
今天就別提工作，喝吧！

をぬきにして（は／も）、はぬきにして

(1)去掉…、停止…；(2)沒有…就（不能）…

（接　續）　{名詞}＋を抜きにして（は／も）、は抜きにして

（意思1）　【不附帶】表示去掉前項一般情況下會有的事態，做後項動作。中文意
　　　　　思是：「去掉…、停止…」。

（例　文）　冗談を抜きにして、本当のことを言ってください。
　　　　　請不要開玩笑，告訴我實情！

（意思2）　【附帶】「抜き」是「抜く」的ます形，後轉當名詞用。表示沒有前項，
　　　　　後項就很難成立。中文意思是：「沒有…就（不能）…」。

（例　文）　彼の活躍を抜きにして、この試合には勝てなかっただろう。
　　　　　若是沒有他的活躍表現，想必這場比賽不可能獲勝！

（比　較）　**はもちろん、はもとより**

不僅…而且…、…不用說，…也…

（接　續）　{名詞}＋はもちろん、はもとより

（說　明）　「をぬきにして」表附帶，表示沒有前項，後項就很難成立；「はもちろ
　　　　　ん」表附加，表示前後兩項都不例外。

（例　文）　病気の治療はもちろん、予防も大事です。
　　　　　疾病的治療自不待言，預防也很重要。

ぬきで、ぬきに、ぬきの、ぬきには、ぬきでは

(1)省去…；(2)沒有…

（意思1）　【非附帶狀態】{名詞}＋抜きで、抜きに、抜きの。表示除去或省略一
　　　　　般應該有的部分。中文意思是：「省去…」。

（例　文）　今日は忙しくて、昼食抜きで働いていた。
　　　　　今天忙得團團轉，從早工作到晚，連午餐都沒空吃。

（注 意） 〖ぬきの＋N〗後接名詞時，用「抜きの＋名詞」。

（例 文） ネギ抜きのたまごうどんを一つ、お願いします。
麻煩我要一碗不加蔥的雞蛋烏龍麵。

（意思2）**【必要條件】**{名詞}＋抜きには、抜きでは。為「如果沒有…（就無法…）」之意。中文意思是：「沒有…」。

（例 文） 今日の送別会は君抜きでは始まりませんよ。
今天的歡送會怎能缺少你這位主角呢？

（比 較） **にかわって、にかわり**
替…、代替…、代表…

（接 續） {名詞}＋にかわって、にかわり

（說 明） 「ぬきでは」表必要條件，表示若沒有前項，後項本來期待的或預期的事也無法成立；「にかわって」表代理，意為代替前項做某件事。

（例 文） 親族一同にかわって、ご挨拶申し上げます。
僅代表全體家屬，向您致上問候之意。

004

うえ（に）
…而且…、不僅…，而且…、在…之上，又…

（接 續） {名詞の；形容動詞詞幹な；[形容詞・動詞]普通形}＋上（に）

（意思1）**【附加】**表示追加、補充同類的內容。在本來就有的某種情況之外，另外還有比前面更甚的情況。正面負面都可以使用。含有「十分、無可挑剔」的語感。後項不能用拜託、勸誘、命令、禁止等使役性的表達形式。另外前後項必需是同一性質的，也就是前項為正面因素，後項也必需是正面因素，負面以此類推。中文意思是：「…而且…、不僅…，而且…、在…之上，又…」。

（例 文） 朝から頭が痛い上に、少し熱があるので、早く帰りたい。
一早就開始頭痛，還有點發燒，所以想快點回家休息。

比 較	**うえで(の)**
	在…之後、…以後…、之後(再)…

接 續 {名詞の；動詞た形}＋上で(の)

說 明 「うえ(に)」表附加，表示追加、補充同類的內容；「うえで」表前提，表動作的先後順序。先做前項，在前項的基礎上，再做後項。

例 文 土地を買った上で、建てる家を設計しましょう。
買了土地以後，再來設計房子吧。

だけでなく

不只是…也…、不光是…也…

接 續 {名詞；形容動詞詞幹な；[形容詞・動詞]普通形}＋だけでなく

意思❶ 【附加】表示前項和後項兩者皆是，或是兩者都要。中文意思是：「不只是…也…、不光是…也…」。

例 文 肉だけでなく、野菜も食べなさい。
別光吃肉，也要吃青菜！

比 較	**ばかりか、ばかりでなく**
	豈止…，連…也…、不僅…而且…

接 續 {名詞；形容動詞詞幹な；[形容詞・動詞]普通形}＋ばかりか、ばかりでなく

說 明 「だけでなく」表附加，表示前項後項兩者都是，不僅有前項的情況，同時還添加、累加後項的情況；「ばかりか」也表附加，表示除前項的情況之外，還有後項程度更甚的情況。

例 文 彼は、勉強ばかりでなくスポーツも得意だ。
他不光只會唸書，就連運動也很行。

のみならず

不僅…，也…、不僅…，而且…、非但…，尚且…

(接 續) {名詞；形容動詞詞幹である；[形容詞・動詞]普通形}＋のみならず

(意思1) 【附加】表示添加，用在不僅限於前接詞的範圍，還有後項更進一層、範圍更為擴大的情況。中文意思是：「不僅…，也…、不僅…，而且…、非但…，尚且…」。

(例 文) 都心のみならず、地方でも少子高齢化が問題になっている。
不光是都市精華地段，包括村鎮地區同樣面臨了少子化與高齡化的考驗。

(注 意) 〖のみならず〜も〗後項常用「も、まで、さえ」等詞語。

(例 文) ボーナスのみならず、給料さえもカットされるそうだ。
據說不光是獎金縮水，甚至還要減俸。

(比 較) **にとどまらず（も）**

不僅…還…、不限於…、不僅僅…

(接 續) {名詞（である）；動詞辭書形}＋にとどまらず（も）

(說 明) 「のみならず」表附加，帶有「範圍擴大到…」的語意；「にとどまらず」表非限定，前面常接區域或時間名詞，表示「不僅限於前項的狹窄範圍，已經涉及到後項這一廣大範圍」的意思。但使用的範圍沒有「のみならず」那麼廣大。

(例 文) テレビの悪影響は、子供たちのみにとどまらず、大人にも及んでいる。
電視節目所造成的不良影響，不僅及於孩子們，甚至連大人亦難以倖免。

きり

…之後，再也沒有…、…之後就…

(接 續) {動詞た形}＋きり

(意思1) 【無變化】後面常接否定的形式，表示前項的動作完成之後，應該進展的事，就再也沒有下文了。含有出乎意料地，那之後再也沒有進展的意外的語感。中文意思是：「…之後，再也沒有…、…之後就…」。

| 例文 | 寝たきりのお年寄りが多くなってきた。 |

據說臥病在床的銀髮族有增多的趨勢。

| 比較 | しか＋〔否定〕 |

只、僅僅

| 接續 | {名詞（＋助詞）}＋しか～ない |

| 說明 | 「きり」表示無變化，後接否定表示發生前項的狀態後，再也沒有發生後項的狀態。另外。還有限定的意思，也可以後接否定；「しか」只有表示限定、限制，後面雖然也接否定的表達方式，但有消極的語感。 |

| 例文 | 私にはあなたしかいません。 |

你是我的唯一。

ないかぎり

除非…，否則就…、只要不…，就…

| 接續 | {動詞否定形}＋ないかぎり |

| 意思1 | 【無變化】表示只要某狀態不發生變化，結果就不會有變化。含有如果狀態發生變化了，結果也會有變化的可能性。中文意思是：「除非…，否則就…、只要不…，就…」。 |

| 例文 | 主人が謝ってこない限り、私からは何も話さない。 |

除非丈夫向我道歉，否則我沒什麼話要對他說的！

| 比較 | ないうちに |

在未…之前，…、趁沒…

| 接續 | {動詞否定形}＋ないうちに |

| 說明 | 「ないかぎり」表無變化，表示只要某狀態不發生變化，結果就不會有變化；而「ないうちに」表期間，表示在前面的狀態還沒有產生變化，做後面的動作。 |

| 例文 | 嵐が来ないうちに、家に帰りましょう。 |

趁暴風雨還沒來之前，回家吧！

つつある
正在…

接續 {動詞ます形} ＋つつある

意思1 【狀態變化】接繼續動詞後面，表示某一動作或作用正向著某一方向持續發展，為書面用語。相較於「ている」表示某動作做到一半，「つつある」則表示正處於某種變化中，因此，前面不可接「食べる、書く、生きる」等動詞。中文意思是：「正在…」。

例文 インフルエンザは全国で流行しつつある。
全國各地正在發生流行性感冒的大規模傳染。

注意 〔ようやく～つつある〕常與副詞「ようやく、どんどん、だんだん、しだいに、少しずつ」一起使用。

例文 日本に来て３ヶ月。日本での生活にもようやく慣れつつある。
來到日本三個月了，一切逐漸適應當中。

比較 **（よ）うとする**
想…、打算…

接續 {動詞意向形} ＋（よ）うとする

說明 「つつある」表狀態變化，強調某件事情或某個狀態正朝著一定的方向，一點一點在變化中，也就是變化在進行中；「（よ）うとする」表狀態進行，表示某狀態、狀況在動作主體的意志下，就要開始或是結束。

例文 赤ん坊が歩こうとしている。
嬰兒正嘗試著走路。

Chapter

6 程度、強調、同様
程度、強調、相同

|---|---|
001 だけましだ	006 てこそ
002 ほどだ、ほどの	007 て(で)しかたがない、て(で)しょうがない、
003 ほど～はない	て(で)しようがない
004 どころか	008 てまで、までして
005 て(で)かなわない	009 もどうぜんだ

001　　　　　　　　　　　　　　　　　　　　　　　　Track N2-050

だけましだ
幸好、還好、好在…

（接　續）{形容動詞詞幹な；[形容詞・動詞]普通形}＋だけましだ

（意思1）【程度】表示情況雖然不是很理想，或是遇上了不好的事情，但也沒有差到什麼地步，或是有「不幸中的大幸」。有安慰人的感覺。「まし」有雖然談不上是好的，但比糟糕透頂的那個比起來，算是好的之意。中文意思是：「幸好、還好、好在…」。

（例　文）仕事は大変だけど、この不景気にボーナスが出るだけましだよ。
工作雖然辛苦，幸好公司在這景氣蕭條的時代還願意提供員工獎金。

（比　較）**だけ(で)**
光…就…

（接　續）{名詞；形容動詞詞幹な；[形容詞・動詞]普通形}＋だけ(で)

（說　明）「だけましだ」表程度，表示儘管情況不是很理想，但沒有更差，還好只到此為止；「だけで」表限定，限定只需前項就能感受得到的意思。

（例　文）彼女と温泉なんて、想像するだけで嬉しくなる。
跟她去洗溫泉，光想就叫人高興了！

ほどだ、ほどの
幾乎…、簡直…、到達…程度

（接　續） {名詞；形容動詞詞幹な；[形容詞・動詞] 辭書形}＋ほどだ

意思1 【程度】表示對事態舉出具體的狀況或事例。為了說明前項達到什麼程度，在後項舉出具體的事例來，也就是具體的表達狀態或動作的程度有多高的意思。中文意思是：「幾乎…、簡直…、到達…程度」。

（例　文） 朝の電車は息ができないほど混んでいる。
晨間時段的電車擠得讓人幾乎無法呼吸。

（注　意） 〖ほどの＋N〗後接名詞，用「ほどの＋名詞」。

（例　文） 彼は君が尊敬するほどの人ではない。
他不值得你的尊敬。

比　較 **くらい(だ)、ぐらい(だ)**
幾乎…、簡直…、甚至…

（接　續） {名詞；形容動詞詞幹な；[形容詞・動詞] 普通形}＋くらい(だ)、ぐらい(だ)

（說　明） 「ほどだ」表程度，表示最高程度；「ぐらいだ」也表程度，但表示最低程度。

（例　文） 田中さんは美人になって、本当にびっくりするくらいでした。
田中小姐變得那麼漂亮，簡直叫人大吃一驚。

---

003   Track N2-052

ほど～はない
(1)沒有比…更；(2)用不著…

意思1 【比較】{名詞；形容動詞詞幹な；[形容詞・動詞] 辭書形}＋ほど～はない。表示在同類事物中是最高的，除了這個之外，沒有可以相比的，強調說話人主觀地進行評價的情況。中文意思是：「沒有比…更」。

（例　文） 今月ほど忙しかった月はない。
一年之中沒有比這個月更忙的月份了。

意思2 【程度】{動詞辭書形}＋ほどのことではない。表示程度很輕，沒什麼大不了的「用不著…」之意。中文意思是：「用不著…」。

例文 こんな風邪、薬を飲むほどのことではないよ。
區區小感冒，不需要吃藥嘛。

比較 **くらい（ぐらい）〜はない、ほど〜はない**
沒什麼是…、沒有…像…一樣、沒有…比…的了

接續 {名詞}＋くらい（ぐらい）＋{名詞}＋はない；{名詞}＋ほど＋{名詞}＋はない

說明 「ほど〜はない」表程度，表示程度輕，沒什麼大不了；「くらい〜はない」表程度，表示的事物是最高程度的。

例文 母の作る手料理くらいおいしいものはない。
沒有什麼東西是像媽媽親手做的料理一樣美味的。

どころか

(1)哪裡還…相反…；(2)哪裡還…、非但…、簡直…

接續 {名詞；形容動詞詞幹な；[形容詞・動詞]普通形}＋どころか

意思1 【反預料】表示事實結果與預想內容相反，強調這種反差。中文意思是：「哪裡還…相反…」。

例文 雪は止むどころか、ますます降り積もる一方だ。
雪非但沒歇，還愈積愈深了。

意思2 【程度的比較】表示從根本上推翻前項，並且在後項提出跟前項程度相差很遠，表示程度不止是這樣，而是程度更深的後項。中文意思是：「哪裡還…、非但…、簡直…」。

例文 学費どころか、毎月の家賃も苦労して払っている。
別說學費了，就連每個月的房租都得費盡辛苦才能付得出來。

| 比 較 | **ばかりか、ばかりでなく** |

豈止…，連…也…、不僅…而且…

| 接 續 | {名詞；形容動詞詞幹な；[形容詞・動詞]普通形}＋ばかりか、ばかりでなく |

| 說 明 | 「どころか」表程度的比較，表示「並不是如此，而是…」後項是跟預料相反的、令人驚訝的內容；「ばかりでなく」表附加，表示「本來光前項就夠了，可是還有後項」，含有前項跟後項都…的意思，強調後項的意思。好壞事都可以用。 |

| 例 文 | 彼は、失恋したばかりか、会社さえくびになってしまいました。 |

他豈止失戀，就連工作也被革職了。

005
Track N2-054

て（で）かなわない

…得受不了、…死了

| 接 續 | {形容詞く形}＋てかなわない；{形容動詞詞幹}＋でかなわない |

| 意思1 | 【強調】表示情況令人感到困擾或無法忍受。敬體用「てかなわないです」、「てかないません」。「かなわない」是「かなう」的否定形，意思相當於「がまんできない」和「やりきれない」。中文意思是：「…得受不了、…死了」。 |

| 例 文 | 蚊に刺されて、痒くてかなわない。 |

被蚊子咬出腫包，快癢死我啦！

| 比 較 | **て（で）たまらない** |

非常…、…得受不了

| 接 續 | {[形容詞・動詞]て形}＋たまらない；{形容動詞詞幹}＋でたまらない |

| 說 明 | 「て（で）かなわない」表強調，表示情況令人感到困擾、負擔過大，而無法忍受；「てたまらない」表感情，前接表示感覺、感情的詞，表示說話人的感情、感覺十分強烈，難以抑制。 |

| 例 文 | 勉強が辛くてたまらない。 |

書唸得痛苦不堪。

てこそ

只有…才（能）、正因為…才…

(接續) ｛動詞て形｝＋こそ

(意思1) 【強調】由接續助詞「て」後接提示強調助詞「こそ」表示由於實現了前項，從而得出後項好的結果。「てこそ」後項一般接表示褒意或可能的內容。是強調正是這個理由的說法。後項是說話人的判斷。中文意思是：「只有…才（能）、正因為…才…」。

(例文) 留学^{りゅうがく}できたのは、両親^{りょうしん}の協力^{きょうりょく}があってこそです。

多虧爸媽出資贊助，我才得以出國讀書。

比 較 **ばこそ**

就是因為…才…、正因為…才…

(接續) ｛[名詞・形容動詞詞幹]であれ；[形容詞・動詞]假定形｝＋ばこそ

(說明) 「てこそ」表強調，表示由於實現了前項，才得到後項的好結果；「ばこそ」表原因，強調正因為是前項，而不是別的原因，才有後項的事態。說話人態度積極，一般用在正面評價上。

(例文) 地道^{じみち}な努力^{どりょく}があればこそ、成功^{せいこう}できたのです。

正因為有踏實的努力，才能成功。

て（で）しかたがない、て（で）しょうがない、て（で）しようがない

…得不得了

(接續) ｛形容動詞詞幹；形容詞て形；動詞て形｝＋て（で）しかたがない、て（で）しょうがない、て（で）しようがない

(意思1) 【強調心情】表示心情或身體，處於難以抑制，不能忍受的狀態，為口語表現。其中「て（で）しょうがない」使用頻率最高。中文意思是：「…得不得了」。

（例文）今日は社長から呼ばれている。なんの話か気になってしようがない。

今天被社長約談，很想快點知道找我過去到底要談什麼事。

（注意）〖發音差異〗請注意「て（で）しようがない」與「て（で）しょうがない」意思相同，發音不同。

（例文）2年ぶりに帰国するので、嬉しくてしようがない。

暌違兩年即將回到家鄉，令我無比雀躍。

（比較）て（で）たまらない

非常…、…得受不了

（接續）{[形容詞・動詞]て形}＋たまらない；{形容動詞詞幹}＋でたまらない

（說明）「てしょうがない」表強調心情，表示身體的某種感覺非常強烈，或是情緒到了一種無法抑制的地步，為一種持續性的感覺；「てたまらない」表感情，表示某種身體感覺或情緒十分強烈，特別是用在生理方面，強調當下的感覺。

（例文）低血圧で、朝起きるのが辛くてたまらない。

因為患有低血壓，所以早上起床時非常難受。

てまで、までして

到…的地步、甚至…、不惜…；不惜…來

（意思1）【強調輕重】{動詞て形}＋まで、までして。前接動詞時，用「てまで」，表示為達到某種目的，而以極大的犧牲為代價。中文意思是：「到…的地步、甚至…、不惜…」。

（例文）自然を壊してまで、便利な世の中が必要なのか。

人類真的有必要為了增進生活的便利而破壞大自然嗎？

（注意）〖指責〗{名詞}＋までして。表示為了達到某種目的，採取令人震驚的極端行為，或是做出相當大的犧牲。中文意思是：「不惜…來」。

（例文）借金までして、自分の欲しい物を買おうとは思わない。

我不願意為了買想要的東西而去借錢。

さえ、でさえ、とさえ
連…、甚至…

接 續　{名詞＋（助詞）} ＋さえ、でさえ、とさえ；{疑問詞…} ＋かさえ；{動詞意
向形} ＋とさえ

說 明　「てまで」表強調輕重，前接一個極端事例，表示為達目的，付出極大
的代價，後項對前項陳述，帶有否定的看法跟疑問；「さえ」也表強調
輕重，舉出一個程度低的極端事列，表示連這個都這樣了，別的事物就
更不用提了。後項多為否定的內容。

例 文　私でさえ、あの人の言葉にはだまされました。
就連我也被他的花言巧語給騙了。

もどうぜんだ
…沒兩樣、就像是…

接 續　{名詞；動詞普通形} ＋も同然だ

意思1　【相同】表示前項和後項是一樣的，有時帶有嘲諷或是不滿的語感。中
文意思是：「…沒兩樣、就像是…」。

例 文　今夜、薬を飲めば治ったも同然です。
今晚只要吃了藥，就會好了。

比 較　**はもちろん、はもとより**
不僅…而且…、…不用說，…也…

接 續　{名詞} ＋はもちろん、はもとより

說 明　「もどうぜんだ」表相同，表示前項跟後項是一樣的；「はもちろん」表
附加，前項舉出一個比較具代表性的事物，後項再舉出同一類的其他事
物。後項是強調不僅如此的新信息。

例 文　この辺りは、昼間はもちろん夜も人であふれています。
這一帶別說是白天，就連夜裡也是人聲鼎沸。

7 観点、前提、根拠、基準

観點、前提、根據、基準

001

じょう (は／では／の／も)

從…來看、出於…、鑑於…上

（接続）〔名詞〕＋上(は／では／の／も)

（意思1）**【観点】** 表示就此觀點而言，就某範圍來說。「じょう」前面直接接名詞，如「立場上、仕事上、ルール上、教育上、歴史上、法律上、健康上」等。中文意思是：「從…來看、出於…、鑑於…上」。

（例文）この機械は、理論上は問題なく動くはずだが、使いにくい。
理論上這部機器沒有任何問題，應該可以正常運作，然而使用起來卻很不順手。

（比較）**うえで (の)**

在…之後、…以後…、之後(再)…

（接続）〔名詞の；動詞た形〕＋上で(の)

（説明）「じょう」表觀點，前接名詞，表示就某範圍來說；「うえで」表前提，表示「首先，做好某事之後，再…」、「在做好…的基礎上」之意。

（例文）内容をご確認いただいた上で、サインをお願いします。
敬請於確認內容以後簽名。

にしたら、にすれば、にしてみたら、にしてみれば
對…來說、對…而言

接續〔名詞〕＋にしたら、にすれば、にしてみたら、にしてみれば

意思1【觀點】前面接人物，表示站在這個人物的立場來對後面的事物提出觀點、評判、感受。中文意思是：「對…來說、對…而言」。

例文娘の結婚は嬉しいことだが、父親にしてみれば複雑な気持ちだ。
身為一位父親，看著女兒即將步入禮堂，可謂喜憂參半。

注意〖人＋にしたら＋推量詞〗前項一般接表示人的名詞，後項常接「可能、大概」等推量詞。

例文経理の和田さんにしたら、できるだけ経費をおさえたいだろう。
就會計的和田先生而言，當然希望盡量減少支出。

比較　にとって（は／も／の）
對於…來說

接續〔名詞〕＋にとって（は／も／の）

說明「にしたら」表觀點，表示從說話人的角度，或站在別人的立場，對某件事情提出觀點、評判、推測；「にとって」表立場，表示從說話人的角度，或站在別人的立場或觀點上考慮的話，會有什麼樣的感受之意。

例文僕たちにとって、明日の試合は重要です。
對我們來說，明天的比賽至關重要。

うえで（の）
(1)在…時、情況下、方面…；(2)在…之後、…以後…、之後（再）…

意思1【目的】{名詞の；動詞辭書形}＋上で（の）。表示做某事是為了達到某種目的，用在敘述這一過程中會出現的問題或注意點。中文意思是：「在…時、情況下、方面…」。

（例 文）日本語能力試験は就職する上で必要な資格だ。
日語能力測驗的成績是求職時的必備條件。

（意思2）【前提】{名詞の；動詞た形}＋上で（の）。表示兩動作間時間上的先後關係。先進行前一動作，後面再根據前面的結果，採取下一個動作。中文意思是：「在…之後、…以後…、之後（再）…」。

（例 文）この薬は説明書をよく読んだ上で、お飲みください。
這種藥請先詳閱藥品仿單之後，再服用。

（比 較）**すえ（に／の）**
經過…最後、結果…、結局最後…

（接 續）{名詞の}＋末（に／の）；{動詞た形}＋末（に／の）

（說 明）「うえで」表前提，表示先確實做好前項，以此為條件，才能再進行後項的動作；「すえに」表結果，強調「花了很長的時間，有了最後的結果」，暗示在過程中「遇到了各種困難，各種錯誤的嘗試」等。

（例 文）工事は、長期間の作業の末、完了しました。
經過了長時間的作業，這項工程終於完工了。

004　　　　　　　　　　　　　　　　　　　　Track N2-062

のもとで、のもとに
(1)在…指導下；(2)在…之下

（接 續）{名詞}＋のもとで、のもとに

（意思1）【基準】表示在某人事物的影響範圍下，或在某條件的制約下做某事。中文意思是：「在…指導下」。

（例 文）恩師のもとで研究者として仕事をしたい。
我希望繼續在恩師的門下從事研究工作。

（意思2）【前提】表示在受到某影響的範圍內，而有後項的情況。中文意思是：「在…之下」。

（例 文）青空のもとで、子供達が元気に走りまわっています。
在藍天之下，一群活潑的孩子正在恣意奔跑。

〖星の下に生まれる〗「星の下に生まれる」是「命該如此」、「命中註定」的意思。

お金もあってハンサムで頭もいい永瀬君は、きっといい星の下で生まれたんだね。
聰明英俊又多金的永瀨同學，想必是含著金湯匙出生的吧！

をもとに、をもとにして
以…為根據、以…為參考、在…基礎上

{名詞}＋をもとに、をもとにして

「のもとで」表前提，表示在受到某影響的範圍內，而有後項的情況；「をもとに」表根據，表示以前項為參考來做後項的動作。

彼女のデザインをもとに、青いワンピースを作った。
以她的設計為基礎，裁製了藍色的連身裙。

からして

從…來看…、單從…來看

{名詞}＋からして

【根據】表示判斷的依據。舉出一個最微小的、最基本的、最不可能的例子，接下來對其進行整體的評判。後面多是消極、不利的評價。中文意思是：「從…來看…、單從…來看」。

面接の話し方からして、鈴木さんは気が弱そうだ。
單從面試時的談吐表現來看，鈴木小姐似乎有些內向。

からといって
（不能）僅因…就…、即使…，也不能…

{[名詞・形容動詞詞幹]だ；[形容詞・動詞] 普通形}＋からといって

「からして」表根據，表示從前項來推測出後項；「からといって」表原因，表示「即使有某理由或情況，也無法做出正確判斷」的意思。對於「因為前項所以後項」的簡單推論或行為持否定的意見，用在對對方的批評或意見上。後項多為否定的表現。

例文 負けたからといって、いつまでもくよくよしてはいけない。

就算是吃了敗仗，也不能一直垂頭喪氣的。

からすれば、からすると

(1)按…標準來看；(2)從…立場來看、就…而言；(3)根據…來考慮

接續 {[名詞・形容動詞詞幹]だ；[形容詞・動詞] 普通形} ＋からすれば、からすると

意思1 【基準】表示比較的基準。中文意思是：「按…標準來看」。

例文 江戸時代の絵からすると、この絵はかなり高価だ。

按江戸時代畫的標準來看，這幅畫是相當昂貴的。

意思2 【立場】表示判斷的立場、觀點。中文意思是：「從…立場來看、就…而言」。

例文 私からすれば、日本語の発音は決して難しくない。

對我而言，日語發音並不算難。

意思3 【根據】表示判斷的基礎、根據。中文意思是：「根據…來考慮」。

例文 症状からすると、手術が必要かもしれません。

從症狀判斷，或許必須開刀治療。

比較 によると、によれば

據…、據…說、根據…報導…

接續 {名詞} ＋によると、によれば

說明 「からすれば」表根據，表示判斷的依據，後項的判斷是根據前項的材料；「によれば」表信息來源，用在傳聞的句子中，表示消息、信息的來源，或推測的依據。有時可以與「によると」互換。

例文 天気予報によると、明日は雨が降るそうです。

根據氣象報告，明天會下雨。

からみると、からみれば、からみて（も）

(1)根據…來看…的話；(2)從…來看、從…來說

接續 ｛名詞｝＋から見ると、から見れば、から見て（も）

意思1 【根據】表示判斷的依據、基礎。中文意思是：「根據…來看…的話」。

例文 今日の夜空から見ると、明日も天気がいいだろうな。

從今晚的天空看來，明日應該是好天氣。

意思2 【立場】表示判斷的立場、角度，也就是「從某一立場來判斷的話」之
意。中文意思是：「從…來看、從…來說」。

例文 外国人から見ると日本の習慣の中にはおかしいものもある。

在外國人的眼裡，日本的某些風俗習慣很奇特。

比較 **によると、によれば**

據…、據…說、根據…報導…

接續 ｛名詞｝＋によると、によれば

說明 「からみると」表立場，表示從前項客觀的材料（某一立場、觀點），來
進行後項的判斷，而且一般這一判斷的根據是親眼看到，可以確認的。
可以接在表示人物的名詞後面；「によると」表信息來源，表示前項是
後項的消息、根據的來源。句末大多跟表示傳聞「そうだ／とのことだ」
的表達形式相呼應。

例文 女性雑誌によれば、毎日1リットルの水を飲むと美容にいいそうだ。

據女性雜誌上說，每天喝一公升的水有助養顏美容。

ことだから

(1)因為是…，所以…；(2)由於

接續 ｛名詞の｝＋ことだから

意思1 【根據】表示自己判斷的依據。主要接表示人物的詞後面，前項是根據
說話雙方都熟知的人物的性格、行為習慣等，做出後項相應的判斷。中
文意思是：「因為是…，所以…」。

（例文）あの人のことだから、今もきっと元気に暮らしているでしょう。

憑他的本事，想必現在一定過得很好吧！

意思2【理由】表示理由，由於前項狀況、事態，後項也做與其對應的行為。中文意思是：「由於」。

（例文）今年は景気が悪かったことから、給料は上がらないことになった。

今年因為景氣很差，所以公司決定不加薪了。

比較 **ものだから**

就是因為…，所以…

接續 {[名詞・形容動詞詞幹]な；[形容詞・動詞]普通形}＋ものだから

說明「ことだから」表理由，表示根據前項的情況，從而做出後項相應的動作；「ものだから」也表理由，是把前項當理由，說明自己為什麼做了後項，常用在個人的辯解、解釋，把自己的行為正當化上。後句不用命令、意志等表達方式。

（例文）きつく叱ったものだから、娘はしくしくと泣き出した。

由於很嚴厲地斥責了女兒，使得她抽抽搭搭地哭了起來。

009

のうえでは

…上

接續 {名詞}＋の上では

意思1【根據】表示「在某方面上是…」。中文意思是：「…上」。

（例文）計算の上では黒字なのに、なぜか現実は毎月赤字だ。

就帳目而言應有結餘，奇怪的是實際上每個月都是入不敷出。

比較 **うえで（の）**

在…之後、…以後…、之後（再）…

接續 {名詞の；動詞た形}＋上で（の）

| 說　明 | 「のうえでは」表根據，前面接數據、契約等相關詞語，表示「根據這一信息來看」的意思；「うえで」表前提，表示「首先，做好某事之後，再…」，表達在前項成立的基礎上，才會有後項，也就是「前項→後項」兩動作時間上的先後順序。 |

| 例　文 | どんな治療をするのか、医師と相談した上で、決めます。 |
| | 要進行什麼樣的治療，要和醫生商量之後再決定。 |

をもとに（して／した）

以…為根據、以…為參考、在…基礎上

| 接　續 | {名詞}＋をもとに（して／した） |

| 意思1 | 【依據】表示將某事物作為後項的依據、材料或基礎等，後項的行為、動作是根據或參考前項來進行的。中文意思是：「以…為根據、以…為參考、在…基礎上」。 |

| 例　文 | この映画は小説をもとにして作品化された。 |
| | 這部電影是根據小說改編而成的作品。 |

| 注　意 | 〔をもとにした＋N〕用「をもとにした」來後接名詞，或作述語來使用。 |

| 例　文 | お客様のアンケートをもとにしたメニューを作りましょう。 |
| | 我們參考顧客的問卷填答內容來設計菜單吧！ |

比　較　にもとづいて、にもとづき、にもとづく、にもとづいた

根據…、按照…、基於…

| 接　續 | {名詞}＋に基づいて、に基づき、に基づく、に基づいた |

| 說　明 | 「をもとにして」表依據，表示以前項為依據，離開前項來自行發展後項的動作；「にもとづいて」也表依據，表示依據前項，在不離前項的原則下，進行後項的動作。 |

| 例　文 | 違反者は法律に基づいて処罰されます。 |
| | 違者依法究辦。 |

をたよりに、をたよりとして、をたよりにして
靠著…、憑藉…

（接續） {名詞}＋を頼りに、を頼りとして、を頼りにして

（意思1） 【依據】表示藉由某人事物的幫助，或是以某事物為依據，進行後面的動作。中文意思是：「靠著…、憑藉…」。

（例文） 目が見えない彼女は、頭のいい犬を頼りにして生活している。
眼睛看不見的她仰賴一隻聰明的導盲犬過生活。

（比較） **によって(は)、により**
因為…

（接續） {名詞}＋によって(は)、により

（說明） 「をたよりに」表依據，表藉由某人事物的幫助，或是以某事物為依據，進行後面的動作；「によって」也表依據，表示所依據的狀況不同，也表示所依據的方法、方式、手段。

（例文） 参加者の人数によって、開催するかしないかを決める。
根據參加人數的多寡，決定是否舉辦。

にそって、にそい、にそう、にそった
(1)沿著…、順著…；(2)按照…

（接續） {名詞}＋に沿って、に沿い、に沿う、に沿った

（意思1） 【順著】接在河川或道路等長長延續的東西後，表示沿著河流、街道。中文意思是：「沿著…、順著…」。

（例文） 道に沿って、桜並木が続いている。
櫻樹夾道，綿延不絕。

（意思2） 【基準】表示按照某程序、方針，也就是前項提出一個基準性的想法或計畫，表示為了不違背、為了符合的意思。中文意思是：「按照…」。

（例文）私の希望に沿ったバイト先がなかなか見つからない。

遅遅沒能找到與我的條件吻合的兼職工作。

比較　**をめぐって（は）、をめぐる**

圍繞著…、環繞著…

接續　{名詞}＋をめぐって、をめぐる

說明　「にそって」表基準，多接在表期待、希望、方針、使用說明等語詞後面，表示按此行動；「をめぐって」表對象，多接在規定、條件、問題、焦點等詞後面，表示圍繞前項發生了各種討論、爭議、對立等。後項大多用意見對立、各種議論、爭議等動詞。

（例文）この宝石をめぐっては、手に入れた人は不幸になるという伝説がある。

關於這顆寶石，傳說只要得到的人，就會招致不幸。

にしたがって、にしたがい

(1)依照…、按照…、隨著…；(2)隨著…，逐漸…

接續　{名詞；動詞辭書形}＋にしたがって、にしたがい

意思1　**【基準】**前面接表示人、規則、指示、根據、基準等的名詞，表示按照、依照的意思。後項一般是陳述對方的指示、忠告或自己的意志。中文意思是：「依照…、按照…、隨著…」。

（例文）上司の指示にしたがい、計画書を変更してください。

請遵照主管的指示更改計畫書。

意思2　**【跟隨】**表示跟前項的變化相呼應，而發生後項。中文意思是：「隨著…，逐漸…」。

（例文）日本の生活に慣れるにしたがって、日本の習慣がわかるようになった。

在逐漸適應日本的生活後，也愈來愈了解日本的風俗習慣了。

| 比 較 | **ば～ほど** |

越…越…

| 接 續 | {名詞；形容動詞詞幹な；[形容詞・動詞]辭書形}＋ほど |

| 說 明 | 「にしたがって」表跟隨，表示隨著前項的動作或作用，而產生變化；「ほど」表平行，表示隨著前項程度的提高，後項的程度也跟著提高。是「ば～ほど」的省略「ば」的形式。 |

| 例 文 | 話せば話すほど、お互いを理解できる。
雙方越聊越能理解彼此。 |

MEMO

001　　　　　　　　　　　　　　　　　　　　　　　　Track N2-072

か～まいか
要不要…、還是…

（接　續）　{動詞意向形} ＋か＋{動詞辭書形；動詞ます形} ＋まいか

（意思1）　**【意志】**表示說話者在迷惘是否要做某件事情，後面可以接「悩む」、「迷う」等動詞。中文意思是：「要不要…、還是…」。

（例　文）　ダイエット中なので、このケーキを食べようか食べまいか悩んでいます。
由於正在減重期間，所以在煩惱該不該吃下這塊蛋糕。

（比　較）　**であろうとなかろうと**
不管是不是…

（接　續）　{名詞・形容動詞詞} ＋であろうとなかろうと

（說　明）　「か～まいか」表意志，表示說話人很困惑，不知道是否該做某事，或正在思考哪個比較好；「であろうとなかろうと」表無關，表示不管前項是這樣，還是不是這樣，後項總之都一樣。

（例　文）　勉強が好きであろうとなかろうと、学生は勉強しなければならない。
不管是否對讀書感興趣，學生都得學習。

まい

(1)不是⋯嗎；(2)不會⋯吧；(3)不打算⋯

（接　續）{動詞辭書形}＋まい

（意思1）【推測疑問】用「まいか」表示說話人的推測疑問。中文意思是：「不是⋯嗎」。

（例　文）彼女は私との結婚を迷っているのではあるまいか。
莫非她還在猶豫該不該和我結婚？

（意思2）【推測】表示說話人推測、想像。中文意思是：「不會⋯吧」。

（例　文）もう4月なので、雪は降るまい。
現在都四月了，大概不會再下雪了。

（意思3）【意志】表示說話人不做某事的意志或決心，是一種強烈的否定意志。主語一定是第一人稱。書面語。中文意思是：「不打算⋯」。

（例　文）彼とは二度と会うまいと、心に決めた。
我已經下定決心，絕不再和他見面了。

（比　較）**ものか**

哪能⋯、怎麼會⋯呢、決不⋯、才不⋯呢

（接　續）{形容動詞詞幹な；[形容詞・動詞]辭書形}＋ものか

（說　明）「まい」表意志，表示說話人強烈的否定意志；「ものか」表強調否定，表示說話者帶著感情色彩，強烈的否定語氣，為反詰的追問、責問的用法。

（例　文）彼の味方になんか、なるものか。
我才不跟他一個鼻子出氣呢！

まま (に)

(1)隨意、隨心所欲；(2)任人擺佈、唯命是從

（接　續）{動詞辭書形；動詞被動形}＋まま (に)

意思1 【隨意】表示順其自然、隨心所欲的樣子。中文意思是：「隨意、隨心所欲」。

例文 思いつくまま、詩を書いてみた。
嘗試將心頭浮現的意象寫成了一首詩。

意思2 【意志】表示沒有自己的主觀判斷，被動的任憑他人擺佈的樣子。後項大多是消極的內容。一般用「られるまま（に）」的形式。中文意思是：「任人擺佈、唯命是從」。

例文 彼は社長に命令されるままに、土日も出勤している。
他遵循社長的命令，週六日照樣上班。

比較 **なり**
任憑…、順著

接續 ｛名詞｝＋なり

說明 「まま（に）」表意志，表示處在被動的立場，自己沒有主觀的判斷。後項多是消極的表現方式；「なり」也表意志，表示不違背、順從前項的意思。

例文 男の人は結婚すると、嫁の言いなりになる。
男人結婚之後，對老婆大多是言聽計從的。

うではないか、ようではないか
讓…吧、我們（一起）…吧

接續 ｛動詞意向形｝＋うではないか、ようではないか

意思1 【意志】表示在眾人面前，強烈的提出自己的論點或主張，或號召對方跟自己共同做某事，抑或是一種委婉的命令，常用在演講上。是稍微拘泥於形式的說法，一般為男性使用，通常用在邀請一個人或少數人的時候。中文意思是：「讓…吧、我們（一起）…吧」。

例文 問題を解決するために、話し合おうではありませんか。
為解決這個問題，我們來談一談吧！

注意 〖口語－うじゃないか等〗口語常說成「うじゃないか、ようじゃないか」。

（例　文） 誰<ruby>だれ</ruby>もやらないのなら、私<ruby>わたし</ruby>がやろうじゃないか。

如果沒有人願意做，那就交給我來吧！

（比　較） **ませんか**

要不要…呢

（接　續） {動詞ます形} ＋ませんか

（說　明） 「うではないか」表意志，是以堅定的語氣（讓對方沒有拒絕的餘地），帶頭提議對方跟自己一起做某事的意思；「ませんか」表勸誘，是有禮貌地（為對方設想的），邀請對方跟自己一起做某事。一般用在對個人或少數人的勸誘上。不跟疑問詞「か」一起使用。

（例　文） 週末<ruby>しゅうまつ</ruby>、遊園地<ruby>ゆうえんち</ruby>へ行<ruby>い</ruby>きませんか。

週末要不要一起去遊樂園玩？

ぬく

(1)穿越、超越；(2)…做到底

（接　續） {動詞ます形} ＋抜く

（意思1） **【穿越】** 表示超過、穿越的意思。中文意思是：「穿越、超越」。

（例　文） 小<ruby>ちい</ruby>さい部屋<ruby>へや</ruby>がたくさんあり、使<ruby>つか</ruby>いにくいので、壁<ruby>かべ</ruby>をぶち抜<ruby>ぬ</ruby>いて大広間<ruby>おおひろま</ruby>にした。

室內隔成好幾個小房間不方便使用，於是把隔間牆打掉，合併成為一個大客廳。

（意思2） **【行為意圖】** 表示把必須做的事，徹底做到最後，含有經過痛苦而完成的意思。中文意思是：「…做到底」。

（例　文） 遠泳大会<ruby>えんえいたいかい</ruby>で５キロを泳<ruby>およ</ruby>ぎ抜<ruby>ぬ</ruby>いた。

在長泳大賽中游完了五公里的賽程。

（比　較） **きる、きれる、きれない**

…完、完全、到極限

（接　續） {動詞ます形} ＋切る、切れる、切れない

「ぬく」表行為意圖，表示跨越重重困難，堅持一件事到底，或即使困難，也要努力從困境走出來的意思。「きる」表完了，表示沒有殘留部分，完全徹底執行某事的樣子。過程中沒有含痛苦跟困難。

（例　文） いつの間にか、お金を使いきってしまった。
不知不覺，錢就花光了。

うえは

既然…、既然…就…

（接　續） {動詞普通形} ＋上は

（意思1） 【決心】前接表示某種決心、責任等行為的詞，後續表示必須採取跟前面相對應的動作。後句是說話人的判斷、決定或勸告。有接續助詞作用。中文意思是：「既然…、既然…就…」。

（例　文） 契約書にサインをした上は、規則を守っていただきます。
既然簽了合約，就請依照相關條文執行。

（比　較） **うえ（に）**

…而且…、不僅…，而且…、在…之上，又…

（接　續） {名詞の；形容動詞詞幹な；[形容詞・動詞] 普通形} ＋上（に）

（說　明） 「うえは」表決心，含有「由於遇到某種立場跟狀況，所以當然要有後項被逼迫或不得已等舉動」之意；「うえに」表附加，表示追加、補充同類的內容，先舉一個事例之後，再進一步舉出另一個事例。

（例　文） 主婦は、家事の上に育児もしなければなりません。
家庭主婦不僅要做家事，而且還要帶孩子。

ねばならない、ねばならぬ

必須…、不能不…

（接　續） {動詞否定形} ＋ねばならない、ねばならぬ

| 意思1 | 【義務】表示有責任或義務應該要做某件事情，大多用在隨著社會道德或責任感的場合。中文意思是：「必須…、不能不…」。 |

| 例文 | あなたの態度は誤解をされやすいので、改めねばならないよ。
你的態度容易造成別人誤會，要改過來才行喔！ |

| 注意 | 〔文言〕「ねばならぬ」的語感比起「ねばならない」較為生硬、文言。 |

| 例文 | 人間は働かねばならぬ。
人活著就得工作。 |

| 比較 | **ざるをえない**
不得不…、只好…、被迫… |

| 接續 | {動詞否定形（去ない）}＋ざるを得ない |

| 說明 | 「ねばならない」表義務，表是從社會常識和事情的性質來看，有必要做或有義務要做。是「なければならない」的書面語；「ざるをえない」表強制，表示除此之外沒有其他的選擇，含有說話人不願意的感情。 |

| 例文 | 上司の命令だから、やらざるを得ない。
既然是上司的命令，也就不得不遵從了。 |

Track N2-079

てはならない
不能…、不要…、不許、不應該

| 接續 | {動詞て形}＋はならない |

| 意思1 | 【禁止】為禁止用法。表示有義務或責任，不可以去做某件事情。對象一般非特定的個人，而是作為組織或社會的規則，人們不許或不應該做什麼。敬體用「てはならないです」、「てはなりません」。中文意思是：「不能…、不要…、不許、不應該」。 |

| 例文 | 今聞いたことを誰にも話してはなりません。
剛剛聽到的事絕不許告訴任何人！ |

ことはない

不是…、不必…

接 續 {動詞 {動詞辞書形} ＋ものではない} ＋ことはない

說 明 「てはならない」表禁止，表示某行為是不被允許的，或是被某規定所禁止的，和「てはいけない」意思一樣；「ことはない」表不必要，表示說話人勸告、建議對方沒有必要做某事，或不必擔心等。

例 文 失恋したからってそう落ち込むな。この世の終わりということはない。

只不過是區區失戀，別那麼沮喪啦！又不是世界末日來了。

べきではない

不應該…、不能…

接 續 {動詞辞書形} ＋べきではない

意思1 【忠告】如果動詞是「する」，可以用「すべきではない」或是「するべきではない」。表示忠告，從某種規範（如道德、常識、社會公共理念）來看做或不做某事是人的義務。含有忠告、勸說的意味。中文意思是：「不應該…、不能…」。

例 文 お金の貸し借りは絶対にするべきではない。

絕對不應該與他人有金錢上的借貸。

ものではない

不應該…

接 續 {動詞辞書形} ＋ものではない

說 明 「べきではない」表忠告，表示說話人提出意見跟想法，認為不能做某事。強調說話人個人的意見跟價值觀；「ものではない」也表忠告，表示說話人出於社會上道德或常識的一般論，而給予忠告。強調不是說話人個人的看法。

例 文 食べ物を残すものではない。

食物不可以沒有吃完。

ざるをえない
不得不…、只好…、被迫…、不…也不行

(接 續) {動詞否定形 (去ない)}＋ざるを得ない

(意思1) 【強制】「ざる」是「ず」的連體形。「得ない」是「得る」的否定形。表示除此之外，沒有其他的選擇。有時也表示迫於某壓力或情況，而違背良心地做某事。中文意思是：「不得不…、只好…、被迫…、不…也不行」。

(例 文) 消費税が上がったら、うちの商品の値段も上げざるを得ない。
假如消費稅提高，本店的商品價格也得被迫調漲。

(注 意) 〖サ變動詞－せざるを得ない〗前接サ行變格動詞要用「せざるを得ない」。(但也有例外，譬如前接「愛する」，要用「愛さざるを得ない」)。

(例 文) 家族が病気になったら、帰国せざるを得ない。
萬一家人生病的話，也只好回國了。

(比 較) **ずにはいられない**
不得不…、不由得…、禁不住…

(接 續) {動詞否定形 (去ない)}＋ずにはいられない

(說 明) 「ざるをえない」表強制，表示因某種原因，說話人雖然不想這樣，但無可奈何去做某事，是非自願的行為；「ずにはいられない」也表強制，但表示靠自己的意志是控制不住的，帶有一種情不自禁地做某事之意。

(例 文) 素晴らしい風景を見ると、写真を撮らずにはいられません。
一看到美麗的風景，就禁不住想拍照。

011   Track N2-082

ずにはいられない
不得不…、不由得…、禁不住…

(接 續) {動詞否定形 (去ない)}＋ずにはいられない

(意思1) 【強制】表示自己的意志無法克制，情不自禁地做某事，為書面用語。中文意思是：「不得不…、不由得…、禁不住…」。

例文 あの映画を見たら、誰でも泣かずにはいられません。

看了那部電影，沒有一個觀眾能夠忍住淚水的。

注意1 〖反詰語氣去は〗用於反詰語氣（以問句形式表示肯定或否定），不能插入「は」。

例文 また増税するなんて。政府の方針に疑問を抱かずにいられるか。

居然又要加稅了！政府的施政方針實在不得不令人質疑。

注意2 〖自然而然〗表示動作行為者無法控制所呈現自然產生的情感或反應等。

例文 おかしくて、笑わずにはいられない。

真的太滑稽了，讓人不禁捧腹大笑。

比較 より（ほか）ない、ほか（しかたが）ない

只有…、除了…之外沒有…

接續 {名詞；動詞辭書形}＋より（ほか）ない；{動詞辭書形}＋ほか（しかたが）ない

說明 「ずにはいられない」表強制，表示自己無法克制，情不自禁地做某事之意；「よりほかない」表讓步，表示問題處於某種狀態，只有一種辦法，沒有其他解決的方法，有雖然要積極地面對這樣的狀態，但情緒是無奈的。

例文 もう時間がない。こうなったら一生懸命やるよりほかない。

時間已經來不及了，事到如今，只能拚命去做了。

て（は）いられない、てられない、てらんない

無法…、不能再…、哪還能…

接續 {動詞て形}＋（は）いられない、られない、らんない

意思1 【強制】表示無法維持某個狀態，或急著想做某事，含有緊迫感跟危機感。意思跟「している場合ではない」一樣。中文意思是：「無法…、不能再…、哪還能…」。

（例文）外は立っていられないほどの強風が吹いている。

門外，令人幾乎無法站直身軀的強風不停呼嘯。

（注意1）〖口語－てられない〗「てられない」為口語說法，是由「ていられない」中的「い」脫落而來的。

（例文）暑いのでコートなんか着てられない。

氣溫高得根本穿不住外套。

（注意2）〖口語－てらんない〗「てらんない」則是語氣更隨便的口語說法。

（例文）さあ今日から仕事だ。いつまでも寝てらんない。

快起來，今天開始上班了，別再睡懶覺啦！

（比較）**て（で）たまらない**

非常…、…得受不了

（接續）{[形容詞・動詞]て形}＋たまらない；{形容動詞詞幹}＋でたまらない

（說明）「ていられない」表強制，表迫於某種緊急的情況，致使心情上無法控制，而不能保持原來的某狀態，或急著做某事；「てたまらない」表感情，表示某種感情已經到了無法忍受的地步。這種感情或感覺是當下的。

（例文）N2に合格して、嬉しくてたまらない。

通過N2級測驗，簡直欣喜若狂。

013

てばかりはいられない、てばかりもいられない

不能一直…、不能老是…

（接續）{動詞て形}＋ばかりはいられない、ばかりもいられない

（意思1）**【強制】**表示不可以過度、持續性地、經常性地做某件事情。表示因對現狀感到不安、不滿、不能大意，而想做改變。中文意思是：「不能一直…、不能老是…」。

（例文）料理は苦手だけど、毎日外食してばかりもいられない。

儘管廚藝不佳，也不能老是在外面吃飯。

〔接感情、態度〕常與表示感情或態度的「笑う、泣く、喜ぶ、嘆く、安心する」等詞一起使用。

例文 主人が亡くなって1ヶ月。今後の生活を考えると泣いてばかりはいられない。

先生過世一個月了。我不能老是以淚洗面，得為往後的日子做打算了。

比較 **とばかりはいえない**

不能全說…

接續 {形容詞・形容動詞}＋とばかりはいえない

說明 「てばかりはいられない」表強制，表示說話人對現狀的不安、不滿，而想要做出改變；「とばかりはいえない」表部分肯定，表示一般都認為是前項，但說話人認為不能完全肯定都是某狀況，也有例外或另一側面的時候。

例文 マイナス思考そのものが悪いとばかりは言えない。

負面思考不能說一概都不好。

014

ないではいられない

不能不…、忍不住要…、不禁要…、不…不行、不由自主地…

接續 {動詞否定形}＋ないではいられない

意思1 【強制】表示意志力無法控制，自然而然地內心衝動想做某事。傾向於口語用法。中文意思是：「不能不…、忍不住要…、不禁要…、不…不行、不由自主地…」。

例文 お酒を1週間やめたが、結局飲まないではいられなくなった。

雖然已經戒酒一個星期了，結果還是禁不住破了戒。

注意 〔第三人稱－らしい〕此句型用在說話人表達自己的心情或身體感覺時，如果用在第三人稱，句尾就必須加上「らしい、ようだ、のだ」等詞。

例文 鈴木さんはあの曲を聞くと、昔の恋人を思い出さないではいられないらしい。

鈴木小姐一聽到那首曲子，不禁就想起前男友。

比 較	ざるをえない

不得不…、只好…、被迫…

| 接 續 | {動詞否定形（去ない）}＋ざるを得ない |

| 說 明 | 「ないではいられない」表強制，帶有一種忍不住想去做某件事的情緒或衝動；「ざるをえない」也表強制，但表示經過深思熟慮後，還是不得不去做某件事。 |

| 例 文 | 不景気でリストラを実施せざるを得ない。
由於不景氣，公司不得不裁員。 |

MEMO

Chapter

9 推論、予測、可能、困難

推論、預料、可能、困難

001　　　　　　　　　　　　　　　　　　　　　　　　　　　　　　Track N2-086

のももっともだ、のはもっともだ

也是應該的、也不是沒有道理的

（接続）{形容動詞詞幹な；[形容詞・動詞]普通形}＋のももっともだ、のはもっともだ

（意思1）【推論】表示依照前述的事情，可以合理地推論出後面的結果，所以這個結果是令人信服的。中文意思是：「也是應該的、也不是沒有道理的」。

（例文）子供たちが面白くて親切な佐藤先生を好きになるのは、もっともだと思う。

親切又風趣的佐藤老師會受到學童們的喜歡，是再自然不過的事。

（比較）**べき、べきだ**

必須…、應當…

（接続）{動詞辞書形}＋べき、べきだ

（説明）「のももっともだ」表推論，表示依照前述的事情，可以合理地推論出令人信服的結果；「べきだ」表勸告，表示說話人向他人勸說，做某事是一種必要的義務。

（例文）人間はみな平等であるべきだ。

人人應該平等。

にそういない

一定是…、肯定是…

接續 ｛名詞；形容動詞詞幹；[形容詞・動詞]普通形｝＋に相違ない

意思1 【推測】表示說話人根據經驗或直覺，做出非常肯定的判斷。跟「だろう」相比，確定的程度更強。跟「に違いない」意思相同，只是「に相違ない」比較書面語。中文意思是：「一定是…、肯定是…」。

例文 彼の表情からみると、嘘をついているに相違ない。
從他的表情判斷，一定是在說謊！

比較 **にほかならない**

完全是…、不外乎是…、其實是…、無非是…

接續 ｛名詞｝＋にほかならない

說明 「にそういない」表推測，表示說話者自己冷靜、理性的推測，且語氣強烈。是確信度很高的判斷、推測；「にほかならない」表主張，帶有「絕對不是別的，而正是這個」的語氣，強調「除此之外，沒有別的」，多用於對事物的原因、結果的斷定。

例文 肌がきれいになったのは、化粧品の美容効果にほかならない。
肌膚變得這麼漂亮，其實是因為化妝品的美容效果。

つつ（も）

(1)明明…、儘管…、雖然…；(2)一邊…一邊…、一面…一面…、…（的）同時

接續 ｛動詞ます形｝＋つつ（も）

意思1 【反預料】表示逆接，用於連接兩個相反的事物，大多用在說話人後悔、告白的場合。中文意思是：「明明…、儘管…、雖然…」。

例文 悪いと知りつつも、カンニングをしてしまった。
明知道這樣做是不對的，還是忍不住作弊了。

【同時】表示同一主體，在進行某一動作的同時，也進行另一個動作，這時只用「つつ」，不用「つつも」。中文意思是：「一邊…一邊…、一面…一面…、…（的）同時」。

例 文　昨晩友人と酒を飲みつつ、夢について語り合った。
昨晩和朋友一面舉杯對酌，一面暢談抱負。

比　較　**とともに**
與…同時，也…

接　續　{名詞；動詞辭書形} ＋とともに

說　明　「つつ」表同時，表示兩種動作同時進行，也就是前項的主要動作進行的同時，還進行後項動作。只能接動詞ます形，不能接在名詞和形容詞後面；「とともに」也表同時，但是接在表示動作、變化的動詞原形或名詞後面，表示前項跟後項同時發生。

例 文　雷の音とともに、大粒の雨が降ってきた。
隨著打雷聲，落下了豆大的雨滴。

　　　　　　　　　　　　　　　　　　　　　　Track N2-089

とおもうと、とおもったら

(1)覺得是…結果果然…；(2)原以為…，誰知是…

接　續　{動詞た形} ＋と思うと、と思ったら；{名詞の；動詞普通形；引用文句} ＋と思うと、と思ったら

意思1　【符合預料】表示本來預料會有某種情況，而結果與本來預料是一致的，這時只能使用「とおもったら」。中文意思是：「覺得是…結果果然…」。

例 文　英語が上手だなと思ったら、王さんはやはりアメリカ生まれだった。
我暗自佩服王小姐的英文真流利，後來得知她果然是在美國出生的！

意思2　【反預料】表示本來預料會有某種情況，下文的結果是出乎意外地出現了相反的結果。中文意思是：「原以為…，誰知是…」。

例 文　会社へ行っていると思っていたら、夫はずっと仕事を探していたらしい。
本來以為先生天天出門上班，沒想到他似乎一直在找工作。

| 比 較 | **とおもいきや** |

本以為…卻

接 續	{名詞だ；形容動詞詞幹；[形容詞・動詞] 普通形} ＋と思いきや
說 明	「とおもうと」表反預料，表示本來預料會有某情況，卻發生了後項相反的結果；「とおもいきや」也表反預料，表示按照一般情況推測應該是前項，但結果卻意外的發生了後項。後項是對前項的否定。
例 文	今日は残業になると思いきや、意外に早く仕事が終わった。

本以為今天會加班，結果出乎意料地工作竟早早就結束了。

くせして

可是、明明是…、卻…

接 續	{名詞の；形容動詞詞幹な；[形容詞・動詞] 普通形} ＋くせして
意思1	**【不符意料】**表示逆接。表示後項出現了從前項無法預測到的結果，或是不與前項身分相符的事態。帶有輕蔑、嘲諷的語氣。也用在開玩笑時。相當於「くせに」。中文意思是：「可是、明明是…、卻…」。
例 文	彼は歌が下手なくせして、いつもカラオケに行きたがる。

他歌喉那麼糟，卻老是想要去卡拉OK店。

| 比 較 | **のに** |

明明…卻…

接 續	{動詞辭書形} ＋のに；{名詞} ＋に
說 明	「くせして」表不符意料，表示前項與後項不符合。句中的前後項必須是同一主體；「のに」也表不符意料，但句中的前後項也可能不是同一主體。
例 文	彼女が求めたのに、彼は与えなかった。

她要求了，但他沒有給。

かねない
很可能…、也許會…、說不定將會…

接續 {動詞ます形}＋かねない

意思1 【可能】「かねない」是接尾詞「かねる」的否定形。表示有這種可能性或危險性。有時用在主體道德意識薄弱，或自我克制能力差等原因，而有可能做出異於常人的某種事情，一般用在負面的評價。含有說話人擔心、不安跟警戒的心情。中文意思是：「很可能…、也許會…、說不定將會…」。

例文 飲酒運転は、事故につながりかねない。
酒駕很可能會造成車禍。

比較 **かねる**
難以…、不能…、不便…

接續 {動詞ます形}＋かねる

說明 「かねない」表可能，表示有可能出現不希望發生的某種事態，只能用在說話人對某事物的負面評價；「かねる」表困難，表示說話人由於主觀的心理排斥因素，或客觀道義等因素，即使想做某事，也不能或難以做到某事。

例文 その案には、賛成しかねます。
那個案子我無法贊成。

そうにない、そうもない
看起來不會…、不可能…、根本不會…

接續 {動詞ます形；動詞可能形詞幹}＋そうにない、そうもない

意思1 【可能性】表示說話者判斷某件事情發生的機率很低，可能性極小，或是沒有發生的跡象。中文意思是：「看起來不會…、不可能…、根本不會…」。

(例文) 仕事はまだまだ残っている。今日中に終わりそうもない。
還剩下好多工作，看來今天是做不完了。

(比較) **わけにはいかない、わけにもいかない**
不能…、不可…

(接續) {動詞辭書形；動詞ている}＋わけにはいかない、わけにもいかない

(說明) 「そうにない」表可能性，前接動詞ます形，表示可能性極低；「わけにはいかない」表不能，表示出於道德、責任、人情等各種原因，不能去做某事。

(例文) 友情を裏切るわけにはいかない。
友情是不能背叛的。

---

008   **Track N2-093**

っこない
不可能…、決不…

(接續) {動詞ます形}＋っこない

(意思1) 【可能性】表示強烈否定，某事發生的可能性。表示說話人的判斷。一般用於口語，用在關係比較親近的人之間。中文意思是：「不可能…、決不…」。

(例文) 今の私の実力では、試験に受かりっこない。
以我目前的實力，根本無法通過測驗！

(注意) 〖なんて〜っこない〗常與「なんか、なんて」、「こんな、そんな、あんな（に）」前後呼應使用。

(例文) 家賃20万円なんて、そんなに払えっこない。
高達二十萬圓的房租，我怎麼付得起呢？

(比較) **かねない**
很可能…、也許會…、說不定將會…

(接續) {動詞ます形}＋かねない

Track N2-094

說明　「っこない」表可能性，接在動詞連用形後面，表示強烈的否定某事發生的可能性，是說話人主觀的判斷。大多使用可能的表現方式；「かねない」表可能，表示所提到的事物的狀態、性質等，可能導致不好的結果，含有說話人的擔心、不安和警戒的心情。

例文　あいつなら、そんなでたらめも言いかねない。

那傢伙的話就很可能會信口胡說。

うる、える、えない

(1)可能、能、會；(2)難以…

接續　{動詞ます形}＋得る、得る、得ない

意思1　【可能性】表示可以採取這一動作，有發生這種事情的可能性，有接尾詞的作用，接在表示無意志的自動詞，如「ある、できる、わかる」表示「有…的可能」。用在可能性，不用在能力上的有無。中文意思是：「可能、能、會」。

例文　30年以内に大地震が起こり得る。

在三十年之內恐將發生大地震。

意思2　【不可能】如果是否定形（只有「えない」，沒有「うない」），就表示不能採取這一動作，沒有發生這種事情的可能性。中文意思是：「難以…」。

例文　あんなにいい人が人を殺すなんて、あり得ない。

那麼好的人居然犯下凶殺案，實在難以想像！

比較　**かねる**

難以…、不能…、不便…

接續　{動詞ます形}＋かねる

說明　「うる」表不可能，表示根據情況沒有發生這種事情的可能性；「かねる」表困難，用在說話人難以做到某事。

例文　突然頼まれても、引き受けかねます。

這突如其來的請託，實在無法答應下來。

がたい
難以…、很難…、不能…

(接續) {動詞ます形} ＋がたい

(意思1) **【困難】**表示做該動作難度非常高，幾乎是不可能，或者即使這樣做也難以實現，一般用在感情因素上的不可能，而不是能力上的不可能。一般多用在抽象的事物，為書面用語。中文意思是：「難以…、很難…、不能…」。

(例文) 新製品のコーヒーは、とてもおいしいとは言いがたい。
新生產的咖啡實在算不上好喝。

比較 **にくい**
不容易…、難…

(接續) {動詞ます形} ＋にくい

(說明)「がたい」表困難，主要用在由於心理因素，即使想做，也沒有辦法做該動作；「にくい」也表困難，主要是指由於物理上的或技術上的因素，而沒有辦法把某動作做好，或難以進行某動作。但也含有「如果想做，只要透過努力，還是可以做到」，正負面評價都可以使用。

(例文) このコンピューターは、使いにくいです。
這台電腦很不好用。

---

011 Track N2-096

かねる
難以…、不能…、不便…

(接續) {動詞ます形} ＋かねる

(意思1) **【困難】**表示由於心理上的排斥感等主觀原因，或是道義上的責任等客觀原因，而難以做到某事，所給的條件、要求、狀況等，超出了說話人能承受的範圍。不用在能力不足而無法做的情況。中文意思是：「難以…、不能…、不便…」。

（例　文）条件が合わないので、この仕事は引き受けかねます。
由於條件談不攏，請恕無法接下這份工作。

（注　意）〔衍生－お待ちかね〕「お待ちかね」為「待ちかねる」的衍生用法，表示久候多時，但請注意沒有「お待ちかねる」這種說法。

（例　文）今日は皆さんお待ちかねのボーナスが出る日です。
今天是大家望眼欲穿的獎金發放日。

（比　較）　**がたい**

難以…、很難…、不能…

（接　續）　{動詞ます形} ＋がたい

（説　明）「かねる」表困難，表示從說話人的狀況而言，主觀如心理上的排斥感，或客觀如某種規定、道義上的責任等，而難以做到某事，常用在服務業上，前接動詞ます形；「がたい」也表困難，表示心理上或認知上很難，幾乎不可能實現某事。前面也接動詞ます形。

（例　文）彼女との思い出は忘れがたい。
很難忘記跟她在一起時的回憶。

001 げ	005 かぎり (は/では)
002 ぶり、っぷり	006 にかぎって、にかぎり
003 まま	007 ばかりだ
004 かのようだ	008 ものだ

001　　　　　　　　　　　　　　　　　　　　　　　　　　　　　　　**Track N2-097**

げ

―――――――――――――――――――――――
…的感覺、好像…的樣子

（接續）　{[形容詞・形容動詞]詞幹；動詞ます形} ＋げ

（意思1）　**【樣子】**表示帶有某種樣子、傾向、心情及感覺。書寫語氣息較濃。但要注意「かわいげ（討人喜愛）」與「かわいそう（令人憐憫的）」兩者意思完全不同。中文意思是：「…的感覺、好像…的樣子」。

（例文）　公園で、子供達が楽しげに遊んでいる。
公園裡，一群孩童玩得正開心。

（比較）　**っぽい**

看起來好像…、感覺像…

（接續）　{名詞；動詞ます形} ＋っぽい

（說明）　「げ」表樣子，是接尾詞，表示外觀上給人的感覺「好像…的樣子」；「っぽい」表傾向，是針對某個事物的狀態或性質，表示有某種傾向、某種感覺很強烈，含有跟實際情況不同之意。

（例文）　君は、浴衣を着ていると女っぽいね。
你一穿上浴衣，就很有女人味唷！

ぶり、っぷり
(1)相隔…；(2)…的樣子、…的狀態、…的情況

接續 {名詞；動詞ます形} ＋ ぶり、っぷり

意思1 【時間】{時間；期間} ＋ ぶり，表示時間相隔多久的意思，含有說話人感到時間相隔很久的語意。中文意思是：「相隔…」。

例文 ２年ぶりに帰国したら、母親が痩せて小さくなった気がした。
闊別兩年回鄉一看，媽媽彷彿比以前更瘦小了。

意思2 【樣子】前接表示動作的名詞或動詞的ます形，表示前接名詞或動詞的樣子、狀態或情況。中文意思是：「…的樣子、…的狀態、…的情況」。

例文 社長の口ぶりからすると、いつもより多めにボーナスが出そうだ。
從社長的語氣聽起來，似乎會比以往發放更多獎金。

注意 〖っぷり〗有時也可以說成「っぷり」。

例文 彼女の飲みっぷりは、男みたいだ。
她喝酒的豪邁程度不亞於男人。

比較 **げ**
…的感覺、好像…的樣子

接續 {[形容詞・形容動詞]詞幹；動詞ます形} ＋げ

說明 「ぶり」表樣子，表示事物存在的樣態和動作進行的方式、方法；「げ」也表樣子，表示人的心情的某種樣態。

例文 かわいげのない女は嫌いだ。
我討厭不可愛的女人。

まま
(1)就這樣…、保持原樣；(2)就那樣…、依舊

接續 {名詞の；この／その／あの；形容詞普通形；形容動詞詞幹な；動詞た形；動詞否定形} ＋まま

意思1 【樣子】在原封不動的狀態下進行某件事情。中文意思是:「就這樣…、保持原樣」。

例文 課長に言われたまま、部下に言った。

將課長的訓示一字不漏地轉述給下屬聽。

意思2 【無變化】表示某種狀態沒有變化,一直持續的樣子。中文意思是:「就那樣…、依舊」。

例文 食べたままにしないで、食器を洗っておいてね。

吃完的碗筷不可以就這樣留在桌上,要自己動手洗乾淨喔!

比較 **きり～ない**

…之後,再也沒有…、…之後就…

接續 {動詞た形}＋きり～ない

說明 「まま」表無變化,表示某狀態一直持續不變;「きり～ない」也表無變化,後接否定,表示前項的動作完成之後,預料應該要發生的後項,卻再也沒有發生。有意外的語感。

例文 彼女とは一度会ったきり、その後会ってない。

跟她見過一次面以後,就再也沒碰過面了。

Track N2-100

かのようだ

像…一樣的、似乎…

接續 {[名詞・形容動詞詞幹](である);[形容詞・動詞]普通形}＋かのようだ

意思1 【比喻】由終助詞「か」後接「のようだ」而成。將事物的狀態、性質、形狀及動作狀態,比喻成比較誇張的、具體的,或比較容易瞭解的其他事物,經常以「かのように＋動詞」的形式出現。中文意思是:「像…一樣的、似乎…」。

例文 彼女は怖いものでも見たかのように、泣いている。

她彷彿看見了可怕的東西,哭個不停。

注意1 〔文學性描寫〕常用於文學性描寫,常與「まるで、いかにも、あたかも、さも」等比喻副詞前後呼應使用。

（例文）父が死んだ日は、まるで空も泣いているかのように雨が降りだした。

父親過世的那一天，天空彷彿陪著我流淚似地下起了雨。

（注意2）〖かのような＋名詞〗後接名詞時，用「かのような＋名詞」。

（例文）今日は冷蔵庫の中にいるかのような寒さだ。

今天的氣溫凍得像在冰箱裡似的。

（比較）**ように（な）**

如同…

（接續）{名詞の；動詞辭書形；動詞否定形} ＋ように（な）

（說明）「かのようだ」表比喻，表示實際上不是那樣，可是感覺卻像是那樣；「ように（な）」表例示，表示提到某事物的性質、形狀時，舉出最典型的例子。是根據自己的感覺，或所看到的事物，來進行形容的。

（例文）私はヨガやランニングのような、一人でするスポーツが好きです。

我喜歡像瑜珈呀、跑步呀等等，一個人可以做的運動。

かぎり（は／では）

(1)既然…就算；(2)據…而言；(3)只要…就…、除非…否則…

（接續）{動詞辭書形；動詞て形＋いる；動詞た形} ＋限り（は／では）

（意思1）【決心】表示在前提下，說話人陳述決心或督促對方做某事。中文意思是：「既然…就算」。

（例文）行くと言った限りは、たとえ雨でも行くつもりだ。

既然說了要去，就算下雨也會按照原訂計畫成行。

（意思2）【範圍】憑自己的知識、經驗等有限範圍做出判斷，或提出看法，常接表示認知行為如「知る（知道）、見る（看見）、聞く（聽說）」等動詞後面。中文意思是：「據…而言」。

（例文）私の知る限りでは、この近くに本屋はありません。

就我所知，這附近沒有書店。

意思3 【限定】表示在某狀態持續的期間，就會有後項的事態。含有前項不這
樣的話，後項就可能會有相反事態的語感。中文意思是：「只要…就…、
除非…否則…」。

例文 食生活を改めない限り、健康にはなれない。
除非改變飲食方式，否則無法維持健康。

比較 **かぎりだ**

真是太…、…得不能再…了、極其…

接續 {名詞；形容詞辭書形；形容動詞詞幹な}＋限りだ

說明 「かぎり」表限定，表示在前項狀態持續的期間，會發生後項的狀態或
情況；「かぎりだ」表極限，表示現在說話人自己有種非常強烈的感覺，
覺得是那樣的。

例文 孫の花嫁姿が見られるとは、嬉しい限りだ。
能夠看到孫女穿婚紗的樣子，真叫人高興啊！

---

006   Track N2-102

にかぎって、にかぎり

偏偏…、只有…、唯獨…是…的、獨獨…

接續 {名詞}＋に限って、に限り

意思1 【限定】表示特殊限定的事物或範圍，說明唯獨某事物特別不一樣。中
文意思是：「偏偏…、只有…、唯獨…是…的、獨獨…」。

例文 勉強しようと思っているときに限って、母親に「勉強しなさい」と
言われる。
每當我打算念書的時候，好巧不巧媽媽總會催我「快去用功！」

注意1 〔否定形－にかぎらず〕「に限らず」為否定形。

例文 今の日本は東京に限らず、田舎でも少子化が問題となっている。
日本的少子化問題不僅是東京的現狀，鄉村地區亦面臨同樣的考驗。

注意2 〔中頓、句尾〕「にかぎって」、「にかぎり」用在句中表示中頓；「に
かぎる」用在句尾。

（ 例 文 ） 仕事の後は冷たいビールに限る。
しごと あと つめ かぎ

工作後喝冰涼的啤酒是最享受的。

（ 比 較 ） **につけ（て）、につけても**

一…就…、毎當…就…

（ 接 續 ） {[形容詞・動詞]辭書形} ＋につけ（て）、につけても

（ 說 明 ） 「にかぎって」表限定，表示在某種情況下時，偏偏就會發生後項事件，多表示不愉快的內容；「につけ」表關連，表示偶爾處在同一情況下，都會帶著某種心情去做一件事。後句大多是自然產生的事態或感情相關的表現。

（ 例 文 ） 福田さんは何かにつけて私を目の敵にするから、付き合いにくい。
ふくだ なに わたし め かたき つ あ

福田先生不論任何事總是視我為眼中釘，實在很難和她相處。

ばかりだ

(1)只等…、只剩下…就好了；(2)一直…下去、越來越…

（ 接 續 ） {動詞辭書形} ＋ばかりだ

（ 意思1 ） **【限定】**表示準備完畢，只差某個動作而已，也表示可以進入下一個階段，或可以迎接最後階段的狀態。大多和「あとは、もう」等詞前後呼應使用。中文意思是：「只等…、只剩下…就好了」。

（ 例 文 ） 誕生日のパーティーの準備はできている。あとは主役を待つばかりだ。
たんじょうび じゅんび しゅやく ま

慶生會已經一切準備就緒，接下來只等壽星出場囉！

（ 意思2 ） **【對比】**表示事態越來越惡化，一直持續同樣的行為或狀態，多為對講述對象的負面評價，也就是事態逐漸朝着不好的方向發展之意。中文意思是：「一直…下去、越來越…」。

（ 例 文 ） 携帯電話が普及してから、手紙を書く機会が減るばかりだ。
けいたいでんわ ふきゅう てがみ か きかい へ

自從行動電話普及之後，提筆寫信的機會越來越少了。

（ 比 較 ） **いっぽうだ**

一直…、不斷地…、越來越…

（接　續）{動詞辭書形}＋一方だ

（說　明）「ばかりだ」表對比，表示事物一直朝著不好的方向變化；「いっぽうだ」表傾向，表示事物的情況只朝著一個方向變化。好事態、壞事態都可以用。

（例　文）岩崎の予想以上の活躍ぶりに、周囲の期待も高まる一方だ。
岩崎出色的表現超乎預期，使得周圍人們對他的期望也愈來愈高。

ものだ

(1)以前…、實在是…啊；(2)就是…、本來就該…、應該…

（接　續）{形容動詞詞幹な；[形容詞・動詞]辭書形}＋ものだ

（意思1）【回想、感慨】表示回想過往的事態，並帶有現今狀況與以前不同的感慨含意。中文意思是：「以前…、實在是…啊」。

（例　文）若いころは夫婦で色々な場所へ旅行をしたものだ。
我們夫妻年輕時真的是去了形形色色的地方旅遊呢。

（意思2）【事物的本質】{形容動詞詞幹な；形容詞・動詞辭書形}＋ものではない。
表示對所謂真理、普遍事物，就其本來的性質，敘述理所當然的結果，或理應如此的態度。含有感慨的語氣。多用在提醒或忠告時。常轉為間接的命令或禁止。中文意思是：「就是…、本來就該…、應該…」。

（例　文）小さい子をいじめるものではない。
不可以欺負小孩子！

（比　較）**べき、べきだ**

必須…、應當…

（接　續）{動詞辭書形}＋べき、べきだ

（說　明）「ものだ」表事物的本質，表示不是個人的見解，而是出於社會上普遍認可的一般常識、事理，給予對方提醒或說教，帶有這樣做是理所當然的心情；「べきだ」表勸告，表示說話人從道德、常識或社會上一般的理念出發，主張「做…是正確的」。

（例　文）これは、会社を辞めたい人がぜひ読むべき本だ。
這是一本想要辭職的人必讀的書！

11 期待、願望、当然、主張

期待、願望、當然、主張

001

たところが

可是…、然而…、沒想到…

（接　續）　{動詞た形} ＋たところが

（意思1）　**【期待】**這是一種逆接的用法。表示因某種目的作了某一動作，但結果與期待相反之意。後項經常是出乎意料之外的客觀事實。中文意思是：「可是…、然而…、沒想到…」。

（例　文）　彼女と結婚すれば幸せになると思ったところが、そうではなかった。

當初以為和她結婚就是幸福的起點，誰能想到竟是事與願違呢。

（比　較）　**のに**

雖然…、可是…

（接　續）　{[名詞・形容動詞]な；[動詞・形容詞]普通形} ＋のに

（說　明）　「たところが」表期待，表示帶著目的做前項，但結果卻跟預期相反；「のに」表逆接，前項是陳述事實，後項說明一個和此事相反的結果。

（例　文）　小学1年生なのに、もう新聞が読める。

才小學一年級而已，就已經會看報紙了。

002

だけあって

不愧是…、也難怪…

(接　續) {名詞；形容動詞詞幹な；[形容詞・動詞] 普通形}＋だけあって

(意思1) 【符合期待】表示名實相符，後項結果跟自己所期待或預料的一樣，一般用在積極讚美的時候。含有佩服、理解的心情。副助詞「だけ」在這裡表示與之名實相符。中文意思是：「不愧是…、也難怪…」。

(例　文) このホテルは高いだけあって、サービスも一流だ。
這家旅館的服務一流，果然貴得有價值！

(注　意) 〖重點在後項〗前項接表示地位、職業、評價、特徵等詞語，著重點在後項，後項不用未來或推測等表達方式。

(例　文) 恵美さんはモデルだけあって、スタイルがいい。
惠美小姐不愧是模特兒，身材很好。

(比　較) **にしては**

照…來說…、就…而言算是…、從…這一點來說，算是…的、作為…，相對來說…

(接　續) {名詞；形容動詞詞幹；動詞普通形}＋にしては

(說　明) 「だけあって」表符合期待，表示後項是根據前項，合理推斷出的結果；「にしては」表不符預料，表示依照前項來判斷某人事物，卻出現了與一般情況不符合的後項，用在評論人或事情。

(例　文) 彼は、プロ野球選手にしては小柄だ。
就職業棒球選手而言，他算是個子矮小的。

003

だけのことはある、だけある

到底沒白白…、值得…、不愧是…、也難怪…

(接　續) {名詞；形容動詞詞幹な；[形容詞・動詞] 普通形}＋だけのことはある、だけある

意思1 【符合期待】表示與其做的努力、所處的地位、所經歷的事情等名實相符，對其後項的結果、能力等給予高度的讚美。中文意思是：「到底沒白白…、值得…、不愧是…、也難怪…」。

例文 料理もサービスも素晴らしい。一流レストランだけのことはある。
餐點和服務都無可挑剔，到底是頂級餐廳！

注意 〔負面〕可用於對事物的負面評價，表示理解前項事態。

例文 このストッキング、一回履いただけですぐ破れるなんて、安かっただけあるよ。
這雙絲襪才穿一次就破了，果然是便宜貨。

比較 どころではない
哪裡還能…、不是…的時候

接續 {名詞；動詞辭書形}＋どころではない

說明 「だけのことはある」表符合期待，表示「的確是名副其實的」。含有「不愧是、的確、原來如此」等佩服、理解的心情；「どころではない」表否定，對於期待或設想的事情，表示「根本不具備做那種事的條件」強調處於困難、緊張的狀態。

例文 先々週は風邪を引いて、勉強どころではなかった。
上上星期感冒了，哪裡還能唸書啊。

どうにか (なんとか、もうすこし) 〜 ないもの (だろう) か

不能…嗎、是不是…、能不能…、有沒有…呢

接續 どうにか (なんとか、もう少し) ＋ {動詞否定形；動詞可能形詞幹} ＋ないもの (だろう) か

意思1 【願望】表示說話者有某個問題或困擾，希望能得到解決辦法。中文意思是：「不能…嗎、是不是…、能不能…、有沒有…呢」。

例文 別れた恋人と、なんとかもう一度会えないものだろうか。
能不能想個辦法讓我和已經分手的情人再見上一面呢？

比 較	**ないかしら**

沒…嗎

接 續	{動詞}＋ないかしら

說 明	「どうにか〜ないものか」表願望，表示說話人希望能得到解決的辦法；「ないかしら」表感嘆，表示不確定的原因。

例 文	私にはその器はないんじゃないかしら。

我應該沒有那樣才能吧。

てとうぜんだ、てあたりまえだ

難怪…、本來就…、…也是理所當然的

接 續	{形容動詞詞幹}＋で当然だ、で当たり前だ；{[動詞・形容詞]て形}＋当然だ、当たり前だ

意思1	**【理所當然】**表示前述事項自然而然地就會導致後面結果的發生，這樣的演變是合乎邏輯的。中文意思是：「難怪…、本來就…、…也是理所當然的」。

例 文	夏だから、暑くて当たり前だ。

畢竟是夏天，當然天氣炎熱。

比 較	**ものだ**

過去…經常、以前…常常

接 續	{形容動詞詞幹な；形容詞辭書形；動詞普通形}＋ものだ

說 明	「てとうぜんだ」表理所當然，表示合乎邏輯的導致後面的結果；「ものだ」表感慨，表示帶著感情去敘述心裡的強烈感受、驚訝、感動等。

例 文	懐かしい。これ、子供のころによく飲んだものだ。

好懷念喔！這個是我小時候常喝的。

にすぎない
只是…、只不過…、不過是…而已、僅僅是…

（接　續）　{名詞；形容動詞詞幹である；[形容詞・動詞]普通形}＋にすぎない

（意思1）　**【主張】** 表示某微不足道的事態，指程度有限，有著並不重要的、沒什麼大不了的輕蔑，為消極的評價語氣。中文意思是：「只是…、只不過…、不過是…而已、僅僅是…」。

（例　文）　ボーナスが出たと言っても、2万円にすぎない。
雖說給了獎金，也不過區區兩萬圓而已。

（比　較）　**にほかならない**
完全是…、不外乎是…、其實是…、無非是…

（接　續）　{名詞}＋にほかならない

（說　明）　「にすぎない」表主張，表示帶輕蔑語氣說程度不過如此而已；「にほかならない」也表主張，帶有「只有這個」、「正因為…」的語氣，多用在表示贊成與肯定的情況時。

（例　文）　私達が出会ったのは運命にほかなりません。
我們的相遇只能歸因於命運。

にほかならない
完全是…、不外乎是…、其實是…、無非是…

（接　續）　{名詞}＋にほかならない

（意思1）　**【主張】** 表示斷定的說事情發生的理由、原因，是對事物的原因、結果的肯定語氣，強調說話人主張「除此之外，沒有其他」的判斷或解釋。亦即「それ以外のなにものでもない（不是別的，就是這個）」的意思。中文意思是：「完全是…、不外乎是…、其實是…、無非是…」。

（例　文）　親が子供に厳しくいうのは、子供のためにほかならない。
父母之所以嚴格要求兒女，無非是為了他們著想。

（注 意）〔ほかならぬ＋N〕相關用法：「ほかならぬ」修飾名詞，表示其他人事物無法取代的特別存在。

（例 文）ほかならぬあなたのお願いなら、聞くほか方法はありません。

既然是您親自請託，小弟只有全力以赴了。

（比 較）　**というものではない、というものでもない**

可不是…、並不是…、並非…

（接 續）{[名詞・形容詞・形容動詞・動詞]假定形} ～ {[名詞・形容動詞詞幹]（だ）；形容詞辭書形} ＋というものではない、というものでもない

（說 明）「にほかならない」表主張，表示「不是別的」、「正因為是這個」的強烈斷定或解釋的表達方式；「というものではない」表部分否定，用於表示對某想法，心裡覺得不恰當，而給予否定。

（例 文）結婚すれば幸せというものではないでしょう。

結婚並不代表獲得幸福吧！

　　　　　　　　　　　　　　　　　　　　　　　　Track N2-112

というものだ

實在是…、也就是…、就是…

（接 續）{名詞；形容動詞詞幹；動詞辭書形} ＋というものだ

（意思1）**【主張】**表示對事物做出看法或批判，表達「真的是這樣，的確是這樣」的意思。是一種斷定說法，不會有過去式或否定形的活用變化。中文意思是：「實在是…、也就是…、就是…」。

（例 文）女性ばかり家事をするのは、不公平というものです。

把家事統統推給女人一手包辦，實在太不公平了！

（注 意）〔口語－ってもん〕「ってもん」是種較草率、粗魯的口語說法，是先將「という」變成「って」，再接上「もの」轉變的「もん」。

（例 文）夜中に電話してきて、「お金を貸して」と言ってくるなんて非常識ってもんだ。

三更半夜打電話來劈頭就說「借我錢」，簡直毫無常識可言！

比較 ということだ

聽說…、據說…

接續 {簡體句}＋ということだ

說明 「というものだ」表主張，表示說話者針對某個行為，提出自己的感想或評論；「ということだ」表結論，是說話人根據前項的情報或狀態，得到某種結論或總結說話內容。

例文 芸能人（げいのうじん）に夢中（むちゅう）になるなんて、君（きみ）もまだまだ若（わか）いということだ。
竟然會迷戀藝人，表示你還年輕啦！

MEMO

12 肯定、否定、対象、対応

肯定、否定、對象、對應

---

001 Track N2-113

ものがある

有…的價值、確實有…的一面、非常…、很…

（接　續）{形容動詞詞幹な；[形容詞・動詞]辭書形}＋ものがある

（意思1）**【肯定感嘆】** 表示肯定某人或事物的優點。由於說話人看到了某些特徵，而發自內心的肯定，是種強烈斷定的感嘆。中文意思是：「有…的價值、確實有…的一面、非常…、很…」。

（例　文）昨日までできなかったことが今日できる。子供の成長は目をみはるものがある。

昨天還不會的事今天就辦到了。孩子的成長真是令人嘖嘖稱奇！

（比　較）**ことがある**

有時…、偶爾…

（接　續）{動詞辭書形；動詞否定形}＋ことがある

（說　明）「ものがある」表肯定感嘆，用於表達說話者見物思情，有所感觸而表現出的評價和感受；「ことがある」表不定，用於表示事物發生的頻率不是很高，只是有時會那樣。

（例　文）友人とお酒を飲みに行くことがあります。

偶爾會跟朋友一起去喝酒。

どころではない

(1)何止…、哪裡是…根本是…；(2)哪裡還能…、不是…的時候

接　續　{名詞；動詞辭書形}＋どころではない

意思1　【程度】表示事態大大超出某種程度，事態與其說是前項，實際為後項。
中文意思是：「何止…、哪裡是…根本是…」。

例　文　今日の授業は簡単どころではなく、わかる問題が一つもなかった。
今天老師教的部分哪裡簡單，我根本沒有任何一題聽得懂的。

意思2　【否定】表示沒有餘裕做某事，強調目前處於緊張、困難的狀態，沒有
金錢、時間或精力去進行某事。中文意思是：「哪裡還能…、不是…的
時候」。

例　文　風邪でのどが痛くて、カラオケ大会どころではなかった。
染上感冒喉嚨痛得要命，這個節骨眼哪能去參加卡拉OK比賽啊！

比　較　## より (ほか) ない、ほか (しかたが) ない

只有…、除了…之外沒有…

接　續　{名詞；動詞辭書形}＋より (ほか)ない；{動詞辭書形}＋ほか (しかたが)
ない

說　明　「どころではない」表否定，在此強調沒有餘力或錢財去做，遠遠達不
到某程度；「よりほかない」表讓步，意為「只好」，表示除此之外沒有
其他辦法。

例　文　病気を早く治すためには、入院するよりほかはない。
為了要早點治癒，只能住院了。

というものではない、というものでもない

…可不是…、並不是…、並非…

接　續　{[名詞・形容詞・形容動詞・動詞]假定形} ／ {[名詞・形容動詞詞幹] (だ)；
形容詞辭書形}＋というものではない、というものでもない

意思1 【部分否定】委婉地對某想法或主張，表示不能說是非常恰當、十分正確，不完全贊成，或部分否定該主張。中文意思是：「…可不是…、並不是…、並非…」。

例文 日本人だからといって日本語を教えられるというものではない。
即便是日本人，並不等於就會教日文。

比較 **しまつだ**
（結果）竟然…、落到…的結果

接續 {動詞辭書形；この／その／あの}＋始末だ

說明 「というものでもない」表部分否定，表示說話人委婉地認為某想法等並不全面；「しまつだ」表結果，表示因某人的行為，而使自己很不好做事，並感到麻煩，最終還得到了一個不好的結果或狀態。

例文 社長の脱税が発覚し、会社まで警察の捜査を受けるしまつだ。
社長被查到逃稅，落得甚至有警察來公司搜索的下場。

004

とはかぎらない
也不一定…、未必…

接續 {[名詞・形容詞・形容動詞・動詞]普通形}＋とは限らない

意思1 【部分否定】表示事情不是絕對如此，也是有例外或是其他可能性。中文意思是：「也不一定…、未必…」。

例文 日本人だからといって、みんな寿司が好きとは限らない。
即使是日本人，也未必人人都喜歡吃壽司。

注意 〖必ず～とはかぎらない〗有時會跟句型「からといって」，或副詞「必ず、必ずしも、どれでも、どこでも、何でも、いつも、常に」前後呼應使用。

例文 少子化だが大学を受けたところで、必ずしも全員合格できるとは限らない。
雖說目前面臨少子化，但是大學升學考試也不一定全數錄取。

ものではない

不是⋯的

接　續 ｛動詞｝＋ものではない

說　明 「とはかぎらない」表部分否定，表示事情絕非如此，也有例外；「ものではない」表勸告，表示並非個人的想法，而是出自道德、常識而給對方訓誡、說教。

例　文 そんな言葉を使うものではない

不准說那種話。

にこたえて、にこたえ、にこたえる

應⋯、響應⋯、回答、回應

接　續 ｛名詞｝＋にこたえて、にこたえ、にこたえる

意思1 【對象】接「期待」、「要求」、「意見」、「好意」等名詞後面，表示為了使前項的對象能夠實現，後項是為此而採取的相應行動或措施。也就是響應這些要求，使其實現。中文意思是：「應⋯、響應⋯、回答、回應」。

例　文 お客様の意見にこたえて、日曜日もお店を開けることにした。

為回應顧客的建議，星期日也改為照常營業了。

比　較 **にそって、にそい、にそう、にそった**

按照⋯

接　續 ｛名詞｝＋に沿って、に沿い、に沿う、に沿った

說　明 「にこたえて」表對象，表示因應前項的對象的要求而行事；「にそって」表基準，表示不偏離某基準來行事，多接在表期待、方針、使用說明等語詞後面。

例　文 両親の期待に沿えるよう、毎日しっかり勉強している。

每天都努力用功以達到父母的期望。

をめぐって（は）、をめぐる

圍繞著…、環繞著…

接　續　{名詞}＋をめぐって（は）、をめぐる

意思1　【對象】表示後項的行為動作，是針對前項的某一事情、問題進行的。
中文意思是：「圍繞著…、環繞著…」。

例　文　消費税増税の問題をめぐって、国会で議論されている。
國會議員針對增加消費稅的議題展開了辯論。

注　意　〖をめぐる＋N〗後接名詞時，用「をめぐる＋N」。

例　文　社長と彼女の関係をめぐる噂は社外にまで広がっている。
社長和她的緋聞已經傳到公司之外了。

比　較　## について（は）、につき、についても、についての

有關…、就…、關於…

接　續　{名詞}＋について（は）、につき、についても、についての

說　明　「をめぐって」表對象，表示環繞著前項事物做出討論、辯論、爭執等
動作；「について」也表對象，表示就某前項事物來提出說明、撰寫、
思考、發表、調查等動作。

例　文　私は、日本酒については詳しいです。
我對日本酒知道得很詳盡。

におうじて

根據…、按照…、隨著…

接　續　{名詞}＋に応じて

意思1　【對應】表示按照、根據。前項作為依據，後項根據前項的情況而發生
變化。中文意思是：「根據…、按照…、隨著…」。

例　文　学生のレベルに応じて、クラスを決める。
依照學生的程度分班。

| 注 意 | 〔に応じたN〕後接名詞時，變成「に応じたN」的形式。 |

| 例 文 | ご予算に応じたパーティーメニューをご用意いたしております。
本公司可以提供符合貴單位預算的派對菜單。 |

| 比 較 | **によって(は)、により** |
| | 依照…的不同而不同 |

| 接 續 | {名詞}＋によって(は)、により |

| 說 明 | 「におうじて」表對應，表示隨著前項的情況，後項也會隨之改變；「によっては」表對應，表示後項的情況，會因為前項的人事物等不同而不同。 |

| 例 文 | 状況により、臨機応変に対処してください。
請依照當下的狀況臨機應變。 |

しだいだ、しだいで(は)
全憑…、要看…而定、決定於…

| 接 續 | {名詞}＋次第だ、次第で(は) |

| 意思1 | **【對應】**表示行為動作要實現，全憑「次第だ」前面的名詞的情況而定，也就是必須完成「しだい」前的事項，才能夠成立。「しだい」前的事項是左右事情的要素，因此而產生不同的結果。中文意思是：「全憑…、要看…而定、決定於…」。 |

| 例 文 | 試合は天気次第で、中止になる場合もあります。
就看天候如何，比賽亦可能取消。 |

| 注 意 | 〔諺語〕「地獄の沙汰も金次第／有錢能使鬼推磨。」為相關諺語。 |

| 例 文 | お金があれば難しい病気も治せるし、いい治療も受けられる。地獄の沙汰も金次第ということだ。
只要有錢，即便是疑難雜症亦能治癒，不僅如此也能接受好的治療，真所謂有錢能使鬼推磨。 |

| 比較 | **にもとづいて、にもとづき、にもとづく、にもとづいた** |

根據…、按照…、基於…

| 接續 | {名詞} ＋に基づいて、に基づき、に基づく、に基づいた |

| 說明 | 「しだいだ」表對應，表示前項的事物是決定事情的要素，由此而發生各種變化；「にもとづく」表依據，前項多接「考え方、計画、資料、経験」之類的詞語，表示以前項為根據或基礎，後項則在不偏離前項的原則下進行。 |

| 例文 | こちらはお客様の声に基づき開発した新商品です。 |

這是根據顧客的需求所研發的新產品。

MEMO

13 価値、話題、感想、不満

値得、話題、感想、埋怨

001　　　　　　　　　　　　　　　　　　　　　　　　　　　Track N2-121

がい

有意義的…、值得的…、…有回報的

（接　續）　{動詞ます形}＋がい

（意思1）　**【值得】**表示做這一動作是值得、有意義的。也就是辛苦、費力的付出有所回報，能得到期待的結果。多接意志動詞。意志動詞跟「がい」在一起，就構成一個名詞。後面常接「（の／が／も）ある」，表示做這動作，是值得、有意義的。中文意思是：「有意義的…、值得的…、…有回報的」。

（例　文）　子供がよく食べると、母にとっては作りがいがある。
看著孩子吃得那麼香，就是媽媽最感欣慰的回報。

（比　較）　**べき、べきだ**

必須…、應當…

（接　續）　{動詞辭書形}＋べき、べきだ

（說　明）　「がい」表值得，表示做這一動作是有意義的，值得的；「べき」表勸告，表示說話人認為做某事是做人應有的義務，用於說話者自身的過去式時，則表懊悔及自省的語氣。

（例　文）　ああっ、バス行っちゃったー！あと１分早く家を出るべきだった。
啊，巴士跑掉了…！應該提早一分鐘出門的。

かいがある、かいがあって

總算值得、有了代價、不枉…

接　續　{名詞の；動詞辭書形；動詞た形}＋かいがある、かいがあって

意思1　【值得】表示辛苦做了某件事情而有了正面的回報，或是得到預期的結果。有「好不容易」的語感。中文意思是：「總算值得、有了代價、不枉…」。

例　文　努力のかいがあって、希望の大学に合格した。
不枉過去的辛苦，總算考上了心目中的大學。

注　意　〖不值得〗用否定形時，以「かいもなく」的形式，表示努力了，但沒有得到預期的結果，表示「沒有代價」。

例　文　昨晩勉強したかいもなく、今日のテストは全くできなかった。
昨晚的用功全都白費了，今天的考卷連一題都答不出來。

比　較　**あっての**

有了…之後…才能…、沒有…就不能(沒有)…

接　續　{名詞}＋あっての＋{名詞}

說　明　「かいがある」表值得，表示辛苦做某事，是值得的；「あっての」表強調，表示有了前項才有後項。

例　文　読者あっての作家だから、いつも読者の興味に注意を払っている。
有了讀者的支持才能成為作家，所以他總是非常留意讀者的喜好。

といえば、といったら

到…、提到…就…、說起…、(或不翻譯)

接　續　{名詞}＋といえば、といったら

意思1　【話題】用在承接某個話題，從這個話題引起自己的聯想，或對這個話題進行說明。口語用「っていえば」。中文意思是：「到…、提到…就…、說起…、(或不翻譯)」。

日本の山といったら、富士山でしょう。

提到日本的山，首先想到的就是富士山吧。

比 較 **とすれば、としたら、とする**

如果…、如果…的話、假如…的話

接 續 {名詞だ；形容動詞詞幹だ；[形容詞・動詞]普通形}＋とすれば、としたら、とする

說 明 「といえば」表話題，用在提出某個之前提到的話題，承接話題，並進行有關的聯想；「とすれば」表假定條件，為假設表現，帶有邏輯性，表示如果假定前項為如此，即可導出後項的結果。

例 文 資格を取るとしたら、看護師の免許をとりたい。

要拿執照的話，我想拿看護執照。

というと、っていうと

(1)提到…、要說…、說到…；(2)你說…

接 續 {名詞}＋というと、っていうと

意思1 【話題】表示承接話題的聯想，從某個話題引起自己的聯想，或對這個話題進行說明。中文意思是：「提到…、要說…、說到…」。

例 文 経理の田中さんというと、来月結婚するらしいよ。

說到會計部的田中先生好像下個月要結婚囉！

意思2 【確認】用於確認對方所說的意思，是否跟自己想的一樣。說話人再提出疑問、質疑等。中文意思是：「你說…」。

例 文 公園に一番近いコンビニというと、この店ですか。

你說要找離公園最近的便利商店，那就是這一家了吧？

比 較 **といえば、といったら**

談到…、提到…就…、說起…、（或不翻譯）

接 續 {名詞}＋といえば、といったら

「というと」表話題或確認，表示以某事物為話題是，就馬上聯想到別的畫面。有時帶有反問的語氣。也表確認，表示借對方的話題，進一步做確認；「といえば」也表話題，也是提到某事，馬上聯想到別的事物，但帶有說話人感動、驚訝的心情。

例 文 京都の名所<ruby>京都<rt>きょうと</rt></ruby>の<ruby>名所<rt>めいしょ</rt></ruby>といえば、<ruby>金閣寺<rt>きんかくじ</rt></ruby>と<ruby>銀閣寺<rt>ぎんかくじ</rt></ruby>でしょう。

提到京都名勝，那就非金閣寺跟銀閣寺莫屬了！

005　　　　　　　　　　　　　　　　　　　　　　　　　Track N2-125

にかけては
在⋯方面、關於⋯、在⋯這一點上

接 續　{名詞}＋にかけては

意思1　【話題】表示「其它姑且不論，僅就那一件事情來說」的意思。後項多接對別人的技術或能力好的評價。中文意思是：「在⋯方面、關於⋯、在⋯這一點上」。

例 文　<ruby>勉強<rt>べんきょう</rt></ruby>はできないが、<ruby>泳<rt>およ</rt></ruby>ぎにかけては<ruby>田中君<rt>たなかくん</rt></ruby>がこの<ruby>学校<rt>がっこう</rt></ruby>で<ruby>一番<rt>いちばん</rt></ruby>だ。
田中同學雖然課業表現差強人意，但在游泳方面堪稱全校第一泳將！

注 意　〔誇耀、讚美〕用在誇耀自己的能力，也用在讚美他人的能力時。

例 文　あなたを<ruby>想<rt>おも</rt></ruby>う<ruby>気持<rt>きも</rt></ruby>ちにかけては、<ruby>誰<rt>だれ</rt></ruby>にも<ruby>負<rt>ま</rt></ruby>けない。
我有自信比世上的任何人更愛妳！

比 較　**にかんして (は)、にかんしても、にかんする**
關於⋯、關於⋯的⋯

接 續　{名詞}＋に関して (は)、に関しても、に関する

説 明　「にかけては」表話題，表示前項為某人比任何人能力都強的拿手事物，後項對這一事物表示讚賞；「にかんして」表關聯，前接問題、議題等，後項則接針對前項做出的行動。

例 文　フランスの<ruby>絵画<rt>かいが</rt></ruby>に<ruby>関<rt>かん</rt></ruby>して、<ruby>研究<rt>けんきゅう</rt></ruby>しようと<ruby>思<rt>おも</rt></ruby>います。
我想研究法國繪畫。

ことに (は)
令人感到…的是…

(接 續) {形容詞辭書形；形容動詞詞幹な；動詞た形} ＋ことに (は)

(意思1) 【感想】接在表示感情的形容詞或動詞後面，表示說話人在敘述某事之前的感想、心情。先說出以後，後項再敘述其具體內容。書面語的色彩濃厚。中文意思是：「令人感到…的是…」。

(例 文) 悲しいことに、子供の頃から飼っていた犬が死んでしまった。
令人傷心的是，從小養到現在的狗死了。

(比 較) **ことから**
根據…來看

(接 續) {名詞である；形容動詞詞幹な；[形容詞・動詞] 普通形} ＋ことから

(說 明) 「ことに (は)」表感想，前接瞬間感情活動的詞，表示說話人先表達出驚訝後，接下來敘述具體的事情；「ことから」表根據，表示根據前項的情況，來判斷出後面的結果。

(例 文) 顔がそっくりなことから、双子だと分かった。
根據長得很像這一點，能看出他們是雙胞胎。

はまだしも、ならまだしも
若是…還說得過去、(可是)…、若是…還算可以…

(接 續) {名詞} ＋はまだしも、ならまだしも；{形容動詞詞幹な；[形容詞・動詞] 普通形} ＋ (の)ならまだしも

(意思1) 【埋怨】是「まだ (還…、尚且…)」的強調說法。表示反正是不滿意，儘管如此但這個還算是好的，雖然不是很積極地肯定，但也還說得過去。中文意思是：「若是…還說得過去、(可是)…、若是…還算可以…」。

(例 文) 漢字はまだしも片仮名ぐらい間違えずに書きなさい。
漢字也就罷了，至少片假名不可以寫錯。

（注意）〔**副助詞＋はまだしも＋とは**〕前面可接副助詞「だけ、ぐらい、くらい」，後可跟表示驚訝的「とは、なんて」相呼應。

（例文）一度くらいはまだしも、何度も同じところを間違えるとは。
若是第一次犯錯尚能原諒，但是不可以重蹈覆轍！

（比較）**はおろか**

不用說…、就連…

（接續）{名詞}＋はおろか

（説明）「はまだしも」表埋怨，表示如果是前項的話，還說的過去，還可原諒，但竟然有後項更甚的情況；「はおろか」表附加，表示別說程度較高的前項了，連程度低的後項都沒有達到。

（例文）退院はおろか、意識も戻っていない。
別說是出院了，就連意識都還沒有清醒過來。

MEMO

MEMO

JLPT **N1**

1 時間、期間、範囲、起点

時間、期間、範囲、起點

001 にして	008 そばから
002 にあって（は／も）	009 なり
003 まぎわに（は）、まぎわの	010 この、ここ〜というもの
004 ぎわに、ぎわの、きわに	011 ぐるみ
005 を〜にひかえて	012 というところだ、といったところだ
006 や、やいなや	013 をかわきりに、をかわきりにして、
007 がはやいか	をかわきりとして

001　　　　　　　　　　　　　　　　　　　　　　　Track N1-001

にして

(1)是…而且也…；(2)雖然…但是…；(3)僅僅…；(4)在…(階段)時才…

接 續　{名詞}＋にして

意思1　【列舉】表示兼具兩種性質和屬性，可以用於並列。中文意思是：「是…而且也…」。

例 文　彼女は女優にして、5人の子供の母親でもある。
她不僅是女演員，也是五個孩子的母親。

意思2　【逆接】可以用於逆接。中文意思是：「雖然…但是…」。

例 文　宗教家にして、このような贅沢が人々の共感を得られるはずもない。
雖身為宗教家，但如此鋪張的作風不可能得到眾人的認同。

意思3　【短時間】表示極短暫，或比預期還短的時間，表示「僅僅在這短時間的範圍」的意思。前常接「一瞬、一日」等。中文意思是：「僅僅…」。

例 文　大切なデータが一瞬にして消えてしまった。
重要的資料僅僅就在那一瞬間消失無影了。

意思4　【時點】前接時間、次數、年齡等，表示到了某階段才初次發生某事，也就是「直到…才…」之意，常用「名詞＋にしてようやく」、「名詞＋にして初めて」的形式。中文意思是：「在…(階段)時才…」。

（例文）男は50歳にして初めて人の優しさに触れたのだ。

那個男人直到五十歲才首度感受到了人間溫情。

比較	におうじて

根據…、按照…、隨著…

（接續）　{名詞}＋に応じて

（說明）「にして」表示時點，強調「階段」的概念。表示到了前項這個時間、人生等階段，才初次產生後項，難得可貴、期盼已久的事。常和「初めて」相呼應。「におうじて」表示相應，強調「根據某變化來做處理」的概念。表示依據前項不同的條件、場合或狀況，來進行與其相應的後項。後面常接相應變化的動詞，如「変える、加減する」。

（例文）働きに応じて、報酬をプラスしてあげよう。

依工作的情況來加薪！

にあって（は／も）

在…之下、處於…情況下；即使身處…的情況下

（接續）　{名詞}＋にあって（は／も）

（意思1）【時點】「にあっては」前接場合、地點、立場、狀況或階段，強調因為處於前面這一特別的事態、狀況之中，所以有後面的事情，這時候是順接。中文意思是：「在…之下、處於…情況下」。

（例文）この国は発展途上にあって、市内は活気に満ちている。

這裡雖然還處於開發中國家，但是城裡洋溢著一片蓬勃的氣息。

（注意）〖逆接〗使用「あっても」基本上表示雖然身處某一狀況之中，卻有後面的跟所預測不同的事情，這時候是逆接。接續關係比較隨意。屬於主觀的說法。說話者處在當下，描述感受的語氣強。書面用語。中文意思是：「即使身處…的情況下」。

（例文）戦時下にあっても明るく逞しく生きた一人の女性の人生を描く。

描述的是一名女子即使身處戰火之中，依然開朗而堅毅求生的故事。

にして

在…（階段）時才…

接　續　{名詞}＋にして

說　明　「にあって」表示時點，強調「處於這一特殊狀態等」的概念。表示在前項的立場、身份、場合之下，所以會有後面的事情。「にあっては」用在順接，「にあっても」用在逆接。「にして」表示時點，強調「階段」的概念。表示到了前項那一個階段，才產生後項。前面常接「～才、～回目、～年目」等，後面常接難得可貴的事項。可以是並列，也可以是逆接。

例　文　結婚5年目にしてようやく子供を授かった。
結婚五週年，終於有了小孩。

まぎわに（は）、まぎわの

迫近…、…在即

接　續　{動詞辭書形}＋間際に（は）、間際の

意思1　**【時點】**表示事物臨近某狀態，或正當要做什麼的時候。中文意思是：「迫近…、…在即」。

例　文　寝る間際にはパソコンやスマホの画面を見ないようにしましょう。
我們一起試著在睡前不要看電腦和手機螢幕吧！

注　意　〔**間際のN**〕後接名詞，用「間際の＋名詞」的形式。

例　文　試合終了間際の同点ゴールに会場は沸き返った。
在比賽即將結束的前一刻追平比分，在場觀眾頓時為之沸騰。

にさいし（て／ては／ての）

在…之際、當…的時候

接　續　{名詞；動詞辭書形}＋に際し（て／ては／ての）

說　明　「まぎわに」表示時點，強調「臨近前項的狀態，發生後項的事情」的概念。表示事物臨近某狀態。前接事物臨近某狀態，後接在那一狀態下發生的事情。含有緊迫的語意。「にさいして」也表時點，強調「以某事為契機，進行後項的動作」的概念。也就是動作的時間或場合。

例文 ご利用に際しては、まず会員証を作る必要がございます。

在您使用的時候，必須先製作會員證。

ぎわに、ぎわの、きわに

(1)邊緣；(2)旁邊；(3)臨到…、在即…、迫近…

意思1 【界線】{動詞ます形}＋際に。表示和其他事物間的分界線，特別注意的是「際」原形讀作「きわ」，常用「名詞の＋際」的形式。中文意思是：「邊緣」。

例文 日が昇って、山際が白く光っている。

太陽升起，沿著山峰的輪廓線泛著耀眼的白光。

意思2 【位置】{名詞の}＋際に。表示在某物的近處。中文意思是：「旁邊」。

例文 戸口の際にベッドを置いた。

將床鋪安置在房門邊。

意思3 【時點】{動詞ます形}＋際に、際の。表示事物臨近某狀態，或正當要做什麼的時候。常用「瀬戸際（關鍵時刻）、今わの際（臨終）」的表現方式。中文意思是：「臨到…、在即…、迫近…」。

例文 勝つか負けるかの瀬戸際だぞ。諦めずに頑張れ。

現在正是一決勝負的關鍵時刻！不要放棄，堅持下去！

比較 **がけ（に）**

臨…時…、…時順便…

接續 {動詞ます形}＋がけ（に）

說明 「ぎわに」表示時點，強調「臨近前項的狀態，發生後項的事情」的概念。前接事物臨近的狀態，後接在那一狀態下發生的事情，表示事物臨近某狀態，或正當要做什麼的時候。「がけ（に）」表示附帶狀態，がけ（に）是接尾詞，強調「在前一行為開始後，順便又做其他動作」的概念。

例文 帰りがけに、この葉書をポストに入れてください。

回去時請順便把這張明信片投入信箱裡。

を～にひかえて
臨進…、靠近…、面臨…

意思1【時點】{名詞}＋を＋{時間；場所}＋に控えて。「に控えて」前接時間詞時，表示「を」前面的事情，時間上已經迫近了；前接場所時，表示空間上很靠近的意思，就好像背後有如山、海、高原那樣宏大的背景。中文意思是：「臨進…、靠近…、面臨…」。

例文 結婚を来年に控えて、姉はどんどんきれいになっている。
隨著明年的婚期一天天接近，姊姊變得愈來愈漂亮。

注意1〖をひかえたN〗を控えた＋{名詞}。也可以省略「{時間；場所}＋に」的部分。還有，後接名詞時用「を～に控えた＋名詞」的形式。

例文 開店を控えたオーナーは、食材探しに忙しい。
即將開店的老闆，因為尋找食材而忙得不可開交。

注意2〖Nがひかえてた〗{名詞}＋が控えてた。一般也有使用「が」的用法。後面修飾名詞時要用「が控えた＋{名詞}」。

例文 この病院は目の前には海が広がり、後ろには山が控えた自然豊かな環境にある。
這家醫院的地理位置前濱海、後靠山，享有豐富的自然環境。

比較 **を～にあたって**
在…的時候、當…之時、當…之際

接續{名詞}＋を＋{名詞；動詞辭書形}＋にあたって

說明「を～にひかえて」表示時點，強調「時間上已經迫近了」的概念。「にひかえて」前接時間詞時，表示「を」前面的事情，時間上已經迫近了。「を～にあたって」也表時點，強調「事情已經到了重要階段」的概念。表示某一行動，已經到了事情重要的階段。它有複合格助詞的作用。一般用在致詞或感謝致意的書信中。

例文 プロジェクトを展開するにあたって、新たに職員を採用した。
在推展計畫之際進用了新員工。

や、やいなや

剛…就…、一…馬上就…

接續　{動詞辭書形}＋や、や否や

意思1　【時間前後】表示前一個動作才剛做完，甚至還沒做完，就馬上引起後項的動作。兩動作時間相隔很短，幾乎同時發生。語含受前項的影響，而發生後項意外之事。多用在描寫現實事物。書面用語。前後動作主體可不同。中文意思是：「剛…就…、一…馬上就…」。

例文　病室のドアを閉めるや否や、彼女はポロポロと涙をこぼした。

病房的門扉一闔上，她豆大的淚珠立刻撲簌簌地落了下來。

比較　**そばから**

才剛…就…

接續　{動詞辭書形；動詞た形；動詞ている}＋そばから

說明　「や、やいなや」表示時間前後，強調「前後動作無間隔地連續進行」的概念。後項是受前項影響而發生的意外，前後句動作主體可以不一樣。「そばから」也表時間前後，強調「前項剛做完，後項馬上抵銷前項的內容」的概念。多用在反覆進行相同動作的場合。且大多用在不喜歡的事情。

例文　注意するそばから、同じ失敗を繰り返す。

才剛提醒就又犯下相同的錯誤。

がはやいか

剛一…就…

接續　{動詞辭書形}＋が早いか

意思1　【時間前後】表示剛一發生前面的情況，馬上出現後面的動作。前後兩動作連接十分緊密，前一個剛完，幾乎同時馬上出現後一個。由於是客觀描寫現實中發生的事物，所以後句不能用意志句、推量句等表現。中文意思是：「剛一…就…」。

彼は壇上に上がるが早いか、研究の必要性について喋り始めた。

他一站上講台，隨即開始闡述研究的重要性。

注 意 〖がはやいか～た〗後項是描寫已經結束的事情，因此大多以過去時態「た」來結束。

比 較 **たとたん（に）**
剛…就…、刹那就…

接 續 〖動詞た形〗＋とたん（に）

說 明 「がはやいか」表示時間前後，強調「一…就馬上…」的概念。後項伴有迫不及待的語感。是一種客觀描述，後項不用意志、推測等表現。「たとたんに」也表時間前後，強調「同時、那一瞬間」的概念。後項伴有意外的語感。前後大多是互有關連的事情。這個句型要接動詞過去式。

例 文 走り始めたとたんにパンクとは、前途多難だな。

才剛一起步就爆胎，真是前途多難啊！

そばから
才剛…就（又）…

接 續 〖動詞辭書形；動詞た形；動詞ている〗＋そばから

意思1 **【時間前後】**表示前項剛做完，其結果或效果馬上被後項抹殺或抵銷。用在同一情況下，不斷重複同一事物，且說話人含有詫異的語感。大多用在不喜歡的事情。中文意思是：「才剛…就（又）…」。

例 文 仕事を片付けるそばから、次の仕事を頼まれる。

才剛解決完一項工作，下一樁任務又交到我手上了。

比 較 **たとたん（に）**
剛…就…、刹那就…

接 續 〖動詞た形〗＋とたん（に）

（　說　明　）「そばから」表示時間前後，強調「前項剛做完，後項馬上抵銷前項的內容」的概念。多用在反覆進行相同動作的場合。且大多用在不喜歡的事情。「たとたんに」也表時間前後，強調「同時，那一瞬間」兩個行為間沒有間隔的概念。後項伴有意外的語感。前後大多是互有關連的事情。這個句型要接動詞過去式，表示突然、立即的意思。

（　例　文　）二人は、出会ったとたんに恋に落ちた。
両人一見鍾情。

なり

剛…就立刻…、一…就馬上…

（　接　續　）{動詞辭書形}＋なり

（意思 1）**【時間前後】**表示前項動作剛一完成，後項動作就緊接著發生。後項的動作一般是預料之外的、特殊的、突發性的。後項不能用命令、意志、推量、否定等動詞。也不用在描述自己的行為，並且前後句的動作主體必須相同。中文意思是：「剛…就立刻…、一…就馬上…」。

（　例　文　）娘は家に帰るなり、部屋に閉じこもって出てこない。
女兒一回到家就馬上把自己關進房間不肯出來。

比　較　しだい

馬上…、一…立即、…後立即…

（　接　續　）{動詞ます形}＋次第

（　說　明　）「なり」表示時間前後，強調「前項動作剛完成，緊接著就發生後項的動作」的概念。後項是預料之外的事情。後項不接命令、否定等動詞。前後句動作主體相同。「しだい」也表時間前後，強調「前項動作一結束，後項動作就馬上開始」的概念。或前項必須先完成，後項才能夠成立。後項多為說話人有意識、積極行動的表達方式。前面動詞連用形，後項不能用過去式。

（　例　文　）（上司に向かって）先方から電話が来次第、ご報告いたします。
（對主管說）等對方來電聯繫了，會立刻向您報告。

この、ここ～というもの

整整…、整個…以來

(接續) この、ここ＋｛期間・時間｝＋というもの

意思1 **【強調期間】** 前接期間、時間等表示最近一段時間的詞語，表示時間很長，「這段期間一直…」的意思。說話人對前接的時間，帶有感情地表示很長。後項的狀態一般偏向消極的，是跟以前不同的、不正常的。中文意思是：「整整…、整個…以來」。

(例文) この半年というもの、娘とろくに話していない。
整整半年了，我和女兒幾乎沒好好說過話。

比較 **ということだ**

聽說…、據說…

(接續) ｛簡體句｝＋ということだ

說明 「この～というもの」表示強調期間，前接期間、時間的詞語，強調「在這期間發生了後項的事」的概念。含有說話人感嘆這段時間很長的意思。「ということだ」表示傳聞，強調「直接引用，獲得的情報」的概念。表示說話人把得到情報，直接引用傳達給對方，用在具體表示說話、事情、知識等內容。

(例文) 手紙によると課長は、日帰りで出張に行ってきたということだ。
據信上說課長出差，當天就回來。

ぐるみ

全…、全部的…、整個…

(接續) ｛名詞｝＋ぐるみ

意思1 **【範圍】** 表示整體、全部、全員。前接名詞時，通常為慣用表現。中文意思是：「全…、全部的…、整個…」。

(例文) 高齢者を騙す組織ぐるみの犯罪が後を絶たない。
專門鎖定銀髮族下手的詐騙集團犯罪層出不窮。

| 比 較 | **ずくめ** |
| 清一色、全都是、淨是… |

接 續　{名詞}＋ずくめ

說 明　「ぐるみ」表示範圍，強調「全部都」的概念。前接名詞，表示連同該名詞都包括，全部都…的意思。是接尾詞。「ずくめ」表示樣態，強調「全部都是同一狀態」的概念。前接名詞，表示在身邊淨是某事物、狀態或清一色都是…。也是接尾詞。

例 文　うれしいことずくめの 1ヶ月（げつ）だった。
這一整個月淨是遇到令人高興的事。

012　　　　　　　　　　　　　　　　　　　　　　　　**Track N1-012**

というところだ、といったところだ
也就是…而已、頂多不過…；可說…差不多、可說就是…、可說相當於…

接 續　{名詞；動詞辭書形；引用句子或詞句}＋というところだ、といったところだ

意思1　【範圍】接在數量不多或程度較輕的詞後面，表示頂多也只有文中所提的數目而已，最多也不超過文中所提的數目，強調「再好、再多也不過如此而已」的語氣。中文意思是：「也就是…而已、頂多不過…」。

例 文　三日（みっか）に渡（わた）る会議（かいぎ）を経（へ）て、交渉成立（こうしょうせいりつ）まではあと一歩（いっぽ）といったところだ。
開了整整三天會議，距離達成共識也就只差最後一步而已了。

注意1　〖大致〗說明在某階段的大致情況或程度。中文意思是：「可說…差不多、可說就是…、可說相當於…」。

例 文　中国語（ちゅうごくご）は、ようやく中級（ちゅうきゅう）に入（はい）るというところです。
目前學習中文總算進入相當於中級程度了。

注意2　〖口語－ってとこだ〗「ってとこだ」為口語用法。是自己對狀況的判斷跟評價。

例 文　「試験（しけん）どうだった。」「うん、ぎりぎり合格（ごうかく）ってとこだね。」
「考試結果還好嗎？」「嗯，差不多低空掠過吧。」

比 較	**ということだ**

聽說…、據說…

接 續	{簡體句}＋ということだ

說 明	「というところだ」表示範圍，強調「大致的程度」的概念。接在數量不多或程度較輕的詞後面，表示頂多也只有文中所提的數目而已，最多也不超過文中所提的程度。「ということだ」表示傳聞，強調「從外界聽到的傳聞」的概念。直接引用傳聞的語意很強，所以也可以接命令形。句尾不能變成否定形。

例 文	雑誌によると、今大人用の塗り絵がはやっているということです。

據雜誌上說，目前正在流行成年人版本的著色畫冊。

をかわきりに、をかわきりにして、をかわきりとして

以…為開端開始…、從…開始

接 續	{名詞}＋を皮切りに、を皮切りにして、を皮切りとして

意思1	【起點】前接某個時間、地點等，表示以這為起點，開始了一連串同類型的動作。後項一般是繁榮飛躍、事業興隆等內容。中文意思是：「以…為開端開始…、從…開始」。

例 文	営業部長の発言を皮切りに、各部署の責任者が次々に発言を始めた。

業務部長率先發言，緊接著各部門的主管也開始逐一發言。

比 較	**あっての**

有了…之後…才能…、沒有…就不能(沒有)…

接 續	{名詞}＋あっての＋{名詞}

說 明	「をかわきりに」表示起點，強調「起點」的概念。表示以前接時間點為開端，後接同類事物，接二連三隨之開始，通常是事業興隆等內容。助詞要用「を」。前接名詞。「（が）あっての」表示強調，強調一種「必要條件」的概念。表示因為有前項的條件，後項才能夠存在。含有如果沒有前面的條件，就沒有後面的結果了。助詞要用「が」。前面也接名詞。

例 文	お客様あっての商売ですから、お客様は神様です。

有顧客才有生意，所以要將顧客奉為上賓。

目的、原因、結果

目的、原因、結果

001　　　　　　　　　　　　　　　　　　　　　　　　　　　　　　**Track N1-014**

べく

為了…而…、想要…、打算…

接 續　{動詞辭書形}＋べく

意思1　【目的】表示意志、目的。是「べし」的ます形。表示帶著某種目的，來做後項。語氣中帶有這樣做是理所當然、天經地義之意。雖然是較生硬的說法，但現代日語有使用。後項不接委託、命令、要求的句子。中文意思是：「為了…而…、想要…、打算…」。

例 文　息子さんはお父さんの期待に応えるべく頑張っていますよ。
令郎為了達到父親的期望而一直努力喔！

注 意　〖**サ変動詞すべく**〗前面若接サ行變格動詞，可用「すべく」、「するべく」，但較常使用「すべく」（「す」為古日語「する」的辭書形）。

例 文　新薬を開発すべく、日夜研究を続けている。
為了研發出新藥而不分晝夜持續研究。

比 較　**ように**

為了…而…

接 續　{動詞辭書形；動詞否定形}＋ように

說 明 「べく」表示目的，強調「帶著某種目的，而做後項」的概念。前接想
要達成的目的，後接為了達成目的，所該做的內容。後項不接委託、命
令、要求的句子。這個句型要接動詞辭書形。「ように」也表目的，強
調「為了實現前項，而做後項」的概念。是行為主體的希望。這個句型
也接動詞辭書形，但也可以接動詞否定形。後接表示說話人的意志句。

例 文 約束を忘れないように手帳に書いた。

把約定寫在了記事本上以免忘記。

んがため（に／の）

為了…而…（的）、因為要…所以…（的）

接 續 ｛動詞否定形（去ない）｝＋んがため（に／の）

意思1 【目的】表示目的。用在積極地為了實現目標的說法，「んがため（に）」前
面是想達到的目標，後面常是雖不喜歡，不得不做的動作。含有無論如何
都要實現某事，帶著積極的目的做某事的語意。書面用語，很少出現在對
話中。要注意前接サ行變格動詞時為「せんがため」，接「来る」時為「来
（こ）んがため」；用「んがための」時後面要接名詞。中文意思是：「為了…
而…（的）、因為要…所以…（的）」。

例 文 我が子の命を救わんがため、母親は街頭募金に立ち続けた。

當時為了拯救自己孩子的性命，母親持續在街頭募款。

比 較 べく

為了…而…、想要…、打算…

接 續 ｛動詞辭書形｝＋べく

說 明 「んがために」表示目的，強調「無論如何都要實現某目的」的概念。
前接想要達成的目的，後接因此迫切採取的行動。語氣中帶有迫切、積
極之意。前接動詞否定形。「べく」也表目的，強調「帶著某種目的，
而做後項」的概念。語氣中帶有這樣做是理所當然、天經地義之意。是
較生硬的說法。前接動詞辭書形。

例 文 消費者の需要に対応すべく、生産量を増加することを決定した。

為了因應消費者的需求，而決定增加生產量。

ともなく、ともなしに

(1)雖然不清楚是…，但…；(2)無意地、下意識地、不知…、無意中…

意思1 【無目的行為】{疑問詞（＋助詞）}＋ともなく、ともなしに。前接疑問詞時，則表示意圖不明確。表示在對象或目的不清楚的情況下，採取了那種行為。中文意思是：「雖然不清楚是…，但…」。

例 文 多田君はいつからともなしに、みんなのリーダー的存在となっていた。
不知道從什麼時候起，多田同學成為班上的領導人物了。

意思2 【樣態】{動詞辭書形}＋ともなく、ともなしに。表示並不是有心想做，但還是發生了後項這種意外的情況。也就是無意識地做出某種動作或行為，含有動作、狀態不明確的意思。中文意思是：「無意地、下意識地、不知…、無意中…」。

例 文 父は一日中見るともなくテレビを見ている。
爸爸一整天漫不經心地看著電視。

比 較 **といわんばかりに、とばかりに**
幾乎要說…

接 續 {名詞；簡體句}＋と言わんばかりに、とばかりに

說 明 「ともなく」表示樣態，強調「無意識地做出某種動作」的概念。表示並不是有心想做後項，卻發生了這種意外的情況。「とばかりに」也表樣態，強調「幾乎要表現出來」的概念。表示雖然沒有說出來，但簡直就是那個樣子，來做後項動作猛烈的行為。後續內容多為不良的結果或狀態。常用來描述別人。書面用語。

例 文 相手がひるんだのを見て、ここぞとばかりに反撃を始めた。
看見對手一畏縮，便抓準時機展開反擊。

ゆえ (に／の)

因為是…的關係；…才有的…

（接　續）　{[名詞・形容動詞詞幹]（である）；[形容詞・動詞]普通形}（が）＋故（に／の）

（意思1）　【原因】是表示原因、理由的文言說法。中文意思是：「因為是…的關係；…才有的…」。

（例　文）　子供に厳しくするのも、子供の幸せを思うが故なのだ。
之所以如此嚴格要求孩子的言行舉止，也全是為了孩子的幸福著想。

（注意1）　〔**故の＋N**〕使用「故の」時，後面要接名詞。

（例　文）　勇太くんのわがままは、寂しいが故の行動と言えるでしょう。
勇太任性的行為表現，應當可以歸因於其寂寞的感受。

（注意2）　〔**省略に**〕「に」可省略。書面用語。

（例　文）　貧しさ故(に)非行に走る子供もいる。
部分兒童由於家境貧困而誤入歧途。

（比　較）　**べく**

為了…而…、想要…、打算…

（接　續）　{動詞辭書形}＋べく

（説　明）　「がゆえに」表示原因，表示因果關係，強調「前項是因，後項是果」的概念。也就是前項是原因、理由，後項是導致的結果。是較生硬的說法。「べく」表示目的，強調「帶著某種目的，而做後項」的概念。語氣中帶有這樣做是理所當然、天經地義之意。也是較生硬的說法。

（例　文）　借金を返すべく、共働きをしている。
夫婦兩人為了還債都出外工作。

ことだし
由於…、因為…

(接續) {[名詞・形容動詞詞幹]である;形容動詞詞幹な;[形容詞・動詞]普通形} ＋ことだし

(意思1) 【原因】後面接決定、請求、判斷、陳述等表現，表示之所以會這樣做、這樣認為的理由或依據。表達程度較輕的理由，語含除此之外，還有別的理由。是口語用法，語氣較為輕鬆。中文意思是:「由於…、因為…」。

(例文) まだ病気も初期であることだし、手術せずに薬で治せますよ。
由於病症還屬於初期階段，不必開刀，只要服藥即可治癒囉。

(注意) 〔ことだし＝し〕意義、用法和單獨的「し」相似，但「ことだし」更得體有禮。

(比較) **こともあって**
也是由於…、再加上…的原因

(接續) {名詞の;形容動詞詞幹な;[形容詞・動詞]普通形} ＋こともあって

(說明) 「ことだし」表示原因，表示之所以會這樣做、這樣認為的其中某一個理由或依據。語含還有其他理由的語感，後項經常是某個決定的表現方式。
「こともあって」也表原因，列舉其中某一、二個原因，暗示除了提到的理由之外，還有其他理由的語感。後項大多是解釋說明的表現方式。

(例文) 寒い日が続いていることもあって、今年は長い期間お花見が楽しめそうだ。
也由於天氣持續寒冷，今年似乎有較長的賞花期了。

こととて
(1)雖然是…也…;(2)（總之）因為…

(接續) {名詞の;形容動詞詞幹な;[形容詞・動詞]普通形} ＋こととて

(意思1) 【逆接條件】表示逆接的條件，表示承認前項，但後項還是有不足之處。中文意思是:「雖然是…也…」。

例　文 知らぬこととて、ご迷惑をおかけしたことに変わりはありません。
申し訳ありませんでした。

雖然是因為我不知道相關規定，但造成各位的困擾，在此致上十二萬分的歉意。

意思2 【原因】表示順接的理由、原因。常用於道歉或請求原諒時，後面伴隨著表示道歉、請求原諒的理由，或消極性的結果。中文意思是：「（總之）因為…」。

例　文 子供のやったこととて、大目に見て頂けませんか。

因為是小孩犯的錯誤，能否請您海涵呢？

注　意 〖古老表現〗是一種正式且較為古老的表現方式，因此前面也常接古語。「こととて」是「ことだから」的書面語。

例　文 慣れぬこととて、大変お待たせしてしまい、大変失礼致しました。

因為還不夠熟悉，非常抱歉讓您久等了。

比　較 **ゆえ（に／の）**

因為是…的關係；…才有的…

接　續 {[名詞・形容動詞詞幹](である)；[形容詞・動詞]普通形}(が)＋故(に／の)

說　明 「こととて」表示原因，表示順接的原因。強調「前項是因，後項是消極的果」的概念。常用在表示道歉的理由，前項是理由，後項是因前項而產生的消極性結果，或是道歉等內容。是正式的表達方式。「ゆえに」也表原因，表示句子之間的因果關係。強調「前項是因，後項是果」的概念。

例　文 君のためを思うが故に、厳しいことを言う。

之所以嚴厲訓斥，也是為了你好。

てまえ

(1)…前、…前方；(2)由於…所以…

接　續 {名詞の；動詞普通形}＋手前

意思1 【場所】表示場所，不同於表示前面之意的「まえ」，此指與自身距離較近的地方。中文意思是：「…前、…前方」。

（例文）本棚は奥に、テーブルはその手前に置いてください。
請將書櫃擺在最後面、桌子則放在它的前面。

（意思2）【原因】強調理由、原因，用來解釋自己的難處、不情願。有「因為要顧自己的面子或立場必須這樣做」的意思。後面通常會接表示義務、被迫的表現，例如：「なければならない」、「しないわけにはいかない」、「ざるを得ない」、「しかない」。中文意思是：「由於…所以…」。

（例文）こちらから誘った手前、今さら断れないよ。
是我開口邀約對方的，事到如今自己怎能打退堂鼓呢？

（比較）**から（に）は**
既然…、既然…，就…

（接續）{動詞普通形}＋から（に）は

（說明）「てまえ」表示原因，表示做了前項之後，為了顧全自己的面子或立場，而只能做後項。後項一般是應採取的態度，或強烈決心的句子。「からには」也表示原因，表示既然到了前項這種情況，後項就要理所當然堅持做到底。後項一般是被迫覺悟、個人感情表現的句子。

（例文）決めたからには、最後までやる。
既然已經決定了，就會堅持到最後。

 Track N1-021

とあって
由於…（的關係）、因為…（的關係）

（接續）{名詞；[名詞・形容詞・形容動詞・動詞]普通形；形容動詞詞幹}＋とあって

（意思1）【原因】表示理由、原因。由於前項特殊的原因，當然就會出現後項特殊的情況，或應該採取的行動。後項是說話人敘述自己對某種特殊情況的觀察。書面用語，常用在報紙、新聞報導中。中文意思是：「由於…（的關係）、因為…（的關係）」。

（例文）20年ぶりの記録更新とあって、競技場は興奮に包まれた。
那一刻打破了二十年來的紀錄，競技場因而一片歡聲雷動。

〖**後-意志或判斷**〗後項要用表示意志或判斷，不能用推測、命令、勸誘、祈使等表現方式。

比　較　**とすると**
假如…的話…

接　續　{名詞だ；形容動詞詞幹だ；[形容詞・動詞]普通形} ＋とすると

說　明　「とあって」表示原因，強調「有前項才有後項」的概念，表示因為在前項的特殊情況下，所以出現了後項的情況。前接特殊的原因，後接因而引起的效應，說話人敘述自己對前面特殊情況的觀察。「とすると」表示條件，表示順接的假定條件。強調「如果前項是那樣的情況下，將會發生後項」的概念。常伴隨「かりに（假如）、もし（如果）」等。

例　文　もしあれもこれも揃えるとすると、結構な出費になる。
假如什麼都要湊齊的話，那會是一筆龐大的開銷。

　　　　　　　　　　　　　　　　　　　　　　　　　　　　Track N1-022

にかこつけて
以…為藉口、托故…

接　續　{名詞} ＋にかこつけて

意思 1　【**原因**】前接表示原因的名詞，表示為了讓自己的行為正當化，用無關的事做藉口。後項大多是可能會被指責的事情。中文意思是：「以…為藉口、托故…」。

例　文　就職にかこつけて、東京で一人暮らしを始めた。
我用找到工作當藉口，展開了一個人住在東京的新生活。

比　較　**にひきかえ～は**
與…相反、和…比起來、相較起…、反而…

接　續　{名詞（な）；形容動詞詞幹な；[形容詞・動詞]普通形} ＋（の）にひきかえ～は

（說　明）「にかこつけて」表示原因，強調「以前項為藉口，去做後項」的概念。前接表示原因的名詞，表示為了讓自己的行為正當化，用無關的事，不是事實的事做藉口。「にひきかえ～は」表示對比，強調「前後兩項，正好相反」的概念。比較兩個相反或差異性很大的人事物。含有說話人個人主觀的看法。

（例　文）男子の草食化にひきかえ、女子は肉食化しているようだ。
相較於男性的草食化，女性似乎有愈來愈肉食化的趨勢。

---

010   Track N1-023

ばこそ

就是因為…才…、正因為…才…

（接　續）{[名詞・形容動詞詞幹]であれ；[形容詞・動詞]假定形}＋ばこそ

（意思1）【原因】強調原因。表示強調最根本的理由。正是這個原因，才有後項的結果。強調說話人以積極的態度說明理由。中文意思是：「就是因為…才…、正因為…才…」。

（例　文）あなたの支えがあればこそ、私は今までやって来られたんです。
因為你的支持，我才得以一路走到了今天。

（注　意）〔ばこそ～のだ〕句尾用「の（ん）だ」、「の（ん）です」時，有「加強因果關係的說明」的語氣。一般用在正面的評價。書面用語。

（比　較）**（で）すら～ない**

就連…都、甚至連…都

（接　續）{名詞（＋助詞）；動詞て形}＋（で）すら～ない

（說　明）「ばこそ」表示原因，有「強調某種結果的原因」的概念。表示正是這個最根本必備的理由，才有後項的結果。一般用在正面的評價。常和「の（ん）です」相呼應，以加強肯定語氣。「すら～ない」表示強調，有「特別強調主題」的作用。舉出一個極端例子，強調就連前項都這樣了，其他就更不用提了。後面跟否定相呼應。有導致消極結果的傾向。後面只接負面評價。

（例　文）仕事が忙しくて、自分の結婚式すら休めない。
工作忙得連自己的婚禮都沒辦法休息。

しまつだ

（結果）竟然…、落到…的結果

接　續　{動詞辭書形；この／その／あの}＋始末だ

意思1　【結果】表示經過一個壞的情況，最後落得一個不理想的、更壞的結果。前句一般是敘述事情發生的情況，後句帶有譴責意味地，對結果竟然發展到這樣的地步的無計畫性，表示詫異。有時候不必翻譯。中文意思是：「（結果）竟然…、落到…的結果」。

例　文　木村君は日頃から遅刻がちだが、今日はとうとう無断欠勤する始末だ。
木村平時上班就常遲到，今天居然乾脆曠職！

注　意　〖この始末だ〗固定的慣用表現「この始末だ／淪落到這般地步」，對結果竟是這樣，表示詫異。後項多和「とうとう、最後は」等詞呼應使用。

例　文　そんなに借金を重ねたら会社が危ないとあれほど忠告したのに、やっぱりこの始末だ。
之前就苦口婆心勸你不要一而再、再而三借款，否則會影響公司的營運，現在果然週轉不靈了吧！

比　較　**しだいだ**

因此…

接　續　{動詞辭書形；動詞た形}＋次第だ

說　明　「しまつだ」表示結果，強調「不好的結果」的概念。表示經過一個壞的情況，最後落得一個更壞的結果。前句一般是敘述事情發生的情況，後句帶有譴責意味地，陳述結果竟然發展到這樣的地步。「しだいだ」也表結果，強調「事情發展至此的理由」的概念。表示說明因某情況、理由，導致了某結果。

例　文　ぜひお力添えいただきたく、本日参った次第です。
今日為了請您務必鼎力相助，因此前來拜訪。

ずじまいで、ずじまいだ、ずじまいの
（結果）沒…（的）、沒能…（的）、沒…成（的）

（接續）{動詞否定形（去ない）}＋ずじまいで、ずじまいだ、ずじまいの

（意思1）**【結果】**表示某一意圖，由於某些因素，沒能做成，而時間就這樣過去了，最後沒能實現，無果而終。常含有相當惋惜、失望、後悔的語氣。多跟「結局、とうとう」一起使用。使用「ずじまいの」時，後面要接名詞。中文意思是：「（結果）沒…（的）、沒能…（的）、沒…成（的）」。

（例文）旅行中は雨続きで、結局山には登らずじまいだった。
旅遊途中連日陰雨，無奈連山都沒爬成，就這麼失望而歸了。

（注意）〖せずじまい〗請注意前接サ行變格動詞時，要用「せずじまい」。

（例文）デザインはよかったが、妥協せずじまいだった。
設計雖然很好，但最終沒能得到彼此認同。

比較　ず（に）
不…地、沒…地

（接續）{動詞否定形（去ない）}＋ず（に）

（說明）「ずじまいで」表示結果，強調「由於某原因，無果而終」的概念。表示某一意圖，由於某些因素，沒能做成，而時間就這樣過去了。常含有相當惋惜的語氣。多跟「結局、とうとう」一起使用。「ずに」表示否定，強調「沒有在前項的狀態下，進行後項」的概念。「ずに」是否定助動詞「ぬ」的連用形。後接「に」表示否定的狀態。「に」有時可以省略。

（例文）切手を貼らずに手紙を出しました。
沒有貼郵票就把信寄出了。

にいたる
(1)最後…；(2)最後…、到達…、發展到…程度

（意思1）**【到達】**{場所}＋に至る。表示到達之意。偏向於書面用語。翻譯較靈活。中文意思是：「最後…」。

（例　文）この川は関東平野を南に流れ、東京湾に至る。

這條河穿越關東平原向南流入東京灣。

（意思2）【結果】{名詞；動詞辭書形}＋に至る。表示事物達到某程度、階段、狀態等。含有在經歷了各種事情之後，終於達到某狀態、階段的意思，常與「ようやく、とうとう、ついに」等詞相呼應。中文意思是：「最後…、到達…、發展到…程度」。

（例　文）少年が傷害事件を起こすに至ったのには、それなりの背景がある。

少年之所以會犯下傷害案件有其背後的原因。

（比　較）**にいたって（は／も）**

到…階段（オ）

（接　續）{名詞；動詞辭書形}＋に至って（は／も）

（說　明）「にいたる」表示結果，表示連續經歷了各種事情之後，事態終於到達某嚴重的地步。「にいたっては」也表結果，表示直到極端事態出現時，才察覺到後項，或才發現該做後項。

（例　文）実際に組み立てる段階に至って、ようやく設計のミスに気がついた。

直到實際組合的階段，這才赫然發現了設計上的錯誤。

3 可能、予想外、推測、当然、対応

可能、預料外、推測、當然、對應

001　　　　　　　　　　　　　　　　　　　　　　　　　　Track N1-027

うにも～ない

即使想…也不能…

（接　續）　{動詞意向形}＋うにも＋{動詞可能形的否定形}

（意思1）　**【可能】**表示因為某種客觀原因的妨礙，即使想做某事，也難以做到，不能實現。是一種願望無法實現的說法。前面要接動詞的意向形，表示想達成的目標。後面接否定的表達方式，可接同一動詞的可能形否定形。中文意思是：「即使想…也不能…」。

（例　文）　体がだるくて、起きようにも起きられない。
全身倦怠，就算想起床也爬不起來。

（注　意）　〖ようがない〗後項不一定是接動詞的可能形否定形，也可能接表示「沒辦法」之意的「ようがない」。另外，前接サ行變格動詞時，除了用「詞幹＋しようがない」，還可用「詞幹＋のしようがない」。

（例　文）　こうはっきり証拠が残ってるのでは、ごまかそうにもごまかしようがないな。
既然留下了如此斬釘截鐵的證據，就算想瞞也瞞不了人嘍！

（比　較）　**っこない**

不可能…、決不…

（接　續）　{動詞ます形}＋っこない

說　明 「うにも～ない」表示可能，強調「因某客觀原因，無法實現願望」的概念。表示因為某種客觀的原因，即使想做某事，也難以做到。是一種願望無法實現的說法。前面要接動詞的意向形，後面接否定的表達方式。「っこない」也表可能，強調「某事絕不可能發生」的概念。表示說話人強烈否定，絕對不可能發生某事。相當於「絶対に～ない」。

例　文 こんな長い文章、すぐには暗記できっこないです。

這麼長的文章，根本沒辦法馬上背起來呀！

にたえる、にたえない

(1)經得起…、可忍受…；(2)值得…；(3)不勝…；(4)不堪…、忍受不住…

意思1 【可能】{名詞；動詞辭書形}＋にたえる；{名詞}＋にたえられない。表示可以忍受心中的不快或壓迫感，不屈服忍耐下去的意思。否定的說法用不可能的「たえられない」。中文意思是：「經得起…、可忍受…」。

例　文 受験を通して、不安や焦りにたえる精神力を強くすることができる。

透過考試，可以對不安或焦慮的耐受力進行考驗，強化意志力。

意思2 【價值】{名詞；動詞辭書形}＋にたえる；{名詞}＋にたえない。表示值得這麼做，有這麼做的價值。這時候的否定說法要用「たえない」，不用「たえられない」。中文意思是：「值得…」。

例　文 これは彼の9歳のときの作品だが、それでも十分鑑賞にたえるものだ。

這是他九歲時的作品，但已具備供大眾欣賞的資格了。

意思3 【感情】{名詞}＋にたえない。前接「感慨、感激」等詞，表示強調前面情感的意思，一般用在客套話上。中文意思是：「不勝…」。

例　文 いつも私を見守ってくださり、感謝の念にたえません。

真不知道該如何感謝你一直守護在我的身旁。

意思4 【強制】{動詞辭書形}＋にたえない。表示情況嚴重得不忍看下去，聽不下去了。這時候是帶著一種不愉快的心情。前面只能接「読む、聞く、見る」等為數不多的幾個動詞。中文意思是：「不堪…、忍受不住…」。

例 文 ネットニュースの記事は見出しばかりで、読むにたえないものが少なくない。

網路新聞充斥著標題黨，不值一讀的文章不在少數。

比 較 **にかたくない**

不難…、很容易就能…

接 續 {名詞；動詞辭書形}＋に難くない

説 明 「にたえない」表示強制，強調「因某心理因素，難以做某事」的概念。表示忍受不了所看到的或所聽到的事。這時候是帶著一種不愉快的心情。「にかたくない」表示難易，強調「從現實因素，不難想像某事」的概念。表示從某一狀況來看，不難想像，誰都能明白的意思。前面多用「想像する、理解する」等詞，書面用語。

例 文 お産の苦しみは想像に難くない。

不難想像生產時的痛苦。

（か）とおもいきや

原以為…、誰知道…、本以為…居然…

接 續 {[名詞・形容詞・形容動詞・動詞]普通形；引用的句子或詞句}＋（か）と思いきや

意思1 【預料外】表示按照一般情況推測，應該是前項的結果，但是卻出乎意料地出現了後項相反的結果，含有說話人感到驚訝的語感。後常跟「意外に（も）、なんと、しまった、だった」相呼應。本來是個古日語的說法，而古日語如果在現代文中使用通常是書面語，但「（か）と思いきや」多用在輕鬆的對話中，不用在正式場合。是逆接用法。中文意思是：「原以為…、誰知道…、本以為…居然…」。

例 文 今年は合格間違いなしと思いきや、今年もダメだった。

原本有十足的把握今年一定可以通過考試，誰曉得今年竟又落榜了。

注 意 〔印象〕前項是說話人的印象或瞬間想到的事，而後項是對此進行否定。

ながら（も）
雖然⋯，但是⋯、儘管⋯、明明⋯卻⋯

（接　續）{名詞；形容動詞詞幹；形容詞辭書形；動詞ます形}＋ながら（も）

（說　明）「かとおもいきや」表示預料外，原以為應該是前項的結果，但是卻出乎意料地出現了後項相反或不同的結果。含有說話人感到驚訝的語氣。「ながらも」也表預料外，表示雖然是能夠預料的前項，但卻與預料不同，實際上出現了後項。是一種逆接的表現方式。

（例　文）狭いながらも、楽しい我が家だ。
雖然很小，但也是我快樂的家。

とは

(1)所謂⋯、是⋯；(2)連⋯也、沒想到⋯、⋯這⋯、竟然會⋯

（接　續）{名詞；[形容詞・形容動詞・動詞]普通形；引用句子}＋とは

（意思1）【話題】前接名詞，也表示定義，前項是主題，後項對這主題的特徵、意義等進行定義。中文意思是：「所謂⋯、是⋯」。

（例　文）「急がば回れ」とは、急ぐときは遠回りでも安全な道を行けという意味です。
所謂「欲速則不達」，意思是寧走十步遠，不走一步險（著急時，要按部就班選擇繞行走一條安全可靠的遠路）。

（注　意）〖口語－って〗口語用「って」的形式。

（例　文）「はとこってなに。」「親の従兄弟の子のことだよ。」
「什麼是『從堂（表）兄弟姐妹』？」「就是爸媽的堂（表）兄弟姐妹的孩子。」

（意思2）【預料外】由格助詞「と」＋係助詞「は」組成，表示對看到或聽到的事實（意料之外的），感到吃驚或感慨的心情。前項是已知的事實，後項是表示吃驚的句子。中文意思是：「連⋯也、沒想到⋯、⋯這⋯、竟然會⋯」。

（例　文）江戸時代の水道設備がこんなに高度だったとは、本当に驚きだ。
江戶時代居然有如此先進的水利設施，實在令人驚訝。

（注意1）〖省略後半〗有時會省略後半段，單純表現出吃驚的語氣。

（例　文）たった1年^{ねん}でN1に受^うかるとは。君^{きみ}の勉強方法^{べんきょうほうほう}をおしえてくれ。

只用一年時間就通過了N1級測驗！請教我你的學習方法。

（注意2）〖口語－なんて〗口語用「なんて」的形式。

（例　文）あのときの赤^{あか}ちゃんがもう大学生^{だいがくせい}だなんて。

想當年的小寶寶居然已經是大學生了！

（比　較）**ときたら**

說到…來、提起…來

（接　續）{名詞} ＋ときたら

（説　明）「とは」表示預料外，強調「感嘆或驚嘆」的概念。前接意料之外看到或遇到的事實，後ψ說話人對其感到感嘆、吃驚心情。「ときたら」表示話題，強調「帶著負面的心情提起話題」的概念。前面一般接人名，後項是譴責、不滿和否定的內容。

（例　文）部長^{ぶちょう}ときたら朝^{あさ}から晩^{ばん}までタバコを吸^すっている。

說到我們部長，一天到晚都在抽煙。

005　　　　　　　　　　　　　　　　　　　　　　　　　**Track N1-031**

とみえて、とみえる

看來…、似乎…

（接　續）{名詞 (だ)；形容動詞詞幹 (だ)；[形容詞・動詞] 普通形} ＋とみえて、とみえる

（意思1）【推測】表示前項是敘述推測出來的結果，後項是陳述這一推測的根據。後項為前項的根據、原因、理由，表示說話者從現況、外觀、事實來自行推測或做出判斷。中文意思是：「看來…、似乎…」。

（例　文）母^{はは}は穏^{おだ}やかな表情^{ひょうじょう}で顔色^{かおいろ}もよい。回復^{かいふく}は順調^{じゅんちょう}とみえる。

媽媽不僅露出舒坦的表情，氣色也挺不錯的，看來恢復狀況十分良好。

（比　較）**と (も)なると、と (も)なれば**

要是…那就…、如果…那就…、一旦處於…就…

（接　續）{名詞；動詞普通形} ＋と (も)なると、と (も)なれば

「とみえて」表示推測，表示前項是推測出來的結果，後項是這一推測的根據。「ともなると」表示評價的觀點，表示如果在前項的條件或到了某一特殊時期，就會出現後項的不同情況。含有強調前項，敘述果真到了前項的情況，就當然會出現後項的語意。

（例　文）12時ともなると、さすがに眠たい。
到了十二點，果然就會想睡覺。

　　　　　　　　　　　　　　　　　　　　　　　　Track N1-032

べし
應該…、必須…、值得…

（接　續）{動詞辭書形} ＋べし

（意思1）**【當然】**是一種義務、當然的表現方式。表示說話人從道理上、公共理念上、常識上考慮，覺得那樣做是應該的，理所當然的。用在說話人對一般的事情發表意見的時候，含有命令、勸誘的語意，只放在句尾。是種文言的表達方式。中文意思是：「應該…、必須…、值得…」。

（例　文）ゴミは各自持ち帰るべし。
垃圾必須各自攜離。

（注意1）〖**サ変動詞すべし**〗前面若接サ行變格動詞，可用「すべし」、「するべし」，但較常使用「すべし」（「す」為古日語「する」的辭書形）。

（例　文）問題が発生した場合は速やかに報告すべし。
萬一發生異狀，必須盡快報告。

（注意2）〖**格言**〗用於格言。

（例　文）「後生畏るべし」という言葉がある。若者は大切にすべきだ。
有句話叫「後生可畏」。我們切切不可輕視年輕人。

（比　較）**べからず、べからざる**
不得…（的）、禁止…（的）、勿…（的）、莫…（的）

（接　續）{動詞辭書形} ＋べからず、べからざる

説明 「べし」表示當然，強調「那樣做是一種義務」的概念。表示說話人從道理上考慮，覺得那樣做是應該的，理所當然的。用在說話人對一般的事情發表意見的時候。只放在句尾。「べからざる」表示禁止，強調「強硬禁止」的概念。是一種強硬的禁止說法，文言文式的說法，多半出現在告示牌、公佈欄、演講標題上。現在很少見。

例文 入社式で社長が「初心忘るべからず」と題するスピーチをした。
社長在公司的迎新會上，發表了一段以「莫忘初衷」為主題的演講。

007　　　　　　　　　　　　　　　　　　　Track N1-033

いかんで（は）
要看…如何、取決於…

接續 {名詞（の）}＋いかんで（は）

意思1 【對應】表示後面會如何變化，那就要取決於前面的情況、內容來決定了。「いかん」是「如何」之意，「で」是格助詞。中文意思是：「要看…如何、取決於…」。

例文 コーチの指導方法いかんで、選手はいくらでも伸びるものだ。
運動員能否最大限度發揮潛能，可以說是取決於教練的指導方法。

比較 **におうじて**
根據…、按照…、隨著…

接續 {名詞}＋に応じて

說明 「いかんで（は）」表示對應，表示後項會如何變化，那就要取決於前項的情況、內容來決定了。「におうじて」也表對應，表示後項會根據前項的情況，而與之相對應發生變化。

例文 保険金は被害状況に応じて支払われます。
保險給付是依災害程度支付的。

様態、傾向、価値
様態、傾向、價值

001　　　　　　　　　　　　　　　　　　　　　Track N1-034

といわんばかりに、とばかりに
幾乎要說…；簡直就像…、顯出…的神色、似乎…般地

(接　續)　{名詞；簡體句}＋と言わんばかりに、とばかりに

(意思1)　**【様態】**「といわんばかりに」雖然沒有說出來，但是從表情、動作、様子、態度上已經表現出某種信息，含有幾乎要說出前項的様子，來做後項的行為。中文意思是：「幾乎要說…；簡直就像…、顯出…的神色、似乎…般地」。

(例　文)　もう我慢できないといわんばかりに、彼女は洗濯物を投げ捨てて出て行った。
她彷彿再也無法忍受似地把待洗的髒衣服一扔，衝出了家門。

(意思2)　**【様態】**「とばかりに」表示看那様子簡直像是的意思，心中憋著一個念頭或一句話，幾乎要說出來，後項多為態勢強烈或動作猛烈的句子，常用來描述別人。中文意思是：「幾乎要說…；簡直就像…、顯出…的神色、似乎…般地」。

(例　文)　彼らがステージに現れると、待ってましたとばかりにファンの歓声が鳴り響いた。
他們一出現在舞台上，滿場迫不及待的粉絲立刻發出了歡呼。

(比　較)　**ばかりに**
就因為…、都是因為…、結果…

(接　續)　{名詞である；形容動詞詞幹な；[形容詞・動詞]普通形}＋ばかりに

說 明 「とばかりに」表示樣態,強調「幾乎要表現出來」的概念。表示雖然沒有說出來,但簡直就是那個樣子,來做後項動作猛烈的行為。「ばかりに」表示原因,強調「正是因前項,導致後項不良結果」的概念。就是因為某事的緣故,造成後項不良結果或發生不好的事情。說話人含有後悔或遺憾的心情。

例 文 彼は競馬に熱中したばかりに、全財産を失った。

他就是因為沉迷於賭馬,結果傾家蕩產了。

002

ながら（に／も／の）
(1)雖然…但是…；(2)保持…的狀態

意思1 【讓步】{名詞；形容動詞詞幹；形容詞辭書形；動詞ます形}＋ながら（に／も）。讓步逆接的表現。表示「實際情形跟自己所預想的不同」之心情,後項是「事實上是…」的事實敘述。中文意思是:「雖然…但是…」。

例 文 彼女が国に帰ったことを知りながら、どうして僕に教えてくれなかったんだ。

你明明知道她已經回國了,為什麼不告訴我這件事呢!

意思2 【樣態】{名詞；動詞ます形}＋ながら（の）。前面的詞語通常是慣用的固定表達方式。表示「保持…的狀態下」,表明原來的狀態沒有發生變化,繼續持續。用「ながらの」時後面要接名詞。中文意思是:「保持…的狀態」。

例 文 この辺りは昔ながらの街並みが残っている。

這一帶還留有往昔的街景。

注 意 〖ながらにして〗「ながらに」也可使用「ながらにして」的形式。

例 文 インターネットがあれば、家に居ながらにして世界中の人と交流できる。

只要能夠上網,即使人在家中坐,仍然可以與全世界的人交流。

比 較 **のまま**
仍舊、保持原樣、就那樣…

接 續 {名詞}＋のまま

Track N1-036

（說 明）「ながら」表示樣態，強調「做某動作時的狀態」的概念。前接在某狀態之下，後接在前項狀態之下，所做的動作或狀態。「のまま」也表樣態，強調「仍然保持原來的狀態」的概念。表示過去某一狀態，到現在仍然持續不變。

（例 文）どちらかが譲歩しない限り、話し合いは平行線のままだ。
只要雙方互不讓步，協商就會依然是平行線。

まみれ
沾滿…、滿是…

（接 續）{名詞}＋まみれ

（意思1）【樣態】表示物體表面沾滿了令人不快、雜亂、骯髒的東西，或負面的事物等，非常骯髒的樣子，前常接「泥、汗、ほこり」等詞。中文意思是：「沾滿…、滿是…」。

（例 文）息子の泥まみれのズボンをゴシゴシ洗う。
我拚命刷洗兒子那件沾滿泥巴的褲子。

（注 意）〖困擾〗表示處在叫人很困擾的狀況，如「借金」等令人困擾、不悅的事情。

（例 文）借金まみれの人生。宝くじで一発逆転だ。
這輩子負債累累。我要靠樂透逆轉人生！

（比 較）**ぐるみ**
全部的…

（接 續）{名詞}＋ぐるみ

（說 明）「まみれ」表示樣態，強調「全身沾滿了不快之物」的概念。表示全身沾滿了令人不快的、骯髒的液體或砂礫、灰塵等細碎物。「ぐるみ」表示範圍，強調「全部都」的概念。前接名詞，表示連同該名詞都包括，全部都…的意思。如「家族ぐるみ（全家）」。是接尾詞。

（例 文）強盗に身ぐるみはがされた。
被強盜洗劫一空。

ずくめ
清一色、全都是、淨是…、充滿了

接　續 ｛名詞｝＋ずくめ

意思1 【樣態】前接名詞，表示全都是這些東西、毫不例外的意思。可以用在顏色、物品等；另外，也表示事情接二連三地發生之意。前面接的名詞通常都是固定的慣用表現，例如會用「黒ずくめ」，但不會用「赤ずくめ」。中文意思是：「清一色、全都是、淨是…、充滿了」。

例　文 今月に入って残業ずくめで、もう倒れそうだ。

這個月以來幾乎天天加班，都快撐不下去了。

比　較 **だらけ**
全是…、滿是…、到處是…

接　續 ｛名詞｝＋だらけ

說　明 「ずくめ」表示樣態，強調「在…範圍中都是…」的概念。在限定的範圍中，淨是某事物。正、負面評價的名詞都可以接。「だらけ」也表樣態，強調「數量過多」的概念。也就是某範圍中，雖然不是全部，但絕大多數都是前項名詞的事物。常伴有「骯髒」、「不好」等貶意，是說話人給予負面的評價。所以後面不接正面、褒意的名詞。

例　文 子どもは泥だらけになるまで遊んでいた。

孩子們玩到全身都是泥巴。

めく
像…的樣子、有…的意味、有…的傾向

接　續 ｛名詞｝＋めく

意思1 【傾向】「めく」是接尾詞，接在詞語後面，表示具有該詞語的要素，表現出某種樣子。前接詞很有限，習慣上較常說「春めく（有春意）、秋めく（有秋意）」。但「夏めく（有夏意）、冬めく（有冬意）」就較少使用。中文意思是：「像…的樣子、有…的意味、有…的傾向」。

（例　文）今朝の妻の謎めいた微笑はなんだろう。

今天早上妻子那一抹神祕的微笑究竟是什麼意思呢？

（注　意）〔めいた〕五段活用後接名詞時，用「めいた」的形式連接。

（例　文）あの先生はすぐに説教めいたことを言うので、生徒から煙たがれている。

那位老師經常像在訓話似的，學生無不對他望之生畏。

（比　較）**ぶり、っぷり**

…的樣子、…的狀態、…的情況

（接　續）{名詞；動詞ます形}＋ぶり、っぷり

（説　明）「めく」表示傾向，強調「帶有某感覺」的概念。接在某事物後面，表示具有該事物的要素，表現出某種樣子的意思。「めく」是接尾詞。「ぶり」表示樣子，強調「做某動作的樣子」的概念。表示事物存在的樣子，或進行某動作的樣子。也表示給予負面的評價，有意擺出某種態度的樣子，「明明…卻要擺出…的樣子」的意思。也是接尾詞。

（例　文）夫の話しぶりからすると、正月もほとんど休みが取れないようだ。

從丈夫講話的樣子判斷，過年期間也大概幾乎沒辦法休假了。

きらいがある

有一點…、總愛…、有…的傾向

（接　續）{名詞の；動詞辭書形}＋きらいがある

（意思1）**【傾向】**表示某人有某種不好的傾向，容易成為那樣的意思。多用在對這不好的傾向，持批評的態度。而這種傾向從表面是看不出來的，是自然而然容易變成那樣的。它具有某種本質性，漢字是「嫌いがある」。中文意思是：「有一點…、總愛…、有…的傾向」。

（例　文）彼は有能だが人を下に見るきらいがある。

他能力很強，但也有點瞧不起人。

（注意1）〔どうも～きらいがある〕一般以人物為主語。以事物為主語時，多含有背後為人物的責任。書面用語。常用「どうも～きらいがある」。

（例　文）このテレビ局はどうも、時の政権に反対の立場をとるきらいがある。
這家電視台似乎傾向於站在反對當時政權的立場。

（注意2）〖すぎるきらいがある〗常用「すぎるきらいがある」的形式。

（例　文）彼女は物事を深く考えすぎるきらいがある。
她對事情總是容易顧慮過多。

（比　較）**おそれがある**
恐怕會…、有…危險

（接　續）{名詞の；形容動詞詞幹な；[形容詞・動詞]辭書形}＋恐れがある

（說　明）「きらいがある」表示傾向，強調「有不好的性質、傾向」的概念。表示從表面看不出來，但具有某種本質的傾向。多用在對這不好的傾向，持批評的態度上。「おそれがある」表示推量，強調「可能發生不好的事」的概念。表示有發生某種消極事件的可能性。只限於用在不利的事件。常用在新聞或報導中。

（例　文）台風のため、午後から高潮の恐れがあります。
因為颱風，下午恐怕會有大浪。

にたる、にたりない
(1)不足以…、不值得…；(2)不夠…；(3)可以…、足以…、值得…

（接　續）{名詞；動詞辭書形}＋に足る、に足りない

（意思1）【無價值】「に足りない」含又不是什麼了不起的東西，沒有那麼做的價值的意思。中文意思是：「不足以…、不值得…」。

（例　文）そんな取るに足りない小さな問題を、いちいち気にするな。
不要老是在意那種不值一提的小問題。

（意思2）【不足】「に足りない」也可表示「不夠…」之意。

（例　文）ひと月の収入は、二人分を合わせても新生活を始めるに足りなかった。
那時兩個人加起來的一個月收入依然不夠他們展開新生活。

意思3 【價值】「に足る」表示足夠，前接「信頼する、語る、尊敬する」等詞時，表示很有必要做前項的價值，那樣做很恰當。中文意思是：「可以…、足以…、值得…」。

例文 精一杯やって、満足するに足る結果を残すことができた。
盡了最大的努力，終於達成了可以令人滿意的成果。

比較 にたえる、にたえない

値得…

接續 {名詞；動詞辭書形}＋に堪える；{名詞}＋に堪えない

說明 「にたる」表示價值，強調「有某種價值」的概念。表示客觀地從品質或是條件，來判斷很有必要做前項的價值，那樣做很恰當。「にたえる」也表示價值，強調「那樣做有那樣做的價值」的概念。可表示有充分那麼做的價值。或表示不服輸、不屈服地忍耐下去。這是從主觀的心情、感情來評斷的。前面只能接「読む、聞く、見る」等為數不多的幾個動詞。

例文 この作品は古いけれど、内容は現代でも十分に読むに堪えるものです。
這作品雖古老，但内容至今依然十分值得閱讀。

程度、強調、軽重、難易、最上級

程度、強調、軽重、難易、最上級

001

ないまでも

就算不能…、沒有…至少也…、就是…也該…、即使不…也…

（接　續）{名詞で (は)；動詞否定形} ＋ないまでも

（意思1）**【程度】**前接程度比較高的，後接程度比較低的事物。表示雖然不至於到前項的地步，但至少有後項的水準，或只要求做到後項的意思。後項多為表示義務、命令、意志、希望、評價等內容。後面為義務或命令時，帶有「せめて、少なくとも」（至少）等感情色彩。中文意思是：「就算不能…、沒有…至少也…、就是…也該…、即使不…也…」。

（例　文）毎日とは言わないまでも、週に１、２回は連絡してちょうだい。

就算沒辦法天天保持聯絡，至少每星期也要聯繫一兩次。

（比　較）**まで (のこと) もない**

用不著…、不必…、不必說…

（接　續）{動詞辭書形} ＋まで (のこと) もない

（說　明）「ないまでも」表示程度，強調「就算不能達到前項，但可以達到程度較低的後項」的概念。是一種從較高的程度，退一步考慮後項實現問題的辦法，後項常接義務、命令、意志、希望等表現。「までもない」表示不必要，強調「沒有必要做到那種程度」的概念。表示事情尚未到達到某種程度，沒有必要做某事。

（例　文）見れば分かるから、わざわざ説明するまでもない。

只要看了就知道，所以用不著一一說明。

に（は）あたらない

(1)不相當於…；(2)不需要…、不必…、用不著…

意思1 【不相當】{名詞}＋に（は）当たらない。接名詞時，則表示「不相當於某事物」的意思。中文意思是：「不相當於…」。

例文 ちょっとトイレに行っただけです。駐車違反には当たらないでしょう。

我只是去上個廁所而已，不至於到違規停車吃紅單吧？

意思2 【程度】{動詞辭書形}＋に（は）当たらない。接動詞辭書形時，為沒必要做某事，或對方過度反應到某程度，表示那樣的反應是不恰當的。用在說話人對於某事評價較低的時候，多接「賞賛する（稱讚）、感心する（欽佩）、驚く（吃驚）、非難する（譴責）」等詞之後。中文意思是：「不需要…、不必…、用不著…」。

例文 若いうちの失敗は嘆くに当たらないよ。「失敗は成功の母」というじゃないか。

不必怨嘆年輕時的失敗嘛。俗話說得好：「失敗為成功之母」，不是嗎？

比較 にたる、にたりない

不足以…

接續 {名詞；動詞辭書形}＋に足る、に足りない

說明 「にはあたらない」表示程度，強調「沒有必要做某事」的概念。表示沒有必要做某事，那樣的反應是不恰當的。用在說話人對於某事評價較低的時候。「にたりない」表示無價值，強調「沒有做某事的價值」的概念。前接「恐れる、信頼する、尊敬する」等詞，表示沒有做前項的價值，那樣做很不恰當。

例文 斎藤なんか、恐れるに足りない。

區區一個齋藤根本不足為懼。

だに

(1)一…就…、只要…就…、光…就…；(2)連…也(不)…

接續　{名詞；動詞辭書形}＋だに

意思 1　**【強調程度】**前接「考える、想像する、思う、聞く、思い出す」等心態動詞時，則表示光只是做一下前面的心理活動，就會出現後面的狀態了。有時表示消極的感情，這時後面多為「ない」或「怖い、つらい」等表示消極的感情詞。中文意思是：「一…就…、只要…就…、光…就…」。

例 文　致死率90％の伝染病など、考えるだに恐ろしい。
致死率高達90％的傳染病，光想就令人渾身發毛。

意思 2　**【強調極限】**前接名詞時，舉一個極端的例子，表示「就連前項也（不)…」的意思。中文意思是：「連…也(不)…」。

例 文　有罪判決が言い渡された際も、男は微動だにしなかった。
就連宣布有罪判決的時候，那個男人依舊毫無反應。

比 較　**すら、ですら**

就連…都、甚至連…都

接 續　{名詞（＋助詞）；動詞て形}＋すら、ですら

說 明　「だに」表示強調極限，舉一個極端的例子，表示「就連…都不能…」的意思。後項多和否定詞一起使用。「すら」表示強調，舉出一個極端的例子，表示連前項都這樣了，別的就更不用提了。後接否定。有導致消極結果的傾向。含有輕視的語氣，只能用在負面評價上。

例 文　そこは、虫1匹、草1本すら見られないほど厳しい環境だ。
那地方是連一隻蟲、一根草都看不到的嚴苛環境。

にもまして

(1)最…、第一；(2)更加地…、加倍的…、比…更…、比…勝過…

意思 1　**【最上級】**{疑問詞}＋にもまして。表示「比起其他任何東西，都是程度最高的、最好的、第一的」之意。中文意思是：「最…、第一」。

（例　文）今日の森部長はいつにもまして機嫌がいい。

森經理今天的心情比往常都要來得愉快。

意思2 【強調程度】{名詞}＋にもまして。表示兩個事物相比較。比起前項，後項更為嚴重，更勝一籌，前面常接時間、時間副詞或是「それ」等詞，後接比前項程度更高的內容。中文意思是：「更加地…、加倍的…、比…更…、比…勝過…」。

（例　文）来年の就職が不安だが、それにもまして不安なのは母の体調だ。

明年要找工作的事固然讓人憂慮，但更令我擔心的是媽媽的身體。

比　較　**にくわえ（て）**

而且…、加上…、添加…

接　續　{名詞}＋に加え（て）

説　明　「にもまして」表示強調程度，強調「在此之上，程度更深一層」的概念。表示兩個事物相比較。前接程度很高的前項，後接比前項程度更高的內容，比起程度本來就很高的前項，後項更為嚴重，程度更深一層。「にくわえて」表示附加，強調「在已有的事物上，再追加類似的事物」的概念。表示在現有前項的事物上，再加上後項類似的別的事物。經常和「も」前後呼應使用。

（例　文）書道に加えて、華道も習っている。

學習書法以外，也學習插花。

たりとも～ない

哪怕…也不（可）…、即使…也不…

接　續　{名詞}＋たりとも～ない；{數量詞}＋たりとも～ない

意思1 【強調輕重】前接「一＋助數詞」的形式，舉出最低限度的事物，表示最低數量的數量詞，強調最低數量也不能允許，或不允許有絲毫的例外，是一種強調性的全盤否定的說法，所以後面多接否定的表現。書面用語。也用在演講、會議等場合。中文意思是：「哪怕…也不（可）…、即使…也不…」。

（例　文）お客が書類にサインするまで、一瞬たりとも気を抜くな。

在顧客簽署文件之前，哪怕片刻也不許鬆懈！

（注意）〔**何人たりとも**〕「何人たりとも」為慣用表現，表示「不管是誰都…」。

（例文）何人たりともこの神聖な地に足を踏み入れることはできない。
　　　　無論任何人都不得踏入這片神聖之地。

（比較）**なりと（も）**
不管…、…之類

（接續）{疑問詞＋格助詞}＋なりと（も）

（説明）「たりとも」表示強調輕重，強調「不允許有絲毫例外」的概念。前接表示最低數量的數量詞，表示連最低數量也不能允許。是一種強調性的全盤否定的說法。「なりとも」表示無關，強調「全面的肯定」的概念。表示無論什麼都可以按照自己喜歡的進行選擇。也就是表示全面的肯定。如果用〔N＋なりとも〕，就表示例示，表示從幾個事物中舉出一個做為例子。

（例文）お困りの際は、何なりとお申し付けください。
　　　　遇到困境時，不論什麼事，您都只管吩咐。

006　　　　　　　　　　　　　　　　　　　　　　　　　Track N1-046

といって〜ない、といった〜ない
沒有特別的…、沒有值得一提的…

（接續）{これ；疑問詞}＋といって〜ない；{これ；疑問詞}＋といった＋{名詞}〜ない

（意思1）【強調輕重】前接「これ、なに、どこ」等詞，後接否定，表示沒有特別值得一提的東西之意。為了表示強調，後面常和助詞「は」、「も」相呼應；使用「といった」時，後面要接名詞。中文意思是：「沒有特別的…、沒有值得一提的…」。

（例文）何といった目的もなく、なんとなく大学に通っている学生も少なくない。
　　　　沒有特定目標，只是隨波逐流地進入大學就讀的學生並不在少數。

（比較）**といえば、といったら**
談到…、提到…就…、說起…、（或不翻譯）

（接續）{名詞}＋といえば、といったら

Track N1-047

説明 「といって～ない」表示強調輕重，前接「これ、なに、どこ」等詞，後面跟否定相呼應，表示沒有特別值得提的話題或事物之意。「といえば」表示話題，強調「提起話題」的概念，表示以自己心裡想到的事情為話題，後項是對有關此事的敘述，或又聯想到另一件事。

例文 台湾の観光スポットといえば、故宮と台北101でしょう。
提到台灣的觀光景點，就會想到故宮和台北101吧。

あっての

有了…之後…才能…、沒有…就不能（沒有）…

接續 {名詞}＋あっての＋{名詞}

意思1 【強調】表示因為有前面的事情，後面才能夠存在，強調後面能夠存在，是因為有至關重要的前面的條件，如果沒有前面的條件，就沒有後面的結果了。中文意思是：「有了…之後…才能…、沒有…就不能（沒有）…」。

例文 生徒あっての学校でしょう。生徒を第一に考えるべきです。
沒有學生哪有學校？任何考量都必須將學生放在第一順位。

注意 〖**後項もの、こと**〗「あっての」後面除了可接實體的名詞之外，也可接「もの、こと」來代替實體。

例文 彼の現在の成功は、20年にわたる厳しい修業時代あってのことだ。
他今日獲致的成功，乃是長達二十年嚴格研修歲月所累積而成的心血結晶。

比較 **からこそ**

正因為…才、就是因為…才

接續 {名詞だ；形容動辭書形；[形容詞・動詞]普通形}＋からこそ

説明 「あっての」表示強調，強調一種「必要條件」的概念。表示因為有前項事情的成立，後項才能夠存在。含有後面能夠存在，是因為有前面的條件，如果沒有前面的條件，就沒有後面的結果了。「からこそ」表示原因，強調「主觀原因」的概念。表示特別強調其原因、理由。「から」是說話人主觀認定的原因，「こそ」有強調作用。

例 文 交通が不便だからこそ、豊かな自然が残っている。

正因為那裡交通不便，才能夠保留如此豐富的自然風光。

---

008   Track N1-048

こそすれ

只會⋯、只是⋯、只能⋯

接 續 ｛名詞；動詞ます形｝＋こそすれ

意思1 【強調】後面通常接否定表現，用來強調前項才是事實，而不是後項。中文意思是：「只會⋯、只是⋯、只能⋯」。

例 文 彼女の行いには呆れこそすれ、同情の余地はない。

她的行為令人難以置信，完全不值得同情。

比 較 てこそ

只有⋯才（能）、正因為⋯才⋯

接 續 ｛動詞て形｝＋てこそ

說 明 「こそすれ」表示強調，後面通常接否定表現，用來強調前項（名詞）才是事實，否定後項。「てこそ」也表強調，表示由於實現了前項，從而得出後項好的結果。也就是沒有前項，後項就無法實現的意思。後項是判斷的表現。後項一般接表示褒意或可能的內容。

例 文 人は助け合ってこそ、人間として生かされる。

人們必須互助合作人類才能得到充分的發揮。

---

009   Track N1-049

すら、ですら

就連⋯都、甚至連⋯都；連⋯都不⋯

接 續 ｛名詞（＋助詞）；動詞て形｝＋すら、ですら

意思1 【強調】舉出一個極端的例子，強調連他（它）都這樣了，別的就更不用提了。有導致消極結果的傾向。可以省略「すら」前面的助詞「で」，「で」用來提示主語，強調前面的內容。和「さえ」用法相同。中文意思是：「就連⋯都、甚至連⋯都」。

（例　文）　人に迷惑をかけたら謝ることくらい、子供ですら知ってますよ。

就連小孩子都曉得，萬一造成了別人的困擾就該向人道歉啊！

（注　意）　『すら〜ない』用「すら〜ない（連…都不…）」是舉出一個極端的例子，來強調「不能…」的意思。中文意思是：「連…都不…」。

（例　文）　フランスに一年いましたが、通訳どころか、日常会話すらできません。

在法國已經住一年了，但別說是翻譯了，就連日常交談都辦不到。

（比　較）　**さえ〜ば（たら）**
只要…（就）…

（接　續）　{名詞}＋さえ＋{[形容詞・形容動詞・動詞]假定形}＋ば（たら）

（說　明）　「すら」表示強調，有「強調主題」的作用。舉出一個極端例子，強調就連前項都這樣了，其他就更不用提了。後面跟否定相呼應。有導致消極結果的傾向。後面只接負面評價。「さえ〜ば」表示條件，強調「只要有前項最基本的條件，就能實現後項」。後面跟假設條件的「ば、たら、なら」相呼應。後面可以接正、負面評價。

（例　文）　手続きさえすれば、誰でも入学できます。

只要辦手續，任何人都能入學。

にかたくない
不難…、很容易就能…

（接　續）　{名詞；動詞辭書形}＋に難くない

（意思1）　【難易】表示從某一狀況來看，不難想像，誰都能明白的意思。前面多用「想像する、理解する」等理解、推測的詞，書面用語。中文意思是：「不難…、很容易就能…」。

（例　文）　このままでは近い将来、赤字経営になることは、予想するに難くない。

不難想見若是照這樣下去，公司在不久的未來將會虧損。

| 比 較 | **に (は) あたらない** |

不需要…、不必…、用不著…

| 接 續 | {動詞辭書形} ＋に (は) 当たらない |

| 說 明 | 「にかたくない」表示難易，強調「從現實因素，不難想像某事」的概念。「不難、很容易」之意。表示從前面接的這一狀況來看，不難想像某事態之意。書面用語。「にはあたらない」表示程度，強調「沒有必要做某事」的概念。表示沒有必要做某事，那樣的反應是不恰當的。用在說話人對於某事評價較低的時候。 |

| 例 文 | この程度のできなら、称賛するに当たらない。 |

若是這種程度的成果，還不值得稱讚。

---

011   Track N1-051

にかぎる

就是要…、…是最好的

| 接 續 | {名詞 (の)；形容詞辭書形 (の)；形容動詞詞幹 (なの)；動詞辭書形；動詞否定形} ＋に限る |

| 意思 1 | **【最上級】**除了用來表示說話者的個人意見、判斷，意思是「…是最好的」，相當於「が一番だ」，一般是被普遍認可的事情。還可以用來表示限定，相當於「だけだ」。中文意思是：「就是要…、…是最好的」。 |

| 例 文 | 疲れたときは、ゆっくりお風呂に入るに限る。 |

疲憊的時候若能泡個舒舒服服的熱水澡簡直快樂似神仙。

| 比 較 | **のいたり (だ)** |

真是…到了極點、真是…、極其…、無比…

| 接 續 | {名詞} ＋の至り (だ) |

| 說 明 | 「にかぎる」表示最上級，表示說話人主觀地主張某事物是最好的。前接名詞、形容詞、形容動詞跟動詞。「のいたりだ」表示極限，表示一種強烈的情感，達到最高的狀態。前接名詞。 |

| 例 文 | こんな賞をいただけるとは、光栄の至りです。 |

能得到這樣的大獎，真是光榮之至。

話題、評価、判断、比喩、手段

話題、評價、判斷、比喻、手段

001
Track N1-052

ときたら

說到…來、提起…來

接續 ｛名詞｝＋ときたら

意思1 【話題】表示提起話題，說話人帶著譴責和不滿的情緒，對話題中與自己關係很深的人或事物的性質進行批評，後也常接「あきれてしまう、嫌になる」等詞。批評對象一般是說話人身邊，關係較密切的人物或事。用於口語。有時也用在自嘲的時候。中文意思是：「說到…來、提起…來」。

例文 小山課長の説教ときたら、同じ話を3回は繰り返すからね。
要說小山課長的訓話總是那套模式，同一件事必定重複講三次。

比較 **といえば、といったら**

談到…、提到…就…、說起…、(或不翻譯)

接續 ｛名詞｝＋といえば、といったら

說明 「ときたら」表示話題，強調「帶著負面的心情提起話題」的概念。消極地承接某人提出的話題，而對話題中的人或事，帶著譴責和不滿的情緒進行批評。比「といったら」還要負面、被動。「といったら」也表話題，強調「提起話題」的概念，表示在某一場合下，某人積極地提出某話題，或以自己心裡想到的事情為話題，後項是對有關此事的敘述，或又聯想到另一件事。

例文 日本料理といったら、おすしでしょう。
談到日本料理，那就非壽司莫屬了。

にいたって (は／も)
(1) 到…階段 (才)；(2) 即使到了…程度；(3) 至於、談到

（接　續）{名詞；動詞辭書形} ＋に至って (は／も)

（意思1）**【結果】**「に至って」表示到達某極端狀態的時候，後面常接「初めて、やっと、ようやく」。中文意思是：「到…階段 (才)」。

（例　文）印刷の段階に至って、初めて著者名の誤りに気がついた。
直到了印刷階段，才初次發現作者姓名誤植了。

（意思2）**【話題】**「に至っても」表示即使到了前項極端的階段的意思，屬於「即使…但也…」的逆接用法。後項常伴隨「なお (尚)、まだ (還)、未だに (仍然)」或表示狀態持續的「ている」等詞。中文意思是：「即使到了…程度」。

（例　文）死者が出るに至っても、国はまだ法律の改正に動こうとしない。
即便已經有人因此罹難，政府仍然沒有啟動修法的程序。

（意思3）**【話題】**「に至っては」用在引出話題。表示從幾個消極、不好的事物中，舉出一個極端的事例來說明。中文意思是：「至於、談到」。

（例　文）数学も化学も苦手だ。物理に至っては、外国語を聞いているようだ。
我的數學和化學科目都很差，至於提到物理課那簡直像在聽外語一樣。

（比　較）　**にしては**
照…來說…、就…而言算是…、從…這一點來說，算是…的、作為…，相對來說…

（接　續）{名詞；形容動詞詞幹；動詞普通形} ＋にしては

（說　明）「にいたっては」表示話題，強調「引出話題」的概念。表示從幾個消極、不好的事物中，舉出一個極端的事例來進行說明。「にしては」表示反預料，強調「前後情況不符」的概念。表示以前項的比較標準來看，後項的現實情況是不符合的。是評價的觀點。

（例　文）社長の代理にしては、頼りない人ですね。
做為代理社長來講，他不怎麼可靠呢。

には、におかれましては
在…來說

（接續）{名詞}＋には、におかれましては

（意思1）【話題】提出前項的人或事，問候其健康或經營狀況等表現方式。前接地位、身份比自己高的人或事，表示對該人或事的尊敬。語含最高的敬意。「におかれましては」是更鄭重的表現方法。前常接「先生、皆様」等詞。中文意思是：「在…來說」。

（例文）紅葉の季節となりました。皆様におかれましてはいかがお過ごしでしょうか。
時序已入楓紅，各位是否別來無恙呢？

（比較）**にて、でもって**
於…

（接續）{名詞}＋にて、でもって

（說明）「には」表示話題，前接地位、身份比自己高的人，或是對方所屬的組織、團體的尊稱，表示對該人的尊敬，後項後接為請求或詢問健康、近況、祝賀或經營狀況等的問候語。語含最高的敬意。「にて」表示時點，表示結束的時間；也表示手段、方法、原因或限度，後接所要做的事情或是突發事件。屬於客觀的說法，宣佈、告知的語氣強。

（例文）もう時間なので本日はこれにて失礼いたします。
時間已經很晚了，所以我就此告辭了。

たる（もの）
作為…的…、位居…、身為…

（接續）{名詞}＋たる（者）

意思1 【評價的觀點】表示斷定或肯定的判斷。前接高評價的事物、高地位的人、國家或社會組織，表示照社會上的常識、認知來看，應該會有合乎這種身分的影響或做法，所以後常和表示義務的「べきだ、なければならない」等相呼應。「たる」給人有莊嚴、慎重、誇張的印象。演講及書面用語。中文意思是：「作為…的…、位居…、身為…」。

例 文 経営者たる者は、まず危機管理能力がなければならない。
既然位居經營階層，首先非得具備危機管理能力不可。

比 較 **なる**
變成…

接 續 {名詞；形容動詞詞幹；形容詞く形} ＋なる

說 明 「たるもの」表示評價的觀點，強調「價值跟資格」的概念。前接某身份、地位，後接符合其身份、地位，應有姿態、影響或做法。「なる」表示變化，強調「變化」的概念，表示人事物的狀態變成不同的狀態。是一種無意圖的變化。

例 文 厳しかった父は、老いてすっかり穏やかになった。
嚴厲的父親，年老後變得平和豁達許多了。

005

ともあろうものが

身為…卻…、堂堂…竟然…、名為…還…

接 續 {名詞} ＋ともあろう者が

意思1 【評價的觀點】表示具有聲望、職責、能力的人或機構，其所作所為，就常識而言是與身份不符的。「ともあろう者が」後項常接「とは／なんて、～」，帶有驚訝、憤怒、不信及批評的語氣，但因為只用「ともあろう者が」便可傳達說話人的心情，因此也可能省略後項驚訝等的語氣表現。前接表示社會地位、身份、職責、團體等名詞，後接表示人、團體等名詞，如「者、人、機関」。中文意思是：「身為…卻…、堂堂…竟然…、名為…還…」。

例文 教育者ともあろう者が、一人の先生を仲間外れにするとは、呆れてものが言えない。

身為杏壇人士，居然刻意排擠某位教師，這種行徑簡直令人瞠目結舌。

注意1 〖ともあろうＮが〗若前項並非人物時，「者」可用其它名詞代替。

例文 Ａ新聞ともあろう新聞社が、週刊誌のような記事を載せて、がっかりだな。

鼎鼎大名的Ａ報報社居然登出無異於週刊之流的低俗報導，太令人失望了。

注意2 〖ともあろうもの＋に〗「ともあろう者」後面常接「が」，但也可接其他助詞。

例文 差別発言を繰り返すとは、政治家ともあろうものにあってはならないことだ。

身為政治家，無論如何都不被容許一再做出歧視性發言。

比較 **たる（もの）**

作為…的…

接續 ｛名詞｝＋たる（者）

說明 「ともあろうものが」表示評價的觀點，強調「立場」的概念。前接表示具有社會地位、具有聲望、身份的人。後接所作所為與身份不符，帶有不信、驚訝及批評的語氣。「たるもの」也表評價的觀點，也強調「立場」的概念。前接高地位的人或某種責任的名詞，後接符合其地位、身份，應有的姿態的內容。書面或演講等正式場合的用語。

例文 彼はリーダーたる者に求められる素質を備えている。

他擁有身為領導者應當具備的特質。

と（も）なると、と（も）なれば

要是…那就…、如果…那就…、一旦處於…就…、每逢…就…、既然…就…

接續 ｛名詞；動詞普通形｝＋と（も）なると、と（も）なれば

意思1 【評價的觀點】前接時間、職業、年齡、作用、事情等名詞或動詞，表示如果發展到某程度，用常理來推斷，就會理所當然導向某種結論、事態、狀況及判斷。後項多是與前項狀況變化相應的內容。中文意思是：「要是…那就…、如果…那就…、一旦處於…就…、每逢…就…、既然…就…」。

例文 この砂浜は週末ともなると、カップルや家族連れで賑わう。
這片沙灘每逢週末總是擠滿了一雙雙情侶和攜家帶眷的遊客。

比較 **とあれば**
如果…那就…、假如…那就…

接續 {名詞；[名詞・形容詞・形容動詞・動詞]普通形；形容動詞詞幹}＋とあれば

說明 「ともなると」表示評價的觀點，強調「如果發展到某程度，當然就會出現某情況」的概念。含有強調前項，敘述果真到了前項的情況，就當然會出現後項的語意。可以陳述現實性狀況，也能陳述假定的狀況。「とあれば」，表示假定條件。強調「如果出現前項情況，就採取後項行動」的概念。表示如果是為了前項所提的事物，是可以接受的，並採取後項的行動。後句不能出現表示請求或勸誘的句子。

例文 デザートを食べるためとあれば、食事を我慢しても構わない。
假如是為了吃甜點，不吃正餐我也能忍。

007

なりに（の）
與…相適、從某人所處立場出發做…、那般…（的）、那樣…（的）、這套…（的）

接續 {名詞；形容動詞詞幹；[形容詞・動詞]普通形}＋なりに（の）

意思1 【判斷的立場】表示根據話題中人切身的經驗、個人的能力所及的範圍，含有承認前面的人事物有欠缺或不足的地方，在這基礎上，依然盡可能發揮或努力地做後項與之相符的行為。多有「幹得相當好、已經足夠了、能理解」的正面評價意思。用「なりの名詞」時，後面的名詞，是指與前面相符的事物。中文意思是：「與…相適、從某人所處立場出發做…、那般…（的）、那樣…（的）、這套…（的）」。

外国人に道を聞かれて、英語ができないなりに頑張って案内した。

外國人向我問路，雖然我不會講英語，還是努力比手畫腳地為他指了路。

注 意 〖私なりに〗要用種謙遜、禮貌的態度敘述某事時，多用「私なりに」等。

例 文 私なりに精一杯やりました。負けても後悔はありません。

我已經竭盡自己的全力了。就算輸了也不後悔。

比 較 **ならでは（の）**

正因為…才有（的）、只有…才有（的）

接 續 {名詞}＋ならでは（の）

說 明 「なりに」表示判斷的立場，強調「與立場相符的行為等」的概念。表示根據話題中人、切身的經驗、個人的能力所及的範圍，含有承認話題中人有欠缺或不足的地方，在這基礎上，做後項與之相符的行為。多有正面的評價的意思。「ならではの」表示限定，強調「後項事物能成立的唯一條件」的概念。表示對「ならでは」前面的某人事物的讚嘆，正因為是這人事物才會這麼好。是一種高度評價的表現方式。

例 文 決勝戦ならではの盛り上がりを見せている。

比賽呈現出決賽才會有的激烈氣氛。

Track N1-059

（が）ごとし、ごとく、ごとき

如…一般（的）、同…一樣（的）

意思1 【比喻】{名詞の；動詞辭書形；動詞た形}＋（が）如し、如く、如き。好像、宛如之意，表示事實雖然不是這樣，如果打個比方的話，看上去是這樣的，「ごとし」是「ようだ」的古語。中文意思是：「如…一般（的）、同…一樣（的）」。

例 文 病室の母の寝顔は、微笑むがごとく穏やかなものだった。

當時躺在病房裡的母親睡顏，彷彿面帶微笑一般，十分安詳。

注意1 〖格言〗出現於中國格言中。

例 文 過ぎたるは猶及ばざるが如し。

過猶不及。

注意2 〖Nごとき（に）〗{名詞}＋如き（に）。「ごとき（に）」前接名詞如果是別人時，表示輕視、否定的意思，相當於「なんか（に）」；如果是自己「私」時，則表示謙虛。

例文 この俺様が、お前ごときに負けるものか。
本大爺豈有敗在你手下的道理！

注意3 〖位置〗「ごとし」只放在句尾；「ごとく」放在句中；「ごとき」可以用「ごとき＋名詞」的形式，形容「宛如…的…」。

比較 **らしい**
好像…、似乎…

接續 {名詞；形容動詞詞幹；[形容詞・動詞] 普通形} ＋らしい

説明 「ごとし」表示比喻，強調「說明某狀態」的概念。表示事實雖然不是這樣，如果打個比方的話，看上去是這樣的。「らしい」表示據所見推測，強調「觀察某狀況」的概念。表示從眼前可觀察的事物等狀況，來進行判斷；也表示樣子，表示充分反應出該事物的特徵或性質的意思。「有…風度」之意。

例文 王さんがせきをしている。風邪を引いているらしい。
王先生在咳嗽。他好像是感冒了。

009

んばかり（だ／に／の）
簡直是…、幾乎要…（的）、差點就…（的）

接續 {動詞否定形（去ない）}＋んばかり（に／だ／の）

意思1 【比喻】表示事物幾乎要達到某狀態，或已經進入某狀態了。前接形容事物幾乎要到達的狀態、程度，含有程度很高、情況很嚴重的語意。「んばかりに」放句中。中文意思是：「簡直是…、幾乎要…（的）、差點就…（的）」。

例文 彼は、あと1週間だけ待ってくれ、と泣き出さんばかりに訴えた。
那時他幾乎快哭出來似地央求我再給他一個星期的時間。

注意1 〖句尾－んばかりだ〗「んばかりだ」放句尾。

空港は、彼女を一目見ようと押し寄せたファンで溢れんばかりだった。

機場湧入了只為見她一面的大批粉絲。

〖句中－んばかりの〗「んばかりの」放句中，後接名詞。口語少用，屬於書面用語。

王選手がホームランを打つと、球場は割れんばかりの拍手に包まれた。

王姓運動員揮出一支全壘打，球場立刻響起了熱烈的掌聲。

(か)とおもいきや

原以為…、誰知道…

{[名詞・形容詞・形容動詞・動詞]普通形；引用的句子或詞句} ＋(か)と思いきや

「んばかり」表示比喻，強調「幾乎要達到的程度」的概念。表示事物幾乎要達到某狀態，或已經進入某狀態了。書面用語。「かとおもいきや」表示預料外，強調「結果跟預料不同」的概念。表示按照一般情況推測，應該是前項的結果，但是卻出乎意料地出現了後項相反的結果。含有說話人感到驚訝的語感。用在輕快的口語中。

素足かと思いきや、ストッキングを履いていた。

原本以為她打赤腳，沒想到是穿著絲襪。

をもって

(1)至…為止；(2)以此…、用以…

{名詞} ＋をもって

【界線】表示限度或界線，接在「これ、以上、本日、今回」之後，用來宣布一直持續的事物，到那一期限結束了，常見於會議、演講等場合或正式的文件上。中文意思是：「至…為止」。

以上をもって本日の講演を終わります。

以上，今天的演講到此結束。

〖禮貌－をもちまして〗較禮貌的說法用「をもちまして」的形式。

（例 文）これをもちまして、第40回卒業式を終了致します。
第四十屆畢業典禮到此結束。禮成。

（意思2）【手段】表示行為的手段、方法、材料、中介物、根據、仲介、原因等，用這個做某事之意。一般不用來表示具體的道具。中文意思是:「以此…、用以…」。

（例 文）本日の面接の結果は、後日書面をもってお知らせします。
今日面談的結果將於日後以書面通知。

（比 較）**とともに**
和…一起

（接 續）{名詞；動詞辭書形}＋とともに

（說 明）「をもって」表示手段，表示在前項的手段下進行後項。前接名詞。「とともに」表示並列，表示前項跟後項一起進行某行為。前面也接名詞。

（例 文）バレンタインデーは彼女とともに過ごしたい。
情人節那天我想和女朋友一起度過。

011   Track N1-062

をもってすれば、をもってしても

(1)即使以…也…；(2)只要用…

（接 續）{名詞}＋をもってすれば、をもってしても

（意思1）【讓步】「をもってしても」後為逆接，從「限度和界限」成為「即使以…也…」的意思，後接否定，強調使用的手段或人選。含有「這都沒辦法順利進行了，還能有什麼別的方法呢」之意。中文意思是：「即使以…也…」。

（例 文）最新の医学をもってしても、原因が不明の難病は少なくない。
即使擁有最先進的醫學技術，找不出病因的難治之症依然不在少數。

（意思2）【手段】原本「をもって」表示行為的手段、工具或方法、原因和理由，亦或是限度和界限等意思。「をもってすれば」後為順接，從「行為的手段、工具或方法」衍生為「只要用…」的意思。中文意思是：「只要用…」。

現代の科学技術をもってすれば、生命誕生の神秘に迫ることも夢
ではない。
只要透過現代的科學技術，探究出生命誕生的奧秘將不再是夢。

比 較 **からといって**
（不能）僅因…就…、即使…，也不能…

接 續 {[名詞・形容動詞詞幹]だ；[形容詞・動詞]普通形}＋からといって

說 明 「をもってすれば」表示手段，強調「只要是（有／用）…的話就…」，
屬於順接。前接行為的手段、工具或方法，表示只要用前項，後項就有
機會成立，常接正面積極的句子。「からといって」表示原因，強調「不
能僅因為…就…」的概念。屬於逆接。表示不能僅僅因為前面這一點理
由，就做後面的動作，後面常接否定的說法。

例 文 勉強ができるからといって偉いわけではありません。
即使會讀書，不代表就很了不起。

限定、無限度、極限

限定、無限度、極限

001　　　　　　　　　　　　　　　　　　　　　　　　　　Track N1-063

をおいて（～ない）

(1)以…為優先；(2)除了…之外（沒有）

接續　{名詞}＋をおいて（～ない）

意思1　【優先】用「何をおいても」表示比任何事情都要優先。中文意思是：「以…為優先」。

例文　あなたにもしものことがあったら、私は何をおいても駆けつけますよ。
要是你有個萬一，我會放下一切立刻趕過去的！

意思2　【限定】限定除了前項之外，沒有能替代的，這是唯一的，也就是在某範圍內，這是最積極的選項。多用於給予很高評價的場合。中文意思是：「除了…之外（沒有）」。

例文　これほど精巧な仕掛けが作れるのは、あの男をおいてない。
能夠做出如此精巧的機關，除了那個男人別無他人。

比較　**をもって**
至…為止

接續　{名詞}＋をもって

「をおいて」表示限定，強調「除了某事物，沒有合適的」之概念。表示從某範圍中，挑選出第一優先的選項，說明這是唯一的，沒有其他能替代的。多用於高度評價的場合。「をもって」表示界線，強調「以某時間點為期限」之概念。接在「以上、本日、今回」之後，用來宣布一直持續的事物，到那一期限結束了。

（例 文） 以上をもって、わたくしの挨拶とさせていただきます。

以上是我個人的致詞。

　　　　　　　　　　　　　　　　　　　　　　Track N1-064

をかぎりに

(1)盡量；(2)從…起…、從…之後就不（沒）…、以…為分界

（接 續） {名詞} ＋を限りに

（意思1） 【限度】表示達到極限，也就是在達到某個限度之前做某事。中文意思是：「盡量」。

（例 文） 彼らは、波間に見えた船に向かって、声を限りに叫んだ。

他們朝著那艘在海浪間忽隱忽現的船隻聲嘶力竭地大叫。

（意思2） 【限定】前接某時間點，表示在此之前一直持續的事，從此以後不再繼續下去。多含有從說話的時候開始算起，結束某行為之意。表示結束的詞常有「やめる、別れる、引退する」等。正、負面的評價皆可使用。中文意思是：「從…起…、從…之後就不（沒）…、以…為分界」。

（例 文） 今日を限りに禁煙します。

我從今天起戒菸。

（比 較） **をかわきりに（して）、をかわきりとして**

以…為開端開始…、從…開始

（接 續） {名詞} ＋を皮切りに（して）、を皮切りとして

（說 明） 「をかぎりに」表示限定，強調「結尾」的概念。前接以某時間點、某契機，做為結束後項的分界點，後接從今以後不再持續的事物。正負面評價皆可使用。「をかわきりに」表示起點，強調「起點」的概念，以前接的時間點為開端，發展後面一連串同類的狀態或興盛發展的事物。後面常接「地點＋を回る」。

例 文 沖縄を皮切りに、各地が梅雨入りしている。

從沖繩開始，各地陸續進入梅雨季。

ただ～のみ

只有…才…、只…、唯…、僅僅、是

接　續　ただ＋ {名詞（である）；形容詞辭書形；形容動詞詞幹である；動詞辭書形} ＋
のみ

意思1　**【限定】**表示限定除此之外，沒有其他。「ただ」跟後面的「のみ」相呼
應，有加強語氣的作用，強調「沒有其他」集中一點的狀態。「のみ」是
嚴格地限定範圍、程度，是規定性的、具體的。「のみ」是書面用語，意
思跟「だけ」相同。中文意思是：「只有…才…、只…、唯…、僅僅、是」。

例　文　彼女を動かしているのは、ただ医者としての責任感のみだ。

是醫師的使命感驅使她，才一直堅守在這個崗位上。

比　較　**ならでは（の）**

正因為…才有（的）、只有…才有（的）

接　續　{名詞} ＋ならでは（の）

說　明　「ただ～のみ」表示限定，強調「限定具體範圍」的概念。表示除此範
圍之外，都不列入考量。正、負面的內容都可以接。「ならではの」也
表限定，但強調「只有某獨特才能等才能做得到」的概念。表示對「な
らではの」前面的某人事物的讚嘆，正因為是這人事物才會這麼好。多
表示積極的含意。

例　文　この作品は若い監督ならではの、瑞々しい感性が評価された。

這部作品正是因為具備年輕導演才能詮釋的清新感，而備受好評。

ならでは（の）

正因為…才有（的）、只有…才有（的）；若不是…是不…（的）

接續 {名詞}＋ならでは（の）

意思1 【限定】表示對「ならでは（の）」前面的某人事物的讚嘆，含有如果不是前項，就沒有後項，正因為是這人事物才會這麼好。是一種高度評價的表現方式，所以在商店的廣告詞上，有時可以看到。置於句尾的「ならではだ」，表示肯定之意。中文意思是：「正因為…才有（的）、只有…才有（的）」。

例 文 この店のケーキのおいしさは手作りならではだ。
這家店的蛋糕如此美妙的滋味只有手工烘焙才做得出來。

注 意 〔ならでは〜ない〕「ならでは〜ない」的形式，強調「如果不是…則是不可能的」的意思。中文意思是：「若不是…是不…（的）」。

例 文 街中を大勢のマスクをした人が行き交うのは、東京ならでは見られない光景だ。
街上有非常多戴著口罩的人來來往往，這是在東京才能看見的景象。

比 較 ## ながら（に／の）

保持…的狀態

接續 {名詞；動詞ます形}＋ながら（に／の）

說 明 「ならではの」表示限定，強調「只有…才有的」的概念。表示感慨正因為前項這一唯一條件，才會有後項這高評價的內容。是一種高度的評價。「の」是代替「できない、見られない」等動詞的。「ながらの」表示樣態，強調「保持原有的狀態」的概念。表示原來的樣子原封不動，沒有發生變化的持續狀態。是一種固定的表達方式。「の」後面要接名詞。

例 文 ここでは、昔ながらの製法で、みそを作っている。
在這裡，我們是用傳統以來的製造方式來做味噌的。

にとどまらず（〜も）
不僅…還…、不限於…、不僅僅…

（接　續）{名詞（である）；動詞辭書形}＋にとどまらず（〜も）

（意思1）**【非限定】**表示不僅限於前面的範圍，更有後面廣大的範圍。前接一窄狹的範圍，後接一廣大的範圍。有時候「にとどまらず」前面會接格助詞「だけ、のみ」來表示強調，後面也常和「も、まで、さえ」等相呼應。中文意思是：「不僅…還…、不限於…、不僅僅…」。

（例　文）大気汚染による健康被害は国内にとどまらず、近隣諸国にも広がっているそうだ。

據說空氣汙染導致的健康危害不僅僅是國內受害，還殃及臨近各國。

（比　較）**はおろか**
不用說…、就連…

（接　續）{名詞}＋はおろか

（說　明）「にとどまらず」表示非限定，強調「後項範圍進一步擴大」的概念。表示某事已超過了前接的某一窄狹範圍，事情已經涉及到後接的這一廣大範圍了。後面和「も、まで、さえ」相呼應。「はおろか」表示附加，強調「後項程度更高」的概念。表示前項的一般情況沒有說明的必要，以此來強調後項較極端的事態也不例外。含有說話人吃驚、不滿的情緒，是一種負面評價。後面多接否定詞。

（例　文）後悔はおろか、反省もしていない。

別說是後悔了，就連反省都沒有。

にかぎったことではない
不僅僅…、不光是…、不只有…

（接　續）{名詞}＋に限ったことではない

（意思1）**【非限定】**表示事物、問題、狀態並不是只有前項這樣，其他場合也同樣的問題等。經常用於表示負面的情況。中文意思是：「不僅僅…、不光是…、不只有…」。

あの家から怒鳴り声が聞こえてくるのは今日に限ったことじゃな
いんです。

今天並非第一次聽見那戶人家傳出的怒斥聲。

比 較 **にかぎらず**

不只…

接 續 ｛名詞｝＋に限らず

說 明 「にかぎったことではない」表示非限定，表示不僅限於前項，還有範
圍不受限定的後項。「にかぎらず」也表非限定，表示不僅止是前項，
還有範圍更廣的後項。

例 文 この店は、週末に限らずいつも混んでいます。

這家店不分週末或平日，總是客滿。

ただ〜のみならず

不僅…而且、不只是…也

接 續 ただ＋｛名詞（である）；形容詞辭書形；形容動詞詞幹である；動詞辭書形｝＋
のみならず

意思1 【非限定】表示不僅只前項這樣，後接的涉及範圍還要更大、還要更
廣，前項和後項的內容大多是互相對照、類似或並立的。後常和「も」
相呼應，比「のみならず」語氣更強。是書面用語。中文意思是：「不
僅…而且、不只是…也」。

例 文 男はただ酔って騒いだのみならず、店員を殴って逃走した。

那個男人非但酒後鬧事，還在毆打店員之後逃離現場了。

比 較 **はいうにおよばず、はいうまでもなく**

不用說…（連）也、不必說…就連…

接 續 ｛名詞｝＋は言うに及ばず、は言うまでもなく；｛[名詞・形容動詞詞幹]な；
[形容詞・動詞]普通形｝＋は言うに及ばず、のは言うまでもなく

「ただ〜のみならず」表示非限定，強調「非限定具體範圍」的概念。表示不僅只是前項，還涉及範圍還更大，前項和後項一般是類似或互為對照、並立的內容。後面常和「も」相呼應。是書面用語。「はいうまでもなく」表示不必要，強調「沒有說明前項的必要」的概念。表示前項很明顯沒有說明的必要，後項較極端的事例也不例外。是一種遞進、累加的表現。常和「も、さえも、まで」等相呼應。

例文 社長は言うに及ばず、重役も皆、金もうけのことしか考えていない。

社長就不用說了，包括所有的董事，腦子裡也只想著賺錢這一件事。

---

008   Track N1-070

たらきりがない、ときりがない、ばきりがない、てもきりがない

沒完沒了

接續 {動詞た形}＋たらきりがない；{動詞て形}＋てもきりがない；{動詞辭書形}＋ときりがない；{動詞假定形}＋ばきりがない

意思1 【無限度】前接動詞，表示是如果做前項的動作，會永無止盡，沒有限度、沒有結束的時候。中文意思是：「沒完沒了」。

例文 細かいことを言うときりがないから、全員1万円ずつにしよう。

逐一分項計價實在太麻煩了，乾脆每個人都算一萬圓吧！

比較 **にあって（は／も）**

在…之下、處於…情況下

接續 {名詞}＋にあって（は／も）

說明 「たらきりがない」表示無限度，前接動詞，表示如果觸及了前項的動作，會永無止境、沒有限度、沒有終結。「にあっては」表示時點，前接時間、地點及狀況等詞，表示處於前面這一特別的事態、狀況之中，所以有後面的事情。這時是順接。屬於主觀的說法。

例文 この上ない緊張状態にあって、手足が小刻みに震えている。

在這前所未有的緊張感之下，手腳不停地顫抖。

かぎりだ

(1)只限…、以…為限；(2)真是太…、…得不能再…了、極其…

（接　續） {名詞；形容詞辭書形；形容動詞詞幹な}＋限りだ

（意思1） 【限定】如果前接名詞時，則表示限定，這時大多接日期、數量相關詞。中文意思是：「只限…、以…為限」。

（例　文） 父は今年限りで定年退職です。
家父將於今年屆齡退休。

（意思2） 【極限】表示喜怒哀樂等感情的極限。這是說話人自己在當時，有一種非常強烈的感覺，這個感覺別人是不能從外表客觀地看到的。由於是表達說話人的心理狀態，一般不用在第三人稱的句子裡。中文意思是：「真是太…、…得不能再…了、極其…」。

（例　文） この公園を潰して、マンションを建てるそうだ。残念な限りだ。
據說這座公園將被夷為平地，於原址建起一棟大廈。實在太令人遺憾了。

（比　較） **のいたり（だ）**

真是…到了極點、真是…、極其…、無比…

（接　續） {名詞}＋の至り（だ）

（說　明） 「かぎりだ」表示極限，表示說話人喜怒哀樂等心理感情的極限。用在表達說話人心情的，不用在第三人稱上。前面可以接名詞、形容詞及形容動詞，常接「うれしい、羨ましい、残念な」等詞。「のいたりだ」也表極限，表示說話人要表達一種程度到了極限的強烈感情。前面接名詞，常接「光栄、感激、赤面」等詞。

（例　文） 創刊50周年を迎えることができ、慶賀の至りです。
能夠迎接創刊五十週年，真是值得慶祝。

きわまる
極其…、非常…、…極了

意思1　【極限】{形容動詞詞幹}＋きわまる。形容某事物達到了極限，再也沒有比這個更為極致了。這是說話人帶有個人感情色彩的說法。是書面用語。中文意思是：「極其…、非常…、…極了」。

例文　部長の女性社員に対する態度は失礼極まる。
經理對待女性職員的態度極度無禮。

注意1　〖N（が）きわまって〗{名詞（が）}＋きわまって。前接名詞。

例文　多忙が極まって、体を壊した。
由於忙得不可開交，結果弄壞了身體。

注意2　〖前接負面意義〗常接「勝手、大胆、失礼、危険、残念、贅沢、卑劣、不愉快」等，表示負面意義的形容動詞詞幹之後。

比較　**ならでは（の）**
正因為…才有（的）、只有…才有（的）

接續　{名詞}＋ならでは（の）

說明　「きわまる」表示極限，形容某事物達到了極限，再也沒有比這個程度還要高了。帶有說話人個人主觀的感情色彩。是古老的表達方式。「ならではの」表示限定，表示對「ならではの」前面的某人事物的讚嘆，正因為是這人事物才會這麼好。是一種高度評價的表現方式，所以在公司或商店的廣告詞上，常可以看到。

例文　お正月ならではの雰囲気が漂っている。
到處充滿一股過年特有的氣氛。

きわまりない
極其…、非常…

接續　{形容詞辭書形こと；形容動詞詞幹（なこと）}＋きわまりない

意思1 【極限】「きわまりない」是「きわまる」的否定形，雖然是否定形，但沒有否定意味，意思跟「きわまる」一樣。「きわまりない」是形容某事物達到了極限，再也沒有比這個更為極致了，這是說話人帶有個人感情色彩的說法，跟「きわまる」一樣。中文意思是：「極其…、非常…」。

例文 いきなり電話を切られ、不愉快極まりなかった。
冷不防被掛了電話，令人不悅到了極點。

注意 〖前接負面意義〗前面常接「残念、残酷、失礼、不愉快、不親切、不可解、非常識」等負面意義的漢語。另外，「きわまりない」還可以接在「形容詞、形容動詞＋こと」的後面。

比較 **のきわみ（だ）**
真是…極了、十分地…、極其…

接續 ｛名詞｝＋の極み（だ）

說明 「きわまりない」表示極限，強調「前項程度達到極限」的概念。形容某事物達到了極限，再也沒有比這個更為極致了。「Ａきわまりない」表示非常的Ａ，強調Ａ的表現。這是說話人帶有個人感情色彩的說法。「のきわみ」也表極限，強調「前項程度高到極點」的概念。「Ａのきわみ」表示Ａ的程度高到極點，再沒有比Ａ更高的了。

例文 大の大人がこんなこともできないなんて、無能の極みだ。
堂堂的一個大人連這種事都做不好，真是太沒用了。

にいたるまで
…至…、直到…

接續 ｛名詞｝＋に至るまで

意思1 【極限】表示事物的範圍已經達到了極端程度，對象範圍涉及很廣。由於強調的是上限，所以接在表示極端之意的詞後面。前面常和「から」相呼應使用，表示從這裡到那裡，此範圍都是如此的意思。中文意思是：「…至…、直到…」。

例文 うちの会社では毎朝、若手社員から社長に至るまで全員でラジオ体操をします。

我們公司每天早上從新進職員到社長全員都要做國民健身操（廣播體操）。

比較 **から～にかけて**

從…到…

接續 {名詞}＋から＋{名詞}＋にかけて

說明 「にいたるまで」表示極限，強調「事物已到某極端程度」的概念。前接從理所當然，到每個細節的事物，後接全部概括毫不例外。除了地點之外，還可以接人事物。常與「から」相呼應。「から～にかけて」表示範圍，強調「籠統地跨越兩個領域」的概念。籠統地表示，跨越兩個領域的時間或空間。不接時間或是空間以外的詞。

例文 この辺りからあの辺りにかけて、畑が多いです。

這頭到那頭，有很多田地。

のきわみ（だ）

真是…極了、十分地…、極其…

接續 {名詞}＋の極み（だ）

意思1 【極限】形容事物達到了極高的程度。強調這程度已經超越一般，到達頂點了。大多用來表達說話人激動時的那種心情。前面可接正面或負面、或是感情以外的詞。前接情緒的詞表示感情激動，接名詞則表示程度極致。「感激の極み（感激萬分）、痛恨の極み（極為遺憾）」是常用的形式。中文意思是：「真是…極了、十分地…、極其…」。

例文 このレストランのコース料理は贅沢のきわみと言えよう。

這家餐廳的套餐可說是極盡豪華之能事。

比較 **ことだ**

就得…、應當…、最好…

接續 {動詞辭書形；動詞否定形}＋ことだ

「のきわみだ」表示極限，強調「事物達到極高程度」的概念。形容事物達到了極高的程度。強調這程度已到達頂點了。大多用來表達說話人激動時的那種心情。前面可接正面或負面的詞。「ことだ」表示忠告，強調「某行為是正確的」之概念。表示一種間接的忠告或命令。說話人忠告對方，某行為是正確的或應當的，或某情況下將更加理想。口語中多用在上司、長輩對部屬、晚輩。

例 文　文句があるなら、はっきり言うことだ。

如果有什麼不滿，最好要說清楚。

MEMO

8 列挙、反復、数量

列舉、反覆、數量

001

だの〜だの

又是…又是…、一下…一下…、…啦…啦

接續　{[名詞・形容動詞詞幹]（だった）; [形容詞・動詞]普通形} ＋だの＋ {[名詞・形容動詞詞幹]（だった）; [形容詞・動詞]普通形} ＋だの

意思1　【列舉】列舉用法，在眾多事物中選出幾個具有代表性的。多半帶有負面的語氣，常用在抱怨事物總是那麼囉唆嘮叨的叫人討厭。是口語用法。中文意思是：「又是…又是…、一下…一下…、…啦…啦」。

例文　郊外に家を買いたいが、交通が不便だの、買い物に不自由だの、妻は文句ばかり言う。

雖然想在郊區買了房子，可是太太抱怨連連，說是交通不便啦、買東西也不方便什麼的。

比較　**なり〜なり**

或是…或是…、…也好…也好

接續　{名詞; 動詞辭書形} ＋なり＋ {名詞; 動詞辭書形} ＋なり

說明　「だの〜だの」表示列舉，表示在眾多事物中選出幾個具有代表性的，一般帶有抱怨、負面的語氣。「なり〜なり」也表列舉，表示從列舉的同類或相反的事物中，選其中一個。暗示列舉之外，還有其他更好的選擇。後項大多是命令、建議等句子。一般不用在過去的事物。

例文　うちの会社も、東京から千葉なり神奈川なりに移転しよう。

我們公司不如也從東京搬到千葉或神奈川吧？

であれ～であれ

即使是…也…、無論…都、也…也…、無論是…或是…、不管是…還是…、
也好…也好…、也是…也是…

接續　{名詞}＋であれ＋{名詞}＋であれ

意思 1　【列舉】表示不管哪一種人事物，後項都可以成立。先舉出幾個例子，
再指出這些全部都適用之意。列舉的內容大多是互相對照、並立或類似
的。中文意思是：「即使是…也…、無論…都、也…也…、無論是…或
是…、不管是…還是…、也好…也好…、也是…也是…」。

例文　男であれ女であれ、働く以上、責任が伴うのは同じだ。

　　　不管是男人也好、女人也好，既然接下工作，就必須同樣肩負起責任。

比較　にしても～にしても

無論是…還是…

接續　{名詞；動詞普通形}＋にしても＋{名詞；動詞普通形}＋にしても

說明　「であれ～であれ」表示列舉，舉出對照、並立或類似的例子，表示所
有都適用的意思。後項是說話人主觀的判斷。「にしても～にしても」
也表列舉，「ＡであれＢであれ」句型中，Ａ跟Ｂ都要用名詞。但如果
是動詞，就要用「にしても～にしても」，這一句型舉出相對立或相反
的兩項事物，表示無論哪種場合都適用，或兩項事物無一例外之意。

例文　勝つにしても負けるにしても、自分のすべてを出し切って戦いたい。

　　　不管是輸還是贏，都要將全身所有的本領使出來，全力迎戰。

といい～といい

不論…還是、…也好…也好

接續　{名詞}＋といい＋{名詞}＋といい

意思 1　【列舉】表示列舉。為了做為例子而並列舉出具有代表性，且有強調作
用的兩項，後項是對此做出的評價。含有不只是所舉的這兩個例子，還
有其他也如此之意。用在批評和評價的場合，帶有吃驚、灰心、欽佩等
語氣。與全體為焦點的「といわず～といわず（不論是…還是）」相比，

「といい～といい」的焦點聚集在所舉的兩個事物上。中文意思是：「不論…還是、、…也好…也好」。

例文 このワインは滑らかな舌触りといい、フルーツのような香りといい、女性に人気です。

這支紅酒從口感順喉乃至於散發果香，都是受到女性喜愛的特色。

比較 **だの～だの**

又是…又是…、一下…一下…、、…啦…啦

接續 {[名詞・形容動詞詞幹]（だった）；[形容詞・動詞]普通形}＋だの＋{[名詞・形容動詞詞幹]（だった）；[形容詞・動詞]普通形}＋だの

說明 「といい～といい」表示列舉，舉出同一事物的兩個不同側面，表示都很出色，後項是對此做出總體積極評價。帶有欽佩等語氣。「だの～だの」也表列舉，表示單純的列舉，是對具體事項一個個的列舉。內容多為負面的。

例文 毎年年末は、大掃除だのお歳暮選びだので忙しい。

每年年尾又是大掃除又是挑選年終禮品，十分忙碌。

というか～というか

該說是…還是…

接續 {名詞；形容詞辭書形；形容動詞詞幹}＋というか＋{名詞；形容詞辭書形；形容動詞詞幹}＋というか

意思1 【列舉】用在敘述人事物時，說話者想到什麼就說什麼，並非用一個詞彙去形容或表達，而是列舉一些印象、感想、判斷，變換各種說法來說明。後項大多是總結性的評價。更隨便一點的說法是「っていうか～っていうか」。中文意思是：「該說是…還是…」。

例文 船の旅は豪華というか贅沢というか、夢のような時間でした。

那趟輪船之旅該形容是豪華還是奢侈呢，總之是如作夢一般的美好時光。

といい～といい

不論…還是、…也好…也好

接　續　{名詞}＋といい＋{名詞}＋といい

說　明　「というか～というか」表示列舉，表示舉出來的兩個方面都有，或難以分辨是哪一方面，後項多是總結性的判斷。帶有說話人的感受或印象語氣。可以接名詞、形容詞跟動詞。「といい～といい」也表列舉，表示舉出同一對象的兩個不同的側面，後項是對此做出評價。只能接名詞。

例　文　ドラマといい、ニュースといい、テレビは少しも面白くない。

不論是連續劇，還是新聞，電視節目一點都不覺得有趣。

といった

…等的…、…這樣的…

接　續　{名詞}＋といった＋{名詞}

意思1　【列舉】表示列舉。舉出兩項以上具體且相似的事物，表示所列舉的這些不是全部，還有其他。前接列舉的兩個以上的例子，後接總括前面的名詞。中文意思是：「…等的…、…這樣的…」。

例　文　ここでは象やライオンといったアフリカの動物たちを見ることができる。

在這裡可以看到包括大象和獅子之類的非洲動物。

比　較　**といって～ない、といった～ない**

沒有特別的…、沒有值得一提的…

接　續　{これ；疑問詞}＋といって～ない；{これ；疑問詞}＋といった＋{名詞}～ない

說　明　「といった」表示列舉，前接兩個相同類型的事例，表示所列舉的兩個事例都屬於這範圍，暗示還有其他一樣的例子。「といって～ない」表示強調輕重，前接「これ」或疑問詞「なに、どこ」等，後面接否定，表示沒有特別值得一提的東西之意。

例文 私には特にこれといった趣味はありません。

我沒有任何嗜好。

006 Track N1-081

といわず～といわず

無論是…還是…、…也好…也好…

接續 {名詞}＋といわず＋{名詞}＋といわず

意思1 【列舉】表示所舉的兩個相關或相對的事例都不例外，都沒有差別。也就是「といわず」前所舉的兩個事例，都不例外會是後項的情況，強調不僅是例舉的事例，而是「全部都…」的概念。後項大多是客觀存在的事實。中文意思是：「無論是…還是…、…也好…也好…」。

例文 久しぶりに運動したせいか、腕といわず脚といわず体中痛い。

大概是太久沒有運動了，不管是手臂也好還是腿腳也好，全身上下沒有一處不痠痛的。

比較 **といい～といい**

不論…還是、…也好…也好

接續 {名詞}＋といい＋{名詞}＋といい

說明 「といわず～といわず」表示列舉，列舉具代表性的兩個事物，表示「全部都…」的狀態。隱含不僅只所舉的，其他幾乎全部都是。「といい～といい」也表列舉，表示前項跟後項是從全體來看的一個側面「都很出色」。表示列舉的兩個事例都不例外，後項是對此做出評價。

例文 お父さんといい、お母さんといい、ちっとも私の気持ちを分かってくれない。

爸爸也好、媽媽也好，根本完全不懂我的心情。

007 Track N1-082

なり～なり

或是…或是…、…也好…也好

接續 {名詞；動詞辭書形}＋なり＋{名詞；動詞辭書形}＋なり

意思1 【列舉】表示從列舉的同類、並列或相反的事物中，選擇其中一個。暗示在列舉之外，還可以其他更好的選擇，含有「你喜歡怎樣就怎樣」的語氣。後項大多是表示命令、建議等句子。一般不用在過去的事物。由於語氣較為隨便，不用在對長輩跟上司。中文意思是：「或是…或是…、…也好…也好」。

例文 ロンドンなりニューヨークなり、英語圏の専門学校を探しています。
我正在尋找如倫敦或紐約等慣用英語的城市中，適合就讀的專科學校。

注意 〖大なり小なり〗「大なり小なり（或多或少）」不可以說成「小なり大なり」。

例文 人は人生の中で、大なり小なりピンチに立たされることがある。
人在一生中，或多或少都可能身陷於危急局面中。

比較 うと〜まいと
做…不做…都…、不管…不

接續 {動詞意向形}＋うと＋{動詞辭書形；動詞否定形（去ない）}＋まいと

說明 「なり〜なり」表示列舉，強調「舉出中的任何一個都可以」的概念。表示從列舉的互為對照、並列或同類等，可以想得出的事物中，選擇其中一個。後項常接命令、建議或希望的句子。不用在過去的事物上。說法隨便。「うと〜まいと」表示無關，強調「不管前項如何，後項都會成立」的概念。表示逆接假定條件。表示無論前面的情況是不是這樣，後面都是會成立的，是不會受前面約束的。

例文 売れようと売れまいと、いいものを作りたい。
不論賣況好不好，我就是想做好東西。

つ〜つ

（表動作交替進行）一邊…一邊…、時而…時而…

接續 {動詞ます形}＋つ＋{動詞ます形}＋つ

意思1 【反覆】表示同一主體，在進行前項動作時，交替進行後項對等的動作。用同一動詞的主動態跟被動態，如「抜く、抜かれる」這種重複的形式，表示兩方相互之間的動作。中文意思是：「（表動作交替進行）一邊…一邊…、時而…時而…」。

（例 文）お互い小さな会社ですから、持ちつ持たれつで協力し合っていきましょう。

我們彼此都是小公司，往後就互相幫襯、同心協力吧。

（注 意）〖接兩對立動詞〗可以用「行く（去）、戻る（回來）」兩個意思對立的動詞，表示兩種動作的交替進行。書面用語。多作為慣用句來使用。

（例 文）買おうかどうしようか決めかねて、店の前を行きつ戻りつしている。

在店門前走過來又走過去的，遲遲無法決定到底該不該買下來。

（比 較）**なり〜なり**

或是…或是…、…也好…也好

（接 續）{名詞；動詞辭書形}＋なり＋{名詞；動詞辭書形}＋なり

（說 明）「つ〜つ」表示反覆，強調「動作交替」的概念。用同一動詞的主動態跟被動態，表示兩個動作在交替進行。書面用語。多作為慣用句來使用。「なり〜なり」表示列舉，強調「列舉事物」的概念。表示從列舉的同類或相反的事物中，選其中一個。暗示列舉之外，還有其他更好的選擇。後項大多是命令、建議等句子。一般不用在過去的事物。

（例 文）落ち着いたら、電話なり手紙なりちょうだいね。

等安頓好以後，記得要撥通電話還是捎封信來喔。

009　　　　　　　　　　　　　　　　　Track N1-084

からある、からする、からの

足有…之多…、值…、…以上、超過…

（接 續）{名詞（數量詞）}＋からある、からする、からの

（意思1）**【數量多】**前面接表示數量的詞，強調數量之多。含有「目測大概這麼多，說不定還更多」的意思。前接的數量，多半是超乎常理的。前面接的數字必須為尾數是零的整數，一般數量、重量、長度跟大小用「からある」，價錢用「からする」。中文意思是：「足有…之多…、值…、…以上、超過…」。

（例 文）彼のしている腕時計は200万円からするよ。

他戴的手錶價值高達兩百萬圓喔！

注 意 〖からのN〗後接名詞時，「からの」一般用在表示人數及費用時。

例 文 野外コンサートには1万人からの人々が押し寄せた。

戸外音樂會湧入了多達一萬名聽眾。

比 較 **だけのことはある、だけある**

到底沒白白…、值得…、不愧是…、也難怪…

接 續 {名詞；形容動詞詞幹な；[形容詞・動詞]普通形}＋だけのことはある、だけある

説 明 「からある」表示數量多，前面接表示數量的詞，而且是超於常理的數量，強調數量之多。「だけのことはある」表示符合期待，表示名實相符，前接與其相稱的身份、地位、經歷等，後項接正面評價的句子。強調名不虛傳。

例 文 簡単な曲だけど、私が弾くのと全然違う。プロだけのことはある。

雖然是簡單的曲子，但是由我彈起來卻完全不是同一回事。專家果然不同凡響！

9 付加、付帯

附加、附帶

001

と～（と）があいまって、が（は）～とあいまって

…加上…、與…相結合、與…相融合

(接続)　{名詞}＋と＋{名詞}＋(と)が相まって

(意思1)　【附加】表示某一事物，再加上前項這一特別的事物，產生了更加有力的效果或增強了某種傾向、特徵之意。書面用語，也用「が（は）～と相まって」的形式。此句型後項通常是好的結果。中文意思是：「…加上…、與…相結合、與…相融合」。

(例文)　この白いホテルは周囲の緑とあいまって、絵本の中のお城のように見える。
這棟白色的旅館在周圍的綠意掩映之下，宛如圖畫書中的一座城堡。

(比較)　**とともに**

隨著…

(接続)　{名詞；動詞辭書形}＋とともに

(説明)　「と～があいまって」表示附加，強調「兩個方面同時起作用」的概念。表示某事物，再加上前項這一特別的事物，產生了後項效果更加顯著的內容。前項是原因，後項是結果。「とともに」表示相關關係，強調「後項隨前項並行變化」的概念。前項發生變化，後項也隨著並行發生變化。

(例文)　電子メールの普及とともに、手紙を書く人は減ってきました。
隨著電子郵件的普及，寫信的人愈來愈少了。

はおろか

不用說…、就連…

（接 續）　{名詞}＋はおろか

（意思1）　【附加】後面多接否定詞。意思是別說程度較高的前項了，就連程度低的後項都沒有達到。表示前項的一般情況沒有說明的必要，以此來強調後項較極端的事例也不例外。中文意思是：「不用說…、就連…」。

（例 文）　意識が戻ったとき、事故のことはおろか、自分の名前すら憶えていなかった。
等到恢復了意識以後，別說事故當下的經過，他連自己的名字都想不起來了。

（注 意）　〔はおろか～も 等〕後項常用「も、さえ、すら、まで」等強調助詞。含有說話人吃驚、不滿的情緒，是一種負面評價。不能用來指使對方做某事，所以不接命令、禁止、要求、勸誘等句子。

（比 較）　**をとわず、はとわず**

無論…都…、不分…、不管…，都…

（接 續）　{名詞}＋を問わず、は問わず

（說 明）　「はおろか」表示附加，強調「後項程度更高」的概念。後面多接否定詞。表示不用說程度較輕的前項了，連程度較重的後項都這樣，沒有例外。常跟「も、さえ、すら」等相呼應。「をとわず」表示無關，強調「沒有把它當作問題」的概念。表示沒有把前接的詞當作問題、跟前接的詞沒有關係。多接在「男女、昼夜」這種正反意義詞的後面。

（例 文）　ワインは、洋食和食を問わず、よく合う。
無論是西餐或日式料理，葡萄酒都很適合。

ひとり～だけで（は）なく

不只是…、不單是…、不僅僅…

（接 續）　ひとり＋{名詞}＋だけで（は）なく

| 意思1 | 【附加】表示不只是前項，涉及的範圍更擴大到後項。後項內容是說話人所偏重、重視的。一般用在比較嚴肅的話題上。書面用語。口語用「ただ～だけでなく～」。中文意思是：「不只是…、不單是…、不僅僅…」。 |

| 例文 | 朝の清掃活動は、ひとり我が校だけでなく、この地区の全ての小学校に広めていきたい。 |

晨間清掃不僅僅是本校的活動，期盼能夠推廣至本地區的所有小學共同參與。

| 比較 | **にかぎらず** |

不只…

| 接續 | {名詞} ＋に限らず |

| 說明 | 「ひとり～だけでなく」表示附加，表示不只是前項的某事物、某範圍之內，涉及的範圍更擴大到後項。前後項的內容，可以是並立、類似或對照的。「にかぎらず」表示限定，表示不限於前項這某一範圍，後項也都適用。 |

| 例文 | 子供にかぎらず、大人でも虫歯の治療は嫌なものです。 |

不只是小孩，大人也很討厭蛀牙治療。

004

ひとり～のみならず～（も）

不單是…、不僅是…、不僅僅…

| 接續 | ひとり＋ {名詞} ＋のみならず～（も） |

| 意思1 | 【附加】比「ひとり～だけでなく」更文言的說法。表示不只是前項，涉及的範圍更擴大到後項。後項內容是說話人所偏重、重視的。一般用在比較嚴肅的話題上。書面用語。口語用「ただ～だけでなく～」。中文意思是：「不單是…、不僅是…、不僅僅…」。 |

| 例文 | 被災地の復興作業はひとり地元住民のみならず、多くのボランティアによって進められた。 |

不單是當地的居民，還有許多志工同心協力推展災區的重建工程。

| 比較 | **だけでなく～も** |

不只是…也…、不光是…也…

| 接續 | {名詞；形容動詞詞幹な；[形容詞・動詞]普通形} +だけでなく～も |

| 說明 | 「ひとり～のみならず～も」表示附加，表示不只是前項的某事物、某範圍之內，涉及的範圍更擴大到後項。後項內容是說話人所重視的。後句常跟「も、さえ、まで」相呼應。「だけでなく～も」也表附加，表示前項和後項兩者都是，或是兩者都要。後句常跟「も、だって」相呼應。 |

| 例文 | 頭がいいだけでなく、スポーツも得意だ。 |

不但頭腦聰明，也擅長運動。

もさることながら～も

不用說…、…（不）更是…

| 接續 | {名詞} +もさることながら～も |

| 意思1 | 【附加】前接基本的內容，後接強調的內容。含有雖然不能忽視前項，但是後項比之更進一步、更重要。一般用在積極的、正面的評價。跟直接、斷定的「よりも」相比，「もさることながら」比較間接、婉轉。中文意思是：「不用說…、…（不）更是…」。 |

| 例文 | このお寺は歴史的な建物もさることながら、庭園の計算された美しさも見る人の感動を誘う。 |

這座寺院不僅是具有歷史價值的建築，巧奪天工的庭園之美更令觀者為之動容。

| 比較 | **はさておき、はさておいて** |

暫且不說…、姑且不提…

| 接續 | {名詞} +はさておき、はさておいて |

| 說明 | 「もさることながら～も」表示附加，強調「前項雖不能忽視，但後項更為重要」的概念。含有雖然承認前項是好的，不容忽視的，但是後項比前項更為超出一般地突出。一般用在評價這件事是正面的事物。「はさておき」表示除外，強調「現在先不考慮前項，而先談論後項」的概念。 |

Track N1-090

例 文 　僕のことはさておいて、お前の方こそ彼女と最近どうなんだ。

先不說我的事了，你呢？最近和女朋友過得如何？

006

かたがた

順便…、兼…、一面…一面…、邊…邊…

接 續 　{名詞}＋かたがた

意思1 　**【附帶】**表示在進行前面主要動作時，兼做（順便做、附帶做）後面的動作。也就是做一個行為，有兩個目的。前接動作性名詞，後接移動性動詞。前後的主語要一樣。大多用於書面文章。中文意思是：「順便…、兼…、一面…一面…、邊…邊…」。

例 文 　先日のお礼かたがた、明日御社へご挨拶に伺います。

為感謝日前的關照，藉此機會明日將拜訪貴公司。

比 較 　**いっぽう（で）**

在…的同時，還…、一方面…、一方面…、另一方面…

接 續 　{動詞辭書形}＋一方（で）

說 明 　「かたがた」表示附帶，強調「趁著做前項主要動作時，也順便做了後項次要動作」的概念。也就是做一個行為，有兩個目的。前接動作性名詞，後接移動性動詞。前後句的主詞要一樣。「いっぽう」表示同時，強調「做前項的同時，後項也並行發生」的概念。後句多敘述可以互相補充做另一件事。前後句的主詞可不同。

例 文 　景気がよくなる一方で、人々のやる気も出てきている。

在景氣好轉的同時，人們也更有幹勁了。

007

Track N1-091

かたわら

(1)在…旁邊；(2)一方面…一方面、一邊…一邊…、同時還…

接 續 　{名詞の；動詞辭書形}＋かたわら

意思1 　**【身旁】**在身邊、身旁的意思。用於書面。中文意思是：「在…旁邊」。

例文 眠っている妹のかたわらで、彼は本を読み続けた。

他一直陪伴在睡著的妹妹身邊讀書。

意思2 【附帶】表示集中精力做前項主要活動、本職工作以外，在空餘時間之中還兼做（附帶做）別的活動、工作。前項為主，後項為輔，且前後項事情大多互不影響。跟「ながら」相比，「かたわら」通常用在持續時間較長的，以工作為例的話，就是在「副業」的概念事物上。中文意思是：「一方面…一方面、一邊…一邊…、同時還…」。

例文 彼は工場に勤めるかたわら、休日は奥さんの喫茶店を手伝っている。

他平日在工廠上班，假日還到太太開設的咖啡廳幫忙。

比較 **かたがた**

順便…、兼…、一面…一面…、邊…邊…

接續 {名詞}＋かたがた

說明 「かたわら」表示附帶，強調「本職跟副業關係」的概念。表示從事本職的同時，還做其他副業。前項為主，後項為輔，且前後項事情大多互不影響。用在持續時間「較長」的事物上。「かたがた」也表附帶，強調「趁著做前項主要動作時，也順便做了後項次要動作」的概念。前項為主，後項為次。用在持續時間「較短」的事物上。

例文 帰省かたがた、市役所に行って手続きをする。

返鄉的同時，順便去市公所辦手續。

がてら

順便、順道、在…同時、借…之便

接續 {名詞；動詞ます形}＋がてら

意思1 【附帶】表示在做前面的動作的同時，借機順便（附帶）也做了後面的動作。大都用在做後項，結果也可以完成前項的場合，也就是做一個行為，有兩個目的，後面多接「行く、歩く」等移動性相關動詞。中文意思是：「順便、順道、在…同時、借…之便」。

例文 駅まではバスで５分だが、運動がてら歩くことにしている。

搭巴士到電車站的車程只要五分鐘，不過我還是步行前往順便運動一下。

比較 ながら

一邊…一邊…

接續 {動詞ます形}＋ながら

說明 「がてら」表示附帶，強調同一主體「做前項的同時，順便也做了後項」的概念。一般多用在做前面的動作，其結果也可以完成後面動作的場合。前接動作性名詞，後面多接移動性相關動詞。「ながら」表示同時，強調同一主體「同時進行兩個動作」的概念，或者是「後項在前項的狀態下進行」。後項一般是主要的事情。

例文 トイレに入りながら新聞を読みます。

一邊上廁所一邊看報紙。

ことなしに、なしに

(1)不…而…；(2)不…就…、沒有…

接續 {動詞辭書形}＋ことなしに；{名詞}＋なしに

意思1 【必要條件】「ことなしに」表示沒有做前項的話，後面就沒辦法做到的意思，這時候，後多接有可能意味的否定表現，口語用「しないで～ない」。中文意思是：「不…而…」。

例文 誰も人の心を傷つけることなしに生きていくことはできない。

人生在世，誰都不敢說自己從來不曾讓任何人傷過心。

意思2 【非附帶】「なしに」接在表示動作的詞語後面，表示沒有做前項應該先做的事，就做後項，含有指責的語氣。意思跟「ないで、ず(に)」相近。書面用語，口語用「ないで」。中文意思是：「不…就…、沒有…」。

例文 何の相談もなしに、ただ辞めたいと言われても困るなあ。

事前連個商量都沒有，只說想要辭職，這讓公司如何因應才好呢？

比較 ないで

沒…就…

接續 {動詞否定形}＋ないで

說　明　「ことなしに」表示非附帶，強調「後項動作無前項動作伴隨」的概念。
接在表示動作的詞語後面，表示沒有做前項應該先做的事，就做後項。
「ないで」也表非附帶，強調「行為主體的伴隨狀態」的概念。表示在
沒有做前項的情況下，就做了後項的意思。書面語用「ずに」，不能用
「なくて」。這個句型要接動詞否定形。

例　文　財布を持たないで買い物に行きました。
沒帶錢包就去買東西了。

MEMO

10 無関係、関連、前後関係
無關、關連、前後關係

001　　　　　　　　　　　　　　　　　　　　　　　　　　Track N1-094

いかんにかかわらず
無論…都…

（接 續）　{名詞(の)}＋いかんにかかわらず

（意思1）　【無關】表示不管前面的理由、狀況如何，都跟後面的規定、決心或觀點沒有關係。也就是後面的行為，不受前面條件的限制，強調前項的內容，對後項的成立沒有影響。中文意思是：「無論…都…」。

（例 文）　経験のいかんにかかわらず、新規採用者には研修を受けて頂きます。
無論是否擁有相關資歷，新進職員均須參加研習課程。

（注 意）　〖いかん＋にかかわらず〗這是「いかん」跟不受前面的某方面限制的「にかかわらず(不管…)」，兩個句型的結合。

比 較　にかかわらず
無論…與否…、不管…都…、儘管…也…

（接 續）　{名詞；[形容詞・動詞]辭書形；[形容詞・動詞]否定形}＋にかかわらず

（說 明）　「いかんにかかわらず」表示無關，表示後項成立與否，都跟前項無關。「にかかわらず」也表無關，前接兩個表示對立的事物，或種類、程度差異的名詞，表示後項的成立，都跟前項這些無關，都不是問題，不受影響。

（例 文）　金額の多少にかかわらず、寄附は大歓迎です。
不論金額多寡，非常歡迎踴躍捐贈。

いかんによらず、によらず

不管…如何、無論…為何、不按…

(接 續) {名詞(の)}＋いかんによらず；{名詞}＋によらず

(意思1) 【無關】表示不管前面的理由、狀況如何，都跟後面的規定、決心或觀點沒有關係。也就是後面的行為，不受前面條件的限制，強調前項的內容，對後項的成立沒有影響。中文意思是：「不管…如何、無論…為何、不按…」。

(例 文) 理由_{りゆう}のいかんによらず、暴力_{ぼうりょく}は許_{ゆる}されない。

無論基於任何理由，暴力行為永遠是零容忍。

(注 意) 〖いかん＋によらず〗「如何によらず」是「いかん」跟不受某方面限制的「によらず（不管…）」，兩個句型的結合。

比 較	**をよそに**

不管…、無視…

(接 續) {名詞}＋をよそに

(說 明) 「いかんによらず」表示無關，表示不管前項如何，後項都可以成立。「をよそに」也表無關，表示無視前項的擔心、期待、反對等狀況，進行後項的行為。多含說話人責備的語氣。

(例 文) 周囲_{しゅうい}の喧騒_{けんそう}をよそに、彼_{かれ}は自分_{じぶん}の世界_{せかい}に浸_{ひた}っている。

他無視於周圍的喧嘩，沉溺在自己的世界裡。

うが、うと（も）

不管是…都…、即使…也…

(接 續) {[名詞・形容動詞]だろ／であろ；形容詞詞幹かろ；動詞意向形}＋うが、うと（も）

意思1 【無關】表示逆接假定。前常接疑問詞相呼應，表示不管前面的情況如何，後面的事情都不會改變，都沒有關係。後面是不受前面約束的，要接想完成的某事，或表示決心、要求、主張、推量、勸誘等的表達方式。中文意思是：「不管是…都…、即使…也…」。

例文 今どんなに辛かろうと、若いときの苦労はいつか必ず役に立つよ。
不管現在有多麼艱辛，年輕時吃過的苦頭必將對未來的人生有所裨益。

注意 〔評價〕後項大多接「関係ない、勝手だ、影響されない、自由だ、平気だ」等表示「隨你便、不干我事」的評價形式。

例文 あの人がどうなろうと、私には関係ありません。
不論那個人會發生什麼事，都和我沒有絲毫瓜葛。

比較 ものなら
如果能…的話

接續 {動詞可能形}＋ものなら

說明 「うと」表示無關，強調「後項不受前項約束而成立」的概念。表示逆接假定。用言前接疑問詞「なんと」，表示不管前面的情況如何，後面的事情都不會改變。後面是不受前面約束的，接表示決心的表達方式。「ものなら」表示假定條件，強調「可能情況的假定」的概念。提示一個實現可能性很小的事物，後面大多和表示願望或期待相呼應。

例文 南極かあ。行けるものなら、行ってみたいなあ。
南極喔……。如果能去的話，真想去一趟耶。

004 　　　　　　　　　　　　　　　　　　　Track N1-097

うが～うが、うと～うと
不管…、…也好…也好、無論是…還是…

接續 {[名詞・形容動詞]だろ／であろ；形容詞詞幹かろ；動詞意向形}＋うが、うと＋{[名詞・形容動詞]だろ／であろ；形容詞詞幹かろ；動詞意向形}＋うが、うと

意思1 【無關】舉出兩個或兩個以上相反的狀態、近似的事物，表示不管前項如何，後項都會成立，都沒有關係，或是後項都是勢在必行的。中文意思是：「不管…、…也好…也好、無論是…還是…」。

（例　文）ビールだろうがワインだろうが、お酒は一切ダメですよ。

啤酒也好、紅酒也好，所有酒類一律禁止飲用喔！

（比　較）**につけ～につけ**

不管…或是…

（接　續）{[名詞;形容詞・動詞]辭書形} ＋につけ＋ {[名詞;形容詞・動詞]辭書形} ＋につけ

（說　明）「うが～うが」表示無關，舉出兩個相對或相反的狀態、近似的事物，表示不管前項是什麼狀況，後項都會不受約束而成立。「につけ～につけ」也表無關，接在兩個具有對立或並列意義的詞語後面，表示無論在其中任何一種情況下，都會出現後項。使用範圍較小。

（例　文）テレビで見るにつけ、本で読むにつけ、宇宙に行きたいなあと思う。

不管是看到電視也好，或是讀到書裡的段落也好，總會讓我想上太空。

うが～まいが

不管是…不是…、不管…不…

（接　續）{動詞意向形} ＋うが＋ {動詞辭書形;動詞否定形 (去ない)} ＋まいが

（意思1）**【無關】**表示逆接假定條件。這句型利用了同一動詞的肯定跟否定的意向形，表示無論前面的情況是不是這樣，後面都是會成立的，是不會受前面約束的。中文意思是：「不管是…不是…、不管…不…」。

（例　文）君が納得しようがしまいが、これはこの学校の規則だからね。

無論你是否能夠認同，因為這就是這所學校的校規。

（注　意）〔冷言冷語〕表示對他人冷言冷語的說法。

（例　文）商品が売れようが売れまいが、アルバイトの私にはどうでもいいことだ。

不管商品是暢銷還是滯銷，我這個領鐘點費的一點都不關心。

（比　較）**かどうか**

是否…、…與否

（接續）{名詞；形容動詞詞幹；[形容詞・動詞]普通形}＋かどうか

（說明）「うが～まいが」表示無關，強調「不管前項如何，後項都會成立」的概念。表示逆接假定條件。前面接不會影響後面發展的事項，後接不受前句約束的內容。「かどうか」表示不確定，強調「從相反的兩種事物之中，選擇其一」的概念。「かどうか」前面接的是不知是否屬實的內容。

（例文）これでいいかどうか、教えてください。
請告訴我這樣是否可行。

うと～まいと
做…不做…都…、不管…不

（接續）{動詞意向形}＋うと＋{動詞辭書形；動詞否定形（去ない）}＋まいと

（意思1）【無關】跟「うが～まいが」一樣，表示逆接假定條件。這句型利用了同一動詞的肯定跟否定的意向形，表示無論前面的情況是不是這樣，後面都是會成立的，是不會受前面約束的。中文意思是：「做…不做…都…、不管…不」。

（例文）あなたの病気が治ろうと治るまいと、私は一生あなたのそばにいますよ。
不論你的病能不能痊癒，我都會一輩子陪在你身旁。

（注意）〖冷言冷語〗表示對他人冷言冷語的說法。

（例文）休日に出かけようと出かけまいと、私の勝手でしょう。
休息日要出門或者不出門，那是我的自由吧？

（比較）**にしても～にしても**
無論是…還是…

（接續）{名詞；動詞普通形}＋にしても＋{名詞；動詞普通形}＋にしても

（說明）「うと～まいと」表示無關，表示無論前面的情況是否如此，後面都會成立的。是逆接假定條件的表現方式。「にしても～にしても」表示列舉，舉出兩個對立的事物，表示是無論哪種場合都一樣，無一例外之意。

例文 男にしても女にしても、子供を育てるのは大変だ。

無論是男孩還是女孩，養小孩真的很辛苦。

かれ～かれ

或…或…、是…是…

接續 {形容詞詞幹}＋かれ＋{形容詞詞幹}＋かれ

意思1 【無關】接在意思相反的形容詞詞幹後面，舉出這兩個相反的狀態，表示不管是哪個狀態、哪個場合都如此、都無關的意思。原為古語用法，但「遅かれ早かれ（遲早）、多かれ少なかれ（或多或少）、善かれ悪しかれ（不論好壞）」已成現代日語中的慣用句用法。中文意思是：「或…或…、是…是…」。

例文 誰にでも多かれ少なかれ、人に言えない秘密があるものだ。

任誰都多多少少有一些不想讓別人知道的秘密嘛。

注意 〖よかれ、あしかれ〗要注意「善（い）かれ」古語形容詞不是「いかれ」而是「善（よ）かれ」，「悪（わる）い」不是「悪（わる）かれ」，而是「悪（あ）しかれ」。

例文 現代人は善かれ悪しかれ、情報化社会を生きている。

無論好壞，現代人生活在一個充斥著各種資訊的社會當中。

比較 **だろうが～だろうが**

不管是…還是…

接續 {名詞；形容動詞詞幹}＋だろうが＋{名詞；形容動詞詞幹}＋だろうが

說明 「かれ～かれ」表示無關，接在意思相反的形容詞詞幹後面，表示不管是哪個狀態、場合都如此、都一樣無關之意。「だろうが～だろうが」也表無關，接在名詞後面，表示不管是前項還是後項，任何人事物都一樣的意思。

例文 子供だろうが、大人だろうが、自信が持てなければ成長はない。

不管是小孩還是大人，沒有自信都無法成長。

であれ、であろうと

即使是…也…、無論…都…、不管…都…

接續 ｛名詞｝＋であれ、であろうと

意思1 **【無關】**逆接條件表現。表示不管前項是什麼情況，後項的事態都還是一樣。後項多為說話人主觀的判斷或推測的內容。前面有時接「たとえ、どんな、何（なに／なん）」。中文意思是：「即使是…也…、無論…都…、不管…都…」。

例文 たとえ世間の評判がどうであろうと、私にとっては大切な夫です。
即使社會對他加以抨擊撻伐，對我而言，他畢竟是我最珍愛的丈夫。

注意 〔**極端例子**〕也可以在前項舉出一個極端例子，表達即使再極端的例子，後項的原則也不會因此而改變。

比較 **にして**

在…（階段）時才…

接續 ｛名詞｝＋にして

說明 「であれ」表示無關，強調「即使是極端的前項，後項的評價還是成立」的概念。表示不管前項是什麼情況，後項的事態都還是一樣。後項多為說話人主觀的判斷或推測的內容。前面有時接「たとえ」。「にして」表示時點，強調「階段」的概念。表示到了前項那一個階段，才產生後項。後面常接難得可貴的事項。又表示兼具兩種性質和屬性。可以是並列，也可以是逆接。

例文 60歳にして英語を学び始めた。
到了六十歲，才開始學英語。

によらず

不論…、不分…、不按照…

接續 ｛名詞｝＋によらず

意思1 【無關】表示該人事物和前項沒有關聯、不對應，不受前項限制，或是「在任何情況下」之意。中文意思是：「不論…、不分…、不按照…」。

例文 年齢や性別によらず、各人の適性をみて採用します。

年齡、性別不拘，而看每個人的適應性，可勝任工作者即獲錄取。

比較 **にかかわらず**

無論…與否…、不管…都…、儘管…也…

接續 {名詞；[形容詞・動詞]辭書形；[形容詞・動詞]否定形} ＋にかかわらず

說明 「によらず」表示無關，強調「不受前接事物的限制，與其無關」的概念。表示不管前項一般認為的常理或條件如何，都跟後面的規定沒有關係。也就是後面的行為，不受前面條件的限制。後項一般接不受前項規範，且常是較寬裕、較積極的內容。「にかかわらず」也表無關，強調「不受前接事物的影響，與其無關」的概念。表示不拘泥於某事物。接兩個表示對立的事物，表示跟這些無關，都不是問題。前接的詞多為意義相反的二字熟語，或同一用言的肯定與否定形式。

例文 このアイスは、季節の寒暑にかかわらず、よく売れている。

這種冰淇淋不管季節是寒是暑都賣得很好。

をものともせず（に）

不當…一回事、把…不放在眼裡、不顧…

接續 {名詞} ＋をものともせず（に）

意思1 【無關】表示面對嚴峻的條件，仍然毫不畏懼，含有不畏懼前項的困難或傷痛，仍勇敢地做後項。後項大多接正面評價的句子。不用在說話者自己。跟含有譴責意味的「をよそに」比較，「をものともせず（に）」含有讚歎的意味。中文意思是：「不當…一回事、把…不放在眼裡、不顧…」。

例文 隊員たちは険しい山道をものともせず、行方不明者の捜索を続けた。

那時隊員們不顧山徑險惡，持續搜索失蹤人士。

比 較	いかんによらず

不管…如何、無論…為何、不按…

接 續	{名詞 (の)} ＋いかんによらず

說 明	「をものともせず」表示無關，強調「不管前項如何困難，後項都勇敢面對」的概念。後項大多接不畏懼前項的困難，改變現況、解決問題的正面積極評價的句子。「いかんによらず」也表無關，強調「不管前項如何，後項都可以成立」的概念。表示不管前面的理由、狀況如何，都跟後面的規定、決心或觀點沒有關係。也就是後面的行為，不受前面條件的限制。

例 文	役職のいかんによらず、配当は平等に分配される。

不管職位的高低，紅利都平等分配。

---

011   Track N1-104

をよそに

不管…、無視…

接 續	{名詞} ＋をよそに

意思1	【無關】表示無視前面的狀況，進行後項的行為。意含把原本跟自己有關的事情，當作跟自己無關，多含責備的語氣。前多接負面的內容，後接無視前面狀況的結果或行為。相當於「を無視にして」、「をひとごとのように」。中文意思是：「不管…、無視…」。

例 文	世間の健康志向をよそに、この店では大盛りラーメンが大人気だ。

這家店的特大號拉麵狂銷熱賣，恰恰與社會這股健康養生的風潮背道而馳。

比 較	によらず

不管…如何、無論…為何、不按…

接 續	{名詞} ＋によらず

說 明	「をよそに」表示無關，強調「無視前項，而進行後項」的概念。表示無視前面的狀況或不顧別人的想法，進行後項的行為。多用在責備的意思上。「によらず」也表無關，強調「不受前項限制，而進行後項」的概念。表示不管前面的理由、狀況如何，都跟後面的規定、決心或觀點沒有關係。也就是後面的行為，不受前面條件的限制。後項一般是較積極的內容。

この政治家は、年齢や性別によらず、幅広い層から支持されている。

這位政治家在不分年齡與性別的廣大族群中普遍得到支持。

いかんだ

(1)…將會如何；(2)…如何，要看…、能否…要看…、取決於…、(關鍵)在於…如何

接 續 {名詞 (の)} ＋いかんだ

意思1 【疑問】句尾用「いかん／いかに」表示疑問，「前項將會如何」之意。接續用法多以「名詞＋や＋いかん／いかに」的形式。中文意思是：「…將會如何」。

例 文 さて、智の運命やいかん。続きはまた来週。

至於小智的命運將會如何？請待下週分曉。

意思2 【關連】表示前面能不能實現，那就要根據後面的狀況而定了。前項的事物是關連性的決定因素，決定後項的實現、判斷、意志、評價、看法、感覺。「いかん」是「如何」之意。中文意思是：「…如何，要看…、能否…要看…、取決於…、(關鍵)在於…如何」。

例 文 どれだけ売れるかは、宣伝のいかんだ。

銷售量多寡的關鍵在於行銷是否成功。

比 較 **いかんで(は)**

要看…如何、取決於…

接 續 {名詞 (の)} ＋いかんで(は)

說 明 「いかんだ」表示關連，表示能不能實現，那就要根據「いかんだ」前面的名詞的狀況、努力等程度而定了。「いかんで」表示對應，表示後項是否會有變化，要取決於前項。後項大多是某個決定。

例 文 展示方法いかんで、売り上げは大きく変わる。

隨著展示方式的不同，營業額也大有變化。

てからというもの（は）
自從…以後一直、自從…以來

（接　續） {動詞て形}＋てからというもの（は）

（意思1） 【前後關係】表示以前項行為或事件為契機，從此以後某事物的狀態、某種行動、思維方式有了很大的變化。說話人敘述時含有感嘆及吃驚之意。用法、意義跟「てから」大致相同。書面用語。中文意思是：「自從…以後一直、自從…以來」。

（例　文） 木村さん、結婚してからというもの、どんどん太るね。
木村小姐自從結婚以後就像吹氣球似地愈來愈胖呢。

（比　較） **てからでないと、てからでなければ**
不…就不能…、不…之後，不能…、…之前，不…

（接　續） {動詞て形}＋からでないと、からでなければ

（說　明） 「てからというもの」表示前後關係，強調「以某事物為契機，使後項變化很大」的概念。表示以某行為或事件為轉折點，從此以後某行動、想法、狀態發生了很大的變化。含有說話人自己對變化感到驚訝或感慨的語感。「てからでないと」表示條件關係，強調「如果不先做前項，就不能做後項」的概念。後項多是不可能、不容易相關句子。

（例　文） 準備体操をしてからでないと、プールに入ってはいけません。
不先做暖身運動，就不能進游泳池。

条件、基準、依拠、逆説、比較、対比

條件、基準、依據、逆接、比較、對比

001　　　　　　　　　　　　　　　　　　　　　　　　Track N1-107

うものなら

如果要…的話，就…、只(要)…就…

（接續）{動詞意向形}＋うものなら

（意思1）【條件】假定條件表現。表示假設萬一發生那樣的事情的話，事態將會十分嚴重。後項一般是嚴重、不好的事態。是一種比較誇張的表現。中文意思是：「如果要…的話，就…、只(要)…就…」。

（例文）この企画が失敗しようものなら、我が社は倒産だ。
萬一這項企劃案功敗垂成，本公司就得關門大吉了。

（比較）**ものだから**

就是因為…，所以…

（接續）{[名詞・形容動詞詞幹]な；[形容詞・動詞]普通形}＋ものだから

（説明）「うものなら」表示條件，強調「可能情況的提示性假定」的概念。表示萬一發生前項那樣的事情的話，後項的事態將會十分嚴重。後項一般是嚴重、不好的事態。注意前接動詞意向形。「ものだから」表示理由，強調「個人對理由的辯解、說明」的概念。常用在因為前項的事態的程度很厲害，因此做了後項的某事。含有對事出意料之外，不是自己願意…等的理由，進行辯白。結果是消極的。

（例文）パソコンが壊れたものだから、レポートが書けなかった。
由於電腦壞掉了，所以沒辦法寫報告。

がさいご、たらさいご
（一旦）…就完了、（一旦…）就必須…、（一…）就非得…

接續 {動詞た形}＋が最後、たら最後

意思1 【條件】假定條件表現。表示一旦做了某事，就一定會產生後面的情況，或是無論如何都必須採取後面的行動。後面接說話人的意志或必然發生的狀況，且後面多是消極的結果或行為。中文意思是：「（一旦）…就完了、（一旦…）就必須…、（一…）就非得…」。

例文 うちの奥さんは、一度怒ったら最後、三日は機嫌が治らない。
我老婆一旦發飆，就會氣上整整三天三夜。

注意 〔たら最後〜可能否定〕「たら最後」的接續是「動詞た形＋ら＋最後」而來的，是更口語的說法，句尾常用可能形的否定。

例文 この薬は効果はあるが、一度使ったら最後、なかなか止められない。
這種藥雖然有效，但只要服用過一次，恐怕就得長期服用了。

比較 たところで〜ない
即使…也不…、雖然…但不、儘管…也不…

接續 {動詞た形}＋たところで〜ない

說明 「がさいご」表示條件，表示一旦做了前項，就完了，就再也無法回到原狀了。後接說話人的意志或必然發生的狀況。接在動詞過去形之後，後面多是消極的結果或行為。「たところで〜ない」表示期待，表示即使前項成立，後項的結果也是與預期相反，沒有作用的，或只能達到程度較低的結果。後項多為說話人主觀的判斷。也接在動詞過去形之後，句尾接否定的「ない」。

例文 たとえ応募したところで、採用されるとは限らない。
假設即使去應徵了，也不保證一定會被錄用。

とあれば

如果…那就…、假如…那就…、如果是…就一定

(接續) {名詞；[名詞・形容詞・形容動詞・動詞] 普通形；形容動詞詞幹} ＋とあれば

(意思1) 【條件】是假定條件的說法。表示如果是為了前項所提的事物，是可以接受的，並將取後項的行動。前面常跟表示目的的「ため」一起使用，表示為了假設情形的前項，會採取後項。後句不能出現表示請求或勸誘的句子。中文意思是：「如果…那就…、假如…那就…、如果是…就一定」。

(例文) 必要とあれば、こちらから御社へご説明に伺います。
如有需要，我方可前往貴公司說明。

(比較) **とあって**

由於…(的關係)、因為…(的關係)

(接續) {名詞；[名詞・形容詞・形容動詞・動詞] 普通形；形容動詞詞幹} ＋とあって

(說明) 「とあれば」表示條件，表示假定條件。強調「如果出現前項情況，就採取後項行動」的概念。表示如果是為了前項所提的事物，那就採取後項的行動。後句不能出現表示請求或勸誘的句子。「とあって」表示原因，強調「有前項才有後項」的概念，表示原因和理由承接的因果關係。由於前項特殊的原因，當然就會出現後項特殊的情況，或應該採取的行動。

(例文) 年頃とあって、最近娘はお洒落に気を使っている。
因為正值妙齡，女兒最近很注重打扮。

なくして (は) 〜ない

如果沒有…就不…、沒有…就沒有…

(接續) {名詞；動詞辭書形} ＋ (こと) なくして (は) 〜ない

意思1 【條件】表示假定的條件。表示如果沒有不可或缺的前項，後項的事情會很難實現或不會實現。「なくして」前接一個備受盼望的名詞，後項使用否定意義的句子（消極的結果）。「は」表示強調。書面用語，口語用「なかったら」。中文意思是：「如果沒有…就不…、沒有…就沒有…」。

例文 日頃しっかり訓練することなくしては、緊急時の避難行動はできません。

倘若平時沒有紮實的訓練，遇到緊急時刻就無法順利避難。

比較 **ないまでも**

沒有…至少也…、就是…也該…、即使不…也…

接續 {名詞で（は）；[形容詞・形容動詞・動詞]否定形}＋ないまでも

說明 「なくして～ない」表示條件，表示假定的條件。強調「如果沒有前項，後項將難以實現」的概念。「なくして」前接一個備受盼望的名詞，後項使用否定意義的句子（消極的結果）。「ないまでも」表示程度，強調「雖沒達到前項的程度，但可以達到後項的程度」的概念。前接程度高的，後接程度低的事物。表示雖然達不到前項，但可以達到程度較低的後項。

例文 毎日ではないまでも、週に1回12時までの残業がある。

雖說不是每天，有時還是一週會有一天得加班到12點。

005

としたところで、としたって

(1)就算…也…；(2)即使…是事實，也…

意思1 【判斷的立場】{名詞}＋としたところで、としたって、にしたところで、にしたって。從前項的立場、想法及情況來看後項也會成立，後面通常會接否定表現。中文意思是：「就算…也…」。

例文 無理に覚えようとしたって、効率が悪いだけだ。

就算勉強死背硬記，也只會讓效率變得愈差而已。

意思2 【假定條件】{[名詞・形容詞・形容動詞・動詞]普通形}＋としたところで、としたって。為假定的逆接表現。表示即使假定事態為前項，但結果為後項。中文意思是：「即使…是事實，也…」。

君が彼の邪魔をしようとしたところで、彼が今以上に強くなるだけだと思うよ。

即使你試圖阻撓，我認為只會激發他發揮比現在更強大的潛力。

| 比 較 | **としても** |

即使…，也…、就算…，也…

| 接 續 | {名詞だ；形容動詞詞幹だ；[形容詞・動詞] 普通形} ＋としても |

| 說 明 | 「としたところで」表示假定條件，表示即使以前項為前提來進行，但結果還是後項的情況。「としても」也表假定條件，表示前項是假定或既定的讓步條件，後項是跟前項相反的內容。 |

| 例 文 | これが本物の宝石だとしても、私は買いません。 |

即使這是真的寶石，我也不會買的。

にそくして、にそくした

依據…(的)、根據…(的)、依照…(的)、基於…(的)

| 接 續 | {名詞} ＋に即して、に即した |

| 意思1 | 【基準】「即す」是「完全符合，不脫離」之意，所以「に即して」接在事實、規範等意思的名詞後面，表示「以那件事為基準」，來進行後項。中文意思是：「依據…(的)、根據…(的)、依照…(的)、基於…(的)」。 |

| 例 文 | 式はプログラムに即して進行します。 |

儀式將按照預定的時程進行。

| 注 意 | 〖に即した(Ａ)Ｎ〗常接「時代、実験、実態、事実、現実、自然、流れ」等名詞後面，表示按照前項，來進行後項。如果後面出現名詞，一般用「に即した＋(形容詞・形容動詞)名詞」的形式。 |

| 例 文 | 会社の現状に即した経営計画が必要だ。 |

必須提出一個符合公司現況的營運計畫。

| 比 較 | **をふまえて** |

根據…、以…為基礎

（接　續）{名詞}＋を踏まえて

（說　明）「にそくして」表示基準，強調「以某規定等為基準」的概念。表示以某規定、事實或經驗為基準，來進行後項。也就是根據現狀，把現狀也考量進去，來進行後項的擬訂計畫。助詞用「に」。「をふまえて」表示依據，強調「以某事為判斷的依據」的概念。表示將某事作為判斷的根據、加入考量，或作為前提，來進行後項。後面常跟「～（考え直す）必要がある」相呼應。注意助詞用「を」。

（例　文）自分の経験を踏まえて話したいと思います。
我想根據自己的經驗來談談。

007　　　　　　　　　　　　　　　　　　　　　　　　　　　　**Track N1-113**

いかんによって（は）

根據…、要看…如何、取決於…

（接　續）{名詞（の）}＋いかんによって（は）

（意思1）**【依據】**表示依據。根據前面的狀況，來判斷後面發生的可能性。前面是在各種狀況中，選其中的一種，而在這一狀況下，讓後面的內容得以成立。中文意思是：「根據…、要看…如何、取決於…」。

（例　文）治療方法のいかんによって、再発率も異なります。
採用不同的治療方法，使得該病的復發率也有所不同。

（比　較）**しだいだ、しだいで（は）**
全憑…、要看…而定、決定於…

（接　續）{名詞}＋次第だ、次第で（は）

（說　明）「いかんによって」表示依據，強調「結果根據的條件」的概念。表示根據前項的條件，決定後項的結果。前接名詞時，要加「の」。「しだいで」表示關連，強調「行為實現的根據」的概念。表示事情能否實現，是根據「次第」前面的情況如何而定的，是被它所左右的。前面接名詞時，不需加「の」，後面也不接「によって」。

（例　文）合わせる小物次第でオフィスにもデートにも着回せる便利な1着です。
依照搭襯不同的配飾，這件衣服可以穿去上班，也可以穿去約會，相當實穿。

をふまえて
根據…、以…為基礎

（接　續） {名詞}＋を踏まえて

（意思1） **【依據】**表示以前項為前提、依據或參考，進行後面的動作。後面的動作通常是「討論する（辯論）、話す（說）、検討する（討論）、抗議する（抗議）、論じる（論述）、議論する（爭辯）」等和表達有關的動詞。多用於正式場合，語氣生硬。中文意思是：「根據…、以…為基礎」。

（例　文） では以上の発表を踏まえて、各々グループで話し合いを始めてください。
那麼請各組以上述報告內容為基礎，開始進行討論。

比　較 **をもとに（して／した）**
以…為根據、以…為參考、在…基礎上

（接　續） {名詞}＋をもとに（して／した）

（說　明）「をふまえて」表示依據，表示以前項為依據或參考等，在此基礎上發展後項的想法或行為等。「をもとにして」也表依據，表示以前項為根據或素材等，來進行後項的改編、改寫或變形等。

（例　文） 集めたデータをもとにして、今後を予測した。
根據蒐集而來的資料預測了往後的走向。

こそあれ、こそあるが
(1)只是(能)…、只有…；(2)雖然…、但是…

（接　續） {名詞；形容動詞て形}＋こそあれ、こそあるが

（意思1） **【強調】**有強調「是前項，不是後項」的作用，比起「こそあるが」，更常使用「こそあれ」。此句型後面常與動詞否定形相呼應使用。中文意思是：「只是(能)…、只有…」。

（例　文） 厳しい方でしたが、先生には感謝こそあれ、恨みなど一切ありません。
老師的教導方式雖然嚴厲，但我對他只有衷心的感謝，沒有一丁點的恨意。

意思2 【逆接】為逆接用法。表示即使認定前項為事實，但說話人認為後項才是重點。「こそあれ」是古語的表現方式，現在較常使用在正式場合或書面用語上。中文意思是：「雖然…、但是…」。

例文 今は無名でこそあるが、彼女は才能溢れる芸術家だ。
雖然目前仍是默默無聞，但她確實是個才華洋溢的藝術家！

比較 **とはいえ**
雖然…但是…

接續 {名詞 (だ)；形容動詞詞幹 (だ)；[形容詞・動詞] 普通形} ＋とはいえ

說明 「こそあれ」表示逆接，表示雖然認定前項為事實，但說話人認為後項的不同或相反，才是重點。是古老的表達方式。「とはいえ」表示逆接轉折。表示雖然先肯定前項，但是實際上卻是後項仍然有不足之處的結果。書面用語。

例文 マイホームとはいえ、20年のローンがある。
雖說是自己的房子，但還有二十年的貸款要付。

くらいなら、ぐらいなら
與其…不如…（比較好）、與其忍受…還不如…

接續 {動詞辭書形} ＋くらいなら、ぐらいなら

意思1 【比較】表示與其選擇情況最壞的前者，不如選擇後者。說話人對前者感到非常厭惡，認為與其選叫人厭惡的前者，不如後項的狀態好。中文意思是：「與其…不如…（比較好）、與其忍受…還不如…」。

例文 満員電車に乗るくらいなら、1時間歩いて行くよ。
與其擠進像沙丁魚罐頭似的電車車廂，倒不如走一個鐘頭的路過去。

注意 〖～方がましだ等〗常用「くらいなら～ほうがましだ、くらいなら～ほうがいい」的形式，為了表示強調，後也常和「むしろ（寧可）」相呼應。「ましだ」表示雖然兩者都不理想，但比較起來還是這一方好一些。

比 較	**というより**

與其說…，還不如說…

接 續	{名詞；形容動詞詞幹；[名詞・形容詞・形容動詞・動詞]普通形}＋というより

說 明	「くらいなら」表示比較，強調「與其忍受前項，還不如後項的狀態好」的概念。指出最壞情況，表示雖然兩者都不理想，但與其選擇前者，不如選擇後者。表示說話人不喜歡前者的行為。後項多接「ほうがいい、ほうがましだ、なさい」等句型。「というより」也表比較，強調「與其說前項，還不如說後項更適合」的概念。表示在判斷或表現某事物，在比較過後，後項的說法比前項更恰當。後項是對前項的修正、補充或否定。常和「むしろ」相呼應。

例 文	好きじゃないというより、嫌いなんです。

與其說不喜歡，不如說討厭。

なみ

相當於…、和…同等程度、與…差不多

接 續	{名詞}＋並み

意思1	【比較】表示該人事物的程度幾乎和前項一樣。「並み」含有「普通的、平均的、一般的、並列的、相同程度的」之意。像是「男並み（和男人一樣的）、人並み（一般）、月並み（每個月、平庸）」等都是常見的表現。中文意思是：「相當於…、和…同等程度、與…差不多」。

例 文	もう3月なのに今日は真冬並みの寒さだ。

都已經三月了，今天卻還冷得跟寒冬一樣。

注 意	〔並列〕有時也有「把和前項許多相同的事物排列出來」的意思，像是「街並み（街上房屋成排成列的樣子）、軒並み（家家戶戶）」。

例 文	来月から食料品は軒並み値上がりするそうだ。

聽說從下個月起，食品價格將會全面上漲。

比 較	**わりに (は)**

（比較起來）雖然…但是…、但是相對之下還算…、可是…

接 續	{名詞の；形容動詞詞幹な；[形容詞・動詞]普通形} +わりに (は)

說 ·明	「なみ」表示比較，表示該人事物的程度幾乎和前項一樣。「わりには」也表比較，表示結果跟前項條件不成比例、有出入或不相稱。表示比較的基準。

例 文	この国は、熱帯のわりには過ごしやすい。 這個國家雖處熱帶，但住起來算是舒適的。

　　　　　　　　　　　　　　　　　　　　　　　　Track N1-118

にひきかえ〜は

與…相反、和…比起來、相較起…、反而…、然而…

接 續	{名詞 (な)；形容動詞詞幹な；[形容詞・動詞] 普通形} + (の)にひきかえ〜は

意思1	【對比】比較兩個相反或差異性很大的事物。含有說話人個人主觀的看法。書面用語。跟站在客觀的立場，冷靜地將前後兩個對比的事物進行比較「に対して」比起來，「にひきかえ」是站在主觀的立場。中文意思是：「與…相反、和…比起來、相較起…、反而…、然而…」。

例 文	姉は本が好きなのにひきかえ、妹はいつも外を走り回っている。 姊姊喜歡待在家裡看書，然而妹妹卻成天在外趴趴走。

比 較	**にもまして**

更加地…、加倍的…、比…更…、比…勝過…

接 續	{名詞} +にもまして

說 明	「にひきかえ」表示對比，強調「前後事實，正好相反或差別很大」的概念。把兩個對照性的事物做對比，表示反差很大。含有說話人個人主觀的看法。積極或消極的內容都可以接。「にもまして」表示強調程度，強調「在此之上，程度更深一層」的概念。表示兩個事物相比較。比起前項，後項的數量或程度更深一層，更勝一籌。

例 文	高校3年生になってから、彼は以前にもまして真面目に勉強している。 上了高三，他比以往更加用功。

感情、心情、期待、允許

感情、心情、期待、允許

001　　　　　　　　　　　　　　　　　　　　　　　　　Track N1-119

ずにはおかない、ないではおかない

(1)必須…、一定要…、勢必…；(2)不能不…、不由得…

（接　續）{動詞否定形（去ない）}＋ずにはおかない、ないではおかない

（意思1）【強制】當前面接的是表示動作的動詞時，則有主動、積極的「不做到某事絕不罷休、後項必定成立」語感，語含個人的決心、意志，具有強制性地，使對方陷入某狀態的語感。中文意思是：「必須…、一定要…、勢必…」。

（例　文）部長（ぶちょう）に告（つ）げ口（ぐち）したのは誰（だれ）だ。白状（はくじょう）させずにはおかないぞ。
到底是誰向經理告密的？我非讓你招認不可！

（意思2）【感情】前接心理、感情等動詞，表示由於外部的強力，使得某種行為，沒辦法靠自己的意志控制，自然而然地就發生了，所以前面常接使役形的表現。請注意前接サ行變格動詞時，要用「せずにはおかない」。中文意思是：「不能不…、不由得…」。

（例　文）この映画（えいが）は、見（み）る人（ひと）の心（こころ）に衝撃（しょうげき）を与（あた）えずにはおかない問題作（もんだいさく）だ。
這部充滿爭議性的電影，不由得讓每一位觀眾的心靈受到衝擊。

（比　較）**ずにはいられない**

不得不…、不由得…、禁不住…

（接　續）{動詞否定形（去ない）}＋ずにはいられない

「ずにはおかない」表示感情，強調「一種強烈的情緒、慾望」的概念。主語可以是「人或物」，由於外部的強力，使得某種行為，沒辦法靠自己的意志控制，自然而然地就發生了。有主動、積極的語感。「ずにはいられない」表示強制，強調「自己情不自禁做某事」的概念。主詞是「人」，表示自己的意志無法克制，情不自禁地做某事。

例 文 すばらしい風景を見ると、写真を撮らずにはいられません。
一看到美麗的風景，就禁不住想拍照。

（さ）せられる
不禁…、不由得…

接 續 ｛動詞使役被動形｝＋（さ）せられる

意思1 【強調感情】表示說話者受到了外在的刺激，自然地有了某種感觸。中文意思是：「不禁…、不由得…」。

例 文 彼女の細かい心くばりに感心させられた。
她無微不至的照應不由得讓人感到佩服。

比 較 **てやまない**
　…不已、一直…

接 續 ｛動詞て形｝＋てやまない

說 明 「させられる」表示強調感情，強調「受刺激而發出某感觸」的概念。表示說話者受到了外在的刺激，自然地有了某種感觸。「てやまない」也表強調感情，強調「某強烈感情一直在」的概念。接在感情動詞後面，表示發自內心的某種強烈的感情，且那種感情一直持續著。

例 文 努力すれば報われると信じてやまない。
對於努力就有回報的這份信念深信不疑。

てやまない
…不已、一直…

（接　續）　{動詞て形}＋てやまない

（意思1）　**【強調感情】**接在感情動詞後面，表示發自內心關懷對方的心情、想法極為強烈，且那種感情一直持續著。由於是表示說話人的心情，因此一般不用在第三人稱上。這個句型由古漢語「…不已」的訓讀發展而來。常見於小說或文章當中，會話中較少用。中文意思是：「…不已、一直…」。

（例　文）　お二人の幸せを願ってやみません。
由衷祝福二位永遠幸福。

（注　意）　**〔現象或事態持續〕**表示現象或事態的持續。

（例　文）　どの時代においても人民は平和を求めてやまないものだ。
無論在任何時代，人民永遠追求和平。

（比　較）　**て（で）たまらない**
非常…、…得受不了

（接　續）　{[形容詞・動詞]て形}＋てたまらない；{形容動詞詞幹}＋でたまらない

（說　明）　「てやまない」表示強調感情，強調「發自內心的感情」的概念。接在感情動詞的連用形後面，表示發自內心的感情，且那種感情一直持續著。常見於小說或文章當中，會話中較少用。「てたまらない」表示感情，強調「程度嚴重，無法忍受」的概念。表示程度嚴重到使說話人無法忍受。是說話人強烈的感覺、感情及希求。一般前接感情、感覺、希求之類的詞。

（例　文）　低血圧で、朝起きるのが辛くてたまらない。
因為患有低血壓，所以早上起床時非常難受。

のいたり（だ）

(1) 都怪…、因為…；(2) 真是…到了極點、真是…、極其…、無比…

接　續　{名詞}＋の至り（だ）

意思1　【原因】表示由於前項的某種原因，而造成後項的結果。中文意思是：「都怪…、因為…」。

例　文　あの頃は若気の至りで、いろいろな悪さをしたものだ。
都怪當時年輕氣盛，做了不少錯事。

意思2　【強調感情】前接「光栄、感激」等特定的名詞，表示一種強烈的情感，達到最高的狀態，多用在講客套話的時候，通常用在好的一面。中文意思是：「真是…到了極點、真是…、極其…、無比…」。

例　文　本日は大勢の方にご来場いただきまして、感謝の至りです。
今日承蒙各方賢達蒞臨，十二萬分感激。

比　較　**のきわみ（だ）**

真是…極了、十分地…、極其…

接　續　{名詞}＋の極み（だ）

說　明　「のいたりだ」表示強調感情，強調「情感達到極高狀態」的概念。前接某一特定的名詞，表示一種強烈的情感，達到最高的狀態。多用在講客套話的時候。通常用在好的一面。「のきわみだ」表示極限，強調「事物達到極高程度」的概念。形容事物達到了極高的程度。強調這程度已經超越一般，到達頂點了。大多用來表達說話人激動時的那種心情。前面可接正面或負面、或是感情以外的詞。

例　文　連日の残業で、疲労の極みに達している。
連日來的加班已經疲憊不堪了。

をきんじえない

不禁…、禁不住就…、忍不住…

接　續　{名詞}＋を禁じえない

| 意思1 | 【強調感情】前接帶有情感意義的名詞，表示面對某種情景，心中自然而然產生的，難以抑制的心情。這感情是越抑制感情越不可收拾的。屬於書面用語，正、反面的情感都適用。口語中不用。中文意思是：「不禁…、禁不住就…、忍不住…」。 |

| 例 文 | 金儲けのために犬や猫の命を粗末にする業者には、怒りを禁じ得ない。 |

那些只顧賺錢而視貓狗性命如敝屣的業者，不禁激起人們的憤慨。

| 比 較 | **をよぎなくされる** |

只得…、只好…、沒辦法就只能…

| 接 續 | {名詞} ＋を余儀なくされる |

| 說 明 | 「をきんじえない」表示強調感情，強調「產生某感情，無法抑制」的概念。前接帶有情感意義的名詞，表示面對某情景，心中自然而然產生、難以抑制的心情。這感情是越抑制感情越不可收拾的。「をよぎなくされる」表示強制，強調「不得已做出的行為」的概念。因為大自然或環境等，個人能力所不能及的強大力量，迫使其不得不採取某動作。而且此行動，往往不是自己願意的。表示情況已經到了沒有選擇的餘地，必須那麼做的地步。 |

| 例 文 | 機体に異常が発生したため、緊急着陸を余儀なくされた。 |

因為飛機機身發生了異常，逼不得已只能緊急迫降了。

てはかなわない、てはたまらない

…得受不了、…得要命、…得吃不消

| 接 續 | {形容詞て形；動詞て形} ＋てはかなわない、てはたまらない |

| 意思1 | 【強調心情】表示負擔過重，無法應付。如果按照這樣的狀況下去不堪忍耐、不能忍受。是一種動作主體主觀上無法忍受的表現方法。用「かなわない」有讓人很苦惱的意思。常跟「こう、こんなに」一起使用。口語用「ちゃかなわない、ちゃたまらない」。中文意思是：「…得受不了、…得要命、…得吃不消」。 |

| 例 文 | 東京の夏もこう蒸し暑くてはたまらないな。 |

東京夏天這麼悶熱，實在讓人受不了。

比較 **て（で）たまらない**

非常…、…得受不了

接續 {[形容詞・動詞]て形}＋てたまらない；{形容動詞詞幹}＋でたまらない

說明 「てはかなわない」表示強調心情，強調「負擔過重，無法應付」的概念。是一種動作主體主觀上無法忍受的表現方法。「てたまらない」也表強調心情，強調「程度嚴重，無法忍受」的概念。表示照此狀態下去不堪忍耐，不能忍受。

例文 最新（さいしん）のコンピューターが欲（ほ）しくてたまらない。

想要新型的電腦，想要得不得了。

---

007   Track N1-125

てはばからない

不怕…、毫無顧忌…

接續 {動詞て形}＋てはばからない

意思1 【強調心情】前常接跟說話相關的動詞，如「言う、断言する、公言する」的て形。表示毫無顧忌地進行前項的意思。一般用來描述他人的言論。「憚（はばか）らない」是「憚（はばか）る」的否定形式，意思是「毫無顧忌、毫不忌憚」。中文意思是：「不怕…、毫無顧忌…」。

例文 彼（かれ）は自分（じぶん）は天才（てんさい）だと言（い）ってはばからない。

他毫不隱晦地直言自己是天才。

比較 **てもかまわない**

即使…也沒關係、…也行

接續 {[動詞・形容詞]て形}＋てもかまわない；{形容動詞詞幹；名詞}＋でもかまわない

說明 「てはばからない」表示強調心情，強調「毫無顧忌進行」的概念。表示毫無顧忌地進行前項的意思。「てもかまわない」表示許可，強調「這樣做也行」的概念。表示即使是這樣的情況也可以的意思。

例文 部屋（へや）さえよければ、多少高（たしょうたか）くてもかまいません。

只要（旅館）房間好，貴一點也沒關係。

といったらない、といったら

(1) …極了、…到不行；(2) 說起…

意思1 【強調心情】{ 名詞；形容詞辭書形；形容動詞詞幹 } ＋（とい）ったらない。「と いったらない」是先提出一個討論的對象，強調某事物的程度是極端到無 法形容的，後接對此產生的感嘆、吃驚、失望等感情表現，正負評價都可 使用。中文意思是：「…極了、…到不行」。

例文 一瞬の隙を突かれて逆転負けした。この悔しさといったらない。
只是一個不留神竟被對手乘虛而入逆轉了賽局，而吃敗仗，令人懊悔到了 極點。

意思2 【強調主題】{ 名詞；形容詞辭書形；形容動詞詞幹 } ＋（とい）ったら。表 示把提到的事物做為主題，後項是對這一主題的敘述。是說話人帶有感 嘆、感動、驚訝、失望的表現方式。有強調主題的作用。中文意思是： 「說起…」。

例文 今年の暑さといったら半端ではなかった。
提起今年的酷熱勁兒，真夠誇張！

比較 **という**

叫做…

接續 {名詞；普通形}＋という

說明 「といったらない」表示強調主題，表示把提到的事物做為主題進行敘述。 有強調主題的作用。含有說話人驚訝、感動的心情。「という」表示介紹 名稱，前後接名詞，介紹某人事物的名字。用在跟不熟悉的一方介紹時。

例文 娘は「臆病なライオン」という絵本がお気に入りです。
女兒喜歡一本叫「怯懦的獅子」的繪本。

といったらありはしない

…之極、極其…、沒有比…更…的了

接續 {名詞；形容詞辭書形；形容動詞詞幹}＋（とい）ったらありはしない

意思1 【強調心情】強調某事物的程度是極端的，極端到無法形容、無法描寫。跟「といったらない」相比，「といったらない」、「ったらない」能用於正面或負面的評價，但「といったらありはしない」、「ったらありはしない」、「といったらありゃしない」、「ったらありゃしない」大多用於負面評價。中文意思是：「…之極、極其…、沒有比…更…的了」。

例文 まだ目の開かない子猫の可愛らしさといったらありはしない。
還沒睜開眼睛的小貓咪可愛得不得了。

注意 〖口語－ったらない〗「ったらない」是比較通俗的口語說法。

例文 夜中の間違い電話は迷惑ったらない。
三更半夜打錯電話根本是擾人清夢！

比較 **ということだ**
聽說…、據說…

接續 {簡體句}＋ということだ

說明 「といったらありはしない」表示強調心情，強調「給予極端評價」的概念。正面時表欽佩，負面時表埋怨的語意。書面用語。「ということだ」表示傳聞，強調「從外界獲取傳聞」的概念。從某特定的人或外界獲取的傳聞。比起「そうだ」來，有很強的直接引用某特定人物的話之語感。又有明確地表示自己的意見、想法之意。

例文 田中さんによると、部長は来年帰国するということだ。
聽田中先生說部長明年會回國。

Track N1-128

たところが
…可是…、結果…

接續 {動詞た形}＋たところが

意思1 【期待－逆接】表示逆接，後項往往是出乎意料、與期待相反的客觀事實。因為是用來敘述已發生的事實，所以後面要接動詞た形的表現，「然而卻…」的意思。中文意思是：「…可是…、結果…」。

仕事を終えて急いで行ったところが、飲み会はもう終わっていた。

趕完工作後連忙過去會合，結果酒局已經散了。

注 意　〖順接〗表示順接。

例 文　本社に問い合わせたところ(が)、すぐに代わりの品を送って来た。

洽詢總公司之後，很快就送來了替代品。

比 較　**ところ(を)**

正…之時、…之時、…之中

接 續　{名詞の；動詞普通形} ＋ところ(を)

說 明　「たところが」表示期待，強調「一做了某事，就變成這樣的結果」的
概念。表示順態或逆態接續。前項先舉出一個事物，後項往往是出乎意
料的客觀事實。「ところを」表示時點，強調「正當Ａ的時候，發生了
Ｂ的狀況」的概念。後項的Ｂ所發生的事，是對前項Ａ的狀況有直接的
影響或作用的行為。後面的動詞，常接跟視覺或是發現有關的「見る、
見つける」等，或是跟逮捕、攻擊、救助有關的「捕まる、襲う」等詞。
這個句型要接「名詞の；動詞普通形」。

例 文　ゲームしているところを、親父に見つかってしまった。

我正在玩電玩時，竟然被老爸發現了。

たところで(〜ない)

即使…也(不)…、雖然…但(不)、儘管…也(不)…

接 續　{動詞た形} ＋たところで(〜ない)

意思1　【期待】接在動詞た形之後，表示就算做了前項，後項的結果也是與預
期相反，是無益的、沒有作用的，或只能達到程度較低的結果，所以句
尾也常跟「無駄、無理」等否定意味的詞相呼應。句首也常與「どんなに、
何回、いくら、たとえ」相呼應表示強調。後項多為說話人主觀的判斷，
不用表示意志或既成事實的句型。中文意思是：「即使…也(不…)、雖
然…但(不)、儘管…也(不…)」。

例 文　どんなに後悔したところで、もう遅い。

任憑你再怎麼懊悔，都為時已晚了。

| 比 較 | **がさいご、たらさいご** |

（一旦…）就必須…、（一…）就非得…

| 接 續 | {動詞た形}＋が最後、たら最後 |

| 說 明 | 「たところで～ない」表示期待，強調「即使進行前項，結果也是無用」的概念。表示即使前項成立，後項的結果也是與預期相反，無益的、沒有作用的，或只能達到程度較低的結果。後項多為說話人主觀的判斷。也接在動詞過去形之後，句尾接否定的「ない」。「がさいご」表示條件，強調「一旦發生前項，就完了」的概念。表示一旦做了某事，就一定會產生後面的情況，或是無論如何都必須採取後面的行動。後面接說話人的意志或必然發生的狀況。後面多是消極的結果或行為。 |

| 例 文 | 横領がばれたが最後、会社を首になった上に妻は出て行った。 |

盗用公款一事遭到了揭發之後，不但被公司革職，到最後甚至連妻子也離家出走了。

012　　　　　　　　　　　　　　　　　　　　Track N1-130

てもさしつかえない、でもさしつかえない

…也無妨、即使…也沒關係、…也可以、可以

| 接 續 | {形容詞て形；動詞て形}＋ても差し支えない；{名詞；形容動詞詞幹}＋でも差し支えない |

| 意思1 | 【允許】為讓步或允許的表現。表示前項也是可行的。含有「不在意、沒有不滿、沒有異議」的強烈語感。「差しえない」的意思是「沒有影響、不妨礙」。中文意思是：「…也無妨、即使…也沒關係、…也可以、可以」。 |

| 例 文 | では、こちらにサインを頂いてもさしつかえないでしょうか。 |

那麼，可否麻煩您在這裡簽名呢？

| 比 較 | **てもかまわない** |

即使…也沒關係、…也行

| 接 續 | {[動詞・形容詞]て形}＋てもかまわない；{形容動詞詞幹；名詞}＋でもかまわない |

「てもさしつかえない」表示允許，表示在前項的情況下，也沒有影響。前面接「動詞て形」。「てもかまわない」表示讓步，表示雖然不是最好的，但這樣也已經可以了。前面也接「動詞て形」。

例　文　狭くてもかまわないから、安いアパートがいいです。
就算小一點也沒關係，我想找便宜的公寓。

MEMO

13 主張、建議、不必要、排除、除外
主張、建議、不必要、排除、除外

---

001 Track N1-131

じゃあるまいし、ではあるまいし
又不是…

（接　續）{名詞；[動詞辭書形・動詞た形] わけ}＋じゃあるまいし、ではあるまいし

（意思1）**【主張】**表示由於並非前項，所以理所當然為後項。前項常是極端的例子，用以說明後項的主張、判斷、忠告。多用在打消對方的不安，跟對方說你想太多了，你的想法太奇怪了等情況。帶有斥責、諷刺的語感。中文意思是：「又不是…」。

（例　文）小さい子供じゃあるまいし、そんなことで泣くなよ。
又不是小孩子了，別為了那點小事就嚎啕大哭嘛！

（注　意）〖**口語表現**〗說法雖然古老，但卻是口語的表現方式，不用在正式的文章上。

（比　較）**のではあるまいか**
該不會…吧

（接　續）{[形容詞・動詞] 普通形}＋のではあるまいか

（説　明）「じゃあるまいし」表示主張，表示讓步原因。強調「因為又不是前項的情況，後項當然就…」的概念。後面多接說話人的判斷、意見、命令跟勸告等。「のではあるまいか」也表主張，表示說話人對某事是否會發生的一種的推測、想像。

例 文 妻は私と別れたいのではあるまいか。
妻子該不會想和我離婚吧？

ばそれまでだ、たらそれまでだ
…就完了、…就到此結束

接　續　{動詞假定形} ＋ばそれまでだ、たらそれまでだ

意思1　【主張】表示一旦發生前項情況，那麼一切都只好到此結束，以往的努力或結果都是徒勞無功之意。中文意思是：「…就完了、…就到此結束」。

例　文　生きていればこそいいこともある。死んでしまったらそれまでです。
只有活著才有機會遇到好事，要是死了就什麼都沒了。

注　意　〔強調〕前面多採用「も、ても」的形式，強調就算是如此，也無法彌補、徒勞無功的語意。

例　文　どんな高い車も事故を起こせばそれまでだ。
無論是多麼昂貴的名車，一旦發生車禍照樣淪為一堆廢鐵。

比　較　**でしかない**
只能是…、不過是…

接　續　{名詞} ＋でしかない

說　明　「ばそれまでだ」表示主張，強調「事情到此就結束了」的概念。表示一旦發生前項情況，那麼一切都只好到此結束，一切都是徒勞無功之意。前面多採用「も、ても」的形式。「でしかない」也表主張，強調「這是唯一的評價」的概念。表示前接的這個詞，是唯一的評價或評論。

例　文　それは逃げる口実でしかない。
那只不過是逃避的藉口而已。

までだ、までのことだ

(1)純粹是…；(2)大不了…而已、只不過…而已、只是…、只好…、也就是…

接　續 {動詞辭書形；動詞た形；それ；これ} ＋までだ、までのことだ

意思1 【理由】接動詞た形時，強調理由、原因只有這個。表示理由限定的範圍。表示說話者單純的行為。含有「說話人所做的事，只是前項那點理由，沒有特別用意」。中文意思是：「純粹是…」。

例　文 悪口(わるぐち)じゃないよ。本当(ほんとう)のことを言(い)ったまでだ。

這不是誹謗喔，而純粹是原原本本照實說出來罷了。

意思2 【主張】接動詞辭書形時，表示現在的方法即使不行，也不沮喪，再採取別的方法就好了。有時含有只有這樣做了，這是最後的手段的意思。表示講話人的決心、心理準備等。中文意思是：「大不了…而已、只不過…而已、只是…、只好…、也就是…」。

例　文 この結婚(けっこん)にどうしても反対(はんたい)だというなら、親子(おやこ)の縁(えん)を切(き)るまでだ。

如果爸爸無論如何都反對我結婚，那就只好脫離父子關係吧！

比　較 ことだ

就得…、應當…、最好…

接　續 {動詞辭書形；動詞否定形} ＋ことだ

說　明 「までだ」表示主張，強調「大不了就做後項」的概念。表示現在的方法即使不行，也不沮喪，再採取別的方法就好了。有時含有只有這樣做了，這是最後的手段的意思。表示講話人的決心、心理準備等。「ことだ」表示忠告，強調「某行為是正確的」之概念。表示一種間接的忠告或命令。說話人忠告對方，某行為是正確的或應當的，或某情況下將更加理想。口語中多用在上司、長輩對部屬、晚輩。

例　文 痩(や)せたいのなら、間食(かんしょく)、夜食(やしょく)をやめることだ。

如果想要瘦下來，就不能吃零食和消夜。

でなくてなんだろう

難道不是…嗎、不是…又是什麼呢、這個就可以叫做…

（接　續）　{名詞}＋でなくてなんだろう

（意思 1）　**【強調主張】**用一個抽象名詞，帶著感嘆、發怒、感動的感情色彩述說「這個就可以叫做…」的表達方式。這個句型是用反問「這不是…是什麼」的方式，來強調出「這正是所謂的…」的語感。常見於小說、隨筆之類的文章中。含有說話人主觀的感受。中文意思是：「難道不是…嗎、不是…又是什麼呢、這個就可以叫做…」。

（例　文）　70億人の中から彼女と僕は結ばれたのだ。これが奇跡でなくてなんだろう。

在七十億茫茫人海之中，她與我結為連理了。這難道不是奇蹟嗎？

（比　較）　**にすぎない**

只是…、只不過…、不過是…而已、僅僅是…

（接　續）　{名詞；形容動詞詞幹である；[形容詞・動詞] 普通形}＋にすぎない

（說　明）　「でなくてなんだろう」表示強調主張，強調「強烈的主張這才是某事」的概念。用一個抽象名詞，帶著感情色彩述強調的表達方式。常見於小說、隨筆之類的文章中。含有主觀的感受。「にすぎない」表示主張，強調「程度有限」的概念。表示有這並不重要的消極評價語氣。

（例　文）　彼はとかげのしっぽにすぎない。陰に黒幕がいる。

他只不過是代罪羔羊，背地裡另有幕後操縱者。

てしかるべきだ

應當…、理應…

（接　續）　{[形容詞・動詞] て形}＋てしかるべきだ；{形容動詞詞幹}＋でしかるべきだ

（意思 1）　**【建議】**表示雖然目前的狀態不是這樣，但那樣做是恰當的、應當的。也就是用適當的方法來解決事情。一般用來表示說話人針對現況而提出的建議、主張。中文意思是：「應當…、理應…」。

例文 県民の多くは施設建設に反対の立場だ。政策には民意が反映されてしかるべきではないか。

多數縣民對於建造公有設施持反對立場。政策不是應該要忠實反映民意才對嗎？

比較 **てやまない**

…不已、一直…

接續 {動詞て形}＋てやまない

說明 「てしかるべきだ」表示建議，強調「做某事是理所當然」的概念。表示那樣做是恰當的、應當的。也就是用適當的方法來解決事情。「てやまない」表示強調感情，強調「發自內心的感情」的概念。接在感情動詞後面，表示發自內心的感情，且那種感情一直持續著。

例文 さっきの電話から、いやな予感がしてやまない。

接到剛才的電話以後，就一直有不好的預感。

006

てすむ、ないですむ、ずにすむ
(1)不…也行、用不著…；(2)…就行了、…就可以解決

意思1 【了結】{名詞で；形容詞て形；動詞て形}＋てすむ。表示以某種方式，某種程度就可以，不需要很麻煩，就可以解決問題了。中文意思是：「不…也行、用不著…」。

例文 もっと高いかと思ったけど、5000円ですんでよかった。

原以為要花更多錢，沒想到區區五千圓就可以解決，真是太好了！

意思2 【不必要】{動詞否定形}＋ないですむ；{動詞否定形 (去ない)}＋ずにすむ。表示不這樣做，也可以解決問題，或避免了原本預測會發生的不好的事情。中文意思是：「…就行了、…就可以解決」。

例文 ネットで買えば、わざわざお店に行かないですみますよ。

只要在網路下單，就不必特地跑去實體店面購買囉！

てはいけない

不准…、不許…、不要…

接　續　{動詞て形}＋てはいけない

說　明　「てすむ」表示不必要，強調「以某程度，就能解決」的概念。表示以某種方式這樣做，就能解決問題。「てはいけない」表示禁止，強調「上對下強硬的禁止」之概念。表示根據規則或一般的道德，不能做前項。常用在交通標誌、禁止標誌或衣服上洗滌表示等。是間接的表現。也表示根據某種理由、規則，直接跟聽話人表示不能做前項事情。

例　文　人の失敗を笑ってはいけない。

不可以嘲笑別人的失敗。

にはおよばない

(1)不及…；(2)不必…、用不著…、不值得…

接　續　{名詞；動詞辭書形}＋には及ばない

意思1　【不及】含有用不著做某動作，或是能力、地位不及水準的意思。常跟「からといって（雖然…但…）」一起使用。中文意思是：「不及…」。

例　文　私は料理が得意だが、やはりプロの味には及ばない。

我雖然擅長下廚，畢竟比不上專家的手藝。

意思2　【不必要】表示沒有必要做某事，那樣做不恰當、不得要領，經常接表示心理活動或感情之類的動詞之後，如「驚く（驚訝）、責める（責備）」。中文意思是：「不必…、用不著…、不值得…」。

例　文　電話で済むことですから、わざわざおいでいただくには及びません。

以電話即可處理完畢，無須勞您大駕撥冗前來。

比　較　**まで(のこと)もない**

用不著…、不必…、不必說…

接　續　{動詞辭書形}＋まで(のこと)もない

說　明　「にはおよばない」表示不必要，強調「未達採取某行為的程度」的概念。前接表示心理活動的詞，表示沒有必要做某事，那樣做不恰當、不得要領。也表示能力、地位不及水準。「までのこともない」也表不必

要，強調「事情還沒到某種程度」的概念。前接動作，表示事情尚未到某種程度，沒必要做到前項那種程度。含有事情已經很清楚了，再說或做也沒有意義。

例文 改めてご紹介するまでもありませんが、物理学者の湯川振一郎先生です。

這一位是物理學家湯川振一郎教授，我想應該不需要鄭重介紹了。

---

008   Track N1-138

はいうにおよばず、はいうまでもなく

不用說…（連）也、不必說…就連…

接續 ｛名詞｝＋は言うに及ばず、は言うまでもなく；｛[名詞・形容動詞詞幹]な；[形容詞・動詞]普通形｝＋は言うに及ばず、のは言うまでもなく

意思1 【不必要】表示前項很明顯沒有說明的必要，後項強調較極端的事例當然就也不例外。是一種遞進、累加的表現，正、反面評價皆可使用。常和「も、さえも、まで」等相呼應。古語是「は言わずもがな」。中文意思是：「不用說…（連）也，不必說…就連…」。

例文 過労死は、会社の責任が大きいのは言うに及ばず、日本社会全体の問題でもある。

過勞死的絕大部分責任不用說當然要由公司承擔，但同時這也是日本整體社會必須面對的問題。

比較 **のみならず**

不僅…，也…、不僅…，而且…、非但…，尚且…

接續 ｛名詞；形容動詞詞幹である；[形容詞・動詞]普通形｝＋のみならず

說明 「はいうにおよばず」表示不必要，強調「先舉程度輕，再舉較極端」的概念。表示先舉出程度輕的，再強調後項較極端的事例也不例外。後面常和「も」相呼應。「のみならず」表示附加，強調「先舉範圍小，再舉範圍更廣」的概念。用在不僅限於前接詞的範圍，還有後項進一層的情況。後面常和「も、さえ、まで」等相呼應。

例文 この薬は、風邪のみならず、肩こりにも効果がある。

這個藥不僅對感冒有效，對肩膀痠痛也很有效。

まで (のこと) もない

用不著…、不必…、不必說…

接續 {動詞辭書形} ＋まで (のこと) もない

意思1 【不必要】前接動作，表示沒必要做到前項那種程度。含有事情已經很清楚了，再說或做也沒有意義，前面常和表示說話的「言う、話す、説明する、教える」等詞共用。中文意思是：「用不著…、不必…、不必說…」。

例文 息子はがっかりした様子で帰って来た。面接に失敗したことは聞くまでもなかった。

兒子一臉沮喪地回來了。不必問也知道他沒能通過口試。

比較 ## ものではない

不應該…

接續 {動詞辭書形} ＋ものではない

說明 「までのこともない」表示不必要，強調「事情還沒到某種程度」的概念。表示沒必要做到前項那種程度，事情已經很清楚了，再說或做也沒有意義。語含個人主觀、或是眾所周知的語氣。「ものではない」表示勸告，強調「勸告別人那樣做是違反道德」的概念。表示說話人出於道德或常識，給對方勸阻、禁止的時候。語含說話人個人的看法。

例文 そんな言葉を使うものではない。

不准說那種話！

ならいざしらず、はいざしらず、だったらいざしらず

（關於）我不得而知…、姑且不論…、（關於）…還情有可原

接續 {名詞} ＋ならいざ知らず、はいざ知らず、だったらいざ知らず；{[名詞・形容詞・形容動詞・動詞] 普通形 (の)} ＋ならいざ知らず

意思1 【排除】舉出對比性的事例，表示排除前項的可能性，而著重談後項中的實際問題。後項所提的情況要比前項嚴重或具特殊性。後項的句子多帶有驚訝或情況非常嚴重的內容。而「昔はいざしらず」是「今非昔比」的意思。中文意思是：「（關於）我不得而知…、姑且不論…、（關於）…還情有可原」。

例文 彼（かれ）が法律（ほうりつ）でも犯（おか）したのだったらいざ知（し）らず、仕事（しごと）が遅（おそ）いくらいでクビにはできない。

要是他觸犯了法律，這麼做或許還情有可原；但他不過是上班遲到罷了，不能以這個理由革職。

比較 ようが

不管…

接續 {動詞意向形}＋ようが

說明 「ならいざしらず」表示排除，表示前項的話還情有可原，姑且不論，但卻有後項的實際問題，著重談後項。後項帶有驚訝的內容。前面接名詞。「ようが」表示逆接條件，表示不管前項如何，後項都是成立的。後項多使用意志、決心或跟評價有關的動詞「自由だ（自由的）、勝手だ（任意的）」。

例文 人（ひと）に何（なん）と言（い）われようが、「それは失敗（しっぱい）ではなく経験（けいけん）だ」と思（おも）っています。

不管別人怎麼說，我都認為「那不是失敗而是經驗」。

はさておいて、はさておき

暫且不說…、姑且不提…

接續 {名詞}＋はさておいて、はさておき

意思1 【除外】表示現在先不考慮前項，排除前項，而優先談論後項。中文意思是：「暫且不說…、姑且不提…」。

例文 仕事（しごと）の話（はなし）はさておいて、まずは乾杯（かんぱい）しましょう。

工作的事暫且放在一旁，首先舉杯互敬吧！

比 較	**にもまして**
	更加地…、加倍的…、比…更…、比…勝過…

接 續	{名詞}＋にもまして

說 明	「はさておいて」表示除外，強調「擱置前項，先討論後項」的概念。表示現在先把前項放在一邊，而第一考慮做後項的動作。含有說話者認為後者比較優先的語意。「にもまして」表示強調程度，強調「比起前項，後項程度更深」的概念。表示兩個事物相比較。比起前項，後項程度更深一層、更勝一籌。

例 文	開発部門には、従来にもまして優秀な人材を投入していく所存です。
	開發部門打算招攬比以往更優秀的人才。

MEMO

禁止、強制、讓步、叱責、否定
禁止、強制、讓步、指責、否定

---

001 Track N1-142

べからず、べからざる
不得…(的)、禁止…(的)、勿…(的)、莫…(的)

(接續) {動詞辭書形} ＋べからず、べからざる

(意思1) 【禁止】「べし」否定形。表示禁止、命令。是較強硬的禁止說法，文言文式說法，故常有前接古文動詞的情形，多半出現在告示牌、公佈欄、演講標題上。現在很少見。禁止的內容就社會認知來看不被允許。口語說「てはいけない」。「べからず」只放在句尾，或放在括號(「 」)內，做為標語或轉述內容。中文意思是：「不得…(的)、禁止…(的)、勿…(的)、莫…(的)」。

(例文) 仕事に慣れてきたのはいいけど、この頃遅刻が多いな。「初心忘るべからず」だよ。
工作已經上手了當然是好事，不過最近遲到有點頻繁。「莫忘初心」這句話要時刻謹記喔！

(注意1) 〖べからざるＮ〗「べからざる」後面則接名詞，這個名詞是指不允許做前面行為、事態的對象。

(例文) 森鷗外は日本の近代文学史において欠くべからざる作家です。
森鷗外是日本近代文學史上不可或缺的一位作家。

(注意2) 〖諺語〗用於諺語。

（例　文）わが家は「働かざる者食うべからず」で、子供たちにも家事を分担
させています。

我家秉持「不勞動者不得食」的家規，孩子們也必須分攤家務。

（注意3）〔**前接古語動詞**〕由於「べからず」與「べく」、「べし」一樣為古語表
現，因此前面常接古語的動詞。如「忘る」等，便和現代日語中的有些
不同。前面若接サ行變格動詞，可用「すべからず／べからざる」、「す
るべからず／べからざる」，但較常使用「すべからず／べからざる」
（「す」為古日語「する」的辭書形）。

（比　較）　**べき（だ）**

必須…、應當…

（接　續）｛動詞辭書形｝＋べき（だ）

（說　明）「べからず」表示禁止，強調「強硬禁止」的概念。是一種強硬的禁止
說法，文言文式的說法，多半出現在告示牌、公佈欄、演講標題上。只
放在句尾。現在很少見。口語說「てはいけない」。「べきだ」表示勸告，
強調「那樣做是應該的」之概念。表示那樣做是應該的、正確的。常用
在勸告、禁止及命令的場合。是一種客觀或原則的判斷。書面跟口語雙
方都可以用。

（例　文）どちらか一方だけでなく、他方の言い分も聞くべきだ。

不是光只聽任一單方，也必須聽聽另一方的說詞啊！

をよぎなくされる、をよぎなくさせる

(1)被迫、只得…、只好…、沒辦法就只能…；(2)迫使…

（意思1）【**強制**】｛名詞｝＋を余儀なくされる。「される」因為大自然或環境等、
個人能力所不能及的強大力量，不得已被迫做後項。帶有沒有選擇的餘
地、無可奈何、不滿，含有以「被影響者」為出發點的語感。中文意思
是：「被迫、只得…、只好…、沒辦法就只能…」。

（例　文）昨年開店した新宿店は赤字続きで、1年で閉店を余儀なくされた。

去年開幕的新宿店赤字連連，只開了一年就不得不結束營業了。

意思2 【強制】{名詞}＋を余儀なくさせる、を余儀なくさせられる。「させる」使役形是強制進行的語意，表示後項發生的事，是叫人不滿的事態。表示前項不好的情況突然發生，迫使後項必須那麼做的地步，含有以「影響者」為出發點的語感。書面用語。中文意思是：「迫使…」。

例文 慢性的な人手不足が、更なる労働環境の悪化を余儀なくさせた。
長期存在的人力不足問題，迫使勞動環境愈發惡化了。

比較 （さ）せる
讓…、叫…、令…

接續 {[一段動詞・カ變動詞]使役形；サ變動詞詞幹}＋させる；{五段動詞使役形}＋せる

說明 「をよぎなくさせる」表示強制，主詞是「造成影響的原因」時用。以造成影響力的原因為出發點的語感，所以會有強制對方進行的語意。「させる」也表強制，A是「意志表示者」。表示A給B下達命令或指示，結果B做了某事。由於具有強迫性，只適用於長輩對晚輩或同輩之間。

例文 最近は私立中学に進学させる親が増えているらしい。
聽說最近讓小孩讀私立中學的父母有增加的趨勢。

003　　　　　　　　　　　　　　　　　　　　　　　Track N1-144

ないではすまない、ずにはすまない、なしではすまない
不能不…、非…不可、應該…

意思1 【強制】{動詞否定形}＋ないでは済まない；{動詞否定形（去ない）}＋ずには済まない（前接サ行變格動詞時，用「せずには済まない」）。表示前項動詞否定的事態、說辭，考慮到當時的情況、社會的規則等，是不被原諒的、無法解決問題的或是難以接受的。中文意思是：「不能不…、非…不可、應該…」。

例文 小さい子をいじめて、お母さんに叱られないでは済まないよ。
在外面欺負幼小孩童，回到家肯定會挨媽媽一頓好罵！

【強制】{名詞}＋なしでは済まない；{名詞；形容動詞詞幹；[形容詞・動詞]普通形}＋では済まない。表示前項事態、說辭，是不被原諒的或無法解決問題的，指對方的發言結論是說話人沒辦法接納的，前接引用句時，引用括號（「」）可有可無。中文意思是：「不能不…、非…不可、應該…」。

例 文 こちらのミスだ。責任者の謝罪なしでは済まないだろう。
這是我方的過失，當然必須要由承辦人親自謝罪才行。

注 意 〖ではすまされない〗和可能助動詞否定形連用時，有強化責備語氣的意味。

例 文 今さらできないでは済まされないでしょう。
事到如今才說辦不到，該怎麼向人交代呢？

比 較 **ないじゃおかない**
非…不可

接 續 {動詞否定形（去ない）}＋ないじゃおかない

說 明 「ないではすまない」表示強制，強調「某狀態下必須這樣做」的概念。表示考慮到當時的情況、社會的規則等等，強調「不這麼做，是解決不了問題」的語感。另外，也用在自己覺得必須那樣做的時候。跟主動、積極的「ないではおかない」相比，這個句型屬於被動、消極的辦法。「ないじゃおかない」也表強制，表示「不做到某事絕不罷休」的概念。是書面語。

例 文 週末のデート、どうだった？白状させないじゃおかないよ。
上週末的約會如何？我可不許你不從實招來喔！

（ば／ても）～ものを
(1)可是…、卻…、然而卻…；(2)…的話就好了，可是卻…

接 續 {名詞である；形容動詞詞幹な；[形容詞・動詞]普通形}＋ものを

意思1 【讓步】逆接表現。表示說話者以悔恨、不滿、責備的心情，來說明前項的事態沒有按照期待的方向發展。跟「のに」的用法相似，但說法比較古老。常用「ば（いい、よかった）ものを、ても（いい、よかった）ものを」的表現。中文意思是：「可是…、卻…、然而卻…」。

例文 感謝してもいいものを、更にお金をよこせとは、厚かましいにもほどがある。

按理說感謝都來不及了，竟然還敢要我付錢，這人的臉皮實在太厚了！

意思2 【指責】「ものを」也可放句尾（終助詞用法），表示因為沒有做前項，所以產生了不好的結果，為此心裡感到不服氣、感嘆的意思。中文意思是：「…的話就好了，可是卻…」。

例文 締め切りに追われたくないなら、もっと早く作業をしていればよかったものを。

如果不想被截止日期逼著痛苦趕工，那就提早作業就好了呀！

比較 **ところに**

…的時候、正在…時

接續 {名詞の；形容詞辭書形；動詞て形＋いる；動詞た形}＋ところに

說明 「ものを」表示指責，強調「因沒做前項，而產生不良結果」的概念。說話人為此心裡感到不服氣、感嘆的意思。作為終助詞使用。「ところに」表示時點，強調「正在做某事時，發生了另一件事」的概念。表示正在做前項時，發生了後項另一件事情，而這一件事改變了當前的情況。

例文 家の電話で話し中のところに、携帯電話もかかってきた。

就在以家用電話通話時，手機也響了。

005　　　　　　　　　　　　　　　　　　　　　　　　　Track N1-146

といえども

即使…也…、雖說…可是…

接續 {名詞；[名詞・形容詞・形容動詞・動詞]普通形；形容動詞詞幹}＋といえども

意思1 【讓步】表示逆接轉折。先承認前項是事實，再敘述後項事態。也就是一般對於前項這人事物的評價應該是這樣，但後項其實並不然的意思。前面常和「たとえ、いくら、いかに」等相呼應。有時候後項與前項內容相反。一般用在正式的場合。另外，也含有「〜ても、例外なく全て〜」的強烈語感。中文意思是：「即使…也…、雖說…可是…」。

いくら成功が確実だといえども、万一失敗した際の対策は立てて
おくべきだ。

即使勝券在握，還是應當預備萬一失敗時應對的策略。

比　較 **としたら**

如果…、如果…的話、假如…的話

接　續 {名詞だ；形容動詞詞幹だ；[形容詞・動詞]普通形}＋としたら

說　明 「といえども」表示讓步，表示逆接轉折。強調「即使是前項，也有後
項相反的事」的概念。先舉出有資格、有能力的人事物，但後項並不因
此而成立。「としたら」表示假定條件，表示順接的假定條件。在認清
現況或得來的信息的前提條件下，據此條件進行判斷。後項是說話人判
斷的表達方式。

例　文 毎月100万円をもらえるとしたら、何に使いますか。

如果每月都能拿到100萬日圓，你會用來做什麼？

ところ（を）

(1)正…之時、…之時、…之中；(2)雖說是…這種情況，卻還做了…

意思1 【時點】{動詞普通形}＋ところを。表示進行前項時，卻意外發生後項，
影響前項狀況的進展，後面常接表示視覺、停止、救助等動詞。中文意
思是：「正…之時、…之時、…之中」。

例　文 寝ているところを起こされて、弟は機嫌が悪い。

弟弟睡得正香卻被喚醒，臭著臉生起床氣。

意思2 【讓步】{名詞の；形容詞辭書形；動詞ます形＋中の}＋ところ（を）。表
示逆接表現。雖然在前項的情況下，卻還是做了後項。這是日本人站在
對方立場，表達給對方添麻煩的辦法，為寒暄時的慣用表現，多用在開
場白，後項多為感謝、請求、道歉等內容。中文意思是：「雖說是…這
種情況，卻還做了…」。

例　文 お話し中のところ、失礼致します。部長、佐々木様からお電話です。

對不起，打斷您的談話。經理，佐佐木先生來電找您。

比較 （〜ば／ても）〜ものを

可是…、卻…、然而卻…

接續 {名詞である；形容動詞詞幹な；[形容詞・動詞]普通形}＋ものを

說明 「ところを」表示讓步，強調「事態出現了中斷的行為」的概念。表示前項狀態正在進行時，卻出現了後項，使前項中斷的行為。後項多為感謝、請求、道歉等內容。「ものを」也表讓步，表示逆接條件。強調「事態沒向預期方向發展」的概念。說明前項的事態沒有按照期待的方向發展，才會有那樣不如人意的結果。常跟「ば」、「ても」等一起使用。

例文 一言謝ればいいものを、いつまでも意地を張っている。
說一聲抱歉就沒事了，你卻只是在那裡鬧彆扭。

007　　　　　　　　　　　　　　　　　　　　　　　**Track N1-148**

とはいえ

雖然…但是…

接續 {名詞 (だ)；形容動詞詞幹 (だ)；[形容詞・動詞]普通形}＋とはいえ

意思1 【讓步】表示逆接轉折。前後句是針對同一主詞所做的敘述，表示先肯定那事雖然是那樣，但是實際上卻是後項的結論。也就是後項的說明，是對前項既定事實的否定或是矛盾。後項一般為說話人的意見、判斷的內容。書面用語。中文意思是：「雖然…但是…」。

例文 ペットとはいえ、うちのジョンは家族の誰よりも人の気持ちが分かる。
雖說是寵物，但我家的喬比起家裡任何一個人都要善解人意。

比較 と (も)なると、と (も)なれば

要是…那就…、如果…那就…、一旦處於…就…

接續 {名詞；動詞普通形}＋と (も)なると、と (も)なれば

說明 「とはいえ」表示讓步，表示逆接轉折。強調「承認前項，但後項仍有不足」的概念。雖然先肯定前項，但是實際上卻是後項仍然有不足之處的結果。後項常接說話人的意見、判斷的內容。書面用語。「とも なると」表示判斷，強調「一旦到了前項，就會有後項的變化」的概念。前接時間、年齡、職業、作用、事情等，表示如果發展到如此的情況下，理所當然後項就會有相應的變化。

プロともなると、作品の格が違う。

要是變成專家，作品的水準就會不一樣。

はどう（で）あれ

不管…、不論…

接 續 ｛名詞｝＋はどう（で）あれ

意思 1 【讓步】表示前項不會對後項的狀態、行動造成什麼影響。是逆接的表現。中文意思是：「不管…、不論…」。

例 文 見た目はどうあれ、味がよければ問題ない。

外觀如何並不重要，只要好吃就沒問題了。

比 較 **つつ（も）**

儘管…、雖然…

接 續 ｛動詞ます形｝＋つつ（も）

說 明 「はどうであれ」表示讓步，表示前項不會對後項的狀態、行動造成什麼影響。是逆接表現。前面接名詞。「つつも」表示反預料，表示儘管知道前項的情況，但還是進行後項。連接前後兩個相反的或矛盾的事物。也是逆接表現。前面接動詞ます形。

例 文 やらなければならないと思いつつ、今日もできなかった。

儘管知道得要做，但今天還是沒做。

まじ、まじき

不該有（的）…、不該出現（的）…

意思 1 【指責】｛動詞辭書形｝＋まじき＋｛名詞｝。前接指責的對象，多為職業或地位的名詞，指責話題中人物的行為，不符其身份、資格或立場，後面常接「行為、発言、態度、こと」等名詞，而「する」也有「すまじ」的形式。多數時，會用［名詞に；名詞として］＋あるまじき。中文意思是：「不該有（的）…、不該出現（的）…」。

（例文）女はもっと子供を産め、とは政治家にあるまじき発言だ。

身為政治家，不該做出「女人應該多生孩子」的不當發言。

（注意）〖動詞辭書形まじ〗{動詞辭書形}＋まじ。為古日語的助動詞，只放在句尾，是一種較為生硬的書面用語，較不常使用。

（例文）この悪魔のような犯罪者を許すまじ。

這個像魔鬼般的罪犯堪稱天地不容！

（比較）**べし**

應該…、必須…、值得…

（接續）{動詞辭書形}＋べし

（說明）「まじ」表示指責，強調「不該做跟某身份不符的行為」的概念。前接職業或地位等指責的對象，後面接續「行為、態度、こと」等名詞，表示指責話題中人物的行為，不符其立場竟做出某行為。「べし」表示當然，強調「那樣做是理所當然的」之概念。只放在句尾。表示說話人從道理上考慮，覺得那樣做是應該的，理所當然的。用在說話人對一般的事情發表意見的時候。文言的表達方式。

（例文）外国語は、文字ばかりでなく耳と口で覚えるべし。

外文不單要學文字，也應該透過耳朵和嘴巴來學習。

なしに（は）〜ない、なしでは〜ない

(1)沒有…不、沒有…就不能…；(2)沒有…

（接續）{名詞；動詞辭書形}＋なしに（は）〜ない；{名詞}＋なしでは〜ない

（意思1）**【否定】**表示前項是不可或缺的，少了前項就不能進行後項的動作。或是表示不做前項動作就先做後項的動作是不行的。有時後面也可以不接「ない」。中文意思是：「沒有…不、沒有…就不能…」。

（例文）学生は届け出なしに外泊することはできません。

學生未經申請不得擅自外宿。

（意思2）**【非附帶】**用「なしに」表示原本必須先做前項，再進行後項，但卻沒有做前項，就做了後項，也可以用「名詞＋もなしに」，「も」表示強調。中文意思是：「沒有…」。

（例　文）彼は断りもなしに、三日間仕事を休んだ。

他沒有事先請假，就擅自曠職三天。

（比　較）**ぬきで、ぬきに、ぬきの**

省去…、沒有…

（接　續）{名詞}＋抜きで、抜きに、抜きの

（說　明）「なしには～ない」表示非附帶，表示事態原本進行的順序應該是「前項→後項」，但卻沒有做前項，就做了後項。「ぬきで」也表非附帶，表示除去或省略一般應該有的前項，而進行後項。

（例　文）妹は今朝は朝食抜きで学校に行った。

妹妹今天早上沒吃早餐就去上學了。

べくもない

無法…、無從…、不可能…

（接　續）{動詞辭書形}＋べくもない

（意思1）【否定】表示由於希望的事情跟現實差距太大了，當然不可能發生的意思。也因此，一般只接在跟說話人希望有關的動詞後面，如「望む、知る」。是比較生硬的表現方法。中文意思是：「無法…、無從…、不可能…」。

（例　文）うちのような弱小チームには優勝など望むべくもない。

像我們實力這麼弱的隊伍根本別指望獲勝了。

（注　意）〖サ変動詞すべくもない〗前面若接サ行變格動詞，可用「すべくもない」、「するべくもない」，但較常使用「すべくもない」（「す」為古日語「する」的辭書形）。

（比　較）**べからず、べからざる**

不得…（的）、禁止…（的）、勿…（的）、莫…（的）

（接　續）{動詞辭書形}＋べからず、べからざる

説明 「べくもない」表示否定，強調「沒有可能性」的概念。表示希望的事情，由於跟某一現實的差距太大了，當然是不可能發生的意思。「べからず」表示禁止，強調「強硬禁止」的概念。是「べし」的否定形。表示禁止、命令。是一種強硬的禁止說法，多半出現在告示牌、公佈欄、演講標題上。

例文 「花を採るべからず」と書いてあるが、実も採ってはいけない。
雖然上面寫的是「禁止摘花」，但是包括果實也不可以摘。

012 　　　　　　　　　　　　　　　　　　　　　　Track N1-153

もなんでもない、もなんともない
也不是…什麼的、也沒有…什麼的、根本不…

接続 {名詞；形容動詞詞幹}＋でもなんでもない；{形容詞く形}＋もなんともない

意思1 【否定】用來強烈否定前項。含有批判、不滿的語氣。中文意思是：「也不是…什麼的、也沒有…什麼的、根本不…」。

例文 志望校合格のためなら一日10時間の勉強も、辛くもなんともないです。
為了考上第一志願的學校，就算一天用功十個鐘頭也不覺得有什麼辛苦的。

比較 **はまだしも、ならまだしも**
若是…還說得過去、（可是）…、若是…還算可以…

接続 {名詞}＋はまだしも、ならまだしも；{形容動詞詞幹な}；[形容詞・動詞]普通形＋（の）ならまだしも

説明 「もなんでもない」表示否定，用在強烈否定前項，表示根本不是那樣。含有批評、不滿的語氣。用在評價某人某事上。「はまだしも」表示埋怨，表示如果是前項的話，倒還說得過去，但竟然是後項。含有不滿的語氣。

例文 授業中に、お茶ぐらいならまだしも物を食べるのはやめてほしい。
倘若只是在課堂上喝茶那倒罷了，像吃東西這樣的行為真希望能夠停止。

ないともかぎらない
也並非不…、不是不…、也許會…

(接　續) {名詞で；[形容詞・動詞]否定形} ＋ないとも限らない

(意思1) 【部分否定】表示某事並非百分之百確實會那樣。一般用在說話人擔心好像會發生什麼事，心裡覺得還是採取某些因應的對策比較好。暗示微小的可能性。看「ないとも限らない」知道「とも限らない」前面多為否定的表達方式。中文意思是：「也並非不…、不是不…、也許會…」。

(例　文) 泥棒が入らないとも限らないので、引き出しには必ず鍵を掛けてください。
　　　　抽屜請務必上鎖，以免不幸遭竊。

(注　意) 〖前接肯定〗但也有例外，前面接肯定的表現。

(例　文) 金持ちが幸せだとも限らない。
　　　　有錢人不一定很幸福。

(比　較) **ないかぎり**
除非…，否則就…、只要不…，就…

(接　續) {動詞否定形} ＋ないかぎり

(說　明) 「ないともかぎらない」表示部分否定，強調「還有一些可能性」的概念。表示某事並非百分之百確實會那樣。一般用在說話人擔心好像會發生什麼事，心裡覺得還有一些可能性，還是採取某些因應的對策為好。含有懷疑的語氣。「ないかぎり」表示無變化，強調「後項的成立，限定在某條件內」的概念。表示只要某狀態不發生變化，結果就不會改變。

(例　文) 犯人が逮捕されないかぎり、私たちは安心できない。
　　　　只要沒有逮捕到犯人，我們就無法安心。

ないものでもない、なくもない

也並非不⋯、不是不⋯、也許會⋯

（接續）　{動詞否定形}＋ないものでもない、なくもない

（意思1）　【部分否定】表示依後續周圍的情勢發展，有可能會變成那樣、可以那樣做的意思。用較委婉的口氣敘述不明確的可能性。是一種用雙重否定，來表示消極肯定的表現方法。多用在表示個人的判斷、推測、好惡等。語氣較為生硬。中文意思是:「也並非不⋯、不是不⋯、也許會⋯」。

（例文）　お酒は飲めなくもないんですが、翌日頭が痛くなるので、あんまり飲みたくないんです。
我並不是連一滴酒都喝不得，只是喝完酒後隔天會頭痛，所以不太想喝。

（比較）　**ないともかぎらない**

也並非不⋯、不是不⋯、也許會⋯

（接續）　{名詞で；[形容詞・動詞]否定形}＋ないとも限らない

（說明）　「ないものでもない」表示部分否定，強調「某條件下，也許能達成」的概念。表示在前項的設定之下，也有可能達成後項。用較委婉的口氣敘述不明確的可能性。是一種消極肯定的表現方法。「ないともかぎらない」也表部分否定，強調「還有一些可能性」的概念。表示某事並非百分之百確實會那樣。一般用在說話人擔心好像會發生什麼事，心裡覺得還有一些可能性，還是採取某些因應的對策為好。含有懷疑的語氣。

（例文）　火災にならないとも限らないから、注意してください。
我並不能保證不會造成火災，請您們要多加小心。

なくはない、なくもない

也不是沒⋯、並非完全不⋯

（接續）　{名詞が；形容詞く形；形容動詞て形；動詞否定形；動詞被動形}＋なくはない、なくもない

意思1 【部分否定】表示「並非完全不…、某些情況下也會…」等意思。利用雙重否定形式，表示消極的、部分的肯定。多用在陳述個人的判斷、好惡、推測。中文意思是：「也不是沒…、並非完全不…」。

例　文 迷いがなくはなかったが、思い切って出発した。
雖然仍有一絲猶豫，還是下定決心出發了。

比　較 **ことは～が**
雖說…但是…

接　續 {形容動詞詞幹な} ＋ことは {形容動詞詞幹だ} ＋が；{[形容詞・動詞]普通形} ＋ことは {[形容詞・動詞]普通形} ＋が

說　明 「なくはない」表示部分否定，用雙重否定，表示並不是完全不那樣，某些情況下也有可能等，無法積極肯定語氣。後項多為個人的判斷、好惡、推測說法。「ことは～が」也表示部分否定，用同一語句的反覆，表示前項雖然是事實，但是後項並不能給予積極的肯定。後項多為條件、意見及感想的說法。

例　文 値段は安いことは安いんですが、味も相応です。
價錢雖然便宜是便宜，但味道也一樣平平。

INDEX 索引

ぬ

ニホンゴノウリョクシケンブンポウタイゼン

必背

隨看隨聽 QR Code朗讀 新制日檢
絕對合格 比較 文法 大全 N1~N5

金牌作者群 吉松由美
大山和佳子・田中陽子

千田晴夫
西村惠子・林勝田

■ 發行人／**林德勝**　　　　　　　　　　　（25K＋QR Code線上音檔）

■ 著者／**吉松由美, 田中陽子, 西村惠子, 千田晴夫, 林勝田**

　　　　大山和佳子, 山田社日檢題庫小組

■ 出版發行／**山田社文化事業有限公司**
　地址　臺北市大安區安和路一段112巷17號7樓
　電話　02-2755-7622
　傳真　02-2700-1887

■ 郵政劃撥／**19867160號　大原文化事業有限公司**

■ 總經銷／**聯合發行股份有限公司**
　地址　新北市新店區寶橋路235巷6弄6號2樓
　電話　02-2917-8022
　傳真　02-2915-6275

■ 印刷／**上鎰數位科技印刷有限公司**

■ 法律顧問／**林長振法律事務所　林長振律師**

■ 平裝本＋QR Code／**定價　新台幣629元**

■ 精裝本＋QR Code／**定價　新台幣699元**

■ 初版／**2023年3月**

2023, Shan Tian She Culture Co. , Ltd.